Pela n/ Amisade e pelos bons momentos que passamos juntos.

Adélia

JAN/2005

A CONSPIRAÇÃO

DAN BROWN

A CONSPIRAÇÃO

Tradução de
ANA PATRÍCIA XAVIER

3.ª Edição

BERTRAND EDITORA
Chiado 2005

Título Original: DECEPTION POINT

Bertrand Editora
Rua Anchieta, 29-1.º, 1249-060 Lisboa
Telef.: 210 305 500
Fax: 210 305 563
Correio electrónico: editora@bertrand.pt
Revisão: Eda Lyra e Sofia Ribeiro

Impressão e acabamento: Tipografia Guerra, Viseu
Este livro foi impresso em papel Editorial da TORRASPAPEL
Depósito legal n.º 234 656/05
Acabou de imprimir-se em Novembro de 2005

ISBN: 972-25-1455-5

AGRADECIMENTOS

Com os meus sinceros agradecimentos a Jason Kaufinan, pela sua extraordinária orientação e pelo seu perspicaz trabalho editorial; Blythe Brown, pela sua incansável colaboração ao nível da pesquisa e pelo seu contributo criativo; ao meu bom amigo Jake Elwell da Wieser & Wieser; ao National Security Archive; ao Gabinete de Relações Públicas da NASA; a Stan Planton, que continua a ser uma fonte de informação em todas as áreas; à National Security Agency; ao glaciologista Martin O. Jeffries; e às extraordinárias mentes de Brett Trotter, Thomas D. Nadeau e Jim Barrington.

Agradeço também a Connie e Dick Brown, ao V. S. Intelligence Policy Documentation Project, a Suzanne O'Neil, Margie Watchel, Morey Stettner, Owen King, Alison McKinnel, Mary e Stephen Gorman, Dr. Karl Singer, Dr. Michael I. Latz, do Scripps Institute of Oceanography, April da Micron Electronics, Esther Sung, ao Museu Nacional do Ar e do Espaço, ao Dr. Gene Allmendiger, a Heide Lange da Sanford J. Greenburger Associates; e a John Pike da Federação de Cientistas Americanos.

Caso se confirme, esta descoberta será certamente uma das mais fascinantes revelações sobre o nosso universo que a ciência alguma vez atingiu. As suas implicações não poderiam ter um maior alcance, nem causar maior espanto. Ao mesmo tempo que promete respostas a algumas das nossas perguntas mais antigas, coloca-nos outras de natureza ainda mais fundamental.

Presidente Bill Clinton,
na conferência de imprensa que se seguiu a uma descoberta
que ficou conhecida por ALH84001, a 7 de Agosto de 1997.

NOTA DO AUTOR

Delta Force, National Reconnaissance Office e Space Frontier Foundation são organizações reais. Todas as tecnologias descritas neste romance existem.

PRÓLOGO

A morte, naquele lugar esquecido, podia chegar das mais diversas formas. O geólogo Charles Brophy resistira ao esplendor selvagem daquele território durante anos e, no entanto, nada poderia tê-lo preparado para um destino tão bárbaro e contrário à natureza como aquele que estava prestes a atingi-lo.

Os quatro *huskies* de Brophy, que puxavam o seu trenó equipado com material geológico através da tundra, abrandaram de repente, olhando para o céu.

— Então meninas, que se passa? — perguntou Brophy, saindo do trenó.

Surgindo de trás das nuvens de tempestade, um helicóptero de transporte de dois rotores descreveu um arco baixo, avançando ao longo dos picos glaciais com destreza militar.

É estranho, pensou. Nunca tinha visto helicópteros tão a norte. O aparelho aterrou a cinquenta metros de distância, levantando uma chuva cortante de neve granulada. Os cães ganiram, cautelosos.

Quando as portas do helicóptero se abriram, desceram dois homens. Vestiam fatos inteiros impermeáveis, de cor branca, traziam espingardas, e avançaram para Brophy em passo rápido e decidido.

— Dr. Brophy? — perguntou um deles.

O geólogo estava confuso.

— Como é que sabem o meu nome? Quem são os senhores?

— Pegue no seu rádio, por favor.

— Desculpe?

— Faça o que lhe digo.

Espantado, Brophy retirou o rádio da sua parka.

— É uma emergência, tem de transmitir um comunicado. Diminua a frequência do rádio para cem quilohertz.

Cem quilohertz? Brophy sentia-se completamente perdido. *Ninguém consegue receber nada a uma frequência tão baixa.*

— Houve algum acidente?

O segundo homem ergueu a arma e apontou-a à cabeça de Brophy.

— Não há tempo para explicar. Faça o que lhe dissemos.

A tremer, Brophy ajustou a frequência de transmissão.

A seguir, o primeiro homem entregou-lhe um cartão com umas linhas dactilografadas.

— Transmita esta mensagem. Agora.

Brophy olhou para o cartão.

— Não compreendo. Esta informação está incorrecta. Eu não...

O homem pressionou a arma com força contra a têmpora do geólogo.

A voz de Brophy tremia ao transmitir a estranha mensagem.

— Muito bem — disse o primeiro homem. — Agora, entre com os cães para o helicóptero.

Na mira da espingarda, Brophy fez com que os cães, relutantes, subissem uma rampa até ao compartimento de carga. Assim que se instalaram, o helicóptero subiu, seguindo para oeste.

— Mas quem são vocês?! — perguntou Brophy, suando debaixo da sua parka. *E que significava aquela mensagem?*

Os homens não responderam.

À medida que o aparelho ganhava altitude, o vento entrava, cortante, pela porta aberta. Os cães de Brophy, ainda presos ao trenó carregado, latiam.

— Pelo menos fechem a porta — pediu Brophy. — Não vêem como os meus cães estão assustados?!

Os homens não responderam.

Ao atingir os quatro mil pés, o helicóptero descreveu uma curva e avançou como uma flecha sobre uma cadeia de abismos e fendas de gelo. Subitamente, os homens puseram-se de pé. Sem uma palavra, agarraram com firmeza no trenó, com a sua pesada carga, e empurraram-no pela porta aberta. Horrorizado, Brophy viu os cães lutarem, em vão, contra aquele tremendo peso. Desapareceram num instante, uivando, arrastados para fora do helicóptero.

Brophy encontrava-se já de pé, a gritar, quando os homens o agarraram. Lançaram-no ao chão. Paralisado de medo, Brophy agitava os punhos, tentando afastar as mãos possantes que o empurravam para fora.

Era inútil. Alguns momentos depois, caía para o abismo.

CAPÍTULO UM

O restaurante Toulos, ao lado do Capitólio, exibe um menu politicamente incorrecto de bife de cria de veado e *carpaccio* de cavalo, constituindo um irónico ponto de encontro para o pequeno-almoço dos requintados poderosos de Washington. Naquela manhã, o Toulos estava cheio de movimento — uma cacofonia de sons metálicos das baixelas de prata, mais as máquinas de café *espresso*, mais as conversas ao telemóvel.

O *maitre d'* bebericava às escondidas o seu Bloody Mary matinal quando a mulher entrou. Voltou-se para ela com um sorriso profissional.

— Bom-dia — disse-lhe. — Posso ajudá-la?

A mulher, na casa dos trinta, era atraente, usava umas calças de flanela cinzentas, de pinças, uns sapatos rasos, convencionais, e uma blusa *Laura Ashley* em tom marfim. Mantinha-se direita, com o queixo ligeiramente erguido, mas não tinha um ar arrogante, apenas forte. O cabelo era castanho-claro, luxuriante, com uns caracóis abaixo dos ombros, segundo a grande moda em Washington: o estilo «locutora de televisão». Um cabelo suficientemente comprido para ser *sexy*, mas não tão comprido que não se percebesse que ela era, muito provavelmente, mais inteligente do que os outros.

— Estou um pouco atrasada — disse ela, num tom que nada tinha de pretensioso. — Tenho um pequeno-almoço de trabalho com o senador Sexton.

O *maître d'* sentiu um inesperado formigueiro nervoso. O *senador Sedgewick Sexton*. O senador era um cliente habitual e, actualmente, um dos homens mais famosos do país. Tendo, na semana anterior, obtido uma vitória esmagadora nas doze primárias do Partido Republicano na Super Terça-feira, Sexton já tinha, praticamente, a nomeação do partido para presidente dos Estados Unidos da América. Eram muitos os que acreditavam que o senador tinha excelentes hipóteses de roubar a Casa Branca ao presidente em exercício no Outono seguinte. Ultimamente, a cara de Sexton parecia estar em todas as revistas nacionais, e o *slogan* da sua campanha afixado por todo o país: «Parar de gastar. Começar a emendar.»

— O senador Sexton está no seu lugar habitual — disse o *maître d'*. — E a senhora é...?

— Rachel Sexton. Sou a filha.

Que disparate o meu, pensou ele. A semelhança era evidente. A mulher tinha os olhos penetrantes do senador e o seu porte refinado, aquele ar polido de nobreza jovial. Era óbvio que o ar distinto, de elegância clássica, do senador não tinha saltado gerações, apesar de Rachel Sexton exibir os seus atributos com uma graça e uma humildade que faltavam ao senador.

— É um prazer recebê-la, Sra. Sexton.

À medida que conduzia a filha do senador através da sala, o *maître d'* sentia-se embaraçado pelos olhares masculinos que a seguiam... Alguns discretos, outros nem por isso. Poucas mulheres frequentavam Toulos, e ainda eram menos as que tinham a aparência de Rachel Sexton.

— Belo corpo — sussurrou um cliente. — Será que Sexton já arranjou outra mulher?

— É a filha dele, idiota — replicou um outro.

O homem fez um sorriso trocista.

— Conhecendo Sexton, eu diria que ele ainda assim era capaz de a comer.

Quando Rachel chegou à mesa do pai, o senador falava alto ao telemóvel a respeito de um dos seus recentes êxitos. Olhou para Rachel apenas o tempo suficiente para pousar o dedo sobre o seu *Cartier*, lembrando-a de que estava atrasada.

Também tive saudades tuas, pensou Rachel.

O nome próprio do pai era Thomas, apesar de ele usar o segundo nome. Rachel suspeitava que ele o fizera por gostar da aliteração. Senador Sedgewick Sexton. Aquele homem era um animal político de cabelo e língua de prata, que fora bafejado com o aspecto manhoso de médico de telenovela, que parecia apropriado, tendo em conta o seu talento para a representação dramática.

— Rachel! — o pai desligou o telemóvel e levantou-se para lhe dar um beijo na cara.

— Olá, pai — ela não retribuiu o beijo.

— Pareces exausta.

Já começa..., pensou ela.

— Recebi a tua mensagem. Que se passa?

— Não posso convidar a minha filha para tomar o pequeno-almoço?

Rachel aprendera há muito que o pai raramente fazia questão na sua companhia, a não ser que tivesse um bom motivo.

Sexton tomou um gole de café.

— E então, como estás?

— Ocupada. Vejo que a campanha te está a correr bem.

— Ora, não vamos falar de trabalho — Sexton debruçou-se sobre a mesa, baixando a voz. — Como está aquele tipo do Departamento de Estado a quem te apresentei?

Rachel respirou fundo, reprimindo a vontade de olhar para o relógio.

— Pai, eu realmente não tenho tempo para lhe telefonar. E agradecia que deixasses de tentar...

— Tens de arranjar tempo para as coisas importantes, Rachel. Sem amor, nada mais tem significado.

Várias recordações lhe passaram pela cabeça, mas Rachel permaneceu calada. Na companhia do pai, não lhe era difícil ser ela a pessoa mais adulta.

— Pai, querias falar comigo? Disseste que era importante.

— E é. — Os olhos do pais observavam-na de perto.

Rachel sentiu que parte das suas defesas cediam sob aquele olhar, e amaldiçoou o poder daquele homem. Os olhos do senador eram o seu dom, um dom que, Rachel suspeitava, o levaria à Casa Branca. Quando lhe dessem a deixa, os olhos do senador ficariam marejados de lágrimas, e depois, um instante mais tarde, tornar-se-iam de novo límpidos, como se abrissem uma janela para uma alma apaixonada, inspirando confiança a toda a gente. *É tudo uma questão de confiança*, costumava dizer o pai. O senador perdera a confiança de Rachel havia anos, mas estava agora a conquistar rapidamente a do país.

— Tenho uma proposta a fazer-te — disse o senador Sexton.

— Deixa-me adivinhar — replicou Rachel, tentando reforçar a sua posição —, um distinto divorciado à procura de uma mulher jovem?

— Não te enganes, minha querida. Já não és assim tão jovem.

Rachel sentiu-se subitamente muito pequena, uma sensação familiar que muitas vezes acompanhava aqueles encontros com o pai.

— Quero atirar-te uma tábua de salvação — disse ele.

— Não me tinha dado conta de que me estava a afogar.

— E não estás. O presidente é que está. Devias saltar do barco antes de ser demasiado tarde.

— Não tivemos já esta conversa?

— Pensa no teu futuro, Rachel. Podes vir trabalhar para mim.

— Espero que esse não tenha sido o motivo do convite para o pequeno-almoço.

O verniz de calma do senador começou a estalar.

— Rachel, será que não compreendes que o facto de trabalhares para ele tem um reflexo negativo sobre mim? E sobre a minha campanha.

Rachel suspirou. Já tinham passado por aquilo.

— Pai, eu não trabalho para o presidente. Eu nem sequer *conheço* o presidente. Eu trabalho em Fairfax, por amor de Deus!

— Política é percepção, Rachel. *Parece* que trabalhas para o presidente.

Rachel suspirou, tentando manter a calma.

— Trabalhei demasiado para conseguir este emprego, pai. Não vou demitir-me.

Os olhos do senador estreitaram-se.

— Sabes, a tua atitude egoísta às vezes...

— Senador Sexton? — um jornalista materializou-se ao lado da mesa.

A atitude do senador mudou instantaneamente. Rachel resmungou e tirou um *croissant* do cesto que se encontrava sobre a mesa.

— Ralph Sneeden — disse o repórter. — *Washington Post.* Posso fazer-lhe umas perguntas?

O senador sorriu, passando um guardanapo ao de leve na boca.

— Com todo o prazer, Ralph. Desde que seja rápido. Não quero deixar o meu café arrefecer.

O repórter riu. Claro, senador. Pegou num minigravador e ligou-o.

— Senador, nos *spots* da sua campanha televisiva defende uma legislação que assegure iguais salários para as mulheres no mercado de trabalho... assim como cortes nos impostos para as novas famílias. Gostaria que comentasse estas medidas.

— Claro. É simples. Sou um fã incondicional das mulheres fortes e das famílias fortes.

Rachel quase se engasgou com o seu *croissant*.

— E, a propósito das famílias — continuou o jornalista —, o senador refere-se frequentemente à educação. Propôs cortes orçamentais altamente controversos, num esforço para canalizar mais fundos para as nossas escolas.

— Acredito que as crianças são o nosso futuro.

Rachel nem podia acreditar que o pai descia ao nível de citar canções *pop*.

— Por último — disse o jornalista —, deu um enorme salto nas sondagens, ao longo destas últimas semanas. O presidente não pode deixar de estar preocupado. Quer comentar o seu recente êxito?

— Acho que é tudo uma questão de confiança. Os Americanos começam a perceber que não podem confiar no presidente para tomar as decisões difíceis que se impõem. A derrapagem orçamental do governo está a deixar o país cada vez mais endividado, e os Americanos começam agora a compreender que é tempo de parar de gastar e de começar a emendar.

Parecendo querer cortar a retórica do seu pai, o *pager* de Rachel tocou. Normalmente, o irritante som electrónico era uma interrupção recebida com desagrado, mas, naquele momento, soava quase melodioso.

O senador fez um ar de indignação por ter sido interrompido.

Rachel retirou o *pager* da mala e digitou um código de cinco botões, confirmando que era de facto ela quem tinha o aparelho. Uma vez interrompido o toque, o LDC começou a piscar. Daí a quinze segundos, ela receberia uma mensagem de texto em perfeitas condições de segurança.

Sneeden teve um sorriso largo para o senador.

— A sua filha é, obviamente, uma mulher ocupada. É refrescante ver como conseguem ambos arranjar tempo nas vossas agendas para tomarem uma refeição juntos.

— Como eu disse, a família vem em primeiro lugar.

Sneeden anuiu, e depois o seu olhar endureceu.

— Permita-me que lhe pergunte, senador, como é que o senhor e a sua filha gerem o conflito de interesses?

— Conflito? — O senador Sexton ergueu a cabeça pondo um inocente ar de perplexidade. — A que conflito se refere?

Rachel revirou os olhos, fazendo uma careta à atitude do pai. Ela sabia exactamente qual a intenção que estava por detrás daquilo. *Malditos jornalistas*, pensou. Metade deles estava envolvida na política. A questão colocada pelo repórter obedecia a uma estratégia conjunta: uma pergunta aparentemente difícil, mas que na realidade fazia parte de um guião destinado a favorecer o senador, uma jogada que permitiria ao seu pai eliminar alguns rumores que corriam.

— Bem, senador... — o repórter tossiu, fingindo-se incomodado ao colocar a questão. — O conflito tem a ver com o facto de a sua filha trabalhar para o seu adversário.

O senador Sexton desatou a rir, pegando instantaneamente na pergunta.

— Ralph, em primeiro lugar, eu e o presidente não somos *adversários*. Somos simplesmente dois patriotas que têm ideias diferentes a respeito da maneira como governar o país que amamos.

O repórter estava radiante. Já tinha qualquer coisa que se visse.

— E segundo?

— Segundo, a minha filha não trabalha para o presidente; ela trabalha para os Serviços de Informação. Compila relatórios dos serviços e envia-os para a Casa Branca. Não se trata de um cargo de alto nível. — Fez uma pausa e encarou Rachel. — Com efeito, querida, parece-me que nem sequer *conheces* o presidente, não é verdade?

Rachel olhava-o fixamente, com os olhos a faiscar.

O *beeper* tocou, desviando o olhar de Rachel para a mensagem que chegava ao monitor de LCD.

— RPRT DIRNRO STAT —

Decifrou a estenografia instantaneamente e franziu o sobrolho. A mensagem era inesperada e, quase de certeza, tratava-se de más notícias. Pelo menos, tinha uma deixa para se ir embora.

— Meus senhores — disse ela —, fico desolada, mas tenho de me retirar. Estou atrasada para o trabalho.

— Sra. Sexton — apressou-se o repórter a dizer —, antes de ir, gostaria de saber se pode comentar os rumores de que agendou esta reunião ao pequeno-almoço para discutir a possibilidade de deixar o seu actual cargo para trabalhar na campanha do seu pai.

Rachel teve a sensação de que lhe tinham atirado café a escaldar à cara. A pergunta apanhava-a completamente desprevenida. Olhou para o pai e leu no sorriso afectado dele que a pergunta fora combinada. Tinha vontade de amarinhar pela mesa e apunhalá-lo com um garfo.

O repórter colou-lhe o gravador à cara.

— Sra. Sexton?

Rachel fixou o repórter.

— Ralph, ou lá como é que você se chama, veja se entende uma coisa: não tenho qualquer intenção de abandonar o meu emprego para trabalhar para o senador Sexton e, se publicar alguma coisa a dizer o contrário, vai precisar de uma calçadeira para tirar esse gravador do cu.

O repórter esbugalhou os olhos. Desligou o gravador, disfarçando um sorriso.

— Muito obrigado a ambos — e desapareceu.

Imediatamente, Rachel lamentou a sua explosão. Herdara o temperamento do seu pai e odiava-o por isso.

Calma, Rachel. Muita calma.

O pai olhava-a, reprovador.

— Não te faria mal alguma contenção.

Rachel começou a arrumar as suas coisas.

— A reunião acabou.

De qualquer forma, o senador parecia não ter mais nada a tratar com ela. Pegou no telemóvel para fazer uma chamada.

— Adeus, minha querida. Passa lá pelo escritório um dia destes. E, pelo amor de Deus, casa-te. Tens trinta e três anos.

— Trinta e quatro — disse ela, bruscamente. — A tua secretária mandou-me um postal.

Ele cacarejou pesarosamente.

— Trinta e quatro. És quase uma matrona. Sabes, aos trinta e quatro anos eu já tinha...

— ... Já tinhas casado com a mãe e comido a vizinha? — As palavras soaram mais alto do que Rachel pretendera, e a sua voz pairou nua num silêncio momentâneo e inoportuno. As pessoas das mesas mais próximas olharam.

Os olhos do senador Sexton lançavam faíscas geladas, dois cristais de gelo que a penetravam.

— Toma cuidado, menina.

Rachel encaminhou-se para a porta. *Não, tu é que tens de tomar cuidado, senador.*

CAPÍTULO DOIS

Os três homens estavam sentados em silêncio dentro da tenda *ThermaTech* à prova de tempestade. Lá fora, um vento gelado fustigava o abrigo, ameaçando arrancá-lo dos seus cabos. Nenhum deles se preocupava com isso; todos tinham já passado por situações bem mais ameaçadoras.

A tenda era completamente branca, e tinham-na montado numa ligeira depressão, fora do alcance da vista. Todo o material de comunicação, transporte e armas era da mais avançada tecnologia. O nome de código do líder do grupo era Delta-Um. Era musculado e ágil, com olhos tão desolados como o lugar onde se encontravam. O cronógrafo preso ao pulso de Delta-Um emitia um sinal agudo, em perfeito uníssono com os sinais emitidos pelos cronógrafos dos outros dois homens.

Tinham passado mais trinta minutos.

Estava na altura. Outra vez.

Automaticamente, Delta-Um deixou os seus companheiros e saiu para a escuridão e o vento cortante. Perscrutou o horizonte iluminado pela Lua através de binóculos infravermelhos. Como sempre, focou a estrutura. Estava a mil metros de distância, um enorme e improvável edifício que se erguia do terreno árido. Ele e a sua equipa observavam-no havia dez dias, desde que fora construído. Delta-Um não tinha dúvidas de que a informação ali guardada mudaria o mundo. Já tinham sido sacrificadas vidas para a proteger.

De momento, tudo parecia tranquilo no exterior da estrutura.

No entanto, o verdadeiro teste era aquilo que se passava no *interior.*

Delta-Um voltou a entrar na tenda e dirigiu-se aos seus dois soldados.

— É altura de uma passagem aérea.

Ambos anuíram. O mais alto, Delta-Dois, abriu um *laptop* e ligou-o. Colocando-se diante do monitor, Delta-Dois pousou a mão no *joystick* e empurrou levemente. A cerca de mil metros de distância, escondido bem fundo dentro do edifício, um robô de vigilância do tamanho de um mosquito recebeu o sinal transmitido e ganhou vida.

CAPÍTULO TRÊS

Rachel Sexton ainda estava a ferver enquanto conduzia o seu *Integra* branco ao longo de Leesburg Pike. O recorte deserto da região montanhosa de Falls Church erguia-se tenaz contra o céu liso de Março, mas aquele cenário apaziguante não podia fazer muito para acalmar a raiva que Rachel sentia. A recente subida do seu pai nas intenções de voto deveria ter-lhe feito sentir uma certa autoconfiança elegante, mas apenas o tornara mais egocêntrico.

A falsidade do pai era duplamente dolorosa para Rachel, por ser ele a única família próxima que lhe restava. A mãe morrera três anos antes, uma perda devastadora que lhe deixara o coração marcado por cicatrizes emocionais ainda dolorosas. O único consolo de Rachel era saber que a morte libertara a sua mãe de um profundo desespero causado pelo casamento miserável que a unia ao senador.

O *pager* tocou novamente, fazendo-a voltar à estrada que se estendia à sua frente. A mensagem recebida era a mesma.

— RPRT DIRNRO STAT —

Reportar ao director do NRO stat. Rachel suspirou. *Valha-me Deus, estou a caminho!*

Com crescente ansiedade, Rachel conduziu até à sua entrada habitual, virou para a estrada de acesso privativo e continuou até ao fortemente armado portão de sentinela, onde se deteve. Estava em 14225 Leesburg Pike, uma das moradas mais secretas do país.

Enquanto o guarda revistava o seu carro à procura de eventuais aparelhos de escuta, Rachel olhava a gigantesca estrutura à distância. O complexo de 300 000 metros quadrados assentava majestosamente sobre sessenta e oito acres arborizados mesmo à saída de D. C., em Fairfax, Virginia. A fachada do edifício era um bastião de vidro espelhado que reflectia o exército de discos de satélites, antenas e *radomes* no terreno circundante, duplicando uma dimensão já de si surpreendente.

Dois minutos mais tarde, Rachel estacionara e atravessara o espaço cuidado até à entrada principal, onde uma placa de granito anunciava

NATIONAL RECONNAISSANCE OFFICE (NRO)

Os dois *marines* armados que flanqueavam a porta giratória à prova de bala olhavam fixamente em frente enquanto Rachel passou entre eles. Como sempre que passava por aquelas portas, ela teve a sensação de penetrar no ventre de um gigante adormecido.

Já no átrio de tecto abobadado, Rachel podia escutar em seu redor o eco ténue de conversas murmuradas, como se as palavras caíssem filtrando-se através dos escritórios lá em cima. Um enorme mosaico de azulejos proclamava a directiva do NRO:

NA PAZ E NA GUERRA, A GARANTIA DA SUPERIORIDADE
DA INFORMAÇÃO GLOBAL DOS EUA

As paredes exibiam enormes fotografias alinhadas — lançamentos de foguetões, baptismos de submarinos, instalações de intercepção —, feitos grandiosos que apenas podiam ser celebrados dentro daquelas paredes.

Agora, como sempre acontecia, Rachel sentia os problemas do mundo exterior esbaterem-se atrás de si. Entrava no mundo da sombra. Um mundo onde os problemas ribombavam como comboios de mercadorias, e onde as soluções eram encontradas com pouco mais do que um sussurro.

Aproximando-se do último posto de controlo, Rachel perguntava-se que problema levara o seu *pager* a tocar duas vezes nos últimos trinta minutos.

— Bom-dia, Sra. Sexton — o guarda sorriu quando ela se aproximou da porta de aço.

Rachel devolveu o sorriso, enquanto o guarda lhe estendia uma pequena haste com uma compressa na extremidade.

— Já conhece o procedimento — disse ele.

Rachel pegou no algodão hermeticamente fechado e removeu o invólucro de plástico. Em seguida, colocou-o na boca, como se se tratasse de um termómetro. Segurou-o debaixo da língua durante dois segundos e depois, inclinando-se para a frente, permitiu ao guarda que o retirasse. O guarda inseriu a compressa húmida na ranhura de uma máquina que se encontrava atrás dele. A máquina levou quatro segundos a confirmar as sequências de ADN na saliva de Rachel. Um instante mais tarde, um monitor piscou, exibindo depois a fotografia de Rachel e a sua identificação com acesso autorizado.

O guarda pestanejou.

— Parece que continua a ser a mesma. — Retirou o algodão usado da máquina e introduziu-o numa abertura, onde foi imediatamente incinerado.

— Tenha um bom dia. — Premiu um botão e as enormes portas de aço abriram-se de par em par.

Ao avançar pelo labirinto de corredores agitados, Rachel espantava-se com o facto de, apesar de terem passado seis anos, ainda se sentir intimidada pelo colossal alcance daquela operação. A agência contava com mais seis instalações nos EUA, empregava mais de dez mil pessoas e tinha custos de manutenção que ascendiam aos dez mil milhões por ano.

Em total segredo, o NRO construía e mantinha um impressionante arsenal de tecnologias de espionagem de vanguarda: interceptores electrónicos em todo o mundo; satélites-espiões; silenciosos dispositivos de retransmissão implantados em produtos de telecomunicações; e até uma rede de reconhecimento naval conhecida por *Classic Wizard*, uma arma secreta de 1456 hidrofones montados em solos marinhos por todo o mundo, capaz de monitorar movimentos em qualquer parte do globo.

A tecnologia do NRO não só ajudava os EUA a vencer conflitos militares, como também providenciava um interminável fluxo de informação em tempo de paz para agências como a CIA, a NSA e o Ministério da Defesa, ajudando-as a combater o terrorismo, a localizar crimes contra o ambiente e a fornecer aos dirigentes políticos os dados necessários para tomar decisões informadas numa enorme diversidade de assuntos.

Rachel tinha ali a função de resumir ou reduzir a informação. Isto implicava analisar relatórios complexos e apreender-lhes a essência ou a ideia principal, elaborando documentos informativos concisos, de uma página apenas. Já provara o seu talento natural para esta tarefa. *Tantos anos a tentar perceber a ideia no meio das tretas do meu pai*, pensou.

Rachel detinha agora o primeiro posto nesta função do NRO — a ligação dos Serviços de Informação à Casa Branca. Era responsável pela análise diária dos relatórios de informação do NRO. Competia-lhe decidir o que era relevante para o presidente, resumir essa informação a uma só página, e remeter em seguida a sinopse ao conselheiro do presidente para a Segurança Nacional. Na linguagem do NRO, Rachel Sexton «fabricava o produto final e servia *o* cliente».

Apesar de ser difícil e de requerer muitas horas de trabalho, este cargo era um emblema para Rachel, uma forma de se afirmar como independente do seu pai. O senador Sexton oferecera-se muitas vezes para apoiar a filha, caso ela se demitisse do seu posto, mas Rachel não tinha qualquer intenção de se ligar financeiramente a um homem como Sedgewick Sexton. A sua mãe testemunhara o que podia acontecer quando um homem como aquele tinha demasiadas cartas na mão.

O som do *pager* de Rachel ecoou no *hall* de mármore.

Outra vez? Nem sequer se deu ao trabalho de ler a mensagem.

Perguntando-se que raio estaria a acontecer, entrou no elevador, saiu no seu piso e encaminhou-se imediatamente para o topo.

CAPÍTULO QUATRO

Dizer que o director do NRO era um homem sem atractivos especiais era por si só um exagero. O director do NRO, William Pickering, era diminuto, pálido, careca, tinha uma cara fácil de esquecer e uns olhos cor de avelã que, apesar de terem contemplado os maiores segredos da nação, pareciam dois charcos de águas pouco profundas. Todavia, para quem trabalhava sob a sua direcção, Pickering era uma figura imponente. A sua personalidade discreta e a sua filosofia sem floreados eram lendárias no NRO. A tranquila diligência daquele homem, e um guarda-roupa composto por fatos pretos simples, tinham-lhe valido a alcunha de «Quaker». Estratega brilhante e modelo de eficiência, o Quaker dirigia o seu mundo com uma determinação sem rival. O seu lema: «Encontrar a verdade. Trabalhar sobre ela.»

Quando Rachel chegou ao escritório do director, ele falava ao telefone. Rachel ficava sempre surpreendida com aquela figura: William Pickering não tinha em nada o aspecto de alguém com poder suficiente para acordar o presidente a qualquer hora.

Pickering desligou e fez a Rachel sinal para que entrasse.

— Agente Sexton, por favor sente-se. — A voz dele tinha uma espécie de aspereza lúcida.

— Obrigada. — Rachel sentou-se.

Embora a maior parte das pessoas se sentisse desconfortável ao contactar com a atitude brusca de William Pickering, Rachel sempre gostara do homem. Ele era a exacta antítese do seu pai... com uma aparência que não se impunha, de modo algum carismático, e executava o seu trabalho com patriotismo e abnegação, evitando estar debaixo das luzes que o senador tanto apreciava.

Pickering retirou os óculos e olhou para Rachel.

— Agente Sexton, o presidente telefonou-me há cerca de meia hora, referindo-se directamente a si.

Rachel mexia-se no seu lugar. Pickering era conhecido por ir directamente ao assunto. *Que bela introdução*, pensou ela.

— Espero que não fosse algum problema nos meus relatórios.

— Pelo contrário. O presidente diz que a Casa Branca está impressionada com o seu trabalho.

Rachel respirou fundo em silêncio.

— E então, que queria ele?

— Uma reunião consigo. Em pessoa. Imediatamente.

O desconforto de Rachel acentuou-se.

— Uma reunião? A respeito de *quê?*

— Boa pergunta. Ele não quis dizer.

Rachel não compreendia. Esconder informação ao director do NRO era como esconder segredos do Vaticano ao papa. A piada partilhada entre a comunidade do NRO era que, se William Pickering não tinha conhecimento, então era porque não tinha acontecido.

Pickering estava de pé, caminhando em frente da janela.

— O presidente pediu-me que a contactasse imediatamente e que a mandasse encontrar-se com ele.

— Agora?

— Ele enviou transporte. Está à espera lá fora.

Rachel franziu o sobrolho. Não era o pedido do presidente que a inquietava, mas a expressão preocupada do rosto de Pickering.

— O senhor parece ter reservas.

— Pode crer que tenho! — Pickering mostrou um raro acesso de emoção. — O sentido de oportunidade do presidente parece o de um novato. Você é filha do homem que está neste momento a desafiá-lo na corrida à Casa Branca, e ele pede uma reunião consigo? É muitíssimo inapropriado. O seu pai concordaria, certamente, comigo.

Rachel sabia que Pickering tinha razão, embora se estivesse nas tintas para a opinião do pai.

— Não confia nos motivos do presidente?

— O meu juramento consiste em fornecer o apoio dos Serviços de Informação à actual administração da Casa Branca, e não julgar a sua política.

Uma resposta típica de Pickering, apercebeu-se Rachel. William Pickering não fazia segredo do facto de que encarava os políticos como figuras transitórias que se deslocavam fugazmente através de um tabuleiro de xadrez, onde os verdadeiros jogadores eram homens como o próprio Pickering, que cumpriam uma pena perpétua», homens experientes que estavam no jogo há tempo suficiente para terem sobre ele uma certa perspectiva. Pickering costumava dizer que dois mandatos na Casa Branca não bastavam de modo algum para compreender as verdadeiras complexidades do cenário político global.

— Talvez se trate de um pedido inocente — sugeriu Rachel, esperando que o presidente não fosse tentar alguma manobra de campanha de baixo nível. — Talvez precise de uma sinopse de algum relatório delicado.

— Não querendo parecer depreciativo, agente Sexton, a Casa Branca tem acesso a muito pessoal qualificado nesta área, caso precise de serviços desse tipo. Se se trata de um assunto interno da Casa Branca, o presidente deveria saber que não era boa ideia contactá-la a si. E se não o sabe, então deveria pelo menos saber que não é boa ideia requisitar um recurso do NRO e depois recusar-se a dizer-me o que pretende.

Pickering referia-se sempre aos seus funcionários como sendo «recursos», uma forma de linguagem que muitos consideravam desconcertantemente fria.

— O seu pai está a ganhar projecção — prosseguiu Pickering. — Muita projecção. Na Casa Branca começam certamente a enervar-se. — Suspirou. — A política é um jogo desesperado. Quando o presidente solicita uma reunião secreta com a filha do seu adversário, o meu palpite é que se trata de algo mais que resumos de relatórios.

Rachel sentiu um arrepio distante. Os palpites de Pickering tinham uma estranha tendência a revelarem-se certeiros.

— E receia que a Casa Branca se sinta desesperada ao ponto de me introduzir *a mim* na cena política?

Pickering fez uma pausa.

— A agente Sexton não faz propriamente segredo dos seus sentimentos para com o seu pai, e não duvido de que a equipa da campanha do presidente esteja ao corrente da questão. Ocorre-me que talvez queiram usá-la de alguma maneira contra ele.

— Onde é que assino? — disse Rachel, meio a brincar.

Pickering não parecia impressionado. Olhou-a com severidade.

— Uma palavra de aviso, agente Sexton. Se acha que as suas questões pessoais com o seu pai podem prejudicar a sua capacidade de avaliar o que o presidente tiver para lhe dizer, aconselho-a vivamente a declinar o encontro.

— Declinar? — Rachel teve um riso nervoso. — Parece-me óbvio que não posso recusar um pedido ao presidente.

— Não, mas eu posso.

As palavras do director pairaram no ar durante alguns instantes, recordando a Rachel a outra razão pela qual Pickering era chamado de «Quaker». Apesar de ser um homem pequeno, William Pickering era capaz de provocar terramotos políticos quando algo o contrariava.

— As minhas preocupações em relação a este assunto são simples — disse ele. — É minha responsabilidade proteger as pessoas que trabalham para mim e não tolero que uma delas seja usada como peão num jogo político.

— Que sugere que eu faça?

Pickering suspirou.

— A minha sugestão é que vá encontrar-se com ele. Não se comprometa com nada. Assim que o presidente lhe disser que raio de coisa tem em mente, telefone-me. Se eu achar que ele está a envolvê-la em alguma jogada, confie em mim, tiro-a de lá tão depressa que o homem nem sequer vai saber o que lhe caiu em cima.

— Obrigada. — Rachel sentia da parte do director uma aura de protecção que muitas vezes teria gostado de encontrar no pai.

— E disse que o presidente já enviou um automóvel?

— Não exactamente — Pickering franziu o sobrolho e apontou para fora da janela.

Hesitante, Rachel aproximou-se e olhou na direcção indicada pelo dedo esticado de Pickering.

Um helicóptero *PaveHawk* MH-60G de nariz arrebitado esperava pousado no relvado. Um dos helicópteros mais rápidos de sempre, este *PaveHawk* tinha a insígnia da Casa Branca. O piloto estava por perto e olhava para o relógio.

Rachel voltou-se para Pickering, incrédula.

— A Casa Branca enviou um helicóptero para me levar num percurso de cinco quilómetros até D. C.?

— Ao que parece, o presidente quer impressioná-la, ou intimidá-la. — Pickering fixou-a. — Sugiro-lhe que não se sinta nem de uma maneira, nem de outra.

Rachel anuiu.

Sentia-se impressionada e intimidada.

Quatro minutos mais tarde, Rachel Sexton deixou o NRO e subiu para o helicóptero que a esperava. Antes de ter tempo de colocar o cinto de segurança, o aparelho encontrava-se no ar, atravessando os bosques de Virginia. Rachel olhou a mancha de árvores lá em baixo e sentiu que a sua pulsação se acelerava. E ter-se-ia acelerado ainda mais se ela soubesse que aquele helicóptero nunca chegaria à Casa Branca.

CAPÍTULO CINCO

O vento gelado chicoteava o tecido da tenda *ThermaTech*, mas Delta-Um quase não se dava conta. Ele e Delta-Três tinham os olhos postos no seu companheiro, que manipulava o *joystick* com uma precisão cirúrgica. O monitor diante deles exibia uma gravação em directo, filmada por uma nanocâmara instalada no micro-robô.

A última palavra em vigilância, pensava Delta-Um, que ainda se sentia maravilhado de cada vez que o ligavam. Ultimamente, no mundo da micromecânica, a realidade parecia estar a ultrapassar a ficção.

Os Sistemas Mecânicos Micro Electrónicos (SMME), micro-robôs, eram a última palavra em matéria de vigilância de alta tecnologia: a «tecnologia da mosca na parede», como lhe chamavam.

Literalmente.

Apesar de microscópicos, os robôs de controlo remoto pareciam ser ficção científica, quando, na realidade, existiam desde 1990. A revista *Discovery* fizera a capa com um artigo sobre micro-robôs em 1997, focando os modelos «voadores» e «nadadores». Os *nadadores* — nano-submarinos do tamanho de grãos de sal — podiam ser injectados na corrente sanguínea de um ser humano, como no filme *Viagem Fantástica*. Estavam agora a ser utilizados na área da medicina, permitindo aos médicos navegar nas artérias usando controlo remoto, e observar em directo transmissões de vídeo intravenosas, localizando bloqueios nas artérias sem terem de pegar num bisturi.

Ao contrário do que intuitivamente se poderia pensar, construir um micro-robô *voador* era ainda mais simples. A tecnologia aerodinâmica para fazer com que uma máquina voasse existia desde Kitty Hawk, e o que ficara resultava da miniaturização. Os primeiros micro-robôs voadores, concebidos pela NASA como instrumentos destinados a explorações sem a presença humana nas futuras missões em Marte, tinham começado por ter vários centímetros de comprimento. Agora, contudo, os avanços na nanotecnologia, em materiais leves capazes de absorver energia, e na micromecânica tinham tornado os micro-robôs voadores realidade.

O grande avanço adviera da recente biomímica — copiar a Mãe Natureza. Libelinhas em miniatura eram, de facto, o protótipo ideal para aqueles micro-robôs voadores ágeis e eficazes. O modelo PH2 que Delta-Dois dirigia naquele momento tinha apenas um centímetro de comprimento (o tamanho de um mosquito) e estava equipado com um par de asas duplas articuladas, transparentes, em folha de silicone, que no ar lhe conferiam uma mobilidade e uma eficácia inéditas.

O mecanismo de reabastecimento do micro-robô fora outro grande passo. Os primeiros protótipos do micro-robô só podiam recarregar as células de energia pairando directamente sob uma fonte de luz intensa, o que não era ideal para operações furtivas ou em locais escuros. Os protótipos mais recentes conseguiam, no entanto, recarregar-se mediante a mera aproximação, a escassos centímetros, de um campo magnético. Como convinha a uma sociedade moderna, os campos magnéticos eram ubíquos e discretos — tomadas, monitores de computadores, motores eléctricos, colunas de som, telemóveis; aparentemente, não faltavam obscuras estações de reabastecimento. Assim que um micro-robô era introduzido com êxito num determinado local, podia transmitir informação áudio e vídeo quase sem limitações. O PH2 da Força Delta estava a transmitir havia mais de uma semana sem quaisquer problemas.

Agora, como um insecto esvoaçando num celeiro cavernoso, o micro-robô aéreo pairava silencioso no ar quieto da enorme sala central da estrutura. Com o ângulo de visão de um pássaro, focando o espaço em baixo, o micro-robô circulava, silencioso, acima dos ocupantes, que de nada suspeitavam — técnicos, cientistas, especialistas em diversas áreas do saber. À medida que o PH2 circulava, Delta-Um reconheceu duas caras familiares que conversavam entre si. Tratava-se de algo importante. Disse a Delta-Dois que descesse para poder ouvir.

Manipulando os comandos, Delta-Dois ligou os sensores de som do robô, orientou o seu amplificador parabólico e reduziu a elevação a que o micro-robô se encontrava até este ficar cerca de dez metros acima das cabeças dos cientistas. A transmissão era ténue, mas audível.

— Ainda não consigo acreditar — dizia um dos cientistas. A excitação da sua voz não diminuíra desde que ali chegara, quarenta e oito horas antes.

O homem com quem falava partilhava, obviamente, o entusiasmo.

— No nosso tempo... Alguma vez pensaste testemunhar uma coisa destas?

— Nunca — replicou o cientista, exultante. — É um sonho magnífico.

Delta-Um não precisava de ouvir mais. Claro que ali dentro tudo decorria conforme as expectativas. Delta-Dois manobrou o micro-robô, afastando-o da conversa e conduzindo-o de volta ao seu esconderijo. Estacionou o pequeno dispositivo não detectado perto do cilindro de um gerador eléctrico. As células de energia do PH2 começaram imediatamente a recarregar para a sua missão seguinte.

CAPÍTULO SEIS

Enquanto o *PaveHawk* rasgava o céu, os pensamentos de Rachel Sexton deambulavam pelos estranhos acontecimentos daquela manhã, e só quando o helicóptero disparou através de Chesapeake Bay é que ela se apercebeu de que seguiam numa direcção completamente errada. O momento inicial de confusão deu instantaneamente lugar à inquietação.

— Ei! — gritou ela ao piloto. — O que é que está a fazer? — A voz dela mal se ouvia devido aos rotores. — Tem de me levar à Casa Branca!

O piloto abanou a cabeça.

— Lamento, minha senhora. O presidente não se encontra na Casa Branca hoje de manhã.

Rachel tentou recordar se Pickering mencionara especificamente a Casa Branca ou se fora ela que o assumira.

— Então, onde está o presidente?

— O seu encontro com ele é noutro lugar.

Não me digas.

— Em que outro lugar?

— Já não estamos longe.

— Não foi essa a minha pergunta.

— Faltam 16 milhas.

Rachel olhou-o de sobrolho carregado. *Este tipo devia ser político.*

— Consegue evitar as balas como evita responder às perguntas?

O piloto não respondeu.

O helicóptero levou menos de sete minutos a atravessar Chesapeake. Quando surgiu novamente terra à vista, o piloto fez uma viragem para norte e contornou uma pequena península, onde Rachel viu uma série de pistas de descolagem e edifícios de aspecto militar. O piloto desceu na direcção dessas construções e foi então que Rachel compreendeu de que local se tratava. As seis rampas de lançamento e as torres de foguetões chamuscadas eram uma boa pista, mas, caso isso não bastasse, o telhado de um dos edifícios tinha pintadas duas enormes palavras: WALLOPS ISLAND.

Wallops Island era um dos mais antigos locais de lançamento da NASA. Ainda usado no presente para lançamentos de satélites e para testar equipamento aéreo, Wallops era a base discreta da NASA.

O presidente em Wallops Island? Não fazia sentido.

O piloto do helicóptero alinhou a sua trajectória com uma série de três pistas que se estendiam ao longo da estreita península. Pareciam dirigir-se para a extremidade mais afastada da pista central.

O piloto começou a abrandar.

— Vai reunir com o presidente no gabinete dele.

Rachel voltou-se, perguntando-se se o tipo estaria a brincar.

— O presidente dos Estados Unidos tem um gabinete em Wallops Island?

O piloto não podia ter um ar mais sério.

— O presidente dos Estados Unidos tem um gabinete onde bem entender, minha senhora.

Ele apontou para o extremo da pista. Rachel viu a forma gigantesca brilhar à distância, e o seu coração quase parou. Até a trezentos metros de distância reconheceu a carapaça azul-clara: era o 747 modificado.

— O encontro é a bordo do...

— Exactamente, minha senhora. É a casa dele quando não está em casa.

Rachel olhou o enorme aparelho. A designação críptica militar do tão prestigiado avião era VC-25-A, apesar de em todo o mundo ser conhecido por outro nome: Air Force One.

— Parece que esta manhã está no *novo* — disse o piloto, apontando os números no estabilizador vertical na cauda do avião.

Rachel anuiu, com uma expressão ausente. Poucos americanos sabiam que havia, na realidade, dois Air Force Ones operacionais, um par de 747-200-Bs idênticos, de configuração especial, um com o número 28 000 e outro com o número 29 000. Tinham uma velocidade de cruzeiro de 600 mph, e estavam modificados para ser possível abastecê-los em pleno voo, o que lhes dava um raio de acção virtualmente ilimitado.

Enquanto o *PaveHawk* aterrava na pista ao lado do avião do presidente, Rachel compreendia por que razão se referiam ao Air Force One como a «superioridade da residência portátil» do comandante supremo. Era uma visão impressionante.

Quando o presidente viajava para outros países para se encontrar com chefes de Estado, muitas vezes solicitava (por razões de segurança) que as reuniões tivessem lugar numa pista, a bordo do seu jacto. Apesar de um dos motivos ser a segurança, outro seria certamente o poder de intimidação. Era mais intimidante para alguém ser recebido no Air Force One do que na Casa Branca. As letras com cerca de dois metros de altura ao longo da fuselagem proclamavam «ESTADOS UNIDOS DA AMÉRICA». Um membro feminino do gabinete inglês acusara uma vez o presidente Nixon de lhe ter «atirado a virilidade à cara» por terem reunido a bordo do Air Force One. Mais tarde, a tripulação, por piada, apelidara o avião de «Grande Picha».

— Sra. Sexton? — um funcionário dos Serviços Secretos, de *blazer*, surgiu junto ao helicóptero e abriu a porta para que Rachel saísse. — O presidente está à sua espera.

Rachel saiu e olhou para a prancha de embarque íngreme da fuselagem protuberante. *Vamos lá até ao falo voador.* Ela ouvira uma vez dizer que a «Sala Oval» voadora tinha cerca de 370 metros quadrados de área no seu interior, incluindo quatro aposentos para dormir, independentes, camaratas para uma tripulação de vinte e seis elementos e duas cozinhas com capacidade de providenciar comida para cinquenta pessoas.

Ao subir as escadas, Rachel sentiu que o funcionário seguia mesmo atrás dela, apressando-a. No alto, a porta da cabina estava aberta, como uma pequena ferida de punctura no flanco de uma gigantesca baleia. Avançou na direcção da entrada escura e sentiu que a sua autoconfiança esmorecia.

Calma, Rachel. É só um avião.

À entrada, o funcionário dos Serviços Secretos pegou-lhe delicadamente no braço e conduziu-a ao longo de um corredor surpreendentemente estreito. Viraram à direita, percorreram uma pequena distância e encontraram-se numa cabina espaçosa e luxuosa. Rachel reconheceu-a logo de fotografias.

— Espere aqui — disse o funcionário, e desapareceu.

Rachel viu-se sozinha na cabina anterior revestida de madeira. Aquela era a sala usada para reuniões, para receber dignitários e, aparentemente, para intimidar passageiros que ali fossem pela primeira vez. A sala abrangia toda a largura do avião, assim como o seu espesso tapete castanho-amarelado. A mobília era impecável — cadeirões de pele em redor de uma mesa de reuniões de bordo, candeeiros de chão em bronze polido junto de um sofá continental, e um serviço de cristal gravado a água-forte num bar de mogno.

Supostamente, os *designers* do Boeing tinham concebido cuidadosamente esta cabina para inspirar aos passageiros «uma sensação de ordem e de tranquilidade». No entanto, tranquilidade era a última coisa que Rachel Sexton sentia naquele momento. Só conseguia pensar na quantidade de líderes mundiais que se tinham sentado naquela mesma sala para tomar decisões que tinham mudado o mundo.

Era uma sala em que tudo sugeria poder, desde o leve aroma de bom tabaco de cachimbo até ao ubíquo selo presidencial. A águia abraçando as setas e os ramos de oliveira estava bordada nas almofadas, gravada no balde do gelo e até mesmo nas bases de cortiça para copos que se encontravam no bar. Rachel pegou numa das bases para a examinar.

— Já a roubar lembranças? — perguntou uma voz profunda atrás dela.

Apanhada de surpresa, Rachel rodou, deixando a base de cortiça cair no chão. Atrapalhada, ajoelhou-se para a apanhar. Ergueu então os olhos e viu o presidente dos Estados Unidos, olhando-a com um sorriso divertido.

— Eu não sou da realeza, Sra. Sexton. Não é necessário ajoelhar-se.

CAPÍTULO SETE

O senador Sexton saboreava a privacidade da sua limusina *Lincoln* à medida que esta serpenteava pelo trânsito matinal de Washington, a caminho do seu escritório. Sentada em frente dele, Gabrielle Ashe, a sua assistente pessoal de vinte e quatro anos, lia-lhe a agenda do dia. Sexton mal escutava.

Adoro Washington, pensava ele, admirando o corpo perfeito dela, perceptível por baixo da camisola de caxemira. *O poder é o melhor afrodisíaco que existe... E traz uma data de mulheres como esta para D. C.*

Gabrielle era uma nova-iorquina, licenciada da Ivy League, que sonhava vir a ser senadora um dia. *Ela também vai conseguir*, pensava Sexton. Era incrivelmente bonita e determinada como um chicote. Mas, acima de tudo, compreendia as regras do jogo.

Gabrielle Ashe era de raça negra, mas a sua cor morena era mais como um profundo tom de canela ou mogno, uma cor intermédia que Sexton sabia que os «brancos» podiam aprovar sem reticências. Sexton costumava descrever Gabrielle aos amigos íntimos como uma espécie de Halle Berry que tivesse a a cabeça e a ambição de Hillary Clinton, embora muitas vezes pensasse que esta definição ficava aquém daquilo que ela era na realidade.

Gabrielle revelara-se uma tremenda mais-valia para a campanha, desde que a fizera sua assistente pessoal, três meses antes. E, ainda por cima, trabalhava de graça. A recompensa que retirava de um horário de dezasseis horas diárias era o conhecer os meandros do meio, contactando com um político experiente.

Claro, regozijava-se Sexton, *consegui convencê-la a fazer um pouco mais do que o trabalho exigia*. Depois de promover Gabrielle, Sexton convidara-a para uma «sessão de orientação» fora de horas, no seu escritório. Como seria de esperar, ela apareceu, cheia de admiração e ansiosa por agradar. Lentamente, com uma paciência aperfeiçoada ao longo de décadas, Sexton lançou o seu feitiço... ganhando a confiança de Gabrielle, libertando-a das suas inibições, exibindo o seu domínio avassalador e, por fim, seduzindo-a ali mesmo, no seu gabinete.

Sexton tinha quase a certeza de que o encontro fora uma das experiências sexuais mais gratificantes da vida da jovem, mas, apesar disso, no dia seguinte, Gabrielle, claramente, arrependera-se. Embaraçada, apresentara a sua demissão. Sexton recusara. Gabrielle ficou, mas assumiu um comportamento inequívoco: desde aí, a relação que mantinham era exclusivamente profissional.

Os lábios carnudos de Gabrielle continuavam a mover-se.

— ... não convém que tenha uma atitude estudada no debate da CNN hoje à tarde. Ainda não sabemos quem é que a Casa Branca vai enviar como oponente. Talvez queira dar uma vista de olhos a estas notas que lhe preparei. — Gabrielle passou-lhe uma pasta.

Sexton pegou na pasta, saboreando o perfume dela que se misturava com o cheiro a cabedal dos bancos do automóvel.

— Não me está a ouvir — disse ela.

— Claro que estou — Sexton sorriu. — O pior cenário é a Casa Branca tentar humilhar-me enviando alguém de segunda linha da campanha. O melhor cenário é ser alguém importante, e eu arraso-o.

Gabrielle franziu o sobrolho.

— Óptimo. Incluí nas suas notas uma lista dos pontos críticos mais prováveis.

— Os suspeitos do costume, sem dúvida.

— Com uma nova entrada. Penso que encontrará uma reacção hostil por parte da comunidade *gay* devido aos comentários que fez na noite passada quando foi ao *Larry King*.

Sexton encolheu os ombros, sem prestar atenção.

— Pois, a história dos casamentos homossexuais.

Gabrielle deitou-lhe um olhar de desaprovação.

— Opôs-se realmente de forma muito explícita.

Casamentos homossexuais, pensou Sexton. *Se dependesse de mim, os mariconsos nem votavam.*

— O.K. Vou dar a volta à questão.

— Óptimo. Tem estado a insistir bastante em alguns destes tópicos, ultimamente. Não se torne pretensioso. O público pode mudar de ideias de um momento para o outro. Agora, está a ganhar, está em vantagem. Aproveite-a. Não vale a pena pôr a bola fora de jogo hoje. É só continuar a jogar.

— Há notícias da Casa Branca?

Gabrielle parecia agradavelmente baralhada.

— Silêncio prolongado. Já é oficial que o seu adversário se tornou o «homem invisível».

Sexton mal podia acreditar na sorte que o bafejava ultimamente. Durante meses, o presidente trabalhara arduamente na campanha. Depois, de repente, uma semana antes, fechara-se na Sala Oval e ninguém voltara a vê-lo ou a ouvi-lo. Dir-se-ia que o presidente não conseguia lidar com o crescente apoio dos eleitores a Sexton.

Gabrielle passou a mão pelo cabelo preto e esticado.

— Ouvi dizer que a equipa da campanha da Casa Branca está tão confusa como nós. O presidente não dá explicações sobre o seu desaparecimento, e estão todos furiosos.

— Alguma teoria?

Gabrielle olhou-o por sobre os seus óculos de intelectual.

— Por acaso, recebi esta manhã algumas informações interessantes de um dos meus contactos na Casa Branca.

Sexton reconheceu aquele brilho nos olhos dela. Gabrielle Ashe tinha novamente conseguido informação do outro lado. Sexton perguntava-se se ela andaria a fazer broches a algum membro da equipa do presidente em troca de segredos da campanha. Sexton não se importava... desde que a informação continuasse a chegar.

— Dizem os rumores — continuou a assistente, baixando a voz — que o estranho comportamento do presidente começou na semana passada depois de uma reunião de emergência em privado com o administrador da NASA. Ao que parece, o presidente saiu da reunião com um ar perfeitamente aturdido. Mandou imediatamente cancelar todos os compromissos agendados e, desde essa altura, tem estado sempre em contacto com a NASA.

Eram, obviamente, novidades que agradavam a Sexton.

— Acha que a NASA deu outra vez más notícias?

— Parece-me uma explicação lógica — disse ela, num tom esperançado. — E deve tratar-se de algo realmente crítico, para fazer o presidente desmarcar tudo.

Sexton reflectiu. Obviamente que era mau o que quer que estivesse a acontecer na NASA. *Se fosse bom, o presidente já me tinha atirado com isso à cara.* Desde há uns tempos que Sexton atacava insistentemente o presidente a respeito do financiamento da NASA. A recente sucessão de missões falhadas e as enormes derrapagens de orçamento da agência espacial tinham-lhe valido a duvidosa honra de se tornar a bandeira não oficial de Sexton contra o despesismo e a ineficiência do governo. Definitivamente, atacar a NASA, um dos mais proeminentes símbolos do orgulho nacional, não era a forma que a maior parte dos políticos consideraria mais adequada para vencer as eleições, mas Sexton tinha uma arma que poucos políticos tinham — Gabrielle Ashe. E o seu infalível instinto.

A brilhante mulher chamara a atenção de Sexton alguns meses antes, quando trabalhava como coordenadora na sede da campanha do senador, em Washington. Estando Sexton a sair-se mal nas primárias e a sua mensagem em torno dos gastos excessivos do governo a cair em orelhas moucas, Gabrielle enviara-lhe uma nota sugerindo um ângulo radicalmente novo para a campanha. Aconselhara o senador a atacar as gigantescas derrapagens orçamentais da NASA e o contínuo auxílio financeiro da Casa Branca como exemplos máximos dos gastos irresponsáveis do presidente Herney.

«A NASA custa uma fortuna aos Americanos», escrevera Gabrielle, incluindo uma lista de cálculos financeiros, fracassos e fundos de emergência. «Os eleitores não têm ideia. Ficariam horrorizados se soubessem. Acho que deveria tornar a NASA uma questão política.»

Sexton resmungara perante aquela ingenuidade. «Pois claro, e já agora apregoo contra o cantar-se o hino nacional nos jogos de basebol.»

Nas semanas que se seguiram, Gabrielle continuou a fazer chegar à secretária de Sexton informação sobre a NASA. Quanto mais lia, mais o senador se convencia de que a jovem Gabrielle Ashe tinha razão. Mesmo tendo em conta o estatuto de agência governamental, a NASA era um impressionante sorvedouro de dinheiro — dispendiosa, ineficiente e, nos últimos anos, visivelmente incompetente.

Numa tarde, Sexton deu uma entrevista na rádio acerca da educação. O entrevistador estava a pressioná-lo, querendo saber onde iria buscar financiamento para a sua prometida restruturação das escolas. Em resposta, Sexton decidiu testar a teoria da NASA de Gabrielle, numa resposta meio em tom de brincadeira.

— Dinheiro para a educação? — perguntou. — Bem, talvez corte o programa espacial para metade. Imagino que, se a NASA pode gastar quinze biliões por ano no espaço, é justo que eu possa gastar sete milhões e meio com os miúdos aqui na Terra.

Ao ouvirem a transmissão, os dirigentes da campanha de Sexton sobressaltaram-se, horrorizados com aquele comentário impensado. Afinal, várias campanhas se tinham afundado por muito menos do que tentar atingir a NASA. Imediatamente, as linhas telefónicas na estação de rádio ficaram ocupadas. Os dirigentes da campanha de Sexton encolheram-se de medo; os patriotas do espaço acercavam-se para a matança.

E, subitamente, algo inesperado acontecera.

— Quinze *biliões* por ano? — disse o primeiro ouvinte, num tom chocado. — Com um *B*? Está a dizer-me que a aula de matemática do meu filho está sobrelotada porque as escolas não têm verba para contratar professores suficientes, enquanto a NASA gasta quinze biliões de dólares por ano para fotografar pó do espaço?

— Sim... é isso — disse Sexton, cautelosamente.

— Mas é absurdo! E o presidente tem poder para fazer alguma coisa a esse respeito?

— Claro — replicou Sexton, mais confiante. — O presidente pode vetar um orçamento que considere excessivo.

— Nesse caso, senador Sexton, tem o meu voto. Quinze biliões para pesquisa no espaço, e os nossos filhos não têm professores. É ultrajante! Boa sorte, senador. Espero que vença.

O ouvinte seguinte foi posto em linha.

— Senador, acabei de ler que a Estação Espacial Internacional da NASA ultrapassou bastante o orçamento e que o presidente está a considerar que se garanta à NASA um fundo de emergência para dar continuidade ao projecto. Isto é verdade?

Sexton deu um salto ao ouvir isto.

— Está correcto! — E em seguida explicou que a estação espacial tinha inicialmente sido proposta como um projecto conjunto de doze países, que partilhariam os custos. Depois de iniciada a construção, o orçamento crescera em espiral, descontroladamente. Diversos países tinham desistido, desapontados. Em vez de abandonar o projecto, o presidente decidira cobrir todos os custos.

— A nossa parte do financiamento da Estação — anunciou Sexton — subiu dos oito biliões previstos para uns surpreendentes cem biliões de dólares!

O ouvinte parecia furioso.

— Mas por que raio é que o presidente não acaba com isso?

Sexton tinha vontade de abraçar o tipo.

— Excelente pergunta. Mas, infelizmente, um terço dos materiais de construção já se encontra em órbita, porque o presidente gastou o dinheiro dos *seus* impostos para os colocar em órbita. «Acabar com isso» seria admitir que fez um disparate de muitos biliões de dólares com o *seu* dinheiro.

As chamadas prosseguiram. Pela primeira vez, as pessoas davam-se conta de que a NASA era uma opção, não uma obrigação nacional.

Quando o programa terminou, à excepção de alguns fiéis da NASA que telefonavam com comentários pungentes acerca da eterna demanda do Homem pelo conhecimento, tinha-se chegado a um consenso: a campanha de Sexton encontrara o cálice sagrado, um ponto quente, uma questão controversa nunca antes tocada que irritara os eleitores.

Nas semanas que se seguiram, Sexton infligiu pesadas derrotas aos seus adversários em cinco primárias cruciais. Nomeou Gabrielle Ashe como sua assistente pessoal na campanha, elogiando-a pelo seu trabalho, ao levar a questão da NASA até aos eleitores. Com um simples gesto, Sexton tornara uma jovem afro-americana numa estrela da política em ascensão, e a questão das suas tendências racistas e sexistas desapareceu do dia para a noite.

Agora, estando ambos sentados dentro da limusina, Sexton dava-se conta de que ela voltara a provar o seu mérito. A nova informação a respeito do encontro secreto entre o administrador da NASA e o presidente levava a crer que iriam surgir novos problemas relacionados com a agência... Talvez outro país a retirar fundos da estação espacial.

Enquanto a limusina passava pelo Monumento Washington, o senador Sexton não podia deixar de se sentir escolhido pelo destino.

CAPÍTULO OITO

Apesar de ter atingido o cargo político mais poderoso do mundo, o presidente Zachary Herney tinha uma altura média, era magro e de ombros estreitos. Tinha uma cara sardenta, o cabelo preto, e usava lentes bifocais. Contudo, o seu físico modesto contrastava em absoluto com o amor, quase veneração, que despertava naqueles que o conheciam. Dizia-se que, quando alguém conhecia Zach Herney, seria capaz de ir até ao fim do mundo por ele.

— Fico muito contente por ter vindo — disse o presidente Herney, estendendo a mão para cumprimentar Rachel. O seu aperto de mão era quente e sincero.

Rachel tentou clarear a voz.

— Claro, Sr. Presidente. É uma honra conhecê-lo.

O presidente fez um sorriso reconfortante, e Rachel pôde apreciar ao vivo a lendária afabilidade de Herney. Aquele homem tinha um semblante bonacheirão que os cartoonistas adoravam, pois por mais que distorcessem o seu retrato, ninguém confundia a sua genuína amabilidade e o seu sorriso amistoso. Os seus olhos reflectiam sempre sinceridade e dignidade.

— Se quiser vir comigo — disse ele num tom jovial —, tenho uma chávena de café com o seu nome escrito.

— Obrigada, Sr. Presidente.

O presidente carregou no botão do intercomunicador e pediu que servissem café no seu gabinete.

Ao seguir o presidente através do avião, Rachel não pôde deixar de reparar que ele tinha um ar extremamente feliz e descansado para quem estava em período eleitoral. Estava também vestido de forma muito descontraída: *jeans*, pólo e botas de caminhada *L. L. Bean*.

Rachel tentou fazer conversa.

— Anda a fazer caminhada, Sr. Presidente?

— De modo algum. Os meus conselheiros de imagem decidiram que este devia ser o meu novo visual. O que é que acha?

Para bem dele, Rachel esperava que não estivesse a falar a sério.

— É muito... Hum... *masculino*, Sr. Presidente.

Herney manteve-se impassível.

— Óptimo. Estamos a contar que me ajude a recuperar alguns dos votos femininos do seu pai.

Depois de uma pausa, o presidente desfez-se num grande sorriso.

— Sra. Sexton, estava a *brincar*. Ambos sabemos que vai ser preciso mais do que um pólo e uns *jeans* para ganhar estas eleições.

A abertura e o bom humor do presidente faziam com que rapidamente se evaporasse a tensão que Rachel sentia por estar ali. O que lhe faltava no aspecto físico, este presidente compensava com o seu talento diplomático. A diplomacia tinha a ver com as competências das pessoas, e Zach Herney tinha o dom.

Rachel seguiu o presidente até à parte de trás do avião. Quanto mais avançavam, menos o interior se parecia com um avião: entradas abobadadas, paredes forradas a papel, e até uma sala para prática de desporto, com *StairMaster* e máquina de remo. Estranhamente, o avião parecia quase deserto.

— Viaja sozinho, Sr. Presidente?

Ele abanou a cabeça.

— Com efeito, acabei de aterrar.

Rachel estava surpreendida. *Aterrou vindo de onde?* As informações a que ela tivera acesso nessa semana não mencionavam nada a respeito de viagens da presidência. Aparentemente, ele usava Wallops Island para viajar discretamente.

— A minha equipa deixou o avião mesmo antes de você chegar — explicou o presidente. — Dentro de pouco tempo vou reunir-me a eles na Casa Branca, mas queria encontrar-me consigo aqui, e não no meu gabinete.

— Está a tentar intimidar-me?

— Pelo contrário, Sra. Sexton. Estou a tentar respeitá-la. A Casa Branca não permite qualquer privacidade e, se o nosso encontro viesse a público, isso deixá-la-ia numa posição complicada em relação ao seu pai.

— Agradeço a sua preocupação, Sr. Presidente.

— Parece-me que está a conseguir gerir graciosamente uma situação de equilíbrio delicado, e não vejo razão para alterar esse estado de coisas.

Rachel recordou por um instante o encontro com o pai, ao pequeno-almoço, e pareceu-lhe que não poderia ser classificado de «gracioso». De qualquer forma, Zach Herney alterava o seu programa para ser correcto, e certamente não tinha qualquer obrigação de o fazer.

— Posso tratá-la por Rachel? — perguntou Herney.

— Claro. *Posso tratá-lo por Zach?*

— Aqui é o meu gabinete — disse o presidente, indicando-lhe uma porta de carvalho trabalhada.

O gabinete a bordo do Air Force One era certamente mais acolhedor que o seu correspondente na Casa Branca, mas a mobília conferia-lhe, ainda assim, um ar austero. A secretária estava coberta com pilhas de papéis, e por detrás dela pendia um quadro a óleo de uma escuna clássica de três mastros velejando a todo o pano, tentando escapar a uma tempestade feroz. Parecia a metáfora perfeita para a presidência de Zach Herney naquele momento.

O presidente ofereceu a Rachel uma das três cadeiras de executivo do outro lado da sua secretária. Ela sentou-se. Rachel esperava que ele se sentasse atrás da secretária, mas, em vez disso, o presidente puxou uma das restantes cadeiras e sentou-se ao lado dela.

Em pé de igualdade, apercebeu-se ela. *O mestre da diplomacia.*

— Bem, Rachel — começou Herney, com um suspiro de cansaço, ajeitando-se na sua cadeira. — Imagino que deve sentir-se confusa por estar aqui sentada, neste momento. Estou certo?

O que restava das defesas de Rachel caiu com a candura da voz do presidente.

— Para dizer a verdade, estou completamente desorientada.

Herney riu com vontade.

— Excelente. Não é todos os dias que consigo desorientar alguém do NRO.

— Não é todos os dias que alguém do NRO é convidado a ir a bordo do Air Force One por um presidente com botas de caminhada.

O presidente riu de novo.

Um leve bater na porta anunciou a chegada de café. Uma assistente de bordo entrou trazendo um tabuleiro com uma cafeteira de estanho fumegante e duas chávenas. A pedido do presidente, pousou o tabuleiro em cima da secretária e desapareceu.

— Natas e açúcar? — perguntou o presidente, levantando-se para servir Rachel.

— Natas, por favor. — Rachel saboreou o aroma rico. *É o próprio presidente dos Estados Unidos que me está a servir café?*

Zach Herney estendeu-lhe uma pesada chávena.

— Autêntico *Paul Revere* — disse ele. — Um dos pequenos luxos.

Rachel tomou um pequeno gole de café. Era o melhor que alguma vez provara.

— De qualquer modo — disse o presidente, servindo-se e recostando-se na cadeira —, não tenho muito tempo para estar aqui, por isso, vamos directos ao assunto.

Zach Herney deitou um cubo de açúcar no café e olhou para Rachel.

— Imagino que Bill Pickering a tenha prevenido de que a única razão pela qual eu quereria vê-la seria usá-la para obter vantagem política, não?

— Na verdade, Sr. Presidente, foi *exactamente* isso que ele disse.

Herney fez um sorriso trocista.

— Sempre o mesmo cínico.

— Então ele estava enganado?

— Está a brincar? — riu o presidente. — Bill Pickering nunca está enganado. Acertou no ponto, como de costume.

CAPÍTULO NOVE

Gabrielle Ashe olhava distraidamente pela janela da limusina do senador Sexton, à medida que avançavam através do trânsito da manhã na direcção do edifício do gabinete de Sexton. Gabrielle perguntava-se como conseguira chegar àquele ponto na sua vida. Assistente pessoal do senador Sedgewick Sexton. Era exactamente aquilo que ambicionara, não era?

Estou sentada numa limusina com o próximo presidente dos Estados Unidos.

Gabrielle olhou através do interior de pelúcia do carro para o senador, que parecia distante, mergulhado nos seus pensamentos. Ela admirava os seus traços atraentes e a forma com se vestia. Tinha uma aparência presidencial.

Gabrielle vira Sexton pela primeira vez quando era finalista na licenciatura em ciências políticas, na Universidade de Cornell, três anos antes. Nunca esqueceria a forma como os olhos dele sondavam a assistência, como que enviando-lhe uma mensagem directamente a ela: *confia em mim.* Depois de Sexton ter discursado, Gabrielle esperara numa fila para o conhecer.

— Gabrielle Ashe — dissera o senador, lendo o nome dela na placa que trazia ao peito. — Um nome encantador para uma jovem encantadora. — Os olhos dele inspiravam confiança.

— Obrigada, senador — replicara Gabrielle, sentindo a força dele ao apertar-lhe a mão. — Fiquei realmente impressionada com a sua mensagem.

— Fico contente por sabê-lo — e Sexton colocara o seu cartão na mão dela. — Estou sempre à procura de mentes jovens e brilhantes que partilhem o meu ponto de vista. Quando acabar o curso, contacte-me. Pode ser que se arranje um emprego para si.

Gabrielle abrira a boca para lhe agradecer, mas o senador estava já a falar com a pessoa que se seguia na fila.

Contudo, nos meses seguintes, Gabrielle deu consigo a acompanhar a carreira de Sexton na televisão. Observou-o com admiração enquanto ele se opunha aos gastos do governo — defendendo cortes no orçamento, racionalizando o IRS para uma maior eficácia, reduzindo os gastos com a DEA e até reduzindo programas redundantes de serviço civil. Depois, quando a mulher do senador morreu repentinamente num acidente de automóvel, Gabrielle observou espantada como o senador conseguiu, de alguma maneira, dar a volta por cima. Sexton pôs de lado a sua dor pessoal e declarou ao mundo que iria concorrer à presidência e dedicar o que restasse do seu serviço público à memória da mulher. Nesse preciso momento, Gabrielle decidira que queria trabalhar de perto na campanha presidencial do senador Sexton.

E agora chegara tão perto quanto alguém poderia chegar.

Gabrielle recordou a noite que passara com Sexton no seu gabinete insonorizado, e sentiu-se encolher, tentando afastar aquelas imagens embaraçosas da sua mente. *Onde é que eu tinha a cabeça?* Ela sabia que devia ter resistido, mas fora incapaz. Sedgewick Sexton fora o seu ídolo durante tanto tempo... E pensar que ele a queria a *ela*.

A limusina deu um solavanco, arrancando-a aos seus pensamentos e trazendo-a de volta ao presente.

— Sente-se bem? — Sexton olhava-a.

Gabrielle apressou-se a sorrir.

— Está tudo bem.

— Já não está a pensar naquele episódio, ou ainda está?

Ela encolheu os ombros.

— Estou um pouco preocupada, sim.

— Esqueça. Foi a melhor coisa que podia ter acontecido à minha campanha.

Gabrielle aprendera da pior maneira que em política valia tudo, mesmo dizer que o adversário tinha feito uma operação de aumento do pénis, ou era assinante de uma revista porno. A táctica, não sendo elegante, quando compensava, compensava largamente.

Claro que, havendo contra-ataque...

E houvera contra-ataque. Para a Casa Branca. Cerca de um mês antes, os organizadores da campanha do presidente, inquietos com as primárias que se lhes escapavam das mãos, resolveram tornar-se agressivos e deram a conhecer uma história que, suspeitavam, seria verdadeira: que o senador Sexton mantinha um caso com a assistente pessoal, Gabrielle Ashe. Infelizmente para a Casa Branca, não havia provas conclusivas. O senador, firmemente convicto de que a melhor defesa é o ataque, aproveitou o momento. Pediu uma conferência de imprensa nacional para se proclamar inocente e ultrajado. *Eu não posso acreditar*, dissera ele, enfrentando as câmaras com sofrimento nos olhos, *que o presidente fosse capaz de desonrar a memória da minha mulher com estas mentiras maliciosas.*

O desempenho do senador na televisão fora tão convincente que a própria Gabrielle praticamente acreditara que não tinham dormido juntos. Ao ver como lhe era fácil mentir, Gabrielle deu-se conta de que o senador Sexton era efectivamente um homem perigoso.

Nos últimos tempos, apesar de continuar certa de que estava a apostar no cavalo *mais forte* na corrida à presidência, Gabrielle começara a questionar-se se estaria a apoiar o *melhor* cavalo. Trabalhar de perto com Sexton fora uma experiência frutífera — semelhante a uma visita aos bastidores da Universal Studios, onde o nosso espanto infantil perante os filmes é destruído pela tomada de consciência de que, afinal, Hollywood não é magia.

Embora a fé de Gabrielle na mensagem de Sexton permanecesse intacta, ela começava a questionar o mensageiro.

CAPÍTULO DEZ

— O que tenho para lhe dizer, Rachel — começou o presidente —, é confidencial «UMBRA». Ultrapassa largamente o âmbito da sua actual posição.

Rachel teve a sensação de que as paredes do Air Force One se estreitavam em seu redor. O presidente fizera-a voar até Wallops Island, convidara-a para ir a bordo do seu avião, servira-lhe café, dissera-lhe sem rodeios que tencionava usá-la para obter vantagem política face ao seu próprio pai, e agora anunciava que estava prestes a fornecer-lhe informação confidencial ilegalmente. Por muito afável que Zach Herney fosse à superfície, Rachel Sexton acabara de aprender algo importante a respeito dele. Este homem assumia o controlo rapidamente.

— Há duas semanas atrás — disse o presidente, olhando-a nos olhos —, a NASA fez uma descoberta.

As palavras pairaram no ar durante um momento, antes que Rachel conseguisse processá-las. *Uma descoberta da NASA?* Os últimos relatórios dos Serviços de Informação não indicavam qualquer ocorrência invulgar no que dizia respeito à agência espacial. Nos dias que corriam, uma «descoberta da NASA» significava normalmente que se tinham dado conta de que o orçamento para determinado projecto fora irrealista.

— Antes de prosseguirmos com esta conversa — disse o presidente —, gostaria de saber se partilha do cinismo do seu pai relativamente à exploração espacial.

Rachel ofendeu-se com o comentário.

— Espero que não me tenha chamado aqui para me pedir que controle a conversa disparatada do meu pai contra a NASA.

O presidente riu.

— Com os diabos, não! Passei tempo suficiente no Senado para saber que *ninguém* controla Sedgewick Sexton.

— O meu pai é um oportunista, Sr. Presidente. Tal como a maior parte dos políticos com êxito. E, infelizmente, a NASA tornou-se um alvo fácil.

A recente sucessão de erros cometidos pela NASA tornara-se de tal forma insustentável que só se podia rir ou chorar: satélites que se desintegravam em órbita, sondas espaciais que nunca estabeleciam ligação com a Terra, o orçamento da Estação Espacial Internacional que ascendera ao seu décuplo e os outros países membros que tinham escapado como ratos de um navio que se afundava. Eram biliões que se estavam a gastar e o senador Sexton aproveitava a onda, uma onda que parecia destinada a levá-lo até à costa de Pennsylvania Avenue, 1600.

— Reconheço — continuou o presidente — que a NASA se tem revelado uma área desastrosa ultimamente. De cada vez que olho para o lado, dão-me mais uma razão para lhes cortar o financiamento.

Rachel viu ali uma oportunidade para intervir e aproveitou-a.

— E, contudo, Sr. Presidente, li que lhes facultou na semana passada mais um fundo de emergência no valor de três milhões, para que pudessem pagar as suas dívidas...

O presidente soltou um riso abafado.

— O seu pai ficou radiante com essa, não é verdade?

— Nada como pôr a arma na mão do nosso carrasco.

— Não ouviu na *Nightline*? «Zach Herney é um viciado no espaço e os contribuintes estão a financiar a sua dependência.»

— Mas o senhor continua a dar-lhes razão.

Herney concordou.

— Não é segredo para ninguém que sou um grande fã da NASA. Sempre fui. Era criança na altura da corrida ao espaço: *Sputnik*, John Glenn, *Apollo 11*... E nunca hesitei em exprimir os meus sentimentos de admiração e de orgulho nacional pelo nosso programa espacial. Para mim, os homens e as mulheres da NASA são os pioneiros da História moderna. Tentam o impossível, aceitam o fracasso e depois voltam para o estirador, enquanto nós recuamos e criticamos.

Rachel mantinha-se em silêncio, apercebendo-se de que, debaixo da aparente calma do presidente, estava uma raiva indignada pela interminável retórica anti-NASA do seu pai. Deu por si a perguntar-se que raio teria a NASA descoberto. Definitivamente, o presidente estava a atrasar o momento de chegar ao assunto.

— Hoje — disse Herney, a sua voz tornando-se mais intensa —, vou mudar toda a sua opinião a respeito da NASA.

Rachel olhou-o, sem grande convicção.

— Sr. Presidente, já tem o meu voto. Talvez queira concentrar-se no resto do país.

— É o que tenciono fazer — tomou um gole de café e sorriu. — E venho pedir-lhe a sua ajuda. — Fez uma pausa, e inclinou-se para ela. — De uma forma particularmente invulgar.

Rachel sentia agora que Zach Herney escrutinava cada movimento seu, como um caçador tentando perceber se a sua presa tencionava fugir ou lutar. Infelizmente, Rachel não via fuga possível.

— Parto do princípio — disse o presidente, servindo ambos de mais café — de que conhece um projecto da NASA intitulado EOS. Estou certo?

Rachel anuiu.

— *Earth Observation System*. Creio que o meu pai já o mencionou uma ou duas vezes.

A fraca tentativa de sarcasmo fez com que o presidente franzisse as sobrancelhas. De facto, o pai de Rachel mencionava o EOS sempre que podia. Era uma das aventuras dispendiosas mais controversas da NASA, uma constelação de cinco satélites concebidos para observarem a Terra do espaço, analisando o ambiente do planeta: a deterioração da camada de ozono, o degelo nos pólos, o aquecimento global, o desaparecimento da floresta tropical. O objectivo era fornecer aos ambientalistas informação macroscópica nunca antes obtida, proporcionando-lhes melhores condições para planearem o futuro da Terra.

Infelizmente, o projecto EOS estava condenado ao fracasso. Como tantos outros projectos recentes da NASA, apresentara derrapagens orçamentais desde o início. E Zach Herney era quem segurava na batata quente. Servira-se do apoio do *lobby* dos ecologistas para fazer com que o Congresso aprovasse a quantia de 1,4 biliões do projecto EOS. Mas, em vez de cumprir a prometida contribuição para a ciência global da Terra, o EOS entrara rapidamente numa espiral que era um dispendioso pesadelo de lançamentos falhados, deficiente funcionamento de computadores e melancólicas conferências de imprensa da NASA. Nos últimos tempos, a única cara sorridente era a do senador Sexton, que lembrava pretensiosamente aos eleitores como o dinheiro deles fora gasto pelo presidente no EOS, e como tinham sido débeis as contrapartidas.

O presidente deixou cair um cubo de açúcar na chávena.

— Por surpreendente que possa parecer, a descoberta da NASA a que me refiro foi *feita* pelo EOS.

Rachel sentia-se completamente confusa. Se o EOS tivera um êxito recente, a NASA encarregar-se-ia de o anunciar, não? Sexton não parava de crucificar o EOS nos *media*, e certamente que à agência espacial dava jeito qualquer boa notícia que pudesse arranjar.

— Não ouvi nada a respeito de uma descoberta do EOS — disse Rachel.

— Eu sei. A NASA prefere guardar as boas notícias durante algum tempo.

Rachel duvidava.

— Pela experiência que tenho, Sr. Presidente, no que toca à NASA, ausência de notícias significa geralmente más notícias.

A contenção não era o forte do departamento de relações públicas da agência espacial. Uma das piadas que circulavam no NRO era que a NASA dava uma conferência de imprensa de cada vez que um dos seus cientistas se peidava.

O presidente franziu a testa.

— Ah, claro. Já me esquecia que estou a falar com uma das discípulas de Pickering do NRO. Ele ainda continua a remoer e a resmungar a propósito de serem desbocados na NASA?

— A segurança é a área dele, Sr. Presidente, e leva-a muito a sério.

— É bom que assim seja. Eu só acho incrível que duas agências que têm tanto em comum vivam em conflito.

Logo que começara a trabalhar para William Pickering, Rachel aprendera que, apesar de ambos serem agências relacionadas com o espaço, o NRO e a NASA tinham filosofias diametralmente opostas. O NRO era uma agência de defesa e mantinha todas as suas actividades associadas ao espaço confidenciais, enquanto a NASA era académica e publicitava em grande excitação todos os seus avanços à volta do globo, muitas vezes, dizia William Pickering, colocando em risco a segurança nacional. Algumas das melhores tecnologias da NASA (lentes de alta resolução para telescópios de satélites, sistemas de comunicação de longo-alcance e aparelhos de *radio imaging*) tinham o péssimo hábito de aparecer no arsenal dos Serviços Secretos de países hostis e de serem usados para espionagem contra os Estados Unidos. Bill Pickering resmungava frequentemente que os cientistas da NASA tinham grandes miolos... e bocas ainda maiores.

No entanto, uma questão mais polémica entre as duas agências era o facto de que, como a NASA se encarregava dos lançamentos dos satélites, muitos dos seus recentes erros afectavam directamente o NRO. E nenhum fracasso fora tão dramático como o do dia 12 de Agosto de 1998, quando o foguetão *Titan 4* da NASA e da Força Aérea explodira quarenta segundos após o lançamento, destruindo a sua carga: um satélite do NRO, com o nome de código Vortex 2, no valor de 1,2 biliões de dólares. Pickering parecia particularmente renitente em esquecer esse incidente.

— Então, por razão é que a NASA não tornou público este recente êxito? — perguntou Rachel, em tom de desafio. — Certamente que lhes dava jeito uma boa notícia, neste momento.

— A NASA manteve-se em silêncio — declarou o presidente — porque eu *ordenei* que assim fosse.

Rachel perguntava-se se teria ouvido bem. Se assim fosse, o presidente estava a cometer uma espécie de *hara-kiri* político que ela não compreendia.

— Esta descoberta — disse o presidente — é... digamos... nada menos do que assombrosa nas suas implicações.

Rachel sentiu um arrepio desconfortável percorrê-la. No mundo dos Serviços de Informação, «implicações assombrosas» raramente queria dizer boas notícias. Ela interrogava-se agora se todo aquele secretismo do EOS se deveria ao facto de o sistema ter detectado algum iminente desastre ambiental.

— Há algum problema?

— Problema nenhum. Aquilo que o EOS descobriu é maravilhoso.

Rachel emudeceu.

— Imagine, Rachel, que eu lhe dizia que a NASA acabou de fazer uma descoberta com um impacto científico de tal ordem... que compensaria cada dólar que os Americanos gastaram com o espaço...?

Rachel não podia acreditar.

O presidente pôs-se de pé.

— E se fôssemos dar um passeio?

CAPÍTULO ONZE

Rachel seguiu o presidente Herney até à brilhante escada de saída do Air Force One. Enquanto desciam a escada, Rachel sentiu o frio ar de Março clarificar-lhe as ideias. Infelizmente, essa clarificação só fazia com que as afirmações do presidente parecessem ainda mais estranhas.

A NASA acabou de fazer uma descoberta com um impacto científico de tal ordem que compensa cada dólar que os Americanos gastaram com o espaço?

Rachel só conseguia imaginar que uma descoberta de tamanha magnitude teria de estar relacionada com uma coisa — o cálice sagrado da NASA — o contacto com vida extraterrestre. Infelizmente, Rachel conhecia o suficiente a respeito desse cálice sagrado em particular para saber que se tratava de algo altamente improvável.

Sendo analista dos Serviços de Informação, Rachel era constantemente alvo de perguntas de amigos que queriam saber dos alegados contactos com extraterrestres que o governo supostamente escondia. Ela ficava frequentemente surpreendida com as teorias formuladas pelos seus amigos «com estudos»: discos voadores acidentados escondidos em *bunkers* secretos do governo, cadáveres de extraterrestres congelados, e até comuns civis que teriam sido raptados e submetidos a investigações cirúrgicas.

Tudo isso era, evidentemente, absurdo. Não havia extraterrestres. Não havia informação escondida.

Toda a gente na comunidade dos Serviços de Informação tinha a noção de que a esmagadora maioria de visões e raptos praticados por extraterrestres era simplesmente o produto de imaginações activas ou embustes com o objectivo de fazer dinheiro. Quando *de facto* existiam fotografias autênticas de OVNIS, quase sempre ocorriam nas proximidades de bases militares dos EUA, onde estavam a ser testados aparelhos aéreos confidenciais. Quando a Lockheed começou a testar um novo jacto chamado *Stealth Bomber*, as visões de OVNIS nos arredores da Base Aérea de Edwards aumentaram quinze vezes.

— Está com um ar céptico — disse o presidente, olhando-a de soslaio.

O som da voz dele despertou Rachel. Ela olhou em redor, sem saber como responder.

— Bem... — hesitou. — Deverei assumir, Sr. Presidente, que não estamos a falar de naves extraterrestres, nem de homenzinhos verdes?

O presidente parecia bastante divertido.

— Rachel, acredito que irá achar esta descoberta bastante mais intrigante do que a ficção científica.

Rachel sentiu-se aliviada ao saber que a NASA não estava desesperada ao ponto de impingir ao presidente uma história de extraterrestres. No entanto, o comentário de Herney serviu apenas para adensar o mistério.

— Bem — retomou ela —, o que quer que a NASA tenha descoberto, tenho de reconhecer que não poderia surgir em melhor altura.

Herney deteve-se na escada.

— Como assim?

Como assim? Rachel parou também e fixou-o.

— Sr. Presidente, a NASA encontra-se actualmente a travar uma batalha de vida ou morte para justificar a sua própria existência, e o senhor está a ser atacado por continuar a financiá-la. Uma descoberta de importância maior por parte da NASA, neste momento, seria uma panaceia tanto para a agência, como para a sua campanha. Os seus críticos iriam inevitavelmente achar o momento altamente suspeito.

— Nesse caso, está a chamar-me mentiroso ou tolo?

Rachel sentiu um nó na garganta.

— Não quis faltar-lhe ao respeito, Sr. Presidente. Eu só..

— Calma — Herney esboçou um sorriso, depois continuou a descer. — Quando o administrador da NASA me informou desta descoberta, rejeitei-a imediatamente como absurda. Acusei-o de estar a engendrar a mais transparente fraude política da História.

Rachel sentiu o nó da garganta começar a dissolver-se.

Quando acabou de descer, Herney parou e olhou para ela.

— Pedi à NASA que mantivesse o segredo para proteger a agência. A dimensão desta descoberta é muito superior a todas as divulgações que a NASA alguma vez fez. Fará com que a ida do Homem à Lua pareça insignificante. Como toda a gente, inclusivamente eu, tem muito a ganhar, ou a perder, achei prudente esperar que alguém verificasse a informação apurada pela NASA antes de chamarmos a atenção do mundo com um anúncio formal.

Rachel estava boquiaberta.

— Certamente, não estará a referir-se a *mim*, Sr. Presidente?

O presidente riu.

— Não, não se trata da sua área de especialização. Além disso, já obtive a confirmação de que necessitava através de entidades não-governamentais.

O alívio de Rachel deu lugar a nova inquietação.

— Entidades não-governamentais, Sr. Presidente? Quer dizer que recorreu ao sector privado? Num assunto tão confidencial?

O presidente acenou, convicto.

— Formei uma equipa de confirmação externa; quatro cientistas civis, pessoal que não pertence à NASA, com nomes soantes e reputação a manter. Utilizaram equipamento próprio para as observações e tiraram as suas conclusões. Nas passadas quarenta e oito horas, confirmaram a descoberta da NASA para além de todas as dúvidas.

Rachel estava impressionada. Zach Herney protegera-se com o seu típico autodomínio. Contratando uma equipa de cépticos, cientistas externos que nada tinham a ganhar ao confirmar a descoberta da NASA, o presidente imunizara-se contra a eventual suspeita de que poderia tratar-se de um esquema desesperado da NASA para justificar o seu orçamento, reeleger o presidente que favorecia a agência e neutralizar os ataques do senador Sexton.

— Hoje, às oito horas da noite — disse Herney —, darei uma conferência de imprensa na Casa Branca para anunciar esta descoberta ao mundo.

Rachel sentia-se frustrada. Herney não lhe revelara nada.

— E esta descoberta consiste exactamente em *quê?*

O presidente sorriu.

— Hoje verá que a paciência é uma virtude. Trata-se de algo que terá de ver com os seus próprios olhos. Preciso que compreenda inteiramente toda a situação antes de prosseguirmos. O administrador da NASA aguarda-nos para a informar. Ele irá explicar-lhe tudo aquilo que precisa de saber. Em seguida, discutiremos pormenorizadamente o seu papel.

Rachel pressentiu um iminente drama nos olhos do presidente e lembrou-se do palpite de Pickering, segundo o qual a Casa Branca tinha alguma coisa na manga. Ao que parecia, Pickering tinha razão, como de costume.

Herney apontou um hangar de aviões ali perto.

— Venha comigo — disse, encaminhando-se para lá.

Rachel seguiu-o, confusa. A construção que se erguia diante deles não tinha janelas e as suas altas portas gradeadas encontravam-se fechadas. Aparentemente, o único acesso era uma pequena entrada lateral. A porta estava entreaberta. O presidente precedeu Rachel até se encontrarem a alguns metros da entrada e deteve-se.

— O meu caminho acaba aqui — disse ele, indicando a porta. — Agora terá de ir sozinha.

Rachel hesitou.

— Não me acompanha?

— Tenho de regressar à Casa Branca. Falarei consigo mais tarde. Tem telemóvel?

— Claro, Sr. Presidente.

— Dê-mo.

Rachel pegou no seu telemóvel e entregou-o ao presidente, supondo que ele tencionava programar um número de contacto privado. Em vez disso, Herney colocou o telemóvel no bolso.

— Agora deixou de estar contactável — disse ele. — Todas as suas responsabilidades de trabalho estão asseguradas. Não falará com mais ninguém hoje sem uma autorização expressa dada por mim ou pelo administrador da NASA. Compreende?

Rachel olhava-o, incrédula. *O presidente acabou de me roubar o telemóvel.*

— Assim que a tiver posto a par da descoberta, ele coloca-a em contacto comigo através de canais seguros. Falarei consigo em breve. Boa sorte.

Rachel olhou a porta do hangar, sentindo um crescente desconforto.

O presidente Herney pousou uma mão tranquilizadora no seu ombro, indicando-lhe a porta.

— Posso garantir-lhe, Rachel, que não se arrependerá de colaborar comigo nesta questão.

Sem mais uma palavra, o presidente encaminhou-se para o *PaveHawk* que trouxera Rachel até ali. Subiu a bordo e o helicóptero descolou. Não olhou para trás uma única vez.

CAPÍTULO DOZE

Rachel Sexton estava sozinha à entrada do hangar de Wallops e espreitava a escuridão à sua frente. Sentia-se na orla de um outro mundo. Uma brisa fresca e bafienta flutuava vinda do interior cavernoso, como se o edifício respirasse.

— Está aí alguém? — chamou, com a voz a tremer ligeiramente.

Silêncio.

Com um crescente nervosismo, Rachel atravessou a ombreira da porta. Por um instante, deixou de ver, enquanto os seus olhos se acostumavam à obscuridade.

— Sra. Sexton, pelo que suponho? — disse uma voz de homem, a apenas alguns metros de distância.

Rachel deu um salto, voltando-se na direcção do som.

— Sim, senhor.

A forma enevoada de um homem aproximou-se.

À medida que a visão de Rachel clareava, ela deu por si frente a frente com um jovem de feições rígidas, com um uniforme de piloto. O seu corpo era bem constituído e musculado, e o seu peito estava adornado com medalhas.

— Comandante Wayne Loosigian — disse o homem. — Peço desculpa se a assustei, minha senhora. Aqui está muito escuro. Ainda não tive oportunidade de abrir as portas. — Antes que Rachel tivesse tempo de responder, o homem acrescentou: — Será uma honra ser o seu piloto esta manhã.

— Piloto? — Rachel olhou-o, sem compreender. *Ainda há pouco tive um piloto.* — Estou aqui para falar com o administrador.

— Sim, minha senhora, tenho ordens para a transportar até junto dele imediatamente.

Foi preciso um instante para que a afirmação fizesse efeito. Quando se deu conta do que lhe diziam, Rachel sentiu uma punhalada com a decepção. Ao que parecia, as suas viagens não tinham ainda terminado.

— E onde *está* o administrador? — inquiriu, já desconfiada.

— Não tenho essa informação — replicou o piloto. — Apenas receberei as coordenadas quando estivermos no avião.

Rachel sentiu que o homem dizia a verdade. Visivelmente, ela e o director Pickering não eram as duas únicas pessoas mantidas às escuras naquela manhã. O presidente estava a levar a questão da segurança muito a sério, e Rachel sentia-se embaraçada com a rapidez e a facilidade com que a deixara «incontactável». *Meia hora no terreno e já fui privada de todos os meios de comunicação, sem que o meu director tenha ideia de onde me encontro.*

Frente a frente com o seu piloto de costas direitas da NASA, Rachel não tinha muitas dúvidas de que os seus planos para aquela manhã já não estavam nas suas mãos. O programa das festas era levar Rachel a bordo, quer ela quisesse ou não. A única questão era para onde se dirigiam.

O piloto encaminhou-se para a parede e premiu um botão. A extremidade oposta do hangar começou a deslizar audivelmente para um dos lados. A luz do exterior penetrou no recinto, tornando visíveis os contornos de um enorme objecto no centro do hangar.

Rachel ficou de boca aberta. *Valha-me Deus.*

Ali mesmo, no meio do hangar, encontrava-se um caça preto de aspecto feroz. Era o aparelho mais aerodinâmico que Rachel alguma vez vira.

— Só pode estar a brincar.

— Essa é uma primeira reacção muito comum, minha senhora, mas o F-14 *Tomcat Split-tail* é um avião altamente testado.

É um míssil com asas.

O piloto conduziu Rachel até ao seu avião. Apontou o *cockpit* de dois lugares.

— A senhora vai sentar-se atrás.

— A sério? — ela fez-lhe um pequeno sorriso. — E eu a pensar que queria que eu pilotasse.

Depois de ter colocado um fato de voo térmico por cima das suas roupas, Rachel deu por si a trepar para o *cockpit.* Desajeitadamente, tentou encaixar as ancas no assento apertado.

— Obviamente, a NASA não tem pilotos de rabo grande — disse ela.

O piloto sorriu, enquanto ajudava Rachel a apertar o cinto. Em seguida, colocou-lhe um capacete na cabeça.

— Vamos voar bastante alto — disse ele. — Vai precisar de oxigénio. — Puxou uma máscara de oxigénio do painel lateral e começou a prendê-lo ao capacete de Rachel.

— Eu cá me arranjo — disse ela, alcançando a máscara e começando a colocá-la sozinha.

— Claro, minha senhora.

Rachel manejou atabalhoadamente o bucal e, por fim, conseguiu prendê-la ao capacete. Era uma sensação inesperadamente estranha e desconfortável.

O comandante olhou-a durante um longo momento, com uma expressão ligeiramente divertida.

— Algum problema? — perguntou ela.

— De modo algum, minha senhora — o piloto parecia reprimir um sorriso. — Tem sacos debaixo do seu assento. A maioria das pessoas enjoa da primeira vez que anda num *split-tail.*

— Eu fico bem — assegurou Rachel, com a voz abafada, uma vez que a máscara lhe dificultava a respiração. — Não tenho tendência para enjoar.

O piloto encolheu os ombros.

— Muitos *seals* da Marinha dizem o mesmo, e já limpei várias vezes vomitado de *seal* do meu cockpit.

Rachel anuiu, pouco convencida. *Excelente.*

— Alguma pergunta antes de irmos?

Rachel hesitou um instante e depois empurrou o bucal que lhe cortava o queixo.

— Isto está a cortar-me a circulação. Como é que se usam estas coisas em voos longos?

O piloto sorriu, paciente.

— Bem, minha senhora, não costumamos usá-las de pernas para o ar.

No extremo da pista de descolagem, com os motores a vibrar debaixo dela, Rachel sentia-se como uma bala dentro de uma arma, à espera que alguém puxasse o gatilho. O piloto empurrou a alavanca para a frente, os motores gémeos *Lockheed 345* ganharam vida e o mundo inteiro estremeceu. Os travões foram soltos e as costas de Rachel ficaram automaticamente coladas ao encosto. O jacto percorreu a pista e descolou numa questão de segundos. Lá fora, a Terra afastava-se a uma velocidade estonteante.

Rachel fechou os olhos enquanto o avião disparava na direcção do céu. Perguntava-se o que é que teria feito de errado naquela manhã. Era suposto estar à sua secretária a escrever relatórios. E agora estava dentro de um torpedo movido a testosterona, respirando através de uma máscara de oxigénio.

Na altura em que o *Tomcat* atingiu os quarenta e cinco mil pés, Rachel sentia-se nauseada. Obrigou-se então a concentrar os seus pensamentos noutras coisas. Olhando o oceano quinze quilómetros abaixo de si, Rachel sentiu-se subitamente longe de casa.

À sua frente, o piloto falava com alguém através do rádio. Terminada a conversa, desligou o rádio e, imediatamente, fez o *Tomcat* virar bruscamente para a esquerda. O avião ficou quase na vertical, e Rachel sentiu o seu estômago fazer um salto mortal. Finalmente, o aparelho voltou a nivelar-se.

— Obrigada pelo aviso, campeão — resmungou Rachel.

— Peço desculpa, minha senhora, mas acabei de receber as coordenadas confidenciais do seu encontro com o administrador.

— Deixe-me adivinhar — disse ela —, seguimos para norte?

O piloto parecia confuso.

— Como é que sabe?!

Rachel suspirou. *Adoro estes pilotos treinados com computadores.*

— São nove da manhã, amigo, e o Sol está à nossa direita. Estamos a voar para norte.

Houve um momento de silêncio no *cockpit.*

— Sim, minha senhora, esta manhã voamos para norte.

— E que *distância* vamos percorrer para norte?

O piloto consultou as coordenadas.

— Aproximadamente três mil milhas.

Rachel deu um pulo.

— Como?! — Ela tentava visualizar um mapa, incapaz de imaginar sequer o que é que haveria *tão* a norte. — Mas isso é um voo de quatro horas!

— À velocidade a que seguimos agora, sim — concordou o piloto. — Segure-se, por favor.

Antes que Rachel pudesse responder, o homem recolheu as asas do F-14 para a posição de *low-drag*. Um instante mais tarde, Rachel sentiu-se empurrada contra o assento, o avião disparando como se até aí tivesse estado parado. Ao fim de um minuto, avançavam a quase 1500 milhas por hora.

Agora, Rachel sentia-se tonta. Com o céu a passar a uma velocidade estonteante, sentiu uma onda de náusea atingi-la. A voz do presidente ecoava vagamente nos seus ouvidos. *Posso garantir-lhe, Rachel, que não se arrependerá de colaborar comigo nesta questão.*

Gemendo, Rachel pegou num dos sacos de enjoo. *Nunca se deve confiar num político.*

CAPÍTULO TREZE

Apesar de se sentir incomodado com a sujidade e o baixo nível dos táxis, o senador Sedgewick Sexton aprendera a suportar esse aviltamento ocasional enquanto percorria o seu caminho para a glória. O ruidoso táxi *Mayflower* que acabara de depositá-lo no nível inferior do parqueamento de garagem do Hotel Purdue permitia a Sexton algo que a sua limusina tornava impossível: anonimato.

Constatou com satisfação que este piso inferior se encontrava deserto, apenas com uns poucos automóveis empoeirados que salpicavam uma floresta de pilares de cimento. Ao atravessar a garagem na diagonal a pé, Sexton consultou o seu relógio.

11:15. Perfeito.

O homem com quem Sexton vinha encontrar-se era muito susceptível no que se referia à pontualidade. E, na verdade, pensou Sexton, tendo em conta quem esse homem representava, ele poderia ser susceptível em relação a qualquer coisa que lhe apetecesse.

Sexton viu a carrinha branca *Ford Windstar* estacionada exactamente no mesmo sítio onde sempre estivera em cada um dos seus anteriores encontros: no canto leste da garagem, por detrás de uma fila de caixotes do lixo. Sexton teria preferido que se encontrassem numa *suite* lá em cima, mas compreendia as precauções que o homem tomava. Os amigos dele não tinham chegado à posição que neste momento tinham sendo descuidados.

À medida que avançava para a carrinha, Sexton sentia a familiar tensão que sempre o dominava nestes encontros. Forçando-se a relaxar os ombros, sentou-se no lugar do morto com um aceno jovial. O homem de cabelo escuro sentado ao volante não sorriu. Tinha quase setenta anos, mas a sua tez curtida testemunhava uma dureza apropriada à posição que ocupava à frente de um exército de visionários ousados e homens de negócios sem escrúpulos.

— Feche a porta — disse o homem, numa voz fria.

Sexton obedeceu, tolerando graciosamente a brusquidão do outro. Afinal, este homem representava indivíduos que controlavam enormes quantias de dinheiro, muito do qual fora recentemente empregue para colocar Sedgewick Sexton no limiar do gabinete mais poderoso do mundo. Estes encontros, acabara por compreender o senador, não eram tanto sessões para discutir estratégias, mas mais uma forma de lhe recordar mensalmente até que ponto ele estava em dívida para com os seus benfeitores. Estes homens esperavam uma considerável compensação pelo seu investimento. Esta «compensação», Sexton tinha de admitir, era uma exigência chocantemente audaciosa; e, no entanto, seria algo que estaria na esfera de influência de Sexton uma vez que se encontrasse na Sala Oval.

— Suponho — disse Sexton, sabendo como o indivíduo gostava de ir directo ao assunto — que tenha sido efectuado mais um pagamento.

— Efectivamente. E, como de costume, deverá utilizar estes fundos exclusivamente para a sua campanha. Estamos satisfeitos por verificar que as tendências de voto têm vindo a virar consistentemente a seu favor e, ao que parece, os encarregados pela sua campanha têm gasto o nosso dinheiro de forma eficaz.

— Estamos a ganhar rapidamente.

— Como lhe disse ao telefone — prosseguiu o homem de idade —, persuadi mais seis pessoas a encontrarem-se consigo esta noite.

— Excelente — Sexton tinha já reservado a noite.

O homem entregou a Sexton uma pasta.

— Aqui está a informação que lhes diz respeito. Eles querem saber se compreende exactamente as suas preocupações. Querem assegurar-se de que está solidário. Sugiro que os receba na sua residência.

— Em minha casa? Mas geralmente encontro-me...

— Senador, estes seis homens dirigem companhias com recursos que ultrapassam os de todos os outros que até agora conheceu. Estes homens são peixe-graúdo, e são prudentes. Têm mais a ganhar e, por isso, também muito mais a perder. Não foi tarefa fácil convencê-los a encontrarem-se consigo. Vão requerer um tratamento especial. Um toque pessoal.

Sexton concordou.

— Naturalmente. Posso providenciar uma reunião na minha casa.

— Claro que eles insistirão numa total privacidade.

— Tal como eu.

— Boa sorte — disse o homem de idade. — Se esta noite correr bem, poderá tratar-se do seu último encontro. Só estes homens podem contribuir com aquilo que é necessário para levar a campanha Sexton até ao topo.

Sexton estava a gostar do que ouvia. Sorriu confiantemente ao seu interlocutor.

— Com sorte, meu amigo, passadas as eleições, todos cantaremos vitória.

— Vitória? — O homem de idade franziu o sobrolho, inclinando-se para Sexton com um olhar ameaçador. — Colocá-lo na Casa Branca é apenas o *primeiro passo* para a vitória, senador. Presumo que não o tenha esquecido.

CAPÍTULO CATORZE

A Casa Branca é uma das residências presidenciais mais pequenas do mundo, medindo apenas 50 metros de comprimento, 25 de largura e erguendo-se nuns escassos 18 acres de terreno cuidado à semelhança da natureza. O projecto do arquitecto James Hoban para uma estrutura de pedra com um telhado de três águas, uma balaustrada e uma entrada com colunas, apesar de pouco original, fora seleccionado através de um concurso público por juízes que tinham elogiado a casa como sendo «atractiva, digna e flexível».

O presidente Zach Herney, mesmo depois de ter vivido três anos e meio na Casa Branca, raramente ali se sentia em casa, entre a profusão de lustres, antiguidades e *marines* armados. Naquele momento, contudo, enquanto se encaminhava para a ala oeste, Herney sentia-se revigorado e estranhamente descontraído, os seus pés ligeiros sobre os tapetes de pelúcia.

Diversos funcionários da Casa Branca erguiam o olhar quando o presidente se aproximava. Herney acenou e cumprimentou cada um deles pelo nome. As suas respostas, apesar de respeitosas, eram contidas e acompanhadas de sorrisos forçados.

— Bom-dia, Sr. Presidente.

— Prazer em vê-lo, Sr. Presidente.

— Tenha um bom-dia, Sr. Presidente.

Enquanto se dirigia para o seu gabinete, o presidente apercebia-se dos sussurros atrás de si. Avizinhava-se uma insurreição na Casa Branca. Nas últimas duas semanas, o desapontamento no número 1600 da Pennsylvania Avenue tomara proporções que faziam com que Herney se sentisse como o capitão Bligh: comandando um navio em dificuldades, com a tripulação a preparar um motim.

O presidente não os culpava. O pessoal trabalhara horas a fio para o apoiar nas eleições que teriam lugar e agora, de repente, parecia que o presidente não era capaz de segurar a bola.

Em breve compreenderão, dizia Herney para consigo. *Em breve voltarei a ser o herói.*

Lamentava ter de manter o pessoal às escuras durante tanto tempo, mas o segredo era absolutamente necessário. E, no que se referia a guardar segredos, a Casa Branca era dada a fugas de informação.

Herney chegou à sala de espera que antecedia a Sala Oval e acenou alegremente à sua secretária.

— Hoje está com bom aspecto, Dolores.

— O senhor também — disse ela, verificando o vestuário desportivo do presidente sem disfarçar um olhar desaprovador.

Herney baixou a voz.

— Gostava que me organizasse uma reunião.

— Com quem, Sr. Presidente?

— Com todo o pessoal da Casa Branca.

A secretária ergueu os olhos.

— *Todo* o pessoal, Sr. Presidente? Com os seus 145 membros?

— Exactamente.

Ela parecia pouco à vontade.

— O.K. Preparo... a sala de reuniões?

Herney abanou a cabeça.

— Não, vamos preparar o meu gabinete.

Agora ela tinha os olhos esbugalhados.

— Quer receber *todo* o pessoal dentro da Sala Oval?

— Exactamente.

— Todos ao mesmo tempo, Sr. Presidente?

— Porque não? Prepare tudo para as quatro da tarde.

A secretária anuiu, como se cedesse aos caprichos de uma pessoa mentalmente perturbada.

— Muito bem, Sr. Presidente. E esta reunião tem a ver com...?

— Tenho um importante comunicado a fazer ao povo americano, esta noite. Quero que a minha equipa saiba do que se trata primeiro.

Um súbito olhar de desapontamento percorreu o rosto da secretária, quase como se ela tivesse secretamente receado aquele momento.

— Vai abandonar a corrida, Sr. Presidente? — perguntou ela em voz baixa.

— Raios, não, Dolores! Estou a preparar-me para a luta!

Ela parecia desconfiada. Os *media* não paravam de dizer que o presidente Herney estava prestes a desistir das eleições.

Ele piscou-lhe o olho, reconfortando-a.

— Dolores, tem feito um excelente trabalho para mim nestes últimos anos, e continuará a fazê-lo durante outros quatro anos. Vamos ficar com a Casa Branca. Prometo-lhe.

A secretária olhou-o como quem quer acreditar.

— Muito bem, Sr. Presidente. Vou avisar o pessoal. Quatro da tarde.

Quando entrou na Sala Oval, Zach Herney não pôde deixar de sorrir ao imaginar toda a sua equipa acotovelando-se no aparentemente pequeno gabinete.

Apesar de este belo gabinete ter merecido diversas alcunhas ao longo dos anos (a casa de banho, o antro do Dick, o quarto de Clinton), a favorita de Herney era «a armadilha da lagosta». Parecia a mais adequada. De cada vez que um recém-chegado entrava na Sala Oval, a confusão instalava-se. A simetria da sala, as paredes ligeiramente curvas, as portas discretamente disfarçadas, tudo contribuía para que os visitantes tivessem a estonteante sensação de andarem à roda de olhos vendados. Era frequente, depois de uma reunião na Sala Oval, um dignitário de visita pôr-se de pé, dar um aperto de mão ao presidente, e depois caminhar direito a um armário. Dependendo da forma como tivesse decorrido a reunião, Herney decidia deter o seu convidado a tempo, ou divertir-se deixando-o passar uma vergonha.

Herney sempre achara que o aspecto dominante da Sala Oval era a colorida águia americana que ornava o tapete oval do recinto. A garra esquerda da águia segurava um ramo de oliveira e a direita, um feixe de setas. Poucas pessoas de fora sabiam que, em tempos de paz, a águia olhava para a esquerda, para o ramo de oliveira. Mas, em tempo de guerra, a águia voltava-se misteriosamente para a direita, para as setas. O mecanismo por detrás deste truque era fonte de tranquila especulação entre a equipa da Casa Branca, porque, de acordo com a tradição, apenas o presidente e o chefe do pessoal doméstico o conheciam.

Herney achara a verdade escondida por esta enigmática águia decepcionantemente mundana. Numa despensa da cave estava guardada a segunda carpete, e o chefe do pessoal doméstico limitava-se a trocá-las na calada da noite.

Agora, ao olhar a pacífica águia voltada para a esquerda, Herney sorria, pensando que talvez devesse mandar trocar os tapetes em nome da pequena guerra que estava prestes a lançar contra o senador Sedgewick Sexton.

CAPÍTULO QUINZE

A Força Delta dos Estados Unidos é o único esquadrão de combate cujas acções têm completa garantia de imunidade perante a lei. A Decisão Presidencial n.º 25 garante aos soldados da Força Delta «liberdade perante todas as responsabilidades legais», incluindo a excepção constante da Lei Posse Comitatus de 1876, um regulamento que impõe penalidades criminais para quem quer que use as forças militares para vantagem pessoal, para contrariar a lei interna ou em operações secretas não sancionadas. Os membros da Força Delta são escolhidos a dedo do Combat Aplications Group (CAG), uma organização confidencial dentro do Comando de Operações Especiais em Fort Bragg, Carolina do Norte. Os soldados da Força Delta são assassinos treinados — especialistas em operações SWAT[NT], salvamentos de reféns e eliminação secreta de forças inimigas.

Dado que as missões da Força Delta envolvem geralmente elevados níveis de segurança, a tradicional cadeia hierarquizada de comando é muitas vezes preterida em favor de uma gestão «monocaput» — uma única pessoa que detém a autoridade para controlar a unidade do modo que ele ou ela considera conveniente. Este controlador é normalmente um militar ou um agente do governo com uma posição ou influência suficientes para dirigir a missão. Independentemente da identidade do seu controlador, as missões da Força Delta são confidenciais ao mais alto nível e, uma vez cumprida uma missão, os soldados que a integraram não voltam a mencioná-la, nem entre si, nem com os oficiais que os comandam dentro das Operações Especiais.

Voar. Lutar. Esquecer.

[NT] *Special Weapon Armed Team.*

A equipa Delta actualmente estacionada acima do Paralelo Oitenta e Dois não estava a voar nem a lutar. Estes soldados estavam simplesmente a observar.

Delta-Um tinha de admitir que, até à altura, esta estava a revelar-se uma missão peculiar, mas havia muito que aprendera a nunca se surpreender com aquilo que lhe ordenavam que fizesse. Nos últimos cinco anos, estivera envolvido no salvamento de reféns no Médio Oriente, perseguindo e exterminando células terroristas que operavam nos Estados Unidos, e levara ainda a cabo a eliminação de diversos homens e mulheres perigosos um pouco por todo o mundo.

No mês anterior, a sua equipa Delta utilizara um micro-robô voador para induzir um ataque cardíaco letal num barão da droga sul-americano particularmente perigoso. Utilizando um micro-robô equipado com uma agulha de titânio contendo um poderoso vasoconstritor, Delta-Dois fizera o aparelho voar até ao interior da casa do homem, através de uma janela aberta no segundo andar, encontrara o quarto do homem e depois picara-o no ombro enquanto ele dormia. O micro-robô estava de volta à janela e a salvo antes mesmo de o homem ter acordado com a dor no peito. A equipa Delta voava já de regresso a casa na altura em que a mulher do homem chamava os paramédicos.

Não tinha havido uma entrada forçada.

Morte por causa natural.

Uma bela operação.

Mais recentemente, um outro micro-robô estacionado dentro do gabinete de um importante senador para monitorizar os seus encontros pessoais tinha captado imagens de um chocante acto sexual. A equipa Delta referia-se jocosamente a essa missão como «inserção por detrás das linhas inimigas».

Agora, preso na tenda em trabalho de vigilância nos últimos dez dias, Delta-Um estava preparado para terminar aquela missão.

Continuar escondido.

Monitorizar a estrutura — no interior e no exterior.

Reportar ao controlador quaisquer desenvolvimentos inesperados.

Delta-Um fora treinado para nunca sentir qualquer emoção relativamente às suas missões. No entanto, era certo que esta missão lhe aumentara o pulso quando ele e a sua equipa tinham sido informados do que lhes competia fazer. Esta informação chegara-lhes «sem rosto»;

cada uma das fases fora explicada através de canais electrónicos seguros. Delta-Um nunca conhecera o controlador responsável pela missão.

Delta-Um estava a preparar uma refeição de proteínas desidratadas quando o seu relógio tocou, em uníssono com os outros. Em alguns segundos, o aparelho de comunicação *CrypTalk* piscou em sinal de alerta. Interrompeu o que estava a fazer e pegou no comunicador. Os outros dois homens observavam em silêncio.

— Delta-Um — disse ele, falando para o transmissor.

As duas palavras foram instantaneamente identificadas pelo *software* de reconhecimento de voz do mecanismo. A cada palavra foi depois atribuído um número de referência, o qual foi seguidamente encriptado e enviado via satélite ao seu interlocutor. Do outro lado, num dispositivo semelhante, os números foram desencriptados e novamente convertidos em palavras através de um dicionário pré-determinado auto-aleatório. Finalmente, as palavras foram pronunciadas em voz alta por uma voz sintética. Tempo de atraso total: oitenta milissegundos.

— Aqui controlador — disse a pessoa que coordenava a operação. O tom robótico do *CrypTalk* era arrepiante, inorgânico e andrógino. — Qual é o estatuto da operação?

— Tudo se processa conforme planeado — replicou Delta-Um.

— Excelente. Tenho uma actualização prevista no horário. A informação tornar-se-á pública esta noite, às oito horas. De leste.

Delta-Um consultou o seu cronógrafo. *Apenas mais oito horas.* O seu trabalho ali estava prestes a terminar, o que era encorajador.

— Há um desenvolvimento — disse o controlador. — Um novo jogador entrou na arena.

— Que novo jogador?

Delta-Um escutava. *Um jogo interessante.* Alguém aguardava uma decisão.

— Acha que ela é de confiança?

— Precisa de ser observada muito de perto.

— E se surgirem complicações?

Não houve hesitação do outro lado.

— As vossas ordens mantêm-se.

CAPÍTULO DEZASSEIS

Rachel Sexton voava para norte havia mais de uma hora. Para além de uma aparição fugaz da Terra Nova, não vira, em toda a viagem, nada a não ser água debaixo do F-14.

Porque é que havia logo de ser água?, pensava ela, fazendo uma careta. Aos sete anos de idade, Rachel caíra num buraco no gelo quando esquiava num lago gelado. Presa abaixo da superfície, estava certa de que iria morrer. Fora o braço forte da sua mãe que finalmente conseguira puxá-la para terra firme, com o corpo ensopado de água. Desde esse terrível incidente, Rachel tentava combater um caso persistente de hidrofobia, um claro receio de água em espaços abertos, sobretudo água fria. Hoje, sem ver nada mais do que o Atlântico, os seus antigos medos tinham sub-repticiamente voltado.

Foi só quando o piloto verificou o seu rumo com a base aérea de Thule no norte da Gronelândia que Rachel se deu conta de quão longe se encontravam. *Estou a sobrevoar o Círculo Árctico?* A revelação agudizou o seu desconforto. *Mas para onde é que eles me levam? O que é que a NASA terá encontrado?* Em breve a imensidão azul-cinza abaixo dela começou a ficar salpicada de milhares de bolas de um branco intenso.

Icebergues.

Rachel apenas vira icebergues uma vez em toda a sua vida, seis anos antes, quando a mãe a convencera a fazer com ela um cruzeiro «mãe e filha» pelo Alasca. Rachel sugerira uma série de outros destinos em *terra*, mas a mãe insistira. «Rachel, querida», dissera-lhe a mãe, «dois terços do planeta estão cobertos de água e, mais cedo ou mais tarde, vais ter de aprender a lidar com isso.» A Sra. Sexton era uma mulher alegre, de New England, determinada em criar uma filha forte.

Aquele cruzeiro fora a última viagem que Rachel e a mãe tinham feito.

Katherine Wentworth Sexton. Rachel sentiu uma dor distante de solidão. Como o vento que uivava no exterior do avião, as memórias voltaram, dilacerantes, dominando-a, como sempre acontecera. A última conversa que tinham tido fora por telefone. Na manhã do dia de Acção de Graças.

— Tenho muita pena, mãe — disse Rachel, tendo telefonado para casa do aeroporto de O'Hare rodeado de neve. — Bem sei que a nossa família nunca passou o dia de Acção de Graças separada. Parece que hoje vai ser a primeira vez.

A mãe de Rachel ficara desolada.

— Estava tão ansiosa por te ver...

— Eu também, mãe. Pensa em mim a comer uma refeição de aeroporto, enquanto tu e o pai se banqueteiam com o peru.

Fez-se silêncio do outro lado da linha.

— Rachel, não tencionava dizer-te antes de cá chegares, mas o teu pai diz que tem demasiado trabalho para poder vir a casa este ano. Vai passar o fim-de-semana prolongado na sua *suite* em Washington.

— O quê?! — A surpresa de Rachel deu imediatamente lugar à raiva. — Mas é dia de Acção de Graças, o Senado está encerrado. Ele está a menos de duas horas de distância, devia ir ter contigo!

— Eu sei. Ele diz que está exausto, demasiado cansado para conduzir. Decidiu que tem de passar este fim-de-semana com o trabalho que tem em atraso.

Trabalho? Rachel estava céptica. Uma hipótese mais realista era que o pai fosse passar o fim-de-semana com outra mulher. As suas infidelidades, embora discretas, sucediam-se havia anos. A Sra. Sexton não era tola, mas os casos do marido eram sempre acompanhados de álibis persuasivos e de demonstrações de dignidade ferida perante a mera sugestão de que ele pudesse ser infiel. Finalmente, a Sra. Sexton não vira alternativa senão enterrar a sua dor fingindo não saber. Apesar de Rachel ter aconselhado a mãe a considerar o divórcio, Katherine Wentworth Sexton era uma mulher de palavra. *Até que a morte nos separe*, dissera ela a Rachel. *O teu pai abençoou-me contigo, uma filha linda, e por isso estou-lhe grata. Um dia, ele terá de responder pelos seus actos perante um poder mais elevado.*

Ao telefone no aeroporto, a raiva de Rachel fervia.

— Mas isso significa que passas o dia de Acção de Graças sozinha! — sentia-se agoniada. O senador abandonar a família naquele dia era um golpe baixo, até para ele.

— Bem... — disse a Sra. Sexton, numa voz desapontada mas decidida. — É claro que não posso deixar toda esta comida estragar-se. Vou até casa da tia Ann. Ela sempre nos convidou para o Dia de Acção de Graças. Vou telefonar-lhe agora mesmo.

Rachel sentiu-se apenas ligeiramente menos culpada.

— O.K. Estarei em casa assim que puder. Adoro-te, mãe.

— Bom voo, querida.

Eram 10:30 dessa mesma noite quando o táxi que trazia Rachel percorreu finalmente o sinuoso caminho da magnificente propriedade dos Sexton. Rachel compreendeu imediatamente que algo de errado se passava. Três carros da polícia encontravam-se no caminho, assim como várias carrinhas dos *media*. Todas as luzes da casa estavam acesas. Rachel correu, o seu coração batendo acelerado.

Um polícia do Estado da Virginia veio até à porta, ao encontro dela, com uma expressão carregada no rosto. Ele não teve de dizer uma palavra. Rachel sabia. Houvera um acidente.

— A Estrada Vinte Cinco estava escorregadia com a chuva gelada — disse o agente. — A sua mãe despistou-se, caindo por uma ravina coberta de árvores. Lamento muito. Teve morte imediata.

Rachel sentiu o seu corpo ficar entorpecido. O pai, que regressara imediatamente ao receber a notícia, estava então na sala a dar uma pequena conferência de imprensa, anunciando estoicamente ao mundo que a sua mulher falecera num acidente ao regressar de um jantar de Acção de Graças com a família.

Rachel manteve-se à parte, soluçando todo o tempo.

— Quem me dera — dizia o senador aos *media*, com olhos chorosos — ter estado em casa este fim-de-semana com ela. Nada disto teria acontecido.

Já devias ter pensado nisso há anos atrás, chorava Rachel, o desprezo que sentia pelo pai acentuando-se a cada instante.

A partir desse momento, Rachel divorciou-se do pai, coisa que a mãe nunca fizera. O senador mal parecera notar. Mostrara-se de repente muito ocupado a usar a infelicidade da sua falecida mulher para tentar conseguir a nomeação do seu partido para presidente. O voto por solidariedade não calhava mal.

A verdade era que agora, três anos mais tarde, mesmo à distância, o senador tornava a vida de Rachel solitária. A corrida do pai à Casa Branca adiara indefinidamente o sonho que Rachel tinha de conhecer um homem e começar uma família. Tornara-se mais fácil para ela retirar-se por completo do jogo social do que lidar com um sem-fim de pretendentes washingtonianos sedentos de poder, tentando apanhar uma potencial «primeira filha», enquanto ela ainda se encontrava ao alcance deles.

No exterior do F-14, começava a anoitecer. Era Inverno no Árctico, um tempo de perpétua escuridão. Rachel deu-se conta de que voava para uma terra onde a noite era permanente.

Com o passar dos minutos, o Sol desapareceu por completo, caindo atrás do horizonte. Continuaram para norte, e surgiu uma Lua em quarto crescente, suspensa e branca no cristalino ar glacial. Muito abaixo, as ondas do oceano tremeluziam e os icebergues pareciam diamantes bordados numa rede negra de lantejoulas.

Finalmente, Rachel avistou o esbatido contorno da terra. Mas não era aquilo que ela esperava. Diante do avião, elevando-se do oceano, encontrava-se uma enorme cadeia montanhosa encimada por neve.

— Montanhas? — perguntou Rachel, confusa. — Existem montanhas a *norte* da Gronelândia?

— Ao que parece — disse o piloto, parecendo igualmente surpreso.

Quando o nariz do F-14 apontou na direcção do solo, Rachel sentiu uma estranha leveza. Através do zunido nos seus ouvidos, Rachel conseguia escutar um silvo electrónico contínuo no *cockpit.* O piloto tinha aparentemente fixado uma espécie de sinal luminoso e estava a segui-lo.

Quando desceram abaixo dos três mil pés, Rachel olhou o dramático terreno iluminado pelo luar, lá em baixo. No sopé das montanhas, estendia-se uma vasta planície nevada. O planalto avançava graciosamente na direcção do mar ao longo de cerca de quinze quilómetros, terminando abruptamente numa escarpa a pique de gelo sólido que mergulhava verticalmente no oceano.

Foi então que Rachel o viu. Era uma visão que não se parecia com nada que antes tivesse visto na Terra. A princípio, pensou que o luar estivesse a pregar-lhe uma partida. Percorreu com o olhar aquela extensão nevada, incapaz de compreender aquilo que via. Quanto mais o avião descia, mais clara se tornava a imagem.

Em nome de Deus, o que é aquilo?

O planalto abaixo deles estava listrado... como se alguém tivesse pintado a neve com três gigantescas estrias de tinta prateada. As faixas brilhantes estendiam-se paralelamente à falésia. Foi só quando o avião desceu abaixo dos quinhentos pés que a ilusão óptica se revelou. As três listas de prata eram depressões profundas, tendo cada uma delas mais de trinta metros de largura. Tinham-se enchido de água que gelara, tornando-se amplos canais prateados paralelos que se alongavam através do planalto. Os espaços brancos entre eles eram diques de neve amontoada.

À medida que desciam na direcção do planalto, o avião começou a balançar e a sacudir-se, sujeito a uma forte turbulência. Rachel ouviu o trem de aterragem a engatar com um forte ruído, mas continuava a não ver a pista. Enquanto o piloto lutava para manter o avião controlado, Rachel espreitou e avistou duas linhas de *strobes* que piscavam sobre o canal gelado exterior. Apercebeu-se, horrorizada, daquilo que o piloto se preparava para fazer.

— Vamos aterrar no *gelo?* — perguntou ela.

O piloto não respondeu. Estava concentrado nos golpes do vento. Rachel sentiu um nó nas entranhas quando o aparelho desacelerou e desceu na direcção do canal de gelo. Altas paredes de gelo ergueram-se de cada um dos lados do avião, e Rachel susteve a respiração, consciente de que o mínimo erro de cálculo naquele estreito canal significaria uma morte certa. O avião oscilante continuou a descer por entre os diques e a turbulência cessou subitamente. Abrigado do vento, o aparelho pousou sem qualquer problema na superfície gelada. Os retropropulsores rugiram, fazendo o avião abrandar. Rachel respirou fundo. O jacto deslizou cerca de cem metros ao longo da pista, rolando até se deter numa linha vermelha ousadamente pintada sobre o gelo.

A vista para a direita era apenas um muro de gelo sob o luar — o lado de um dique de gelo. A vista para a esquerda era idêntica. Era apenas através do pára-brisas à frente deles que Rachel tinha alguma visibilidade... uma interminável extensão de gelo. Parecia-lhe que tinha aterrado num planeta sem vida. Para além da linha no gelo, não havia sinais de vida. Depois Rachel ouviu-o. À distância, outro motor aproximava-se. Era um som mais elevado, que foi crescendo até surgir uma máquina. Tratava-se de um tractor de neve, avançando na direcção deles através do canal de gelo. Alto e esguio, parecia um insecto zumbindo para eles, sobre uns pés vorazes que giravam. Empoleirada no alto do chassis encontrava-se uma cabina de plexiglás com uma bateria de projectores que iluminavam o caminho.

A máquina estremeceu e deteve-se mesmo ao lado do F-14. A porta da cabina de plexiglás abriu-se e uma figura desceu uma escada até ao gelo. Estava vestido dos pés à cabeça com um acolchoado *jumpsuit*[NT] branco, que lhe dava o aspecto de ter sido insuflado.

Mad Max encontra-se com Pillsbury Dough Boy, pensou Rachel, aliviada ao constatar que este planeta pelo menos era habitado.

O homem fez sinal ao piloto do F-14 para abrir a escotilha.

O piloto obedeceu.

Quando o *cockpit* se abriu, a lufada de ar que percorreu o corpo de Rachel deixou-a completamente gelada.

Fecha a maldita portinhola!

— Sra. Sexton? — a figura dirigia-se a Rachel. O seu sotaque era americano. — Em nome da NASA, dou-lhe as boas-vindas.

Rachel tremia. *Obrigadinha.*

— Por favor desprenda o cinto, deixe o capacete no aparelho e saia do avião utilizando os degraus da fuselagem. Tem alguma questão a colocar?

— Sim — gritou Rachel em resposta. — Em que raio de sítio é que eu estou?

[NT] Fato de uma só peça originalmente usado pelos pára-quedistas.

CAPÍTULO DEZASSETE

Marjorie Tench, conselheira principal do presidente, era uma criatura esquelética. A sua magra estrutura de um metro e oitenta parecia uma construção *Erector Set* de articulações e membros. Pendendo acima do seu precário corpo encontrava-se um rosto amarelado, cuja pele se assemelhava a um pergaminho perfurado por dois olhos sem expressão. Aos cinquenta e um anos de idade, ela aparentava setenta.

Em Washington, Tench era reverenciada como uma deusa da arena política. Dizia-se que possuía uma capacidade analítica que roçava a clarividência. A década em que estivera à frente do Gabinete dos Serviços Secretos do Ministério dos Negócios Estrangeiros ajudara a aperfeiçoar uma mente letalmente acutilante e crítica. Infelizmente, a inteligência política de Tench fazia-se acompanhar de um temperamento glacial que poucos conseguiam suportar mais do que alguns minutos. Marjorie Tench fora abençoada com o cérebro de um supercomputador... e também com a sensibilidade própria de uma máquina. Ainda assim, o presidente Zach Herney não tinha dificuldade em tolerar as idiossincrasias da mulher; o seu intelecto e o seu trabalho árduo eram quase exclusivamente responsáveis pela ida de Herney para a Casa Branca.

— Marjorie — disse o presidente, pondo-se de pé para a receber na Sala Oval. — Em que posso ajudá-la? — Herney não a convidou a sentar-se. Os típicos códigos sociais não se aplicavam a mulheres como Marjorie Tench. Se Tench quisesse sentar-se, era isso mesmo que faria.

— Soube que tinha marcado uma reunião com toda a equipa para esta tarde, às quatro horas. — A voz dela era rouca, devido aos cigarros. — Excelente.

Tench fez uma pausa e Herney sentiu que a intricada engrenagem da mente dela se activava. Estava-lhe grato. Marjorie Tench era um dos membros cuidadosamente seleccionados da equipa do presidente que estavam inteiramente a par da descoberta da NASA, e a sua destreza política estava a ajudar o presidente a planear a sua estratégia.

— Este debate na CNN hoje à uma da tarde... — começou Tench, tossindo. — Quem é que vamos enviar para se confrontar com Sexton?

Herney sorriu.

— Um porta-voz menor da campanha. — A estratégia política de frustar o «caçador» nunca lhe enviando caça grossa era tão antiga como os próprios debates.

— Tenho uma ideia melhor — disse Tench, os seus olhos áridos encontrando os dele. — Deixe-me ser eu a fazer este debate.

Zach Herney nem podia acreditar.

— Você? *Em que raio está ela a pensar?* Marjorie, você não se expõe à comunicação social. Além disso, trata-se de um programa ao meio-dia, num canal de televisão por cabo. Se eu enviar a minha principal conselheira, que mensagem estou a fazer passar? Dá a entender que estamos em pânico.

— Exactamente.

Herney examinou-a. Qualquer que fosse o esquema ardiloso que ela estivesse a congeminar, o presidente não permitiria de forma alguma que ela aparecesse na CNN. Qualquer pessoa que já tivesse posto os olhos em Marjorie Tench sabia que havia uma razão para ela trabalhar nos *bastidores*. Tench era uma mulher de aspecto terrível; não era o tipo de cara que o presidente quisesse a transmitir a mensagem da Casa Branca.

— Vou fazer este debate da CNN — repetiu ela. E desta vez não estava a pedir autorização.

— Marjorie — argumentou o presidente, sentindo-se agora um pouco desconfortável —, a campanha de Sexton vai obviamente afirmar que a sua presença na CNN é prova de que a Casa Branca está a fugir assustada. Enviar as nossas maiores armas antes de tempo faz com que pareçamos assustados.

Tench anuiu tranquilamente e acendeu um cigarro.

— Quanto mais desesperados parecermos, melhor.

Nos sessenta segundos que se seguiram, Marjorie Tench explicou por que razão o presidente deveria enviá-la a ela ao debate da CNN, em vez de um membro secundário da equipa. Quando ela terminou, o presidente apenas conseguia olhá-la maravilhado.

Uma vez mais, Marjorie Tench provara ser um génio da política.

CAPÍTULO DEZOITO

A Plataforma de Gelo de Milne é a maior massa de gelo flutuante no Hemisfério Norte. Localizado acima de Ellesmere Island no alto Árctico, a Plataforma de Milne tem seis quilómetros e meio de largura e atinge uma espessura de mais de noventa metros.

Naquele momento, ao subir para a cabina de plexiglás no cimo do tractor de gelo, Rachel sentia-se grata pela parka extra e pelas luvas que a esperavam no seu lugar, assim como pelo calor produzido pelo aquecimento do tractor. Lá fora, na pista de gelo, os motores do F-14 ressoaram, e o avião começou a deslocar-se.

Rachel olhou para cima, alarmada.

— Ele vai-se embora?

O seu novo anfitrião subiu para o tractor, anuindo.

— Só os cientistas e os membros de apoio imediato da equipa da NASA têm autorização para estar no local.

Enquanto o F-14 mergulhava naquele céu sem sol, Rachel sentiu-se subitamente abandonada.

— Seguimos de *IceRover* a partir daqui — disse o homem. — O administrador da NASA aguarda-nos.

Rachel observou o caminho de gelo prateado que se estendia adiante deles e tentou imaginar que raio estaria o administrador da NASA a fazer naquele sítio.

— Segure-se bem — gritou o homem da NASA, manipulando algumas alavancas. Com um ronco, a máquina girou noventa graus sobre si mesma e avançou como um tanque militar. Estava agora de frente para uma parede de gelo.

Rachel olhou para a ladeira íngreme e sentiu uma onda de medo. *Certamente ele não tenciona...*

— *Rock n' roll!* — o condutor carregou na embraiagem e o veículo acelerou na direcção da vertente inclinada. Rachel soltou um gemido abafado e segurou-se. Ao atingirem a ladeira, as rodas com espigões penetraram na neve, e a engenhoca começou a trepar. Rachel estava certa de que iriam cair para trás, mas a cabina manteve-se surpreendentemente horizontal enquanto as rodas avançavam pelo talude. Quando a enorme máquina atingiu a crista do muro de gelo, o condutor imobilizou-a e sorriu para a sua pálida passageira.

— Experimente fazer *isto* com um SUV! Tirámos o sistema de choque do *Mars Pathfinder* e colocámo-lo neste menino! Funcionou às mil maravilhas.

Rachel acenou, abatida.

— Bom trabalho.

Agora no alto do muro de gelo, Rachel contemplou a inconcebível vista. Um outro largo dique de gelo encontrava-se diante deles, e depois as ondulações cessavam abruptamente. Daí para a frente, o gelo suavizava-se numa extensão brilhante, apenas ligeiramente inclinada. O manto de gelo iluminado pelo luar estendia-se até bem longe, onde acabava por estreitar e desaparecer sinuosamente por entre as montanhas.

— É o Glaciar Milne — disse o condutor, apontando para as montanhas. — Começa além e flutua até este delta onde nos encontramos.

O condutor pôs o veículo novamente em movimento e Rachel agarrou-se, enquanto o aparelho acelerava pela vertente abaixo. Lá em baixo, avançaram através de mais um rio de gelo, disparando na direcção da ladeira seguinte. Tendo subido até à crista e rapidamente descido, deslizando pela outra encosta, desembocaram num suave manto de gelo e seguiram caminho através do glaciar.

— A que distância estamos? — Adiante deles, Rachel não via nada a não ser gelo.

— Faltam cerca de três quilómetros.

A Rachel parecia que faltava muito. O vento lá fora sacudia o *IceRover* com implacáveis rajadas, chocalhando o plexiglás como se tentasse empurrá-los de volta ao mar.

— Este é o vento catabático — gritou o condutor. — É melhor habituar-se a ele. — Explicou que aquela região tinha um vento permanente no sentido do mar, chamado catabático, o termo grego que significava «deslizar pela montanha abaixo». O inexorável vento era, aparentemente, resultante de um pesado ar frio que deslizava pela superfície glacial como um rio enfurecido por uma montanha abaixo.

— Este é o único lugar do planeta — acrescentou o homem, rindo — onde o inferno é gelado!

Alguns minutos mais tarde, Rachel distinguiu uma forma esbatida, ao longe, à sua frente; era a silhueta de um enorme edifício branco que emergia do gelo. Rachel esfregou os olhos. *Mas que raio...?*

— *Grandes* esquimós por aqui, hem? — brincou ele.

Rachel tentava dar um sentido à estrutura. Parecia o Houston Astrodome, numa escala mais pequena.

— A NASA construiu-o há uma semana e meia atrás — disse ele. Plexipolisorbato insuflável em multicamadas. As peças são insufladas, ligadas uma às outras, sendo tudo afixado ao gelo com *pitons* e arames. Parece uma grande tenda fechada, mas, na realidade, é o protótipo da NASA para o habitat portátil que esperamos vir um dia a usar em Marte. Damos-lhe o nome de «habisfera».

— Habisfera?

— Sim, está a ver? Porque não é uma esfera *inteira*, é apenas uma *habi*-esfera.

Rachel sorriu e fixou a bizarra construção, que agora se agigantava na planície glacial.

— E como a NASA ainda não chegou a Marte, vocês resolveram, em vez disso, arranjar um sítio para pernoitar aqui?

O homem riu.

— Na verdade, eu teria preferido o Taiti, mas o destino preferiu trazer-me para aqui.

Rachel olhou hesitantemente para a construção. A cúpula branca era um traço fantasmagórico contra o céu negro. Tendo-se aproximado da estrutura, o *IceRover* deteve-se junto a uma pequena porta lateral do edifício, a qual se abria nesse preciso momento. Luz vinda do interior incidiu sobre a neve. Uma figura saiu. Era um gigante corpulento usando uma camisola de lã que ampliava o seu tamanho e lhe dava o aspecto de um urso. Caminhava para o *IceRover*.

Rachel não tinha dúvidas a respeito da identidade do homem: Era Lawrence Ekstrom, administrador da NASA.

O condutor fez um sorriso reconfortante.

— Não se deixe impressionar pelo tamanho dele. O tipo é um autêntico gatinho.

É mais um tigre, pensou Rachel, bem documentada a respeito da reputação de Ekstrom, conhecido por fazer rolar as cabeças daqueles que se atravessavam no caminho dos seus sonhos.

Quando Rachel saiu do *IceRover*, o vento quase a atirou ao chão. Apertou o casaco e encaminhou-se para o edifício.

O administrador da NASA encontrou-se com ela a meio caminho, estendendo-lhe uma enorme pata enluvada.

— Sra. Sexton. Obrigado por ter vindo.

Rachel acenou, hesitante, e gritou sobre o rugido do vento:

— Para ser sincera, penso que não tive grande alternativa.

Mil metros mais acima no glaciar, Delta-Um espreitava através dos seus binóculos infravermelhos, observando o administrador da NASA que acompanhava Rachel para dentro do edifício.

CAPÍTULO DEZANOVE

O administrador da NASA, Lawrence Ekstrom, era um homem gigante, corado e rude, como um deus nórdico zangado. O seu cabelo louro espetado era curto, à militar, pouco acima de uma testa enrugada, e o seu nariz volumoso tinha visíveis as veias, semelhantes a uma aranha. Naquele momento, os seus olhos de pedra caíam sob o peso de inúmeras noites sem dormir. Influente estratega aeroespacial e conselheiro de operações no Pentágono antes de ter sido nomeado para a NASA, Ekstrom tinha uma reputação de mal-humorado que apenas se equiparava à sua incontestável dedicação a qualquer missão que lhe fosse entregue.

Ao seguir Lawrence Ekstrom no interior da habisfera, Rachel Sexton deu por si a caminhar através de um fantástico emaranhado translúcido de entradas. A rede labiríntica parecia ter sido decorada a partir da suspensão de placas de plástico opaco atravessadas em arames bem esticados. O chão do labirinto era inexistente: um manto de gelo sólido, atapetado com faixas de borracha que permitiam a aderência. Passaram por uma rudimentar sala de estar onde se alinhavam beliches e casas de banho químicas.

Felizmente, o ar dentro da habisfera era quente, ainda que pesado, com a mistura de cheiros impossíveis de distinguir que acompanham os humanos em recintos pouco espaçosos. Algures, zumbia um gerador, que aparentemente constituía a fonte de electricidade que alimentava as lâmpadas despidas e suspensas em fios com braçadeiras no átrio.

— Sra. Sexton — grunhiu Ekstrom, conduzindo-a energicamente para um qualquer destino desconhecido —, permita-me que seja franco consigo desde o início. — O tom em que falava exprimia tudo menos satisfação em ter Rachel como convidada. — A senhora está aqui porque o *presidente* assim o quis. Zach Herney é meu amigo pessoal e um fiel defensor da NASA. Respeito-o. Estou em dívida para com ele. E confio nele. Não questiono as suas ordens directas, mesmo quando não concordo com elas. Para que não haja margem para confusão, saiba que não partilho o entusiasmo do presidente relativamente a envolvê-la neste assunto.

Rachel fitava-o, estupefacta. *Viajei quase cinco mil quilómetros para ter esta hospitalidade?* Este tipo não era propriamente a Martha Stewart.

— Com o devido respeito — ripostou Rachel —, eu *também* me encontro sob as ordens do presidente. Não fui informada do propósito que aqui me trouxe. Fiz esta viagem de boa-fé.

— Muito bem — disse Ekstrom. — Nesse caso, falarei sem rodeios.

— Sem dúvida que começou da melhor maneira.

A resposta dura de Rachel pareceu surpreender o administrador. O passo dele abrandou por um momento, os seus olhos tornando-se mais límpidos enquanto a examinava. Depois, como uma cobra esticando o corpo, soltou um longo suspiro e retomou o ritmo da sua caminhada.

— Deve compreender que se encontra aqui para participar num projecto confidencial da NASA, contra a minha vontade. Por um lado, a senhora é membro representante do NRO, instituição cujo director se compraz em difamar o pessoal da NASA, que chama de crianças linguarudas. E, por outro lado, é filha do homem que estabeleceu como missão pessoal destruir a minha agência. Esta devia ser a hora de a NASA brilhar ao sol; os meus homens e as minhas mulheres foram sujeitos a uma forte onda de críticas ultimamente e merecem este momento de glória. No entanto, devido a uma torrente de cepticismo lançada pelo *seu* pai, a NASA encontra-se numa situação política em que o meu pessoal, que trabalha arduamente, se vê forçado a partilhar os louros com um punhado de cientistas civis escolhidos aleatoriamente e com a filha do homem que está a tentar destruir-nos.

Eu não sou o meu pai, queria Rachel gritar, mas este não era o momento indicado para discutir política com o director da NASA.

— Não estou aqui pelos louros.

O olhar de Ekstrom brilhava de irritação.

— É possível que não tenha alternativa.

O comentário apanhou Rachel de surpresa. Apesar de o presidente Herney não ter dito nada de concreto a respeito da colaboração dela em alguma espécie de assunto «público», William Pickering exprimira o seu receio de que Rachel pudesse vir a tornar-se um peão político.

— Gostaria de saber o que estou a fazer aqui — declarou Rachel.

— O mesmo digo eu. Não estou na posse de tal informação.

— Perdão?

— O presidente pediu-me que a inteirasse da nossa descoberta no momento em que você aqui chegou. Qualquer que seja o papel que ele espera que represente neste circo, isso é assunto seu e dele.

— Ele disse-me que o vosso EOS tinha feito uma descoberta.

Ekstrom olhou-a de lado.

— Até que ponto está familiarizada com o projecto EOS?

— O EOS é uma constelação de cinco satélites da NASA que escrutinam a Terra de diferentes formas: elaboração de mapas dos oceanos, análise de falhas geológicas, observação do degelo nos pólos, localização de reservas de combustíveis fósseis...

— Está bem — interrompeu Ekstrom, nada impressionado. — Está, então, a par do mais recente acréscimo à constelação EOS? Chama-se PODS.

Rachel anuiu. O Polar Orbiting Density Scanner foi concebido para medir os efeitos do aquecimento global.

— Tanto quanto sei, o PODS mede a espessura e a dureza da massa de gelo polar, não é assim?

— Efectivamente. Utiliza a análise espectral de banda para obter leituras da densidade de compósitos de regiões vastas e para encontrar anomalias na textura do gelo (locais de neve derretida, degelo interno, fissuras de grandes dimensões) que testemunham o aquecimento global.

Rachel estava familiarizada com a verificação da densidade de compósitos. Era como ultra-sons subterrâneos. Os satélites do EOS tinham utilizado tecnologia semelhante para procurar variantes de densidade abaixo da superfície na Europa de Leste e para localizar valas comuns, o que confirmara ao presidente que a limpeza étnica continuava, de facto, a ocorrer.

— Há duas semanas atrás — disse Ekstrom —, o PODS percorreu esta plataforma de gelo e detectou uma anomalia na densidade que não se parecia com nada que estivéssemos à espera de ver. Sessenta metros abaixo da superfície, perfeitamente inserido numa matriz de gelo sólido, o PODS encontrou algo que parecia um glóbulo amorfo com um diâmetro de cerca de três metros.

— Um lençol de água? — perguntou Rachel.

— Não, não era líquido. Estranhamente, esta anomalia era *mais dura* que o gelo em seu redor.

Rachel reflectiu.

— Então... é uma pedra, ou algo do género?

— Essencialmente — assentiu Ekstrom.

Rachel esperou pela conclusão, que não veio. *Estou aqui porque a NASA encontrou um pedregulho no gelo?*

— Foi só quando o PODS calculou a densidade desta rocha que a excitação tomou conta de nós. Enviámos imediatamente uma equipa para aqui com a função de a analisar. O que acabámos por verificar foi que a rocha no gelo abaixo de nós é significativamente *mais* densa que qualquer tipo de rocha que se encontre aqui em Ellesmere Island. Com efeito, mais densa do que qualquer tipo de rocha encontrada num raio de mais de seiscentos quilómetros.

Rachel olhou o gelo debaixo dos seus pés, tentando imaginar aquela enorme rocha algures lá em baixo.

— Está a querer dizer que alguém a *deslocou* para aqui?

Ekstrom parecia vagamente divertido.

— Esta pedra pesa mais de oito toneladas. Está situada debaixo de mais de sessenta metros de gelo sólido, o que significa que ali permaneceu intocada durante mais de trezentos anos.

Rachel sentia-se cansada, seguindo o administrador até à entrada de um corredor longo e estreito, e passando por entre dois funcionários armados da NASA que montavam guarda.

— Presumo que haja uma explicação lógica para a presença da pedra aqui... E em relação a todo este secretismo?

— Certamente que há uma explicação — disse Ekstrom, impassível. — A rocha que o PODS encontrou é um meteorito.

Rachel imobilizou-se na passagem, olhando estupefacta para o administrador.

— Um *meteorito*? — Uma vaga de desapontamento cobriu-a. Um meteorito parecia-lhe pouco propício ao clímax da história depois da grande expectativa criada pelo presidente. *Esta descoberta vai só por si justificar todos os gastos e fracassos passados da NASA?* Onde é que Herney tinha a cabeça? Os meteoritos eram, efectivamente, das rochas mais raras que havia na Terra, mas a NASA encontrava meteoritos a toda a hora.

— Este meteorito é um dos maiores alguma vez encontrados — disse Ekstrom, mantendo uma postura rígida diante dela. — Acreditamos que se trata de um fragmento de um meteorito maior que, segundo parece estar documentado, atingiu o Árctico no século XVIII. O mais provável é ter sido lançado como ejecção do impacto no oceano, ter aterrado no Glaciar Milne, tendo sido lentamente coberto pela neve ao longo dos últimos trezentos anos.

Rachel franziu o sobrolho. Esta descoberta não mudava nada. Ela sentia uma crescente suspeita de que estava a testemunhar uma publicidade exagerada levada a cabo por uma NASA desesperada e pela Casa Branca, duas entidades em crise tentando elevar uma descoberta oportuna ao nível de uma vitória retumbante da agência espacial.

— Não parece muito impressionada — disse Ekstrom.

— Acho que estava à espera de algo... diferente.

Os olhos de Ekstrom estreitaram-se.

— Um meteorito destas dimensões é um achado muito raro, Sra. Sexton. Há muito poucos de tamanho maior em todo o mundo.

— Compreendo que...

— Mas o *tamanho* do meteorito não é aquilo que nos entusiasma.

Rachel ergueu o olhar.

— Se me deixar concluir — continuou Ekstrom —, ficará a saber que *este* meteorito revela algumas características bastante surpreendentes, nunca antes observadas num meteorito. Grande ou pequeno. — Indicou o corredor. — Agora, se fizer o favor de me seguir, vou apresentá-la a alguém mais qualificado do que eu para discutir este achado.

Rachel estava confusa.

— Uma pessoa mais qualificada que o administrador da NASA?

Os olhos nórdicos de Ekstrom fixaram os dela.

— Mais qualificado, Sra. Sexton, na medida em que se trata de um civil. Visto que é uma analista profissional de informação, assumi que preferiria ser informada por uma fonte *imparcial*.

Touché. Rachel recuou.

Seguiu o administrador ao longo do corredor estreito, e foram ter a uma pesada tapeçaria negra. Por detrás da tapeçaria, Rachel ouvia o murmúrio reverberante de uma multidão de vozes, ecoando como se se encontrassem num gigantesco espaço aberto.

Sem uma palavra, o administrador avançou e puxou a cortina. Rachel sentiu-se cegar por um brilho ofuscante. Hesitando, deu um passo em frente, olhando furtivamente o espaço cintilante. À medida que os seus olhos se adaptavam, Rachel contemplou aterrada o enorme recinto que tinha diante dos olhos.

— Meu Deus — murmurou ela. *Que sítio é este?*

CAPÍTULO VINTE

As instalações da CNN na periferia de Washington D. C. são um dos 212 estúdios em todo o mundo ligados via satélite à sede de Turner Broadcasting System, em Atlanta.

Eram 13h45 quando a limusina do senador Sedgewick Sexton chegou ao parque de estacionamento. Ao caminhar para a entrada, Sexton sentia-se todo cheio de si. Já no interior, ele e Gabrielle foram cumprimentados por um produtor barrigudo da CNN, de sorriso efusivo.

— Senador Sexton — disse o produtor —, seja bem-vindo. Excelentes notícias. Acabámos de saber quem é que a Casa Branca enviou para o enfrentar no debate. O produtor fez um sorriso agourento. — Espero que esteja em forma. — Apontou através do vidro para o interior do estúdio.

Sexton olhou para o outro lado do vidro e quase caiu para o lado. Olhando-o fixamente, através do fumo do seu cigarro, estava a cara mais feia da política.

— Marjorie Tench?! — exclamou Gabrielle. — Que raio está *ela* a fazer aqui?

Sexton não fazia ideia, mas, qualquer que fosse a razão, a presença dela ali era uma óptima notícia: um claro sinal de que o presidente começava a sentir-se desesperado. Que outro motivo o levaria a enviar a sua principal conselheira para a linha da frente? O presidente Zach Herney estava a pôr em acção as suas maiores armas, e Sexton recebia a oportunidade de braços abertos.

Quanto maior o inimigo, maior a sua queda.

O senador não tinha dúvidas de que Tench seria uma opositora astuta, mas, observando a mulher, não podia deixar de pensar que o presidente estava a cometer um erro táctico. Marjorie Tench tinha um aspecto hediondo. De momento, sentada na sua cadeira, com um ar desmazelado, fumava o seu cigarro, o seu braço direito movendo-se a um ritmo lânguido na direcção dos lábios, como um louva-a-deus gigante alimentando-se.

Se alguma vez existiu uma cara que se devesse limitar à rádio, pensou Sexton, *era aquela.*

Das poucas vezes que Sedgewick Sexton vira a carantonha amarelada da conselheira da Casa Branca numa revista, mal conseguira acreditar que se tratava de um dos rostos mais poderosos em Washington.

— Isto não me cheira bem — murmurou Gabrielle.

Sexton mal a escutava. Quanto mais considerava a oportunidade, mais satisfeito se sentia. Ainda mais a calhar do que o rosto pouco indicado para a comunicação social, estava a reputação de Tench relativamente a um determinado assunto: Marjorie Tench era muito clara a defender que, no futuro, o papel de liderança dos Estados Unidos poderia apenas ser assegurado através da superioridade tecnológica. Ela era uma ávida apoiante dos programas governamentais de alta tecnologia de investigação e desenvolvimento e, acima de tudo, da NASA. Muitos acreditavam que era a pressão exercida por Tench nos bastidores que mantinha o presidente tão resoluto na defesa da agência espacial que somava fracassos.

Sexton perguntava-se se o presidente não estaria agora a castigar Tench pelos maus conselhos no que se referia ao apoio à NASA.

Gabrielle Ashe olhava Marjorie Tench através do vidro, sentindo-se cada vez mais preocupada. Aquela mulher era esperta como o diabo *e* representava uma inesperada reviravolta. Esses dois factos faziam com que o seu instinto estivesse em alerta. Tendo em conta a posição de Tench relativamente à NASA, a escolha do presidente ao enviá-la para enfrentar o senador Sexton parecia infeliz. Mas o presidente não era tolo. Algo dizia a Gabrielle que aquele debate não ia correr bem. Gabrielle via que o senador se regozijava com a sua sorte, mas isso em nada contribuía para aliviar a sua preocupação. Sexton tinha o costume de se exceder quando ficava presunçoso. A questão da NASA fora um impulso bem-vindo à campanha, mas Gabrielle achava que, ultimamente, Sexton estava a levar as coisas longe de mais. Muitos candidatos tinham perdido as eleições por apostarem no *knockout*, em vez de deixarem o combate decorrer tranquilamente até ao fim.

O produtor parecia ansioso pelo iminente confronto sanguinário.

— Vamos prepará-lo, senador.

Quando Sexton se encaminhava para o estúdio, Gabrielle puxou-o pela manga.

— Eu sei o que está a pensar — sussurrou-lhe. — Mas seja prudente. Não se exceda.

— Exceder-me? Eu? — Sexton sorria.

— Lembre-se de que esta mulher é muito boa naquilo que faz.

— Também eu — respondeu Sexton, com um sorriso afectado e insinuante.

CAPÍTULO VINTE E UM

A cavernosa sala principal da habisfera seria uma estranha visão em qualquer parte da Terra, mas o facto de se encontrar numa plataforma de gelo do Árctico fazia com que Rachel achasse tudo muito mais difícil de assimilar. Erguendo os olhos para uma cúpula futurista equipada com cadeias de almofadas triangulares, Rachel tinha a sensação de ter entrado num colossal sanatório. As paredes desciam obliquamente, unindo-se a um chão de gelo sólido, onde um exército de lâmpadas de halogénio contornava o perímetro como sentinelas, projectando na direcção do céu uma luz crua e conferindo a toda a câmara uma luminosidade efémera. Serpenteando pelo chão, os tapetes contorciam-se, desenhando caminhos por entre um labirinto de estações de trabalho portáteis. Por entre a parafernália de equipamento electrónico, trinta ou quarenta funcionários de bata branca da NASA trabalhavam afincadamente, conferenciando alegremente e falando num tom animado. Rachel reconheceu imediatamente a electricidade que dominava a sala.

Era o entusiasmo de uma nova descoberta.

Enquanto Rachel e o administrador circulavam pela periferia do recinto, ela não pôde deixar de notar os olhares surpreendidos e descontentes daqueles que a reconheciam. Os seus sussurros propagavam-se nitidamente no espaço reverberante.

Aquela não é a filha do senador Sexton?

Que raio está ELA a fazer aqui?

Nem posso acreditar que o administrador esteja sequer a falar com ela!

Rachel quase que esperava ver bonecos de vudu do seu pai suspensos por todo o lado. No entanto, a animosidade em redor dela não era a única emoção que pairava no ar. Rachel podia também sentir uma distinta altivez, como se a NASA soubesse claramente quem iria rir por último.

O administrador conduziu Rachel até uma série de mesas onde um homem estava isolado numa estação de computadores. Vestia uma camisola preta de gola alta, calças largas e pesadas botas náuticas, em vez do concordante equipamento impermeável que todos os outros usavam. Estava de costas voltadas para eles.

O administrador pediu a Rachel que aguardasse enquanto ele falava com o estranho. Ao fim de um momento, o homem acenou-lhe com ar agradável e começou a desligar o seu computador. O administrador voltou para junto de Rachel.

— O Sr. Tolland prosseguirá a partir daqui — disse. — É outro dos recrutas do presidente, por isso vocês os dois devem entender-se bem. Irei ter convosco mais tarde.

— Obrigada.

— Presumo que já tenha ouvido falar de Michael Tolland...

Rachel encolheu os ombros, com o cérebro ainda a assimilar o cenário incrível que a rodeava.

— O nome não me diz nada.

O homem de camisola preta chegou, com um sorriso largo.

— O nome não lhe diz nada? — A sua voz era ressonante e amigável. — É a melhor notícia que ouvi hoje... É que hoje em dia raramente tenho a oportunidade de causar uma primeira impressão.

Quando Rachel ergueu os olhos para o recém-chegado, os seus pés ficaram petrificados. Reconheceu o rosto atraente do homem num instante. Toda a gente na América o conhecia.

— Oh! — exclamou, corando enquanto ele lhe apertava a mão. — É *o* Michael Tolland.

Quando o presidente lhe dissera que tinha recrutado cientistas civis de primeiro plano para autenticar a descoberta da NASA, Rachel imaginara um grupo de cromos encarquilhados com monogramas. Michael Tolland era a antítese. Uma das mais conhecidas «celebridades da ciência» na América da actualidade, Tolland apresentava na televisão um documentário semanal intitulado *Amazing Seas*, durante o qual colocava os espectadores frente a frente com arrebatadores fenómenos do oceano: vulcões submersos, minhocas de três metros, tsunamis. A comunicação social aclamava Tolland como sendo uma intersecção de Jacques Cousteau com Carl Sagan, considerando o seu conhecimento, o seu entusiasmo modesto e o seu gosto pela aventura como a fórmula que lançara o programa para o *top* das audiências. Claro que a maioria dos críticos admitia que a beleza rude de Tolland e o seu carisma que nada tinha de pretensioso provavelmente contribuíam para a sua popularidade junto do público feminino.

— Sr. Tolland... — disse Rachel, atrapalhando-se um pouco com as palavras —, sou Rachel Sexton.

O sorriso de Tolland era agradável.

— Olá, Rachel, chame-me Mike.

Rachel estava sem palavras, o que nela era uma situação bastante invulgar. Estava sujeita a uma sobrecarga sensorial... A habisfera, o meteorito, os segredos, o encontrar-se inesperadamente frente a uma estrela televisiva.

— Estou surpreendida por vê-lo aqui — disse ela, tentando recompor-se. — Quando o presidente me disse que tinha recrutado cientistas civis para autenticarem uma descoberta da NASA, creio que imaginei...

— Cientistas *a sério*? — perguntou Tolland, sorrindo.

Rachel corou, mortificada.

— Não foi isso que quis dizer.

— Não se preocupe — tranquilizou-a Tolland. — Não ouvi outra coisa desde que aqui cheguei.

O administrador desculpou-se por ter de se retirar, prometendo encontrar-se com eles mais tarde. Tolland voltou-se para Rachel, com um olhar curioso.

— O administrador disse-me que é filha do senador Sexton?

Rachel anuiu. *Infelizmente.*

— Uma espia de Sexton atrás das linhas inimigas?

— A frente de batalha nem sempre se situa onde seria de esperar.

Fez-se um silêncio incómodo.

— Então, diga-me — retomou Rachel, rapidamente —, que faz um famoso oceanógrafo num glaciar com uma data de cientistas aeroespaciais?

Tolland fez um sorriso trocista.

— Na verdade, um tipo que se parecia muito com o presidente pediu-me que lhe fizesse um favor. Abri a boca para lhe dizer: «Vá para o inferno», mas acabei por deixar escapar algo como: «Sim, senhor.»

Rachel riu pela primeira vez em toda a manhã.

— Junte-se ao clube.

Embora a maioria das celebridades parecessem mais baixas em pessoa, Rachel teve a impressão de que Michael Tolland era mais alto. Os seus olhos castanhos eram tão vigilantes e apaixonados como na televisão, e a sua voz transmitia a mesma candura e o mesmo entusiasmo. Atlético e aparentando quarenta e cinco anos em que nada fizera para se poupar, Michael Tolland tinha um cabelo preto revolto que lhe caía permanentemente sobre a testa numa madeixa desordenada. Tinha um queixo forte e uma atitude despreocupada que instilava confiança. Quando apertara a mão de Rachel, a aspereza das calosidades das suas palmas relembrara a Rachel que ele não era uma típica personalidade da televisão, mas antes um homem do mar com provas dadas, um investigador que trabalhava no terreno.

— Para ser sincero — admitiu Tolland, soando um pouco acanhado —, penso que fui recrutado mais pelo meu contributo de relações públicas do que pelo meu conhecimento científico. O presidente pediu-me que viesse para lhe fazer um documentário.

— Um documentário? Acerca de um *meteorito*? Mas é oceanógrafo!

— Foi exactamente isso que lhe disse! Mas ele disse que não conhecia documentaristas especializados em meteoritos. Disse-me que o meu envolvimento ajudaria a tornar esta descoberta credível para a opinião pública em geral. Tanto quanto sei, ele tenciona transmitir o meu documentário como parte da sua grande conferência de imprensa desta noite, em que anunciará esta descoberta.

Uma celebridade como porta-voz. Rachel compreendeu que estava ali em acção a inteligência das manobras políticas de Zach Herney. A NASA era frequentemente acusada de falar apenas para elites. Desta vez, não seria assim. Tinham chamado o comunicador científico mestre, um rosto que os Americanos já conheciam e no qual confiavam quando se tratava de ciência.

Tolland apontou através do recinto para uma parede afastada onde estava a ser preparada uma área para a imprensa. Tinha sido colocado um tapete azul sobre o gelo, havia câmaras de televisão, luzes próprias, uma mesa comprida com vários microfones instalados. Estavam a pendurar uma enorme bandeira americana que funcionaria como pano de fundo.

— É para esta noite — explicou ele. — O administrador da NASA e alguns dos seus melhores cientistas estarão ligados via satélite à Casa Branca, de forma a participarem na transmissão do presidente às oito horas.

Apropriado, pensou Rachel, satisfeita por ver que Zach Herney não planeava deixar a NASA inteiramente de fora do assunto.

— Então — disse ela, com um suspiro —, será que alguém me vai dizer o que é que este meteorito tem de tão especial?

Tolland arqueou as sobrancelhas e sorriu-lhe misteriosamente.

— Na verdade, aquilo que este meteorito tem de especial presta-se mais a ser *visto*, não explicado.

O cientista fez sinal a Rachel para que o seguisse até à área de trabalho mais próxima.

— O tipo que trabalha aqui tem muitas amostras para lhe mostrar.

— Amostras? Vocês têm realmente *amostras* do meteorito?

— Exactamente. Utilizámos várias. Com efeito, foi a série inicial de amostras que alertou a NASA para a importância do achado.

Sem saber o que esperar, Rachel seguiu Tolland até à área de trabalho. Estava aparentemente deserta. Havia uma chávena de café sobre a secretária onde se encontravam, dispersas, várias amostras de rocha, calibradores e outro material de diagnóstico. O café fumegava.

— Marlinson! — gritou Tolland, olhando em redor. Não obteve resposta. Deu um suspiro de frustração e voltou-se para Rachel. — Provavelmente perdeu-se ao procurar natas para o café. Sabe, fiz uma pós-graduação em Princeton com este tipo, e ele costumava perder-se no seu próprio dormitório. Agora é uma Medalha Nacional da Ciência na área de astrofísica. Vá-se lá perceber isto.

Rachel juntou dois mais dois.

— Marlinson? Por acaso não se refere ao famoso Corky Marlinson, pois não?

— Ele mesmo — riu Tolland.

Rachel nem podia acreditar.

— Corky Marlinson está *aqui*? — As ideias de Marlinson sobre campos gravitacionais eram lendárias entre os engenheiros de satélites do NRO. — Marlinson é um dos recrutas civis do presidente.

— Sim, um dos *verdadeiros* cientistas.

Verdadeiro, de facto, pensou Rachel. Corky Marlinson era tão brilhante e tão respeitado quanto possível.

— O incrível paradoxo em relação a Corky — continuou Tolland — é que ele consegue dizer-lhe de cor a distância até Alpha Centauri em milímetros, mas não consegue dar um nó na gravata.

— Uso alfinetes — disse de perto uma voz nasalada e bem-disposta. — A eficiência acima do estilo, Mike. Vocês, tipos de Hollywood, não conseguem perceber!

Rachel e Tolland voltaram-se para o homem que então emergia de trás de uma pilha de material electrónico. Era atarracado e redondo, semelhante a um *bulldog* liliputiano, com olhos salientes e um cabelo escasso. Ao ver Tolland junto de Rachel, o homem deteve-se abruptamente.

— Valha-me Deus, Mike! Estamos no meio do gelo do Pólo Norte e mesmo assim arranjas maneira de conhecer mulheres bonitas. Eu sabia que devia ter ido para a televisão!

Michael Tolland estava visivelmente embaraçado.

— Sra. Sexton, por favor perdoe o Dr. Marlinson. Aquilo que lhe falta em tacto, ele compensa sobejamente em fragmentos arbitrários de conhecimentos totalmente inúteis sobre o nosso universo.

Corky aproximou-se.

— Muito prazer, minha senhora. Não apanhei o seu nome.

— Rachel — disse ela —, Rachel Sexton.

— Sexton? — Corky fingiu-se sobressaltado, brincando. — Espero que não tenha parentesco com aquele senador depravado de vistas curtas!

Tolland estremeceu.

— Na verdade, Corky, o senador Sexton é pai de Rachel.

Corky parou de rir e pôs um ar enfiado.

— Sabes, Mike, realmente não admira que eu nunca tenha tido sorte com as mulheres.

CAPÍTULO VINTE E DOIS

O premiado astrofísico Corky Marlinson introduziu Rachel e Tolland na sua área de trabalho e começou a esquadrinhar os seus instrumentos e amostras de rocha. O homem mexia-se como uma mola muito apertada prestes a explodir.

— Muito bem — disse, vibrando de excitação —, Sra. Sexton, vai ter a lição de trinta segundos de Corky Marlinson sobre meteoritos.

Tolland fez a Rachel uma piscadela de olho que significava «tenha paciência».

— Vai ter de o aturar. O que ele realmente queria era ser actor.

— Isso mesmo, e o Mike queria ser um cientista respeitado.

Corky remexeu numa caixa de sapatos e retirou três pequenas amostras de rocha, alinhando-as sobre a sua secretária.

— Estas são as três principais categorias de meteoritos que encontramos pelo mundo.

Rachel observou as três amostras. Todas elas pareciam estranhos esferóides aproximadamente do tamanho de bolas de golfe. Todas tinham sido cortadas ao meio para revelar o seu interior.

— Todos os meteoritos — prosseguiu Corky — são constituídos por diferentes quantidades de ligas de níquel e ferro, silicatos e sulfuretos. Classificamo-los com base na sua proporção de metal e silicato.

Rachel tinha a sensação de que a «lição» sobre meteoritos de Corky Marlinson ia durar mais que trinta segundos.

— Esta primeira amostra — disse Corky, apontando para uma pedra preta brilhante — é um meteorito de núcleo de ferro. Muito pesado. Este nosso amigo aterrou na Antárctida há alguns anos atrás.

Rachel examinou o meteorito. Efectivamente, tinha aspecto de vir de outro mundo: uma porção de ferro acinzentado pesado cuja crosta exterior fora queimada e escurecera.

— Esta camada exterior carbonizada tem o nome de crosta de fusão — disse Corky. — É o resultado do aquecimento extremo que ocorre quando o meteorito atravessa a nossa atmosfera. Todos os meteoritos têm este aspecto. — Corky passou rapidamente à amostra seguinte. — Este é aquilo que chamamos de meteorito de pedra e ferro.

Rachel observou a amostra, notando que também estava carbonizada na camada exterior. Esta amostra tinha, no entanto, uma coloração verde-clara, e parecia apresentar no interior uma colagem de fragmentos angulares coloridos, semelhantes a um *puzzle* caleidoscópico.

— É bonito — disse Rachel.

— Está a brincar? É *lindo*!

Corky falou durante um minuto acerca do elevado conteúdo de olivina que causava aquele brilho verde, e depois, com um gesto dramático, pegou na terceira e última amostra, estendendo-a a Rachel.

Rachel segurou na sua mão o fragmento do último meteorito. Este tinha uma cor castanha-acinzentada, assemelhando-se a granito. Parecia mais pesado que uma pedra terrestre, mas não substancialmente. O único indício de que não se tratava de uma rocha normal era a sua crosta de fusão, a superfície exterior queimada.

— Este — disse o cientista num tom conclusivo — é o meteorito de pedra. Trata-se da categoria mais comum de meteoritos. Mais de noventa por cento dos meteoritos encontrados na Terra pertencem a esta categoria.

Rachel estava surpreendida. Sempre imaginara os meteoritos mais como o da primeira amostra: globos metálicos, de aspecto extraterrestre. Aquele que segurava na sua mão não parecia de forma alguma extraterrestre. À parte o exterior carbonizado, parecia algo em que poderia tropeçar na praia.

Os olhos de Corky estavam esbugalhados com a excitação.

— O meteorito soterrado no gelo aqui em Milne é um meteorito de pedra, muito semelhante àquele que tem na sua mão. Estes meteoritos parecem quase idênticos às rochas ígneas que temos no nosso planeta, pelo que são difíceis de detectar. Normalmente, uma mistura de silicatos de pouco peso: feldspato, olivina, piroxena. Nada de muito interessante.

Eu que o diga, pensou Rachel, devolvendo-lhe a amostra.

— Este parece uma pedra que alguém tivesse deixado numa lareira e que tivesse ardido.

Corky soltou uma gargalhada.

— Uma lareira dos *infernos*! A pior fornalha explosiva alguma vez construída não reproduz nem de longe o calor que experimentam os meteoritos quando atingem a nossa atmosfera. São devastados!

Tolland sorriu compreensivamente a Rachel.

— Agora vem a melhor parte.

— Veja — disse Corky, recebendo a amostra das mãos de Rachel. — Imaginemos que este nosso amigo tem o tamanho de uma casa. — Elevou a pedra acima da sua cabeça. — O.K. ... encontra-se no espaço... flutuando através do nosso sistema solar... mergulhada no frio do espaço de cem graus Celsius negativos.

Tolland ria de modo trocista, já tendo visto, ao que parecia, a reconstituição de Corky da chegada do meteorito a Ellesmere Island.

Corky começou a fazer descer a amostra.

— O nosso meteorito dirige-se para a Terra... e quando já está muito perto, a nossa força de gravidade entra em acção... acelerando-o... acelerando-o...

Rachel observava Corky, que apressava a trajectória da amostra, imitando a aceleração causada pela gravidade.

— Agora avança depressa — exclamou Corky. — Mais de 15 quilómetros por segundo... Mais de cinquenta e sete mil quilómetros por hora! 135 quilómetros acima da superfície terrestre, o meteorito começa a sofrer a fricção provocada pelo contacto com a atmosfera.

Corky sacudiu violentamente a amostra à medida que a fazia descer na direcção do gelo.

— Abaixo dos cem quilómetros, torna-se brilhante! Agora, a densidade atmosférica aumenta e a fricção é fortíssima. O ar em volta do meteoro fica incandescente à medida que o material exterior derrete com o calor. — Corky começou a produzir efeitos sonoros que representavam o arder e a crepitação. — Agora está a ultrapassar a barreira dos oitenta quilómetros, e a temperatura da sua superfície ultrapassa os mil e oitocentos graus Celsius!

Rachel olhava, incrédula, enquanto o astrofísico condecorado pelo presidente abanava o meteorito cada vez com mais força, produzindo juvenis efeitos sonoros.

— Sessenta quilómetros! — Agora, Corky gritava. — O nosso meteoro encontra a parede atmosférica. O ar é demasiado denso. Ele desacelera violentamente, a uma velocidade mais de trezentas vezes superior à força de gravidade! — Corky guinchou, imitando o ruído de travões e abrandou dramaticamente a sua descida. — Instantaneamente, o meteorito arrefece e deixa de brilhar. Começámos o voo na escuridão! A superfície do meteoro endurece, passando do seu estado derretido a uma crosta de fusão carbonizada.

Rachel ouviu Tolland suspirar, ao ver Corky ajoelhar-se no gelo para representar o *coup de grâce*: o impacto na Terra.

— Agora — continuou Corky —, o nosso meteorito salta através da camada inferior da nossa atmosfera... — De joelhos no chão, descreveu com o meteorito um arco de inclinação ligeira na direcção do chão. — Dirige-se para o Oceano Árctico... num ângulo oblíquo... cai... quase parece que vai saltar o oceano... cai... e.... — fez a amostra tocar no gelo — Bum!

Rachel deu um salto.

— O impacto é cataclísmico. O meteorito explode. Voam fragmentos, saltando e girando através do oceano. — Corky executava agora movimentos em câmara lenta, fazendo a amostra rolar e cair ao longo do oceano invisível, na direcção dos pés de Rachel. — Uma parcela continua a deslizar, precipitando-se para Ellesmere Island... — Levou a amostra até junto do dedo de Rachel. — Passa o oceano, ressaltando para terra. — Moveu o fragmento para cima e para baixo, sobre a biqueira do sapato de Rachel e fê-lo rolar para se deter em cima do pé dela, junto do tornozelo. — E, finalmente, pousa no alto do glaciar Milne, onde a neve e o gelo depressa o cobrem, protegendo-o da erosão atmosférica.

Corky pôs-se de pé, sorrindo.

Rachel ficou boquiaberta. Impressionada, riu com vontade.

— Bem, Dr. Marlinson, essa explicação foi excepcionalmente...

— Lúcida? — sugeriu Corky.

Rachel sorriu.

— No mínimo.

Corky colocou de novo a amostra nas mãos dela.

— Repare no interior.

Rachel observou o interior da rocha durante alguns momentos, mas não viu nada.

— Coloque-a virada para a luz — aconselhou Tolland, na sua voz quente e bondosa.

Rachel aproximou a amostra dos olhos e voltou-a para os projectores halogénios ofuscantes acima deles. E foi então que viu: pequenos glóbulos metálicos reluzindo na pedra. Dúzias deles, polvilhando o interior como pequenas gotículas de mercúrio, cada um com cerca de um milímetro de tamanho.

— Estas pequenas bolhas chamam-se côndrulos — disse Corky. — E ocorrem *apenas* nos meteoritos.

Rachel perscrutou as gotículas.

— Reconheço que nunca vi nada disto numa rocha terrestre.

— E nunca vai ver! — declarou Corky. — Os côndrulos são uma estrutura geológica que simplesmente não temos na Terra. Alguns côndrulos são extraordinariamente antigos, talvez mesmo feitos dos primeiros materiais do universo; outros são muito mais jovens, como aqueles que tem na sua mão. Os côndrulos desse meteorito têm apenas cento e noventa milhões de anos de idade.

— Cento e noventa milhões de anos é ser *jovem*?

— Claro! Em termos cosmológicos, é como se fosse ontem. O que interessa aqui, no entanto, é que esta amostra contém *côndrulos*, que são uma prova conclusiva de que se trata de um meteorito.

— O.K. — disse Rachel. — Os côndrulos são conclusivos. Entendido.

— E, finalmente — disse Corky, suspirando —, se a crosta de fusão e os côndrulos não bastarem para a convencer, nós, astrónomos, temos métodos a toda a prova para confirmar a origem meteórica.

— Ou seja...?

Corky encolheu os ombros, casualmente.

— Usamos, simplesmente, um microscópio petrográfico polarizador, um espectrofotómetro de fluorescência raio-X, um analisador de activação de neutrões, ou um espectómetro de plasma de indução acoplada para medir proporções ferromagnéticas.

Tolland respirou fundo.

— Agora ele está a exibir-se. O que Corky quer dizer é que podemos provar que uma rocha é um meteorito medindo simplesmente o seu conteúdo químico.

— Calma aí, rapaz do oceano! — ralhou Corky. — Deixemos a ciência para os cientistas, está bem? — E voltou-se imediatamente para Rachel. — Nas rochas da Terra, o mineral níquel ocorre em percentagens extremamente elevadas ou extremamente reduzidas; nada de meio termo. Contudo, nos meteoritos, o conteúdo de níquel surge em valores médios. Assim, se analisarmos uma amostra e descobrirmos que a componente de níquel reflecte um valor médio, podemos garantir, sem sombra de dúvida, que a amostra é um meteorito.

Rachel estava exasperada.

— Está bem, meus senhores... Crostas de fusão, côndrulos, valores médios de níquel, tudo isso prova que a rocha vem do espaço. Estou a perceber. — Colocou a amostra novamente sobre a secretária de Corky. — Mas que faço eu aqui?

Corky deu um portentoso suspiro.

— Quer ver uma amostra do meteorito que a NASA encontrou no gelo debaixo de nós?

Antes que eu morra aqui, por favor.

Desta vez, Corky introduziu a mão no bolso que tinha ao peito e retirou um pequeno pedaço de pedra com a forma de um disco. Aquela porção de rocha tinha o formato de um CD-áudio, pouco mais de um centímetro de espessura e parecia, no que se referia à composição, ser similar ao meteorito de pedra cuja amostra tinham acabado de observar.

— Este é um pedaço da amostra que utilizámos ontem. — Corky passou o disco a Rachel.

A sua aparência não era, com efeito, estrondosa. Tratava-se de uma rocha pesada, de um tom laranja esbranquiçado. Parte do rebordo estava queimado e enegrecido, aparentemente um segmento do invólucro exterior do meteoro.

— Estou a ver a crosta de fusão — disse ela.

Corky acenou afirmativamente.

— Sim, esta amostra foi retirada de perto da camada exterior do meteorito, por isso ainda tem alguma crosta.

Rachel colocou o disco sob a luz e detectou os pequenos glóbulos metálicos.

— E consigo ver os côndrulos.

— Óptimo — disse Corky, a sua voz tensa com a excitação. — E posso dizer-lhe que esta coisa passou por um microscópio petrográfico polarizador, pelo que verificámos que tem valores médios de níquel, não se parecendo em nada com uma rocha terrestre. Parabéns; conseguiu agora confirmar com sucesso que a rocha que tem neste momento na sua mão veio do espaço.

Rachel ergueu o olhar, confusa.

— Dr. Marlinson, é um meteorito. É *suposto* vir do espaço. Está a escapar-me alguma coisa?

Corky e Tolland trocaram olhares cúmplices. Tolland pôs uma mão sobre o ombro de Rachel.

— Vire-o — murmurou-lhe.

Rachel voltou o disco ao contrário para poder ver a outra face. Foi necessário apenas um instante para que o seu cérebro processasse aquilo que via.

E então a verdade atingiu-a com toda a força.

Impossível!, balbuciou ela, e, no entanto, ao olhar aquele pedaço de rocha, deu-se conta de que a sua definição de «impossível» acabara de mudar para sempre. Incrustada na pedra estava uma forma que num espécime terrestre poderia ser considerada comum e, contudo, num meteorito, era totalmente inconcebível.

— É... — Rachel gaguejava, quase incapaz de pronunciar a palavra — ... É um *bicho*! Este meteorito contém o fóssil de um bicho!

Tanto Tolland como Corky irradiavam alegria.

— Bem-vinda a bordo — disse Corky.

A torrente de emoções que tomou conta de Rachel deixou-a momentaneamente muda e, no entanto, na sua desorientação, ela podia claramente compreender que aquele fóssil fora em tempos, sem sombra de dúvida, um organismo vivo. A impressão petrificada tinha cerca de sete centímetros e meio de comprimento e parecia ser a parte de baixo de uma espécie grande de escaravelho ou de um insecto rastejante. Sete pares de patas articuladas reuniam-se sob uma carapaça exterior protectora, a qual parecia segmentada em lamelas como se se tratasse de um armadilho.

Rachel sentia-se tonta.

— Um insecto vindo do espaço...

— É um isópode — disse Corky. — Os insectos têm três pares de pernas, não sete.

Rachel já não o ouvia. A sua cabeça girava, enquanto observava o fóssil que tinha diante de si.

— Vê-se claramente — acrescentou Corky — que a carapaça dorsal está segmentada em lamelas como em certo tipo de crustáceos terrestres e, contudo, os dois apêndices proeminentes em forma de cauda diferenciam-no, como se fosse algo mais semelhante a um piolho.

A mente de Rachel já não estava sintonizada com a de Corky. A classificação da espécie era totalmente irrelevante. Agora, as peças do *puzzle* encaixavam... O secretismo do presidente, a excitação da NASA...

Existe um fóssil neste meteorito! Não apenas uma partícula de uma bactéria ou de outro micróbio, mas uma forma avançada de vida! Prova que existe vida algures no universo!

CAPÍTULO VINTE E TRÊS

Dez minutos depois de ter começado o debate da CNN, o senador Sexton perguntava-se por que razão se tinha sequer preocupado. Marjorie Tench era largamente sobrestimada como oponente. Apesar da reputação da conselheira principal como sendo de uma sagacidade implacável, ela acabava por se revelar mais um cordeiro votado ao sacrifício do que uma adversária digna desse nome.

Era um facto que, no início do debate, Tench se colocara em vantagem ao atacar o movimento pró-vida que o senador defendia, acusando-o de ter preconceitos contra as mulheres. Mas depois, mesmo quando parecia prestes a fechar as suas garras, Tench cometera um erro irresponsável. Ao questionar o senador relativamente a como pretendia financiar os melhoramentos na educação sem aumentar os impostos, Tench fizera uma alusão simulada à constante tentativa por parte de Sexton de fazer da NASA o bode expiatório.

Embora a NASA fosse um tema que Sexton definitivamente tencionava abordar mais perto do final da discussão, Marjorie Tench abrira a porta ainda mais cedo. *Idiota!*

— A propósito da NASA — dissera Sexton num tom casual —, não se importa de comentar os rumores que continuamente me chegam aos ouvidos de que a NASA sofreu mais um fracasso recente?

Marjorie Tench não hesitou.

— Lamento, mas não ouvi esse rumor. — A sua voz de tabaco era como papel de lixa.

— Nesse caso, não quer comentar?

— Receio que não.

Sexton regozijava. Num mundo dominado pela comunicação social, a recusa em comentar algo era uma confissão de culpa.

— Estou a ver — disse Sexton. — E quanto aos rumores de uma reunião de emergência secreta entre o presidente e o administrador da NASA?

Desta vez, Tench fez um ar surpreendido.

— Não estou a ver a que reunião se está a referir. O presidente tem muitas reuniões.

— Claro que tem. — Sexton decidiu atacá-la directamente. — Sra. Tench, a senhora é uma grande apoiante da agência espacial, não é verdade?

Tench suspirou, parecendo cansada do assunto de estimação do senador.

— Eu acredito na importância de preservar a supremacia tecnológica dos Estados Unidos, seja no campo militar, na indústria, nos serviços secretos, nas telecomunicações... A NASA é, naturalmente, parte dessa visão. Sim.

Na cabina de produção, Sexton podia ver o olhar de Gabrielle, que lhe dizia para recuar, mas o senador já sentia o gosto do sangue.

— Estou curioso, minha senhora, será a *sua* influência a estar por trás do contínuo apoio dado pelo presidente a esta agência obviamente moribunda?

Tench abanou a cabeça.

— Não. O presidente é também um fiel adepto da NASA. Ele toma as suas próprias decisões.

Sexton nem podia acreditar naquilo que ouvia. Acabara de dar a Marjorie Tench a oportunidade de exonerar parcialmente o presidente, assumindo pessoalmente alguma da responsabilidade pelo financiamento da NASA. Em vez disso, Tench permitira que tudo recaísse sobre o presidente. *O presidente toma as suas próprias decisões.* Parecia que a conselheira estava já a tentar distanciar-se de uma campanha em perigo. Não era razão para grande surpresa. Afinal, quando a poeira assentasse, Marjorie Tench estaria à procura de emprego.

Nos minutos que se seguiram, Sexton e Tench fintaram-se um ao outro. Tench fez algumas fracas tentativas para mudar de assunto, enquanto Sexton continuou a insistir no orçamento da NASA.

— Senador — argumentou Tench —, o senhor tenciona cortar o orçamento da NASA, mas faz alguma ideia de quantos empregos ao nível da alta tecnologia perderemos?

Sexton teve vontade de rir na cara da mulher. *E esta tipa é considerada o cérebro mais inteligente de Washington?* Tench tinha obviamente muito que aprender a respeito da demografia do país. Os empregos na área da alta tecnologia não eram de forma alguma representativos quando comparados com o elevado número de operários americanos.

Sexton saltou sobre a sua presa.

— Estamos a falar da poupança de *biliões*, Marjorie, e se para isso for necessário que um punhado de cientistas da NASA tenham de se meter nos seus BMWs e levar a sua mão-de-obra especializada para outro lado, pois que assim seja. Tenciono ser muito rígido no que se refere às despesas.

Marjorie Tench manteve-se em silêncio, como se cambaleasse devido àquele último murro.

— Sra. Tench? A sua reacção? — insistiu o moderador da CNN.

Finalmente, a mulher clareou a garganta e falou.

— Acho que estou surpreendida ao ver que o Sr. Sexton está disposto a assumir uma posição tão firme contra a NASA.

Sexton semicerrou os olhos. *Bela tentativa, minha cara.*

— Eu não sou anti-NASA, e sinto-me ofendido com essa acusação. Digo simplesmente que o orçamento da NASA é sintomático dos gastos excessivos que o seu presidente sanciona. A NASA disse que construiria o vaivém com cinco biliões; custou doze biliões. Afirmou que podia construir a estação espacial com oito biliões; agora são cem biliões.

— Os Americanos são líderes — contrapôs Tench — porque definem objectivos grandiosos e se mantêm fiéis a eles mesmo em tempos difíceis.

— Esse discurso de exaltação do orgulho nacional não funciona comigo, Marge. A NASA ultrapassou as verbas que lhe eram destinadas três vezes nos últimos dois anos e voltou para junto do presidente com o rabinho entre as pernas pedindo-lhe mais dinheiro para reparar os seus erros. Isso é que é o orgulho nacional? Se quer falar de orgulho nacional, fale de boas escolas. Fale de um sistema universal de saúde. Fale de crianças espertas a crescer num mundo de oportunidades. *Isso* é orgulho nacional.

Tench deitou-lhe um olhar furioso.

— Posso colocar-lhe uma pergunta directa, senador?

Sexton não respondeu, limitando-se a esperar.

As palavras da mulher surgiram deliberadamente, com uma súbita infusão de energia.

— Senador, se eu lhe dissesse que não é possível explorar o espaço por um montante inferior àquele de que a NASA dispõe actualmente, tomaria a decisão de abolir a agência espacial?

Sexton teve a sensação de que um pedregulho lhe aterrava no colo. Talvez Tench não fosse, afinal, tão estúpida. Ela acabava de o encostar à parede; uma pergunta engenhosamente pensada, que exigia uma resposta de sim ou não, concebida para forçar um adversário que tentava esquivar-se a definir a sua posição de uma vez por todas.

Instintivamente, Sexton tentou desviar-se da questão.

— Não tenho dúvidas de que, com uma gestão cuidadosa, a NASA poderá explorar o espaço por muito menos do que actualmente...

— Senador Sexton, responda à pergunta. Explorar o espaço é uma actividade perigosa e dispendiosa. É mais ou menos como construir um jacto de passageiros. Devemos fazê-lo *como deve ser*, ou não o fazer de todo. Os riscos são demasiado elevados. Repito a minha pergunta: se vier a ser presidente, e se se vir colocado perante a decisão de prosseguir com o financiamento da NASA, ao nível a que este actualmente se encontra, ou de riscar por completo o programa espacial dos Estados Unidos, o que fará?

Merda. Sexton olhou para Gabrielle através do vidro. A expressão no rosto dela mostrava aquilo que Sexton já sabia. *Está comprometido. Seja directo. Nada de conversa fiada.* Sexton ergueu a cabeça.

— Sim. Transferiria as verbas que actualmente são investidas na NASA directamente para o nosso sistema educativo, caso fosse confrontado com essa decisão. Entre as nossas crianças e o espaço, eu apostaria nas crianças.

A expressão de Marjorie Tench foi a de alguém absolutamente chocado.

— Estou sem palavras. Será que ouvi bem? Como presidente, a sua decisão seria a de *abolir* o programa espacial desta nação?

Sexton sentia-se a ferver de raiva. Agora Tench estava a colocar-lhe palavras na boca. Tentou contrapor, mas Tench continuava a falar.

— Então, o que está a dizer, senador, para que fique registado, é que faria desaparecer a agência que pôs homens na Lua?

— O que estou a dizer é que a corrida ao espaço terminou! Os tempos são outros. A NASA já não desempenha um papel determinante na vida quotidiana dos Americanos e, no entanto, continuamos a financiá-la como se assim fosse.

— Então, não acredita que o espaço é o futuro?

— Evidentemente que o espaço é o futuro, mas a NASA é um dinossauro. O sector privado que explore o espaço. Os contribuintes americanos não têm de abrir a carteira de cada vez que um cientista em Washington quer tirar uma fotografia de Júpiter que custa um bilião de dólares. Os Americanos estão cansados de empenhar o futuro dos seus filhos para financiar uma agência ultrapassada que dá tão pouco em troca dos seus desmesurados custos.

Tench suspirou com um ar dramático.

— Tão pouco em troca? Com excepção, talvez, do programa SETI, a retribuição da NASA é enorme.

Sexton estava estupefacto por a menção ao SETI ter sequer escapado dos lábios de Tench. Grande estupidez. *Obrigado por me refrescar a memória.* O programa «Search for Extraterrestrial Intelligence» era o mais abismal sorvedouro de dinheiro que a agência alguma vez tivera. Apesar de a NASA ter tentado dar ao projecto um aspecto renovado, rebaptizando-o de «Origins» e camuflando alguns dos seus objectivos, continuava a ser uma aposta perdida.

— Marjorie — disse Sexton, aproveitando a oportunidade —, referir-me-ei ao SETI apenas porque você o mencionou.

Estranhamente, Tench parecia quase ansiosa por ouvir o que ele tinha para dizer.

Sexton clareou a garganta.

— A maior parte das pessoas não tem ideia de que a NASA passou os últimos trinta anos à procura do ET. E esta é uma caça ao tesouro que sai cara: instalações de agregados de antenas de satélite, enormes emissores-receptores, milhões gastos em salários de cientistas que se sentam no escuro para ouvir cassetes em branco. É um embaraçoso desperdício de recursos.

— Está a dizer que não há nada lá em cima?

— Estou a dizer que se qualquer outra agência governamental tivesse gasto 45 milhões em trinta e cinco anos e não tivesse produzido um único *resultado*, já teria sofrido cortes orçamentais há muito tempo. — Sexton fez uma pausa para deixar que a gravidade da frase ficasse bem explícita. — Ao fim de trinta e cinco anos, penso que é bastante óbvio que não vamos encontrar vida extraterrestre.

— E se estiver enganado?

Sexton revirou os olhos.

— Oh, por amor de Deus, Sra. Tench! Se estiver enganado, como o meu chapéu.

Marjorie Tench fixou os seus olhos amarelados no senador Sexton.

— Lembrar-me-ei daquilo que disse, senador. — Tench sorriu pela primeira vez. — Acho que *todos* nos lembraremos.

A dez quilómetros de distância, dentro da Sala Oval, o presidente Zach Herney desligou a televisão e serviu-se de uma bebida. Tal como Marjorie Tench prometera, o senador Sexton mordera o isco. E o anzol, a linha e o chumbo.

CAPÍTULO VINTE E QUATRO

Michael Tolland sentia uma empatia radiante ao ver Rachel Sexton de boca aberta olhando em silêncio o meteorito fossilizado na sua mão. A beleza refinada do rosto dela parecia agora dissolver-se na expressão de um encantamento inocente — uma menina que acabara de ver o Pai Natal pela primeira vez.

Sei exactamente como te sentes, pensou ele.

Tolland fora surpreendido do mesmo modo apenas quarenta e oito horas antes. Também ficara sem palavras de tão maravilhado. Mesmo agora, as implicações científicas e filosóficas do meteorito deixavam-no aturdido, forçando-o a repensar tudo aquilo em que sempre acreditara a respeito da natureza.

As descobertas oceanográficas de Tolland incluíam algumas espécies de águas profundas até então desconhecidas, mas este «bicho do espaço» traduzia um tipo de avanço completamente diferente. Independentemente da propensão de Hollywood para representar os extraterrestres como pequenos homens verdes, os astrobiólogos e os aficionados da ciência concordavam todos que, dado o número elevado e a adaptabilidade dos insectos na Terra, a vida extraterrestre, caso algum dia viesse a ser descoberta, seria muito provavelmente do tipo destes animais.

Os insectos eram membros do filo *Arthropoda*: criaturas com esqueletos rígidos e pernas articuladas. Com mais de 1,25 milhões de espécies conhecidas e um número que se estimava em cerca de quinhentas mil ainda por classificar, os insectos terrestres existiam em número superior a todos os outros animais somados. Constituíam 95% de todas as espécies do planeta e uns impressionantes 40% da biomassa terrestre.

Não era tanto a abundância dos insectos que impressionava, mas mais a sua resistência. Desde o escaravelho do gelo do Antárctico até ao escorpião do sol de Death Valley, os insectos habitavam regiões com valores mortais de temperatura, secura e mesmo pressão. Tinham igualmente desenvolvido resistência à exposição à força mais mortífera conhecida no universo: a radiação. Na sequência de um teste nuclear levado a cabo em 1945, oficiais da força aérea tinham vestido fatos à prova de radiação e examinado o local de impacto, tendo descoberto baratas e formigas vivendo como se nada tivesse acontecido. Os astrónomos tinham chegado à conclusão de que o exoesqueleto protector de um artrópode o tornava o candidato perfeitamente viável para habitar os inúmeros planetas saturados de radiação onde nenhuma outra forma de vida poderia existir.

Parece que os astrobiólogos tinham razão, pensou Tolland. *O ET é um insecto.*

Rachel sentia que lhe faltava força nas pernas.

— Não posso... acreditar — disse, revirando o fóssil por entre os dedos. — Nunca pensei...

— Tem de dar algum tempo para conseguir assimilar — disse Tolland, sorrindo com todos os dentes. — Precisei de vinte e quatro horas para voltar a pôr os pés no chão.

— Parece que temos uma recém-chegada — disse um homem asiático invulgarmente alto, dirigindo-se para junto deles.

Corky e Tolland pareceram perder instantaneamente o seu enlevo com a chegada do homem. Aparentemente, o momento de magia fora quebrado.

— Dr. Wailee Ming — disse o homem, apresentando-se. — Catedrático de Paleontologia na UCLA.

O homem movia-se com a pomposa rigidez da aristocracia renascentista, apertando constantemente o deslocado laço que usava por baixo do seu casaco de pêlo de camelo, que lhe dava pelos joelhos. Ao que parecia, Wailee Ming não era pessoa para deixar que um cenário remoto interferisse com a sua aparência cerimoniosa.

— Rachel Sexton. — A mão dela ainda tremia ao apertar a palma macia de Ming. Obviamente, Wailee Ming era outro dos recrutas civis do presidente.

— Teria muito prazer, Sra. Sexton — disse o paleontologista —, em falar-lhe de qualquer coisa que queira saber a respeito destes fósseis.

— E de muita coisa que ela *não quer* saber — resmungou Corky.

Ming ajeitou o laço.

— A minha especialidade paleontológica é a extinta *Arthropoda* e a *Mygalomorphae*. Obviamente, a característica mais impressionante deste organismo é...

— É o facto de ser de outro planeta! — interveio Corky.

Ming franziu o sobrolho e clareou a garganta.

— A característica mais impressionante deste organismo é que ele encaixa *perfeitamente* no nosso sistema darwiniano de taxonomia e classificação terrestre.

Rachel ergueu os olhos. *Eles podem classificar esta coisa?*

— Quer dizer, reino, filo, espécie... Esse estilo de coisa?

— Exactamente — concordou Ming. — Esta espécie, se tivesse sido encontrada na Terra, seria classificada na ordem *Isopoda* e iria integrar uma classe com cerca de duas mil espécies de piolhos.

— *Piolhos?* — admirou-se Rachel. — Mas é enorme!

— A taxonomia não tem especificamente a ver com o tamanho. Os gatos domésticos e os tigres são aparentados. A classificação tem a ver com a fisiologia. Esta espécie é claramente um piolho: tem um corpo achatado, sete pares de pernas e uma bolsa reprodutora com uma estrutura idêntica à do caruncho, do pulgão da praia e de certo tipo de crustáceos, entre outros. Os restantes fósseis revelam claramente...

— Restantes fósseis?

Ming olhou para Corky e Tolland.

— Então ela não sabe?

Tolland abanou a cabeça.

O rosto de Ming iluminou-se instantaneamente.

— Sra. Sexton, ainda não ouviu a melhor parte.

— Há mais fósseis — antecipou-se Corky, numa evidente tentativa de roubar o momento a Ming. — *Muitos* mais.

Corky apressou-se a alcançar um grande envelope de cartão e pegou numa folha dobrada de um papel de grandes dimensões que abriu em seguida sobre a secretária, diante de Rachel.

— Depois de termos recolhido algumas amostras, fizemos descer uma câmara de raios-X. Esta é uma representação gráfica de um corte transversal.

Rachel observou a impressão do raios-X sobre a mesa e teve de se sentar imediatamente. O corte transverso tridimensional do meteorito tinha alojadas dúzias daqueles insectos.

— Os vestígios do Paleolítico — disse Ming — encontram-se geralmente em grandes concentrações. Muitas vezes, desabamentos de lama encurralam estes organismos em massa, cobrindo ninhos ou comunidades inteiras.

Corky sorriu.

— Nós pensamos que a colecção no meteorito representa um ninho. — Apontou para um dos fósseis na impressão. — E aqui está a mamã.

Rachel olhou o espécime em questão, e ficou de boca aberta. O insecto parecia ter cerca de sessenta centímetros de comprimento.

— Um piolho de traseiro grande, hem? — disse Corky.

Rachel concordou, estupefacta, ao imaginar piolhos do tamanho de baguetes passeando num qualquer planeta distante.

— Na Terra — retomou Ming —, os nossos insectos mantêm-se relativamente pequenos devido ao efeito da gravidade. Não podem tornar-se maiores do que aquilo que os seus exoesqueletos são capazes de suportar. Todavia, num planeta com uma reduzida força de gravidade, os insectos poderiam evoluir para dimensões muito superiores.

— Imagine-se a matar um mosquito do tamanho de um condor! — brincou Corky, retirando a amostra da mão de Rachel e colocando-a no bolso.

— É melhor não roubar isso — disse Ming, com um ar carrancudo.

— Relaxe — respondeu Corky. Temos mais oito toneladas no sítio de onde esta veio.

A mente analítica de Rachel trabalhava sobre todos aqueles dados que tinha na sua frente.

— Mas como é que a vida vinda do espaço pode ser tão semelhante à vida na Terra? Quer dizer, vocês afirmam que este insecto *encaixa* na nossa classificação darwiniana...

— Perfeitamente — disse Corky. — E, acreditem ou não, muitos astrónomos previram que a vida extraterrestre fosse muito similar à vida na Terra.

— Mas porquê? — perguntou Rachel. — Esta espécie provém de um ambiente completamente diferente!

— Panspermia. — Corky tinha um sorriso largo.

— Perdão?

— Panspermia é a teoria de que a vida semeada aqui na Terra era oriunda de outro planeta.

Rachel pôs-se de pé.

— Estão a baralhar-me.

Corky dirigiu-se a Tolland.

— Mike, tu é que és o tipo dos oceanos primordiais.

Tolland parecia satisfeito por ter chegado a sua vez.

— A Terra foi em tempos um planeta sem vida, Rachel. Depois, repentinamente, como que do dia para a noite, a vida explodiu. Muitos biólogos acreditam que a explosão da vida foi o resultado mágico de uma combinação ideal de elementos nos mares primordiais. Mas nunca fomos capazes de reproduzir esse acontecimento em laboratório, e por isso os académicos religiosos interpretaram essa falha como sendo a prova da existência de Deus, ou seja, consideraram que a vida não poderia existir a não ser que Deus tivesse tocado nos mares primordiais criando neles vida.

— Mas nós, astrónomos — declarou Corky —, elaborámos outra explicação para essa súbita explosão de vida na Terra.

— Panspermia — disse Rachel, compreendendo agora aquilo a que se referiam. Já antes ouvira falar da teoria de panspermia, apenas não sabia o nome que lhe davam. — A teoria de que um meteorito teria caído na sopa primordial, trazendo as primeiras sementes de vida microbiana para a Terra.

— Bingo — disse Corky. — Onde se infiltraram e despertaram para a vida.

— E se *isso* for verdade — disse Rachel —, então a ascendência subjacente às formas terrestres e extraterrestres de vida serão idênticas.

— Duplo bingo.

Panspermia, pensou Rachel, mal conseguindo ainda avaliar as implicações.

— Então, este fóssil não só confirma que existe vida noutro lugar do universo, como também praticamente *confirma* a panspermia... a teoria de que a vida na Terra foi semeada, provindo de outro planeta.

— Triplo bingo — anuiu Corky, entusiasticamente. — Tecnicamente, podemos *todos* ser extraterrestres. — Colocou os dedos sobre a cabeça, como duas antenas, entortou os olhos e agitou a língua como se fosse um insecto.

Tolland olhou para Rachel com um sorriso patético.

— E este tipo é o pináculo da nossa evolução.

CAPÍTULO VINTE E CINCO

Rachel Sexton sentia como que uma bruma de sonho a envolvê-la ao atravessar a habisfera, ao lado de Michael Tolland. Corky e Ming seguiam-nos de perto.

— Sente-se bem? — perguntou Tolland, observando-a.

Rachel olhou para ele, com um sorriso débil.

— Obrigada. É que... é de mais.

A mente dela recuou até à infame descoberta da NASA em 1996, ALH84001, um meteorito de Marte que a NASA declarara conter vestígios fósseis de vida bacteriana. Infelizmente, apenas algumas semanas após a triunfante conferência de imprensa da NASA, diversos cientistas civis avançaram provas de que os «indícios de vida» da rocha não passavam, na realidade, de querogénio resultante de contaminação terrestre. A credibilidade da NASA sofrera um duro golpe devido a esse erro. O *New York Times* aproveitara a oportunidade para redefinir sarcasticamente o acrónimo da agência: NASA — *Not Always Scientifically Accurate*[NT].

Nessa mesma edição, o paleobiólogo Stephen Jay Gould resumiu os problemas do ALH84001 apontando que as provas nele encontradas eram químicas e dedutivas, em vez de «sólidas», como um osso ou uma concha que não deixassem lugar a ambiguidades.

Mas agora, Rachel dava-se conta de que a NASA obtivera provas irrefutáveis. Nenhum cientista céptico poderia possivelmente questionar *aqueles* fósseis. A NASA já não estava a tentar convencer com fotografias pouco nítidas e ampliadas de uma alegada bactéria microscópica, mas apresentava amostras reais de um meteorito onde bioorga-

---

[NT] «Nem sempre cientificamente correcto».

nismos visíveis a olho nu se encontravam incrustados na pedra. *Piolhos com vários centímetros de comprimento.*

Rachel tinha vontade de rir ao pensar que em criança fora fã de uma canção de David Bowie que se referia a «aranhas de Marte». Poucos teriam imaginado até que ponto a andrógina estrela *pop* britânica estava perto de antecipar o grande momento da astrobiologia. Enquanto a distante melodia da canção atravessava a mente de Rachel, Corky apressou-se para a alcançar.

— Então, Mike já veio gabar-se a propósito deste documentário?

— Não — replicou Rachel —, mas eu adoraria ouvi-lo.

Corky deu uma palmada nas costas de Tolland.

— Força, rapaz! Conta-lhe porque é que o presidente decidiu que o momento mais importante na história da ciência devia ficar nas mãos de uma estrela da televisão.

— Corky, se não te importas... — suspirou Tolland.

— Tudo bem, eu explico — disse Corky, metendo-se entre os dois. — Como provavelmente deve saber, Sra. Sexton, esta noite, o presidente vai dar uma conferência de imprensa para falar do meteorito ao mundo. Uma vez que a maior parte da população do mundo é constituída por gente pouco esperta, o presidente pediu a Mike para vir até cá e explicar isto tudo de forma básica para que eles entendessem.

— Obrigadinho, Corky — disse Tolland. — Muito bonito. O que Corky está a querer dizer — continuou, olhando para Rachel — é que, havendo tantos dados científicos a veicular, o presidente achou que um pequeno documentário audiovisual acerca do meteorito poderia ajudar a tornar a informação mais acessível aos cidadãos americanos comuns, muitos dos quais, por estranho que pareça, não têm doutoramentos em astrofísica.

— Sabia — disse Corky a Rachel — que acabei de descobrir que o presidente da nossa nação é um secreto fã de *Amazing Seas*? — abanou a cabeça, fazendo um ar desgostoso. — Zach Herney, o líder do mundo livre, manda a secretária gravar o programa de Mike para depois descomprimir ao fim de um longo dia.

Tolland encolheu os ombros.

— O homem tem bom gosto, o que é que eu posso fazer?

Rachel começava agora a aperceber-se de como era engenhoso o plano do presidente. A política era um jogo de comunicação social, e

Rachel podia já imaginar o entusiasmo e a credibilidade científica que o rosto de Michael Tolland no ecrã iria trazer à conferência de imprensa. Zach Herney recrutara o homem ideal para sancionar o seu pequeno golpe da NASA. Os cépticos teriam dificuldade em desafiar a informação dada pelo presidente se esta viesse da parte da mais importante personalidade científica da televisão, assim como de diversos cientistas civis.

— Mike já filmou para o seu documentário os testemunhos de todos nós, civis, e também da maior parte dos especialistas mais conceituados da NASA. E eu aposto a minha medalha nacional em como a Sra. Sexton é a próxima da lista.

Rachel voltou-se para o encarar.

— Eu? De que é que está a falar? Eu não tenho credenciais. Sou uma colaboradora dos Serviços de Informação.

— Então porque é que o presidente a fez vir até aqui?

— Ele ainda não me disse.

Um sorriso divertido atravessou os lábios de Corky.

— É uma colaboradora da Casa Branca nos Serviços de Informação que trabalha na clarificação e autenticação de dados, certo?

— Sim, mas não da área científica.

— *E* é filha do homem que fez uma campanha baseada na crítica ao dinheiro que a NASA desperdiçou com o espaço.

Rachel podia adivinhar o que se seguia.

— Tem de admitir, Sra. Sexton — interveio Ming —, que um testemunho seu daria a este documentário uma dimensão de credibilidade totalmente nova. Se o presidente a enviou para aqui, deve querer que participe de alguma maneira.

Rachel relembrou o receio manifestado por William Pickering de que ela poderia estar a ser usada.

Tolland consultou o seu relógio.

— Devíamos ir andando para lá — disse ele, apontando o centro da habisfera. — Eles devem já estar perto.

— Perto do quê? — perguntou Rachel.

— Do momento da extracção. A NASA está a trazer o meteorito para a superfície. Estará cá em cima a qualquer instante.

Rachel estava estupefacta.

— Vocês estão realmente a *remover* uma rocha de oito toneladas que se encontra a sessenta metros de profundidade, debaixo de gelo sólido?

Corky irradiava satisfação.

— Não pensava que a NASA ia deixar uma descoberta como esta enterrada no gelo, pois não?

— Não, mas... — Rachel não vira dentro da habisfera sinais de equipamento destinado a uma escavação em grande escala. — Mas como é que a NASA tenciona extrair o meteorito?

Corky fez um ar importante.

— Isso não é problema. Estamos num edifício cheio de cientistas aeroespaciais!

— Conversa fiada — zombou Ming, olhando para Rachel. — O Dr. Marlinson gosta de exercitar os músculos das outras pessoas. A verdade é que foi um quebra-cabeças para toda a gente aqui achar uma forma de retirar o meteorito. Foi *Mangor* que propôs uma solução viável.

— Ainda não conheci o Dr. Mangor.

— É glaciologista na Universidade de New Hampshire — disse Tolland. — O quarto e último nome dos cientistas civis recrutados pelo presidente. E é como Ming diz; foi Mangor que teve a ideia.

— O.K. — disse Rachel —, e o que é que esse tipo propôs?

— *Tipa* — corrigiu Ming, soando algo punitivo —, a Dra. Mangor é uma *mulher*.

— Isso é discutível — resmungou Corky. — E, a propósito — acrescentou, dirigindo-se a Rachel —, a Dra. Mangor vai *odiá-la*.

Tolland lançou a Corky um olhar zangado.

— É verdade! — insistiu Corky. — Ela vai odiar a competição.

Rachel estava confusa.

— Peço desculpa... Competição?

— Não preste atenção a Corky — disse Tolland. — Infelizmente, o facto de ele ser um perfeito cromo escapou ao National Science Committee. Vai entender-se muito bem com a Dra. Mangor. Ela é uma profissional. É considerada uma das melhores glaciologistas do mundo. Chegou mesmo a mudar-se para a Antárctida durante alguns anos para estudar o movimento dos glaciares.

— Estranho — disse Corky. — Ouvi dizer que a UNH recolheu donativos para a mandar para lá, para poderem ter alguma paz e sossego no *campus*.

— Será que tem consciência — atacou Ming, como se o comentário o tivesse atingido pessoalmente — de que a Dra. Ming quase morreu naquele lugar? Ela perdeu-se numa tempestade e sobreviveu à custa de óleo de foca durante cinco semanas até que alguém a encontrasse.

— Tanto quanto ouvi dizer, ninguém andava à procura — sussurrou Corky a Rachel.

CAPÍTULO VINTE E SEIS

O percurso de limusina dos estúdios da CNN de regresso ao escritório de Sexton pareceu longo a Gabrielle Ashe. O senador estava sentado à frente dela, olhando pela janela, obviamente radiante com o resultado do debate.

— Enviaram Marjorie Tench a um programa da tarde da televisão por cabo — disse ele, voltando-se para ela com um sorriso atraente. — A Casa Branca está a entrar em desespero.

Gabrielle anuiu, sem manifestar a sua opinião. Ela detectara um olhar superior de satisfação na cara de Marjorie Tench, quando esta partia no seu automóvel. Aquilo deixara Gabrielle nervosa.

O telemóvel pessoal de Sexton tocou e ele levou a mão ao bolso para o procurar. Como a maioria dos políticos, o senador tinha uma hierarquia de números de telefone a que os seus contactos tinham acesso consoante a sua importância. Quem quer que estivesse a ligar-lhe naquele momento encontrava-se no topo da lista; a chamada surgira na linha privada de Sexton, um número para o qual a própria Gabrielle era desencorajada a ligar.

— Senador Sedgewick Sexton — pronunciou ele, acentuando a qualidade musical do seu nome.

Gabrielle não conseguia ouvir a pessoa do outro lado da linha devido ao ruído da limusina, mas Sexton escutava com atenção, respondendo com entusiasmo.

— Fantástico. Fico muito contente por ter ligado. Ia sugerir às seis horas, que me diz? Excelente. Tenho um apartamento aqui em D. C. Privado. Confortável. Tem a morada, não é verdade? O.K. Estou ansioso para nos encontrarmos. Até logo à noite, então.

Sexton desligou, parecendo satisfeito consigo mesmo.

— Mais um fã de Sexton? — perguntou Gabrielle.

— Multiplicam-se. Este tipo é um peso pesado.

— Deve ser. Vai recebê-lo no seu apartamento?

Geralmente, Sexton defendia a santificada privacidade do seu apartamento como um leão protegeria o seu último esconderijo.

Sexton encolheu os ombros.

— Sim. Pensei dar-lhe um toque pessoal. Este tipo pode ter alguma influência nos votos em casa. Tenho de manter estes contactos pessoais, sabe. É tudo uma questão de confiança.

Gabrielle anuiu, pegando na agenda de Sexton.

— Quer que tome nota?

— Não é preciso. Tinha planeado passar a noite em casa, de qualquer forma.

Gabrielle procurou a respectiva página e verificou que já lá estava, na caligrafia de Sexton, em letras carregadas: «D. P.», a abreviatura de Sexton para «Diligência Particular» ou «Deixem-me em Paz», ninguém sabia exactamente qual das hipóteses. De tempos a tempos o senador reservava uma noite «D. P.» para se esconder no seu apartamento, desligar os telefones e fazer aquilo que mais prazer lhe dava: beberricar *brandy* com amigos de longa data e fingir, por essa noite, que se esquecera da política.

Gabrielle olhou-o, surpreendida.

— Então, está a deixar o trabalho interferir com o tempo de D. P. previamente agendado? Estou impressionada.

— Este tipo apanhou-me, por mero acaso, numa noite em que tenho algum tempo livre. Vou dar-lhe dois dedos de conversa, ouvir o que ele tem a dizer.

Gabrielle queria perguntar quem era este homem misterioso que telefonara, mas era óbvio que Sexton estava propositadamente a ser evasivo. Gabrielle sabia bem quando não devia intrometer-se.

Enquanto saíam da via circular e tomavam a direcção do edifício onde ficava o gabinete de Sexton, Gabrielle voltou a espreitar a nota «D. P.» na agenda de Sexton e teve a estranha sensação de que o senador sabia que ia receber aquela chamada.

CAPÍTULO VINTE E SETE

O gelo no centro da habisfera da NASA estava dominado por uma estrutura trípode com seis metros de altura de andaimes de compostos de carbono, a qual parecia um cruzamento de oleoduto com um modelo grosseiro da Torre Eiffel. Rachel estudou o engenho, incapaz de depreender como é que este poderia ser usado para extrair o gigantesco meteorito.

Sob a torre, várias manivelas tinham sido aparafusadas a placas de aço afixadas ao gelo como pesados ferrolhos. Por entre as manivelas, cabos de aço erguiam-se obliquamente ligando-se a roldanas que se encontravam no topo da torre. Daí, os cabos mergulhavam verticalmente para dentro de furos de sondagem abertos no gelo. Diversos funcionários fortes da NASA revezavam-se a dar às manivelas. A cada movimento destas, os cabos deslizavam, subindo alguns centímetros através dos furos de sondagem, como se os homens estivessem a içar uma âncora.

De certeza que me está a escapar alguma coisa, pensou Rachel, à medida que se aproximava com os outros do local da extracção. Os homens pareciam estar a erguer o meteorito directamente *através* do gelo.

— EQUILIBREM A TENSÃO, RAIOS PARTAM! — gritou ali perto uma voz de mulher, com a suavidade de uma serra articulada.

Rachel viu uma mulher pequena vestindo um fato de neve amarelo manchado com massa lubrificante. Tinha as costas voltadas para Rachel, mas, mesmo assim, era fácil adivinhar que era ela quem dirigia as operações. Sempre tomando notas num pequeno bloco, a mulher caminhava a passos largos para a frente e para trás como um encarregado de perfuração descontente:

— Não me digam, minhas senhoras, que estão cansadas!

— Eh, Norah! Pára de dar ordens a esses pobres rapazes da NASA e vem cá namorar comigo!

A mulher nem se deu ao trabalho de se virar para ele.

— És tu, Marlinson? Era capaz de reconhecer essa tua vozinha piegas em qualquer sítio. Volta cá quando tiveres chegado à puberdade.

— A Norah aquece-nos com o seu charme — disse Corky para Rachel.

— Estou a ouvir, rapaz do espaço — ripostou a Dra. Mangor, continuando a tomar as suas notas. — E, para o caso de estares a controlar o meu traseiro, fica sabendo que estas calças da neve acrescentam uns bons quilinhos.

— Não te preocupes — disse Corky —, não é o teu traseiro peludo de mamute que me faz perder o juízo, é a tua personalidade vencedora.

— Morde aqui a ver se eu deixo...

Corky riu novamente.

— Tenho óptimas notícias, Norah. Parece que afinal não és a única mulher que o presidente recrutou.

— Claro que não. Também te recrutou a ti.

Tolland interveio.

— Norah, será que tens tempo para conheceres uma pessoa?

Ao som da voz de Tolland, Norah interrompeu imediatamente aquilo que estava a fazer e voltou-se. A sua atitude dura suavizou-se instantaneamente.

— Mike! — exclamou radiante, aproximando-se. — Há algumas horas que não te via.

— Tenho estado a preparar o documentário.

— Como está a minha parte?

— Foste brilhante e encantadora.

— Ele usou efeitos especiais — disse Corky.

Norah ignorou o comentário, encarando agora Rachel com um sorriso educado, mas distante. Olhou de novo para Tolland.

— Espero que não andes a enganar-me, Mike.

O rosto curtido de Tolland corou um pouco ao fazer as apresentações.

— Norah, apresento-te Rachel Sexton. A Sra. Sexton trabalha nos Serviços de Informação e encontra-se aqui a pedido do presidente. É filha do senador Sedgewick Sexton.

A apresentação deixou uma expressão confusa na cara de Norah.

— Nem sequer vou tentar perceber o que isso significa.

Norah não descalçou as luvas e deu um aperto de mão pouco convicto a Rachel.

— Bem-vinda ao topo do mundo.

— Obrigada — disse Rachel, sorrindo. Estava surpreendida ao ver que, apesar da dureza da sua voz, Norah Mangor tinha uma atitude agradável e enérgica. O seu cabelo de duende era castanho, com algumas madeixas cinzentas, e os seus olhos eram vivos e penetrantes, como dois cristais de gelo. Exalava uma confiança inflexível que agradava a Rachel.

— Norah — disse Tolland —, tens um minuto para partilhares aquilo que estás a fazer com Rachel?

Norah arqueou as sobrancelhas.

— Com que então, vocês os dois até já se tratam por tu! Vejam bem!

— Eu bem te disse, Mike — murmurou Corky.

Norah Mangor mostrou a Rachel a base da torre, enquanto Tolland e os outros as seguiam de perto, conversando entre si.

— Está a ver aqueles furos de sondagem no gelo, debaixo da estrutura? — perguntou Norah, apontando, e o tom distante com que falara inicialmente dava agora lugar ao arrebatamento que lhe inspirava o seu trabalho.

Rachel acenou afirmativamente, observando os buracos no gelo. Cada um deles tinha cerca de trinta centímetros de diâmetro e um cabo inserido.

— Estes buracos foram abertos quando retirámos amostras e fizémos raios-X do meteorito. Agora estamos a usá-los como pontos de entrada para fazer descer parafusos de aselha de grandes dimensões pelos veios, para serem aparafusados ao meteorito. Depois, lançámos sessenta metros de cabo entrançado por cada perfuração abaixo, prendemos os parafusos de aselha com ganchos de guindaste, e agora estamos apenas a fazê-lo subir. Estas senhoras estão a demorar várias horas para o trazer à superfície, mas vai subindo.

— Não tenho a certeza de estar a acompanhar — confessou Rachel. — O meteorito encontra-se debaixo de toneladas de gelo. Como é possível estarem a erguê-lo?

Norah apontou para o cimo dos andaimes, onde um estreito raio de uma luz pura brilhava verticalmente sobre o gelo debaixo do trípode. Rachel já reparara na luz, mas assumira que se tratava apenas de um qualquer indicador visual, um marco indicando o lugar onde o objecto se encontrava enterrado.

— É um *laser* semicondutor de arseneto de gálio — disse Norah.

Rachel observou mais de perto o feixe de luz, apercebendo-se então de que este derretera um pequeno buraco no gelo e brilhava para as profundezas.

— Trata-se de um raio muito quente — disse Norah. — Estamos a aquecer o meteorito, à medida que o puxamos.

Ao compreender até que ponto o plano de Mangor era simples e brilhante, Rachel ficou impressionada. Norah limitara-se a projectar o feixe de luz para o solo, fazendo derreter o gelo até atingir o meteorito. Demasiado densa para ser derretida por um laser, a pedra começava a absorver o calor, ficando suficientemente quente para derreter o gelo à sua volta. Enquanto os homens da NASA içavam o meteorito quente, a rocha aquecida aliava-se à pressão exercida de cima e derretia o gelo circundante, abrindo um caminho que a conduzia à superfície. A água do degelo que se acumulava sobre o meteorito escorria pelos lados, regressando para baixo e preenchendo o espaço.

É como uma faca quente atravessando um pedaço de manteiga.

Norah indicou os homens que giravam as manivelas.

— Os geradores não aguentam este tipo de esforço, por isso uso força humana.

— Tretas! — exclamou um dos trabalhadores. — Ela usa força humana porque gosta de nos ver suar!

— Relaxa — ripostou Norah. — Vocês, meninas, andavam há dois dias a queixar-se do frio. Resolvi o problema. Agora, continuem a puxar.

Os homens riram.

— Para que servem os pinos de sinalização? — perguntou Rachel, apontando vários colocados em redor da torre, numa disposição aparentemente arbitrária. Rachel vira cones semelhantes em volta do edifício.

— São instrumentos elementares na glaciologia — explicou Norah. — Chamamos-lhes PAPT, que é a abreviatura de «Pise Aqui e Parta o Tornozelo». Pegou num dos cones, pondo a descoberto um furo no gelo que mergulhava como um poço sem fundo nas profundezas do glaciar. — É um mau sítio onde pôr o pé. — Voltou a colocar o cone no sítio. — Fizemos furos por todo o glaciar para podermos verificar a continuidade da estrutura. Como acontece na arqueologia vulgar, o número de anos que um objecto esteve enterrado é indicado pela profundidade a que é descoberto. Quanto mais fundo está, há mais anos aí se encontra. Desta forma, quando um objecto é encontrado debaixo do gelo, podemos datar a sua chegada em função da quantidade de gelo que se acumulou sobre ele. Para nos certificarmos de que as nossas medições do objecto estão correctas, analisamos múltiplas áreas do manto de gelo, para confirmar que se trata de uma placa sólida que não foi quebrada por tremores de terra, formação de fissuras, avalanches, o que quer que seja.

— Então, e qual é o aspecto deste glaciar?

— Perfeito — disse Norah. — Uma placa sólida, sem falhas. Não apresenta linhas falsas, nem alterações de estrutura. Este meteorito teve aquilo que chamamos de «queda estática». Tem-se mantido intacto e inalterado no gelo desde que aqui aterrou, em 1716.

— Sabem o *ano* exacto em que caiu? — admirou-se Rachel.

Norah parecia surpreendida com a pergunta.

— Com os diabos, sim! Foi para isso que me chamaram. Eu leio o gelo. — Apontou para uma pilha de blocos cilíndricos de gelo. Pareciam postes de telefone translúcidos e estavam marcados com brilhantes etiquetas cor de laranja.

— Aqueles tubos de gelo são um vestígio geológico congelado. — Conduziu Rachel na direcção dos blocos. — Se olhar com atenção, verá camadas individualizadas no gelo.

Rachel curvou-se e conseguiu efectivamente ver que o tubo era constituído pelo que pareciam ser estratos de gelo com subtis diferenças de nitidez e luminosidade. As camadas variavam entre a espessura de uma folha de papel e cerca de meio centímetro.

— Cada Inverno acrescenta uma pesada acumulação de neve à plataforma de gelo — explicou Norah —, e cada Primavera traz um degelo parcial. Assim, vemos uma nova camada de compressão em cada estação. Só temos de começar pelo topo (o Inverno mais recente) e contar para trás.

— Como contar os anéis numa árvore...

— Não é assim tão simples, Sra. Sexton. Lembre-se de que estamos a medir dezenas de metros de camadas. Temos de consultar os registos climatológicos para servirem de referência ao nosso trabalho: registos de precipitação, poluentes do ar, esse tipo de coisas.

Nesse momento, Tolland e os outros juntaram-se a elas. Tolland sorriu a Rachel.

— Esta senhora sabe muito acerca do gelo, não é verdade?

Rachel sentiu-se estranhamente feliz por vê-lo.

— Sim, é fantástica.

— E, para que conste — continuou Tolland —, a data a que a Dra. Mangor chegou, 1716, está absolutamente correcta. A NASA concluiu que o impacto se deu precisamente nesse ano muito antes de chegarmos aqui. A Dra. Mangor observou as suas amostras, fez os seus próprios testes e confirmou o trabalho da NASA.

Rachel estava impressionada.

— E, coincidentemente — disse Norah —, 1716 é o exacto ano em que os primeiros exploradores afirmaram ter visto uma bola de fogo brilhante no céu, sobre o norte do Canadá. O meteoro ficou conhecido pelo nome de «Chuva de Jungersol», em homenagem ao nome do líder da exploração.

— Por isso — acrescentou Corky —, o facto de as datas apuradas no gelo *e* os registos históricos coincidirem prova que estamos perante um fragmento do mesmo meteorito que Jungersol afirmou ter visto em 1716.

— Dra. Mangor — chamou um dos trabalhadores da NASA —, os primeiros ferrolhos estão a aparecer!

— A visita turística acabou, pessoal — disse Norah. — Chegou a hora da verdade. — Pegou numa cadeira articulada, trepou para cima dela, e gritou a plenos pulmões: — *Atenção a todos! Vinda à superfície dentro de cinco minutos!*

De todos os pontos do edifício, como cães de Pavlov respondendo a uma campainha que assinalasse o jantar, os cientistas abandonaram o que estavam a fazer e apressaram-se para a zona da extracção.

Norah Mangor pôs as mãos nas ancas e percorreu com os olhos o seu domínio.

— Muito bem. Vamos lá puxar o *Titanic*.

CAPÍTULO VINTE E OITO

— Afastem-se! — exclamava Norah, avançando por entre a multidão que se adensava. Os trabalhadores dispersaram. Norah assumiu o controlo, demonstrando como verificar a tensão e os alinhamentos dos cabos.

— Içar! — gritou um dos homens da NASA. Os homens pressionaram as suas manivelas e os cabos avançaram mais quinze centímetros para fora do buraco.

À medida que os cabos subiam, Rachel sentia a multidão debruçar-se para a frente, em grande expectativa. Corky e Tolland estavam por perto, parecendo dois miúdos no Natal. No outro lado da cavidade, surgiu a figura colossal do administrador da NASA, Lawrence Ekstrom, posicionando-se para observar a extracção.

— Ferrolhos! — gritou um dos homens da NASA. — Os primeiros ferrolhos estão à vista!

Os cabos de aço que subiam pelos furos de sondagem deixaram de ser tranças prateadas para se tornarem correntes amarelas.

— Mais quinze centímetros! Mantenham-no estável!

O grupo que rodeava a estrutura caiu num silêncio enlevado, como espectadores de uma sessão de espiritismo, aguardando o aparecimento de um qualquer espectro divino. Todos se acotovelavam, esperando o primeiro vislumbre.

Foi então que Rachel viu.

Emergindo da cada vez mais fina camada de gelo, a forma indistinta do meteorito começou a tornar-se visível. A sombra era negra e oblonga, a princípio pouco nítida, mas tornando-se mais perceptível a cada instante que passava, à medida que derretia no seu caminho ascendente.

— Apertem mais! — gritou um técnico. Os homens apertaram com mais força as manivelas, e a estrutura rangeu.

— Mais doze centímetros! Mantenham a tensão estável!

Rachel podia agora ver que o gelo sobre a pedra formava uma protuberância, como uma criatura prenha prestes a dar à luz. No cimo da corcunda, em volta da ponta do *laser*, um pequeno círculo na superfície do gelo começava a dar de si, derretendo, dissolvendo-se numa cavidade que alargava.

— O colo do útero dilatou! — gritou alguém. — Novecentos centímetros!

Um riso tenso rompeu o silêncio.

— O.K., matem o *laser!*

Alguém desligou um interruptor e o feixe de luz extinguiu-se.

Foi então que aconteceu.

Como a chegada impetuosa de um deus do Paleolítico, a gigantesca rocha surgiu à superfície com um silvo de vapor. Através do nevoeiro voltejante, a forma gigante ergueu-se do gelo. Os homens encarregues das manivelas aumentaram a pressão até que, finalmente, toda a pedra se libertou do seu encarceramento gelado e balouçou, quente e gotejante, sobre um poço de água fervente.

Rachel estava hipnotizada.

Suspenso nos seus cabos, o meteorito pingava, a sua superfície rugosa reluzindo sob as luzes fluorescentes, chamuscada e áspera como uma enorme ameixa seca. A rocha era lisa e arredondada numa das extremidades, esta secção aparentemente moldada pela fricção ao rasgar a atmosfera.

Olhando a crosta de fusão carbonizada, Rachel quase conseguia ver o meteorito precipitando-se para a Terra numa furiosa bola de chamas. Por estranho que parecesse, isso acontecera há três séculos. Agora o animal capturado pendia dos cabos, escorrendo água do seu corpo.

A caça terminara.

Só nesse instante o drama do acontecimento atingiu verdadeiramente Rachel. O objecto suspenso diante dela pertencia a outro mundo, a milhões de quilómetros de distância. E dentro de si encerrava indícios — não, *provas* — de que o Homem não se encontrava só no universo.

A euforia do momento pareceu apoderar-se de toda a gente ao mesmo tempo, e a multidão começou espontaneamente a assobiar e a aplaudir. Até o administrador parecia vibrar. Dava palmadas nas costas dos seus homens e das suas mulheres, felicitando-os. Distanciando-

-se, Rachel sentiu uma súbita alegria pela NASA. Tinham passado por momentos difíceis no passado. Finalmente, as coisas estavam a mudar. Mereciam aquele momento.

O buraco no gelo tinha agora o aspecto de uma pequena piscina no meio da habisfera. A água do degelo, com sessenta metros de profundidade, agitou-se à superfície contra as paredes geladas do poço, ficando depois, finalmente, calma. A linha da água no poço encontrava-se um pouco mais de um metro abaixo da superfície do glaciar, sendo a discrepância causada pela remoção da massa do meteorito e pela propriedade do gelo de se reduzir ao derreter.

Norah Mangor colocou imediatamente pinos a toda a volta do buraco. Apesar de ser claramente visível, qualquer alma curiosa que se aventurasse até perto de mais e que escorregasse estaria em grande perigo. As paredes do poço eram de gelo sólido, sem pontos de apoio, e trepar para sair dali seria impossível sem ajuda.

Lawrence Ekstrom caminhou pelo gelo vindo juntar-se a eles. Avançou directamente para Norah Mangor e apertou-lhe a mão com firmeza.

— Muito bem, Dra. Mangor.

— Conto com páginas de elogios na imprensa — replicou Norah.

— Tê-las-á. — O administrador voltou-se em seguida para Rachel. Parecia mais feliz, aliviado. — Então, Sra. Sexton, será que a céptica profissional está convencida?

— Estupefacta é o termo mais exacto — respondeu Rachel, sem poder deixar de sorrir.

— Óptimo. Siga-me, então.

Rachel seguiu o administrador, atravessando a habisfera até uma grande caixa metálica, semelhante a um contentor industrial de navio. A caixa tinha pintados símbolos militares camuflados e letras impressas: C-S-P.

— Daqui poderá ligar para o presidente — disse Ekstrom.

Comunicação Segura Portátil, pensou Rachel. Estas cabinas móveis de comunicação eram instalações comuns em campo de batalha, mas Rachel nunca esperara ver uma ser utilizada numa missão da NASA em tempo de paz. Contudo, pensando melhor, o administrador Ekstrom vinha do Pentágono, pelo que certamente tinha acesso àquele tipo de brinquedos. Pelas caras carrancudas dos dois guardas armados que vigiavam a CSP, Rachel teve a nítida sensação de que o contacto com o mundo exterior tinha de passar pelo expresso consentimento do administrador Ekstrom.

Parece que não fui a única a ficar incontactável.

Ekstrom falou brevemente com um dos guardas à porta da cabina e depois voltou para junto de Rachel.

— Boa sorte — disse ele. E foi-se embora.

Um guarda deu uma pancada seca na porta, que foi aberta do interior. Apareceu um técnico que fez sinal a Rachel para que entrasse. Ela seguiu-o.

O interior da CSP era escuro e estava cheio de objectos. Sob o brilho azulado do único monitor de computador, Rachel conseguia distinguir equipamento telefónico, rádios e sistemas de comunicação por satélite. Mal entrou, sentiu um ataque de claustrofobia. Ali dentro, o ar era frio, como numa cave em pleno Inverno.

— Por favor, sente-se aqui, Sra. Sexton. — O técnico puxou um banco com rodas e posicionou Rachel diante de um monitor de ecrã plano. Colocou um microfone diante dela e um volumoso par de auscultadores AKG na sua cabeça. Verificando um diário de bordo com palavras-passe encriptadas, o técnico digitou uma longa série de teclas num aparelho que ali se encontrava. No ecrã à frente de Rachel materializou-se um cronómetro.

00:60 SEGUNDOS

O técnico parecia satisfeito, ao ver que a contagem decrescente fora activada.

— Ligação dentro de um minuto.

Deu meia volta e saiu, batendo a porta atrás de si. Rachel pôde ouvir a porta ser trancada pelo lado de fora.

Óptimo.

Enquanto esperava no escuro, vendo o relógio contar os segundos que se escoavam, Rachel apercebeu-se de que aquele era o primeiro momento de privacidade de que gozava desde o início do dia. Acordara de manhã sem a mais ténue suspeita daquilo que a esperava. *Vida extraterrestre.* O mais popular mito moderno de sempre deixara de ser um mito.

Apenas agora Rachel começava a tomar consciência de como aquele meteorito seria devastador para a campanha do pai. Apesar de não fazer sentido que o financiamento da NASA estivesse, na agenda política, em pé de igualdade com o direito ao aborto, a segurança social e o sistema de saúde, o seu pai *tornara-o* uma questão central. E agora a bomba ia rebentar-lhe em cima.

Dentro de poucas horas, os Americanos voltariam a sentir a emoção de um triunfo da NASA. Haveria sonhadores com lágrimas nos olhos. Cientistas boquiabertos. Crianças com a imaginação correndo livre. A questão dos dólares e dos cêntimos pareceria mesquinha na sombra daquele monumental instante. O presidente surgiria como uma fénix, transformando-se num herói e, no meio da celebração, o senador, no seu estilo de homem de negócios, pareceria tacanho, um Scrooge avarento sem o sentido americano de aventura.

O computador deu sinal e Rachel ergueu os olhos.

00:05 SEGUNDOS.

O ecrã diante dela tremeluziu e uma imagem pouco nítida da chancela da Casa Branca apareceu no ecrã. Um instante depois, a imagem dissolveu-se, dando lugar à cara do presidente Herney.

— Olá, Rachel — disse, com um brilho malicioso nos olhos. — Aposto que teve uma tarde interessante.

CAPÍTULO VINTE E NOVE

O escritório do senador Sexton localizava-se no Philip A. Hart Senate Office Building na C Street, a nordeste do Capitólio. O edifício era uma grelha neomoderna de rectângulos brancos que os críticos afirmavam ser mais parecida com uma prisão do que com um prédio de escritórios. Muitos dos que lá trabalhavam pensavam o mesmo.

No terceiro piso, as longas pernas de Gabrielle Ashe caminhavam energicamente para trás e para a frente, diante do seu terminal de computador. No ecrã estava uma nova mensagem de *e-mail.* Ela não sabia muito bem o que fazer com ela.

As primeiras duas linhas diziam:

SEDGEWICK IMPRESSIONOU NA CNN. TENHO MAIS INFORMAÇÃO PARA SI.

Gabrielle tinha recebido diversas mensagens como aquela nas últimas duas semanas. O endereço remetente era fictício, embora ela tivesse conseguido situá-lo num domínio *whitehouse.gov.* Aparentemente, o seu misterioso informador era alguém de dentro da Casa Branca e, quem quer que fosse, tornara-se recentemente a fonte de Gabrielle para todos os tipos de informação política relevante, incluindo a notícia de uma reunião secreta entre o administrador da NASA e o presidente.

A princípio, Gabrielle desconfiara dos *e-mails*, mas, ao verificar as dicas, espantara-se com o facto de a informação ser consistentemente correcta e útil — informação confidencial sobre derrapagens orçamentais da NASA, futuras missões dispendiosas, dados que mostravam que a busca de vida extraterrestre por parte da NASA era grandemente sobrefinanciada e pateticamente improdutiva, sendo mesmo as sondagens internas a indicar que a NASA era o factor essencialmente responsável pela perda de votos do presidente.

Para acentuar o seu valor aos olhos do senador, Gabrielle não o informara de que ultimamente recebera por várias vezes ajuda não solicitada da Casa Branca via *e-mail*. Em vez disso, limitara-se a transmitir-lhe a informação, dizendo apenas que provinha de «uma das suas fontes». Sexton parecia sempre agradecido e parecia não fazer questão em saber *quem* era essa fonte. Gabrielle sabia que o senador suspeitava que ela concedia favores sexuais. Estranhamente, isso parecia não o aborrecer nem um pouco.

Gabrielle parou de andar e olhou novamente o correio que acabara de chegar. A mensagem subliminar de todos os *e-mails* era clara: alguém de dentro da Casa Branca queria que o senador Sexton ganhasse aquelas eleições e estava a ajudá-lo, facilitando-lhe o ataque contra a NASA.

Mas quem? E porquê?

Um rato num navio prestes a afundar-se, decidiu Gabrielle. Em Washington, não era de todo invulgar que um funcionário da Casa Branca, temendo que o seu presidente estivesse prestes a ser destituído, oferecesse o seu apoio silencioso ao possível sucessor, na esperança de conseguir algum poder ou uma outra posição no novo mandato. Dir-se-ia ser alguém que cheirava a vitória próxima de Sexton e que comprava acções antecipadamente.

A mensagem que naquele momento se encontrava no monitor de Gabrielle deixava-a nervosa. Era diferente de todas as outras que ela até então recebera. As primeiras duas linhas não a incomodavam tanto; eram sobretudo as duas últimas:

EAST APPOINTMENT GATE, 16:30
VENHA SOZINHA

O seu informador nunca antes lhe pedira que se encontrasse com ele pessoalmente. Ainda assim, Gabrielle esperaria um local mais subtil para um encontro cara-a-cara. *East Appointment Gate.* Tanto quanto ela sabia, existia apenas um East Appointment Gate em Washington. *À porta da Casa Branca? Mas isto será alguma espécie de brincadeira?*

Gabrielle sabia que não podia responder via *e-mail*; as suas mensagens eram sempre devolvidas, acusando erro. O endereço do seu correspondente era anónimo. Não admirava.

Deverei consultar Sexton? Depressa desistiu de o fazer. O senador estava numa reunião. Além disso, se lhe falasse acerca deste *e-mail,* teria de mencionar todos os outros. Chegou à conclusão de que a sugestão do seu informador para que se encontrassem num local público, em plena luz do dia, tinha como objectivo fazê-la sentir-se segura. Afinal, tudo o que esta pessoa fizera nas duas semanas anteriores fora ajudá-la. Tratava-se, obviamente, de um amigo ou amiga.

Relendo a mensagem uma última vez, Gabrielle olhou para o relógio. Tinha uma hora.

CAPÍTULO TRINTA

O administrador da NASA sentia-se menos tenso agora que o meteorito fora retirado com êxito do gelo. *Tudo está a ir ao lugar*, dizia para consigo, ao atravessar o recinto na direcção da área de trabalho de Michael Tolland. *Nada poderá deter-nos agora.*

— Como é que está a correr? — perguntou Ekstrom, aproximando-se por detrás do cientista da televisão.

Tolland ergueu os olhos do computador, com um ar cansado mas entusiástico.

— A edição está quase pronta. Estou só a acrescentar algumas imagens da extracção do meteorito que o seu pessoal filmou.

— Óptimo. — O presidente pedira a Ekstrom que enviasse o documentário de Tolland para a Casa Branca assim que fosse possível.

Apesar de ter mostrado reservas relativamente ao desejo do presidente de integrar Michael Tolland naquele projecto, Ekstrom mudara de ideias ao ver a versão original sem cortes do documentário. A narrativa espirituosa da estrela televisiva e as suas entrevistas aos cientistas civis tinham-se fundido num programa de quinze minutos compreensível e fascinante. Tolland conseguira sem esforço aquilo que a NASA tantas vezes negligenciara: descrever uma descoberta científica ao nível intelectual do espectador americano médio, sem parecer paternalista.

— Quando terminar — pediu Ekstrom —, traga o produto final até à área da imprensa. Mandarei alguém fazer o *upload* de uma cópia digital para a Casa Branca.

— Sim, senhor. — Tolland voltou ao trabalho.

Ekstrom seguiu o seu percurso. Ao chegar à parede norte, teve de admitir que a «área de imprensa» da habisfera resultara bem. Um grande tapete azul fora estendido sobre o gelo, e no centro deste colocado uma comprida mesa de debate com vários microfo-nstalados, um pano com o símbolo da NASA e uma enorme ban-ira americana como fundo. Para completar o cenário, o meteorito fora transportado num estrado do trenó para a sua posição de honra, mesmo em frente da mesa.

Ekstrom ficou satisfeito ao ver que na área de imprensa o estado de espírito era festivo. Grande parte do seu pessoal encontrava-se agora em redor do meteorito, passando as mãos pela sua superfície ainda quente, como campistas à volta de uma fogueira.

Ekstrom decidiu que aquele era o momento certo. Dirigiu-se para um conjunto de caixas de cartão pousadas no gelo atrás da área de imprensa; mandara trazê-las da Gronelândia nessa mesma manhã.

— As bebidas são por minha conta! — gritou, estendendo latas de cerveja aos seus funcionários, que estavam em grande animação.

— Ena, chefe! — gritou alguém. — Obrigadinho! E até estão frescas!

Ekstrom fez um raro sorriso.

— Mantive-as no congelador.

Todos riram.

— Esperem lá! — exclamou outro, fingindo-se zangado ao olhar a lata. — Esta coisa é canadiana! Onde é que está o seu patriotismo?

— Temos orçamento limitado, pessoal. Foi o mais barato que arranjei.

Mais gargalhadas.

— *Atenção* — um membro da equipa de televisão da NASA fez-se ouvir num megafone. — *Estamos prestes a ligar os holofotes. Poderão cegar temporariamente.*

— E nada de marmelada no escuro — gritou alguém. — Isto é um programa de família.

Ekstrom ria com malícia, apreciando as piadas, enquanto a sua equipa fazia os ajustes finais nos efeitos de luz.

— Luzes dentro de cinco segundos, quatro, três, dois...

O interior do edifício escureceu rapidamente à medida que os projectores de halogénio se apagavam. Em poucos segundos, todas as luzes desapareceram e o recinto mergulhou numa escuridão impenetrável.

Alguém guinchou, rindo.

— Quem é que me apalpou o rabo?

A escuridão durou apenas um momento, até ser substituída pelo brilho intenso dos holofotes. Toda a gente desviou os olhos. A transformação era agora completa; o quadrante norte da habisfera tornara-se um estúdio de televisão. O restante espaço sob a cúpula parecia um celeiro abandonado na noite. A única luz nas outras secções era agora o reflexo silencioso das luzes do estúdio, espelhando-se no tecto abobadado e lançando longas sombras através das áreas de trabalho desertas.

Ekstrom recuou para a zona na sombra, contente de ver a sua equipa festejar em redor do meteorito iluminado. Sentia-se como um pai no Natal, vendo os filhos divertidos à volta da árvore.

Deus sabe que eles merecem, pensava Ekstrom, sem suspeitar da calamidade que os esperava.

CAPÍTULO TRINTA E UM

O tempo estava a mudar.

Como um mensageiro lúgubre de um conflito iminente, o vento catabático soltava queixumes e soprava com força contra o abrigo da Força Delta. Delta-Um terminou de colocar as coberturas de tempestade e regressou para dentro, juntando-se aos seus companheiros. Já tinham passado por aquilo antes. Depressa passaria.

Delta-Dois observava as imagens em directo enviadas pelo micro-robô.

— É melhor veres isto — disse.

Delta-Um aproximou-se. O interior da habisfera estava mergulhado no escuro, à excepção da forte luminosidade no lado norte do edifício, perto do palco. O resto da habisfera aparecia apenas como um contorno esbatido.

— Não é nada — disse ele. — Estão só a testar as luzes para a transmissão logo à noite.

— As luzes não são o problema. — Delta-Dois apontou a forma negra no meio do gelo, a bacia cheia de água de onde fora extraído o meteorito. — *Aquilo* é que é o problema.

Delta-Um observou o buraco. Continuava cercado de pinos, e a superfície da água parecia calma.

— Não vejo nada — disse.

— Olha outra vez. — Manobrou a alavanca, fazendo o micro-robô descer numa espiral até à superfície da água.

Ao estudar mais de perto a piscina sombria de água derretida, Delta-Um viu algo que o fez recuar em estado de choque.

— Mas que...?

Delta-Três aproximou-se e espreitou também. Também ele parecia surpreso.

— Meu Deus... Aquilo é o poço de extracção? É suposto a água estar a fazer aquilo?

— Não — respondeu Delta-Um —, certamente que não.

CAPÍTULO TRINTA E DOIS

Apesar de estar naquele momento sentada no interior de uma grande caixa de metal a quase cinco mil quilómetros de Washington D. C., Rachel Sexton sentiu a mesma pressão que a dominaria caso tivesse sido chamada à Casa Branca. O monitor de videofone à frente dela transmitia uma imagem absolutamente clara do presidente Zach Herney sentado na sala de comunicações à frente da chancela presidencial. A ligação digital áudio era perfeita e, à excepção de um atraso quase imperceptível, o presidente bem podia estar na sala ao lado.

A conversa que mantinham era directa, com uma cadência rápida. O presidente parecia satisfeito, embora de forma alguma surpreendido, com o parecer positivo manifestado por Rachel a respeito da descoberta da NASA e da escolha do cativante Michael Tolland para ser o seu porta-voz. O presidente estava bem-disposto e brincalhão.

— Como estou certo que concordará — disse Herney, a sua voz tornando-se agora mais séria —, num mundo perfeito, as ramificações desta descoberta seriam de uma natureza puramente científica. — Fez uma pausa, inclinando-se para a frente, o seu rosto preenchendo todo o ecrã. — Infelizmente, não vivemos num mundo perfeito e, no momento em que eu o anunciar, o triunfo da NASA passará a ser futebol político.

— Tendo em conta as provas conclusivas e as pessoas que recrutou para as sancionarem, não consigo imaginar de que modo é que o público ou a sua oposição poderiam fazer outra coisa que não fosse aceitar esta descoberta como um facto confirmado.

Herney teve um riso quase triste.

— Os meus adversários políticos vão *acreditar* naquilo que virem, Rachel. O meu receio é que não *gostem* daquilo que vão ver.

Rachel notou como o presidente era cuidadoso não se referindo ao seu pai. Mencionava apenas «a oposição» ou «os adversários políticos».

— E acredita — perguntou Rachel — que os seus oponentes proclamem tratar-se de uma conspiração simplesmente por razões políticas?

— Essa é a natureza do jogo. Tudo o que qualquer pessoa tem de fazer é lançar a dúvida, dizendo que esta descoberta é uma qualquer espécie de fraude política congeminada pela NASA e pela Casa Branca e, de um momento para o outro, vejo-me submetido a um inquérito. Os jornais esquecem que a NASA obteve provas de vida extraterrestre e a comunicação social concentra-se na busca de indícios de uma conspiração. Infelizmente, qualquer insinuação de conspiração relacionada com esta descoberta será negativa para a NASA, para a Casa Branca e, para ser sincero, para o país.

— E por esse motivo adiou o anúncio até ter a confirmação definitiva e o apoio de alguns cientistas civis conceituados.

— O meu objectivo é apresentar estes factos de modo tão incontroverso que qualquer cepticismo seja cortado pela raiz. Quero que esta descoberta seja celebrada com a dignidade imaculada que merece. A NASA tem direito a nada menos que isso.

A intuição de Rachel estava agora a fazer-se ouvir. *O que é que ele quer de mim?*

— Obviamente, Rachel — continuou Herney —, encontra-se numa posição privilegiada para me ajudar. A sua experiência como analista, assim como a sua óbvia ligação aos meus adversários conferem-lhe uma enorme credibilidade relativamente a esta descoberta.

Rachel sentia um crescente desapontamento. *Quer usar-me... Tal como Pickering calculou!*

— Dito isto — prosseguiu o presidente —, queria pedir-lhe que sancionasse esta descoberta *pessoalmente*, oficialmente, como elo de ligação entre a Casa Branca e os Serviços de Informação... e como filha do meu adversário.

Aí estava. Todas as cartas na mesa.

Herney quer que eu sancione a descoberta.

Rachel chegara realmente a acreditar que Zach Herney se encontrava acima daquele tipo de política mesquinha. Um reconhecimento público por parte de Rachel faria imediatamente do meteorito um assunto *pessoal* para o seu pai, deixando o senador impossibilitado de atacar a credibilidade da descoberta sem atacar a credibilidade da sua própria filha — uma sentença de morte para um candidato que proclamava a defesa da família.

— Para ser sincera, senhor presidente — disse Rachel, fixando o monitor —, fico muito surpreendida por me fazer um tal pedido.

O presidente fez um ar desapontado.

— Pensei que ficasse entusiasmada por ajudar.

— Entusiasmada? Senhor presidente, divergências com o meu pai à parte, este pedido coloca-me numa posição insustentável. Já tenho suficientes problemas com ele sem o confrontar directamente numa espécie de execução pública. Apesar da minha assumida falta de estima pelo senador, ele *é* o meu pai, e lançar-me contra ele num fórum público, honestamente, parece-me pouco digno de si.

— Calma aí! — Herney ergueu as mãos, rendendo-se. — Quem falou em fórum público?

Rachel fez uma pausa.

— Imaginei que quisesse juntar-me ao administrador da NASA no pódio para a conferência de imprensa desta noite.

A gargalhada de Herney produziu um estrondo nas colunas de som do computador

— Rachel, que tipo de homem pensa que eu sou? Acha realmente que lhe pediria que apunhalasse o seu próprio pai nas costas através da televisão nacional?

— Mas disse que...

— E acha que eu faria o administrador da NASA partilhar as luzes com a filha do seu arqui-inimigo? Não quero ser desmancha-prazeres, Rachel, mas esta conferência de imprensa é uma apresentação científica. Não estou certo de que o seu conhecimento sobre meteoritos, fósseis ou estruturas de gelo fosse trazer muita credibilidade ao acontecimento.

Rachel sentiu-se corar.

— Mas, nesse caso... que tipo de confirmação tem em mente?

— Um tipo de confirmação mais consentâneo com a sua posição.

— Sim?

— A Rachel é o elo de ligação entre a Casa Branca e os Serviços de Informação. Informa a minha equipa a respeito de assuntos de importância nacional.

— Quer que confirme a descoberta perante a *sua* equipa?

Herney parecia ainda divertido com o mal-entendido.

— Sim, quero. O cepticismo que vou ter de enfrentar *fora* da Casa Branca não é nada comparado com aquele com que me estou a deparar neste momento da parte da minha equipa. Estamos no meio de um motim em grande escala. A minha credibilidade na Casa Branca foi atingida. O meu pessoal implorou-me que reduzisse o financiamento da NASA. Ignorei-os, o que foi autêntico suicídio político.

— Até agora.

— Exactamente. Como discutimos esta manhã, o *timing* desta descoberta vai parecer suspeito aos cépticos da política e, neste momento, ninguém é tão céptico como a minha equipa. Por isso, da primeira vez que ouvirem esta notícia, quero que a ouçam da boca...

— Não falou do meteorito à sua equipa?

— Apenas a alguns conselheiros de alto nível. Manter esta descoberta em segredo foi uma prioridade.

Rachel estava estupefacta. *Não admira que esteja a enfrentar um motim.*

— Mas esta não é habitualmente a minha área de trabalho. Um meteorito dificilmente poderia ser considerado um assunto relacionado com os Serviços de Informação.

— Não num sentido tradicional, mas a verdade é que tem os elementos do seu trabalho habitual: informação complexa que tem de ser tratada, substanciais implicações políticas...

— Eu não sou uma especialista em meteoritos, senhor presidente. A sua equipa não deveria ser informada pelo administrador da NASA?

— Está a brincar comigo? Aqui, toda a gente o odeia. No que diz respeito à minha equipa, Ekstrom é o vendedor de banha da cobra que me atraiu de mau negócio em mau negócio.

Rachel compreendia aonde ele queria chegar.

— E Corky Marlinson? O galardoado em Astrofísica? Ele seria muito mais credível do que eu.

— O meu *staff* é composto por políticos, Rachel, não por cientistas. Já conheceu o Dr. Marlinson. Na minha opinião, ele é óptimo, mas se eu admitir um astrofísico na minha equipa de intelectuais movidos pela lógica, não iremos a lado nenhum. Preciso de alguém acessível. Você é essa pessoa, Rachel. A minha equipa conhece o seu trabalho e, tendo em conta o seu apelido, é uma porta-voz tão imparcial quanto seria possível.

Rachel sentiu que se deixava convencer pelo estilo afável do Presidente.

— Pelo menos admite que o facto de eu ser filha do seu adversário tem alguma coisa a ver com o seu pedido.

O presidente deu uma risada tímida.

— Claro que tem. Mas, como deve imaginar, o meu *staff* terá de ser avisado de qualquer forma, independentemente do que decidir. Você não é o bolo, Rachel, mas apenas a cobertura de açúcar. É a pessoa mais qualificada para os informar, e acontece que é também uma parente próxima do homem que quer expulsar-nos da Casa Branca no próximo mandato. Tem credibilidade por duas vias.

— Devia ser vendedor, senhor Presidente.

— Na realidade, é isso que sou. Tal como o seu pai. E, para variar, gostava de fechar o negócio. — O presidente tirou os óculos e olhou-a nos olhos. Rachel sentiu nele um toque daquele poder que tinha o seu pai. — Peço-lho como um favor, Rachel, e também por acreditar que faz parte do seu trabalho. Então, em que ficamos? Sim ou não? Aceita informar o meu *staff* acerca deste assunto?

Rachel sentiu-se enclausurada na cabina CSP. *Nada como uma venda agressiva.* Mesmo estando a 5000 quilómetros de distância, Rachel conseguia sentir a força da vontade de Herney, que a pressionava através do ecrã. Sabia também que se tratava de um pedido perfeitamente razoável, quer ela gostasse ou não.

— Teria de colocar algumas condições — disse Rachel.

— Tais como? — perguntou Herney, arqueando as sobrancelhas.

— Falarei com a sua equipa em privado. Nada de jornalistas. Será um comunicado particular, não um reconhecimento público.

— Tem a minha palavra. A reunião decorrerá num local muito reservado.

Rachel suspirou.

— Está bem, então.

— Excelente. — O rosto do presidente iluminou-se.

Rachel olhou para o relógio, surpreendida por ver que já passava um pouco das quatro horas.

— Mas... — disse ela, confusa — se vai dar a conferência em directo às oito da noite, não temos tempo. Mesmo naquela caranguejola horrível em que me fez vir para aqui, não conseguiria estar na Casa Branca em menos de duas horas, na melhor das hipóteses. Teria de preparar os meus comentários e...

O presidente abanou a cabeça.

— Acho que não me fiz entender. Vai fazer o comunicado precisamente do local onde se encontra, em videoconferência.

— Ah, sim? — Rachel hesitou. — E que horas tinha em mente?

— Bem, na verdade... — disse Herney, sorrindo. — Que tal agora? Já estão todos reunidos, a olhar para um grande ecrã de televisão vazio. Estão à sua espera.

Rachel ficou hirta.

— Sr. Presidente, não estou de todo preparada. Não poderia de forma alguma...

— Diga-lhes apenas a verdade. Será difícil?

— Mas...

— Rachel — disse o presidente, debruçando-se sobre o ecrã —, lembre-se, o seu trabalho é compilar e retransmitir informação. É isso que faz. Limite-se a contar-lhes aquilo que se está a passar aí em cima. — Herney pôs-se de pé para ligar um dispositivo no aparelho de transmissão do seu vídeo, mas fez uma pausa. — E penso que ficará satisfeita por saber que lhe reservei uma posição de poder.

Rachel não compreendeu o que ele queria dizer, mas era tarde de mais para perguntar. O presidente cortara a ligação.

O ecrã diante de Rachel ficou vazio por um instante. Quando voltou a preencher-se, Rachel deparou com uma das imagens mais intimidantes que alguma vez vira. Em directo, à sua frente, estava a Sala Oval da Casa Branca. Cheia de gente, todos de pé. Aparentemente, encontrava-se ali todo o *staff* da Casa Branca. E todos aqueles indivíduos a fixavam. Rachel apercebeu-se então de que a vista que tinha da sala partia de um ponto acima da secretária do presidente.

Por falar numa posição de poder... Rachel sentia-se já a suar.

Pelas expressões daquelas caras, os colaboradores do presidente estavam tão surpreendidos por ver Rachel como ela estava por os ver a eles.

— Sra. Sexton? — chamou uma voz áspera.

Rachel procurou por entre aquele mar de gente e encontrou a pessoa que falara. Era uma mulher de aspecto seco, que nesse mesmo momento ocupava um lugar na primeira fila. Marjorie Tench. A aparência invulgar da mulher era inconfundível, mesmo no meio de uma multidão.

— Obrigada por se juntar a nós, Sra. Sexton — disse Marjorie Tench, num tom que soou pretensioso. — O presidente disse-nos que tinha novidades...?

CAPÍTULO TRINTA E TRÊS

Desfrutando da escuridão, o paleontologista Wailee Ming estava sentado sozinho, meditando tranquilamente, na sua área de trabalho privada. Os seus sentidos estavam despertos com a expectativa relativamente ao acontecimento dessa noite. *Em breve serei o paleontologista mais famoso do mundo.* Esperava que Michael Tolland tivesse sido generoso e incluído as suas observações no documentário.

Enquanto Ming saboreava a sua iminente fama, uma ténue vibração fez estremecer o gelo debaixo dos seus pés, fazendo-o dar um salto. O seu instinto de defesa em relação a tremores de terra, uma vez que vivia em Los Angeles, tornava-o hipersensível às mais insignificantes palpitações do solo. Todavia, naquele momento, Ming sentiu-se tolo ao tomar consciência de que a vibração era perfeitamente normal. *É apenas gelo a quebrar-se*, lembrou-se, respirando fundo. Ainda não se habituara. A curtos intervalos de tempo, uma explosão distante ressoava na noite, quando algures na fronteira glacial um imenso bloco de gelo se soltava, caindo na água. Norah Mangor tinha uma bela forma de o exprimir. *Novos icebergues que nasciam...*

Já de pé, Ming esticou os braços. Percorreu com o olhar a habisfera; ao longe, sob o brilho das luzes da televisão, podia ver a celebração. Ming não gostava muito de festas e atravessara a habisfera na direcção contrária.

O labirinto de áreas de trabalho desertas assemelhava-se agora a uma cidade fantasma, e todo o edifício se revestira de um aspecto sepulcral. Um ar frio parecia ter-se instalado e Ming abotoou o seu longo casaco de pêlo de camelo. Tinha à sua frente o eixo de extracção, o ponto de onde fora retirado o mais magnificente de todos os fósseis, em toda a História humana. A gigantesca estrutura de metal fora posta de lado e o poço ficara só, rodeado de pinos, como um buraco isolado num vasto parque de estacionamento de gelo. Ming deambulou até junto do poço, mantendo-se a uma distância segura, e perscrutou a piscina com sessenta metros de profundidade de água tão fria. Em breve voltaria a gelar, apagando todos os vestígios, como se nunca ninguém ali tivesse passado.

Aquele buraco repleto de água era uma imagem bela, pensou Ming. Mesmo na escuro.

Especialmente no escuro.

Ming hesitou perante este pensamento. Depois registou-o.

Há algo de errado.

Ao focar mais de perto a água, Ming sentiu que a sua anterior satisfação dava lugar a um remoinho de confusão. Pestanejou, voltou a olhar, e depois olhou rapidamente através do recinto para a multidão que festejava na área da imprensa, a cerca de cinquenta metros de distância. Ming sabia que não poderiam vê-lo ali no escuro.

Devia falar disto a alguém, não devia?

Ming voltou a olhar a água, perguntando-se o que haveria de lhes dizer. Estaria a ter uma ilusão óptica? Seria alguma espécie de estranho reflexo?

Sem saber o que pensar, Ming passou a barreira dos pinos e agachou-se na borda do poço. O nível da água estava a cerca de um metro e vinte abaixo do nível do gelo, e ele inclinou-se para ver melhor. Sim, definitivamente, havia ali algo de estranho.

Era impossível deixar de reparar e, no entanto, apenas se tornara visível depois de apagadas as luzes.

Ming pôs-se de pé. Sem dúvida que alguém devia saber. Encaminhou-se rapidamente para a área da imprensa. Ao fim de apenas alguns passos, deteve-se. *Valha-me Deus!* Voltou para junto do buraco, os seus olhos esbugalhando-se perante o que acabava de descobrir. Fizera-se luz na sua cabeça.

— Impossível! — balbuciou em voz alta.

E, contudo, Ming sabia que essa era a única explicação. *Pensa cuidadosamente*, disse para consigo. *Deve haver uma explicação mais razoável.* Mas quanto mais pensava, mais convencido Ming ficava daquilo que os seus olhos viam. *Não há outra explicação.* Mal podia acreditar que algo de tão incrível pudesse ter escapado à NASA e a Corky Marlinson, mas Ming não podia propriamente queixar-se.

Agora isto é uma descoberta de Wailee Ming!

Tremendo de excitação, Ming correu para uma área de trabalho próxima e pegou numa proveta. Precisava apenas de uma amostra de água. Ninguém iria acreditar!

CAPÍTULO TRINTA E QUATRO

— Como colaboradora da Casa Branca nos Serviços de Informação — dizia Rachel Sexton, dirigindo-se à multidão que tinha no ecrã à sua frente, tentando impedir a sua voz de tremer —, as minhas funções incluem viajar até locais onde decorrem importantes acontecimentos políticos, analisar situações voláteis e reportar ao presidente e aos membros da sua equipa na Casa Branca.

Um fio de suor formara-se na sua testa, mesmo junto à linha do cabelo, e Rachel limpou-o com a mão, amaldiçoando em silêncio o presidente por a ter encarregue daquele comunicado sem qualquer aviso.

— Nunca antes as minhas viagens me tinham levado a um lugar tão exótico com este. — Rachel apontou energicamente a apertada cabina à sua volta. — Acreditem ou não, estou neste momento a falar-lhes do Círculo Polar Árctico, onde me encontro sobre um manto de gelo com cerca de cem metros de espessura.

Rachel apercebeu-se do ar surpreendido de expectativa nas caras que tinha no ecrã. Todos eles sabiam, obviamente, que tinham sido enfiados na Sala Oval por algum motivo, mas certamente nenhum deles imaginara que isso teria alguma coisa a ver com um acontecimento acima do Círculo Polar Árctico.

O fio de suor estava novamente a formar-se. *Organiza a informação, Rachel. É esse o teu trabalho.*

— Estou aqui, diante de vocês, esta noite, com uma enorme honra, orgulho e... acima de tudo, excitação.

Olhares perdidos.

Que se lixe, pensou ela, limpando mais uma vez o suor, furiosa. *Não fui eu que decidi fazer isto*. Rachel sabia o que diria a sua mãe se ali estivesse naquele momento: Na dúvida, deitar tudo cá para fora! O antigo provérbio americano sintetizava uma das convicções essenciais da mãe de Rachel: que todos os desafios podem ser ultrapassados se se disser a verdade, independentemente da forma como esta seja exprimida.

Respirando fundo, Rachel ergueu a cabeça e olhou bem a direito para a câmara.

— Desculpem, pessoal, se não estão a perceber como é possível que eu esteja a suar por todos os poros acima do Círculo Árctico... É que estou um pouco nervosa.

As caras diante dela pareceram por instantes recuar num salto. Algumas risadas pouco à vontade.

— Além disso — disse Rachel —, o vosso patrão avisou-me de que eu iria falar para toda a sua equipa com cerca de dez segundos de antecedência. Esta prova de fogo não é exactamente aquilo que eu imaginava que seria a minha primeira visita à Sala Oval.

Desta vez, mais risos.

— E — continuou ela, olhando para a secretária do presidente no fundo do ecrã — certamente que não me passou pela cabeça que estaria sentada à secretária do presidente... muito menos *em cima* dela!

Este comentário despertou gargalhadas sentidas e alguns sorrisos abertos. Rachel sentiu que os seus músculos começavam a descontrair. *Vai directa ao assunto.*

— O que se passa é o seguinte.

A voz de Rachel soava agora igual a si mesma. Calma e clara.

— O presidente Herney esteve ausente das luzes da comunicação social durante a última semana, não por falta de interesse na sua campanha, mas porque tem estado absorvido por outro assunto. Um assunto que ele considerou ser mais importante.

Rachel fez uma pausa, estabelecendo contacto visual com a sua plateia.

— Ocorreu uma descoberta científica num local chamado Banco de Gelo de Milne, no alto Árctico. O presidente irá comunicar o sucedido ao mundo numa conferência de imprensa que terá lugar esta noite, às oito horas. A descoberta foi feita por um grupo de americanos que trabalham arduamente e que têm tido algum azar ultimamente, e que precisam que lhes dêem uma hipótese. Refiro-me à NASA. Podem sentir-se orgulhosos por o vosso presidente ter feito questão, com uma confiança que mais parece clarividência, de se manter ao lado da

NASA nos últimos tempos, para o bom e para o mau. Agora, parece que a sua lealdade está prestes a ser recompensada.

Foi apenas aí que Rachel se deu conta de que aquele era um momento histórico. Sentiu um nó na garganta e combateu-o, forçando-se a prosseguir.

— Como oficial dos Serviços de Informação especializada na análise e verificação de dados, sou uma das várias pessoas que o presidente chamou para examinar a descoberta feita pela NASA. Examinei-a pessoalmente, e tive também a oportunidade de a discutir com diversos especialistas, tanto governamentais como civis, homens e mulheres cujas credenciais estão para além de qualquer suspeita e cujo estatuto se situa à margem da influência política. Na minha opinião profissional, os dados que estou prestes a comunicar-vos são factuais na sua origem e imparciais na sua apresentação. Além disso, é minha opinião pessoal que o presidente, na sua boa-fé para com os seus colaboradores e para com o povo americano, demonstrou um admirável cuidado e contenção ao atrasar um comunicado que eu sei que gostaria de ter feito já na semana passada.

Rachel viu a multidão à sua frente a trocar olhares confusos. Em seguida, todos eles se voltaram para ela, e Rachel soube que tinha a total atenção de todas aquelas pessoas.

— Minhas senhoras e meus senhores, estão prestes a ouvir algo que, estou certa de que concordarão, será uma das informações mais extraordinárias que alguma vez foram reveladas nesta sala.

CAPÍTULO TRINTA E CINCO

A vista aérea que estava naquele momento a ser transmitida à Força Delta pelo micro-robô que circulava no interior da habisfera parecia algo que ganharia um concurso de filmes de vanguarda — a luz sombria, o reluzente poço de extracção e o asiático bem vestido deitado sobre o gelo, com o seu casaco de pêlo de camelo aberto em seu redor como enormes asas. O homem estava obviamente a tentar extrair uma amostra da água.

— Temos de impedi-lo — disse Delta-Três.

Delta-Um concordou. O Banco de Gelo de Milne encerrava segredos que a sua equipa estava autorizada a defender pela via da força.

— Como é que o impedimos? — lançou Delta-Dois, segurando ainda a alavanca. — Estes micro-robôs não estão equipados.

Delta-Um franziu o sobrolho. O micro-robô que então voava no interior da habisfera era um modelo de reconhecimento, reduzido ao essencial para suportar um voo mais prolongado. Era tão letal como uma vulgar mosca.

— Devíamos consultar o controlador — afirmou Delta-Três.

Delta-Um olhou atentamente a imagem do solitário Wailee Ming, precariamente debruçado na margem do poço de extracção. Não havia ninguém por perto, e aquela água fria como gelo tinha o efeito de impedir uma pessoa de gritar.

— Dá-me os comandos.

— Que vais fazer? — inquiriu o soldado encarregue da alavanca.

— Aquilo que fomos *treinados* para fazer — ripostou Delta-Um, assumindo o controlo. — Improvisar.

CAPÍTULO TRINTA E SEIS

Wailee Ming estava deitado de bruços junto ao buraco da extracção, com o braço direito estendido sobre a borda, tentando retirar uma amostra de água. Definitivamente, os seus olhos não estavam a pregar-lhe partidas; estando agora a apenas um metro da água, ele podia ver tudo claramente.

Isto é incrível!

Esticando-se um pouco mais, Ming manipulava a proveta entre os seus dedos, tentando alcançar a superfície da água. Precisava apenas de mais alguns centímetros.

Incapaz de estender mais o braço, Ming aproximou-se mais do buraco. Pressionou as suas botas contra o gelo e voltou a colocar a mão esquerda com firmeza sobre a margem. Mais uma vez, esticou o braço direito tanto quanto lhe era possível. *Quase.* Deslizou um pouco mais. *Pronto!* A extremidade da proveta tocou a superfície da água. Enquanto o líquido corria para o contentor, Ming olhava sem poder acreditar.

E então, sem aviso, algo de completamente inexplicável aconteceu. Vinda do escuro, como uma bala de uma arma, voou uma pequena partícula de metal. Ming apenas a viu por uma fracção de segundo, antes de embater contra o seu olho direito.

O instinto humano de protegermos os nossos olhos está tão profundamente enraizado que, apesar de o cérebro de Ming lhe dizer que qualquer movimento repentino punha em perigo o seu equilíbrio, ele recuou. O sobressalto foi mais uma reacção à surpresa do que à dor. A mão esquerda de Ming, mais próxima da sua cara, disparou reflexivamente para proteger o globo ocular atingido. Ainda a sua mão estava em movimento, já Ming se apercebera de que cometera um erro. Com todo o seu peso inclinado para a frente e o seu único apoio removido, Wailee Ming vacilou. Recuperou tarde de mais. Deixando cair a proveta e tentando agarrar-se ao gelo para impedir a queda, Ming escorregou, mergulhando a pique na água negra.

A queda foi de pouco mais de um metro e, no entanto, ao embater com a cabeça na água gelada, sentiu que a sua cara chocava contra um passeio de rua a uma tremenda velocidade. O líquido que lhe envolveu o rosto era tão frio que queimava como ácido. Despertou nele um instantâneo ataque de pânico.

De pernas para o ar na escuridão, Ming sentiu-se momentaneamente desorientado, sem saber que direcção tomar para regressar à superfície. O seu pesado casaco de pêlo de camelo impediu o contacto do gelo com o corpo, mas apenas durante um segundo ou dois. Tendo finalmente conseguido endireitar-se, Ming veio à superfície procurando atabalhoadamente respirar, ao mesmo tempo que a água lhe alastrava pelas costas e pelo peito, envolvendo o seu corpo num frio que era como um torno esmagando-lhe os pulmões.

— So...corro — ofegante, Ming mal conseguia inspirar ar suficiente para produzir um sussurro. Era como se tivesse sido privado de ar.

— So...corro! — os seus gritos eram inaudíveis até para si próprio. Ming aproximou-se a custo da borda do poço e tentou sair da água. A parede que tinha diante de si era gelo vertical. Nada aonde se agarrar. Debaixo de água, as suas botas batiam no gelo, procurando um apoio. Nada. Esticou-se, tentando alcançar a borda. Ficava a uns escassos trinta centímetros da sua mão.

Os músculos de Ming começavam a ter dificuldade em responder. Pontapeou com mais força, tentando um impulso que lhe permitisse subir pela parede o suficiente para alcançar a borda do poço. O seu corpo parecia chumbo, e os seus pulmões pareciam ter encolhido e ficado reduzidos a nada, como se tivessem sido esmagados por um *piton*. O seu casaco ensopado tornava-se mais pesado a cada segundo que passava, puxando-o para baixo. Ming tentou despi-lo, mas o pesado tecido não cedeu.

— So... corro!

O medo avançava agora numa torrente.

O afogamento, lera Ming uma vez, era a morte mais horrenda que se podia imaginar. Nunca sonhara encontrar-se no limiar de tal experiência. Os músculos recusavam-se a cooperar com o cérebro e era já uma luta conseguir manter a cabeça à superfície. As roupas ensopadas arrastavam-no para o fundo, enquanto os dedos dormentes arranhavam as paredes do poço.

Agora, os seus gritos ouviam-se apenas na sua mente.

E então aconteceu.

Ming mergulhou. O puro terror de ter a consciência da sua morte iminente era algo que nunca imaginara experimentar. E, contudo, ali estava... Afundando-se lentamente sob uma parede de gelo de um buraco com sessenta metros de profundidade. Inúmeros pensamentos correram diante dos seus olhos. Momentos da sua infância. Momentos da sua carreira. Perguntou-se se alguém alguma vez o encontraria ali em baixo. Ou se desceria simplesmente até ao fundo para aí permanecer... sepultado no gelo para sempre.

Os pulmões de Ming gritavam por oxigénio. Susteve a respiração, tentando ainda impulsionar-se para a superfície. *Respirar!* Combateu o reflexo, apertando os seus lábios insensatos. *Respirar!* Esforçava-se em vão por nadar para a superfície. *Respirar!* Nesse mesmo instante, numa batalha fatal dos reflexos humanos contra a razão, o instinto de Ming sobrepôs-se à sua capacidade de manter os lábios cerrados.

Wailee Ming inspirou.

A água que se infiltrou nos pulmões era como um óleo escaldante no seu sensível tecido pulmonar. Sentiu-se como se estivesse a arder por dentro. Cruelmente, a água não mata de imediato. Ming passou sete terríveis segundos inspirando a água gelada, cada inalação mais dolorosa que a anterior, sem oferecer ao seu corpo aquilo por que ele tão desesperadamente ansiava.

Finalmente, ao deslizar para o fundo através da água gelada, Ming sentiu que ia perder a consciência. Agradeceu a fuga. A toda a sua volta, Ming viu na água pequenos pontos de luz brilhante. Era a coisa mais bela que alguma vez vira.

CAPÍTULO TRINTA E SETE

O East Appointement Gate da Casa Branca situa-se na East Executive Avenue, entre o Treasury Department e o East Lawn. A vedação reforçada e os postes de cimento instalados depois do ataque ao quartel dos *marines* em Beirute conferem a esta entrada um ar que nada tem de boas-vindas.

Cá fora, junto ao portão, Gabrielle Ashe consultou o seu relógio, sentindo um crescente nervosismo. Eram 16h45 da tarde, e ainda ninguém entrara em contacto com ela.

EAST APPOINTMENT GATE, 16h30. VENHA SOZINHA.

Aqui estou, pensava ela. *Onde está você?*

Gabrielle perscrutou as caras dos turistas que por ali deambulavam, esperando encontrar alguém que tentasse chamar a sua atenção. Uns quantos homens olharam-na e seguiram caminho. Gabrielle começava a interrogar-se se teria sido boa ideia ir até ali. Sentia que o funcionário de sentinela a tinha agora debaixo de olho. Gabrielle chegou à conclusão de que o seu informante se acobardara. Olhando uma vez mais a Casa Branca através da pesada vedação, Gabrielle suspirou e deu meia volta para se ir embora.

— Gabrielle Ashe? — chamou o sentinela por trás dela.

Gabrielle voltou-se, com o coração nas mãos. *Sim?*

O homem acenou-lhe. Era magro e tinha uma cara desprovida de expressão.

— A pessoa com quem veio encontrar-se irá recebê-la agora.

Destrancou o portão principal e fez-lhe sinal para que entrasse.

Os pés de Gabrielle estavam pregados ao chão.

— Devo entrar?

O guarda anuiu.

— Tenho instruções para lhe pedir desculpa por a terem feito esperar.

Gabrielle olhava para a entrada aberta e continuava sem conseguir mover-se. *Mas que se passa aqui?* Tudo se estava a desenrolar de uma forma estranha.

— Você é Gabrielle Ashe, certo? — perguntou o guarda, já impaciente.

— Sim, senhor... mas...

— Nesse caso sugiro vivamente que me acompanhe.

Os pés de Gabrielle puseram-se imediatamente em movimento. Assim que entrou num passo hesitante, o portão bateu atrás de si.

CAPÍTULO TRINTA E OITO

Dois dias sem ver a luz do Sol tinham alterado o relógio biológico de Michael Tolland. Apesar de o seu relógio dizer que era o final da tarde, o corpo de Tolland insistia que estava a meio da noite. Tendo dado os retoques finais ao seu documentário, Michael Tolland fizera o *download* do filme para um DVD e atravessava agora o recinto de tecto abobadado mergulhado no escuro. Ao chegar à iluminada área de imprensa, entregou o disco ao técnico de comunicação social da NASA encarregue de supervisionar a apresentação.

— Obrigado, Mike — disse o técnico, pestanejando ao pegar no DVD. — Isto redefine o conceito de «televisão obrigatória», não é verdade?

Tolland deu uma risada cansada.

— Espero que o presidente goste.

— Sem dúvida. De qualquer modo, o teu trabalho está feito. Senta-te e goza o espectáculo.

— Obrigado.

Tolland ficou de pé na área de imprensa intensamente iluminada, observando o festivo pessoal da NASA que brindava ao meteorito com latas de cerveja canadiana. Apesar de ter vontade de celebrar, Tolland sentia-se exausto, emocionalmente esgotado. Olhou em redor à procura de Rachel Sexton, mas ao que parecia ela estava ainda a falar com o presidente.

Ele quer pô-la no ar, pensou Tolland. Não censurava o presidente; Rachel seria um excelente acréscimo ao elenco de pessoas que falariam sobre o meteorito. Para além de ser atraente, Rachel tinha uma postura acessível e uma autoconfiança que Tolland raramente encontrava nas mulheres que costumava conhecer. Mas, bem vistas as coisas, a maioria das mulheres que Tolland conhecia pertenciam ao mundo da televisão; eram mulheres poderosas sem escrúpulos ou bonitas pivôs com falta de personalidade.

Nesse momento, escapando silenciosamente da multidão animada de funcionários da NASA, Tolland navegou pela teia de caminhos que atravessavam o edifício, perguntando-se onde estariam os restantes cientistas civis. Se sentiam metade do cansaço que o dominava, estariam certamente no dormitório, fazendo uma sesta antes do grande momento. Ao longe, Tolland podia ver o círculo de cones laranja em volta do poço de extracção deserto. A cúpula vazia no alto parecia ecoar com vozes ocas de memórias distantes. Tolland tentou silenciá-las.

Esquece os fantasmas, forçou-se a pensar. Perseguiam-no por vezes, em alturas como aquela, quando se sentia cansado ou sozinho — momentos de triunfo pessoal ou de festa. *Ela estaria contigo agora mesmo*, murmurou a voz. Sozinho no escuro, sentiu que recuava até ao passado esquecido.

Celia Birch fora sua namorada nos tempos de faculdade. Num dia de S. Valentim, Tolland levou-a ao seu restaurante favorito. Quando o empregado trouxe a sobremesa de Celia, esta era uma rosa e um anel de diamante. Celia compreendeu imediatamente. Com lágrimas nos olhos, proferiu uma única palavra que deixara Michael Tolland mais feliz do que nunca.

— Sim.

Em grande expectativa, compraram uma pequena casa perto de Pasadena, onde Celia arranjou emprego como professora de ciências. Apesar de o ordenado ser modesto, já era um começo, e era também perto do Scripps Institute of Oceanography de San Diego, onde Tolland encontrara o trabalho dos seus sonhos a bordo de um navio de pesquisa geológica. O trabalho de Tolland obrigava-o a ausentar-se três e quatro dias de cada vez, mas os reencontros com Celia eram sempre apaixonados e excitantes.

Enquanto estava no mar, Tolland começou a filmar algumas das suas aventuras para Celia, elaborando minidocumentários do seu trabalho a bordo do navio. Depois de uma viagem, regressou com um vídeo caseiro, de imagem pouco nítida, que filmara da janela de um submergível de águas profundas: fora a primeira metragem alguma vez filmada de uma bizarra lula quimiotrópica que nem sabia sequer que existia. Atrás da câmara, enquanto narrava o filme, Tolland quase saltava do submarino, tal era o seu entusiasmo.

Literalmente milhares de espécies por descobrir, explicava ele efusivamente, *vivem nestas profundezas! Ainda mal tocámos a superfície! Aqui em baixo há mistérios que nenhum de nós consegue imaginar!*

Celia deixava-se enfeitiçar pela exuberância e pelas concisas explicações científicas do marido. Por brincadeira, exibiu a gravação na sua aula de ciências, e o documentário teve êxito instantâneo. Outros professores pediram-no emprestado. Houve pais que pediram cópias. Parecia que toda a gente aguardava ansiosamente a produção seguinte de Michael. Subitamente, Celia teve uma ideia. Telefonou a uma amiga da faculdade que trabalhava para a NBC e enviou-lhe uma cassete.

Dois meses mais tarde, Michael Tolland veio ter com Celia e pediu-lhe que fosse dar um passeio com ele a Kingman Beach. Era o seu lugar especial, para onde iam sempre partilhar as suas esperanças e os seus sonhos.

— Tenho uma coisa para te dizer — começara Tolland.

Celia deteve-se, pegando nas mãos do marido enquanto a água lhes banhava os pés.

— O que é?

Tolland exultava.

— Na semana passada, recebi uma chamada da NBC. Convidaram-me para realizar uma série de documentários de oceanografia. É perfeito. Querem começar no próximo ano! Dá para acreditar?

Celia beijou-o, radiante.

— Eu acredito. Vais ser sensacional.

Seis meses mais tarde, Celia e Tolland faziam vela perto de Catalina quando Celia começou a queixar-se de uma dor. Ignoraram o facto durante algumas semanas, mas acabou por se tornar demasiado sério. Celia foi ao médico.

Num instante, a vida de sonho de Tolland transformou-se num pesadelo infernal. Celia estava doente. Muito doente.

— Linfoma em estádio avançado — explicaram os médicos. — Raro em pessoas da idade dela, mas possível.

Celia and Tolland visitaram inúmeras clínicas e hospitais, consultando vários especialistas. A resposta era sempre a mesma. Incurável.

Recuso-me a aceitar isto! Tolland demitiu-se imediatamente do seu emprego no Scripps Institute, esqueceu por completo o documentário da NBC, e concentrou toda a sua energia e todo o seu amor a ajudar Celia a melhorar. Ela também lutou com quantas forças tinha, suportando a dor com uma graciosidade que apenas o fez amá-la mais. Michael levava-a a dar longos passeios em Kingman Beach, confeccionava-lhe refeições saudáveis, contava-lhe histórias acerca das coisas que fariam quando ela melhorasse.

Mas não fora assim.

Tinham decorrido apenas sete meses quando Michael Tolland deu consigo à cabeceira da sua mulher prestes a morrer, numa despida enfermaria de hospital. Michael já não lhe reconhecia o rosto. A selvajaria do cancro encontrara rival apenas na brutalidade da quimioterapia. Celia tornara-se um esqueleto devastado. As últimas horas foram as mais difíceis.

— Michael — disse ela, a sua voz rouca. — É altura de desistir.

— Não sou capaz

Os olhos de Tolland inundaram-se.

— És um sobrevivente — disse Celia. — Tens de ser. Promete-me que encontrarás um novo amor.

— Nunca quererei outro.

Tolland falava a sério.

— Terás de aprender.

Celia morreu numa manhã clara como cristal, em Junho. Michael Tolland sentiu-se como um navio de amarras cortadas e lançado à deriva num mar enfurecido, de bússola destruída. Durante semanas perdeu completamente o controlo. Os amigos tentaram ajudar, mas o seu orgulho não suportava a piedade.

Tenho de fazer uma escolha, apercebeu-se por fim. *Trabalhar ou morrer.*

Endurecendo na sua decisão, Tolland lançou-se de volta a *Amazing Seas*. O programa salvou-lhe, literalmente, a vida. Nos quatro anos que se seguiram, a série de documentários teve êxito. Apesar dos esforços dos amigos para lhe arranjarem uma vida amorosa, Tolland suportou apenas alguns encontros. Todos eles foram fiascos ou desilusões mútuas, e por isso ele acabou por desistir, culpando a sua preenchida agenda de viagens pela sua inexistente vida social. Os seus amigos mais próximos conheciam, no entanto, a verdadeira razão; Michael Tolland não estava ainda, simplesmente, preparado.

O poço da extracção do meteorito agigantava-se agora diante de Tolland, arrancando-o àquele doloroso sonho acordado. Afastou as memórias sombrias a aproximou-se da cavidade. No recinto mergulhado no escuro, a água que derretera no buraco ganhara uma beleza quase irreal e mágica. A superfície da piscina tremeluzia como um charco iluminado pela lua. Os olhos de Tolland foram atraídos por certas partículas de luz na camada superior da água, como se alguém tivesse aspergido faíscas azuis-esverdeadas à superfície. Olhou por um longo momento aquele brilho difuso.

Havia nele algo de peculiar.

A uma primeira vista, pensou que o brilho na água era o mero reflexo das luzes do outro lado do recinto. Mas agora verificava que esse não era, de todo, o caso. Aquelas partículas brilhantes possuíam uma coloração esverdeada e pareciam pulsar ritmadamente, como se a superfície da água estivesse viva, iluminada a partir do interior.

Perturbado, Tolland deteve-se atrás dos pinos de sinalização, observando mais de perto.

Do outro lado da habisfera, Rachel Sexton saía da cabina CSP, avançando para a escuridão. Parou por um momento, desorientada pela abóbada sombria que a cercava. A habisfera era agora uma caverna escancarada, iluminada apenas pela casual refulgência projectada pelas luzes cruas dos *media* contra a parede norte. Inquieta pela escuridão em seu redor, Rachel encaminhou-se instintivamente para a área de imprensa iluminada.

Sentia-se satisfeita com o resultado do seu comunicado ao *staff* da Casa Branca. Assim que recuperara da partida que lhe pregara o presidente, Rachel expusera calmamente todos os dados que tinha na sua posse a respeito do meteorito. Enquanto falava, observara as expressões nos rostos da equipa do presidente, que tinham passado do choque incrédulo a uma expectativa esperançada e, finalmente, a uma deslumbrada aceitação.

— Vida extraterrestre? — ouvira um deles exclamar. — Sabem o que isso significa?

— Sim — replicou outro. — Significa que vamos ganhar estas eleições.

Ao aproximar-se da improvisada área de imprensa, Rachel pôs-se a imaginar o iminente comunicado e não pôde deixar de se perguntar se o seu pai mereceria de facto o cilindro a vapor presidencial que estava prestes a aniquilá-lo, arruinando a sua campanha com um só golpe.

A resposta era, obviamente, sim.

Sempre que Rachel se sentia amolecer em relação ao pai, tudo o que tinha de fazer era lembrar a sua mãe, Katherine Sexton. A vergonha e a dor que Sedgewick Sexton lhe causara eram imperdoáveis... chegando todas as noites tarde a casa, com um ar altivo, cheirando a perfume. O fingido fervor religioso atrás do qual o seu pai se escondia, enquanto mentia e atraiçoava, sabendo que Katherine jamais o deixaria.

Sim, decidiu Rachel, *o senador Sexton estava prestes a ter exactamente aquilo que merecia.*

A multidão que se encontrava na área da imprensa fazia uma festa. Todos seguravam cervejas na mão. Rachel avançou por entre os convivas sentindo-se uma intrusa. Interrogou-se onde estaria Michael Tolland.

Corky Marlinson surgiu ao lado dela.

— Procura Mike?

Rachel sobressaltou-se.

— Bem... não... mais ou menos.

Corky abanou a cabeça, fazendo um ar desgostoso.

— Eu sabia. Mike acabou de sair daqui. Acho que foi tentar passar pelas brasas. — Corky olhou através da penumbra. — Mas parece que ainda vai a tempo de o apanhar. — Sorriu-lhe com uma expressão de *bulldog* e apontou. — Mike fica hipnotizado de cada vez que vê água.

Rachel seguiu o dedo esticado de Corky que indicava o centro do recinto, onde se encontrava a silhueta de Michael Tolland, olhando fixamente a água do poço de extracção.

— Que está ele a fazer? — perguntou Rachel. — Aquilo ali é um bocado perigoso.

Corky fez um sorriso trocista.

— Provavelmente está a meter água. Vamos empurrá-lo.

Rachel e Corky atravessaram o recinto mergulhado no escuro na direcção do poço. Ao aproximarem-se de Michael Tolland, Corky chamou.

— Ei, *aqua man!* Esqueceste-te do fato de mergulho?

Tolland voltou-se. Mesmo na penumbra, Rachel pôde ver que a expressão no rosto dele era incaracteristicamente grave. A sua cara estava estranhamente iluminada, como se nela se projectasse uma luz vinda de baixo.

— Está tudo bem, Mike? — perguntou Rachel.

— Nem por isso.

Tolland apontou para a água.

Corky passou por cima dos pinos e juntou-se a Tolland na borda da estrutura. A boa disposição de Corky serenou instantaneamente assim que olhou para a água. Rachel aproximou-se deles, passando os pinos e ficando na extremidade do poço. Ao olhar para dentro do buraco, ficou surpreendida por encontrar partículas de uma luz azul-esverdeada luzindo à superfície. Eram como partículas de pó em néon flutuando na água. Pareciam pulsações verdes. O efeito era maravilhoso.

Tolland apanhou um pedaço de gelo do solo glacial e arremessou-o para o poço. A água ficou fosforescente no ponto do impacto, brilhando numa súbita explosão verde.

— Mike — disse Corky, parecendo desconfortável —, por favor diz-me que sabes o que isto é.

Tolland franziu o sobrolho.

— Sei exactamente o que isto é. A minha pergunta é: que raio está isto a fazer *aqui*?

CAPÍTULO TRINTA E NOVE

— São flagelados — disse Tolland, observando a água luminescente.

— Flatulência[NT]? — Corky fez um ar carrancudo. — Fala por ti!

Rachel apercebeu-se de que Michael Tolland não estava com disposição para brincadeiras.

— Não sei como poderá ter acontecido — disse Tolland —, mas, de alguma maneira, esta água contém dinoflagelados bioluminescentes.

— Contém o quê? — perguntou Rachel. *Fala inglês.*

— Plâncton unicelular capaz de oxidar um agente catalítico chamado *luciferin*.

Isso é inglês?

Tolland respirou fundo e voltou-se para o amigo.

— Corky, existe alguma possibilidade de o meteorito que tirámos daquele buraco ter organismos vivos sobre ele?

Corky desatou a rir.

— Mike, deixa-te de brincadeiras!

— Estou a falar a sério.

— Nem pensar, Mike! Acredita, se a NASA tivesse a mínima suspeita de que existiam organismos extraterrestres vivos naquela rocha, podes ter a certeza de que nunca a teriam exposto ao ar livre.

Tolland parecia apenas parcialmente aliviado, mas ainda perturbado por um qualquer mistério.

— Não posso falar com certeza sem um microscópio — disse Tolland —, mas parece-me que se trata de um plâncton luminescente do filo *Pyrrophyta*. O seu nome significa «planta de fogo». O oceano Árctico está cheio dele.

[NT] No original, trocadilho entre as palavras *flagellates* e *flatulence*, tendo em conta a sua proximidade fonética, que se perde na tradução.

Corky encolheu os ombros.

— Então porque perguntas se vieram do espaço?

— Porque — disse Tolland — o meteorito estava enterrado em gelo glacial... Água *doce* da queda de neve. A água neste poço é gelo derretido, e esteve gelada durante três séculos. Como podiam ter chegado até aqui criaturas do oceano?

O raciocínio de Tolland provocou um longo silêncio.

Rachel mantinha-se à beira do poço e tentava compreender aquilo que via. *Plâncton bioluminescente no poço de extracção. Que significa isto?*

— Tem de haver uma fissura algures lá em baixo — disse Tolland. — É a única explicação possível. O plâncton deve ter entrado no poço através de uma fenda no gelo que permitiu que a água do oceano se infiltrasse.

Rachel não estava a perceber.

— Que se infiltrasse? Vinda de onde?

Ela lembrava-se do longo percurso que fizera de *IceRover* desde o oceano.

— A costa fica a três quilómetros daqui.

Corky e Tolland olharam ambos para Rachel com um ar estranho.

— Na realidade — disse Corky —, o oceano está mesmo *debaixo* de nós. Esta plataforma de gelo está a flutuar.

Rachel fixava os dois homens, perplexa.

— A flutuar? Mas... estamos num glaciar.

— Sim, estamos num glaciar — esclareceu Tolland —, mas não sobre terra. Os glaciares desprendem-se por vezes de uma massa de terra e flutuam sobre a água. Uma vez que o gelo é mais leve que a água, o glaciar mantém-se à superfície, avançando pelo oceano como uma enorme jangada. Essa é a definição de *plataforma* de gelo... a secção flutuante de um glaciar.

Tolland interrompeu-se.

— Neste momento, com efeito, estamos a mais de um quilómetro mar adentro.

Surpreendida, Rachel sentiu-se instantaneamente pouco à vontade. Ao reajustar a imagem mental que tinha do local onde estava, a ideia de se encontrar sobre o Oceano Árctico causou-lhe uma sensação de medo.

Tolland pareceu dar-se conta do desconforto da jovem. Fincou firmemente o pé no gelo, tranquilizando-a.

— Não se preocupe. Este gelo tem cerca de cem metros de espessura, sessenta metros dos quais flutuam debaixo de água, como um cubo de gelo dentro de um copo. Isso faz com que a plataforma seja perfeitamente estável. Dava para construir um arranha-céus em cima desta coisa.

Rachel anuiu com uma expressão lânguida, não inteiramente convencida. Receios à parte, ela compreendia agora a teoria de Michael Tolland a respeito da proveniência do plâncton. *Ele pensa que deve existir uma fissura que se estende até ao oceano, permitindo ao plâncton que suba até ao poço.* Era possível, decidiu Rachel, e no entanto a teoria envolvia um paradoxo que a preocupava. Norah Mangor fora muito clara a respeito da integridade do glaciar, tendo desenvolvido dezenas de testes para confirmar a sua solidez.

Rachel olhou para Tolland.

— Pensei que a perfeição do glaciar era a pedra basilar da datação através das camadas. A Dra. Mangor não disse que o glaciar *não* tinha fendas nem fissuras?

Corky franziu as sobrancelhas.

— Parece que a rainha do gelo meteu o pé na argola.

Não digas isso muito alto, pensou Rachel, *ou ainda levo com um bloco de gelo em cima.*

Tolland coçava o queixo enquanto observava as criaturas fosforescentes.

— Não pode haver outra explicação. Tem de haver uma fissura. O peso da plataforma de gelo sobre o oceano deve estar a empurrar água do mar rica em plâncton pelo poço acima.

Uma bela de uma fissura, pensou Rachel. Se o gelo ali tinha cem metros de espessura e o buraco sessenta metros de profundidade, então a hipotética fissura tinha de atravessar quarenta metros de gelo sólido. *Os testes de Norah Mangor mostraram que não havia fendas.*

— Faz-me um favor — pediu Tolland a Corky. — Procura Norah. Vamos rezar para que ela saiba alguma coisa sobre este glaciar que não nos tenha ainda contado. E encontra Ming também. Talvez ele nos possa dizer o que são estas criaturinhas brilhantes.

Corky afastou-se.

— É melhor despachares-te — gritou-lhe Tolland, olhando novamente para dentro do poço. — A bioluminescência está a esmorecer.

Rachel olhou para o poço. Via-se claramente que o verde não era agora tão brilhante.

Tolland despiu a sua parka e deitou-se sobre o gelo, junto ao buraco.

Rachel observava-o, confusa.

— Mike?

— Quero ver se se infiltrou aqui alguma água salgada.

— E por isso deita-se no gelo sem casaco?

— *Yup*. — Tolland rastejou de bruços até a extremidade do poço. Segurando uma das mangas do casaco sobre o rebordo, fez a outra manga descer pelo buraco até o punho tocar a água. — Este é um teste de salinidade altamente rigoroso, utilizado por oceanógrafos de todo o mundo. Chama-se «lamber o casaco molhado».

Lá fora, na plataforma de gelo, Delta-Um lutava com os comandos, tentando manter o micro-robô, que sofrera danos, a voar sobre o grupo agora reunido em volta do poço escavado. Pelos sons da conversa, ele sabia que a história estava a deslindar-se rapidamente.

— Liga ao controlador — ordenou. — Temos um problema sério.

CAPÍTULO QUARENTA

Na sua juventude, Gabrielle Ashe fizera várias vezes a visita guiada da área da Casa Branca aberta ao público, sonhando secretamente vir um dia a trabalhar na mansão presidencial e tornar-se parte da equipa de elite que determinava o futuro do país. De momento, todavia, teria preferido estar num qualquer lugar do mundo que não fosse aquele. Enquanto o sentinela do East Gate a conduzia até uma sala de espera excessivamente decorada, Gabrielle perguntava-se o que estaria o seu informador anónimo a tentar provar. Convidar Gabrielle para a Casa Branca era uma loucura. *E se alguém me vê?* Gabrielle tornara-se ultimamente bastante visível na comunicação social como braço direito do senador. Era muito provável que alguém a reconhecesse.

— Sra. Ashe?

Gabrielle ergueu os olhos. Um sentinela com ar simpático sorriu-lhe em jeito de boas-vindas.

— Olhe para ali, por favor — disse, apontando.

Gabrielle olhou para o local que o homem lhe indicava e foi ofuscada por um *flash*.

— Obrigado, minha senhora.

A sentinela conduziu-a até uma secretária e estendeu-lhe uma caneta.

— Por favor, assine o registo de entrada.

O homem empurrou um pesado livro com capa de pele para a frente dela.

Gabrielle olhou para o registo. A página que tinha diante de si estava em branco. Ela lembrava-se de ter ouvido dizer que todos os visitantes da Casa Branca assinavam uma página em branco de forma a preservarem a privacidade da sua visita. Gabrielle assinou.

Lá se foi o suposto encontro secreto.

Gabrielle passou por um detector de metais e foi revistada.

O sentinela sorriu.

— Desejo-lhe uma boa visita, Sra. Ashe.

Gabrielle seguiu o funcionário ao longo de um corredor de quinze metros com chão de mosaicos até um segundo balcão de segurança. Aí, um outro funcionário preparava um cartão de visitante que estava nesse preciso momento a ser retirado de uma máquina de plastificação. Fez-lhe um furo, prendeu-lhe um cordão, e pendurou-o ao pescoço de Gabrielle. O plástico estava ainda quente. A fotografia no cartão de identificação era o instantâneo que tinham tirado quinze segundos antes, no átrio.

Gabrielle estava impressionada. *Quem diz que o governo não é eficiente?*

Prosseguiram, e o funcionário conduzia-a cada vez mais para o interior do complexo da Casa Branca. Gabrielle sentia-se mais desconfortável a cada passo que dava. Quem quer que tivesse feito o misterioso convite não estava certamente preocupado em manter aquele encontro a um nível privado. Gabrielle recebera um passe oficial, assinara o registo de entrada e estava naquele momento a ser conduzida, completamente exposta, através do primeiro piso da Casa Branca, onde tinham lugar as visitas do público.

— E esta é a Sala da China — dizia um guia a um grupo de turistas —, onde se encontra o serviço de porcelana de rebordo vermelho adquirido por Nancy Reagan, que custou $952 por conjunto e esteve na origem das críticas ao consumo ostensivo, no ano de 1981.

Deixando para trás o grupo de visitantes, o funcionário conduziu Gabrielle até uma enorme escada de mármore, que outro grupo de turistas subia.

— Vão agora entrar na Sala Leste, que tem cerca de duzentos metros quadrados — anunciava o guia —, onde Abigail Adams pendurou em tempos a roupa de John Adams. Em seguida passaremos à Sala Vermelha, onde Dolley Madison servia licor aos dirigentes estrangeiros antes de James Madison negociar com eles.

Os turistas riram.

Gabrielle passou depois por uma série de cordas e barricadas, chegando em seguida a uma zona mais privada do edifício. Entraram então numa sala que Gabrielle apenas vira nos livros e na televisão. Ela mal podia acreditar.

Meu Deus, esta é a Sala dos Mapas!

Nenhuma visita guiada chegava até ali. As paredes podiam voltar--se para revelar camada sob camada de mapas do mundo. Este era o lugar onde Roosevelt determinara o curso da Segunda Guerra Mundial. Mais desconcertante era o facto de ter sido também o local onde Clinton confessara o seu caso com Monica Lewinsky. Gabrielle esforçou-se por afastar da sua mente esse pensamento em particular. Mas o mais importante era que a Sala dos Mapas dava passagem para a Ala Oeste, a zona da Casa Branca onde trabalhavam as verdadeiras figuras do poder. Este era o último lugar aonde Gabrielle Ashe esperava encontrar-se. Ela imaginara que o remetente dos *e-mails* seria um qualquer jovem estagiário empreendedor, ou um secretário que trabalhasse num dos gabinetes mais mundanos do complexo. Aparentemente, enganara-se.

Estou a entrar na Ala Oeste...

O funcionário levou-a mesmo até à extremidade de um átrio de chão atapetado e deteve-se diante de uma porta não identificada. Bateu. O coração de Gabrielle pulsava acelerado.

Gabrielle entrou. Os estores estavam corridos e a sala mergulhada na penumbra. Ela conseguia apenas ver a esbatida silhueta de uma pessoa sentada à secretária, no escuro.

— Sra. Ashe? — a voz vinha de detrás de uma nuvem de fumo de cigarro. — Seja bem-vinda.

À medida que os olhos de Gabrielle se acostumavam à escuridão, ela começou a distinguir uma cara perturbadoramente familiar, e os seus músculos ficaram tensos com a surpresa. *ESTA é a pessoa que me tem enviado os* e-mails?

— Obrigada por ter vindo — disse Marjorie Tench, a sua voz fria.

— Sra. ... Tench? — gaguejou Gabrielle, subitamente incapaz de respirar.

— Trate-me por Marjorie. — A hedionda mulher pôs-se de pé, soprando fumo pelo nariz, como um dragão. — Eu e você estamos prestes a tornar-nos grandes amigas.

CAPÍTULO QUARENTA E UM

Norah Mangor estava junto ao poço de extracção ao lado de Tolland, Rachel e Corky, e olhava para o buraco do meteorito, negro como breu.

— Mike — disse ela —, és giro, mas doido varrido. Não há aqui luminescência nenhuma.

Tolland lamentava agora não ter filmado o que vira; enquanto Corky fora procurar Norah e Ming, a bioluminescência começara a desvanecer-se rapidamente. Em dois minutos, toda a cintilação desaparecera.

Tolland lançou mais um pedaço de gelo à água, mas nada aconteceu. Nenhum reluzir verde.

— Para onde foram? — perguntou Corky.

Tolland tinha uma ideia bastante plausível. A bioluminescência, um dos mais engenhosos mecanismos de defesa da natureza, era uma resposta natural do plâncton quando se sentia ameaçado. Ao pressentir que estava prestes a ser consumido por organismos de maiores dimensões, o plâncton tornava-se luminescente, tentando atrair predadores de tamanho ainda maior que afastassem os atacantes iniciais. Neste caso, o plâncton, tendo entrado no poço através de uma fissura, encontrara-se num ambiente de água doce e começara a brilhar devido ao pânico, enquanto a água doce o matava lentamente.

— Acho que morreram.

— Foram assassinados — zombou Norah. — O coelhinho da Páscoa entrou aqui a nadar e comeu-os.

Corky olhou-a, furioso.

— Eu também vi a luminescência, Norah.

— Antes de teres tomado LSD?

— Porque é que havíamos de mentir acerca disto? — perguntou Corky.

— Os homens são assim; mentem.

— Pois, quando se trata de dormirem com outras mulheres, mas não a respeito de plâncton bioluminescente.

Tolland suspirou.

— Norah, certamente tens alguma ideia de que *existe* plâncton nos oceanos debaixo do gelo.

— Mike — replicou ela, olhando-o irritada —, por favor não venhas ensinar-me a fazer o meu trabalho. Para que conste, existem mais de duzentas espécies de diatomáceas que proliferam debaixo das plataformas de gelo do Árctico. Catorze espécies de nanoflagelados, vinte flagelados heterotróficos, quarenta dinoflagelados heterotróficos e diversos metazoários, incluindo poliquetas, anfípodes, copépodes, krill e peixes. Alguma pergunta?

Tolland franziu o sobrolho.

— Obviamente, sabes mais sobre a fauna árctica do que eu, e concordas que há abundantes formas de vida debaixo de nós. Sendo assim, porque é que te mostras tão céptica em relação a termos visto plâncton bioluminescente?

— Porque este poço, Mike, está *selado*. É um ambiente de água doce fechado. Nenhum plâncton do oceano poderia ter entrado aqui.

— Eu provei sal na água — insistiu Tolland — Muito ténue, mas presente. De alguma maneira, a água do mar está a entrar aqui.

— Certo — disse Norah, céptica. — Detectaste o sabor de sal. Lambeste a manga de uma parka velha transpirada, e decidiste que os testes de densidade do PODS e quinze amostras isoladas são inexactos.

Tolland estendeu a manga molhada da sua parka como prova.

— Mike, eu não vou lamber esse teu maldito casaco. — Norah olhou para o buraco. — Será que posso perguntar porque é que uma multidão desse alegado plâncton teria decidido nadar para dentro dessa alegada fissura?

— Calor? — arriscou Tolland. — Muitas criaturas marinhas são atraídas pelo calor. Quando extraímos o meteorito, aquecemo-lo. O plâncton pode ter-se instintivamente dirigido para o ambiente temporariamente mais quente da escavação.

— Tem lógica — concordou Corky.

— Lógica? — Norah revirou os olhos. — Sabem, para um físico condecorado e um oceanógrafo famoso em todo o mundo, vocês são dois espécimes bastante estúpidos. Será que já vos ocorreu que, mesmo que haja uma fissura (coisa que posso garantir que não existe aqui), é fisicamente impossível que a água do mar se tenha infiltrado neste poço?

Ela olhava-os com desdém.

— Mas, Norah... — começou Corky.

— Cavalheiros! Estamos *acima* do nível do mar. — Norah bateu com o pé no gelo. — Está alguém aí? Este manto de gelo encontra-se trinta metros acima do mar. Talvez se recordem do precipício na extremidade desta plataforma, não? Estamos bem acima do oceano. Ainda que houvesse uma fenda, a água escoaria para fora do poço, não para dentro dele. Chama-se a isso força da gravidade.

Tolland e Corky entreolharam-se.

— Merda — disse Corky. — Não pensei nisso.

Norah apontou para a piscina.

— Talvez também tenham reparado que o nível da água se tem mantido inalterado.

Tolland sentia-se completamente idiota. Norah estava absolutamente certa. Se houvesse uma fissura, a água teria *saído* do poço, e não entrado. Tolland manteve-se em silêncio por um longo momento, pensando no que fazer em seguida.

— O.K. — suspirou. — Ao que parece, a teoria da fenda não faz sentido. Mas nós vimos luminescência na água. A única conclusão a retirar é que este não é, afinal, um ambiente fechado. Eu sei que grande parte da tua teoria de datação do gelo parte do pressuposto de que o glaciar é um bloco sólido, mas...

— Pressuposto? — Norah estava nitidamente a dar sinais de irritação. — Recordo-te que esta não é a *minha* teoria, Mike. A NASA chegou às mesmas conclusões. Nós *todos* confirmámos que este glaciar era sólido. Nada de fissuras.

Tolland olhou de relance através do recinto para a multidão reunida junto à área de imprensa.

— O que quer que esteja a acontecer, penso, de boa-fé, que temos de informar a administração e...

— Isto é completamente disparatado! — guinchou Norah. — Já disse que esta matriz glacial é pura. Recuso-me a ver a minha investigação questionada devido a uma lambedela de sal e a alucinações absurdas.

Dirigiu-se ribombando para uma área de armazenamento e começou a reunir algumas ferramentas.

— Vou recolher uma amostra decente e provar-vos que esta água não contém nenhum plâncton de água salgada... Nem vivo, nem morto!

Rachel e os outros observavam Norah, enquanto ela utilizava uma pipeta esterilizada pendurada num fio para recolher uma amostra da água do degelo na piscina. Norah colocou várias gotas num pequeno dispositivo que se assemelhava a um telescópio em miniatura. Em seguida, olhou através do óculo, apontando o aparelho para a luz emanada do lado oposto do recinto. Segundos mais tarde, Norah praguejava.

— Valha-me Deus! — Norah abanou o dispositivo e voltou a olhar. — Raios me partam! Este refractómetro não pode estar a funcionar bem!

— Água salgada? — perguntou Corky, satisfeito.

— Parcialmente. Está a registar três por cento, o que é completamente impossível. Este glaciar é um amontoado de neve. Água doce pura. Não pode haver aqui sal.

Norah levou a amostra para um microscópio que se encontrava por perto e examinou-a, resmungando.

— Plâncton? — perguntou Tolland.

— *G. polyhedra* — replicou ela, numa voz agora sóbria. — É um dos tipos de plâncton que nós, glaciologistas, costumamos encontrar nos oceanos, debaixo das plataformas de gelo.

Olhou para Tolland.

— Este plâncton está morto. Obviamente, não sobreviveu muito tempo num ambiente com três por cento de água salgada.

Ficaram os quatro em silêncio, por um momento, junto ao poço profundo.

Rachel perguntava-se quais seriam as implicações daquele paradoxo para a descoberta no seu todo. O dilema parecia menor quando comparado com o alcance do meteorito, e, no entanto, como analista dos Serviços de Informação, Rachel testemunhara já o colapso de teorias inteiras devido a obstáculos menores do que aquele.

— Que se passa aqui? — Era uma voz ressonante.

Todos ergueram os olhos. O contorno grosseiro do administrador da NASA emergiu da escuridão.

— Uma pequena dúvida relativamente à água do poço. — disse Tolland. — Estamos a tentar ver de que se trata.

Corky parecia quase contente.

— O estudo de Norah está todo lixado.

— Macacos me mordam... — sussurrou Norah.

O administrador aproximou-se, as suas espessas sobrancelhas afundando-se.

— Qual é o problema com o estudo?

Tolland deu um suspiro hesitante.

— A água do poço de extracção está a acusar três por cento de água salgada, o que contradiz o relatório glaciológico, segundo o qual o meteorito estava encerrado num glaciar de água doce pura. — Fez uma pausa. — Verificámos também a presença de plâncton.

Ekstrom parecia quase zangado.

— Evidentemente, isso é impossível. Não há fissuras neste glaciar. A análise do PODS confirmou isso mesmo. Este meteorito encontrava-se selado numa matriz de gelo sólido.

Rachel sabia que Ekstrom tinha razão. De acordo com a análise da densidade feita pela NASA, aquele manto de gelo era rocha sólida. Centenas de metros de gelo rodeando todos os lados do meteorito. Sem fissuras. E, no entanto, ao imaginar como se procedia à análise da densidade, um estranho pensamento ocorreu a Rachel...

— Além disso — dizia Ekstrom —, as amostras da Dra. Mangor confirmaram a solidez do glaciar.

— Exactamente! — exclamou Norah, sacudindo o refractómetro sobre uma secretária. — Dupla corroboração. Não há fendas no gelo. O que faz com que seja inexplicável a existência de sal e de plâncton.

— Na realidade — disse Rachel, surpreendendo todos com a ousadia da sua voz —, *há* outra possibilidade.

A hipótese ocorrera-lhe a partir da menos provável das suas memórias.

Agora todos tinham os olhos postos nela, com óbvio cepticismo. Rachel sorriu.

— Há uma explicação perfeitamente plausível para a presença de sal e plâncton na água. — Olhou Tolland de esguelha. — E francamente, Mike, espanta-me que não lhe tenha ocorrido.

CAPÍTULO QUARENTA E DOIS

— Plâncton *congelado* no glaciar? — Corky Marlinson não parecia nada convencido da explicação proposta por Rachel. — Não quero estragar o seu momento, mas, normalmente, quando as coisas congelam, morrem. Estes pequenos tipos estavam a mandar-nos luz, lembra-se?

— Na verdade — disse Tolland, olhando impressionado para Rachel —, ela é capaz de ter razão. Algumas espécies entram num estado de animação suspensa quando as condições ambientais o requerem. Fiz um episódio sobre esse fenómeno.

Rachel anuiu.

— Mostrou o lúcio que congelava nos lagos e tinha de esperar pelo degelo até poder voltar a nadar. Também falou de microrganismos chamados de «Tardigradas», que ficam totalmente desidratados no deserto, assim permanecendo durante décadas, e que depois voltam a inflar quando as chuvas regressam. — Tolland riu.

— Então, isso quer dizer que vê *realmente* o meu programa!

Rachel encolheu os ombros, ligeiramente embaraçada.

— Onde quer chegar, Sra. Sexton? — perguntou Norah.

— A ideia dela — disse Tolland —, que me devia ter ocorrido mais cedo, é que uma das espécies que mencionei no programa era uma espécie de plâncton que fica congelado no gelo polar todos os Invernos, e que depois volta a nadar quando chega o Verão e a camada de gelo se torna menos espessa.

Tolland fez uma pausa.

— É um facto que a espécie que referi no programa não era do tipo luminescente que vimos aqui, mas é possível que a mesma coisa tenha acontecido.

— O plâncton congelado — prosseguiu Rachel, contente por ver Michael Tolland entusiasmado com a sua ideia — poderia explicar tudo o que vimos aqui. Em algum momento do passado, podem ter surgido fissuras neste glaciar, e água do mar rica em plâncton poderá ter-se infiltrado, antes de gelar novamente. E se existissem bolsas de água salgada *gelada* neste glaciar? Água contendo plâncton congelado? Imaginem que, ao puxar o meteorito aquecido através do gelo, este tivesse passado por uma bolsa de água do mar gelada. Essa água teria aquecido, libertando o plâncton da sua hibernação, e dando origem a uma pequena percentagem de sal diluído na água doce.

— Oh, por amor de Deus! — exclamou Norah, com um grunhido hostil. — De repente somos todos glaciologistas!

Corky também parecia céptico.

— Mas o PODS não teria detectado essas bolsas de água do mar congelada quando procedeu à análise da densidade? Afinal, o gelo de água salgada e o gelo de água doce têm densidades diferentes.

— *Ligeiramente* diferentes — contrapôs Rachel.

— Quatro por cento é uma percentagem substancial — desafiou Norah.

— Sim, num *laboratório* — replicou Rachel. — Mas o PODS faz as suas medições a partir do espaço, a uma distância de quase duzentos quilómetros. Os seus computadores foram concebidos para encontrar diferenças óbvias: gelo e neve semiderretida, granito e calcário.

Rachel voltou-se para o administrador.

— Estou enganada ao assumir que quando o PODS mede as densidades a partir do espaço a sua resolução não lhe permite distinguir entre gelo de água salgada e gelo de água doce?

O administrador concordou.

— Está certa. Uma diferença percentual de três por cento encontra-se abaixo da margem de erro do PODS. O satélite veria os dois tipos de gelo como sendo idênticos.

Tolland parecia agora intrigado.

— Isto explicaria também o estático nível da água no poço. — Voltou-se para Norah. — Disseste que a espécie de plâncton que viste na amostra se chamava...

— *G. polyhedra* — declarou Norah. — E agora queres saber se a *G. polyhedra* terá a capacidade de hibernar no interior do gelo. Ficarás satisfeito por saber que a resposta é *sim*. Efectivamente, a *G. polyhedra* encontra-se em massa na periferia de plataformas de gelo, é bioluminescente e pode hibernar dentro do gelo. Mais alguma questão?

Todos se entreolharam. Pelo tom de Norah, era evidente que haveria um qualquer «mas». E, no entanto, dir-se-ia que a glaciologista acabara de confirmar a teoria de Rachel.

— Então — arriscou Tolland —, estás a dizer que é possível, percebi bem? Esta teoria faz sentido?

— Claro... — disse Norah — se se for completamente atrasado mental.

Rachel deitou-lhe um olhar furioso.

— *Perdão?*

Norah Mangor enfrentou o olhar de Rachel.

— Imagino que no seu trabalho um pouco de conhecimento seja algo de perigoso. Bem, confie em mim, o mesmo é verdadeiro quando se trata de glaciologia.

Os olhos de Norah desviaram-se, olhando para cada uma das quatro pessoas que a rodeavam.

— Permitam-me que esclareça isto para toda a gente, de uma vez por todas. As bolsas de água salgada de que falou a Sra. Sexton ocorrem na realidade. São aquilo a que os glaciologistas chamam de «interstícios». Contudo, os interstícios formam-se, não como bolsas de água salgada, mas antes como redes altamente ramificadas, cujas gavinhas são tão vastas como cabelos humanos. Aquele meteorito teria de ter passado por uma série extraordinariamente densa de interstícios de forma a ter libertado água salgada suficiente para criar uma mistura de três por cento num poço desta profundidade.

Ekstrom carregou o sobrolho.

— Então, é ou não possível?

— De modo nenhum — respondeu Norah, prontamente. — Totalmente impossível. Eu teria detectado bolsas de água salgada nas amostras que recolhi.

— As amostras são recolhidas essencialmente em locais aleatórios, certo? — perguntou Rachel. — Há alguma hipótese de os locais de recolha terem falhado, por mero azar, uma bolsa de gelo de água do mar?

— Recolhi-as directamente *acima* do meteorito. Retirei múltiplas amostras apenas a alguns metros de distância de cada lado. É impossível chegar mais perto.

— Estava só a perguntar.

— É discutível — disse Norah. — Os interstícios de água salgada ocorrem apenas no gelo *sazonal*; gelo que se forma e derrete em cada estação. A plataforma de gelo de Milne consiste em gelo *rápido*, ou seja, gelo que se forma nas montanhas e se fixa rapidamente até migrar para a zona de separação e cair para o mar. Por muito conveniente que fosse a teoria do plâncton congelado para explicar este pequeno fenómeno misterioso, posso garantir que não existem redes escondidas de plâncton neste glaciar.

O grupo ficou novamente em silêncio.

Apesar da dura refutação da teoria do plâncton congelado, a análise sistemática que Rachel fazia dos dados recusava-se a aceitar a rejeição. Instintivamente, Rachel sabia que a presença de plâncton gelado no glaciar abaixo deles era a solução mais simples para o enigma. *A Lei da Parcimónia*, pensou ela. Os seus instrutores no NRO tinham-na inculcado no seu subconsciente. *Quando existem diversas explicações, a mais simples é geralmente a correcta.*

Norah Mangor tinha, obviamente, muito a perder caso as suas conclusões estivessem erradas, e Rachel perguntou-se se ela não teria visto o plâncton, dando-se conta de que cometera um erro ao afirmar que o glaciar era sólido, e se não estaria agora apenas a tentar ocultar o engano.

— Tudo o que sei — disse Rachel — é que acabei de comunicar a toda a equipa da Casa Branca que este meteorito foi descoberto numa matriz de gelo puro e que aí permaneceu isolado, intocado desde 1716, quando foi atingido por um famoso meteorito com o nome de Jungersol. Este facto parece agora estar de certa forma a ser posto em causa.

O administrador da NASA mantinha-se em silêncio com uma expressão grave. Tolland clareou a garganta.

— Sou obrigado a concordar com Rachel. Havia água salgada e plâncton no poço. Independentemente de qual seja a explicação, este poço não é, claramente, um ambiente fechado. Não podemos afirmar que o é.

Corky parecia pouco à vontade.

— Bem, pessoal, não quero parecer o astrofísico de serviço, mas, na minha área, quando cometemos erros, estamos normalmente a *milhões de milhões* de anos de distância. Será que esta pequena confusão de plâncton/água salgada é realmente importante? Quer dizer, a perfeição do gelo em redor do meteorito não afecta de modo algum o meteorito em si mesmo, certo? Continuamos a ter os fósseis, e ninguém está a questionar a *sua* autenticidade. Se se provar que nos enganámos nos dados relativos ao gelo, ninguém irá realmente importar-se com isso. Tudo o que quererão saber é que encontrámos provas de vida noutro planeta.

— Lamento, Dr. Marlinson — disse Rachel —, na posição de alguém que aquilo que faz na vida é analisar dados, tenho de discordar de si. Qualquer pequena falha nos dados que a NASA vai apresentar esta noite poderá lançar a dúvida quanto à credibilidade de toda a descoberta. Incluindo a autenticidade dos fósseis.

Corky ficou de boca aberta.

— De que é que está a falar? Aqueles fósseis são irrefutáveis!

— Eu sei disso. Você sabe disso. Mas se o público vier a tomar conhecimento de que a NASA deliberadamente apresentou dados que estavam em dúvida, pode acreditar que as pessoas vão imediatamente começar a perguntar-se que outras mentiras terá a NASA fabricado.

Norah deu um passo em frente, com os olhos a faiscar.

— O meu estudo *não* está em dúvida. — Voltou-se para o administrador. — Posso provar-lhe categoricamente que não existe qualquer gelo de água salgada no interior desta plataforma!

O administrador fixou-a por um longo momento.

— Como?

Norah delineou o seu plano. Quando terminou, Rachel teve de admitir, a ideia parecia bastante razoável.

O administrador não estava tão certo disso.

— E os resultados serão definitivos?

— Teremos uma confirmação a cem por cento — garantiu-lhe Norah. — Se existe um maldito grama de água salgada algures na proximidade do poço do meteorito, há-de poder vê-lo. O meu material acusará a presença mesmo de umas poucas gotas.

A testa do administrador enrugou-se sob o seu corte militar à escovinha.

— Não temos muito tempo. A conferência de imprensa começa daqui a duas horas.

— Posso estar de volta em vinte minutos.

— A que distância disse que tinha de ir, no glaciar?

— Não muito longe. Duzentos metros deverão bastar.

Ekstrom anuiu.

— Tem a certeza de que é seguro?

— Vou levar foguetes de sinalização — replicou Norah. — E Mike irá comigo.

Tolland ergueu a cabeça repentinamente.

— Ah, sim?

— Podes ter a certeza que vais, Mike! Vamos unidos por cordas. Se houver rajadas de vento, vai-me dar jeito ter um par de braços fortes por perto.

— Mas...

— Ela tem razão — cortou o administrador, dirigindo-se a Tolland. — Se Norah for, não poderá ir sozinha. Eu poderia enviar um dos meus homens com ela, mas, honestamente, preferia manter esta história do plâncton só entre nós, até sabermos ao certo se é um problema ou não.

Tolland concordou, relutante.

— Eu também gostaria de ir — disse Rachel.

Norah rodopiou como uma cobra.

— Raios me partam se vai!

— Na verdade — disse o administrador, como se algo acabasse de lhe ocorrer —, acho que me sentiria mais confortável se utilizássemos a tradicional configuração quadrangular. Se forem apenas os dois e Mike escorregar, Norah nunca conseguirá segurá-lo. Quatro pessoas seria muito mais seguro do que duas.

Interrompeu-se, lançando um olhar a Corky.

— Isso significaria você ou o Dr. Ming.

Ekstrom olhou em volta pela habisfera.

— Por falar nisso, onde está o Dr. Ming?

— Já não o vejo há algum tempo — disse Tolland. — Deve ter ido dormir um pouco.

Ekstrom dirigiu-se a Corky.

— Dr. Marlinson, não posso obrigá-lo a ir com eles, mas ainda assim...

— Que se lixe — disse Corky. — Já que está toda a gente a dar-se tão bem...

— Não! — exclamou Norah. — Se formos quatro pessoas demoraremos mais. Mike e eu vamos sozinhos.

— *Não* vão sozinhos. — O tom do administrador era definitivo. — Há uma razão para as cordas serem usadas a quatro, e vamos fazer isto da forma mais segura possível. A última coisa de que precisamos é de um acidente duas horas antes da mais importante conferência de imprensa da história da NASA.

CAPÍTULO QUARENTA E TRÊS

Gabrielle Ashe sentia-se pouco confiante, na pesada atmosfera do gabinete de Marjorie Tench. *Mas o que poderá esta mulher querer de mim?* Por detrás da única secretária da sala, Tench recostou-se na cadeira. A sua expressão dura parecia irradiar contentamento devido ao desconforto de Gabrielle.

— O fumo incomoda-a? — perguntou Tench, retirando um novo cigarro do seu maço.

— Não — mentiu Gabrielle.

Fosse como fosse, Tench estava já a acendê-lo.

— Você e o seu candidato têm revelado bastante interesse na NASA, ao longo desta campanha.

— É verdade — ripostou Gabrielle, sem se esforçar por esconder a irritação que sentia —, graças a algum encorajamento criativo. Gostaria de ouvir uma explicação.

Tench pôs um ar inocente.

— Quer saber por que razão tenho vindo a enviar-lhe por *e-mail* material para alimentar o vosso ataque à NASA?

— A informação que me enviou prejudicou o seu presidente.

— A curto prazo, sim.

O tom ominoso na voz de Tench deixava Gabrielle pouco à vontade.

— Que quer isso supostamente dizer?

— Relaxe, Gabrielle. Os meus *e-mails* não mudaram muito as coisas. O senador Sexton já atacava a NASA muito antes de eu entrar no jogo. Limitei-me a ajudá-lo a clarificar a sua mensagem. A consolidar a sua posição.

— A consolidar a sua posição?

— Exactamente. — Tench sorriu, revelando dentes manchados. — Coisa que, tenho de admitir, ele conseguiu de forma bastante eficaz, esta tarde, na CNN.

Gabrielle recordou-se da reacção do senador à questão que Tench lhe colocara, deixando-o entre a espada e a parede. Sim, tomaria a decisão de abolir a NASA. Sexton deixara-se encurralar, mas saíra da situação com uma jogada forte. Era a atitude certa a tomar. Seria? Pelo ar satisfeito de Tench, Gabrielle pressentia que faltava ali informação.

Subitamente, Tench levantou-se, a sua figura alta e magra dominando o espaço apertado. Com o cigarro pendendo dos lábios, dirigiu-se a um cofre de parede, de onde retirou um espesso envelope de cartão, voltando em seguida para a secretária e recostando-se novamente na sua cadeira.

Gabrielle olhou o grosso envelope.

Tench sorria, com o envelope pousado no colo, como um jogador de póquer segurando um *royal flush*. Os seus dedos amarelos raspavam o canto, produzindo um arranhar repetitivo, como que saboreando a expectativa.

Gabrielle sabia que era apenas a sua própria consciência pesada, mas o primeiro receio que sentiu foi de que o envelope contivesse alguma espécie de prova da sua indiscrição sexual com o senador. *É ridículo*, pensou. O encontro ocorrera a altas horas da noite no gabinete trancado do senador. Além disso, se a Casa Branca tivesse efectivamente qualquer prova, já a teria tornado pública.

Até podem estar desconfiados, pensou Gabrielle*, mas não têm provas.*

Tench esmagou o seu cigarro.

— Sra. Ashe, quer seja ou não do seu conhecimento, a senhora foi apanhada no meio de uma batalha que se tem desenrolado nos bastidores, em Washington, desde 1996.

Este gambito inicial não era de todo aquilo que Gabrielle esperava.

— Perdão?

Tench acendeu outro cigarro. Os seus lábios esguios enrolaram-se à volta dele, e na extremidade surgiu um brilho vermelho.

— O que é que sabe acerca de um projecto-lei chamado de Lei de Promoções de Comercialização do Espaço?

Gabrielle nunca ouvira falar dele. Encolheu os ombros, perdida.

— A sério? — perguntou Tench. — Surpreende-me que assim seja, tendo em conta o posicionamento do seu candidato. A Lei de Promoções de Comercialização do Espaço foi proposta no ano de 1996 pelo senador Walker. Essencialmente, o projecto-lei cita o fracasso da NASA em fazer algo digno de mérito desde a altura em que pôs o Homem na Lua. Determina a privatização da NASA mediante a venda imediata dos seus bens a companhias aeroespaciais, de forma a permitir que o sistema de mercado livre explore o espaço com maior eficácia, aliviando assim o peso que a NASA actualmente representa para os contribuintes.

Gabrielle ouvira os críticos da NASA sugerirem a privatização como uma solução para os problemas da NASA, mas não sabia que a ideia tinha efectivamente tomado a forma de um projecto-lei oficial.

— Este projecto de comercialização — continuou Tench — foi até hoje apresentado ao Congresso por quatro vezes. É semelhante aos projectos-lei que têm privatizado com êxito indústrias públicas, como é o caso da produção de urânio. O Congresso passou o projecto de comercialização do espaço de todas as quatro vezes que este lhe foi submetido à aprovação. Felizmente, a Casa Branca vetou-o em todas essas ocasiões. Zachary Herney teve de o vetar duas vezes.

— Onde quer chegar?

— Quero dizer que este projecto-lei será certamente aprovado pelo senador Sexton se ele vier a tornar-se presidente. Tenho razões para crer que Sexton não terá escrúpulos em vender os bens da NASA a licitadores na primeira oportunidade que se lhe apresente. Numa palavra, o seu candidato estaria disposto a apoiar a privatização em detrimento do uso dos dólares dos impostos dos Americanos na exploração espacial.

— Tanto quanto sei, o senador nunca comentou publicamente a sua posição relativamente a essa tal Lei de Promoções de Comercialização do Espaço.

— Certo. E, no entanto, conhecendo a política do senador, presumo que não se espantaria que ele apoiasse este projecto.

— O sistema de livre mercado tende a gerar eficiência.

— Vou tomar essa resposta como sendo afirmativa. — Tench olhava-a fixamente. — Infelizmente, a privatização da NASA é uma ideia abominável, e existem inúmeras razões que justificam o facto de todas as administrações que têm passado pela Casa Branca desde a criação deste projecto-lei o terem chumbado.

— Estou a par dos argumentos contra a privatização do espaço — disse Gabrielle —, e compreendo as suas preocupações.

— Será que compreende? — Tench debruçou-se para ela. — *Quais* dos argumentos?

Gabrielle desviou-se, sentindo-se desconfortável.

— Bem, os clássicos receios académicos, principalmente; o mais comum deles é o de que, se privatizarmos a NASA, a nossa actual busca do conhecimento científico do espaço será rapidamente abandonada em favor de iniciativas com fins lucrativos.

— Precisamente. A ciência espacial morreria de um momento para o outro. Em vez de gastarmos dinheiro para investigar o nosso universo, as companhias espaciais privadas iriam construir minas e pilhar os asteróides, construir hotéis para turistas no espaço, oferecer serviços de lançamento de satélites. Por que razão haveriam as companhias privadas de se dar ao trabalho de estudar as origens do nosso universo, quando isso lhes custaria milhões e não lhes traria recompensas financeiras?

— Não se dariam a esse trabalho — resumiu Gabrielle. — Mas, certamente, poder-se-ia fundar um instituto nacional para a ciência espacial, com o objectivo de financiar as missões académicas.

— Já temos esse sistema em funcionamento. Chama-se NASA.

Gabrielle ficou em silêncio.

— O abandono da ciência em favor do lucro é uma questão secundária — prosseguiu Tench — e pouco relevante, quando comparada com o autêntico caos que resultaria do facto de se permitir que o sector privado corresse livremente ao espaço. Teríamos novamente os tempos loucos da expansão para o Oeste. Veríamos pioneiros a reclamar a posse da Lua e dos asteróides e a defender os seus interesses pela via da força. Já tomei conhecimento de petições por parte de companhias que queriam construir painéis de néon que piscassem anúncios no céu nocturno. Já vi propostas de hotéis e atracções turísticas no espaço cujas actividades implicariam ejectar o seu lixo no espaço e criar lixeiras em órbita. Com efeito, ainda ontem li uma proposta de uma firma que pretendia transformar o espaço num mausoléu, colocando os defuntos em órbita. Está a imaginar os nossos satélites de telecomunicações colidindo com cadáveres? Na semana passada, recebi um milionário CEO que pretendia promover uma missão a um asteróide próximo, arrastá-lo para mais perto da Terra e construir nele minas para extracção de minérios preciosos. Tive inclusivamente de lembrar a este tipo que atrair asteróides para perto da órbita terrestre colocava potenciais riscos de catástrofe a um nível global! Sra. Ashe, posso assegurar-lhe que, se este projecto-lei for aprovado, a multidão de empresários a correr ao espaço não será composta por cientistas aeroespaciais, mas por homens de negócios de bolsos bem recheados e mentes bastante fúteis.

— Argumentos persuasivos — disse Gabrielle —, e estou certa de que o senador saberia pesar essas questões cuidadosamente, se alguma vez se encontrasse na posição de deixar passar esse projecto-lei. Posso perguntar-lhe que tem todo este assunto a ver comigo?

O olhar de Tench estreitou-se sobre o seu cigarro.

— Muita gente está a movimentar-se para fazer dinheiro no espaço, e o *lobby* político está disposto a remover todas as restrições e a permitir que tal aconteça. O poder de veto do gabinete presidencial é a única barreira que resta contra a privatização... contra a completa anarquia no espaço.

— Então, felicito Zach Herney por vetar o projecto-lei.

— O meu receio é que o seu candidato não seja assim tão prudente, caso venha a ser eleito.

— Parto do princípio, repito, que o senador avaliaria cuidadosamente todas as questões se alguma vez se encontrasse na posição de julgar o referido projecto-lei.

Tench não parecia inteiramente convencida.

— Sabe quanto é que o senador Sexton gasta em publicidade na comunicação social?

A questão surgia, aparentemente, fora de contexto.

— Esses números são do domínio público.

— Mais de três milhões por mês.

Gabrielle encolheu os ombros

— Se assim o diz. — O cálculo tinha um valor aproximado.

— É gastar muito dinheiro.

— Ele *tem* muito dinheiro para gastar.

— Sim, soube fazer planos. Ou melhor, soube escolher com quem casou. — Tench fez uma pausa para expirar fumo. — É triste o que aconteceu com a mulher do senador, Katherine. A morte dela foi um duro golpe para ele. — Seguiu-se um suspiro trágico, claramente representado. — Ela não morreu assim há tanto tempo, pois não?

— Diga onde quer chegar, ou vou-me embora.

Tench soltou uma tosse que lhe vinha bem do fundo dos pulmões e pegou na pesada pasta de cartão. Retirou um pequeno molhe de papéis agrafados e estendeu-o a Gabrielle.

— Os registos financeiros de Sexton.

Gabrielle estudou os documentos, espantada. Os registos recuavam vários anos. Apesar de não estar familiarizada com o funcionamento interno das finanças de Sexton, Gabrielle tinha a percepção de que aqueles documentos eram autênticos: contas bancárias, movimentos de cartões de crédito, empréstimos, acções da bolsa, bens imobiliários, dívidas, aumentos e perdas de capital.

— São dados privados. Onde arranjou isto?

— A minha fonte não é da sua conta. Mas, se perder algum tempo a considerar estes números, irá facilmente concluir que Sexton não tem o dinheiro que está actualmente a gastar. Depois da morte de Katherine, o senador esbanjou a maior parte da sua herança em maus investimentos, artigos pessoais de luxo e na compra daquilo que parece ter sido a sua vitória nas primárias. De tal forma que, há seis meses atrás, o seu candidato estava falido.

Gabrielle achava que Tench tinha de estar a fazer *bluff*. Se estava falido, Sexton não agia de modo algum como tal. Continuava a comprar tempo de antena em blocos cada vez maiores, a cada semana que passava.

— O seu candidato — prosseguiu Tench — está actualmente a gastar quatro vezes mais do que o presidente na sua campanha.

— Recebemos muitos donativos.

— Sim, alguns deles legais.

A cabeça de Gabrielle ergueu-se repentinamente.

— *Perdão*?

Tench debruçou-se sobre a secretária e Gabrielle pôde sentir-lhe o hálito de nicotina.

— Gabrielle Ashe, vou colocar-lhe uma pergunta, e sugiro que pense muito bem antes de responder. A sua resposta poderá determinar se passará ou não os próximos anos na cadeia. Tem conhecimento de que o senador Sexton está a receber avultadas somas como suborno, por parte de companhias que têm milhões a ganhar com a privatização da NASA?

Gabrielle esbugalhou os olhos.

— Essa alegação é absurda!

— Está a dizer-me que não tinha conhecimento desta actividade?

— Penso que eu saberia se o senador estivesse a aceitar subornos dessa magnitude.

Tench sorriu friamente.

— Gabrielle, bem sei que o senador partilhou muito da sua pessoa consigo, mas garanto-lhe que há muita coisa acerca deste homem que você desconhece.

Gabrielle pôs-se de pé.

— Esta reunião terminou.

— Muito pelo contrário — disse Tench, retirando do envelope o seu restante conteúdo e espalhando-o sobre a mesa. — Esta reunião está apenas a começar.

CAPÍTULO QUARENTA E QUATRO

No «estúdio de gravação» da habisfera, Rachel Sexton sentia-se como uma astronauta, ao vestir um *Mark IX*, um dos fatos microclimatizados de sobrevivência da NASA. O *jumpsuit* preto, com capuz, assemelhava-se a um fato de mergulho insuflado. O seu tecido de espuma de duas camadas estava equipado com canais ocos, através dos quais era bombeado um gel denso destinado a ajudar a pessoa que vestia o fato a regular a sua temperatura corporal, tanto em ambientes quentes como frios.

Ao enfiar o apertado capuz pela cabeça, os olhos de Rachel pousaram sobre o administrador da NASA, que lembrava um sentinela silencioso guardando a porta, claramente contrariado com a necessidade daquela pequena missão.

Norah Mangor sussurrava obscenidades enquanto ajudava os outros a equiparem-se.

— Aqui está um tamanho extra para atarracados — disse ela, atirando a Corky o seu fato.

Tolland já estava meio vestido.

Assim que Rachel acabou de fechar o seu fato, Norah procurou a torneira de passagem que ficava de um dos lados e prendeu-lhe um tubo infusor que ligava a uma caixa de metal prateada, semelhante a uma grande garrafa de mergulho.

— Inspire — disse Norah, abrindo a válvula.

Rachel ouviu um silvo e sentiu que o gel estava a ser injectado no fato. A espuma expandiu-se e o fato comprimiu-se em volta do seu corpo, pressionando a sua camada interior de roupa. A sensação era semelhante ao mergulhar a mão na água usando uma luva de borracha. À medida que o capuz era insuflado na sua cabeça, fazia-lhe compressão nas orelhas, abafando todos os sons. *Estou num casulo.*

— A melhor coisa do *Mark IX* — disse Norah — é o seu efeito amortecedor. Podemos cair de rabo no chão e não sentimos nada.

Rachel acreditou que assim fosse. Sentia-se como se estivesse presa no interior de um colchão.

Norah deu a Rachel uma série de ferramentas: um machado de gelo, molas para as cordas e um mosquetão, que afixou ao cinto de Rachel.

— Tudo isto? — perguntou Rachel, contemplando o equipamento. — Para uma distância de duzentos metros?

Norah semicerrou os olhos.

— Quer vir ou não?

Tolland fez um sinal a Rachel, tranquilizando-a.

— Norah está apenas a ser prudente.

Corky ligou-se ao tanque infusor e insuflou o seu fato, com um ar divertido.

— É como se estivesse dentro de um preservativo gigante.

Norah resmungou, desdenhosa.

— Como se soubesses o que isso é, menino-virgem.

Tolland sentou-se junto de Rachel. Sorriu-lhe timidamente, enquanto ela colocava as botas e os *crampons*.

— Tem a certeza de que quer vir? — perguntou, com um olhar preocupado e protector.

Rachel esperava que, com o seu confiante aceno de cabeça, Michael não notasse que ela tremia cada vez mais. *Duzentos metros... não era muito.*

— E você que pensava que só podia encontrar emoções fortes no alto mar!

Tolland riu, falando enquanto colocava os seus *crampons*.

— Já não tenho dúvidas de que gosto muito mais de água no estado líquido do que desta coisa gelada.

— Nunca fui grande apreciadora de nenhuma das duas — disse Rachel. — Em criança, caí através do gelo. Desde então, a água põe-me nervosa.

Tolland olhou-a com uma expressão compreensiva.

— Lamento saber disso. Quando tudo isto tiver terminado, tem de vir visitar-me a bordo do *Goya*. Farei com que mude de ideias a respeito da água. Prometo.

O convite apanhou-a de surpresa. O *Goya* era o navio de exploração de Tolland, bem conhecido tanto pelo papel que desempenhava em *Amazing Seas*, como também por ser uma das mais belas embarcações no oceano. Ainda que uma visita ao *Goya* fosse algo enervante para Rachel, ela sabia que seria difícil recusar o convite.

— Está neste momento ancorado a doze milhas da costa de New Jersey — disse Tolland, lutando com os fechos dos seus *crampons*.

— Parece-me um local pouco interessante.

— De modo nenhum. O litoral atlântico é um lugar incrível. Estávamos a arrancar para a filmagem de um novo documentário quando fui tão rudemente interrompido pelo presidente.

Rachel riu.

— Qual era o tema do documentário?

— *Sphyrna mokarran* e fluidos hidrotermais.

Rachel arqueou as sobrancelhas.

— Ainda bem que perguntei.

Tolland acabou de prender os seus *crampons* e ergueu os olhos.

— A sério, vou estar a filmar no mesmo local durante umas duas semanas. Washington não é assim tão longe da costa de Jersey. Quando regressar a casa, vá até lá. Não há razão para passar a vida com medo da água. A minha tripulação até lhe estende uma carpete vermelha.

A voz de Norah Mangor retumbou.

— Vamos até lá fora, ou será que tenho de vos trazer velas e champanhe?

CAPÍTULO QUARENTA E CINCO

Gabrielle Ashe não sabia o que fazer com os documentos espalhados na sua frente sobre a secretária de Marjorie Tench. A pilha incluía fotocópias de cartas, faxes, transcrições de conversas telefónicas, e tudo parecia confirmar que o senador mantinha um diálogo secreto com companhias espaciais.

Tench empurrou na direcção de Gabrielle duas fotografias a preto e branco um pouco desfocadas.

— Presumo que isto seja uma novidade para si...?

Gabrielle observou as fotografias. A primeira delas mostrava o senador a sair de um táxi numa qualquer garagem subterrânea. *Sexton nunca anda de táxi.* Gabrielle olhou para a segunda, uma telefotografia de Sexton a subir para uma carrinha branca estacionada. Aparentemente, um homem de idade aguardava-o dentro da carrinha.

— Quem é? — perguntou Gabrielle, suspeitando que as fotografias pudessem ser forjadas.

— Um nome importante da SFF.

Gabrielle tinha dúvidas.

— A Space Frontier Foundation?

A SFF era como que uma espécie de «sindicato» para as companhias espaciais privadas. Representava adjudicatários da área aeroespacial, empresários, investidores de capital risco... Qualquer entidade privada que quisesse chegar ao espaço. Eram tendencialmente críticos em relação à NASA, argumentando que o programa espacial dos Estados Unidos recorria a métodos negociais injustos para impedir que as companhias privadas levassem a cabo missões espaciais.

— A SFF — disse Tench — representa agora mais de uma centena de grandes corporações, algumas empresas de grande capital que aguardam ansiosamente que a Lei de Promoções de Comercialização do Espaço seja ratificada.

Gabrielle reflectiu. Por razões óbvias, a SFF apoiava entusiasticamente a campanha de Sexton, embora o senador tivesse sido cuidadoso em não se aproximar demasiado da fundação devido à controversa táctica de formação de *lobbies* a que esta recorria. Recentemente, a SFF publicara um artigo explosivo num tom empolado, acusando a NASA de ser um «monopólio ilegal» cuja capacidade de fracassar e continuar activo representava uma competitividade desleal para com as empresas privadas. De acordo com a SFF, sempre que a AT&T precisava de lançar um satélite de telecomunicações, várias companhias espaciais privadas ofereciam-se para levar a cabo a tarefa por uma razoável quantia de cinquenta milhões de dólares. Infelizmente, a NASA intrometia-se, oferecendo-se para lançar os satélites por apenas vinte e cinco milhões, ainda que os custos da missão fossem para a NASA cinco vezes superiores. *Trabalhar com prejuízo é a forma que a NASA tem de manter o seu controlo sobre o espaço*, acusavam os advogados da SFF. *E os contribuintes é que pagam a factura.*

— Esta fotografia — prosseguiu Tench — revela que o seu candidato mantém encontros secretos com uma organização que representa as empresas espaciais privadas. — Tench apontou vários outros documentos que tinha sobre a secretária — Temos ainda diversos memorandos que denunciam avultadas somas de dinheiro a serem pagas pelas companhias membros da SFF (em valores proporcionais à sua importância na rede) e transferidas para contas controladas pelo senador Sexton. Com efeito, estas companhias estão a organizar-se para pôr Sexton na Casa Branca. Posso apenas assumir que ele terá concordado em deixar passar o projecto-lei da comercialização e em deixar privatizar a NASA, caso seja eleito.

Gabrielle olhava a pilha de papéis, desconfiada.

— Espera que eu acredite que a Casa Branca tem provas de que o seu adversário está envolvido num esquema de financiamento altamente ilegal da sua campanha e que, no entanto, por alguma razão, mantém esse facto secreto?

— Em que é que acredita, então?

Gabrielle olhou-a, furiosa.

— Para ser sincera, tendo em conta a sua capacidade de manipulação, parece-me uma solução mais lógica que esteja de algum modo a tentar convencer-me com documentos falsos e fotografias manipuladas no computador de algum engenhoso funcionário da Casa Branca.

— Um cenário possível, reconheço, mas que não corresponde à realidade.

— Não? Então como conseguiu todos estes documentos internos de diferentes corporações? Os recursos necessários para roubar todas estas provas de tantas companhias ultrapassa seguramente o alcance da Casa Branca.

— Tem toda a razão. Esta informação chegou às nossas mãos como um presente não solicitado.

Gabrielle estava confusa.

— Ah, sim — disse Tench —, é coisa que recebemos com frequência. O presidente tem bastantes aliados políticos poderosos que gostariam de o ver permanecer na Casa Branca. Não se esqueça de que o seu candidato tem sugerido cortes orçamentais por tudo quanto é lado, muitos deles precisamente aqui, em Washington. O senador Sexton não tem tido escrúpulos em citar o elevado orçamento do FBI como um exemplo dos gastos excessivos do governo. Escolheu também alguns alvos no IRS. É bem possível que alguém do *bureau* ou do IRS se tenha aborrecido com a história.

Gabrielle compreendeu onde Tench queria chegar. As pessoas do FBI e do IRS teriam formas de obter informações daquele tipo. Poderiam assim tê-las enviado para a Casa Branca como uma forma de contribuírem para a reeleição do presidente. Mas aquilo que Gabrielle não conseguia forçar-se a acreditar era que o senador Sexton pudesse alguma vez ter-se envolvido num financiamento ilegal da sua campanha.

— Se essas informações estiverem correctas — desafiou Gabrielle —, e tenho fortes dúvidas de que seja o caso, por que razão não as tornaram públicas?

— Deve ter uma ideia.

— Porque foram obtidas ilegalmente.

— Não importa como as obtivemos.

— Claro que importa. Seria inadmissível numa audiência.

— Que audiência? Tudo o que teríamos de fazer era enviar esta história para um jornal e eles publicá-la-iam como tendo sido facultada por uma fonte credível, com fotografias e documentação. Sexton seria considerado culpado até provar a sua inocência. O seu discurso anti--NASA seria a prova virtual de que tem vindo a aceitar subornos.

Gabrielle sabia que Tench estava certa.

— Muito bem — insistiu —, então porque não o fizeram?

— Porque seria utilizar informação prejudicial. O presidente comprometeu-se a não recorrer a esse tipo de prática na sua campanha e quer manter a sua promessa enquanto for possível.

Pois, claro!

— Está a dizer-me que o presidente é tão íntegro que se recusa a deixar que isto se torne público porque as pessoas poderiam considerar que se tratava de informação lesante?

— É lesante para o país. Implica dezenas de empresas privadas, muitas das quais são formadas por pessoas honestas. Mancha o Senado e é prejudicial à moral do país. Os políticos desonestos prejudicam *todos* os políticos. Os Americanos precisam de confiar nos seus líderes. Esta seria uma investigação feia e muito provavelmente mandaria para a cadeia um senador americano e diversos executivos proeminentes.

Ainda que o raciocínio de Tench fizesse sentido, Gabrielle continuava a duvidar das alegações.

— E que tem tudo isto a ver comigo?

— Para pôr as coisas em termos simples, Sra. Ashe, se tornarmos estes documentos públicos, o seu candidato será indiciado por financiamento ilegal de campanha, perderá o seu lugar no Senado e, muito provavelmente, cumprirá uma pena de prisão. — Tench fez uma pausa. — A não ser que...

Gabrielle detectou um brilho viperino no olhar da conselheira principal.

— A não ser que *o quê*?

Tench deu uma longa passa no seu cigarro.

— A não ser que decida ajudar-nos a evitar tudo isso.

Um silêncio pesado pairava sobre a sala.

Tench tossiu asperamente.

— Escute, Gabrielle, decidi partilhar esta triste informação consigo por três razões. Primeiro, para lhe mostrar que Zach Herney é um homem decente que põe o bem-estar do país antes do seu ganho pessoal. Segundo, para a informar de que o seu candidato não é a pessoa de confiança por quem o toma. E, terceiro, para a persuadir a aceitar a oferta que estou prestes a fazer-lhe.

— E de que oferta se trata?

— Gostaria de lhe oferecer a possibilidade de fazer aquilo que está certo. De tomar a atitude *patriótica.* Não sei se terá consciência do facto, mas a verdade é que se encontra numa posição privilegiada para poupar a Washington todo um escândalo desagradável. Se concordar fazer aquilo que estou prestes a propor-lhe, talvez pudesse mesmo conseguir um lugar na equipa do presidente.

Um lugar na equipa do presidente? Gabrielle não podia acreditar no que acabava de ouvir.

— Sra. Tench, seja o que for que tenha em mente, não gosto de ser chantageada, coagida ou convencida a fazer o que quer que seja. Trabalho para a campanha do senador porque acredito na política que ele preconiza. E se *esta* é uma amostra do modo como Zach Herney exerce a sua influência política, não tenho qualquer interesse em associar-me a ele! Se têm alguma coisa contra o senador Sexton, sugiro que a dêem a conhecer à imprensa, mas, francamente, penso que toda esta história é uma farsa.

Tench deu um suspiro aborrecido.

— Gabrielle, é um facto que o financiamento do seu candidato é ilegal. Lamento. Sei que confia nele. — Baixou a voz. — Escute, o problema é o seguinte: eu e o presidente vamos tornar pública esta questão do financiamento se nos virmos obrigados a isso, mas as coisas ficarão feias a uma grande escala. Este escândalo envolve diversas empresas americanas importantes, que estão a infringir a lei. Muitas pessoas inocentes terão de pagar o preço. — Deu uma longa passa e expirou. — O que eu e o presidente procuramos... é uma *outra* forma de desacreditar a ética do senador. Uma forma que seja mais contida... que poupe as partes inocentes. — Tench pousou o cigarro e entrelaçou as mãos. — Para ir directamente à questão, queríamos que admitisse publicamente que teve um caso com o senador.

Gabrielle ficou petrificada. Tench parecia inteiramente segura do que dizia. *Impossível,* Gabrielle sabia. Tinham tido sexo apenas uma vez, atrás das portas trancadas do gabinete senatorial de Sexton. *Tench não tem provas. Está a lançar o barro à parede.* Gabrielle lutou para conseguir manter um tom calmo.

— Faz muitas especulações, Sra. Tench.

— Qual é a especulação? Que teve um caso com Sexton? Ou que seria capaz de abandonar o seu candidato?

— Ambas.

Tench sorriu secamente e pôs-se de pé.

— Bem, deixemos uma dessas duas questões de parte, por agora. — Dirigiu-se novamente ao seu cofre de parede e voltou com uma pasta vermelha de cartão. Tinha estampado o selo da Casa Branca. Abriu-a e virou-a ao contrário, despejando o seu conteúdo sobre a secretária, à frente de Gabrielle.

À medida que dúzias de fotografias a cores se espalhavam sobre a secretária, Gabrielle viu toda a sua carreira desmoronar-se diante de si.

CAPÍTULO QUARENTA E SEIS

No exterior da habisfera, o vento catabático que rugia ao descer o glaciar não era nada quando comparado com os ventos do oceano a que Tolland estava acostumado. No mar, o vento era uma função de marés e frentes de pressão e vinha em rajadas de fluxos e refluxos. Mas o catabático era, afinal, um simples escravo da física: ar frio que se precipitava por um declive de um glaciar, como uma onda gigantesca. Tinha as mais resolutas rajadas que Tolland alguma vez experimentara. Se viesse a vinte nós, o catabático seria o sonho de qualquer marinheiro, mas com os oitenta nós com que soprava naquele momento, podia rapidamente tornar-se um pesadelo, mesmo para quem tinha os pés em solo firme. Tolland descobriu que, se parasse e se inclinasse para trás, as vigorosas rajadas podiam facilmente endireitá-lo.

O que tornava o furioso rio de ar ainda mais enervante para Tolland era a ligeira inclinação da plataforma de gelo, no sentido descendente do vento. O declive do gelo era muito suave na direcção do oceano, cerca de três quilómetros mais abaixo. Apesar dos espigões pontiagudos dos *crampons Pitbull Rapido* afixados nas suas botas, Tolland tinha a desconfortável sensação de que um passo em falso bastaria para se deixar apanhar por uma rajada e deslizar pela interminável encosta abaixo. A definição de Norah Mangor de um percurso de dois minutos em segurança pelo glaciar parecia agora perigosamente inadequada.

Machado de gelo Piranha, dissera Norah, apertando uma ferramenta leve em forma de T a cada um dos cintos, enquanto se equipavam no interior da habisfera. *Bastão standard, bastão em forma de banana, bastão semitubular, martelo e enxó. Precisam apenas de se lembrar de que, se alguém cair ou for apanhado numa rajada, deve pegar no machado com uma mão na cabeça e outra no eixo, enterrar a lâmina de banana no gelo e lançar-se sobre ela, fincando os* crampons.

Com estas palavras de encorajamento, Norah Mangor afixara arreios *YAK* a cada um deles. Todos colocaram óculos protectores e saíram para a escuridão da tarde.

Agora, as quatro figuras avançavam pelo glaciar abaixo numa linha direita, com dez metros de corda separando-os entre si. Norah liderava o grupo, seguida por Corky, depois Rachel e Tolland como âncora.

À medida que se afastavam da habisfera, Tolland sentia uma crescente inquietação. No seu fato insuflado, apesar de quente, sentia-se como um descoordenado viajante do espaço, deslocando-se num planeta distante. A Lua desaparecera por detrás de nuvens espessas encapeladas, mergulhando o manto de gelo numa escuridão impenetrável. O vento catabático parecia tornar-se mais forte a cada minuto que passava, exercendo uma constante pressão sobre as costas de Tolland. Com os seus olhos esforçando-se por focar através dos óculos a imensidão que os rodeava, começou a aperceber-se de que existia um verdadeiro perigo naquele lugar. Tratando-se ou não de preocupações redundantes da NASA, Tolland surpreendia-se ao ver que o administrador não se importara de arriscar quatro vidas em vez de duas. Especialmente quando as duas vidas adicionais eram a da filha de um senador e a de um famoso astrofísico. Tolland achava natural a preocupação protectora que sentia em relação a Rachel e a Corky. Como alguém que era comandante de um navio, estava habituado a sentir-se responsável pelos que o rodeavam.

— Mantenham-se atrás de mim — gritou Norah, a sua voz sendo engolida pelo vento. — Deixem que o trenó determine o caminho.

O trenó de alumínio no qual Norah transportava o seu material destinado aos testes assemelhava-se a um *Flexible Flyer* de tamanho grande. O aparelho fora previamente equipado com material de diagnóstico e acessórios de segurança que ela tinha usado no glaciar durante os dias anteriores. Todo o material de Norah (incluindo um conjunto de baterias, foguetes de sinalização e um poderoso projector montado na frente do trenó) se encontrava preso debaixo de um resistente oleado. Apesar da pesada carga, o trenó deslizava sem esforço sobre longos e direitos patins. Mesmo com a inclinação mais imperceptível, o trenó deslizava pela encosta abaixo por sua própria conta, e Norah refreava-o apenas ligeiramente, quase como se lhe permitisse liderar a marcha.

Apercebendo-se da distância entre o grupo e a habisfera, Tolland olhou por cima do ombro. Apenas a cinquenta metros de distância, a pálida curvatura do edifício abobadado quase desaparecera na escuridão tempestuosa.

— Diz-me que estás preocupada em encontrar o caminho de volta!— gritou Tolland. — A habisfera já ficou quase invisí... — as suas palavras foram abruptamente cortadas pelo forte silvo de um foguete que Norah acendia. O súbito brilho vermelho e branco iluminou a plataforma de gelo num raio de dez quilómetros em volta deles. Com o calcanhar, Norah escavou uma pequena cova na superfície da neve, fazendo depois uma pequena barreira protectora no lado de onde soprava o vento. Em seguida, depositou o foguete na cavidade.

— Miolo de pão de alta tecnologia — gritou Norah.

— Miolo de pão — perguntou Rachel, protegendo os olhos da luz súbita.

— Hansel e Gretel[NT] — gritou Norah. — Estes foguetes durarão uma hora... Tempo mais que suficiente para encontrarmos o caminho de volta.

Dito isto, Norah retomou o caminho, conduzindo-os pelo glaciar abaixo, penetrando novamente na escuridão.

[NT] Referência ao conto dos irmãos Grimm, em que as personagens Hansel e Gretel utilizam pedaços de miolo de pão para sinalizar o caminho de regresso.

CAPÍTULO QUARENTA E SETE

Gabrielle Ashe saiu de rompante do escritório de Marjorie Tench e quase derrubou uma secretária no caminho. Mortificada, tudo o que Gabrielle conseguia ver era as fotografias, as imagens, braços e pernas entrelaçados. Rostos de expressão delirante.

Gabrielle não fazia ideia de como as fotografias tinham sido tiradas, mas sabia muito bem que eram reais. Tinham sido tiradas no gabinete do senador Sexton e pareciam ter sido captadas de cima, possivelmente por uma câmara oculta. *Deus me ajude.* Uma das fotografias mostrava Gabrielle e Sexton em cima da secretária do senador, os seus corpos estendidos sobre documentos de aspecto oficial.

Marjorie Tench alcançou Gabrielle à porta da Sala dos Mapas. Tench tinha nas mãos o envelope vermelho contendo as fotografias.

— Assumo, pela sua reacção, que acredita que estas fotografias são autênticas... — A conselheira do presidente parecia realmente estar a divertir-se. — Espero que isto a convença de que os restantes dados que temos em nossa posse estão igualmente correctos. Foram-nos fornecidos pela mesma fonte.

Ao atravessar o átrio, Gabrielle sentia todo o seu corpo a arder. *Onde raio é a saída?*

As pernas desengonçadas de Tench não tiveram problemas em acompanhar Gabrielle.

— O senador Sexton jurou perante o mundo que vocês dois eram associados platónicos. A sua declaração na televisão foi, aliás, bastante convincente. Com efeito — Tench apontou altivamente sobre o ombro de Gabrielle —, tenho uma cassete no meu gabinete, caso queira refrescar a memória.

Gabrielle não precisava de refrescar a memória. Lembrava-se muito bem da conferência de imprensa. O desmentido de Sexton fora tão categórico quanto convincente.

— É lamentável — disse Tench, não parecendo de modo algum desapontada —, mas o senador olhou o povo americano nos olhos e mentiu com todos os dentes. As pessoas têm o direito de saber. E *vão* saber. Certificar-me-ei disso pessoalmente. A única questão agora é de que modo o público vai descobrir. Acreditamos que o melhor é que venha de si.

Gabrielle estava estupefacta.

— Acredita mesmo que eu vou ajudar a linchar o meu próprio candidato?

O rosto de Tench endureceu.

— Estou a tentar ir pelo caminho mais fácil, Gabrielle. Estou a dar-lhe a oportunidade de poupar a toda a gente esta situação embaraçosa, mantendo-se de cabeça erguida e contando a verdade. Tudo aquilo de que preciso é de uma declaração com a sua assinatura admitindo que teve um caso com o senador Sexton.

Gabrielle deteve-se abruptamente.

— O quê?!

— Precisamente. Uma declaração assinada confere-nos o poder para negociar com o senador *discretamente*, poupando ao país esta feia trapalhada. A minha proposta é simples: assine um documento como lhe peço, e estas fotografias nunca precisarão de ver a luz do dia.

— Quer uma declaração?

— Tecnicamente, precisaria de um depoimento escrito feito sob juramento, mas temos um notário aqui no edifício que podia...

— Você está doida. — Gabrielle recomeçara a andar.

Tench manteve-se ao lado dela, parecendo agora mais zangada.

— O senador Sexton vai ao fundo de uma maneira ou de outra, Gabrielle, e eu estou a oferecer-lhe a hipótese de sair disto sem ver o seu traseiro nos jornais da manhã! O presidente é um homem decente e não *quer* que estas fotografias sejam publicadas. Se me der esta declaração e confessar o caso pondo as suas condições, todos nós sairemos disto com alguma dignidade.

— Não estou à venda.

— Bem, não nos restam dúvidas de que o seu candidato está. É um homem perigoso, e está a infringir a lei.

— *Ele* está a infringir a lei? Vocês é que estão a espiar o que se passa dentro dos gabinetes e a tirar fotografias ilegais! Já ouviram falar de Watergate?

— Não tivemos nada a ver com a obtenção deste lixo. Estas fotografias vieram da mesma fonte que nos informou do financiamento da campanha pela SFF. Alguém vos tem observado aos dois muito de perto.

Gabrielle passou disparada pelo balcão de segurança onde lhe tinham dado o cartão de identificação. Arrancou-o do peito e atirou-o ao guarda que tinha os olhos esbugalhados. Tench continuava no seu encalço.

— Tem pouco tempo para tomar uma decisão, Sra. Ashe — disse Tench, quando se aproximavam da saída. — Ou me traz a declaração admitindo que dormiu com o senador, ou às oito horas desta noite o presidente ver-se-á forçado a tornar toda esta história pública... Os acordos financeiros de Sexton, as suas fotografias, os trabalhos. E, acredite, quando as pessoas souberem que se limitou a assistir enquanto o senador mentia acerca da vossa relação, irá ao fundo com ele.

Gabrielle viu a porta e dirigiu-se para a saída.

— A declaração na minha secretária, às oito horas da noite, Gabrielle. Seja esperta. —Tench lançou-lhe a pasta de fotografias. — Fique com elas, querida. Temos muitas mais.

CAPÍTULO QUARENTA E OITO

Ao descer o manto de gelo, mergulhando numa noite cada vez mais profunda, Rachel Sexton sentia um crescente receio. Imagens inquietantes giravam na sua mente: o meteorito, o plâncton fosforescente, as consequências de tudo isso, caso Norah Mangor tivesse cometido um erro ao analisar o gelo.

Uma matriz sólida de gelo de água doce, argumentara Norah, recordando a todos que estudara toda a área em contacto com o meteorito. Se no glaciar existissem interstícios de água salgada contendo plâncton, ela tê-los-ia detectado, não era assim? No entanto, a intuição de Rachel continuava a levá-la para a solução mais simples.

Existe plâncton congelado neste glaciar.

Dez minutos e quatro foguetes de sinalização mais tarde, Rachel e os outros encontravam-se a cerca de duzentos e cinquenta metros da habisfera. Sem aviso, Norah deteve-se repentinamente.

— É aqui — disse, como um vedor de águas adivinho que tivesse misticamente pressentido o local perfeito para escavar um poço.

Rachel voltou-se e olhou a encosta que subia atrás deles. Havia muito que a habisfera desaparecera na penumbra do luar, mas a linha de foguetes de sinalização era claramente visível, o mais distante deles piscando, apaziguador, como uma estrela esmorecida. Os sinais encontravam-se numa linha recta, como uma pista cuidadosamente calculada. Rachel estava impressionada com a competência de Norah.

— Outra razão pela qual deixamos o trenó seguir na frente — explicou Norah, ao ver que Rachel admirava a linha formada pelos foguetes. — Os patins são direitos. Se deixarmos a gravidade conduzir o trenó e não interferirmos, temos a certeza de que avançamos em linha recta.

— Bom truque — gritou Tolland. — Quem me dera que houvesse algo do género para o alto mar.

Isto É *o alto mar*, pensou Rachel, imaginando o oceano debaixo deles. Por uma fracção de segundo, uma chama muito distante chamou a sua atenção. A luz tinha desaparecido, como se tivesse sido apagada por um vulto de passagem. Mas, um momento mais tarde, reapareceu. Rachel sentiu um súbito desconforto.

— Norah — gritou através do vento —, não disse que havia aqui ursos polares?

A glaciologista preparava um último foguete de sinalização e, ou não a ouviu, ou estava a ignorá-la.

— Os ursos polares — gritou Tolland — comem focas. Apenas atacam os humanos quando invadimos o seu espaço.

— Mas esta é a terra dos ursos polares, certo? — Rachel nunca conseguia lembrar-se de qual era o pólo que tinha ursos e qual o que tinha pinguins.

— Certo — gritou Tolland em resposta. — Na verdade, os ursos polares dão ao Árctico o seu nome. *Arktos* é a palavra grega para urso.

Fantástico. Rachel perscrutou nervosamente a escuridão.

— A Antárctida não tem ursos polares — acrescentou Tolland —, por isso é chamada de *Anti-arktos*.

— Obrigada, Mike — gritou Rachel. — Chega de conversa sobre ursos polares.

Tolland riu.

— O.K. Desculpe.

Norah introduziu um último foguete na neve. Tal como antes, foram os quatro envolvidos por um brilho avermelhado, parecendo inchados nos seus fatos pretos impermeáveis. Para além do círculo de luz que emanava do foguete, o resto do mundo tornou-se totalmente invisível, um negro véu circular cobrindo-os.

Rachel e os outros observavam Norah, que fixara os seus pés e, com movimentos cuidadosos, puxava o trenó, fazendo-o recuar vários metros pela encosta acima, até ao local onde eles se encontravam. Em seguida, mantendo a corda esticada, Norah curvou-se e activou manualmente os travões do trenó: quatro espigões angulosos que se introduziram no gelo imobilizando o trenó. Feito isto, a glaciologista soltou-se, e a corda enrolada à sua cintura caiu.

— Muito bem — gritou Norah —, vamos ao trabalho.

Tendo circulado até à extremidade do trenó para onde soprava o vento, Norah começou a desprender as ilhós que seguravam o oleado que protegia o equipamento. Sentindo que fora um pouco dura com Norah, Rachel resolveu ajudar, e foi soltar a parte de trás do oleado.

— Valha-me Deus, pare! — exclamou Norah. — Vai criar uma bolsa de vento. Este trenó podia ter levantado voo como um chapéu-de-chuva num túnel de vento!

Rachel recuou.

— Peço desculpa. Eu...

— Você e o rapaz do espaço não deviam estar aqui — disse Norah, olhando-a furiosa.

Nenhum de nós devia estar aqui, pensou Rachel.

Amadores, pensou Norah, fervendo de cólera, amaldiçoando o administrador por ter insistido em enviar Corky e Rachel. *Estes palhaços ainda vão matar alguém aqui fora.* A última coisa que Norah queria naquele momento era fazer de *baby-sitter*.

— Mike — disse —, preciso de ajuda para tirar o GPR do trenó.

Tolland ajudou-a a desembrulhar o Ground Penetrating Radar e a posicioná-lo sobre o gelo. O instrumento assemelhava-se a três pás de limpa-neve em miniatura que tivessem sido afixadas em paralelo a uma estrutura de alumínio. O aparelho no seu todo não tinha mais do que um metro de comprimento e estava ligado através de cabos a um atenuador de corrente e a uma bateria no trenó.

— Isso é um radar? — perguntou Corky, gritando sobre o vento.

Norah anuiu em silêncio. O GPR estava bem melhor equipado para encontrar gelo de água salgada do que o PODS. O transmissor do GPR enviava impulsos de energia electromagnética através do gelo e os impulsos reagiam de forma diferente a substâncias de diferente estrutura. A água doce pura congelava num entrançado plano, semelhante a ripas. No entanto, a estrutura da água do mar gelada assemelhava-se mais a um entrelaçado de malhas ou em forma de garfo, devido à sua componente de sódio, o que fazia com que os impulsos voltassem para trás erraticamente, diminuindo de forma considerável o número de reflexos.

Norah pôs a máquina em funcionamento.

— Vou tirar uma espécie de imagem de eco-localização transversal do manto de gelo em redor do poço de extracção — gritou. — O *software* interno da máquina vai dar-nos um corte transversal do glaciar e depois imprimi-lo. Qualquer vestígio de gelo de água do mar ficará registado como uma sombra.

— Imprimir? — Tolland estava surpreendido. — Podes imprimir aqui?

Norah apontou um cabo do GPR que se ligava a um aparelho ainda protegido debaixo da capota.

— Não há outra hipótese senão imprimir. Os monitores dos computadores consomem demasiada bateria, por isso os glaciologistas no terreno imprimem os dados em impressoras térmicas. As cores não são brilhantes, mas as de *laser* não funcionam abaixo dos vinte graus negativos. Aprendi isto da pior maneira possível, no Alasca.

Norah pediu a todos que se mantivessem abaixo do GPR enquanto ela se preparava para alinhar o transmissor de forma a observar a área da cavidade do meteorito, a uma distância de quase três campos de futebol. Mas, ao olhar para trás, através da noite, aproximadamente na direcção de onde tinham vindo, Norah não conseguia ver nada.

— Mike, preciso de alinhar o transmissor do GPR com o local do meteorito, mas este foguete está a encandear-me. Vou voltar um pouco atrás, apenas o suficiente para sair da luz. Vou estender os braços alinhando-os com os foguetes e tu ajustas o GPR.

Tolland acenou afirmativamente, ajoelhando-se junto do radar.

Norah fincou os seus *crampons* no gelo e debruçou-se para a frente, contra o vento, avançando pela encosta acima na direcção da habisfera. Naquele dia, o catabático estava muito mais forte do que imaginara, e Norah sentia que uma tempestade se aproximava. Não tinha importância. Teriam terminado o que pretendiam fazer ali dentro de alguns minutos. *Eles vão ver que tenho razão.* Norah percorreu cerca de vinte metros na direcção da habisfera. Alcançou a orla da escuridão mesmo no ponto em que a corda do descensor se retesou.

Norah virou-se para trás, subindo com o olhar o glaciar. À medida que os seus olhos se adaptavam ao escuro, a linha de foguetes de sinalização tornou-se lentamente visível alguns graus à sua esquerda. Norah reposicionou-se de modo a ficar perfeitamente alinhada com os pontos de luz. Depois, estendeu os seus braços como um compasso e fez o seu corpo girar, indicando o vector exacto.

— Estou alinhada com os foguetes! — gritou.

Tolland ajustou o GPR e acenou-lhe:

— Tudo a postos!

Norah olhou mais uma vez pela encosta acima, grata pelo caminho iluminado de regresso a casa. No entanto, enquanto olhava, algo de estranho aconteceu. Por um instante, um dos foguetes mais próximos desapareceu por completo da sua vista. Antes de Norah se poder preocupar com a possibilidade de estar a apagar-se, a luz ressurgiu. Se as circunstâncias fossem outras, Norah teria assumido que alguma coisa passara entre o foguete e o ponto em que ela se encontrava. Certamente, mais ninguém se encontrava ali... A não ser, claro, que o administrador tivesse começado a sentir-se culpado, enviando uma equipa da NASA ao encontro deles. Por alguma razão, Norah desconfiava que tal acontecesse. Provavelmente não era nada, decidiu. Uma rajada de vento apagara momentaneamente a chama.

Norah voltou para junto do GPR.

— Tudo alinhado? — perguntou.

— Penso que sim — disse Tolland, encolhendo os ombros.

Norah dirigiu-se para o dispositivo de controlo no trenó e premiu um botão. Um zumbido agudo emanou do GPR e depois interrompeu-se.

— O.K. — disse ela. — Está feito.

— É tudo? — perguntou Corky.

— O trabalho está preparado. A captação da imagem leva apenas um segundo.

Sobre o trenó, a impressora começara já a emitir ruídos. Estava envolvida numa cobertura de plástico transparente e ejectava já um papel pesado e enrolado. Norah esperou até que a máquina concluísse a impressão e depois retirou a folha de debaixo do plástico. *Eles vão ver*, pensava ela, transportando a folha impressa para junto do foguete de sinalização, para que todos pudessem ver. *Não há-de haver nenhuma água salgada aqui.*

Todos se reuniram em redor de Norah, que se debruçou sobre o ponto de luz, agarrando o papel impresso entre as suas luvas. Respirou fundo e desenrolou o papel para examinar os dados. A imagem estampada no papel fê-la recuar horrorizada.

— Oh, Deus! — Norah tinha os olhos fixos no papel, incapaz de acreditar naquilo que via. Tal como se esperava, a impressão revelava uma clara imagem transversal do poço do meteorito repleto de água. Mas aquilo que a glaciologista nunca esperara ver era o contorno acinzentado de uma forma humanóide flutuando a meio do poço. Norah sentiu que o seu sangue lhe gelava nas veias. — Oh, Deus... Está um corpo no poço de extracção.

Todos esbugalharam os olhos, num silêncio de estupefacção.

O corpo fantasmagórico flutuava de cabeça para baixo, no poço estreito. Ondulando em redor do cadáver, como uma espécie de capa, via-se uma misteriosa aura semelhante a uma mortalha. Norah apercebia-se agora do que era aquela aura. O GPR captara um ténue vestígio do pesado casaco da vítima, algo que poderia apenas ser um grosso, comprido, familiar casaco de pêlo de camelo.

— É Ming... — disse ela, num murmúrio. — Deve ter escorregado...

Norah Mangor nunca imaginara que ver o cadáver de Ming no poço de extracção seria o menor de dois choques que a imagem impressa iria revelar, mas à medida que os seus olhos desciam para o fundo do poço, ela viu algo mais.

O gelo por baixo do poço de extracção...

Norah olhava fixamente para o papel. A sua primeira ideia foi que alguma coisa de errado se passasse com o *scan*. Depois, ao estudar a imagem com mais atenção, uma perturbadora tomada de consciência foi crescendo, como a tempestade que se formava à volta deles. Os cantos do papel eram violentamente sacudidos pelo vento enquanto ela se voltava e olhava mais atentamente para a impressão.

Mas... é impossível!

Subitamente, a verdade revelou-se, esmagadora. Norah sentia-se como se essa tomada de conhecimento fosse enterrá-la. Esqueceu por completo Ming.

Norah compreendia agora. *A água salgada no poço!* Caiu sobre os joelhos na neve, junto do foguete luminoso. Mal conseguia respirar. Agarrando ainda o pedaço de papel nas suas mãos, começou a tremer.

Meu Deus... e nem sequer me ocorreu.

Em seguida, com um súbito acesso de raiva, Norah voltou a sua cabeça na direcção da habisfera da NASA.

— Filhos da mãe! — gritou, a sua voz perdendo-se no vento. — Seus malditos filhos da mãe!

Na escuridão, a apenas cinquenta metros de distância, Delta-Um segurou o seu aparelho de CrypTalk junto à boca e disse ao seu controlador apenas duas palavras. «Eles sabem.»

CAPÍTULO QUARENTA E NOVE

Norah Mangor estava ainda ajoelhada no gelo quando Michael Tolland, desnorteado, tirou a folha impressa pelo GPR das suas mãos, que não paravam de tremer. Atordoado por ver o corpo de Ming flutuando, Tolland tentou raciocinar e decifrar a imagem que tinha diante de si.

Viu o corte transversal do poço do meteorito, que descia desde a superfície até sessenta metros de profundidade no gelo. Viu o corpo de Ming imerso na água. Depois, os olhos de Tolland deslizaram mais para baixo, e ele teve a percepção de que algo faltava ali. Imediatamente *abaixo* do poço de extracção, uma escura coluna de gelo de mar descia até ao oceano debaixo deles. Era um pilar maciço de gelo de água salgada, com o mesmo diâmetro do poço.

— Meu Deus! — exclamou Rachel, olhando por cima do ombro de Tolland. — Parece que o poço do meteorito continua *através* da plataforma de gelo até ao oceano!

Tolland estava petrificado; o seu cérebro era incapaz de aceitar aquilo que ele sabia ter apenas uma explicação lógica. Corky parecia igualmente alarmado.

— Alguém — gritou Norah — escavou por debaixo da plataforma! — Os seus olhos estavam loucos de raiva. — Alguém *introduziu* intencionalmente aquela rocha por baixo do gelo!

Apesar de o lado idealista de Tolland querer rejeitar as palavras de Norah, o seu lado cientista sabia que o mais provável era ela estar certa. A Plataforma de Gelo de Milne flutuava sobre o oceano, com visibilidade suficiente para um submergível. Visto que, debaixo de água, tudo tem um peso consideravelmente menor, até um pequeno submergível, não muito maior do que o *Triton*, que Tolland usava na sua investigação e que era tripulado por apenas um homem, poderia facilmente ter transportado o meteorito nos seus braços mecânicos. O submergível podia ter-se aproximado vindo do oceano, mergulhando debaixo da plataforma de gelo, e ter escavado em seguida o gelo. Poderia depois ter usado um braço mecânico extensível ou balões insuflados para empurrar o meteorito para cima, introduzindo-o na cavidade. Depois de o meteorito estar no local pretendido, a água do oceano que subira pelo poço atrás da rocha começaria a gelar. Logo que a cavidade estivesse suficientemente fechada para manter o meteorito no seu lugar, o submergível teria apenas de recolher o seu braço e desaparecer, deixando a Mãe-natureza encarregue de selar o restante espaço do túnel e de apagar todos os vestígios da fraude.

— Mas *porquê*? — perguntou Rachel, tirando a folha das mãos de Tolland e examinando-a. — Porque é que alguém faria isso? Tem a certeza de que o seu GPR está a funcionar?

— Claro que tenho a certeza! E esta imagem explica perfeitamente a presença de bactérias fosforescentes na água!

Tolland tinha de admitir que a lógica de Norah, sendo arrepiante, era bastante plausível. Os dinoflagelados fosforescentes tinham seguido o seu instinto e nadado na direcção da superfície, entrando no poço e sendo apanhados abaixo do meteorito, congelando no interior do gelo. Mais tarde, quando Norah aquecera o meteorito, o gelo abaixo da rocha tinha derretido, libertando o plâncton. Mais uma vez os dinoflagelados tinham subido, alcançando desta vez a superfície no interior da habisfera, onde acabaram por morrer devido à falta de água salgada.

— Mas isto é de doidos! — gritou Corky. — A NASA tem um meteorito com fósseis extraterrestres. Porque é que seria importante o local onde este fosse encontrado? Porque é que se haviam de dar ao trabalho de o enterrar dentro de uma plataforma de gelo?

— Raios me partam se sei — ripostou Norah —, mas as impressões do GPR não mentem. Fomos enganados. Aquele meteorito não fez parte da Chuva de Jungersol. Foi introduzido no gelo *recentemente*. Durante o último ano, ou o plâncton estaria morto! — Norah estava já a arrumar o seu GPR no trenó, prendendo-o. — Temos de voltar e contar a alguém! O presidente está prestes a fazer uma comunicação ao mundo baseado em dados errados! A NASA enganou-o!

— Calma! — gritou Rachel. — Devíamos pelo menos fazer outro *scan* para nos certificarmos. Nada disto faz sentido. Quem pode acreditar numa coisa destas?

— Toda a gente — disse Norah, preparando o trenó. — Quando eu entrar na habisfera e analisar outra amostra de água do fundo do poço do meteorito, e quando se verificar que se trata de gelo de água salgada, garanto-lhe que *toda a gente* vai acreditar!

Norah desbloqueou os travões do trenó, redireccionou-o para a habisfera e iniciou o caminho de regresso pela encosta acima, fincando os seus *crampons* no gelo e puxando o trenó atrás de si com uma admirável facilidade. Era uma mulher com uma missão.

— Vamos! — gritou Norah, puxando o grupo atrás de si, dirigindo-se para o perímetro do círculo iluminado. — Não sei o que é que a NASA tem a ver com isto, mas não gosto de ser usada como peão nas suas...

O pescoço de Norah Mangor virou-se para trás, quando ela foi atingida na testa por alguma força invisível. Deixou escapar um arquejo gutural, vacilou e caiu para trás sobre o gelo. Quase instantaneamente, Corky soltou um grito e girou para trás como se o seu ombro tivesse sido puxado. Caiu sobre o gelo, contorcendo-se de dor.

Imediatamente, Rachel esqueceu tudo: a folha impressa na sua mão, Ming, o meteorito, o estranho túnel debaixo do gelo. Acabara de sentir um pequeno projéctil raspar-lhe a orelha, falhando por pouco a sua têmpora. Instintivamente, caiu de joelhos, arrastando Tolland para o chão consigo.

— O que é que se passa?! — gritou Tolland.

Uma tempestade de granizo era tudo o que Rachel conseguia imaginar; bolas de gelo irrompendo pelo glaciar abaixo. E, no entanto, a avaliar pela força com que Corky e Norah tinham sido atingidos, Rachel sabia que as pedras de granizo teriam de vir a uma velocidade de centenas de quilómetros por hora. Misteriosamente, a chuva de objectos que pareciam ter o tamanho de blocos de mármore parecia agora concentrar-se sobre Rachel e Tolland, caindo violentamente em redor de ambos, lançando-lhes fragmentos de gelo cortante. Rachel rolou, ficando de bruços, enterrou os espigões dos seus *crampons* no gelo, e avançou a custo para a única protecção possível. O trenó. Tolland chegou um momento mais tarde, arrastando-se e lançando-se para o chão, junto dela.

Tolland viu Norah e Corky desprotegidos no gelo.

— Vamos puxá-los pelas cordas! — gritou, agarrando a corda e tentando puxar.

Mas a corda estava enrolada à volta do trenó.

Rachel enfiou o papel impresso no bolso de velcro do seu fato *Mark IX*, e arrastou-se de gatas à volta do trenó, tentando desenredar a corda dos patins do trenó. Tolland estava mesmo ao lado dela.

As pedras de granizo choveram subitamente contra o trenó, como se a Mãe-natureza tivesse decidido abandonar Corky e Norah e se concentrasse agora em Rachel e Tolland. Um dos projécteis embateu contra o oleado que cobria o trenó, alojando-se aí, e depois balouçou e caiu, aterrando sobre a manga do fato de Rachel.

Ao ver de que se tratava, Rachel ficou petrificada. Num instante, a desorientação que sentia converteu-se em terror. Aquelas «pedras de granizo» eram feitas por mão humana. A bola de gelo que tinha sobre a sua manga era uma esfera perfeita com o tamanho de uma grande cereja. A superfície era polida e lisa, marcada apenas por uma linha à volta da circunferência, como uma antiga bala de mosquete, feita por uma prensa. Os projécteis globulares eram, sem sombra de dúvida, feitos pelo Homem.

Balas de gelo...

Sendo alguém com conhecimentos militares, Rachel estava familiarizada com o novo armamento experimental «MI» — Munições Improvisadas — espingardas de neve que compactavam a neve em projécteis de gelo, espingardas do deserto que derretiam areia para produzir projécteis de vidro, armas de fogo à base de água que podiam disparar porções de líquido com uma força capaz de quebrar ossos. O armamento de munições improvisadas tinha uma enorme vantagem sobre as armas convencionais, uma vez que utilizavam recursos disponíveis e podiam literalmente manufacturar munições no local, providenciando aos soldados recargas ilimitadas, sem que tivessem de transportar com eles as pesadas munições tradicionais. As bolas de gelo que agora choviam sobre eles, Rachel sabia, estavam a ser comprimidas «a pedido», a partir da neve introduzida na coronha da arma.

Como muitas vezes acontecia no mundo dos Serviços de Informação, quanto mais se sabia, mais assustador se tornava o cenário. Aquele momento não era excepção. Rachel teria preferido uma bem-aventurada ignorância, mas o seu conhecimento da existência do armamento MI levava-a instantaneamente a uma única terrível conclusão: estavam a ser atacados por algum corpo das U. S. Special Ops, a única força no país actualmente autorizada a utilizar estas armas no terreno.

A presença de uma unidade de operações secretas trouxe consigo uma segunda, e ainda mais assustadora, conclusão: a probabilidade de escapar com vida àquele ataque estava perto de zero.

O raciocínio mórbido de Rachel foi interrompido por um projéctil de gelo que encontrou uma abertura e atravessou silvando a parede de equipamento no trenó, vindo colidir com o seu estômago. Mesmo dentro do seu fato acolchoado *Mark IX*, Rachel teve a sensação de que um invisível pugilista profissional acabara de a esmurrar. Estrelas começaram a dançar na periferia da sua visão, e foi projectada para trás, agarrando-se ao equipamento que estava sobre o trenó na tentativa de se equilibrar. Michael Tolland deixou cair a corda de Norah e precipitou-se para amparar Rachel, mas chegou tarde de mais. Rachel caiu de costas, arrastando consigo uma pilha de material. Ela e Tolland rolaram pelo gelo, no meio de todo um aparato electrónico.

— São balas... — murmurou ela, ofegante, tendo o ar escapado momentaneamente dos seus pulmões. — Foge!

CAPÍTULO CINQUENTA

O metro de Washington que saía nesse momento da estação Federal Triangle não conseguia afastar-se da Casa Branca suficientemente depressa, para Gabrielle Ashe. Com o corpo rígido, sentou-se num canto deserto da carruagem, enquanto vultos escurecidos passavam lá fora, numa imagem desfocada.

O grande envelope vermelho de Marjorie Tench estava pousado no colo de Gabrielle, com um peso que parecia de dez toneladas.

Tenho de falar com Sexton!, pensou, enquanto o comboio acelerava na direcção do escritório do senador. *Imediatamente!*

Naquele momento, na luz fraca e intermitente do comboio, Gabrielle tinha a sensação de estar a viver alguma espécie de *trip* alucinógena. Luzes abafadas abatiam-se sobre a sua cabeça como *strobes* de discoteca. O imponente túnel erguia-se de todos os lados, como se descesse um fundo desfiladeiro.

Digam-me que isto não está a acontecer.

Gabrielle olhou o envelope que tinha no colo. Abriu-o e retirou uma das fotografias. As luzes no interior da carruagem piscaram por um momento, iluminando depois cruamente uma imagem chocante: Sedgewick Sexton deitado nu no seu gabinete, o seu rosto satisfeito perfeitamente voltado para a câmara, com a silhueta desnudada de Gabrielle ao seu lado.

A jovem estremeceu, voltou a colocar a fotografia dentro do envelope e fechou-o atrapalhadamente.

Acabou.

Assim que o comboio saiu do túnel e subiu para a linha de superfície, perto de L'Enfant Plaza, Gabrielle pegou no seu telemóvel e ligou para o número privado do senador. A chamada foi atendida pelo *voice mail.* Intrigada, Gabrielle ligou para o gabinete do senador. A secretária atendeu.

— Fala Gabrielle. Ele está?

A secretária parecia irritada.

— Onde é que se meteu? Ele andou à sua procura.

— Tive uma reunião que se prolongou. Preciso de falar com ele imediatamente.

— Terá de esperar até amanhã de manhã. Ele está em Westbrooke.

Westbrook Place Luxury Apartments era o edifício onde Sexton tinha a sua residência de Washington.

— Ele não está a atender a linha privada — disse Gabrielle.

— Deixou esta noite livre como D. P. — lembrou a secretária. — Saiu cedo.

Gabrielle franziu o sobrolho. *Diligência particular.* Com tudo o que se passara, esquecera-se de que Sexton reservara essa noite para ficar sozinho em casa. O senador fazia muita questão em não ser incomodado nas suas noites D. P. *Bata-me à porta se o edifício estiver a arder*, diria ele. *Caso contrário, pode esperar até de manhã.* Gabrielle decidiu que o edifício de Sexton estava definitivamente a arder.

— Preciso que o contacte.

— Impossível.

— O assunto é sério, eu realmente...

— Não, quero dizer que é *literalmente* impossível. Ele deixou o *pager* na minha secretária quando ia a sair e disse-me que não queria ser incomodado durante toda a noite. Foi peremptório. — Fez uma pausa. — Ainda mais do que é costume.

Merda.

— O.K., obrigada. — Gabrielle desligou.

«L'Enfant Plaza», anunciava uma gravação dentro da carruagem. «Ligação com todas as linhas.»

Fechando os olhos, Gabrielle tentou organizar as suas ideias, mas não conseguia livrar-se de imagens devastadoras... As sinistras fotografias dela e do senador... a pilha de documentos alegando que Sexton estava a aceitar subornos. Gabrielle ouvia ainda as ásperas exigências de Tench. *Faça aquilo que está certo. Assine a declaração. Admita o caso.*

Enquanto o comboio entrava na estação com um ruído estridente, Gabrielle forçou-se a imaginar o que faria o senador se as fotografias chegassem à imprensa. A primeira coisa que lhe veio à mente chocou-a e envergonhou-a ao mesmo tempo.

Sexton mentiria.

Era realmente esta a sua primeira intuição relativamente ao seu candidato?

Sim. Ele mentiria... e fá-lo-ia de forma brilhante.

Se aquelas fotografias chegassem à comunicação social sem que Gabrielle tivesse admitido o seu caso com Sexton, o senador limitar-se-ia a afirmar que se tratava de uma cruel fraude. Vivia-se a era da manipulação das fotografias digitais; qualquer pessoa que já tivesse estado *online* tinha visto fotografias de paródia perfeitas, juntando digitalmente rostos de celebridades a corpos de outras pessoas, muitas vezes actores porno em actos libidinosos. Gabrielle já testemunhara a habilidade do senador para olhar de frente uma câmara de televisão e mentir de forma convincente acerca do caso que tinham tido; não duvidava de que ele conseguiria persuadir o mundo de que aquelas fotografias eram uma tentativa pouco convincente de arruinar a sua carreira. Sexton atacaria, mostrando-se indignado e ultrajado, talvez mesmo insinuando que o próprio presidente tivesse ordenado a falsificação.

Não admira que a Casa Branca não tenha tornado as fotografias públicas. As imagens, Gabrielle deu-se conta, podiam funcionar no sentido oposto. Por muito vívidas que parecessem as fotografias, eram totalmente inconclusivas.

Subitamente, Gabrielle sentiu nascer em si alguma esperança.

A Casa Branca não pode provar a autenticidade de nada disto!

O jogo de Tench para com Gabrielle fora implacável na sua simplicidade: admitir o caso amoroso ou ver Sexton ir para a cadeia. De repente, tudo fazia sentido. A Casa Branca precisava da confissão de Gabrielle, ou as fotografias não teriam qualquer valor. Uma súbita confiança aligeirou o seu estado de espírito.

Quando o comboio se imobilizou e as portas se abriram, uma outra porta distante pareceu abrir-se na mente de Gabrielle, revelando uma súbita e animadora possibilidade

Talvez tudo o que Tench me tenha dito a respeito dos subornos seja mentira.

Afinal, o que é que Gabrielle tinha realmente visto? Mais uma vez, nada de conclusivo; algumas fotocópias de documentos bancários, uma fotografia pouco nítida de Sexton numa garagem. Era possível que tudo aquilo fosse fraudulento. Tench podia ter-lhe astuciosamente mostrado registos financeiros falsos juntamente com as genuínas fotografias do encontro sexual, esperando que Gabrielle tomasse todo o cenário como verdadeiro. Chamava-se a isso «autenticação por associação» e os políticos recorriam continuamente a essa estratégia para venderem conceitos dúbios.

Sexton está inocente, dizia Gabrielle para consigo. A Casa Branca estava desesperada e tinham decidido tentar uma jogada arriscada, assustando Gabrielle com a ameaça de tornarem o caso público. Precisavam que Gabrielle abandonasse Sexton publicamente, numa situação de escândalo. *Saia disto enquanto* pode, dissera-lhe Tench. *Tem até às oito horas desta noite.* A técnica de venda agressiva. *Tudo* encaixa, pensou a jovem.

Excepto uma coisa...

A única peça do *puzzle* que lançava a confusão era o facto de Tench lhe ter enviado *e-mails* anti-NASA. Isto podia apenas significar que a NASA queria *realmente* que Sexton consolidasse a sua posição anti-NASA, de forma a que pudessem usá-la contra ele. Seria mesmo assim? Subitamente, Gabrielle deu-se conta de que mesmo os *e-mails* tinham uma explicação perfeitamente lógica.

E se os e-mails não fossem enviados por Tench?

Era possível que Tench tivesse descoberto dentro da equipa um traidor que enviasse informação a Gabrielle; a conselheira podia ter despedido essa pessoa, assumindo depois o seu lugar e enviando ela própria a mensagem final, atraindo Gabrielle para um encontro. *Tench pode ter fingido que era ela quem propositadamente passava os dados sobre a NASA, para me apanhar na armadilha.*

Os motores do metro assobiavam agora em L'Enfant Plaza, as portas preparando-se para fechar.

Gabrielle olhava fixamente a plataforma, o seu pensamento correndo veloz. Não conseguia perceber se as suas suspeitas faziam algum sentido ou se estava apenas a ter uma atitude optimista, mas, o que quer que estivesse a acontecer, ela sabia apenas que tinha de falar com o senador imediatamente... Noite D. P. ou não.

Segurando o envelope com as fotografias, Gabrielle saiu a correr do comboio mesmo antes de as portas se fecharem chiando. Tinha um novo destino.

Westbrooke Place Apartments.

CAPÍTULO CINQUENTA E UM

Lutar ou fugir.

Sendo biólogo, Tolland sabia que numerosas alterações fisiológicas ocorrem quando um organismo percepciona o perigo. A adrenalina aflui ao córtex cerebral, acelerando o ritmo cardíaco e dando ordem ao cérebro para que tome a mais antiga e mais intuitiva de todas as decisões biológicas: combater ou fugir.

O instinto de Tolland dizia-lhe que fugisse e, no entanto, a razão lembrava-o de que continuava ligado pela corda a Norah Mangor. De qualquer modo, não havia para onde fugir. O único refúgio em muitos quilómetros era a habisfera, e os atacantes, fossem eles quem fossem, tinham-se posicionado mais acima no glaciar, eliminando essa hipótese. Atrás dele, o vasto manto de gelo estendia-se numa planície de cerca de três quilómetros que terminava em abrupta queda num mar gélido. Fugir nessa direcção significava a morte, uma vez que ficaria exposto. Independentemente das barreiras físicas, Tolland sabia que não poderia deixar os outros para trás. Norah e Corky estavam ainda em campo aberto, presos a Rachel e a Tolland.

Tolland manteve-se colado ao chão perto de Rachel, enquanto as balas de gelo continuavam a chover sobre um dos lados do trenó tombado. Vasculhou o equipamento derrubado à procura de uma arma, de uma pistola de foguetes, um rádio... qualquer coisa.

— Foge! — gritou Rachel, esforçando-se ainda por respirar.

Depois, estranhamente, a saraivada de balas interrompeu-se de forma abrupta. Mesmo sob o vento cortante, a noite ficou de súbito calma... como se uma tempestade tivesse inesperadamente dispersado.

E foi então que, olhando cautelosamente em redor do trenó, Tolland testemunhou uma das cenas mais arrepiantes que alguma vez vira.

Deslizando agilmente do perímetro sombrio para a luz, surgiram três figuras fantasmagóricas, descendo silenciosamente a encosta sobre esquis. Usavam fatos inteiros impermeáveis brancos. Não traziam bastões de esqui, mas antes três grandes espingardas que não se pareciam com nenhuma arma que Tolland conhecesse. Os seus esquis eram igualmente estranhos, curtos e futuristas, mais parecidos com patins em linha alongados do que com esquis propriamente ditos.

Calmamente, como se soubessem já ter vencido aquela batalha, as figuras detiveram-se junto da sua vítima mais próxima, Norah Mangor, que estava inconsciente. Tremendo, Tolland pôs-se de joelhos para observar, por cima do trenó, o grupo de atacantes. Os visitantes olharam-no por sua vez através de estranhos óculos protectores electrónicos. Pareciam pouco interessados.

Pelo menos num primeiro instante.

Ao olhar a mulher inconsciente estendida no gelo à sua frente, Delta-Um não sentia remorsos. Fora treinado para cumprir ordens, não para questionar os motivos.

A mulher tinha vestido um espesso fato térmico de cor preta, e tinha um vergão num dos lados da cara. A sua respiração era ofegante e difícil. Uma das balas de gelo MI atingira o seu alvo e deixara-a inconsciente.

Agora era altura de terminar a tarefa.

Enquanto Delta-Um se ajoelhava junto da mulher sem sentidos, os seus companheiros apontaram as espingardas aos restantes alvos, o pequeno homem inconsciente estendido por perto no gelo e o trenó voltado onde estavam escondidas as outras duas vítimas. Apesar de os seus homens poderem facilmente acabar o trabalho, as restantes três vítimas estavam desarmadas e não tinham para onde fugir. Apressarem-se para acabar com todos eles de uma só vez seria irresponsável. *Nunca dispersar a atenção, a não ser que absolutamente necessário. Enfrentar um adversário de cada vez.* Exactamente como tinham sido treinados, a Força Delta mataria estas pessoas, uma de cada vez. O passo de mágica seria, contudo, o facto de não deixarem qualquer vestígio relativamente à forma como tinham morrido.

De cócoras junto da mulher inconsciente, Delta-Um removeu as suas luvas térmicas e recolheu um punhado de neve. Compactando a neve, abriu a boca da mulher e começou a enfiá-la pela garganta abaixo. Encheu toda a sua boca, empurrando-lhe a neve pela traqueia, tão fundo quanto era possível. Estaria morta dentro de três minutos

Esta técnica, inventada pela Máfia russa, tinha o nome de *byelaya smert* — morte branca. A vítima estaria asfixiada muito antes de a neve derreter na sua garganta. Contudo, uma vez morta, o seu corpo manter-se-ia quente o tempo suficiente para dissolver o bloqueio. Mesmo havendo suspeitas, a um nível imediato, não haveria aparentemente arma do crime ou sinais de violência. Alguém poderia, eventualmente, vir a descobrir, mas teriam ganho tempo. As balas de gelo estariam dissolvidas no meio que as rodeava, enterradas na neve, e a marca na cabeça da mulher sugeriria uma grave queda no gelo — nada de surpreendente, tendo em conta os fortes ventos que se faziam sentir.

As outras três pessoas seriam incapacitadas e mortas de forma idêntica. Em seguida, Delta-Um colocaria todos os corpos no trenó, empurrando-os várias centenas de metros para fora do seu percurso, tendo voltado a prender as cordas e preparado os corpos. Daí a algumas horas, seriam os quatro encontrados gelados na neve, vítimas aparentes de exposição excessiva e hipotermia. Aqueles que os descobrissem ficariam confusos ao ver como se tinham afastado do seu curso, mas ninguém se espantaria com o facto de estarem mortos. Afinal, os seus foguetes luminosos tinham-se extinguido, o tempo era agreste e qualquer pessoa que se perdesse na Plataforma de Gelo de Milne estaria morta em pouco tempo.

Delta-Um acabara de colocar a neve na garganta da mulher. Antes de voltar a sua atenção para os outros, desprendeu-lhe o arnês. Poderia voltar a prendê-lo mais tarde, mas, de momento, não queria duas pessoas atrás do trenó com ideias de salvar a sua vítima.

Michael Tolland acabara de testemunhar um acto criminoso mais bizarro do que conseguiria imaginar o lado mais negro da sua mente. Depois de terem libertado Norah Mangor, os três atacantes tinham voltado a sua atenção para Corky.

Tenho de fazer alguma coisa!

Corky recuperara os sentidos e gemia, tentando sentar-se, mas um dos soldados empurrou-o, voltando a colocá-lo de costas, afastou-lhe as pernas e colou os braços de Corky ao gelo, ajoelhando-se sobre eles. Corky soltou um grito de dor que foi instantaneamente engolido pelo vento forte.

Num terror doentio, Tolland vasculhava por entre o conteúdo disperso do trenó derrubado. *Tem de haver aqui algo! Uma arma! Alguma coisa!* Tudo o que encontrava era material de observação do gelo, na sua maioria destruído pelos projécteis de gelo, praticamente irreconhecível. Junto dele, Rachel tentava a custo sentar-se, utilizando o seu machado de gelo como apoio.

— Foge... Mike...

Tolland reparou no machado preso ao pulso de Rachel. Poderia ser uma arma. Algo do género. Tolland perguntou-se que hipóteses teria ao atacar três homens armados com um pequeno machado.

Suicídio.

Quando Rachel rolou e conseguiu sentar-se, Tolland viu algo atrás dela. Um volumoso saco de vinil. Rezando para que, contra todas as probabilidades, este contivesse uma pistola de foguetes ou um rádio, rastejou e agarrou o saco. Lá dentro encontrou uma grande peça dobrada de tecido *Mylar*. Inútil. Tolland tinha algo similar no seu navio de exploração. Era um pequeno balão meteorológico, concebido para transportar material de observação meteorológica não muito mais pesado que um computador. O balão de Norah não seria grande ajuda, sobretudo não havendo um tanque de hélio.

Ouvindo cada vez mais nitidamente Corky, que se debatia, Tolland sentiu um desespero que não o tomava havia anos. Desespero total. Perda total. Como no lugar-comum que diz que vemos a nossa vida passar-nos diante dos olhos antes de a morte chegar, a mente de Tolland disparou inesperadamente por entre imagens da infância havia muito esquecidas. Por um instante, Michael velejava em San Pedro, aprendendo o antigo passatempo dos marinheiros de «voar com a *spinnaker*»: pendurar-se num cabo com nós, suspenso sobre o mar, e mergulhar na água, rindo, subindo e descendo como uma criança numa corda de sino, com o destino decidido por uma ondulante vela *spinnaker* e pelo capricho da brisa do oceano.

Os olhos de Tolland regressaram imediatamente para o balão de *Mylar* que segurava na mão, apercebendo-se de que a sua mente não se rendera, mas estivera, antes, a tentar recordar uma solução! Voar com a *spinnaker*.

Corky continuava a lutar contra o seu captor, enquanto Tolland abria com um puxão o saco protector que continha o balão. Tolland não tinha dúvidas de que o seu plano não passava de um tiro no escuro, mas sabia que permanecer ali era a morte certa de todos eles. Pegou no *Mylar* dobrado. Tinha uma indicação que avisava: ATENÇÃO: NÃO UTILIZAR COM VENTOS ACIMA DE 10 NÓS.

Que se lixe! Prendendo-o com firmeza para o impedir de se desenrolar, Tolland rastejou até junto de Rachel, que se encontrava apoiada de lado sobre um dos braços. Ao aproximar-se, pôde ver o olhar confuso dela.

— Agarra nisto! — gritou-lhe.

Tolland colocou nas mãos de Rachel a almofada de tecido enrolado e depois serviu-se das mãos livres para enfiar a fivela da carga do balão através de um dos mosquetões no seu arnês. Em seguida, rolando sobre o ombro, enfiou a fivela também através de um dos mosquetões de Rachel.

Tolland e Rachel eram agora um só.

Juntos pelas ancas.

De entre eles, a corda solta estendia-se sobre a neve até Corky, que se debatia ainda... e, dez metros mais à frente, até ao grampo junto de Norah Mangor.

Norah está morta, disse Tolland para consigo. *Não há nada que possas fazer.*

Os atacantes estavam agora debruçados sobre o corpo contorcido de Corky, preparando-se para lhe introduzir um punhado de neve pela garganta. Tolland sabia que não lhes restava muito tempo.

Retirou das mãos de Rachel o balão dobrado. O tecido era tão leve como um lenço de papel... e virtualmente indestrutível. *Vamos ver o que isto dá.*

— Aguenta-te!

— Mike? — chamou Rachel. — O que é que...

Tolland ergueu a almofada de *Mylar* no ar sobre as suas cabeças. O vento gritante elevou-a, abrindo-a como um pára-quedas num furacão. O invólucro encheu-se instantaneamente, ondulando aberto com um estalido sonoro.

Tolland sentiu um puxão violento no seu arnês, e compreendeu num instante que subestimara o poder do vento catabático. Numa fracção de segundo, ele e Rachel estavam meio no ar, sendo arrastados pelo glaciar abaixo. No instante seguinte, Tolland sentiu um puxão quando a corda que o ligava a Corky Marlinson se retesou. Vinte metros atrás, o seu aterrorizado amigo foi arrancado de debaixo dos seus atacantes surpresos, fazendo com que um deles caísse para trás. Corky soltou um grito de fazer gelar o sangue, ao deslizar acelerado sobre o gelo, falhando por pouco o trenó derrubado, e depois ziguezagueando. Uma segunda corda seguia solta junto de Corky... a corda que estivera presa a Norah Mangor.

Não há nada que possas fazer, disse Tolland para si mesmo.

Como uma massa confusa de marionetas humanas, os três corpos deslizaram pelo glaciar abaixo. Balas de gelo passaram-lhes por perto, mas Tolland sabia que os atacantes tinham perdido a sua oportunidade. Atrás de si, os soldados de branco desvaneciam-se, encolhendo até serem pontos iluminados pelo brilho dos foguetes de sinalização.

Tolland sentia agora, com crescente aceleração, o gelo dilacerante sob o seu fato acolchoado, e o alívio por ter escapado com vida não tardou a esmorecer. A menos de três quilómetros à frente deles, a Plataforma de Gelo de Milne terminava abruptamente num precipício — e para lá da falésia... uma queda de trinta metros para as ondas letais do Oceano Árctico.

CAPÍTULO CINQUENTA E DOIS

Marjorie Tench sorria ao descer as escadas que levavam ao Communications Office da Casa Branca, a informatizada estação emissora que transmitia comunicados de imprensa formulados no piso superior, no Gabinete de Comunicação. O encontro com Gabrielle Ashe correra bem. Não sabia se Gabrielle ficara suficientemente assustada para assinar uma declaração admitindo o caso com Sexton, mas bem que valera a pena tentar.

Gabrielle seria esperta se o abandonasse, pensava. A pobre rapariga não fazia ideia até que ponto o senador estava prestes a queimar-se.

Dentro de poucas horas, a meteórica conferência de imprensa do presidente deixaria Sexton sem pernas para seguir em frente. Isso era certo. Gabrielle Ashe, caso decidisse cooperar, seria o golpe final que faria Sexton desaparecer de vez com o rabinho entre as pernas. Na manhã seguinte, Tench poderia enviar para a imprensa a declaração de Gabrielle, juntamente com a gravação de Sexton negando o caso.

Dois coelhos de uma cajadada só.

Afinal, a política não se resumia a ganhar as eleições; era preciso ganhar de forma decisiva, ter a força necessária para levar adiante a sua visão. Historicamente, todos os presidentes que assumiam o cargo tendo vencido por uma pequena margem realizavam muito menos obra; passavam o portão já enfraquecidos, e o Congresso jamais permitia que se esquecessem disso.

Num cenário ideal, a destruição da campanha do senador Sexton seria completa — um ataque de duas frentes, visando tanto a sua política como a sua ética. Esta estratégia, conhecida em Washington como «*high-low*», era inspirada na arte militar da guerra. *Forçar o inimigo a bater-se em duas frentes.* Quando um candidato possuía informação negativa acerca de um adversário, optava muitas vezes por esperar, até obter uma segunda informação, tornando ambas públicas num mesmo momento. Um ataque duplo era sempre mais eficaz que uma única investida, sobretudo quando compreendia aspectos separados da sua campanha — o primeiro contra a sua política, o segundo contra o seu carácter. A refutação de um ataque *político* requeria lógica, enquanto a refutação de um ataque ao *carácter* exigia paixão; disputar ambos em simultâneo era um jogo de equilíbrio quase impossível.

Nessa mesma noite, o senador Sexton daria por si a lutar para sair do pesadelo político que era um retumbante triunfo da NASA, e a sua posição tornar-se-ia consideravelmente mais difícil se se visse forçado a defender a sua postura relativamente à NASA ao mesmo tempo que um proeminente elemento feminino da sua equipa lhe chamava mentiroso.

Tendo chegado à entrada do Communications Office, Tench sentia-se viva com a excitação do combate. Política era guerra. Respirou fundo e consultou o seu relógio. 18:15. O primeiro tiro estava prestes a ser disparado.

Entrou na sala.

O Communications Office tinha uma pequena dimensão, não por falta de espaço, mas por falta de necessidade. Era uma das mais eficientes estações de comunicação de massas do mundo e empregava apenas cinco funcionários. De momento, todos os cinco elementos se encontravam debruçados sobre os seus painéis de equipamento electrónico, como nadadores aguardando o sinal de partida.

Estão a postos, viu Tench nos seus olhares ansiosos.

Nunca deixara de a surpreender o facto de aquela pequena sala, com um aviso prévio de apenas duas horas, conseguir contactar mais de *um terço* do mundo civilizado. Com ligações electrónicas a literalmente dezenas de milhar de fontes noticiosas, desde os maiores conglomerados televisivos aos mais pequenos jornais regionais, o Centro de Comunicações da Casa Branca podia, mediante o simples premir de alguns botões, alcançar o mundo inteiro.

Computadores ligados a faxes emitiam comunicados de imprensa que chegavam a estações de rádio, televisão, imprensa e ao correio electrónico de agências noticiosas, desde Maine até Moscovo. *E-mails* de grande capacidade cobriam redes de informação *online*. Telefones de ligação automática realizavam centenas de chamadas para gestores de conteúdos de informação e transmitiam anúncios previamente gravados. Uma página da Web com as notícias de última hora providenciava actualizações constantes e conteúdos pré-formatados. As fontes noticiosas «*live-feed-capable*» — CNN, NBC, ABC, CBS, agências estrangeiras — seriam assaltadas de todos os ângulos e ser-lhes-ia prometida uma transmissão televisiva em directo, sem custos. O que quer que essas estações estivessem a emitir seria imediatamente interrompido, dando lugar a um comunicado presidencial de emergência.

Comunicação a todo o mundo.

Como um general inspeccionando as suas tropas, Tench encaminhou-se silenciosamente para a secção editorial e pegou numa cópia do *flash release* que estava agora prestes a sair em todos os aparelhos de transmissão, como cartuchos numa arma de fogo.

Ao lê-la, Tench não pôde deixar de rir para si. De acordo com os procedimentos habituais, o comunicado a ser emitido era vago — mais um anúncio do que uma declaração —, mas o presidente ordenara ao Communications Office que ignorasse todas as restrições. E era o que tinham feito. O texto era perfeito: rico em palavras-chave e de conteúdo ligeiro. Uma combinação fatal. Mesmo os canais noticiosos que utilizavam motores de busca destinados a analisar o seu correio encontrariam dificuldades em lidar com esta mensagem.

De: Centro de Comunicações da Casa Branca
Assunto: Comunicado Presidencial Urgente

O *Presidente dos Estados Unidos da América* dará uma conferência de imprensa de carácter *urgente* às 20h00 desta noite, hora de Washington, a partir da Sala de Imprensa da Casa Branca. O tema deste comunicado é neste momento *confidencial.* O conteúdo estará disponível em directo através dos meios usuais nos suportes áudio e vídeo.

Voltando a colocar o papel sobre a mesa, Marjorie Tench percorreu com o olhar o Communications Office e acenou à equipa, mostrando-se impressionada. Eles pareciam ansiosos.

Acendendo um cigarro, deu uma passa, deixando que a expectativa crescesse. Por fim, sorriu.

— Senhoras e senhores. Mãos à obra.

CAPÍTULO CINQUENTA E TRÊS

Todo o raciocínio lógico se evaporara da mente de Rachel Sexton. Ela já não pensava no meteorito, nem no misterioso registo do GPR, nem em Ming ou no terrível ataque sobre o manto de gelo. Havia um assunto prioritário.

A sobrevivência.

Numa imagem confusa, o gelo corria debaixo dela como uma interminável auto-estrada lustrosa. Se o seu corpo estava dormente devido ao medo ou simplesmente protegido pelo fato que usava, Rachel não sabia, mas não sentia dor. Não sentia nada.

Ainda.

Deitada de lado, presa a Tolland pela zona da cintura, Rachel encontrava-se cara a cara com ele, no mais estranho dos abraços. Algures à frente deles, o balão ondulava, repleto de vento, como um pára-quedas preso a um carro de corrida. Corky seguia na esteira deles, serpenteando violentamente, como um tractor com reboque. O foguete que marcava o local onde tinham sido atacados desaparecera na distância.

O assobiar dos seus fatos *Mark IX* sobre o gelo tornava-se cada vez mais intenso à medida que ganhavam aceleração. Ela não tinha ideia da velocidade a que iriam naquele momento, mas o vento soprava a pelo menos cem quilómetros/hora, e a pista debaixo deles parecia correr cada vez mais depressa, sem fricção, a cada segundo que passava. O inpenetrável balão *Mylar* não tinha, aparentemente, intenções de se rasgar ou ceder.

Temos de nos libertar, pensou Rachel. Fugiam de uma ameaça mortal, encaminhando-se directamente para outra. *O oceano deve agora estar a pouco mais de um quilómetro!* A ideia da água gelada trouxe-lhe recordações aterrorizantes.

O vento soprava mais forte, e começaram a avançar mais depressa. Algures atrás deles, Corky soltou um grito de terror. Àquela velocidade, Rachel sabia que lhes restavam apenas alguns minutos até serem projectados sobre a escarpa para o oceano gélido. Tolland estava aparentemente a pensar o mesmo, pois lutava agora para conseguir libertá-los do balão.

— Não consigo soltar-nos! — gritou. — Há demasiada pressão!

Rachel esperava que uma momentânea acalmia no vento desse a Tolland alguma margem de manobra, mas o catabático empurrava-os com uma regularidade inexorável. Na tentativa de ajudar, Rachel contorceu o corpo e enfiou o gancho de um dos seus *crampons* no gelo, projectando no ar um leque de fragmentos de gelo. A velocidade a que seguiam sofreu um ligeiro abrandamento.

— Agora! — gritou ela, levantando o pé.

Por um instante, a corda da carga do balão abrandou um pouco. Tolland deu-lhe um puxão para baixo, tentando retirar proveito da corda agora mais frouxa para soltar a fivela que a ligava aos seus mosquestões. A tentativa falhou.

— Outra vez! — gritou ele.

Desta vez torceram-se ambos um contra o outro e afundaram os espigões no gelo, lançando uma dupla pluma de gelo no ar. Isto fez com que abrandassem de forma mais perceptível.

— Agora!

Ao sinal de Tolland, ambos levantaram os pés. Quando o balão foi novamente impelido para a frente, Tolland introduziu o polegar no fecho do mosquetão, virando o gancho, tentando desprender a fivela. Apesar de ter estado mais perto desta vez, Tolland precisava que a corda se soltasse um pouco mais. Norah elogiara os mosquetões, dizendo que eram grampos de segurança *Joker* de primeira classe, especialmente equipados com uma volta extra de metal, para que não se desprendessem sob tensão.

Morta por grampos de segurança, pensou Rachel, sem achar a mínima graça à ironia.

— Mais uma vez! — gritou Tolland.

Reunindo toda a sua energia e toda a sua esperança, Rachel contorceu-se o mais que pôde e fincou os dedos de ambos os pés no gelo. Arqueando as costas, tentou colocar todo o seu peso sobre os dedos dos pés. Tolland imitou-a até estarem ambos bem dobrados sobre o estômago, a ligação do cinto exercendo pressão sobre os arneses. Tolland fincou os seus pés e Rachel arqueou-se mais ainda. As vibrações enviaram ondas de choque que lhe percorreram as pernas. Tinha a sensação de que os tornozelos iam fracturar-se.

— Agarra-o... Agarra-o... — Tolland contorceu-se para soltar o grampo *Joker*, à medida que a velocidade a que seguiam abrandava. — Quase...

Os *crampons* de Rachel estalaram. Os ganchos de metal soltaram-se da suas botas e caíram para trás na noite, ressaltando sobre Corky. O balão avançou imediatamente aos solavancos, fazendo com que Rachel e Tolland ziguezagueassem. Tolland deixou escapar o grampo.

— Merda!

O balão *Mylar*, como que furioso por ter sido momentaneamente retido, dava agora guinadas para a frente, puxando ainda com mais força, arrastando-os pelo glaciar abaixo na direcção do mar.

Rachel sabia que se estavam a aproximar rapidamente do precipício, apesar de, antes ainda, terem de enfrentar o perigo da queda de dez metros para o Árctico. Três enormes muros de neve interpor-se-iam no seu caminho. Mesmo protegidos pelos seus fatos acolchoados, a ideia de serem lançados a alta velocidade para cima e para baixo contra as elevações de neve encheu-a de terror.

Lutando desesperadamente contra os arneses, Rachel tentava encontrar uma forma de libertar o balão. Foi então que ouviu aquele bater ritmado no gelo: o *staccato* de tiro contínuo de um metal leve sobre o manto de gelo nu.

O machado.

No seu medo, Rachel esquecera por completo o machado de gelo preso ao cabo no seu cinto. A ferramenta leve de alumínio balouçava junto da sua perna. Olhou para o cabo da carga no balão, feito de espesso e resistente *nylon* entrançado. Esticando-se para baixo, tentou agarrar o machado que oscilava. Conseguiu alcançá-lo e puxou-o para si, esticando o cabo. Ainda posicionada de lado, Rachel debateu-se para erguer os braços acima da cabeça, colocando o lado serrilhado do machado contra o cabo teso. Com dificuldade, começou a serrar.

— Isso mesmo! — gritou Tolland, tentando por sua vez agarrar o seu machado.

Deslizando de lado, de corpo esticado e braços erguidos, Rachel serrava o cabo. O material era resistente e as tiras individuais de *nylon* cediam apenas lentamente. Tolland agarrou o seu machado, virou-se, elevou os braços acima da cabeça e tentou serrar a partir de baixo no mesmo lugar. Os seus bastões chocalhavam ao colidir, enquanto eles trabalhavam como lenhadores. O cabo começava agora a desgastar-se de ambos os lados.

Vamos conseguir, pensou Rachel. *Esta coisa há-de partir-se*!

De repente, a bolha prateada de *Mylar* que seguia na sua frente subiu precipitadamente, como se tivesse encontrado uma corrente de ar ascendente. Para seu horror, Rachel deu-se conta de que o balão estava apenas a seguir o contorno do solo.

Tinham chegado.

As bermas.

Avistaram a parede branca apenas um instante antes de a alcançarem. O embate sofrido por Rachel ao atingirem a elevação retirou-lhe o ar dos pulmões e arrancou-lhe o machado das mãos. Como um esquiador aquático enredado sendo projectado na sequência de um salto, Rachel sentiu que o seu corpo era arrastado pela inclinação acima, e depois lançado para o ar. Ela e Tolland foram subitamente catapultados num estonteante emaranhado ascendente. Debaixo deles, estendia-se o amplo espaço que separava os muros de gelo, mas o cabo meio desfiado da carga mantinha a velocidade, elevando os seus corpos em constante aceleração, transportando-os bem para além do intervalo plano. Por um instante, Rachel vislumbrou o que tinham pela frente. Mais duas bermas — um pequeno planalto — e a queda para o mar.

Como que para dar voz ao terror petrificado de Rachel, o grito agudo de Corky Marlinson rasgou o ar. Algures atrás deles, Corky levantou voo sobre a primeira berma. Os três foram lançados no ar, o balão trepando para o alto como um animal selvagem tentando libertar-se da armadilha do seu captor.

De repente, como um tiro disparado na noite, um súbito estalido ecoou acima deles. A corda cedeu e a extremidade esfarrapada recuou, atingindo Rachel no rosto. Instantaneamente, começaram a cair. Algures acima deles, o balão *Mylar* balouçava descontrolado... numa espiral que o levava ao mar.

Presa no meio de mosquetões e arneses, Rachel e Tolland caíram em direcção à terra. Quando o segundo muro branco se ergueu diante deles, Rachel preparou-se para o impacto. Mal tocando no topo da segunda elevação, aterraram do outro lado, o embate parcialmente atenuado pelos seus fatos e pelo contorno descendente do muro de gelo. Enquanto o mundo à sua volta se transformava numa imagem indistinta de braços e pernas e gelo, Rachel deu por si disparando pela inclinação abaixo, direita ao sinclinal de gelo central. Instintivamente, afastou os braços e as pernas, tentando abrandar antes que chegassem ao muro seguinte. Sentiu que abrandavam, mas apenas ligeiramente, e pareceu-lhe que seria apenas uma questão de segundos até ela e Tolland estarem de novo a deslizar por uma inclinação acima. No alto, houve mais um instante de ausência de peso, enquanto transpunham a crista. Depois, horrorizada, Rachel sentiu que começavam a descida fatal para o outro lado e para o planalto final... os últimos trinta metros do Glaciar de Milne.

Enquanto resvalavam na direcção do precipício, Rachel podia sentir a resistência que Corky exercia na corda, e compreendeu que estavam a abrandar. Rachel sabia, no entanto, que era muito pouco, muito tarde. A extremidade do glaciar corria para eles, e Rachel soltou um grito desesperado.

Foi então que aconteceu.

A extremidade do gelo ficou para trás. A queda seria a última coisa de que Rachel se recordaria.

CAPÍTULO CINQUENTA E QUATRO

Os Westbrooke Place Apartments situam-se em 2201 N Street NW e são conhecidos por terem um dos poucos endereços inquestionavelmente correctos em Washington. Gabrielle passou apressada a porta giratória dourada e encontrou-se no átrio de mármore, onde reverberava uma ensurdecedora queda de água.

Ao vê-la, o recepcionista no balcão de entrada fez um ar surpreendido.

— Sra. Ashe? Não sabia que iria passar por aqui esta noite.

— Estou atrasada. — Gabrielle assinou o registo de entrada. O relógio de parede mostrava 18h22.

O recepcionista coçou a cabeça.

— O senador deu-me uma lista, mas a senhora...

— Eles tendem a esquecer-se das pessoas que mais os ajudam. — Fez um sorriso atormentado e encaminhou-se para o elevador.

O recepcionista parecia pouco à vontade.

— É melhor eu ligar a avisar.

— Obrigada — disse Gabrielle, entrando no elevador e preparando-se para subir. *O telefone do senador está desligado.*

No nono piso, Gabrielle saiu e atravessou o elegante átrio. Do outro lado, à porta do apartamento de Sexton, viu a figura corpulenta de um dos elementos da sua guarda pessoal — guarda-costas aprimorados — sentado na entrada. O homem parecia aborrecido. Gabrielle ficou surpreendida ao ver um segurança de serviço, embora não tão surpreendida como estava o guarda ao vê-la a ela. Pôs-se de pé de um salto, ao vê-la aproximar-se.

— Eu sei — disse Gabrielle, ainda a meio do átrio. — É uma noite D. P. Ele não quer ser incomodado.

O guarda anuiu enfaticamente.

— O senador deu-me ordens muito claras para que não deixasse ninguém...

— É uma emergência.

O guarda bloqueou fisicamente a passagem.

— Ele está numa reunião particular.

— A sério? — Gabrielle retirou o envelope vermelho de debaixo do braço e exibiu o selo da Casa Branca diante da cara do homem. — Venho directamente da Casa Branca. Preciso de transmitir esta informação ao senador. Quem quer que sejam os velhotes que ele esteja a engraxar esta noite, vão ter de esperar uns minutinhos. Agora, deixe-me entrar.

O guarda encolheu-se ligeiramente ao ver o selo da Casa Branca no envelope.

Não me obrigues a abrir isto, pensou Gabrielle.

— Dê-me o envelope — disse ele. — Irei entregar-lho.

— Ah, isso é que não vai. Tenho instruções da Casa Branca para entregar isto em mãos. Se eu não falar com ele imediatamente, é melhor amanhã começarmos todos a procurar emprego. Compreende o que lhe digo?

O guarda parecia profundamente indeciso, e Gabrielle percebeu que o senador devia realmente ter sido peremptório ao dizer que não queria receber visitas. Gabrielle preparou-se para o golpe final. Segurando o envelope mesmo diante da cara do homem, Gabrielle baixou a voz e sussurrou as cinco palavras que todo o pessoal da segurança em Washington mais temia.

— Você *não* compreende a situação.

O pessoal da segurança que trabalhava para os políticos *nunca* compreendia a situação, e odiava que assim fosse. Eram pistoleiros contratados, mantidos às escuras, nunca sabiam ao certo quando deviam manter-se firmes nas ordens recebidas ou quando se arriscavam a perder o emprego por ignorarem teimosamente uma óbvia crise política.

O guarda engoliu em seco, olhando mais uma vez o envelope da Casa Branca.

— O.K., mas vou dizer ao senador que a senhora *exigiu* que eu a deixasse entrar.

Destrancou a porta, e Gabrielle empurrou-o entrando apressadamente, antes que ele mudasse de ideias. Encontrando-se no interior do apartamento, fechou a porta silenciosamente, voltando em seguida a trancá-la.

Do vestíbulo, Gabrielle podia ouvir vozes abafadas no gabinete de Sexton; vozes de homens. A presente noite D. P. não era, obviamente, o encontro privado sugerido pela chamada que Sexton recebera nessa tarde.

Ao atravessar o vestíbulo na direcção do gabinete, Gabrielle passou por um armário aberto onde estava pendurada meia dúzia de casacos de homem, de lã e de *tweed*. Havia várias pastas pousadas no chão. Ao que parecia, nessa noite, o trabalho não passaria do vestíbulo. Gabrielle teria prosseguido sem se deter nas pastas se uma destas não lhe tivesse despertado a atenção. A placa identificativa exibia distintamente o logótipo de uma empresa. Um foguetão vermelho-vivo.

Gabrielle parou, ajoelhando-se para ler:

SPACE AMERICA, INC.

Confusa, examinou as restantes pastas.

BEAL AEROSPACE. MICROCOSM, INC. ROTARY ROCKET COMPANY. KISTLER AEROSPACE.

A voz áspera de Marjorie Tench ecoou na mente de Gabrielle. *Tem conhecimento de que Sexton aceita subornos de companhias aeroespaciais privadas?*

Gabrielle percorreu com o olhar o corredor escuro que levava à entrada abobadada para o gabinete do senador e a sua pulsação acelerou-se. Ela sabia que devia falar audivelmente, dar a conhecer a sua presença e, no entanto, deu consigo a avançar lentamente para a porta. Avançou até uma curta distância da entrada e deixou-se ficar silenciosamente por entre as sombras... escutando a conversa.

CAPÍTULO CINQUENTA E CINCO

Tendo Delta-Três ficado para recolher o corpo de Norah Mangor e o trenó, os outros dois soldados aceleraram pelo glaciar abaixo atrás das suas presas.

Usavam esquis *ElektroTread*. Sendo um modelo concebido a partir dos esquis motorizados *Fast Trax* disponíveis no mercado, os confidenciais *ElektroTreads* eram essencialmente esquis de neve que tinham afixadas lagartas em miniatura, semelhantes a *snowmobiles* para serem usados nos pés. Para se controlar a velocidade, era apenas necessário juntar as pontas dos dedos indicador e polegar, comprimindo duas placas de pressão dentro da luva da mão direita. Uma poderosa bateria de gel contornava o pé, redobrando o isolamento e permitindo que os esquis se movessem silenciosamente. Num processo engenhoso, a energia cinética gerada pela gravidade e pelas lagartas à medida que o esquiador deslizava *descendo* uma montanha era automaticamente armazenada para recarregar as baterias para a subida seguinte.

Com o vento pelas costas, Delta-Um mantinha-se agachado, planando na direcção do mar, observando o glaciar à sua frente. O seu sistema de visão nocturna era o último grito do modelo *Patriot* usado pelos *Marines*. Delta-Um olhava através de uma armação mãos-livres com lentes, de 40 x 90 mm, com *zoom* de seis vezes, *Magnification Doubler* de três vezes, e *Super Long Range IR*. O mundo exterior surgia-lhe num azul translúcido, em vez do comum verde — um esquema de cores especialmente concebido para terrenos altamente reflectivos como era o caso do Árctico.

À medida que se aproximava do primeiro muro de gelo, os óculos protectores de Delta-Um revelavam várias faixas brilhantes de neve acabada de pisar, subindo e transpondo a inclinação como uma seta de néon na noite. Aparentemente, aos três fugitivos não tinha ocorrido libertarem-se da sua vela improvisada, ou então não tinham sido capazes de o fazer. De um modo ou de outro, se não se tivessem soltado ao chegar ao último muro de gelo, estariam agora algures à deriva no oceano. Delta-Um sabia que o equipamento das suas presas as manteria com vida na água para além do que seria de esperar, mas as implacáveis correntes ao largo arrastá-los-iam para longe da costa. O afogamento seria inevitável.

Apesar desta certeza, Delta-Um fora treinado para nunca partir de pressupostos. Tinha de ver os corpos. Agachando-se, pressionou os seus dedos e acelerou pelo primeiro monte de gelo acima.

Michael Tolland estava estendido e imóvel, tomando consciência dos seus ferimentos. Estava bastante magoado, mas parecia não ter ossos partidos. Não duvidava que o fato *Mark IX* com gel incorporado o tinha poupado a traumatismos substanciais. Ao abrir os olhos, teve dificuldade em organizar os seus pensamentos. Ali, tudo parecia mais suave... mais tranquilo. O vento ainda assobiava, mas menos feroz.

Chegámos ao extremo do glaciar... não foi?

Focando a vista, Tolland deu por si estendido no gelo, atravessado sobre Rachel Sexton, quase na perpendicular, os seus mosquetões presos e retorcidos. Sentia a respiração dela debaixo dele, mas não conseguia ver-lhe o rosto. Rolou para o lado, mal conseguindo levar os seus músculos a responder-lhe.

— Rachel...? — Tolland não tinha a certeza se os seus lábios produziam sons.

Tolland recordou os últimos segundos da louca corrida: o balão que subira arrastando-os, o cabo da carga cedendo, os seus corpos sendo projectados para o outro lado do muro de gelo, deslizando e transpondo a última elevação, planando na direcção do abismo. O gelo desaparecendo. Tolland e Rachel tinham caído, mas a queda fora estranhamente curta.

Em vez do esperado mergulho no oceano, tinham caído apenas cerca de três metros antes de embaterem numa outra placa de gelo, até se imobilizarem com o peso morto de Corky a reboque.

Agora, erguendo a cabeça, Tolland olhava o mar. Não longe do lugar onde se encontrava, o gelo terminava numa falésia a pique, de onde lhe chegavam os sons do oceano. Olhando o glaciar atrás de si, Tolland esforçou-se por ver na noite. A vinte metros de distância, avistou uma alta parede de gelo, que parecia suspensa acima deles. Foi então que compreendeu o que acontecera. De alguma forma, tinham deslizado do glaciar principal para um terraço inferior de gelo. Esta secção era plana, do tamanho de um ringue de hóquei, e tinha ruído parcialmente, preparando-se para se quebrar a qualquer momento.

Gelo a soltar-se, pensou Tolland, olhando a precária plataforma onde se encontrava e que pendia do glaciar como uma varanda colossal, rodeada em três dos seus lados de precipícios para o oceano. O manto de gelo ligava-se ao glaciar apenas por um dos lados, e Tolland podia ver que a conexão não era, de todo, permanente. A fronteira onde o terraço se prendia à Plataforma de Gelo de Milne era assinalada por uma fissura resultante do afastamento com mais de um metro de largura. A gravidade estava prestes a vencer aquela batalha.

Quase tão assustador como ver a fissura, foi ver o corpo de Corky Marlinson contorcido sobre o gelo. Corky encontrava-se a cerca de dez metros, na extremidade de uma corda presa a eles.

Tolland tentou levantar-se, mas estava ainda preso a Rachel. Escolhendo uma nova posição, começou a desprender os seus mosquetões entrelaçados.

Tentando sentar-se, Rachel parecia fraca.

— Nós não... caímos? — o tom da sua voz era de espanto.

— Caímos sobre um bloco inferior de gelo — disse Tolland, conseguindo finalmente desprender-se dela. — Tenho de ajudar Corky.

Com dificuldade, Tolland tentou pôr-se de pé, mas sentia as pernas fracas. Agarrou na corda. Corky começou a deslizar na direcção deles através do gelo. Ao fim de cerca de uma dúzia de impulsos, Corky estava deitado no gelo a alguns palmos de distância.

Corky Marlinson estava ferido. Perdera os seus óculos protectores, sofrera um corte profundo numa das faces e sangrava do nariz. O receio de Tolland de que Corky pudesse estar morto dissipou-se rapidamente quando Corky rolou para junto dele, olhando-o com uma expressão zangada.

— Meu Deus — gaguejou. — Mas que raio de truque foi *aquele!?*
Tolland suspirou de alívio.

Rachel acabava de se sentar, retrocedendo. Olhou em redor.

— Temos de... sair daqui. Este bloco de gelo parece prestes a cair.

Tolland estava inteiramente de acordo. Restava saber como.

Não tinham tempo para pensar numa solução. Um familiar zunido agudo fez-se ouvir no glaciar, acima deles. O olhar de Tolland disparou para ver duas figuras vestidas de branco que esquiavam sem esforço até à beira do precipício, aí se detendo em uníssono. Os dois homens mantiveram-se imóveis por um momento, observando as suas vítimas, como mestres de xadrez saboreando o xeque-mate antes da última jogada.

Delta-Um estava surpreendido por ver os três fugitivos com vida. Sabia, no entanto, que era apenas uma questão de tempo. Tinham caído para uma secção do glaciar que iniciara já o seu inevitável mergulho no mar. Poderiam ser incapacitados e mortos da mesma forma que a outra mulher, mas uma solução muito mais prática acabara de lhe ocorrer. Uma forma que não deixaria corpos para serem encontrados.

Olhando para baixo, Delta-Um fixou-se na fenda que alastrava entre a plataforma e o bloco de gelo. A secção sobre a qual se encontravam os três fugitivos estava perigosamente saliente... pronta a quebrar-se e a cair no oceano a qualquer momento.

E porque não hoje...?

Ali, na plataforma de gelo, a noite era agitada de poucas em poucas horas por estrondos ensurdecedores; o som de blocos de gelo do glaciar que se quebravam e afundavam no oceano. Quem iria notar?

Sentindo o familiar afluxo quente de adrenalina que acompanhava os preparativos para um ataque, Delta-Um pegou na mochila onde guardava o equipamento e retirou um pesado objecto com forma de limão. Instrumento essencial para equipas militares de assalto, o objecto era conhecido por *flashbang*, uma granada de concussão «não-letal» que desorientava temporariamente um inimigo, gerando uma onda de concussão ensurdecedora com um clarão ofuscante. Nessa noite, contudo, Delta-Um sabia que esta arma seria certamente letal.

Posicionou-se perto da extremidade e perguntou-se que extensão teria a fenda. Seis metros? Quinze? Não era importante. O seu plano seria eficaz de qualquer modo.

Com uma calma resultante da experiência de inúmeras execuções, Delta-Um marcou um tempo de dez segundos no relógio da granada, retirou-lhe o pino de segurança e lançou-a pelo precipício. A bomba mergulhou na escuridão e desapareceu.

Em seguida, Delta-Um e o seu companheiro recuaram para o alto do muro de gelo e aguardaram. Seria uma visão digna de se contemplar.

Mesmo no seu delirante estado de espírito, Rachel Sexton tinha uma ideia bastante clara daquilo que os atacantes tinham acabado de lançar sobre o abismo. Não sabia ao certo se Michael Tolland compreendia o que estava a acontecer ou se apenas lera o medo nos olhos dela, mas Rachel viu-o empalidecer, olhando horrorizado a gigantesca placa de gelo onde estavam bloqueados, apercebendo-se claramente do inevitável.

Como uma nuvem de tempestade internamente iluminada por um relâmpago, o gelo debaixo de Rachel acendeu-se no interior. A transparência branca e fantasmagórica disparou em todas as direcções. Num raio de noventa metros, o branco do glaciar resplandeceu. A concussão veio a seguir. Não um estrondo como num terramoto, mas uma ensurdecedora onda de choque de força trepidante. Rachel sentiu o impacto vibrar através do gelo, percorrendo depois o seu corpo.

Imediatamente, como se uma calçadeira tivesse sido introduzida entre a plataforma e o bloco de gelo onde se encontravam, a falésia começou a ruir com um estalar doentio. Os olhos de Rachel fixaram-se nos de Tolland, num instantâneo de terror. Por perto, Corky soltou um grito.

A parte de baixo desprendeu-se.

Rachel sentiu-se leve por um instante, pairando sobre o bloco de gelo de milhares de toneladas. Um momento mais tarde, escorregavam pelo icebergue abaixo, mergulhando no mar gélido.

CAPÍTULO CINQUENTA E SEIS

O ensurdecedor ranger de gelo contra gelo invadiu os ouvidos de Rachel quando a maciça placa deslizou pela face da Plataforma de Gelo Milne, lançando no ar uma chuva de pequenos fragmentos. Atingindo a água, a placa abrandou, e Rachel, que antes sentira o seu corpo leve, aterrou na superfície de gelo. Tolland e Corky aterraram com força por perto.

Enquanto o bloco se afundava cada vez mais no mar, Rachel podia ver a superfície espumosa do oceano correndo para cima com uma espécie de jocosa desaceleração, como o chão debaixo de um praticante de *bungee-jumping* cujo cabo fosse um pouco longo de mais. Emergir... emergir... e ali estava. O pesadelo da sua infância regressara. *O gelo... a água... a escuridão...* O medo era quase primitivo.

O topo da placa ficou submerso, e o gélido Oceano Árctico cobriu os seus contornos numa torrente. Com a água a envolvê-la por todos os lados, Rachel sentiu-se a ser engolida. A pele nua do seu rosto contraiu-se e ardeu ao contacto com a água salgada. O chão de gelo desapareceu debaixo dela e Rachel lutou para voltar à superfície, boiando devido ao efeito do gel no seu fato. Ao chegar à superfície, cuspiu uma porção de água salgada. Viu os outros debatendo-se por perto, enredados em cordas. Enquanto Rachel tentava recuperar, Tolland gritou:

— Está a voltar à superfície!

Enquanto as suas palavras ecoavam acima do tumulto, Rachel sentiu um estranho revolver na água. Como uma locomotiva maciça esforçando-se para inverter o sentido da sua marcha, a placa de gelo detivera-se, rugindo, debaixo de água e começava agora a sua subida, directamente abaixo deles. A alguns metros de profundidade, um ruído doentio de baixa frequência ressoou na direcção da superfície, quando a gigantesca placa submersa iniciou o seu regresso à tona da água pela face glaciar.

Acelerada, a placa emergia depressa, apressando-se a sair da escuridão. Rachel sentiu-se erguer. O gelo veio ao encontro do seu corpo e o oceano enfurecia-se a toda a sua volta. Ela debatia-se em vão, tentando equilibrar-se enquanto o gelo a propulsionava para cima, juntamente com milhões de litros de água. Boiando, o gigante bloco surgiu à superfície, elevando-se e ondulando, procurando o seu centro de gravidade. Rachel deu por si debatendo-se, com água pela cintura, sobre a imensa superfície plana. À medida que a água escorria de cima da placa, a corrente engoliu Rachel, empurrando-a até à extremidade. Deslizando, estendida de bruços, Rachel via a margem da placa aproximar-se rapidamente.

Aguenta-te!, chamava a voz da mãe de Rachel, como quando, em criança, ela se debatia na água, debaixo do lago gelado. *Aguenta-te! Não te deixes ir ao fundo!* Um forte repelão no seu arnês expeliu o pouco ar que lhe restava nos pulmões. Rachel foi impelida num salto, parando apenas a poucos metros do extremo. O movimento fê-la girar sobre si mesma. A dez metros de distância, Rachel podia ver o corpo mole de Corky, ainda preso a ela, imobilizando-se também. Tinham sido projectados para fora da placa do gelo, mas em sentidos opostos, e o movimento dele contrabalançara o dela. À medida que a água escorria e se tornava menos profunda, uma outra forma escura surgiu perto de Corky. Apoiava-se nas mãos e nos joelhos, agarrando a corda de Corky e vomitando água salgada.

Michael Tolland.

Quando a última esteira de água escoou da placa, Rachel deixou-se ficar estendida num silêncio aterrorizado, escutando os sons do oceano. Depois, sentindo-se invadida pelo frio letal, obrigou-se a colocar-se sobre as mãos e os joelhos. O icebergue continuava a oscilar para a frente e para trás, como um gigantesco cubo de gelo. Delirante e com dores, arrastou-se para junto dos outros.

Lá em cima, sobre o glaciar, Delta-Um perscrutava, através dos seus óculos protectores de visão nocturna, a água agitada em redor do mais recente icebergue tabular do Oceano Árctico. Apesar de não ver corpos na água, Delta-Um não estava surpreendido. O oceano era negro e os fatos e os gorros das suas presas eram pretos.

Percorrendo com o olhar a superfície do enorme manto de gelo flutuante, teve dificuldade em mantê-lo focado. O icebergue afastava-se rapidamente, avançando já mar adentro nas fortes correntes do largo. Estava prestes a voltar o olhar para o mar, quando viu algo de inesperado. Três manchas negras sobre o gelo. *Serão os corpos?* Delta-Um tentou focar a imagem.

— Vês alguma coisa? — perguntou Delta-Dois.

Delta-Um não disse nada, focando com a sua lente. Sobre a pálida cor do icebergue, avistou, estupefacto, três formas humanas amontoadas, imóveis, na ilha de gelo. Se estavam vivos ou mortos, Delta-Um não fazia ideia. Mas pouco importava. Se estivessem vivos, mesmo com os seus fatos impermeáveis, estariam mortos ao fim de uma hora; estavam molhados, aproximava-se uma tempestade e afastavam-se da costa, num dos oceanos mais perigosos do planeta. Os seus corpos nunca seriam encontrados.

— Apenas sombras — respondeu Delta-Um, voltando as costas para o abismo. — Vamos voltar à base.

CAPÍTULO CINQUENTA E SETE

O senador Sedgewick Sexton colocou o seu copo de *Courvoisier* na pedra sobre a lareira, no seu apartamento de Westbrook, e atiçou o fogo durante alguns instantes, tentando organizar os seus pensamentos. Os seis homens que se encontravam com ele no gabinete estavam agora sentados em silêncio... à espera. A conversa de circunstância terminara. Tinha chegado a hora de o senador definir o seu preço. Eles sabiam. Ele sabia.

A política era um negócio.

Estabelece a confiança. Fá-los saber que compreendes os seus problemas.

— Como devem saber —disse Sexton, voltando-se para eles —, ao longo dos últimos meses, encontrei-me com muitos indivíduos na mesma posição em que vocês se encontram. — Sorriu e sentou-se, colocando-se ao mesmo nível que eles. — Vocês são os únicos que recebi em minha casa. São homens extraordinários, e sinto-me honrado com a vossa visita.

Sexton cruzou as mãos e deixou que os seus olhos circulassem pela sala, estabelecendo contacto pessoal com cada um dos seus convidados. Em seguida, fixou o primeiro deles, o homem robusto com chapéu à *cowboy*.

— Indústrias Aeroespaciais de Houston — disse Sexton. — Fico contente por ter vindo.

— Odeio esta cidade — resmungou o texano.

— Não o censuro. Washington tem sido injusta para consigo.

O texano olhou-o por debaixo da aba do chapéu, mas nada disse.

— Há doze anos atrás — começou Sexton — fez uma proposta ao governo dos Estados Unidos. Propôs-se construir uma estação espacial por apenas cinco mil milhões de dólares.

— Isso mesmo, foi o que propus. Ainda tenho os planos.

— E, contudo, a NASA convenceu o governo de que uma estação espacial americana deveria ser um projecto da NASA.

— Exactamente. A NASA começou a construção há quase uma década atrás.

— Uma década. E não só a estação espacial da NASA não está ainda completamente operacional, como o projecto custou, até agora, vinte vezes mais do que o previsto na sua proposta. Como contribuinte americano, fico indignado.

Um murmúrio de descontentamento atravessou a sala. Sexton percorreu a sua plateia com o olhar, identificando-se com o grupo.

— Tenho conhecimento — disse o senador, dirigindo-se agora a toda a gente — de que várias das vossas empresas se ofereceram para lançar vaivéns espaciais por apenas cinquenta milhões de dólares por voo.

Mais acenos de concordância.

— E, afinal, a NASA ganhou a corrida cobrando apenas trinta e oito milhões por voo.... apesar de o seu verdadeiro custo ser de cento e cinquenta milhões de dólares!

— É assim que nos mantêm longe do espaço — disse um dos homens. — O sector privado não pode de modo algum competir com uma companhia que se possa dar ao luxo de ter voos de vaivéns com prejuízos na ordem dos quatrocentos por cento, e continuar de portas abertas.

— Nem está certo que assim seja — disse Sexton.

Acenos a toda a volta.

Sexton voltou-se então para o austero empresário sentado a seu lado, um homem cujo currículo Sexton lera com interesse. Como muitos dos empresários que financiavam a campanha de Sexton, este homem fora em tempos um engenheiro militar que se desiludira com os salários baixos e a burocracia governamental, e que abandonara o seu posto militar para procurar a fortuna no mercado aeroespacial.

— Kistler Aerospace — disse Sexton, abanando a cabeça com um ar desesperado. — A sua firma concebeu e produziu um foguetão capaz de lançar carga por apenas quatro mil dólares por quilo, contra os valores de *vinte mil dólares* por quilo apresentados pela NASA. — Sexton fez uma pausa, para criar expectativa. — E, no entanto, vocês não têm clientes.

— Por que razão haveríamos de ter clientes? — replicou o homem. — Na semana passada, a NASA passou-nos a perna cobrando à *Motorola* apenas mil seiscentos e vinte e quatro dólares por quilo para lançar um satélite de telecomunicações. O governo lançou o satélite em causa com um prejuízo de novecentos por cento!

Sexton anuiu. Os contribuintes estavam, sem conhecimento, a subsidiar uma agência que era dez vezes menos eficiente que as suas concorrentes.

— Tornou-se, infelizmente, claro — disse ele, a sua voz ficando pesarosa — que a NASA se esforça bastante para reprimir a concorrência. Afastam as companhias privadas do ramo aeroespacial oferecendo serviços abaixo do valor de mercado.

— A NASA é a Wal-Mart do espaço — disse o texano.

Bela analogia, pensou Sexton. *A ver se não me esqueço de a usar.* A Wal-Mart era conhecida pelo costume de se estabelecer num novo território, vender os produtos abaixo do seu valor de mercado e levar à falência toda a competição local.

— Raios me partam — exclamou o texano —, mas estou farto de ter de pagar milhões em impostos para depois o Tio Sam usar esse mesmo dinheiro para me roubar clientes!

— Eu ouço-vos — disse Sexton. — E compreendo.

— É a falta de patrocínios corporativos que está a dar cabo da Rotary Rocket — disse um homem sobriamente vestido. — As leis contra os patrocínios são verdadeiramente criminosas!

— Não podia concordar mais consigo. — Sexton ficara chocado ao saber que outra forma que a NASA tinha de manter o seu monopólio do espaço era passar mandatos federais banindo a publicidade de veículos espaciais. Em vez de permitir que as empresas privadas assegurassem o seu financiamento através de patrocínios corporativos e anúncios publicitários (como faziam, por exemplo, os pilotos de carros de corrida), os veículos espaciais apenas podiam exibir as palavras USA e o nome da companhia. Num país que gastava cento e oitenta e cinco mil milhões de dólares por ano em publicidade, nem um único dólar ia parar aos cofres das firmas aerospaciais privadas.

— É um roubo — lançou um dos presentes. — A minha empresa espera manter as portas abertas até lançarmos o primeiro protótipo de foguetão turístico, em Maio do próximo ano. Estamos a contar com uma enorme cobertura mediática. A *Nike* acabou de nos oferecer sete milhões de dólares para pintarmos no foguetão o seu símbolo, com a frase «Just do it!» A *Pepsi* ofereceu-nos o dobro dessa quantia por «Pepsi: a escolha de uma nova geração». Mas, de acordo com a lei federal, se o nosso foguetão apresentar publicidade, estamos proibidos de o lançar!

— Exactamente — disse o senador Sexton. — E, caso seja eleito, farei todos os possíveis para abolir a legislação antipatrocínios. Têm a minha promessa. O espaço deverá estar aberto à publicidade, da mesma forma que está cada centímetro quadrado na Terra.

Sexton olhou a plateia, fixando os olhos nela, a sua voz tornando-se solene.

— Todos devemos, no entanto, estar conscientes de que o maior obstáculo à privatização da NASA não são as leis, mas antes a opinião pública. A maioria dos Americanos tem ainda uma visão romântica do programa espacial americano. Acredita ainda que a NASA é uma agência governamental *necessária.*

— São aqueles malditos filmes de Hollywood! — declarou um homem. — Mas quantos filmes do estilo «NASA salva o mundo de um asteróide assassino» é que Hollywood consegue fazer?! É propaganda!

A abundância de filmes de Hollywood sobre a NASA, Sexton sabia-o, era uma simples questão económica. Com o famoso *Top Gun*, um filme de sucesso com Tom Cruise no papel de piloto de um caça, uma espécie de anúncio publicitário para a U.S. Navy, a NASA apercebera-se do verdadeiro potencial de Hollywood como relações públicas. Discretamente, a NASA começara a oferecer às produtoras cinematográficas acesso *livre* para filmagens nas suas imponentes instalações... Rampas de lançamento, salas de controlo, locais de treino. Os produtores, acostumados a pagar exorbitantes quantias pelos direitos, quando filmavam noutros locais, agarraram com unhas e dentes a oportunidade de poupar milhões no seu orçamento, fazendo *thrillers* sobre a NASA em cenários «grátis». Claro que Hollywood apenas conseguia o acesso se a NASA aprovasse o guião.

— Lavagem cerebral do público — grunhiu um indivíduo hispânico. — E a publicidade é duas vezes pior que os filmes. Enviar um cidadão sénior para o espaço?! E agora a NASA está a planear uma tripulação inteiramente feminina! Tudo em nome da publicidade!

Sexton suspirou, adoptando um tom trágico.

— É verdade, e bem sei que não tenho de os recordar do que aconteceu nos anos 80, quando o Ministério da Educação estava na bancarrota e chamou a atenção para o facto de a NASA gastar milhões que podiam ser aplicados na educação. A NASA fez um malabarismo de relações públicas para provar que apoiava a educação. Enviaram uma professora de uma escola pública para o espaço. — Fez uma pausa. — Todos se lembram certamente de Christa McAuliffe.

O silêncio invadiu a sala.

— Meus senhores — continuou Sexton, parando dramaticamente em frente da lareira —, penso que chegou a altura de os Americanos saberem a verdade, para bem do futuro de todos nós. É altura de os Americanos compreenderem que a NASA não está a levar-nos na direcção dos céus, mas antes a asfixiar a exploração do espaço. A indústria espacial não é diferente de outra qualquer, e manter o sector privado de mãos atadas é algo que está próximo de um acto criminoso. Vejam a indústria informática, onde se verifica uma explosão de progresso que dificilmente conseguimos acompanhar semana a semana! E porquê? Porque a indústria informática é abrangida por um sistema de mercado livre: recompensa a eficiência e a visão com *lucros*. Imaginem se fosse uma indústria governamental! Estaríamos ainda na Idade Média. No que se refere ao espaço, estamos a estagnar. Devíamos colocar a exploração espacial nas mãos do sector privado, onde verdadeiramente pertence. Os Americanos ficariam estupefactos com o crescimento, os empregos e os sonhos realizados que daí adviriam. Acredito que devemos permitir que o sistema de mercado livre nos lance muito mais alto no espaço. Se for eleito, será minha missão pessoal abrir as portas da última fronteira.

Sexton ergueu o seu balão de conhaque.

— Meus amigos, vocês vieram aqui esta noite para decidirem se sou alguém que mereça a vossa confiança. Espero estar no bom caminho para a merecer. Da mesma forma que são necessários investidores para construir uma companhia, são necessários investidores para construir uma presidência. Da mesma forma que os accionistas esperam dividendos, vocês, como investidores políticos, esperam recompensas. A mensagem que vos quero transmitir esta noite é simples: invistam em mim, e nunca os esquecerei. Nunca. Temos uma missão única e comum.

Sexton estendeu o copo na direcção dos seus convidados num brinde.

— Com a vossa ajuda, meus amigos, em breve estarei na Casa Branca... e vocês estarão a lançar os vossos sonhos.

A apenas cinco metros de distância, Gabrielle Ashe mantinha-se nas sombras, o seu corpo rígido. Do gabinete vinha o harmonioso tilintar de copos de cristal e o crepitar da lareira.

CAPÍTULO CINQUENTA E OITO

Em pânico, o jovem técnico da NASA atravessou a habisfera a correr. *Aconteceu algo de terrível!* Encontrou o administrador Ekstrom sozinho, perto da área da imprensa.

— Sr. Ekstrom! — exclamou o técnico, ofegante. — Houve um acidente!

Ekstrom voltou-se, com uma expressão distante, como se os seus pensamentos estivessem já perturbados com outros assuntos.

— Que foi que disse? Um acidente? Onde?

— No poço de extracção. Um corpo veio à superfície. O Dr. Wailee Ming.

O rosto de Ekstrom estava inexpressivo.

— O Dr. Ming? Mas...

— Tirámo-lo da água, mas era demasiado tarde. Está morto.

— Valha-me Deus! Quanto tempo esteve lá dentro?

— Pensamos que cerca de uma hora. Ao que parece, ele caiu, foi até ao fundo, mas, quando o seu corpo inchou, voltou à superfície.

O rubor tomou conta do rosto de Ekstrom.

— Raios! Quem mais sabe disto?

— Ninguém. Só dois de nós. Retirámos o corpo da água, mas achámos melhor falar consigo antes de...

— Fizeram bem. — Ekstrom soltou um pesado suspiro. — Removam o corpo do Dr. Ming imediatamente. Não digam nada.

O técnico estava perplexo.

— Mas, Sr. Ekstrom, eu...

O administrador pousou a sua mão grande sobre o ombro do homem.

— Escute. Foi um acidente trágico, um acidente que lamento profundamente. Claro que seguirei os procedimentos adequados na altura certa. Mas esta não é, contudo, a altura certa.

— Está a pedir-me que *esconda* o corpo?

Os frios olhos de nórdico de Ekstrom afundaram-se.

— Pense um pouco. Podíamos contar a toda a gente, mas de que serviria? Falta cerca de uma hora para a conferência de imprensa. Anunciar que tínhamos tido um acidente fatal lançaria uma sombra sobre a descoberta e teria um efeito devastador sobre o clima que se vive. O Dr. Ming cometeu um erro irresponsável; não tenho a intenção de fazer a NASA pagar por isso. Estes cientistas civis já assumiram um lugar de destaque suficiente, sem eu deixar que um dos seus erros desleixados ensombre o nosso momento público de glória. Está a compreender?

O homem anuiu, pálido.

— Vou tratar de remover o corpo.

CAPÍTULO CINQUENTA E NOVE

Michael Tolland estivera no mar vezes suficientes para saber que o oceano fazia vítimas sem remorsos ou hesitação. Estendido exausto sobre o grande bloco de gelo, conseguia apenas distinguir o contorno fantasmagórico da elevada Plataforma de Gelo de Milne recuando na distância. Sabia que a poderosa corrente do Árctico proveniente das Elizabethan Islands corria em espiral descrevendo um enorme *loop* em torno da calota de gelo, indo eventualmente contornar a costa no norte da Rússia. Não que fosse importante. Isso seria meses mais tarde.

Temos, talvez, trinta minutos... quarenta e cinco, na melhor das hipóteses.

Tolland sabia que, sem o isolamento protector dos seus fatos com gel incorporado, estariam já mortos. Felizmente, os *Mark IX* tinham-nos mantido secos, que era o aspecto mais crítico na sobrevivência a temperaturas frias. O gel térmico em redor dos seus corpos não só amortecera a queda, como também ajudava os seus corpos a manterem o pouco calor que lhes restava.

Dentro de pouco tempo, a hipotermia tornar-se-ia inevitável. Começaria como uma vaga dormência nos membros, quando o sangue recolhesse às áreas centrais do corpo, para proteger os órgãos vitais. O delírio e as alucinações viriam a seguir, à medida que o ritmo cardíaco e a respiração fossem abrandando. Depois, seria a perda dos sentidos. Finalmente, os centros de controlo do coração e da respiração no cérebro deixariam de trabalhar por completo.

Tolland olhou Rachel, desejando poder fazer alguma coisa para a salvar.

O torpor que tomava conta do corpo de Rachel Sexton era menos doloroso do que ela supusera. Quase como um bem-vindo anestésico.

A morfina da natureza. Rachel perdera os óculos protectores na queda e mal conseguia abrir os olhos naquele frio.

Via Tolland e Corky por perto, sobre o gelo. Tolland olhava-a, os seus olhos cheios de tristeza. Corky mexia-se, mas obviamente com dores. Tinha o lado direito da cara ferido e ensanguentado.

O corpo de Rachel tremia violentamente, enquanto a sua mente procurava respostas. *Quem? Porquê?* Os seus pensamentos eram turvados por uma crescente sensação de peso. Nada fazia sentido. Rachel sentia que o seu corpo se desligava aos poucos, embalado por uma força invisível que a arrastava para o sono. Combateu-a. Uma raiva flamejante acendeu-se dentro dela, e Rachel tentou atiçar-lhe as chamas.

Tentaram matar-nos! Olhava fixamente aquele mar ameaçador e tomou consciência de que os seus atacantes tinham tido êxito. *Já estamos mortos.* Mesmo agora, sabendo que provavelmente não viveria o tempo suficiente para compreender toda a verdade acerca do jogo mortal que se desenrolava na Plataforma de Gelo de Milne, Rachel julgava saber quem devia culpar.

O administrador Ekstrom era quem mais tinha a ganhar. Fora ele quem os mandara para o gelo. Tinha ligações ao Pentágono e às Operações Especiais. *Mas que ganharia Ekstrom em inserir o meteorito debaixo do gelo? Quem teria alguma coisa a ganhar?*

Rachel recordou Zach Herney, perguntando-se se ele seria um dos conspiradores ou apenas um peão à margem do jogo. *Herney não sabe de nada. Está inocente.* O presidente fora obviamente ludibriado pela NASA. Nesse momento, Herney estava a uma hora de fazer o comunicado da NASA. E fá-lo-ia armado com a gravação de um documentário com o sancionamento de quatro cientistas civis.

Quatro cientistas civis *mortos.*

Rachel nada podia agora fazer para impedir a conferência de imprensa, mas jurava que quem quer que fosse responsável por aquele ataque não escaparia.

Reunindo todas as suas forças, Rachel tentou sentar-se. Os seus membros pareciam de granito, e todas as suas articulações gritavam de dor, à medida que flectia as pernas e os braços. Devagar, colocou-se de joelhos, equilibrando-se no gelo plano. Sentia a cabeça a girar. Em toda a sua volta, o oceano batia. Tolland estava deitado perto dela, olhando-a com olhos intrigados. Pareceu a Rachel que ele julgava que ela se tinha ajoelhado para rezar. Não era, claro, o que estava a tentar fazer, apesar de a oração ter provavelmente tantas hipóteses de os salvar como aquilo que ela estava a tentar.

A mão direita de Rachel tacteou pela sua cintura e encontrou o machado de gelo ainda preso ao cinto. Os dedos rígidos pegaram no cabo. Rachel inverteu a posição do machado, colocando-o como um T ao contrário. Depois, com toda a energia, fez a extremidade do machado bater no gelo. *Baque*. Outra vez. *Baque*. O sangue era como melaço nas suas veias. *Baque*. Tolland observava, visivelmente confuso. Rachel bateu novamente com o machado. *Baque*.

Tolland tentou erguer-se, colocando-se sobre o ombro.

— Ra...chel?

Ela não respondeu. Precisava de toda a energia. *Baque. Baque.*

— Acho que... — disse Tolland — ... tão a norte... a SAA não nos poderá ouvir...

Rachel voltou-se para ele, surpreendida. Esquecera-se de que Tolland era oceanógrafo e poderia ter alguma ideia daquilo que ela estava a tentar fazer. *Estás perto... mas não é na SAA que estou a pensar.*

Continuou a bater.

SAA era a sigla para Suboceanic Acoustic Array, uma relíquia da Guerra Fria agora usada pelos oceanógrafos um pouco por todo o mundo para ouvir as baleias. Visto que, debaixo de água, os sons se propagavam através de centenas de quilómetros, a rede de cinquenta e nove microfones da SAA em todo o mundo conseguia escutar uma percentagem surpreendentemente elevada dos oceanos do planeta. Infelizmente, esta remota secção do Árctico não era uma dessas zonas, mas Rachel sabia que havia outros que escutavam os sons dos oceanos do planeta... outros de cuja existência pouca gente na Terra suspeitava. Rachel continuou a bater. A sua mensagem era clara e simples.

BAQUE. BAQUE. BAQUE.

BAQUE... BAQUE... BAQUE...

BAQUE. BAQUE. BAQUE.

Rachel não se iludia a pensar que aquilo que estava a fazer salvaria a sua vida e a dos seus companheiros; sentia já uma contracção gelada tomar conta do seu corpo. Duvidava que lhe restasse ainda meia hora de vida dentro de si. O salvamento estava agora para além do reino das possibilidades. Mas não se tratava aqui de salvamento.

BAQUE. BAQUE. BAQUE.

BAQUE... BAQUE... BAQUE...

BAQUE. BAQUE. BAQUE.

— Não há... tempo... — disse Tolland.

Não se trata... de nós, pensava ela. *Mas da informação no meu bolso.* Rachel visualizou o papel impresso no bolso de velcro do seu fato *Mark IX. Preciso de fazer com que o documento chegue às mãos do NRO... e depressa.*

Mesmo no seu estado de delírio, Rachel tinha a certeza de que a sua mensagem seria recebida. Em meados dos anos 80, o NRO substituíra a SAA com uma rede trinta vezes mais poderosa. Cobertura total, à escala do globo: *Classic Wizard*[NT]*,* o ouvido do leito oceânico que custara doze milhões de dólares ao NRO. Nas horas que se seguiriam, os supercomputadores *Cray* do posto de escuta do NRO/NSA, de Menwith Hill, em Inglaterra, detectariam uma sequência anómala num dos hidrofones do Árctico, decifrariam o bater como um SOS, determinariam as coordenadas e enviariam um avião de salvamento da base da Força Aérea de Thule, na Gronelândia. O avião encontraria três corpos sobre um icebergue. Gelados. Mortos. Um deles seria uma funcionária do NRO... e ela teria um estranho documento em papel térmico no seu bolso.

Um registo de GPR.

O legado final de Norah Mangor.

Quando a equipa de salvamento estudasse o documento, o misterioso túnel de inserção debaixo do meteorito seria revelado. A partir daí, Rachel não fazia ideia do que aconteceria, mas, pelo menos, o segredo não morreria com eles, ali, no gelo.

[NT] A divisão Classic Wizard integra diversas secções militares e tem como objectivo a vigilância da região oeste do Oceano Pacífico e do Oceano Índico.

CAPÍTULO SESSENTA

Toda a transição de um presidente para a Casa Branca envolve uma visita privada a três armazéns fortemente guardados que contêm colecções sem preço de mobiliário antigo da Casa Branca: secretárias, baixelas de prata, escrivaninhas, camas e outros itens utilizados por presidentes anteriores, recuando até George Washington. Durante a visita, o novo presidente é convidado a seleccionar quaisquer móveis de que goste para uso na Casa Branca durante o seu mandato. Apenas a cama no Quarto de Lincoln se encontra permanentemente na Casa Branca. Ironicamente, Lincoln nunca dormiu nela.

A secretária à qual Zach Herney estava de momento sentado na Sala Oval pertencera em tempos ao seu ídolo, Harry Truman. Apesar de pequena, tendo em conta os padrões actuais, a secretária servia para recordar diariamente a Zach Herney que a responsabilidade terminava de facto ali, e que ele era o responsável máximo por quaisquer erros cometidos pela sua administração. Herney aceitava a responsabilidade como uma honra e fazia o seu melhor para instilar na equipa a motivação para fazer tudo o que fosse preciso para cumprir cada tarefa.

— Sr. Presidente? — chamou a sua secretária, espreitando para dentro do gabinete. — Tem a chamada em linha.

— Obrigado — Herney acenou.

Pegou no telefone. Teria preferido dispor de alguma privacidade para aquele telefonema, mas sabia bem que isso era coisa que não teria naquele momento. Duas especialistas em maquilhagem rodeavam-no como mosquitos, tratando e cuidando da sua cara e do seu cabelo. Mesmo em frente da sua secretária, uma equipa de televisão preparava-se e um interminável enxame de conselheiros e de relações públicas andavam para a frente e para trás dentro do escritório, discutindo estratégia em grande excitação.

Falta uma hora...

Herney premiu o botão iluminado no seu telefone particular.

— Está lá? Lawrence?

— Estou sim. — A voz do administrador da NASA soou distante, preocupada.

— Tudo bem por aí?

— A tempestade continua a avançar, mas o meu pessoal diz-me que a ligação por satélite não será afectada. Estamos a postos. Contagem decrescente: dentro de uma hora.

— Excelente. Toda a gente optimista, espero.

— Muito optimista. O meu pessoal está entusiasmado. Na verdade, acabámos de partilhar algumas cervejas.

Herney riu.

— Fico contente por saber. Escute, queria telefonar e agradecer-lhe antes de irmos para a frente com isto. Esta vai ser uma noite e tanto.

O administrador fez uma pausa, parecendo incaracteristicamente hesitante.

— Com certeza que será, Sr. Presidente. Há muito tempo que esperávamos por isto.

Herney hesitou.

— Parece exausto.

— Preciso de alguma luz do Sol e de uma cama a sério.

— Falta apenas uma hora. Sorria para as câmaras, goze o momento, e depois enviamos um avião para o trazer de volta para Washington.

— Mal posso esperar. — O homem voltou a ficar silencioso.

Sendo um negociador competente, Herney estava treinado a escutar, a ouvir nas entrelinhas do que lhe diziam. Havia algo de estranho na voz do administrador.

— Tem a certeza de que tudo está bem por aí?

— Absolutamente. Todos os sistemas a funcionar. — O administrador parecia ansioso por mudar de assunto. — Viu a versão final do documentário de Michael Tolland?

— Acabei de ver — disse Herney. — Ele fez um trabalho fantástico.

— Sim. Foi uma boa ideia tê-lo mandado para aqui.

— Ainda está zangado comigo por ter envolvido civis?

— Raios, claro! — resmungou o administrador, com boa disposição, a sua voz com a força que lhe era característica.

Fez com que Herney se sentisse melhor. *Ekstrom está bem*, pensou Herney. *Apenas um pouco cansado.*

— O.K. Vemo-nos dentro de uma hora, via satélite. Vamos dar-lhes alguma coisa de que falar.

— Isso mesmo.

— Ei, Lawrence? — a voz de Herney era agora grave e, de algum modo, solene. — Você fez um belo trabalho aí em cima. Não me esquecerei disso.

No exterior da habisfera, esbofeteado pelo vento, Delta-Três debatia-se para reparar e voltar a guardar o equipamento no trenó derrubado de Norah Mangor. Quando todo o material estava arrumado, cobriu o trenó com o oleado e colocou o corpo sem vida de Mangor atravessado sobre ele, amarrando-o. Quando se preparava para desviar o trenó do seu curso, os seus companheiros surgiram a planar pelo glaciar acima, na sua direcção.

— Alteração de planos — gritou Delta-Um sobre o vento. — Os outros três caíram pelo precipício.

Delta-Três não estava surpreendido. Sabia também o que isso significava. O plano da Delta Force de simular um acidente deixando quatro cadáveres no banco de gelo já não era uma opção viável. Deixar um único corpo colocaria mais perguntas do que respostas.

— Varrer? — perguntou.

Delta-Um anuiu.

— Vou tirar os foguetes de sinalização e vocês os dois livram-se do trenó.

Enquanto Delta-Um seguia cuidadosamente o percurso feito pelos cientistas, apagando qualquer pista que pudesse denunciar que alguém ali estivera, Delta-Dois e Delta-Três desceram o glaciar com o trenó carregado. Lutando para passar as elevações, chegaram finalmente ao abismo na extremidade da Plataforma de Gelo de Milne. Com um empurrão, Norah Mangor e o seu trenó escorregaram silenciosamente, mergulhando no Oceano Árctico.

Limpeza completa, pensou Delta-Três.

Enquanto se dirigiam para a base, ficou satisfeito ao ver o vento apagar as marcas deixadas pelos seus esquis.

CAPÍTULO SESSENTA E UM

O submarino nuclear *Charlotte* estava ancorado no Oceano Árctico fazia agora cinco dias. A sua presença naquela área era altamente confidencial.

Um submarino Los Angeles–class, o *Charlotte* fora concebido para «escutar e não ser ouvido». As suas quarenta e duas toneladas de motores de turbinas encontravam-se suspensas em molas para amortecer qualquer vibração que pudessem provocar. Apesar da sua propensão para a clandestinidade, o submarino LA–class tinha uma das maiores superfícies que se podia encontrar em submarinos de reconhecimento. Medindo mais de 100 metros desde a proa até à popa, o casco, se colocado num campo de Futebol Americano, esmagaria ambos os postes e não se ficaria por aí. Sete vezes o comprimento do primeiro submarino Holland–class da U.S. Navy, o *Charlotte* deslocava seis mil novecentas e vinte sete toneladas de água quando totalmente submerso e podia avançar a uma espantosa velocidade de trinta e cinco nós.

A profundidade normal de cruzeiro do navio era pouco inferior à termoclina, um gradiente natural de temperatura que distorcia os reflexos de sonar vindos de cima e tornava o submarino invisível ao radar de superfície. Com uma tripulação de 148 elementos e a capacidade de atingir uma profundidade máxima de aproximadamente 450 metros, era o mais moderno dos submergíveis e a besta de carga da U.S. Navy. O seu sistema de oxigenação por electrólise, dois reactores nucleares e aprestos mecânicos conferiam-lhe a capacidade de circunavegar o globo vinte e uma vezes sem vir à superfície. Os dejectos da tripulação, como na maioria dos navios de cruzeiro, eram comprimidos em blocos de trinta quilos e ejectados para o oceano; os enormes tijolos de fezes eram, por piada, chamados de «merda de baleia».

O técnico que se sentava diante do ecrã de monitorização na sala do sonar era um dos melhores do mundo. A sua mente era um dicionário de sons e formas de ondas. Ele conseguia distinguir os sons de várias dezenas de propulsores de submarinos russos, centenas de animais marinhos e até de localizar vulcões submarinos tão longe como o Japão.

De momento estava, contudo, a escutar um eco monótono e repetitivo. O som, embora fácil de distinguir, era totalmente inesperado.

— Não vais acreditar no que estou a ouvir — disse para o seu assistente, passando-lhe os auscultadores.

Tendo colocado os auscultadores, um olhar incrédulo atravessou o rosto do assistente.

— Meu Deus, é claro como a água. Que vamos fazer?

O homem do sonar estava já ao telefone com o comandante.

Quando o comandante do submarino chegou à sala do sonar, o técnico fez a mensagem soar sobre um pequeno conjunto de microfones.

O comandante escutou, inexpressivo.

BAQUE. BAQUE. BAQUE.

BAQUE... BAQUE... BAQUE...

Mais lento. Mais lento. A sequência tornava-se mais solta. Cada vez mais fraca.

— Quais são as coordenadas? — perguntou o comandante.

O técnico clareou a garganta.

— Na verdade, meu comandante, vem da superfície, a cerca de quatro quilómetros e meio a estibordo.

CAPÍTULO SESSENTA E DOIS

No vestíbulo sombrio, à porta do gabinete do senador Sexton, as pernas de Gabrielle Ashe tremiam. Não tanto da exaustão provocada pela imobilidade, mas sobretudo da desilusão com aquilo que ouvira. A reunião decorria ainda, mas Gabrielle não precisava de ouvir nem mais uma palavra. A verdade parecia-lhe dolorosamente óbvia.

O senador Sexton está a aceitar subornos de agências aerospaciais privadas.

Marjorie Tench falara verdade.

Gabrielle sentia-se traída. Acreditara em Sexton. Lutara por ele. *Como pode ele fazer isto?* Gabrielle vira o senador mentir publicamente de tempos a tempos para proteger a sua vida privada, mas isso era política. *Isto* era infringir a lei.

Ele ainda nem sequer foi eleito, e já está a vender a Casa Branca!

Gabrielle sabia que não podia continuar a apoiar o senador. Prometer aprovar o projecto-lei da privatização da NASA podia apenas ser feito com um desrespeito insolente tanto pela lei, como pelo sistema democrático. Mesmo que o senador *acreditasse* que tudo era para o bem comum, vender aquela decisão sem olhar a consequências, antecipadamente, era bater com a porta ao equilíbrio de poderes que se pretendia para o governo, ignorando potenciais argumentos da parte do Congresso, dos conselheiros, dos eleitores e dos *lobbies*. Acima de tudo, garantindo a privatização da NASA, Sexton deixara aberta a porta para aproveitamentos desse conhecimento antecipado (sendo o abuso de informação o mais comum de entre eles), favorecendo de modo flagrante o núcleo duro de negociantes endinheirados, à custa de investidores públicos honestos.

Completamente enojada, Gabrielle perguntava-se o que deveria fazer.

Um telefone tocou estridentemente atrás dela, quebrando o silêncio. Sobressaltando-se, Gabrielle voltou-se. O som vinha do armário no vestíbulo; um telemóvel no bolso do casaco de um dos convidados.

— Se me dão licença, amigos — disse um sotaque texano dentro do gabinete. — É para mim.

Gabrielle ouviu o homem levantar-se. *Ele vem para aqui!* Dando meia volta, atravessou precipitadamente o tapete, tomando o caminho por onde viera. A meio do *hall*, virou à esquerda, introduzindo-se na cozinha às escuras no preciso instante em que o texano saía da gabinete e surgia no vestíbulo. Gabrielle parou imediatamente, mantendo--se imóvel por entre as sombras.

O texano passou sem se dar conta da sua presença.

Sobre o som do seu coração acelerado, Gabrielle podia ouvi-lo remexer dentro do armário. Por fim, atendeu o telefone.

— Sim?... Quando?... A sério?... Vamos ligá-la. Obrigado. — O homem desligou e dirigiu-se novamente para o gabinete. — Ei! — gritou a meio caminho. — Liguem a televisão. Parece que Zach Herney vai dar uma conferência de imprensa urgente esta noite. Às oito horas. Em todos os canais. Ou vamos declarar guerra à China, ou a Estação Espacial Internacional acabou de cair no oceano.

— Ora, *esse* é que seria um bom motivo para brindar! — exclamou alguém.

Todos riram.

Gabrielle sentia agora a cozinha girar à sua volta. *Uma conferência de imprensa em horário nobre?* Marjorie Tench, ao que parecia, não estava a fazer *bluff*. Dera a Gabrielle até às oito horas da noite para assinar uma declaração admitindo o caso amoroso com Sexton. *Distancie-se do senador antes que seja tarde de mais*, dissera-lhe Tench. Gabrielle assumira que o fim do prazo tinha como objectivo permitir à Casa Branca comunicar a informação aos jornais da manhã, mas parecia agora que tinham decidido tornar as próprias alegações públicas.

Uma conferência de imprensa de carácter urgente? Contudo, quanto mais pensava nisso, mais estranho lhe parecia. *Herney vai fazer um comunicado em directo por causa desta trapalhada? Pessoalmente?*

No gabinete do senador, a televisão acendeu-se. Retumbante. A voz do apresentador mal podia conter a excitação.

— A Casa Branca não forneceu quaisquer pistas relativamente ao assunto do comunicado presidencial surpresa desta noite, e as especulações abundam. Alguns analistas políticos acreditam agora que, depois da recente ausência do presidente nos eventos da campanha,

Zach Herney poderá estar a preparar-se para anunciar que não concorrerá a um segundo mandato.

Exclamações esperançosas soaram no gabinete.

Absurdo, pensou Gabrielle. Com toda a sujeira que a Casa Branca tinha agora para revelar acerca de Sexton, era óbvio que o presidente não iria desistir naquela noite. *Esta conferência de imprensa tem a ver com alguma outra coisa.* Gabrielle pressentia que já fora avisada do que se tratava.

Com uma crescente sensação de urgência, consultou o seu relógio. Menos de uma hora. Tinha de tomar uma decisão, e sabia exactamente com quem precisava de falar. Segurando o envelope com as fotografias debaixo do braço, saiu silenciosamente do apartamento. Cá fora, no átrio, o guarda-costas parecia aliviado.

— Grande animação, lá dentro. Parece que a senhora foi um êxito.

Ela sorriu timidamente e dirigiu-se para o elevador.

Já na rua, a noite que caía parecia-lhe invulgarmente fria. Fez sinal a um táxi, entrou e tentou tranquilizar-se, dizendo para consigo que sabia exactamente o que estava a fazer.

— Estúdios da televisão ABC — disse ao condutor. — Tenho pressa.

CAPÍTULO SESSENTA E TRÊS

Estendido de lado sobre o gelo, Michael Tolland repousava a cabeça sobre um braço esticado, o qual já não conseguia sentir. Apesar da sensação de peso nas suas pálpebras, esforçava-se por manter os olhos abertos. De uma perspectiva estranhamente favorável, Tolland absorvia, inclinadas, as imagens finais do seu mundo — agora apenas mar e gelo. Parecia-lhe um final apropriado para um dia em que nada fora aquilo que parecia ser.

Uma calma sinistra começara a descer sobre a jangada de gelo flutuante. Rachel e Corky estavam ambos silenciosos e o bater no gelo terminara. Quanto mais se afastavam do glaciar, mais calmo se tornava o vento. Tolland ouvia o seu próprio corpo silenciar-se também. Com o apertado gorro cobrindo-lhe as orelhas, podia ouvir a sua respiração amplificada dentro da cabeça. Tornava-se mais lenta... mais superficial. O seu corpo já não era capaz de combater a sensação de compressão que acompanhava o sangue abandonando os membros, como uma tripulação que abandonava o navio, seguindo instintivamente para os seus órgãos vitais num último esforço para o manter consciente.

Era uma batalha perdida, ele sabia-o.

Estranhamente, a dor desaparecera. Já passara essa fase. Agora, a sensação era a de ter sido soprado. Dormência. Flutuação. À medida que o primeiro dos seus reflexos — o pestanejar — se perdia, a visão de Tolland ia desfocando. O humor aquoso que circulava entre a sua córnea e a íris gelava repetidamente. Tolland olhava para trás, na direcção da mancha que era a Plataforma de Gelo de Milne, agora apenas uma vaga forma branca sob a enevoada luz do luar.

Sentiu que a sua alma reconhecia a derrota. Oscilando entre presença e ausência, olhava as ondas do oceano. O vento uivava em seu redor.

Foi então que Tolland começou a ter alucinações. Curiosamente, nos últimos segundos antes de perder os sentidos, não imaginou o salvamento. Não teve pensamentos quentes e reconfortantes. No seu último delírio, viu algo de terrível.

Um leviatã emergia da água ao lado do icebergue, quebrando a superfície com um terrível silvo. Como algum mítico monstro marinho, avançava — luzidio, negro e mortífero, com água espumando à sua volta. Tolland forçou-se a piscar os olhos. A sua visão clareou ligeiramente. A criatura estava agora perto, batendo contra o gelo como um enorme tubarão investindo contra um pequeno barco. Maciço, erguia-se diante dele, a sua pele reluzente e molhada.

Quando a imagem turva sumiu, tudo o que restou foram os sons. Metal sobre metal. Um ranger de dentes no gelo. O aproximar. O transportar dos corpos.

Rachel...

Tolland sentiu que o agarravam vigorosamente.

E depois tudo à sua volta se apagou.

CAPÍTULO SESSENTA E QUATRO

Gabrielle Ashe corria ao entrar na sala de produção da ABC News, que ficava no terceiro piso. Ainda assim, ela era a pessoa que mais devagar se deslocava dentro daquele espaço. O ritmo que se vivia na produção era fervilhante vinte e quatro horas por dia, mas, naquele momento, o cubículo que tinha diante dela parecia a bolsa de valores em andamento acelerado. Editores de olhos esgazeados gritavam uns com os outros por cima das divisórias dos seus compartimentos, repórteres acenando com faxes disparavam de uma secção para a outra comparando notas e estagiários frenéticos engoliam *Snickers* e *Mountain Dew* entre tarefas.

Gabrielle viera até à ABC para falar com Yolanda Cole.

Normalmente, Yolanda encontrava-se nas instalações mais selectas da produção, os escritórios privados com paredes de vidro reservados para os altos quadros que efectivamente precisavam de algum sossego para pensar. Naquela noite, contudo, Yolanda encontrava-se lá em baixo, no meio da confusão. Ao ver Gabrielle, lançou o seu usual gritinho exuberante.

— Gabs! — Yolanda vestia um *body* estampado e usava óculos de armação de tartaruga. Como sempre, usava uma apreciável quantidade de bijuteria berrante, como se fosse lataria pendurada. Bamboleou-se até junto de Gabrielle, acenando. — Um abracinho!

Yolanda Cole fora editora de conteúdos na ABC News, em Washington, durante dezasseis anos. Era polaca, sardenta, atarracada e com pouco cabelo. Todos lhe chamavam carinhosamente «mãe». O ar de matrona e o bom humor disfarçavam-lhe a ousadia no terreno e o implacável talento para conseguir uma história. Gabrielle conhecera Yolanda num seminário subordinado ao tema «As Mulheres na Política», o qual frequentara pouco depois de ter chegado a Washington. Tinham conversado acerca do percurso de Gabrielle, dos desafios de se ser uma mulher em D. C. e, finalmente, acerca de Elvis Presley, uma paixão comum que as surpreendera. Yolanda tomara Gabrielle como sua protegida e ajudara-a a estabelecer contactos. Gabrielle continuava a visitá-la aproximadamente uma vez por mês, para dizer olá.

Gabrielle deu-lhe um forte abraço, sentindo que o entusiasmo de Yolanda começava já a deixá-la mais optimista.

Yolanda deu um passo atrás para olhar Gabrielle.

— Estás com ar de quem envelheceu cem anos, miúda! O que é que te aconteceu?

Gabrielle baixou a voz

— Yolanda, estou metida em sarilhos.

— Não é o que consta por aí. Ao que parece, o teu homem está em voo ascendente.

— Há algum sítio onde possamos falar em privado?

— Não é boa altura, querida. O presidente vai dar uma conferência de imprensa daqui a cerca de meia hora, e ainda não temos qualquer pista quanto ao assunto do comunicado. Tenho de preparar os comentários e estou completamente às escuras.

— Eu sei qual é o assunto da conferência.

Yolanda baixou os óculos, parecendo céptica.

— Gabrielle, o nosso correspondente na Casa Branca também não sabe nada sobre isto. Estás a dizer-me que a campanha de Sexton tem acesso a informação privilegiada?

— Não, estou a dizer-te que *eu* tenho acesso a informação privilegiada. Dá-me cinco minutos. Conto-te tudo.

Yolanda fixou o envelope vermelho com o selo da Casa Branca que Gabrielle segurava.

— Isso é um envelope interno da Casa Branca. Como é que veio parar às tuas mãos?

— Tive uma reunião particular com Marjorie Tench esta tarde.

Yolanda olhou-a por um longo momento.

— Vem comigo.

Na privacidade do cubículo de paredes envidraçadas de Yolanda, Gabrielle confidenciou à amiga, em quem confiava, que tivera um caso de uma só noite com Sexton e contou-lhe que Tench tinha fotografias que o provavam.

Yolanda fez um largo sorriso e abanou a cabeça, rindo. Aparentemente, havia tanto tempo que era jornalista em Washington que já nada a chocava.

— Oh, Gabs, eu bem que tinha um palpite que tu e Sexton já tinham andado enrolados. Não admira. Ele tem a reputação que se sabe, e tu és uma rapariga bonita. É aborrecido, isso das fotografias. No entanto, eu não me preocuparia.

Não te preocuparias?

Gabrielle explicou que Tench acusara Sexton de receber subornos de empresas aeroespaciais e que acabara de escutar uma reunião secreta que confirmava isso mesmo! Mais uma vez, a expressão de Yolanda denunciava pouca surpresa ou preocupação... Até ao momento em que Gabrielle lhe disse o que estava a pensar fazer relativamente à questão.

Yolanda mostrou-se, então, apreensiva.

— Gabrielle, se queres assinar um documento a dizer que dormiste com um senador dos Estados Unidos da América e que assististe impassível enquanto ele mentia a respeito do assunto, tu é que sabes. Mas, digo-te, é uma má opção. Precisas de pensar bem, com tempo, para perceberes as consequências que isso terá.

— Não estás a prestar atenção. Não tenho tempo para pensar!

— Estou a prestar atenção e, minha querida, esteja o tempo a fugir ou não, há certas coisas que, simplesmente, não se fazem. *Não* se entrega um senador americano envolvendo-o num escândalo sexual. É suicídio. Digo-te, miúda, se afundares um candidato presidencial, o melhor é meteres-te no carro e afastares-te o mais possível de Washington. Serás um alvo a abater. Há pessoas que gastam muito dinheiro para que os seus candidatos cheguem ao topo. Está aqui em jogo muito capital e muito poder... o tipo de poder pelo qual as pessoas estão dispostas a matar.

Gabrielle ficou em silêncio.

— Pessoalmente — disse Yolanda —, penso que Tench te pressionou na esperança de que entrasses em pânico e fizesses alguma estupidez, como tentares safar-te, confessando o caso.

Yolanda apontou o envelope vermelho nas mãos de Gabrielle.

— Essas fotografias tuas e de Sexton não significam absolutamente nada, a não ser que ou tu ou ele admitam que são verdadeiras.

A Casa Branca sabe que se enviar essas fotografias para a imprensa, Sexton limitar-se-á a afirmar que se trata de uma fraude e a atirá-las de volta à cara do presidente.

— Também pensei nisso, mas, por outro lado, a história do financiamento ilegal da campanha é...

— Minha linda, pensa um pouco. A Casa Branca ainda não tornou públicas as alegações de suborno e, provavelmente, não tenciona fazê-lo. O presidente tem levado muito a sério o princípio de não fazer campanha negativa. O meu palpite é que Herney decidiu evitar um escândalo na indústria aeroespacial e mandou Tench fazer *bluff* contigo, assustar-te, para te convencer a revelar a história do sexo. Para te levar a apunhalar o teu candidato pelas costas.

Gabrielle reflectiu. O que Yolanda dizia fazia sentido e, contudo, havia algo de estranho em tudo aquilo. Gabrielle apontou através do vidro a movimentada sala de redacção.

— Yolanda, o teu pessoal está numa azáfama por causa de uma grande conferência de imprensa. Se o presidente não vai tornar pública a questão do suborno, nem a questão do caso, então de que se trata?

— Tem calma. Pensas que esta conferência de imprensa tem a ver contigo e com Sexton?

— Ou com o suborno. Ou com ambas as coisas. Tench deu-me até às oito horas desta noite para assinar uma confissão, dizendo que, caso contrário, o presidente iria anunciar...

O riso de Yolanda fez estremecer o cubículo.

— Ora, por favor! Espera! Estás a dar cabo de mim!

Gabrielle não estava com disposição para brincadeiras.

—Que foi?!

— Gabs, escuta — conseguiu Yolanda dizer, entre as suas gargalhadas —, acredita em mim. Há dezasseis anos que lido com a Casa Branca, e de modo algum Zach Herney iria convocar a comunicação social à escala *global* para dizer que suspeita que o senador Sexton está a receber financiamento pouco transparente ou que ele anda a dormir contigo. Esse é o tipo de informação que se *faz chegar* à imprensa. Os presidentes não ganham simpatia se andarem a interromper regularmente a programação prevista para denunciar escândalos sexuais ou alegadas infracções contra a obscura legislação do financiamento das campanhas.

— Obscura? — explodiu Gabrielle. — Não me parece que vender uma decisão sobre um projecto-lei por milhões de dólares, pagos antecipadamente, seja uma questão obscura!

— Tens a *certeza* de que é isso que se passa? — O tom de Yolanda era agora mais duro. — Estás certa disso ao ponto de te expores num canal de televisão nacional? Pensa bem. São necessárias muitas alianças para se conseguir ir a algum lado hoje em dia; o financiamento de uma campanha é complexo. Talvez essa reunião de Sexton fosse perfeitamente legal.

— Ele está a infringir a lei — disse Gabrielle. *Não está?*

— Ou é o que Marjorie Tench queria que pensasses. É comum os candidatos aceitarem em segredo donativos de grandes empresas. Pode não ser bonito, mas não será forçosamente ilegal. Na verdade, a maior parte das questões legais não têm a ver com a proveniência do dinheiro, mas com a forma *como* o candidato decide aplicá-lo.

Gabrielle hesitou, agora com algumas dúvidas.

— Gabs, esta tarde, a Casa Branca ludibriou-te. Tentaram voltar-te contra o teu candidato e, até agora, foste atrás do *bluff* deles. Se eu quisesse confiar em alguém, ficava do lado de Sexton, antes de abandonar o barco por causa de alguém como Marjorie Tench.

O telefone de Yolanda tocou. Ela atendeu, anuindo, proferindo monossílabos, tomando notas.

— Muito interessante — disse, por fim. — Vou já para aí. Obrigada.

Yolanda desligou e voltou-se para Gabrielle de sobrolho franzido.

— Gabs, parece que estás livre desta. Tal como previ.

— Que se passa?

— Não sei pormenores, mas posso dizer-te que a conferência de imprensa do presidente não tem nada a ver com escândalos sexuais ou com financiamento de campanhas.

Gabrielle teve um vislumbre de esperança e quis, com todas as suas forças, acreditar no que lhe dizia a sua amiga.

— Como é que sabes?

— Uma fonte veio informar-me de que esta conferência tem a ver com a NASA.

Gabrielle ergueu-se na cadeira repentinamente.

— Com a NASA?

Yolanda pestanejou.

— Esta pode ser a tua noite de sorte. A minha aposta é que o presidente Herney está a sentir-se tão pressionado pelo senador Sexton que concluiu não ter outra opção para além de tirar o tapete à Estação Espacial Internacional. Isto explicaria toda a cobertura mediática.

Uma conferência de imprensa para acabar com a estação espacial? Gabrielle não conseguia imaginar tal coisa.

Yolanda pôs-se de pé.

— O ataque de Tench hoje à tarde? Provavelmente, foi apenas o esforço derradeiro para obter vantagem sobre Sexton, antes de o presidente ter de vir a público com as más notícias. Nada como um escândalo sexual para desviar a atenção de um outro fiasco presidencial. Seja como for, Gabs, tenho trabalho para fazer. O conselho que te posso dar: vai buscar um café, deixa-te ficar aqui sentada, liga a minha televisão e assiste ao espectáculo, como nós. Temos vinte minutos até começar, e acredita no que te digo: de modo nenhum o presidente vai remexer no lixo esta noite. Tem os olhos do mundo postos nele. O que quer que ele tenha a dizer, é algo realmente importante. — Piscou o olho a Gabrielle, tranquilizando-a. — Agora, dá-me o envelope.

— O quê?

Yolanda estendeu uma mão imperativa.

— Estas fotografias ficam trancadas na minha secretária até tudo isto acabar. Quero ter a certeza de que não vais fazer nenhuma estupidez.

Relutante, Gabrielle entregou-lhe o envelope.

Yolanda trancou cuidadosamente as fotografias numa gaveta da sua secretária e guardou as chaves no bolso.

— Ainda me vais agradecer, Gabs. Prometo-te. — Num gesto brincalhão, despenteou o cabelo de Gabrielle, ao sair. — Fica aqui quietinha. Se não me engano, vêm boas notícias a caminho.

Gabrielle ficou sozinha, sentada no cubículo de vidro, e tentou deixar-se contagiar pela atitude positiva de Yolanda. No entanto, não conseguia parar de pensar no sorriso confiante e malicioso de Marjorie Tench naquela mesma tarde. Gabrielle não podia imaginar o que o presidente estava prestes a dizer ao mundo, mas tinha a certeza de que não seriam boas notícias para o senador Sexton.

CAPÍTULO SESSENTA E CINCO

Rachel Sexton sentia-se como se tivesse sido queimada viva.

Está a chover fogo!

Tentou abrir os olhos, mas tudo o que conseguia distinguir eram vultos enevoados e luzes ofuscantes. Chovia por todo o lado em seu redor. Uma chuva escaldante. Caindo sobre a sua pele nua. Estava estendida de lado e sentia mosaicos quentes sob o seu corpo. Enroscou-se mais, em posição fetal, tentando proteger-se do líquido escaldante que caía de cima. Apercebeu-se do cheiro de químicos. Cloro, talvez. Tentou rastejar, para sair dali, mas não foi capaz. Umas mãos possantes faziam pressão sobre os seus ombros, mantendo-a deitada.

Larguem-me! Estou a queimar-me!

Instintivamente, tentou mais uma vez fugir, e mais uma vez foi imobilizada, empurrada para baixo por aquelas mãos fortes.

— Deixe-se ficar onde está — disse uma voz de homem.

O sotaque era americano. Profissional.

— Está quase a terminar.

O que é que está quase a terminar?, perguntou-se Rachel. *A dor? A minha vida?* Tentou focar a vista. Ali, as luzes eram intensas. Tinha a percepção de que a sala era pequena. Apertada. Tectos baixos.

— Estou a arder! — O grito de Rachel era um sussurro.

— Você está bem — disse a voz. — Esta água está morna. Confie em mim.

Rachel deu-se conta de que estava praticamente despida; tinha sobre o corpo apenas a roupa interior encharcada. Não se sentia embaraçada; a mente estava cheia de muitas outras questões.

A memória regressava agora numa torrente. A plataforma de gelo. O GPR. O ataque. *Quem? Onde estou?* Tentou reconstituir a história, mas sentia a mente entorpecida, como um conjunto de cordas emaranhadas. De toda aquela confusão vinha-lhe um único pensamento: *Michael e Corky... onde estarão eles?*

Rachel tentou focar a sua visão turva, mas conseguia apenas distinguir os homens debruçados sobre ela. Todos vestiam os mesmos *jumpsuits* azuis. Queria falar-lhes, mas a sua boca recusava-se a formular uma única palavra. A sensação de ter a pele a arder dava agora lugar a repentinas e profundas ondas de dor que lhe percorriam os músculos como tremores sísmicos.

— Descontraia-se — disse o homem inclinado sobre ela. — O sangue precisa de regressar aos tecidos musculares. — Falava como um médico. — Tente mexer os membros, na medida do possível.

Pela dor atroz que percorria o seu corpo, parecia a Rachel que cada um dos seus músculos tinha sido atingido com um martelo. Estava estendida sobre mosaicos, com o peito contraído, mal conseguindo respirar.

— Mexa as pernas e os braços — insistiu o homem. — Mesmo que lhe doa.

Rachel tentou. A cada movimento, parecia que uma faca lhe dilacerava as articulações. Os jactos de água tornaram-se novamente mais quentes. Outra vez a sensação escaldante. A dor esmagadora continuava. No preciso instante em que Rachel pensou que não podia aguentar nem mais um segundo, sentiu que alguém lhe dava uma injecção. A dor parecia ceder rapidamente, cada vez menos violenta, libertando-a. Os tremores abrandaram. Sentiu que voltava a respirar.

Uma nova sensação alastrava agora pelo seu corpo, picadelas estranhas de alfinetes e agulhas. Por todo o lado, perfurando, cada vez mais exactas. Milhões de picadelas minúsculas, que se intensificavam sempre que ela se movia. Tentou manter-se imóvel, mas os jactos de água continuavam a fustigá-la. O homem debruçado sobre ela segurava-lhe os braços, movimentando-os.

Deus, como isto dói! Rachel estava demasiado cansada para lutar. Lágrimas de exaustão e de dor escorreram-lhe pela cara. Fechou os olhos com força, isolando-se do mundo. Por fim, os alfinetes e as agulhas começaram a dissipar-se. A chuva interrompeu-se. Quando reabriu os olhos, a sua visão tornara-se mais nítida.

Foi então que os viu.

Corky e Tolland estavam deitados ali perto, a tremer, seminus e ensopados. Pela expressão angustiada nos rostos de ambos, Rachel depreendeu que tinham passado por experiências semelhantes. Os olhos castanhos de Michael Tolland estavam raiados de sangue e vidrados. Ao ver Rachel, conseguiu fazer um leve sorriso com os lábios azuis e trémulos.

Rachel tentou sentar-se, para observar o inesperado lugar onde se encontravam. Estavam os três estendidos numa amálgama trémula de membros meio despidos, no chão de um pequeno compartimento de duche.

CAPÍTULO SESSENTA E SEIS

Um par de braços fortes veio erguê-la.

Rachel sentiu que aqueles estranhos poderosos lhe secavam o corpo, embrulhando-a depois em cobertores. Estavam a colocá-la numa espécie de marquesa e massajavam-lhe vigorosamente os braços, as pernas e os pés. Mais uma injecção no braço.

— Adrenalina — disse alguém.

Rachel sentiu a droga percorrer as suas veias como uma força viva, revigorando-lhe os músculos. Apesar do vazio gelado que a apertava ainda, como um tambor nas suas entranhas, Rachel sentia o sangue voltar lentamente aos membros.

Regressei da terra dos mortos.

Tentou focar a vista. Tolland e Corky estavam junto de si, tremendo dentro de cobertores, e os homens massajavam os seus corpos e davam-lhes também injecções. Rachel não tinha dúvidas de que este misterioso grupo de homens acabara de lhes salvar a vida. Muitos deles estavam também encharcados, tendo aparentemente saltado para os duches completamente vestidos para os ajudarem. Quem eram ou como tinham chegado junto de Rachel e dos outros a tempo eram questões que a ultrapassavam. De momento, não importava. *Estamos vivos.*

— Onde... estamos? — conseguiu Rachel articular, apercebendo-se de que o simples acto de tentar falar lhe provocava uma tremenda dor de cabeça.

O homem que a massajava replicou:

— Estão na enfermaria de um Los Angeles-class...

— *Comandante na enfermaria!* — avisou alguém.

Rachel sentiu uma súbita agitação em seu redor e tentou erguer-se. Um dos homens de azul ajudou-a, elevando-a e mantendo os cobertores junto ao seu corpo. Rachel esfregou os olhos e viu alguém entrar apressadamente na sala.

O recém-chegado era um afro-americano forte. Atraente e autoritário. O seu uniforme era de um tom caqui.

— À vontade — declarou ele, avançando para Rachel, detendo-se junto dela e olhando-a com os seus olhos negros e penetrantes. — Harold Brown — disse, numa voz profunda e assertiva. — Comandante do U. S. S. *Charlotte*. E a senhora é?

U. S. S. Charlotte, pensou Rachel. O nome soava-lhe vagamente familiar.

— Sexton... — replicou ela. — Rachel Sexton.

O homem parecia intrigado. Avançou um pouco mais, observando-a atentamente.

— Raios me partam! É mesmo.

Rachel sentia-se confusa. *Ele conhece-me?* Rachel tinha a certeza de que não conhecia o homem, mas, à medida que os seus olhos deslizaram da cara para o emblema ao peito do estranho, viu o familiar símbolo de uma águia segurando uma âncora, rodeado das palavras U. S. NAVY.

Compreendeu então porque conhecia o nome *Charlotte*.

— Bem-vinda a bordo, Sra. Sexton — disse o comandante. — Analisou muitos dos relatórios de reconhecimento deste navio. Sei muito bem quem é.

— Mas que estão vocês a fazer nestas águas? — balbuciou ela.

A cara do comandante endureceu um pouco.

— Francamente, Sra. Sexton, estava a pensar fazer-lhe a mesma pergunta.

Tolland sentava-se agora, devagar, abrindo a boca para falar. Rachel silenciou-o com um firme aceno de cabeça. *Aqui não. Agora não.* Ela não tinha dúvidas de que a primeira coisa de que Tolland e Corky quereriam falar seria do meteorito e do ataque, mas esse não era, obviamente, assunto para discutir diante da tripulação de um submarino da marinha. No mundo dos Serviços de Informação, independentemente da gravidade da crise, a necessidade de uma autorização continuava a imperar; a situação do meteorito continuava a ser altamente confidencial.

— Preciso de contactar o director do NRO, William Pickering — disse Rachel ao comandante. — Em privado, e imediatamente.

O comandante franziu o sobrolho, não estando acostumado a receber ordens a bordo do seu navio.

— Tenho informação confidencial que preciso de comunicar.

O comandante observou-a durante algum tempo.

— Vamos esperar que o seu corpo recupere a temperatura normal; depois ponho-a em contacto com o director do NRO.

— É urgente, comandante. Eu... — Rachel interrompeu-se imediatamente. Os seus olhos tinham acabado de deparar com um relógio na parede, acima do armário com os produtos farmacêuticos.

19:51.

Rachel piscou os olhos, olhando fixamente.

— Aquele... aquele relógio está certo?

— Está num navio da marinha, minha senhora. Os nossos relógios estão rigorosamente certos.

— E trata-se da hora de Washington?

— 19h51. Eastern Standard. Estamos ao largo de Norfolk.

Meu Deus! Pensou Rachel, estupefacta. *São apenas 19h51?* Rachel tinha a impressão de que tinham passado horas desde que desmaiara. Ainda nem eram oito horas da noite? *O presidente ainda não tornou pública a questão do meteorito! Ainda tenho tempo de o impedir!* Deslizou imediatamente de cima da cama, enrolando-se no cobertor. Sentia as pernas a fraquejar.

— Preciso de falar imediatamente com o presidente.

O comandante tinha uma expressão confusa.

— Qual presidente?

— O presidente dos Estados Unidos!

— Pensei que queria falar com William Pickering.

— Não tenho tempo. Preciso de falar com o presidente.

O comandante não se moveu, a sua enorme figura bloqueando a passagem a Rachel.

— De acordo com a informação de que disponho, o presidente está prestes a dar uma conferência de imprensa de grande importância. Duvido que aceite chamadas pessoais.

Rachel manteve-se tão direita quanto lhe era possível e olhou o comandante nos olhos.

— Comandante, não tenho autorização para lhe explicar o que está a acontecer, mas o presidente está prestes a cometer um erro terrível.

Estou na posse de informação que ele precisa desesperadamente de ouvir. Agora. Tem de confiar em mim.

O comandante fixou-a durante alguns segundos. De sobrolho franzido, voltou a consultar o relógio.

— Nove minutos? Não consigo estabelecer uma ligação segura à Casa Branca em tão pouco tempo. Tudo o que posso oferecer-lhe é um radiofone. Sem garantias de segurança. E teríamos de atingir uma profundidade que permitisse a ligação, o que demoraria alguns...

— Faça o que tiver de fazer! Agora!

CAPÍTULO SESSENTA E SETE

A central telefónica da Casa Branca localizava-se no primeiro piso da Ala Este. Três telefonistas estavam permanentemente de serviço. De momento, apenas duas delas se encontravam sentadas diante dos painéis de controlo. A terceira telefonista corria a toda a velocidade na direcção da Sala de Imprensa. Na sua mão, levava um telefone sem fios. Tentara fazer uma ligação para a Sala Oval, mas o presidente estava já a deslocar-se para dar início à conferência. Tentara contactar os assistentes através dos seus telemóveis, mas, antes das intervenções televisivas, todos os telemóveis dentro e à volta da Sala de Imprensa eram desligados, de modo a não interromper os procedimentos.

Fazer chegar directamente ao presidente um telefone sem fios num momento como aquele parecia, no mínimo, questionável. No entanto, quando a colaboradora do NRO ligara, afirmando que tinha uma informação urgente que o presidente precisava de conhecer antes de fazer o seu comunicado em directo, a telefonista não teve dúvidas de que tinha de saltar do seu lugar. A questão que se colocava agora era se chegaria ou não a tempo.

Num pequeno consultório médico a bordo do U. S. S. *Charlotte*, Rachel Sexton segurava um auscultador junto ao ouvido e esperava para falar com o presidente. Tolland e Corky estavam sentados perto dela, parecendo ainda abalados. Corky tinha levado cinco pontos e apresentava uma ferida profunda na maçã do rosto. Os três tinham recebido roupa interior térmica *Thinsulate*, pesados fatos da Marinha, meias de lã de tamanho grande e botas antiderrapantes para utilizar no convés. Com uma chávena de café quente na mão, Rachel começava a sentir-se quase humana de novo.

— Porquê esta espera? — pressionou Tolland. — São sete e cinquenta e seis!

Rachel não fazia ideia. Conseguira com êxito ser atendida por uma das telefonistas da Casa Branca, explicara quem era e que se tratava de uma situação de emergência. A telefonista parecera compreensiva, colocara Rachel em linha de espera e estava nesse momento, supostamente, a tentar fazer chegar a chamada ao presidente.

Quatro minutos, pensou Rachel. *Depressa!*

De olhos fechados, Rachel tentava organizar as suas ideias. Fora um dia bem comprido. *Estou num submarino nuclear*, disse para consigo, consciente da sorte que tinha em ter escapado com vida. De acordo com o comandante do submarino, o *Charlotte* estava numa missão de rotina de patrulha no Mar de Bering dois dias antes e captara através da água sons anómalos vindos da Plataforma do Gelo de Milne: perfurações, ruídos de jactos, muito tráfego de comunicação por rádio encriptada. Tinham sido redireccionados e recebido ordens para se manterem secretamente à escuta. Cerca de uma hora antes, tinham ouvido a explosão na plataforma de gelo e tinham-se aproximado para verificar de que se tratava. Nessa altura, tinham ouvido o pedido de socorro de Rachel.

— Faltam três minutos! — Tolland controlava ansiosamente o relógio.

Rachel também estava decididamente a ficar nervosa. Porque demoravam tanto? Por que razão o presidente não atendia o seu telefonema? Se Zach Herney tornasse pública a informação tal como a conhecia...

Rachel forçou-se a afastar esse pensamento da cabeça e abanou o aparelho. *Atenda!*

Avançando apressadamente para a entrada da Sala de Imprensa, a telefonista da Casa Branca deparou com uma multidão de membros da equipa do presidente. Todos falavam num tom entusiástico, ultimando os preparativos. Ela podia ver o presidente a cerca de vinte metros de distância, esperando na entrada. O pessoal da maquilhagem estava ainda de volta dele.

— Deixem passar! — disse a telefonista, tentando passar por entre a multidão. — Uma chamada para o presidente. Com licença. Deixem passar!

— *Directo daqui a dois minutos!* — anunciou um coordenador da comunicação social.

Segurando o telefone, a telefonista abria passagem na direcção do presidente.

— Chamada para o presidente! — anunciava, ofegante. — Deixem passar!

Um altivo obstáculo atravessou-se no seu caminho. Marjorie Tench. O comprido rosto da conselheira principal fez uma careta de reprovação.

— Que se passa?

— É uma emergência! — A telefonista perdera o fôlego. — Tenho uma chamada para o presidente.

Tench fez um ar incrédulo.

— Agora não!

— É Rachel Sexton. Ela diz que é urgente.

A expressão carrancuda que ensombrou a cara de Tench parecia ser mais de confusão do que de raiva. Tench olhou o telefone sem fios.

— Essa é uma linha interna. Não é seguro.

— Não, minha senhora. Mas a chamada provém já de uma linha aberta, de qualquer forma. Ela está a ligar de um radiofone e precisa de falar com o presidente imediatamente.

— Directo dentro de noventa segundos!

Tench fixou a telefonista com os seus olhos frios e estendeu uma mão aracnídea.

— Passe-me o telefone. — O coração da telefonista batia acelerado. — A Sra. Sexton deseja falar directamente com o presidente Herney. Disse-me que adiasse a conferência de imprensa até ela falar com ele. Eu garanti-lhe que...

Tench deu então um passo na direcção da telefonista, a sua voz fervendo num sussurro.

— Deixe-me explicar-lhe como funcionam as coisas. Você não recebe ordens da filha do adversário do presidente, recebe-as de mim. E garanto-lhe que isto é o mais perto que conseguirá chegar do presidente, até eu perceber que raio se está a passar.

A telefonista olhou para o presidente, que estava agora rodeado de técnicos responsáveis pelos microfones, cabeleireiros e diversos membros da sua equipa que acertavam com ele as últimas alterações do seu discurso.

— Sessenta segundos! — gritou o supervisor da televisão.

A bordo do *Charlotte*, Rachel Sexton caminhava descontroladamente no compartimento apertado, quando finalmente ouviu um clique na linha telefónica.

Do outro lado, uma voz áspera fez-se ouvir.

— Está sim?

— Presidente Herney? — lançou Rachel.

— Marjorie Tench — corrigiu a voz. — Sou a conselheira principal do presidente. Quem quer que esteja a falar, devo avisá-la de que chamadas de brincadeira para a Casa Branca são uma violação do...

Por amor de Deus!

— Não é uma brincadeira! Fala Rachel Sexton. Sou a vossa colaboradora no NRO e...

— Sei muito bem quem é Rachel Sexton, minha senhora. E duvido muito que seja a pessoa com quem estou a falar. Ligou para a Casa Branca através de uma linha insegura e pede-me que interrompa uma emissão presidencial de importância maior. Isso seria muito pouco próprio para alguém com...

— Escute — Rachel espumava —, há cerca de duas horas atrás, fiz um comunicado a toda a equipa do presidente, a respeito de um meteorito. A senhora estava sentada à minha frente. Assistiu ao meu comunicado, que foi transmitido numa televisão colocada sobre a secretária do presidente. Mais alguma pergunta?

Tench ficou silenciosa por um momento.

— Sra. Sexton, que significa isto?

— Significa que tem de deter o presidente! Os dados que ele tem na sua posse relativamente ao meteorito estão errados! Acabámos de descobrir que o meteorito foi inserido por debaixo da plataforma de gelo. Não sei quem fez tal coisa, nem porquê! Mas, aqui em cima, as coisas não são o que parecem ser! O presidente está prestes a sancionar dados seriamente errados, e aconselho-a vivamente...

— Espere um maldito segundo! — Tench baixou a voz. — Tem noção do que acaba de dizer?

— Sim! Suspeito que o administrador da NASA orquestrou uma qualquer espécie de fraude em grande escala e o presidente Herney está prestes a envolver-se em toda esta questão. Tem de, pelo menos, atrasar a conferência dez minutos, para que eu tenha tempo de lhe contar o que tem estado a acontecer aqui. Tentaram matar-me, valha-me Deus!

A voz de Tench soou então como gelo:

— Sra. Sexton, uma palavra de aviso: se está arrependida por ter ajudado a Casa Branca nesta campanha, devia ter pensado nisso muito antes de ter pessoalmente sancionado a informação sobre o meteorito a pedido do presidente.

— Como!? — *Será que ela está sequer a dar-se ao trabalho de ouvir?*

— Estou revoltada perante a sua atitude. Usar uma linha insegura é um golpe baixo. Insinuar que os dados sobre o meteorito foram falsificados?! Que tipo de oficial dos Serviços de Informação utiliza um radiofone para ligar para a Casa Branca e falar de informação confidencial? Obviamente, a senhora *espera* que alguém intercepte esta mensagem.

— Norah Mangor foi morta por causa disto! O Dr. Ming também está morto. Tem de avisar...

— Pare imediatamente! Não sei que brincadeira é esta, mas devo lembrá-la, a si e a qualquer outra pessoa que esteja a interceptar esta mensagem, que a Casa Branca possui gravações vídeo de depoimentos de alguns dos mais importantes cientistas da NASA e de diversos cientistas civis conceituados, e tem também uma gravação *sua*, Sra. Sexton, todos vocês sancionando os dados relativos ao meteorito como estando correctos. Não sei que motivo a leva neste momento a alterar a sua história. Qualquer que seja a razão, considere-se, a partir deste instante, destituída das funções que desempenha para a Casa Branca e, caso venha a tentar manchar esta descoberta com outras alegações absurdas e desonestas, posso garantir-lhe que a Casa Branca e a NASA irão processá-la por difamação com uma tal rapidez, que nem terá tempo de fazer as malas antes de ir para a prisão.

Rachel abriu a boca para falar, mas não conseguiu articular qualquer palavra.

— Zach Herney foi generoso para consigo — continuou Tench — e, francamente, isto parece um golpe baixo de publicidade à maneira dos Sexton. Desista agora mesmo, ou apresentaremos queixa contra si. Juro-lhe.

A chamada foi desligada.

A boca de Rachel estava ainda aberta quando o comandante bateu à porta.

— Sra. Sexton? — disse o comandante, espreitando para o interior do compartimento. — Estamos a captar um sinal ténue da Rádio Nacional do Canadá. O presidente Zach Herney deu agora mesmo início à conferência de imprensa.

CAPÍTULO SESSENTA E OITO

De pé no púlpito da Sala de Imprensa da Casa Branca, Zach Herney sentia o calor dos projectores e sabia que o mundo estava a assistir. O pretendido bombardeamento levado a cabo pelo Gabinete de Imprensa da Casa Branca criara uma contagiante azáfama da comunicação social. Aqueles que não tinham ouvido anunciar o comunicado pela televisão, rádio, ou *internet*, tinham inevitavelmente sabido através de vizinhos, colegas ou familiares. Às oito horas da noite, qualquer pessoa que não vivesse numa caverna estava a especular acerca do assunto que levava o presidente a convocar aquela conferência de imprensa. Nos bares e nas salas de estar de todo o globo, milhões de pessoas inclinavam-se para as suas televisões, num fascínio apreensivo.

Era em momentos como este, ao encarar o mundo, que Zach Herney sentia verdadeiramente o peso do seu cargo. Quem dissesse que o poder não era viciante nunca o experimentara realmente. No entanto, ao começar o seu comunicado, Herney sentia que faltava algo. Não era um homem com tendência para o medo do palco, por isso a apreensão que agora lhe apertava o peito sobressaltou-o.

É a magnitude da assistência, disse para consigo. E, contudo, sabia que havia algo mais. Instinto. Alguma coisa que tinha visto.

Fora algo tão insignificante, mas ainda assim...

Disse para si mesmo que era melhor esquecer. Não era nada. E, no entanto, não lhe saía da cabeça.

Tench.

Momentos antes, enquanto se preparava para subir ao pódio, Herney avistara Marjorie Tench na entrada amarela, falando a um telefone sem fios. Isto era, já de si, estranho, mas a impressão acentuara-se devido à presença, junto a Tench, da telefonista da Casa Branca, que tinha o rosto lívido de preocupação. Herney não conseguia ouvir a conversa telefónica da conselheira, mas tinha percebido que se tratava de um conflito. Tench discutia com uma veemência e uma fúria que o presidente raramente observara — mesmo da parte de Tench. Fez uma pausa e encontrou o olhar dela, inquiridor.

Tench ergueu o polegar, indicando que estava tudo bem. Herney *nunca* vira a sua conselheira fazer aquele sinal a ninguém. Foi a última imagem a atravessar a mente de Herney, ao avançar para o palco.

Sobre o tapete azul na área de imprensa no interior da habisfera, em Ellesmere Island, o administrador Lawrence Ekstrom estava sentado no centro da comprida mesa de simpósios, rodeado de importantes cientistas e oficiais da NASA. Num grande ecrã à sua frente, a frase introdutória do discurso do presidente estava a ser transmitida em directo. Os restantes elementos da equipa da NASA encontravam-se reunidos em torno de outros monitores, pululavam em grande excitação, enquanto o supremo comandante se lançava na sua conferência de imprensa.

— Boa-noite — dizia Herney, parecendo incaracteristicamente tenso. — Aos cidadãos do meu país e aos nossos amigos em todo o mundo...

Ekstrom olhou a gigantesca massa chamuscada de rocha exibida com destaque à sua frente. Os seus olhos moveram-se para um monitor em *standby*, onde se viu a si próprio, sentado entre o seu pessoal, que pusera um ar austero, com a bandeira americana e o símbolo da NASA como fundo. A iluminação fazia com que o cenário parecesse alguma espécie de quadro neomodernista: os doze apóstolos na última ceia. Zach Herney tornara tudo aquilo num espectáculo político de segundo plano. *Herney não tinha outra hipótese.* Ekstrom ainda se sentia como um tele-evangelista, empacotando a mensagem de Deus para as massas.

Dentro de aproximadamente cinco minutos, o presidente apresentaria Ekstrom e a sua equipa da NASA. Depois, numa teatral ligação por satélite, directamente do topo do mundo, a NASA juntar-se-ia ao presidente para partilharem a novidade com o resto do globo. Depois de uma breve exposição descrevendo como a descoberta acontecera, aquilo que significava para a ciência espacial e alguma informação para servir de suporte, a NASA e o presidente iriam ceder o seu lugar ao célebre cientista Michael Tolland, cujo documentário seria apresentado nos quinze minutos seguintes. Em seguida, com a credibilidade e o entusiasmo no seu auge, Ekstrom e o presidente despedir-se-iam, prometendo mais informação para os dias seguintes, por meio de intermináveis conferências de imprensa dadas pela NASA.

Sentado diante do ecrã, aguardando a sua vez, Ekstrom sentiu que uma cavernosa vergonha o invadia. Tinha a certeza de que a sentiria. Já a esperava.

Dissera mentiras... sancionara falsidades.

De alguma forma, contudo, as mentiras pareciam agora inconsequentes. Ekstrom tinha um peso maior na sua mente.

No caos da sala de produção da ABC, Gabrielle Ashe encontrava-se lado a lado com dezenas de estranhos, todos os pescoços esticados na direcção da linha de monitores de televisão suspensos do tecto. O silêncio caiu assim que chegou o momento. Gabrielle fechou os olhos, rezando para que, ao voltar a abri-los, não deparasse com imagens do seu próprio corpo nu.

No interior do gabinete do senador Sexton, a excitação pairava no ar. Todos os seus convidados estavam agora de pé, com os olhos colados ao grande ecrã de televisão.

Zach Herney encarava o mundo e, por incrível que pudesse parecer, a sua saudação fora estranha. Por momentos, parecera hesitante.

Ele parece inseguro, pensou Sexton. *Ele nunca parece inseguro.*

— Olhem para ele — murmurou alguém. — Só podem ser más notícias.

A estação espacial?, interrogava-se Sexton.

Herney olhou para a câmara bem de frente e respirou fundo.

— Meus amigos, passei muitos dias a pensar na melhor maneira de fazer este anúncio...

Duas simples palavras, gostaria Sexton de o ouvir dizer. *Fizemos asneira.*

Brevemente, Herney lamentou o facto de a NASA se ter tornado um tema central para as eleições e referiu que, dadas as circunstâncias, sentia a necessidade de prefaciar a ocasião do seu iminente comunicado com um pedido de desculpas.

— Eu teria preferido qualquer outro momento da história para fazer este anúncio — disse. — O contexto político que se vive tende a fazer dos sonhadores cépticos, e, no entanto, como vosso presidente, não tenho alternativa senão partilhar convosco a descoberta de que recentemente tomei conhecimento. — Sorriu. — Parece que a magia do cosmos é algo que não funciona de acordo com calendários humanos... nem sequer com o calendário de um presidente.

Todos os homens reunidos no gabinete de Sexton recuaram em uníssono. *O quê?*

— Há duas semanas atrás — disse Herney — O novo *Polar Orbiting Density Scanner* da NASA passou sobre a Plataforma de Gelo de Milne, em Ellesmere Island, uma remota massa de terra situada acima do Paralelo Oitenta, no alto Oceano Árctico.

Sexton e os outros trocaram olhares confusos.

— Este satélite da NASA — prosseguiu Herney — detectou uma grande rocha de elevada densidade enterrada sessenta metros abaixo do gelo. — Herney sorriu, então, pela primeira vez, encontrando o seu ritmo. — Tendo recebido os respectivos dados, a NASA suspeitou imediatamente de que se tratava de um meteorito.

— Um meteorito? — bradou Sexton. — E isto é que é uma novidade?

— A NASA enviou uma equipa à plataforma de gelo para analisar amostras. E foi então que a NASA fez... — Herney interrompeu-se. — Honestamente, fizeram a descoberta científica do século.

Sexton deu um passo incrédulo na direcção da televisão. *Não...* Os seus convidados desviaram-se, pouco à vontade.

— Senhoras e senhores — anunciou Herney —, há algumas horas atrás, a NASA retirou do gelo do Árctico um meteorito de oito toneladas, o qual contém... — o presidente fez uma nova pausa, dando ao mundo inteiro o tempo necessário para se inclinar para a frente — um meteorito que contém *fósseis* de organismos vivos. Dúzias deles. Uma prova inequívoca de vida extraterrestre.

De seguida, uma imagem brilhante iluminou o ecrã por detrás do presidente: um fóssil perfeitamente delineado de uma criatura semelhante a um insecto, inserida numa rocha carbonizada.

No gabinete de Sexton, seis empresários deram um salto, os seus olhos horrorizados saltando das órbitas. Sexton estava petrificado.

— Meus amigos — continuou o presidente —, o fóssil que vêem atrás de mim tem 190 milhões de anos. Foi descoberto num fragmento de um meteorito chamado de Chuva de Jungersol, que atingiu o Oceano Árctico há quase três séculos atrás. O fascinante satélite PODS da NASA descobriu este fragmento de meteorito enterrado numa plataforma de gelo. A NASA e esta administração procederam com um extremo cuidado, nas últimas duas semanas, à confirmação de cada um dos aspectos inerentes a esta extraordinariamente importante descoberta, antes de a tornarem pública. Na próxima meia hora, escutarão as explicações de numerosos cientistas da NASA e civis, e terão a oportunidade de ver um pequeno documentário preparado por um rosto familiar que, tenho a certeza, todos reconhecerão. Todavia, antes de avançar mais, tenho impreterivelmente de felicitar, em directo, via satélite, do Círculo Polar Árctico, o homem cuja liderança, visão e trabalho árduo foram exclusivamente responsáveis por este momento histórico. É com uma enorme honra que lhes apresento o administrador da NASA, Lawrence Ekstrom.

Herney voltou-se para o ecrã no momento exacto.

A imagem do meteorito dissolveu-se oportunamente num painel de aspecto régio composto por cientistas da NASA, sentados em redor de uma longa mesa, ao lado da dominante figura de Lawrence Ekstrom.

— Obrigado, Sr. Presidente. — Ekstrom tinha um ar austero e orgulhoso, pondo-se de pé e olhando directamente a câmara. — É um imenso orgulho partilhar convosco este... grandioso momento da NASA.

Ekstrom falou apaixonadamente da NASA e da descoberta. Com um alarde de patriotismo e de triunfo, passou sem qualquer falha a um documentário apresentado pelo cientista-celebridade Michael Tolland.

De olhos postos na televisão, o senador Sexton caiu de joelhos no chão, com os dedos agarrados ao seu cabelo de prata. *Não! Deus, não!*

CAPÍTULO SESSENTA E NOVE

Marjorie Tench estava lívida ao abandonar o caos festivo à porta da Sala de Imprensa, encaminhando-se para o seu canto privado na Ala Oeste. Não estava com disposição para celebrações. O telefonema de Rachel Sexton fora demasiado inesperado.

Demasiado desconcertante.

Tench bateu com a porta do seu gabinete, dirigiu-se rapidamente para a secretária e marcou o número da extensão da telefonista.

— William Pickering. NRO.

Tench acendeu um cigarro e pôs-se a andar para a frente e para trás, enquanto esperava que a telefonista localizasse Pickering. Em circunstâncias normais, ele estaria a essa hora em sua casa, mas, com o grande final de dia da Casa Branca, devido à conferência de imprensa, Tench calculava que Pickering tivesse passado toda a noite no seu gabinete, colado à televisão, perguntando-se o que é que de tão importante podia estar a acontecer no mundo sem que o director do NRO tivesse tomado conhecimento em primeira mão.

Tench amaldiçoou-se por não ter confiado no seu instinto quando o presidente dissera que queria enviar Rachel Sexton para o Glaciar de Milne. Tench mostrara-se relutante, sentindo que era um risco desnecessário. Mas o presidente fora convincente, tendo persuadido a conselheira de que a equipa da Casa Branca se tornara mais crítica ao longo das últimas semanas e desconfiaria da descoberta da NASA se a notícia chegasse pela boca de alguém da casa. Tal como Herney prometera, o sancionamento de Rachel Sexton neutralizara as suspeitas, impedira todo e qualquer cepticismo interno e forçara o *staff* da Casa Branca a avançar numa frente unida. Uma contribuição inestimável, Tench tinha de admitir. E, afinal, Rachel Sexton tinha-lhes trocado as voltas.

A cabra telefonou-me de uma linha insegura.

Rachel Sexton estava, obviamente, determinada a destruir a credibilidade daquela descoberta, e a única consolação de Tench era saber que o presidente ficara com uma gravação vídeo do comunicado que Rachel fizera antes, nessa mesma tarde. *Graças a Deus.* Pelo menos, Herney pensara em obter essa pequena garantia. Tench começava a recear que fossem precisar dela.

Contudo, de momento, Tench tentava estancar a hemorragia por outras vias. Rachel Sexton era uma mulher esperta e, se realmente tencionava enfrentar a Casa Branca e a NASA, precisaria de recrutar alguns aliados poderosos. A sua primeira escolha lógica seria William Pickering. Tench já sabia qual era a atitude de Pickering relativamente à NASA. Precisava de chegar até ele antes de Rachel.

— Sra. Tench? — disse uma voz transparente do outro lado da linha. — Fala William Pickering. A que devo a honra?

Tench conseguia ouvir o som de fundo da televisão: o comentário da NASA. Conseguia também depreender pelo tom de voz de Pickering que ele estava ainda a recompor-se da conferência de imprensa.

— Será que tem um minuto, director?

— Imaginava que estivesse ocupada a celebrar. Uma noite e tanto para vocês. Parece que a NASA e o presidente estão de volta à luta.

Tench detectou na voz dele um espanto absoluto, combinado com um resquício de azedume... Devendo-se este último, sem dúvida, à lendária irritação que o homem experimentava sempre que sabia das notícias ao mesmo tempo que os restantes mortais.

— Peço desculpa — começou Tench, tentando imediatamente estabelecer uma ponte — pelo facto de a Casa Branca e a NASA terem sido forçadas a ocultar-lhe informação.

— Como deverá estar a par — disse Pickering — o NRO detectou actividade da NASA lá em cima há cerca de duas semanas atrás e procedeu a um inquérito.

Tench franziu o sobrolho. *Ele está lixado.*

— Sim, eu sei. Contudo...

— A NASA disse-nos que não era nada. Disseram-nos que estavam a desenvolver exercícios de treino num ambiente extremo. Que estavam a testar equipamento, esse tipo de coisa. — Pickering fez uma pausa. — E nós engolimos a mentira.

— Não lhe vamos chamar uma *mentira* — disse Tench. — Tratou-se, antes, de uma necessária acção de despistagem. Tendo em conta a magnitude da descoberta, estou certa de que compreenderá que a NASA tinha de ocultar o assunto.

— Do público, talvez.

Mostrar-se sentido era algo que não estava no repertório de homens como William Pickering, e Tench deu-se conta de que não podia ir mais longe do que fora.

— Disponho apenas de um minuto — disse Tench, esforçando-se por manter a sua posição dominante —, mas achei que devia telefonar-lhe para o avisar.

— Avisar-me? — Pickering adoptou momentaneamente um tom amargo. — Será que Zach Herney decidiu nomear um novo director para o NRO que seja favorável à NASA?

— Claro que não. O presidente compreende que as suas críticas em relação à NASA têm a ver apenas com questões de segurança e está a trabalhar no sentido de resolver esses pontos negativos. Na verdade, estou a telefonar-lhe por causa de uma das suas funcionárias. — Tench fez uma pausa. — Rachel Sexton. Teve notícias dela esta tarde?

— Não. Enviei-a hoje de manhã para a Casa Branca, a pedido do presidente. Obviamente, mantiveram-na ocupada. Ela ainda tem de vir apresentar-se.

Tench ficou aliviada ao ver que chegara a Pickering em primeiro lugar. Deu uma passa no seu cigarro e falou tão calmamente quanto possível.

— Suspeito que poderá receber um telefonema da Sra. Sexton dentro de pouco tempo.

— Óptimo. Tenho estado à espera disso. Devo dizer-lhe que, quando a conferência de imprensa do presidente começou, receei que Zach Herney tivesse convencido a Sra. Sexton a participar publicamente. Fico satisfeito ao ver que resistiu a fazê-lo.

— Zach Herney é uma pessoa decente — disse Tench —, que é mais do que posso dizer a respeito de Rachel Sexton.

Fez-se um longo silêncio na linha.

— Espero ter percebido mal.

Tench suspirou pesadamente.

— Não, senhor, receio bem que não seja o caso. Preferia não entrar em pormenores por telefone, mas, ao que parece, Rachel Sexton decidiu minar a credibilidade deste anúncio da NASA. Não faço ideia dos seus motivos, mas, depois de ter tomado conhecimento e sancionado a informação da NASA no início da tarde, a Sra. Sexton subitamente revelou outra cara e começou a espalhar as mais improváveis alegações, acusando a NASA de traição e fraude.

O tom de Pickering era agora tenso.

— Perdão?

— É preocupante, sim. Odeio ter de ser eu a dizer-lho, mas a Sra. Sexton contactou-me dois minutos antes do início da conferência de imprensa, sugerindo-me que cancelasse tudo.

— Baseada em quê?

— Em ideias absurdas, para ser franca. Afirmou ter encontrado erros sérios nos dados.

O longo silêncio de Pickering foi mais suspeitoso do que Tench esperava.

— Erros? — perguntou, por fim, o director.

— Ridículo, com efeito, depois de duas semanas de experiências levadas a cabo pela NASA e...

— Tenho grandes dificuldades em acreditar que alguém como Rachel Sexton a aconselhasse a adiar a conferência de imprensa do presidente sem ter uma boa razão para isso. — Pickering parecia perturbado. — Talvez devesse ter-lhe dado ouvidos.

— Ora, por favor! — soltou Tench, tossindo. — Viu a conferência de imprensa. Os dados relativos ao meteorito foram confirmados vezes sem conta por inúmeros especialistas. Incluindo civis. Não lhe parece suspeito que Rachel Sexton, a filha do único homem a quem este anúncio prejudica, tenha de repente mudado de ideias?

— Parecer-me-ia suspeito, Sra. Tench, se não soubesse que a Sra. Sexton e o seu pai mal conseguem lidar civilizadamente um com o outro. Não consigo imaginar o que levaria Rachel Sexton, ao fim de vários anos a trabalhar para o presidente, a decidir de repente mudar de campo e a mentir para apoiar o pai.

— Ambição, talvez? Realmente, não sei. Talvez a oportunidade de se tornar a «primeira filha»...

Tench deixou a insinuação pairar.

O tom de Pickering tornou-se instantaneamente mais duro.

— Terrenos perigosos, Sra. Tench, muito perigosos.

O desdém assomou ao rosto de Tench. Que raio de coisa podia esperar? Estava a acusar um membro proeminente da equipa de Pickering de traição contra o presidente. Era óbvio que o homem iria pôr-se na defensiva.

— Ponha-a em linha — pediu Pickering. — Gostaria de falar eu mesmo com a Sra. Sexton.

— Receio bem que seja impossível — replicou Tench. — Ela não está na Casa Branca.

— Onde está, então?

— O presidente enviou-a a Milne esta manhã para examinar os dados em primeira mão.

Pickering parecia agora transtornado.

— Não fui informado de que...

— Não tenho tempo para situações de orgulho ferido, Sr. Director. O meu telefonema foi mera cortesia. Quis avisá-lo de que Rachel Sexton decidiu guiar-se pela sua própria agenda, no que diz respeito ao anúncio feito esta noite. Ela precisará de procurar aliados. Caso venha a contactá-lo, talvez seja bom ter em mente que a Casa Branca está na posse de um vídeo, filmado hoje, no qual ela confirmou por inteiro os dados relativos a este meteorito diante do presidente, do seu gabinete e de todos os seus colaboradores directos. Se agora, quaisquer que sejam os seus motivos, Rachel Sexton tentar sujar o bom nome de Zach Herney ou da NASA, garanto-lhe que a Casa Branca a fará pagar caro — Tench esperou um segundo, para se certificar de que fazia chegar a sua mensagem. — Espero que retribua a cortesia deste telefonema informando-me imediatamente caso Rachel Sexton o contacte. Ela está a atacar directamente o presidente, e a Casa Branca tenciona detê-la para interrogatório antes que ela cause problemas sérios. Fico à espera do seu telefonema, director. É tudo. Boa-noite.

Marjorie Tench desligou, certa de que nunca antes ninguém falara a William Pickering daquele modo. Pelo menos, ele agora sabia que ela falava a sério.

No último piso do NRO, William Pickering estava de pé junto à janela, olhando a noite da Virginia. A chamada de Marjorie Tench deixara-o profundamente perturbado. Pickering mordia o lábio enquanto tentava juntar as peças do *puzzle* na sua cabeça.

— Sr. Director? — disse a sua secretária, batendo delicadamente à porta. — Tem outra chamada telefónica.

— Agora não — disse Pickering, ausente.

— É Rachel Sexton.

Pickering voltou-se rapidamente. Tench devia ser bruxa.

— O.K. Passe a chamada imediatamente.

— Trata-se, na verdade, de uma chamada de áudio e vídeo encriptada. Quer recebê-la na sala de conferências?

Uma chamada de áudio e vídeo?

— De onde é que ela está a ligar?

A secretária disse-lhe.

Pickering não sabia o que dizer. Estupefacto, apressou-se a atravessar o átrio na direcção da sala de conferências. Isto era algo que ele não podia deixar de resolver.

CAPÍTULO SETENTA

A sala insonorizada do *Charlotte* — concebida a partir de uma estrutura similar nos Bell Laboratories — era aquilo que formalmente se designa como câmara sem ecos. Sendo uma sala com isolamento acústico, sem superfícies paralelas ou reflectoras, absorvia o som com uma eficácia de 99,4 por cento. Devido ao facto de o metal e a água serem bons condutores acústicos, as conversas a bordo dos submarinos eram sempre vulneráveis à intercepção por parabólicas de escuta submarina ou por microfones de sucção parasita fixados no lado exterior do casco. A sala insonorizada era, com efeito, uma pequena câmara dentro do submarino da qual absolutamente nenhum som conseguia escapar. Todas as conversas que se desenrolassem dentro daquela caixa isolada eram inteiramente seguras.

A câmara parecia um armário *walk-in* cujo tecto, paredes e chão tivessem sido completamente cobertos com pináculos de espuma apontando para o interior. Lembrava a Rachel uma gruta imersa e apertada, onde as estalagmites tivessem crescido desordenadamente sobre toda a superfície. O mais estranho era, contudo, a aparente falta de um chão.

O chão era uma firme grelha metálica, que se estendia horizontalmente através do compartimento como uma rede de pesca, dando aos habitantes a sensação de estarem suspensos a meio da parede. A malha da grelha era revestida de borracha e rígida sob os pés. Olhando para baixo através daquele chão de teia, Rachel sentia-se como se estivesse a atravessar uma ponte suspensa sobre uma paisagem surrealista e fractalizada. Um metro abaixo, uma floresta de agulhas de espuma apontava, agourenta, para cima.

Ao entrar, Rachel sentira de imediato a desconcertante ausência de vida do ar, como se todos os fragmentos de energia tivessem sido sugados. Era como se os seus ouvidos tivessem sido atafulhados de algodão. Dentro da sua cabeça, só a sua própria respiração era audível. Ao produzir sons, foi como se tivesse falado dentro de uma almofada. As paredes absorviam cada reverberação, fazendo com que as únicas vibrações audíveis fossem as do interior da sua cabeça.

O comandante tinha acabado de sair, fechando atrás de si a porta acolchoada. Rachel, Corky e Tolland estavam sentados no centro da sala, a uma pequena mesa em forma de U assente sobre compridas muletas de metal que desciam por entre a malha metálica. Sobre a mesa estavam afixados diversos microfones em forma de pescoço de ganso, auscultadores e uma consola de vídeo com uma câmara com objectiva olho-de-peixe no topo. Dir-se-ia que se tratava de um mini-simpósio das Nações Unidas.

Trabalhando nos Serviços de Informação dos Estados Unidos (incomparavelmente os maiores produtores, à escala mundial, de microfones direccionais, parabólicas de escuta submarina e outros aparelhos hipersensíveis), Rachel estava bem consciente de que havia poucos sítios na Terra onde se pudesse ter uma conversa efectivamente segura. A sala insonorizada era, aparentemente, um desses sítios. Os microfones e auscultadores sobre a mesa permitiam uma ligação em conferência, frente a frente, em que se podia falar livremente, sabendo que as vibrações das palavras não podiam escapar da sala. As suas vozes, uma vez entrando nos microfones, seriam codificadas para a longa viagem através da atmosfera.

— Teste de volume. — A voz materializou-se subitamente dentro dos seus auscultadores, fazendo com que Rachel, Tolland, e Corky dessem um salto. — Escuta-me, Sra. Sexton?

Rachel inclinou-se sobre o microfone.

— Sim. Obrigada. *Seja você quem for.*

— Tenho o Dr. Pickering em linha para falar consigo. Ele aceita a chamada de áudio e vídeo. Vou sair da linha agora. Terá a sua ligação dentro de momentos.

Rachel ouviu a linha desligar-se. Houve um distante zunido de estática e depois uma série rápida de bipes e cliques nos auscultadores. Com uma surpreendente nitidez, o ecrã de vídeo despertou diante deles, e Rachel viu o director Pickering na sala de conferências do NRO. Estava sozinho. Ergueu repentinamente a cabeça e olhou Rachel nos olhos.

Ela sentiu-se estranhamente aliviada ao vê-lo.

— Sra. Sexton — disse Pickering, com uma expressão perplexa e inquieta. — Que raio se está a passar?

— O meteorito, doutor. — disse Rachel — Acho que temos um problema sério.

CAPÍTULO SETENTA E UM

Na sala insonorizada do *Charlotte*, Rachel Sexton apresentou Michael Tolland e Corky Marlinson a Pickering. Em seguida, tomou balanço e lançou-se num breve relatório da incrível sequência de acontecimentos do dia.

O director do NRO manteve-se sentado e imóvel, escutando.

Rachel falou-lhe do plâncton bioluminescente no poço de extracção, da viagem pela plataforma de gelo, da descoberta de um canal de inserção debaixo do meteorito e, por fim, do súbito ataque de uma unidade militar que ela suspeitava que pertencesse às Operações Especiais.

William Pickering era conhecido pela sua capacidade de ouvir informação preocupante sem sequer pestanejar e, contudo, o seu olhar tornava-se mais inquieto a cada passo da história de Rachel. Ela sentiu a incredulidade e depois a raiva do director quando falou do assassínio de Norah Mangor e da sua própria fuga, juntamente com Tolland e Corky, de uma morte quase certa. Apesar da vontade de verbalizar a sua suspeita do envolvimento do administrador da NASA, Rachel conhecia Pickering suficientemente bem para saber que não o devia fazer sem provas. Apresentou a história como uma sucessão de factos crus. Quando terminou, Pickering nada disse durante vários minutos.

— Sra. Sexton — disse ele, finalmente —, todos vocês... — olhou cada um deles. — Se aquilo que dizem é verdade, e não consigo imaginar uma razão para estarem os três a mentir, considerem-se todos com muita sorte por estarem vivos.

Todos anuíram em silêncio. O presidente chamara quatro cientistas civis... e dois deles estavam agora mortos.

Pickering suspirou, desolado, como se não fizesse ideia do que devia dizer a seguir. Era óbvio que os acontecimentos não faziam grande sentido.

— Será de alguma maneira possível — disse Pickering — que este canal de inserção que diz ter visto nessa folha impressa de GPR seja um fenómeno natural?

Rachel abanou a cabeça.

— É demasiado perfeito. — Desdobrou a folha impressa, ensopada, e exibiu-a diante da câmara. — Não apresenta qualquer falha.

Pickering estudou a imagem, franzindo o sobrolho e concordando.

— Não largue isso nem por um segundo.

— Telefonei a Marjorie Tench, pedindo-lhe que detivesse o presidente — disse Rachel —, mas ela recusou-se a dar-me ouvidos.

— Eu sei. Ela disse-me.

Rachel ergueu os olhos, espantada.

— Marjorie Tench telefonou-lhe? — *Isso é que foi rapidez.*

— Ligou agora mesmo. Ela está muito preocupada. Pensa que a Rachel está a tentar alguma espécie de golpe para desacreditar o presidente e a NASA. Talvez para ajudar o seu pai.

Rachel pôs-se de pé. Acenou ao director com o registo do GPR e apontou os seus dois companheiros.

— Nós quase fomos mortos! Parece um golpe? E porque é que eu havia de...

Pickering ergueu as mãos.

— Calma. Aquilo que a Sra. Tench se esqueceu de me dizer foi que vocês eram três.

Rachel não conseguia lembrar-se se Tench chegara a dar-lhe tempo para mencionar Corky e Tolland.

— Nem tão-pouco me disse que tinham provas físicas — acrescentou Pickering. — Eu já duvidava das acusações dela mesmo antes de falar consigo, e neste momento estou convencido de que ela está enganada. Não duvido das vossas declarações. A questão que se coloca agora é: que significa tudo isto?

Fez-se um longo silêncio.

William Pickering raramente parecia confuso, mas abanou a cabeça, com um olhar perdido.

— Vamos, por agora, partir do princípio de que alguém *realmente* inseriu este meteorito debaixo do gelo. Isso levanta uma pergunta óbvia: *porquê?* Se a NASA tem um meteorito com fósseis, porque é que iria importar-se com o local onde seria encontrado? Porque é que alguém iria importar-se com isso?

— Ao que parece — disse Rachel —, a inserção foi levada a cabo de modo a que o PODS fizesse a descoberta e que o meteorito surgisse como um fragmento de um impacto conhecido.

— A Chuva de Jungersol — esclareceu Corky.

— Mas que *importância* tem o facto de o meteorito ser associado a um impacto conhecido? — questionou Pickering, como louco. — Não serão estes fósseis uma descoberta estrondosa em qualquer lugar, em qualquer época? Independentemente do episódio meteorítico a que estejam associados?

Os três concordaram.

Pickering hesitou, parecendo desagradado.

— A não ser... claro...

Rachel viu o raciocínio que se processava por detrás dos olhos do director. Ele encontrara a explicação mais simples para que se identificasse o meteorito com a Chuva de Jungersol, mas a explicação mais simples era também a mais perturbadora.

— A não ser que... — continuou Pickering — a cuidadosa localização tivesse como objectivo emprestar credibilidade a dados totalmente falsos. — Suspirou, dirigindo-se a Corky. — Dr. Marlinson, existe alguma possibilidade de este meteorito ser falso?

— Falso?

— Sim. Uma fraude. Uma simulação.

— Um *falso* meteorito? — Corky deu uma gargalhada sem jeito. — Completamente impossível! Aquele meteorito foi examinado por profissionais. Inclusivamente, *eu próprio*. Espectrógrafo, *scans* químicos, datação por rubídio-estrôncio. É diferente de qualquer tipo de rocha terrestre. O meteorito é autêntico. Qualquer astrogeólogo concordaria.

Pickering reflectiu sobre isto durante algum tempo, apertando suavemente a gravata.

— E no entanto, tendo em conta tudo o que a NASA tem a ganhar com esta descoberta, neste momento, os sinais aparentes de falsificação de provas, o ataque que vocês sofreram... a primeira e única conclusão lógica que posso retirar daqui é que este meteorito é uma fraude bem conseguida.

— Impossível! — Corky parecia agora zangado. — Com o devido respeito, os meteoritos não são um efeito especial de Hollywood que possa ser fabricado em laboratório para enganar um punhado de astrofísicos crédulos. São objectos quimicamente complexos, com estruturas cristalinas e proporções de elementos únicas!

— Não estou a desafiá-lo, Dr. Marlinson. Estou simplesmente a analisar factos seguindo uma cadeia lógica. Visto que alguém tentou matar-vos para vos impedir de revelar que o meteorito foi introduzido por debaixo do gelo, vejo-me forçado a considerar todo o tipo de cenários. Concretamente, o que o faz ter tanta certeza de que esta rocha é, de facto, um meteorito?

— Concretamente? — A voz de Corky estalava nos auscultadores. — Uma crosta de fusão perfeita, a presença de côndrulos, uma componente de níquel diferente da que encontramos nas rochas da Terra. Se está a sugerir que alguém nos enganou fabricando esta rocha num laboratório, então a única coisa que posso dizer é que esse laboratório tem cerca de 190 milhões de anos de idade. — Corky vasculhou nos seus bolsos e retirou uma pedra com a forma de um CD. Segurou-a diante da câmara. — Datámos quimicamente rochas como esta através de diversos métodos. A datação por rubídio-estrôncio *não é* algo que se possa forjar!

Pickering parecia suspreendido.

— Traz uma amostra consigo?

Corky encolheu os ombros.

— A NASA tem dúzias delas espalhadas por lá.

— Está a querer dizer-me — disse Pickering, fixando agora Rachel — que a NASA descobriu um meteorito que acredita conter vestígios de vida e deixa as pessoas andarem por aí com amostras?

— O que interessa — prosseguiu Corky — é que a amostra que tenho na mão é genuína. — Aproximou mais a amostra da câmara. — Pode dar isto a qualquer petrologista ou geólogo do mundo, que fariam testes e dir-lhe-iam duas coisas: primeira, que tem 190 milhões de anos; e segunda, que é quimicamente distinta dos tipos de rochas que temos aqui na Terra.

Pickering debruçou-se para a frente, estudando o fóssil incrustado na rocha. Por um momento, pareceu fascinado. Finalmente, suspirou.

— Eu não sou cientista. Tudo o que posso dizer é que, se este meteorito é genuíno, como parece ser, gostava de saber por que razão a NASA não o apresentou ao mundo tal como apareceu? Porque é que alguém o colocou cuidadosamente debaixo do gelo, como que para nos persuadir da sua autenticidade?

Nesse mesmo momento, no interior da Casa Branca, um oficial da segurança ligava a Marjorie Tench.

A conselheira principal atendeu ao primeiro toque.

— Sim?

— Sra. Tench — disse o oficial —, tenho a informação que pediu. A chamada de radiofone que recebeu esta noite de Rachel Sexton. Conseguimos localizá-la.

— Diga.

— As operações dos Serviços Secretos apuraram que o sinal provém do submarino U. S. S. *Charlotte*.

— Como!?

— Não têm as coordenadas, minha senhora, mas estão certos do código do navio.

— Oh, por amor de Deus! — Tench desligou o telefone sem mais uma palavra.

CAPÍTULO SETENTA E DOIS

A acústica muda da sala insonorizada do *Charlotte* começava a deixar Rachel ligeiramente nauseada. No ecrã, o olhar preocupado de William Pickering pousou então em Michael Tolland.

— Tem estado muito calado, Sr. Tolland.

Tolland ergueu os olhos, como um aluno que tivesse sido chamado sem o esperar.

— Sim, senhor?

— Acabámos de assistir na televisão a um documentário seu, muito convincente. — disse Pickering. — Que tem agora a dizer-me a respeito do meteorito?

— Bem — começou Tolland, visivelmente desconfortável —, tenho de concordar com o Dr. Marlinson. Acredito que tanto o meteorito como os fósseis são autênticos. Sou bastante versado em técnicas de datação, e a idade daquela pedra foi confirmada através de múltiplos testes. O mesmo relativamente ao conteúdo de níquel. Impossível forjar estes dados. Não restam dúvidas de que esta rocha, formada há 190 milhões de anos atrás, apresenta proporções extraterrestres de níquel e contém dezenas de fósseis confirmados, cuja formação data igualmente de há 190 milhões de anos atrás. Não tenho dúvidas de que a NASA encontrou um meteorito autêntico.

Pickering ficou em silêncio. A sua expressão era de dúvida, uma expressão que Rachel nunca antes vira nele.

— Que devemos fazer? — perguntou Rachel. — Parece-me óbvio que devemos alertar o presidente, fazendo-lhe saber que há problemas com os dados apresentados.

Pickering franziu o sobrolho.

— Vamos esperar que o presidente não o saiba *já*.

Rachel sentiu que um nó se formava na sua garganta. A insinuação de Pickering era clara. *O presidente Herney poderia estar envolvido.* Rachel tinha fortes dúvidas de que assim fosse, mas, bem vistas as coisas, tanto o presidente como a NASA tinham muito a ganhar com aquela história.

— Infelizmente — disse Pickering —, à excepção do registo de GPR que revela uma canal de inserção, todos os dados científicos apontam para uma descoberta credível da NASA. — Fez uma pausa, em desespero. — E o facto de terem sofrido um ataque... — fixou Rachel. — Mencionou as Operações Especiais.

— Sim, senhor. — Ela voltou a falar-lhe das Munições Improvisadas e das tácticas utilizadas.

Pickering parecia cada vez menos satisfeito. Rachel apercebeu-se de que o seu patrão considerava o número de pessoas que poderiam ter acesso a uma pequena força militar assassina. Certamente, o presidente tinha acesso. Provavelmente, Marjorie Tench também, como conselheira principal. Era também possível que o administrador da NASA, Lawrence Ekstrom, tivesse acesso, com a sua ligação ao Pentágono. Infelizmente, ao contemplar a miríade de possibilidades, Rachel dava-se conta de que quem se encontrava por detrás do ataque poderia ser qualquer pessoa com um cargo político de alto nível e os contactos certos.

— Eu podia telefonar ao presidente agora mesmo — disse Pickering —, mas não me parece que fosse sensato fazê-lo, pelo menos até sabermos ao certo quem está envolvido. A minha capacidade de vos proteger torna-se limitada, uma vez que estamos a implicar a Casa Branca. Além disso, não estou certo do que poderia dizer ao presidente. Se o meteorito é real, como todos vocês estão convencidos, então a vossa alegação de que existe um canal de inserção e de que foram vítimas de um ataque não faz sentido; o presidente teria toda a legitimidade em questionar a validade da minha afirmação. — Fez uma pausa, como se considerasse as suas opções. — Mas seja qual for a verdade e sejam quem forem os jogadores, algumas pessoas muito poderosas serão atingidas caso esta informação se torne pública. Sugiro que tentemos colocar-vos em lugar seguro, antes de começarmos a agitar as águas.

Colocar-nos em segurança? O comentário surpreendeu Rachel.

— Penso que estamos bastante seguros num submarino nuclear, doutor.

Pickering não parecia muito convencido.

— A vossa presença nesse submarino não permanecerá em segredo por muito tempo. Vou tirar-vos daí imediatamente. Para ser sincero, só estarei descansado quando estiverem os três sentados no meu gabinete.

CAPÍTULO SETENTA E TRÊS

O senador Sexton estava aninhado sozinho no seu sofá, sentindo-se um refugiado. O seu apartamento de Westbrooke Place, que estivera até uma hora antes cheio de novos amigos e apoiantes, parecia agora abandonado. Encontravam-se por ali espalhados copos e cartões de visita, abandonados por homens que tinham literalmente saído disparados pela porta fora.

Agora, Sexton encolhera-se na sua solidão diante da televisão, querendo mais do que tudo desligá-la e, apesar disso, sendo incapaz de ignorar os intermináveis comentários da comunicação social. Assim era Washington. Os analistas apressaram as suas hipérboles filosóficas e pseudocientíficas para rapidamente se fixarem no lado sujo: a política. Como carrascos vertendo ácido nas feridas de Sexton, os apresentadores de televisão afirmavam e reafirmavam o óbvio.

— Há horas atrás, a campanha de Sexton estava em trajectória ascendente — apontou um analista. — Agora, com a descoberta da NASA, a campanha do senador despenhou-se sobre a Terra.

Sexton retrocedeu, alcançando o *Courvoisier* e dando alguns goles da garrafa. Esta noite, sabia-o bem, era a noite mais longa e mais solitária da sua vida. Desprezava Marjorie Tench por tê-lo encurralado. Desprezava Gabrielle Ashe por ter, antes de mais nada, mencionado a questão da NASA. Desprezava o presidente por aquela maldita sorte. E desprezava o mundo por rir na sua cara.

— Obviamente, isto é devastador para a campanha do senador — dizia o analista. — O presidente e a NASA alcançaram um inestimável triunfo com esta descoberta. Uma notícia como esta vem revitalizar a campanha do presidente independentemente da posição de Sexton relativamente à NASA, mas tendo o senador admitido hoje mesmo que iria ao ponto de abolir o financiamento da agência espacial caso fosse necessário... Bem, este comunicado presidencial é um duplo golpe, do qual o senador não poderá recuperar.

Tramaram-me, disse Sexton para si mesmo. *Raios me partam se a Casa Branca não me tramou.*

O analista sorria.

— Toda a credibilidade que a NASA recentemente perdeu junto dos Americanos foi completamente restabelecida. Vive-se neste momento nas ruas um clima de orgulho nacional.

— Como seria de esperar. As pessoas amam Zach Herney e estavam a perder a fé. Temos de admitir que o presidente estava na mó de baixo e sofreu alguns duros golpes ultimamente, mas saiu de tudo isto mais fortalecido que nunca.

Sexton relembrou o debate da CNN nessa tarde e sentiu-se enojado. Toda a questão da inércia da NASA que ele tão cuidadosamente construíra ao longo dos meses anteriores não só perdera abruptamente o sentido, como se tornara uma âncora presa ao seu pescoço. Fizera figura de parvo. Fora engenhosamente tramado pela Casa Branca. Receava já os *cartoons* nos jornais do dia seguinte. O seu nome seria o mote de todas as piadas que haviam de circular pelo país. Obviamente, seria o fim do financiamento SFF da sua campanha. Tudo mudara. Os homens que recebera havia pouco no seu apartamento tinham visto os seus sonhos ir por água abaixo. A privatização do espaço embatera contra um muro de tijolo.

Bebendo mais um trago de conhaque, o senador levantou-se e dirigiu-se a cambalear para a sua secretária. Olhou para o seu telefone, que se encontrava desligado. Sabendo que era um acto de autoflagelação masoquista, estendeu lentamente a mão para voltar a ligá-lo e começou a contar os segundos.

Um... Dois... O telefone tocou. Deixou a chamada ir para o atendedor.

«Senador Sexton, Judy Oliver da CNN. Gostaria de lhe dar a oportunidade de reagir à descoberta da NASA anunciada esta noite. Por favor contacte-me.» Desligou.

Sexton começou novamente a contar. *Um...* O telefone tocou. Ignorou-o, mais uma vez deixando para o atendedor. Outro jornalista.

Segurando a garrafa de *Courvoisier*, Sexton deambulou até à porta deslizante que dava para a varanda. Abriu-a e saiu para o ar fresco.

Encostando-se ao corrimão, olhou por sobre a cidade para a fachada iluminada da Casa Branca. As luzes pareciam tremeluzir alegremente sob o vento.

Filhos da mãe, pensou. *Há séculos que procuramos uma prova da existência de vida pelos céus. E agora é que a encontramos? No maldito ano da minha eleição? Isto não foi oportuno, raios me partam se não foi clarividência.* Tanto quanto Sexton conseguia ver através das janelas dos apartamentos, havia em todos eles uma televisão ligada. Sexton perguntou-se onde estaria Gabrielle Ashe naquela noite. Era tudo culpa dela. Ela é que lhe apontara os fracassos da NASA, uns atrás dos outros.

Ergueu a garrafa para dar mais um trago.

Maldita Gabrielle... Ela é a razão de eu ter caído tão fundo.

Do outro lado da cidade, no meio do caos da sala de produção da ABC, Gabrielle Ashe sentia-se dormente. O anúncio do presidente viera de onde menos se esperava, deixando-a suspensa numa névoa semicatatónica. Ela estava de pé, imóvel no centro da sala de produção, de olhos fixos num dos monitores de televisão, com o pandemónio em seu redor.

Os segundos iniciais do comunicado tinham deixado o piso da redacção num silêncio sepulcral. Apenas instantes mais tarde, o local explodiu num ensurdecedor carnaval de repórteres. Aquelas pessoas eram profissionais. Não tinham tempo para reflexões pessoais. Haveria lugar para isso depois de terem o seu trabalho feito. Naquele momento, o mundo queria saber mais, e a ABC tinha de lhe providenciar a informação. Aquela história tinha tudo: ciência, história, drama político... Um veio principal carregado de emoção. Naquela noite, nenhum profissional dos *media* iria dormir.

— Gabs? — a voz de Yolanda era solidária. — Vamos voltar para o meu gabinete, antes que alguém se aperceba de quem tu és e comece a massacrar-te para dizeres o que isto significa para a campanha de Sexton.

Gabrielle deu por si a ser conduzida, no seu atordoamento, até ao gabinete envidraçado da amiga. Yolanda fê-la sentar e estendeu-lhe um copo de água. Tentou forçar um sorriso.

— Vê as coisas pelo lado positivo, Gabs. A campanha do teu candidato está lixada, mas pelo menos tu não estás.

— Obrigadinha. Fantástico.

O tom de Yolanda tornou-se sério.

— Gabrielle, eu sei como te sentes. O teu candidato acabou de ser atingido por um camião e, se queres a minha opinião, já não vai conseguir sair desta. Pelo menos, não a tempo de dar a volta a isto. Mas, pelo menos, ninguém veio exibir as tuas fotografias para a televisão. A sério. Isto são boas notícias. Agora, Herney não precisará de um escândalo sexual. Está em plena pose presidencial; não vai querer falar de sexo.

Para Gabrielle, isto não era grande consolação.

— Quanto às alegações de Tench, segundo as quais Sexton estaria a receber um financiamento ilegal para a sua campanha... — Yolanda abanou a cabeça. — Tenho as minhas dúvidas. Está bem, Herney leva a sério esta história de não fazer campanha negativa. E, é certo, uma investigação de suborno seria prejudicial para o país. Mas será Herney patriótico ao ponto de perder uma oportunidade de esmagar a sua oposição, simplesmente para proteger a moral nacional? O meu palpite é que Tench exagerou a questão das finanças de Sexton, numa tentativa de te assustar. Fez o seu jogo, esperando que abandonasses o barco e desses ao presidente um escândalo sexual de mão beijada. E, tens de admitir, Gabs, que *esta noite* teria sido uma bela noite para que a moral de Sexton fosse também questionada.

Gabrielle anuiu, sem grande convicção. Um escândalo sexual seria um golpe acrescido, do qual a carreira de Sexton não poderia recuperar... jamais.

— Tu levaste a melhor, Gabs. Marjorie Tench lançou o anzol, mas tu não mordeste o isco. Estás livre. Há-de haver outras eleições.

Gabrielle concordou, já sem saber em que acreditar.

— Tens de admitir — continuou Yolanda —, a Casa Branca levou Sexton à certa de forma brilhante... atraindo-o para a história da NASA, levando-o a comprometer-se, levando-o a fazer da NASA a questão central da sua campanha.

Tudo culpa minha, pensou Gabrielle.

— E este anúncio a que acabamos de assistir, meu Deus, foi genial! Importância da descoberta à parte, a produção foi brilhante. Comentários em directo do Árctico? Um documentário de Michael

Tolland? Valha-me Deus! É impossível competir com uma coisa destas! Esta noite, Zach Herney arrasou. Por alguma razão o tipo é presidente.

E assim continuará por mais quatro anos...

— Tenho de voltar para o trabalho, Gabs — disse Yolanda. — Deixa-te ficar aqui o tempo que quiseres. Até voltares a pôr os pés no chão. — Yolanda dirigiu-se para a porta. — Volto daqui a pouco para ver como te sentes, querida.

Sozinha, Gabrielle bebeu a sua água em pequenos goles, mas sabia-lhe mal. Como tudo o resto. *Tudo isto é culpa minha*, pensava ela, tentando aliviar a sua consciência recordando-se de todas as tristes conferências de imprensa da NASA desse ano: os reveses da estação espacial, o adiamento do X-33, todas as provas falhadas de Marte, as contínuas derrapagens orçamentais. Gabrielle perguntou-se o que poderia ter feito de diferente.

Nada, disse para consigo. *Fizeste exactamente o que estava certo.*

Simplesmente, agora havia que sofrer o contra-ataque.

CAPÍTULO SETENTA E QUATRO

O ruidoso helicóptero *SeaHawk* da Marinha fora chamado para uma operação secreta nas proximidades da Base Aérea de Thule, no norte da Gronelândia. Mantinha-se baixo, fora do alcance dos radares, avançando rapidamente através das rajadas de vento, num percurso de setenta milhas de mar alto. Em seguida, executando as estranhas ordens que tinham recebido, os pilotos combateram os ventos e fizeram o aparelho pairar num determinado ponto de coordenadas pré-definidas, sobre o oceano deserto.

— Onde é que o encontro? — gritou o co-piloto, confuso. Tinham-lhes dito que levassem um helicóptero com um gancho de salvamento e, por isso, ele entendera que se tratava de uma operação de busca. — Tens a certeza de que estas coordenadas estão certas? — Percorreu os mares agitados com um projector de busca, mas não viu nada, excepto...

— Raios me partam! — O piloto fez recuar a alavanca, fazendo o helicóptero subir num salto.

Saindo das ondas, a negra montanha de aço ergueu-se diante deles sem aviso. Um submarino colossal não identificado soltou o seu lastro e emergiu numa nuvem de espuma.

Os pilotos trocaram olhares inquietos.

— Parece que são eles.

De acordo com as instruções recebidas, a transacção processou-se num completo silêncio do rádio. A dupla escotilha no alto da torre abriu-se e um marinheiro fez-lhes sinais com uma luz estroboscópica. O helicóptero avançou então sobre o submarino e enviou arneses para três pessoas, que eram essencialmente três bóias presas a um cabo retráctil. Em apenas sessenta segundos, os três desconhecidos balouçavam sob o helicóptero, subindo lentamente contra o remoinho de vento dos rotores.

Quando o co-piloto os rebocou para bordo — dois homens e uma mulher —, o piloto fez sinais de luzes ao submarino, indicando que tudo decorrera dentro da normalidade. Instantes mais tarde, o enorme navio imergia no oceano varrido pelo vento, sem deixar rasto.

Com os passageiros em segurança a bordo, o piloto do helicóptero voltou-se para a frente, mergulhou o nariz do aparelho e acelerou para sul, para concluir a sua missão. A tempestade aproximava-se e aqueles três passageiros tinham de ser levados a salvo para a Base da Força Aérea de Thule, de onde prosseguiriam viagem de avião. Qual seria o seu destino final, isso ignorava-o o piloto. Tudo o que sabia era que as suas ordens tinham vindo bem de cima e que transportava uma carga preciosa.

CAPÍTULO SETENTA E CINCO

Quando a tempestade de Milne finalmente explodiu, investindo com toda a sua força contra a habisfera da NASA, o edifício abobadado estremeceu como se estivesse prestes a levantar voo do gelo para se lançar mar adentro. Os cabos estabilizadores de aço ficaram retesados entre as suas estacas, vibrando como gigantes cordas de guitarra e soltando um zumbido fúnebre. No exterior, os geradores gaguejaram, fazendo piscar as luzes, ameaçando mergulhar a enorme sala numa escuridão total.

O administrador da NASA, Lawrence Ekstrom, atravessou o recinto a passos largos. Desejava com todas as suas forças sair daquele maldito sítio nessa mesma noite, mas tal não seria possível. Teria de permanecer mais um dia, dando conferências de imprensa adicionais no local durante a manhã e, em seguida, supervisionando os preparativos para transportar o meteorito de volta para Washington. De momento, tudo o que queria era dormir um pouco; os inesperados problemas do dia tinham-no deixado esgotado. Os pensamentos de Ekstrom voltaram-se mais uma vez para Wailee Ming, Rachel Sexton, Norah Mangor, Michael Tolland e Corky Marlinson. Alguns dos membros da equipa da NASA tinham começado a reparar que os civis estavam ausentes.

Relaxa, dizia Ekstrom para consigo. *Está tudo sob controlo.*

Respirou fundo, recordando que toda a gente no planeta estava nesse momento em grande excitação por causa da NASA e do espaço. A vida extraterrestre não era um tema tão apelativo desde o famoso «incidente de Roswell», em 1947, o alegado despenhamento de uma nave extraterrestre em Roswell, Novo México, que era até à data o santuário para milhões de teóricos interessados na conspiração dos OVNIS.

Nos anos que trabalhara no Pentágono, Ekstrom ficara a saber que o incidente de Roswell não passara de uma acidente militar durante uma operação confidencial com o nome de Projecto Mogul — o teste de voo de um balão de espionagem concebido para observar os testes atómicos dos Russos. Um protótipo desviara-se do seu curso e despenhara-se no deserto do Novo México. Infelizmente, um civil tinha encontrado os destroços antes de os militares lá terem chegado.

Sem fazer ideia daquilo que o esperava, o rancheiro William Brazel caíra no meio de um campo de escombros de neoprene sintetizado e metais leves, que não se pareciam com nada do que até esse dia tinha visto, e chamou imediatamente o xerife. Os jornais pegaram na história dos bizarros destroços e o interesse do público cresceu rapidamente. Alimentados pela negação por parte dos corpos militares de que os destroços lhes pertencessem, os repórteres lançaram-se em investigações e o estatuto secreto do Projecto Mogul ficou em sério risco. Quando parecia que o delicado assunto de um balão destinado a espionagem estava prestes a ser revelado, aconteceu o melhor que se podia esperar.

A comunicação social chegou a uma inesperada conclusão. Decidiram que os destroços de uma substância futurista teriam de ser provenientes de uma fonte extraterrestre, criaturas cientificamente mais avançadas que os humanos. A recusa das forças armadas em explicar o incidente só podia ter uma razão — estavam a tentar camuflar um contacto com extraterrestres! Apesar do espanto causado por esta nova hipótese, a Força Aérea não ia olhar o dente a um cavalo dado. Pegaram na história dos extraterrestres e deixaram-na correr; para a segurança nacional, o facto de o mundo suspeitar de que havia extraterrestres a visitar o Novo México era muito menos perigoso do que os Russos tomarem conhecimento do Projecto Mogul.

Para alimentar a história de extraterrestres, os Serviços de Informação envolveram o incidente de Roswell em secretismo e começaram a orquestrar «fugas de informação» — murmúrios discretos de contactos com extraterrestres, recuperação de naves espaciais, e até um misterioso «Hangar 18» na Base da Força Aérea Wright-Patterson de Dayton, onde o governo estaria a manter os corpos dos visitantes conservados em gelo. O mundo acreditou na história e a febre de Roswell percorreu o globo. A partir desse momento, sempre que um civil erradamente detectava um aparelho aéreo militar avançado, os Serviços de Informação limitavam-se a deixar vir à superfície a velha conspiração.

Não se trata de um avião, mas de uma nave extraterrestre!

Ekstrom ficava maravilhado ao ver que este simples ludíbrio continuava a funcionar no presente. De cada vez que a comunicação social dava conta de um repentino surto de testemunhos de OVNIS, Ekstrom não podia deixar de rir. O mais provável era que um qualquer civil sortudo tivesse avistado um dos cinquenta e sete aparelhos velozes de reconhecimento do NRO, conhecidos como *Global Hawks* — oblongos, movidos por controlo remoto, estes aparelhos eram totalmente diferentes de todos os outros que cruzavam os céus.

Ekstrom considerava patético que inúmeros turistas continuassem a fazer peregrinações ao deserto de Novo México para perscrutarem os céus nocturnos com as suas câmaras de vídeo. Ocasionalmente, um deles tinha sorte e captava «provas concretas» da existência de OVNIS — luzes brilhantes esvoaçando pelo ar com uma agilidade e uma velocidade superiores às dos aparelhos alguma vez construídos por mãos humanas. O que estas pessoas ignoravam, claro, era que existia um lapso de doze anos entre aquilo que o governo podia construir e aquilo de que o público tinha conhecimento. Estes observadores de OVNIS estavam apenas a captar um vislumbre da próxima geração de aparelhos aéreos dos EUA., nesse momento a serem desenvolvidos na Área 51, muitos dos quais concebidos por engenheiros da NASA. Claro que os oficiais dos Serviços de Informação nunca corrigiam esta falsa ideia; era evidentemente preferível o mundo ler a notícia de mais um OVNI que fora avistado do que saber da verdadeira capacidade de voo das forças armadas americanas.

Mas, agora, tudo mudou, pensou Ekstrom. Em poucas horas, o mito extraterrestre tornar-se-ia uma realidade confirmada para sempre.

— Administrador? — Um técnico da NASA atravessava apressadamente o gelo, atrás dele. — Tem uma chamada de emergência no PSC.

Ekstrom suspirou, voltando-se. *Que mais poderá ser agora?* Dirigiu-se para a cabina de comunicações.

O técnico caminhava rapidamente ao lado dele.

— Director, os tipos encarregues do radar no PSC estavam curiosos...

— Sim? — os pensamentos de Ekstrom estavam ainda longe.

— O submarino de grande porte estacionado ao largo da costa...? Estávamos a perguntar-nos por que razão não nos avisou...

Ekstrom ergueu os olhos.

— Como?

— O submarino, director. Podia, pelo menos, ter dito aos tipos do radar. A segurança adicional na costa é compreensível, mas a nossa equipa do radar foi apanhada desprevenida.

Ekstrom deteve-se repentinamente.

— *Que* submarino?

O técnico parou também, evidentemente estranhando a surpresa do director.

— Não faz parte da operação?

— Não! Onde se encontra?

O técnico engoliu em seco.

— A cerca de três milhas. Detectámo-lo por mero acaso. Esteve à superfície apenas alguns minutos. Uma grande mancha sobre o visor. Tinha de ser de grandes dimensões. Pensámos que tinha pedido à Marinha que vigiasse a operação sem nos ter comunicado.

Ekstrom olhou fixamente o homem.

— Obviamente que não!

A voz do técnico era agora hesitante.

— Bem, director, nesse caso, devo informá-lo de que um submarino acabou de se encontrar com um aparelho aéreo mesmo ao largo do local onde nos encontramos. Aparentemente, para transferir pessoas. Na verdade, ficámos todos bastante impressionados com o facto de alguém tentar uma recuperação vertical com o vento que se faz sentir.

Ekstrom sentiu os seus músculos ficando tensos. *Mas que raio faz um submarino directamente ao largo da costa de Ellesmere Island sem o meu conhecimento?*

— Conseguiram ver que direcção tomou o aparelho aéreo depois do encontro?

— Regressou à Base Aérea de Thule. Presumo que para efectuar uma ligação ao continente.

Ekstrom não disse mais nada durante o resto do caminho até ao PSC. Ao entrar na escuridão apertada, a voz rouca em linha tinha uma aspereza familiar.

— Temos um problema — disse Tench, tossindo enquanto falava. — Tem a ver com Rachel Sexton.

CAPÍTULO SETENTA E SEIS

O senador Sexton não sabia há quanto tempo fitava o vazio quando se apercebeu do ruído. Tomando consciência de que a palpitação nos seus ouvidos não derivava do álcool, mas da presença de alguém à sua porta, ergueu-se do sofá, arrumou a garrafa de *Courvoisier* e atravessou o vestíbulo.

— Quem é? — gritou Sexton, que não estava com disposição para visitas.

A voz do guarda-costas pronunciou a identidade da inesperada visita. Sexton ficou instantaneamente sóbrio. *Que rapidez.* Sexton tivera esperança de que aquela conversa acontecesse apenas na manhã seguinte.

Respirando fundo e passando a mão pelo cabelo, Sexton abriu a porta. O rosto que tinha diante de si era bem familiar: duro e curtido, apesar dos seus mais de setenta anos de idade. Sexton encontrara-se com ele na manhã desse mesmo dia, na *Ford Windstar*, no parque de estacionamento de um hotel. *Foi só esta manhã?*, perguntou-se Sexton. Como tudo tinha mudado desde então...

— Posso entrar? — perguntou o homem de cabelo escuro.

Sexton afastou-se, para deixar passar o director da Space Frontier Foundation.

— Como correu a reunião? — Perguntou o homem, enquanto Sexton fechava a porta

Como correu!? Sexton perguntou-se se o homem viveria num casulo.

— Tudo corria às mil maravilhas até o presidente falar na televisão.

O homem de idade anuiu, desagradado.

— Sim. Uma vitória incrível. Causará grandes danos à nossa causa.

Causar danos? Ora, aquilo é que era ser optimista. Com o triunfo da NASA dessa noite, aquele tipo estaria morto e enterrado muito antes de a SFF atingir o seu objectivo de privatização.

— Há anos que suspeitava que a prova haveria de chegar. — disse o homem. — Não sabia como nem quando, mas, mais cedo ou mais tarde, havíamos de ter a certeza.

Sexton estava estupefacto.

— Então, não está surpreendido?

— A matemática do cosmos requer virtualmente outras formas de vida — prosseguiu ele, dirigindo-se para o gabinete de Sexton. — Não me espanta que esta descoberta tenha sido feita. Intelectualmente, estou empolgado. Espiritualmente, estou maravilhado. Politicamente, estou profundamente contrariado. O momento não podia ser pior.

Sexton perguntou-se o que levara o homem a visitá-lo. Certamente, não estava ali para o animar.

— Como sabe — disse o homem —, as companhias-membros da SFF gastaram milhões a tentar abrir a fronteira do espaço aos cidadãos comuns. Recentemente, grande parte desse dinheiro foi investido na sua campanha.

Sexton tomou, subitamente, a defensiva.

— Não tive nada a ver com o fiasco desta noite. A Casa Branca lançou-me o isco, fazendo-me atacar a NASA!

— Sim. O presidente soube jogar. E, no entanto, pode ser que nem tudo esteja perdido. — Um estranho brilho de esperança atravessou os olhos do homem.

Está senil, concluiu Sexton. Tudo estava definitivamente perdido. Naquele preciso instante, não havia uma única estação televisiva que não estivesse a falar do desmoronamento da campanha de Sexton.

O velhote entrou no gabinete, sentou-se no sofá e pousou os seus olhos cansados sobre o senador.

— Está lembrado — começou — dos problemas que a NASA teve inicialmente com a anomalia do *software* a bordo do satélite PODS?

Sexton não podia compreender onde o outro queria chegar. *Mas que raio de diferença é que isso faz agora? O PODS encontrou um maldito meteorito com fósseis!*

— Talvez se recorde — prosseguiu o homem —, a princípio, o *software* a bordo não funcionou devidamente. Você falou muito disso na comunicação social.

— Como seria de esperar! — disse Sexton, sentando-se em frente do director do SFF. — Foi outro dos fracassos da NASA!

O homem aquiesceu.

— Concordo. Mas, pouco depois disso, a NASA convocou uma conferência de imprensa anunciando que tinham conseguido solucionar a questão... com uma espécie de *patch* para o *software*.

Sexton não tinha realmente assistido à conferência de imprensa, mas tinham-lhe dito que fora breve, directa e sem grande interesse como notícia; o responsável pelo projecto PODS fizera uma entediante abordagem técnica, explicando a forma como a NASA ultrapassara um erro menor no *software* de detecção de anomalias do PODS e como tudo voltara a funcionar normalmente.

— Desde esta falha, tenho vindo a observar o PODS com interesse — disse o velhote. Exibiu uma videocassete e dirigiu-se para a televisão de Sexton, colocando-a no videogravador. — Penso que isto lhe poderá interessar.

O vídeo começou a correr. Mostrava a sala de imprensa da NASA nas suas instalações em Washington. Um homem bem vestido subia a um pódio e cumprimentava a assistência. Na legenda debaixo do estrado podia ler-se:

CHRIS HARPER, Director de Secção
Polar Orbiting Density Scanner Satellite (PODS)

Chris Harper era alto, refinado e falava com a tranquila dignidade de um americano europeu que se mantinha orgulhosamente preso às suas raízes. O seu sotaque era erudito e polido. Dirigia-se à imprensa com confiança, dando más notícias a respeito do PODS.

— Apesar de o PODS se encontrar em órbita e a funcionar, temos um contratempo de importância menor com os computadores a bordo. Um pequeno erro de programação pelo qual assumo inteira responsabilidade. Concretamente, o filtro FIR apresenta um *voxel* com um índice deficiente, o que significa que o *software* de detecção de anomalias do PODS não está a funcionar dentro da normalidade. Estamos a tentar resolver o problema.

A multidão suspirou, aparentemente acostumada às desilusões causadas pela NASA.

— Que consequências se verificam na corrente eficácia do satélite? — perguntou alguém.

Harper reagiu com profissionalismo. Confiante e directo.

— Imagine um perfeito par de olhos sem um cérebro funcional. Essencialmente, o PODS vê na perfeição, mas não sabe para onde está a olhar. O objectivo da missão PODS é procurar bolsas de degelo na calota de gelo polar, mas sem o computador para analisar os dados relativos à densidade que o satélite recebe dos seus *scanners*, o PODS não consegue discernir quais são os pontos de interesse. Contamos ter a situação resolvida depois de a próxima missão de vaivém fazer um ajustamento no computador de bordo.

Sussurros de desapontamento ergueram-se na sala.

O homem olhou para Sexton.

— Ele tem jeito para dar más notícias, não é verdade?

— É da NASA — resmungou Sexton. — Está habituado.

A cassete ficou sem imagem por um instante e depois saltou para outra conferência de imprensa da NASA.

— Esta segunda conferência — disse o director da SFF ao senador — foi dada só há umas semanas. A altas horas da noite. Poucas pessoas a viram. Agora, o Dr. Harper vem dar as *boas* notícias.

A filmagem começou. Desta vez, Chris Harper tinha um aspecto algo desmazelado e pouco à-vontade.

— É com satisfação que venho anunciar — disse Harper, parecendo tudo menos satisfeito — que a NASA conseguiu arranjar uma solução para o problema do *software* do satélite PODS. — Hesitante, partiu em seguida para uma explicação do modo como tinham actuado, falando no redireccionamento dos dados em bruto do PODS para computadores na Terra, em vez de se contar com o computador a bordo do satélite. Toda a gente parecia impressionada. Parecia tudo muito exequível e excitante. Quando Harper terminou, a assistência aplaudiu-o entusiasticamente.

— Então, podemos contar com novidades em breve? — perguntou alguém.

Harper respondeu afirmativamente, suando.

— Dentro de umas duas semanas.

Mais aplausos. Bateram-se palmas em toda a sala.

— É tudo o que tenho a dizer-vos de momento — disse Harper, com um aspecto doente, enquanto arrumava os seus papéis. — O PODS está em pleno funcionamento. Teremos dados em breve. — E Harper saiu praticamente a correr do palco.

Sexton franziu o sobrolho. Tinha de reconhecer que tudo aquilo era estranho. Por que razão é que aquele Chris Harper parecia tão à vontade a dar más notícias e tão desconfortável a apresentar as boas notícias? Devia ter sido o contrário. Sexton não tinha, na verdade, visto aquela conferência quando fora para o ar, mas lera a respeito da resolução do problema do satélite. Na altura, a resolução parecera uma inconsequente operação de salvamento da NASA. O público não se mostrara muito impressionado; o PODS era apenas mais um projecto da NASA com falhas de funcionamento e para o qual tinham arranjado à pressa uma solução longe da ideal.

O homem desligou a televisão.

— A NASA declarou que o Dr. Harper não se sentia bem naquela noite. — Fez uma pausa. — Na minha opinião, Harper estava a mentir.

A mentir? Sexton fixava o homem, com o seu raciocínio ainda nebuloso incapaz de achar uma explicação lógica para o facto de Harper ter mentido a respeito do *software*. De qualquer forma, Sexton dissera suficientes mentiras ao longo da sua vida para poder reconhecer um mau mentiroso. Não podia deixar de admitir que o Dr. Harper parecia, efectivamente, suspeito.

— Compreende onde quero chegar? — perguntou o homem. — Este pequeno comunicado que ouvimos da boca de Chris Harper é a conferência de imprensa mais importante da história da NASA. — Fez uma pausa. — Esta necessária resolução do problema do *software* que ele acabou de descrever veio permitir que o PODS encontrasse o meteorito.

Sexton tentou juntar as peças. *E pensa que ele estava a mentir?*

— Mas, se Harper estava a mentir, e se o *software* do PODS não está realmente a funcionar, então como é que a NASA encontrou o meteorito?

O homem sorriu.

— Exactamente.

CAPÍTULO SETENTA E SETE

A frota de «apreendidos» das Forças Armadas Americanas confiscada durante as detenções no âmbito de uma operação contra o tráfico de droga consistia em mais de uma dúzia de jactos privados, incluindo três G4s adaptados para o transporte militar de VIPs. Cerca de uma hora antes, um desses G4s tinha descolado da pista de Thule, lutara para se colocar acima da tempestade e avançava agora para sul, atravessando o céu nocturno do Canadá, dirigindo-se para Washington. A bordo, Rachel Sexton, Michael Tolland e Corky Marlinson tinham a cabina de oito lugares por sua conta e pareciam uma qualquer equipa desportiva em desalinho, com os seus *jumpsuits* e os seus bonés azuis do U. S. S. *Charlotte*.

Apesar do rugido dos motores *Grumman*, Corky Marlinson dormia na parte de trás. Tolland estava sentado em frente dele, com um aspecto exausto, olhando pela janela para o mar. Rachel estava ao lado dele, sabendo que não conseguiria dormir mesmo que estivesse sedada. A sua mente fervilhava em torno do mistério do meteorito e, mais recentemente, da conversa com Pickering a partir da sala insonorizada. Antes de terminar a ligação, Pickering fornecera a Rachel dois fragmentos adicionais de informação preocupante.

Primeiro, Marjorie Tench afirmara ter em sua posse uma gravação vídeo do depoimento privado de Rachel para o *staff* da Casa Branca. Tench ameaçava agora usar o vídeo como prova, caso Rachel tentasse recuar na sua confirmação dos dados relativos ao meteorito. Esta notícia era particularmente inquietante, visto que Rachel dissera especificamente a Zach Herney que o seu comunicado à equipa da Casa Branca se destinava apenas a uso interno. Aparentemente, Zach Herney ignorara esse pedido.

O segundo motivo de preocupação tinha a ver com o debate na CNN em que o seu pai participara ao início da tarde. Ao que parecia, Marjorie Tench fizera uma rara aparição e, habilidosamente, lançara o isco ao senador de forma a cristalizar a sua posição anti-NASA. Concretamente, Tench levara-o a proclamar sem rodeios o seu cepticismo relativamente à possibilidade de alguma vez se encontrar vida extraterrestre.

Comer o seu chapéu? Era o que Pickering tinha dito que o seu pai prometera fazer se a NASA viesse a encontrar vida extraterrestre. Rachel perguntava-se como é que Tench conseguira levar o senador a fazer um comentário tão conveniente. Parecia óbvio que a Casa Branca preparara o cenário cuidadosamente, alinhando todas as peças do dominó de forma implacável, preparando o grande colapso de Sexton. O presidente e a sua conselheira, como uma espécie de dupla política, estilo *tag team* do *wrestling*, tinham orquestrado a matança. Enquanto o presidente permanecia condignamente fora do ringue, Tench avançara, rodeando, posicionando astuciosamente o senador para o golpe final.

O presidente dissera a Rachel que tinha pedido à NASA para retardar o anúncio da descoberta, de modo a obter o tempo necessário para confirmar o rigor dos dados. Rachel apercebia-se agora de que havia outras vantagens nessa espera. O tempo suplementar dera à Casa Branca a possibilidade de preparar a corda para o senador se enforcar.

Rachel não sentia pena do pai e, todavia, dava-se agora conta de que por baixo da aparente candura do presidente Zach Herney, escondia-se um tubarão astuto. Ninguém se tornava o homem mais poderoso do mundo sem espírito de combate. A questão que se colocava agora era se este tubarão era um inocente à margem de tudo o que acontecera, ou se era um jogador.

Rachel pôs-se de pé, esticando as pernas. Ao caminhar pelo corredor do avião, sentia-se frustrada por as peças deste *puzzle* parecerem tão contraditórias. Pickering, com a lógica fria que era a sua imagem de marca, concluíra que o meteorito tinha de ser uma fraude. Corky e Tolland, com uma segurança científica, insistiam que o meteorito era autêntico. Rachel sabia apenas aquilo que vira: uma rocha fossilizada, carbonizada, a ser retirada do gelo.

Agora, ao passar junto de Corky, Rachel olhou o astrofísico, exausto, depois da provação no gelo. O inchaço no seu rosto estava a desaparecer e os pontos tinham bom aspecto. Corky dormia, ressonando, e as suas mãos sapudas seguravam o fragmento em forma de disco do meteorito, como se fosse alguma espécie de amuleto.

Rachel curvou-se e, delicadamente, retirou a amostra das mãos dele. Erguendo-a, observou novamente os fósseis. *Pôr de parte todos os pressupostos*, disse para consigo, obrigando-se a reorganizar os seus pensamentos. *Restabelecer a cadeia de indícios.* Era um velho truque do NRO. Reconstituir uma prova desde o início era um processo conhecido por «ponto de partida nulo»; era o que todos os analistas de dados punham em prática, quando as peças de algum modo não encaixavam.

Reconstituir a prova.

Recomeçou a caminhar.

Esta pedra representa uma prova de vida extraterrestre?

A prova, Rachel sabia-o, era uma conclusão construída sobre uma pirâmide de factos, uma base considerável de informação aceite, a partir da qual se procedia a outras afirmações mais específicas.

Pôr de lado todos os pressupostos de base. Começar de novo.

Que temos?

Uma rocha.

Considerou esse facto por um instante. *Uma rocha. Uma rocha com criaturas fossilizadas.* Regressou para a frente do avião e sentou-se ao lado de Michael Tolland.

— Mike, vamos fazer um jogo.

Tolland desviou o olhar da janela, parecendo distante, aparentemente mergulhado nos seus próprios pensamentos.

— Um jogo?

Rachel colocou na mão dele a amostra do meteorito.

— Vamos fingir que estás a ver esta rocha fossilizada pela primeira vez. Eu não te disse nada acerca do lugar de onde veio, nem como foi encontrada. Pensarias tratar-se de quê?

Tolland deu um suspiro desconsolado.

— Engraçado fazeres essa pergunta. Tenho estado com uma ideia estranha...

Centenas de milhas atrás de Rachel e Tolland, um aparelho aéreo de aspecto estranho voava baixo, avançando para sul sobre um oceano deserto. A bordo, a Força Delta mantinha-se em silêncio. Já antes os tinham mandado sair repentinamente de vários sítios, mas nunca daquela forma.

O controlador estava furioso.

Horas antes, Delta-Um informara o controlador de que acontecimentos inesperados na plataforma de gelo não tinham deixado à sua equipa outra opção para além de exercer a força. Isso incluíra matar Rachel Sexton e Michael Tolland.

O controlador ficara chocado. Matar, embora sendo um último recurso autorizado, nunca fizera parte do plano do controlador.

Mais tarde, o desagrado do controlador em relação às mortes tornou-se numa explícita fúria ao saber que os assassínios não tinham decorrido conforme o planeado.

— A sua equipa falhou! — disse o controlador, fervendo, o tom andrógino da pessoa mal disfarçando a sua raiva. — Três dos seus alvos estão ainda vivos!

Impossível!, pensara Delta-Um.

— Mas nós testemunhámos...

— Estabeleceram contacto com um submarino e estão agora a caminho de Washington.

— O quê!?

— Ouça com atenção — o tom do controlador era agora mortífero. — Vou dar-lhes novas ordens. E, desta vez, não vão falhar.

CAPÍTULO SETENTA E OITO

Ao acompanhar a visita inesperada ao elevador, o senador Sexton sentia, de facto, um resquício de esperança. Afinal o director da SFF não viera admoestar Sexton, viera animá-lo com dois dedos de conversa e dizer-lhe que a guerra não estava ainda perdida.

Uma possível fenda na armadura da NASA.

A gravação da bizarra conferência de imprensa da NASA convencera Sexton de que o homem estava certo: Chris Harper, o director da missão PODS, estava a mentir. *Mas porquê? E se a NASA não chegara a corrigir o erro do* software *do PODS, como era possível ter encontrado o meteorito?*

— Às vezes — disse o homem, enquanto se encaminhavam para o elevador —, um único fio é quanto basta para desenredar toda uma história. Talvez se consiga destruir a vitória da NASA partindo do seu interior. Lançar a sombra de uma dúvida. Quem sabe onde isso nos poderá levar? — Fixou os seus olhos cansados em Sexton. — Não estou preparado para me deitar e morrer, senador. E acredito que o mesmo se passe consigo.

— Com certeza — disse Sexton, tentando mostrar determinação na sua voz. — Já chegámos longe de mais.

— Chris Harper mentiu a respeito da reparação do PODS — disse o homem, entrando no elevador. — E nós precisamos de saber porquê.

— Tratarei de conseguir essa informação o mais rapidamente possível — replicou Sexton. *Conheço a pessoa certa.*

— Óptimo. O seu futuro depende disso.

Ao voltar para o apartamento, Sexton tinha o passo um pouco mais leve, as ideias um pouco mais nítidas. *A NASA mentiu em relação ao PODS.* Restava a Sexton conseguir prová-lo.

Os seus pensamentos tinham-se já voltado para Gabrielle Ashe. Onde quer que ela estivesse naquele momento, tinha de estar a sentir-

-se arrasada. Gabrielle assistira, sem dúvida, à conferência de imprensa e devia estar nessa altura à beira de um precipício preparando-se para saltar. A sua proposta de fazer da NASA o tema central da campanha, acabara por se revelar o maior erro da carreira de Sexton.

Gabrielle está em dívida para comigo, pensou Sexton. *E ela sabe disso.*

Gabrielle dera já provas de que tinha um talento especial para obter segredos da NASA. *Ela tem um contacto*, pensou Sexton. Havia semanas que ela mostrava ter conhecimento de informação interna. Gabrielle tinha ligações que não partilhara até então. Ligações que ela podia sondar para obter informação a respeito do PODS. Por outro lado, nessa noite, Gabrielle estaria certamente motivada. Tinha uma dívida a saldar e Sexton suspeitava que ela faria qualquer coisa para voltar a estar nas suas boas graças.

Ao chegar à porta do seu apartamento, o guarda-costas cumprimentou-o.

— Boa-noite, senador. Espero ter feito bem em ter deixado Gabrielle entrar... Ela disse que era imprescindível falar consigo.

Sexton deteve-se.

— Desculpe?

— A Sra. Ashe? Ela disse que tinha informação importante para si, ao princípio da noite... Foi por isso que a deixei entrar.

Sexton ficou rígido. Olhou para a porta do apartamento. *De que raio está este tipo a falar?*

O guarda-costas parecia confuso e preocupado.

— Senador, sente-se bem? Lembra-se, não? Gabrielle chegou durante a sua reunião. Ela falou consigo, certo? Deve ter falado. Esteve lá dentro bastante tempo.

Sexton olhou-o fixamente, por um longo momento, sentindo o seu pulso disparar. *Este atrasado deixou Gabrielle entrar no meu apartamento durante uma reunião da SFF? Ela demorou-se lá dentro e depois saiu sem uma palavra?* Sexton imaginava o que Gabrielle teria escutado. Engolindo a raiva, forçou-se a sorrir ao guarda.

— Ah, sim! Peço desculpa. Estou exausto. E também já bebi um pouco. Eu e a Sra. Ashe tivemos, efectivamente, uma conversa. Fez bem em deixá-la entrar.

O guarda-costas parecia aliviado.

— Ela disse para onde ia quando saiu?

O guarda abanou a cabeça.

— Ela estava com muita pressa.

— O.K., obrigado.

Sexton entrou no apartamento a espumar de raiva. *Será que as minhas instruções são assim tão complicadas? Nada de visitas!* Sexton sabia que, se Gabrielle tinha estado no apartamento e saído sem dizer uma palavra, era porque tinha escutado algo que não era suposto chegar aos seus ouvidos. *E tinha logo de ser esta noite.*

O senador Sexton sabia, acima de tudo, que não podia dar-se ao luxo de perder a confiança de Gabrielle Ashe; as mulheres podiam ser bem vingativas e estúpidas quando se sentiam enganadas. Sexton precisava de a ter de volta. Naquela noite, mais do que nunca, precisava de Gabrielle no seu campo.

CAPÍTULO SETENTA E NOVE

No quarto piso dos estúdios da ABC, Gabrielle Ashe estava sozinha, sentada no gabinete de paredes de vidro de Yolanda e, de olhar ausente, fixava o tapete gasto. Sempre se orgulhara do seu instinto e de saber em quem podia confiar. Agora, pela primeira vez em vários anos, Gabrielle sentia-se sozinha, sem saber para onde se virar.

O som do seu telemóvel fê-la levantar os olhos do tapete. Relutante, atendeu.

— Gabrielle Ashe.

— Gabrielle, sou eu.

Reconheceu o timbre da voz do senador Sexton imediatamente, apesar de esta parecer surpreendentemente calma, tendo em conta o que acabara de acontecer.

— Isto por aqui foi uma noite complicada — disse ele —, por isso, deixe-me falar. Certamente viu a conferência de imprensa do presidente. Valha-me Deus, jogámos mesmo as cartas erradas... Nem posso acreditar. Está provavelmente a sentir-se culpada. Não quero que se sinta assim. Quem iria imaginar? Não foi culpa sua. De qualquer modo, ouça. Penso que talvez haja uma forma de nos voltarmos a pôr de pé.

Gabrielle levantou-se da cadeira, incapaz de imaginar o que teria Sexton em mente. Esta não era, de modo algum, a reacção que esperava da parte dele.

— Tive uma reunião, esta noite — começou Sexton —, com representantes de indústrias espaciais privadas e ...

— Ah, sim? — interrompeu Gabrielle, espantada como facto de ele o admitir. — Quero dizer... Não fazia ideia.

— Sim, nada de muito importante. Teria gostado de lhe pedir para estar presente, mas estes tipos são complicados no que diz respeito a privacidade. Alguns deles têm feito donativos para a minha campanha. Mas não gostam de propaganda relativamente a este assunto.

Gabrielle sentia-se totalmente desarmada.

— Mas... isso não é ilegal?

— Ilegal? Raios, claro que não! Todos os donativos ficam abaixo dos dois mil dólares. Coisa de pouca importância. Estes tipos não têm conseguido nada, mas, ainda assim, não me importo de ouvir as queixas deles. Digamos que é um investimento para o futuro. Tenho sido discreto em relação a isto porque, francamente, há que manter as aparências. Se isto chegasse aos ouvidos da Casa Branca, haviam de fazer uma tempestade num copo de água. De qualquer forma, escute, não foi por isso que liguei. Queria contar-lhe que, depois da reunião desta noite, estava a falar com o director da SFF...

Durante vários segundos, embora Sexton continuasse a falar, Gabrielle foi apenas capaz de ouvir o sangue a subir-lhe ao rosto, cobrindo-a de vergonha. Sem a mínima provocação por parte dela, o senador admitira tranquilamente a reunião dessa noite com as empresas espaciais privadas. *Perfeitamente legal.* E pensar no que tinha chegado a considerar fazer! Felizmente que Yolanda a impedira. *Quase saltei para o barco de Marjorie Tench*!

— ... e então eu disse ao director da SFF — continuava o senador — que talvez você conseguisse arranjar-nos essa informação.

Gabrielle voltou a sintonizar-se.

— O.K.

— A sua fonte, que lhe tem passado toda a informação sobre a NASA nos últimos meses... Presumo que ainda tenha acesso?

Marjorie Tench. Gabrielle estremeceu, sabendo que nunca poderia contar ao senador que o suposto informante a manipulara desde o início.

— Hum... Penso que sim — mentiu ela.

— Óptimo. Há algumas informações que preciso que obtenha. Rapidamente.

Enquanto escutava, Gabrielle apercebia-se de como subestimara o senador Sedgewick Sexton nos últimos tempos. Parte do brilho do homem perdera-se desde que ela começara a seguir a sua carreira. Mas, naquela noite, estava de volta. Perante aquilo que parecera ser o golpe final para a sua campanha, Sexton estava já a preparar o contra-ataque. E, apesar de ter sido Gabrielle a atraí-lo para aquele caminho desafortunado, ele não tencionava castigá-la. Em vez disso, dava-lhe a hipótese de se redimir.

E era isso mesmo que ela iria fazer.

Custasse o que custasse.

CAPÍTULO OITENTA

Da janela do seu escritório, William Pickering olhava a distante linha de faróis na auto-estrada de Leesburg. Quando se encontrava ali sozinho, no topo do mundo, pensava muitas vezes nela.

Todo este poder... e não pude salvá-la.

A filha de Pickering, Diana, morrera no Mar Vermelho, quando aí se encontrava estacionada a bordo de um pequeno navio-escolta da Marinha, tirando o curso de navegação. O seu navio estava ancorado num porto seguro, numa tarde solarenga, quando um dória feito à mão carregado com explosivos e transportando dois terroristas suicidas entrou calmamente no porto e explodiu em contacto com o casco. Diana Pickering e treze outros jovens militares americanos foram mortos nesse dia.

William Pickering ficara devastado. A angústia dominara-o durante várias semanas. Quando o ataque terrorista foi atribuído a uma conhecida célula que a CIA perseguia sem êxito havia anos, a tristeza de Pickering dera lugar à raiva. Dirigira-se à sede da CIA e exigira respostas.

As respostas que tinha obtido eram difíceis de engolir.

Tanto quanto tinha apurado, a CIA estava preparada havia meses para atacar a dita célula e esperava apenas as fotografias do satélite de alta resolução para poder planear um ataque cirúrgico ao esconderijo dos terroristas numa montanha do Afeganistão. Estava programado que essas fotografias seriam tiradas pelo satélite do NRO com o nome de código de *Vortex 2*, que custara 1,2 biliões de dólares e que viria a explodir na rampa devido ao foguetão de lançamento da NASA. Por causa do acidente da NASA, o ataque da CIA fora adiado, e Diana Pickering morrera. A sua mente dizia-lhe que a NASA não fora directamente responsável pelo incidente, mas o seu coração não conseguia perdoar a falha. As investigações relativas à explosão do foguetão revelaram que os engenheiros responsáveis pelas injecções de combustível tinham sido obrigados a utilizar materiais de qualidade inferior, num esforço de contenção orçamental.

— Para voos não tripulados — explicara Lawrence Ekstrom numa conferência de imprensa —, a NASA preocupa-se, acima de tudo, com a eficácia a baixos custos. Neste caso, os resultados não foram, evidentemente, os esperados. Iremos estudar a questão.

Os resultados não foram os esperados. Diana Pickering estava morta.

Além do mais, uma vez que o satélite-espião era confidencial, o público nunca veio a saber que a NASA desintegrara um projecto de 1,2 biliões de dólares do NRO e, juntamente com ele, indirectamente, numerosas vidas americanas.

— Doutor? — A secretária de Pickering fez-se ouvir através do intercomunicador, sobressaltando-o. — Linha 1. É Marjorie Tench.

Pickering forçou-se a sair do seu torpor e olhou o telefone. *Outra vez?* A luz intermitente na linha 1 parecia pulsar com uma urgência furiosa. Pickering franziu o sobrolho e atendeu.

— Pickering.

A voz de Tench fervia de cólera.

— O que é que ela lhe disse?

— Desculpe?

— Rachel Sexton contactou-o. O que é que ela lhe disse? Ela estava num submarino, por amor de Deus! Explique isto!

Pickering soube imediatamente que negar o facto não era uma opção; Tench fizera o seu trabalho de casa. Pickering estava surpreendido ao ver que ela descobrira o envolvimento do *Charlotte*, mas, tanto quanto parecia, Tench fazia o que fosse preciso até ter as respostas que procurava.

— A Sra. Sexton contactou-me, efectivamente.

— E você arranjou maneira de a tirar de lá. Sem me contactar!

— Providenciei transporte. Está correcto. — Faltavam duas horas para a chegada prevista de Rachel Sexton, Michael Tolland e Corky Marlinson à Base de Bolling da Força Aérea, que ficava próxima.

— E, ainda assim, decidiu não me informar?

— Rachel Sexton fez algumas acusações muito preocupantes.

— Relativamente à autenticidade do meteorito... e a um suposto atentado contra a sua vida?

— Entre outras coisas.

— Obviamente, ela está a mentir.

— Tem conhecimento de que ela se encontra na companhia de outras duas pessoas que corroboram a sua história?

Tench fez uma pausa.

— Sim. Deveras intrigante. A Casa Branca está muito preocupada com as suas afirmações.

— A Casa Branca? Ou a senhora, pessoalmente?

— No que lhe diz respeito, director — o tom dela era agora cortante como uma lâmina —, esta noite, uma e outra coisa são a mesma.

Pickering não estava impressionado. Estava familiarizado com políticos e colaboradores arrogantes que tentavam ganhar terreno sobre os Serviços de Informação. Poucos faziam frente de forma tão ostensiva como Marjorie Tench.

— O presidente sabe que me está a ligar?

— Francamente, director, estou chocada ao ver que dá crédito aos disparates destes lunáticos.

Não respondeu à minha pergunta.

— Não encontro uma razão lógica que levasse estas pessoas a mentir. Tenho de assumir que estão a dizer a verdade ou que cometeram um erro inocente.

— Erro? Supostos ataques? Falhas nos dados relativos ao meteorito que a NASA nunca encontrou? Por favor! Isto é um óbvio estratagema político.

— Nesse caso, os motivos escapam-me.

Tench suspirou pesadamente e baixou a voz.

— Director, estão em campo forças que talvez desconheça. Poderemos falar desse assunto pormenorizadamente mais tarde, mas, de momento, preciso de saber onde se encontra a Sra. Sexton e os outros. Preciso de chegar ao fundo da questão antes que eles provoquem danos irreversíveis. Onde se encontram eles?

— Essa não é uma informação que eu sinta confortável para partilhar. Contactá-la-ei depois de chegarem.

— Não. Estarei aí para os cumprimentar à chegada.

Você e quantos agentes dos Serviços Secretos?, perguntou-se Pickering.

— Se eu a informar do local e da hora da chegada deles, teremos a possibilidade de conversar como amigos, ou tenciona enviar uma unidade militar para os colocar sob custódia?

— Estas pessoas representam uma ameaça directa ao presidente. A Casa Branca tem todo o direito de os deter para interrogatório.

Pickering sabia que ela estava certa. De acordo com o Título 18, Secção 3056 do Código dos Estados Unidos, os agentes dos Serviços Secretos podem utilizar armas de fogo, recorrer à força e efectuar detenções sem mandato perante a mera suspeita de que uma pessoa cometeu ou tenciona cometer um crime ou qualquer acto de agressão contra o presidente. Os serviços possuíam carta branca. Detidos usuais incluíam vagabundos andrajosos no exterior da Casa Branca e miúdos de escola que enviavam *e-mails* com ameaças, por piada.

Pickering não tinha dúvidas de que os serviços conseguiam arranjar justificação para levarem Rachel Sexton e os outros para a cave da Casa Branca e aí os manterem indefinidamente. Seria uma jogada arriscada, mas Tench sabia claramente que a parada era muitíssimo alta. A questão que se colocava era o que aconteceria a seguir se Pickering permitisse que Tench assumisse o controlo. Ele não tinha intenção de descobrir a resposta.

— Farei o que for necessário — declarou Tench — para proteger o presidente de acusações falsas. A simples insinuação de desonestidade lançaria uma pesada sombra sobre a Casa Branca e a NASA. Rachel Sexton abusou da confiança que o presidente depositou nela, e eu não tenho a intenção de ver o presidente pagar por isso.

— E se eu pedir que seja permitido à Sra. Sexton apresentar o seu caso a uma comissão oficial de inquérito?

— Nesse caso, estará a ignorar uma ordem presidencial directa e a dar à Sra. Sexton a possibilidade de criar uma maldita confusão política! Vou perguntar-lhe mais uma vez, director: Para onde é que o avião os vai levar?

Pickering respirou fundo. Quer dissesse a Marjorie Tench que o avião tinha como destino a Base da Força Aérea Bolling ou não, ela teria forma de o descobrir. Pela determinação na sua voz, Pickering sentiu que ela não descansaria enquanto não o conseguisse. Marjorie Tench estava assustada.

— Marjorie — disse Pickering, com uma inconfundível clareza de tom. — Alguém me está a mentir. Disso tenho a certeza. Ou é Rachel Sexton e dois cientistas civis... ou é você. Acredito que seja você.

Tench explodiu.

— Como se atreve a...

— O facto de se mostrar indignada não tem qualquer efeito sobre mim, por isso poupe-me. Seria bom que tomasse consciência de que tenho provas irrefutáveis de que a NASA e a Casa Branca apresentaram hoje dados falsos.

Tench ficou subitamente silenciosa.

Pickering deixou-a vacilar por um instante.

— Desejo um desastre político tanto quanto você, mas houve quem dissesse mentiras. Mentiras que não podem ser sustentadas. Se quer que eu a ajude, tem de começar por ser honesta comigo.

Tench parecia tentada, mas receosa.

— Se está tão certo de que houve mentiras, por que razão não interveio?

— Não interfiro com questões políticas.

Tench murmurou alguma coisa que se parecia muito com «tretas».

— Está a tentar dizer-me, Marjorie, que o anúncio do presidente, esta noite, foi inteiramente correcto?

Fez-se um longo silêncio na linha.

Pickering sabia que a apanhara.

— Escute, ambos sabemos que isto é uma bomba-relógio prestes a explodir. Mas não é tarde de mais. Há cedências que podemos fazer.

Tench não disse nada durante vários segundos. Finalmente, suspirou.

— É melhor encontrarmo-nos.

Touchdown, pensou Pickering.

— Tenho algo a mostrar-lhe — disse Tench. — Algo que, segundo julgo, lançará alguma luz sobre esta questão.

— Irei ao seu gabinete.

— Não — disse a conselheira, apressadamente. — É tarde. A sua presença aqui iria dar azo a rumores. Preferia manter este assunto entre nós.

Pickering leu nas entrelinhas. *O presidente não sabe de nada disto.*

— Será bem-vinda aqui — disse.

Tench parecia desconfiada.

— Vamos encontrar-nos em algum lugar discreto.

Pickering não esperara outra coisa.

— O Memorial FDR[NT] fica perto da Casa Branca — sugeriu Tench. — Estará vazio a esta hora da noite.

Pickering reflectiu. O Memorial FDR ficava a meio caminho entre os memoriais Jefferson e Lincoln, numa zona extremamente segura da cidade. Ao fim de um longo instante, Pickering concordou.

— Daqui a uma hora — disse Tench, pronta a desligar. — E venha sozinho.

Imediatamente a seguir a ter desligado, Marjorie Tench telefonou ao administrador da NASA. A sua voz era tensa, ao dar as más notícias.

— Pickering pode tornar-se um problema.

[NT] Memorial Franklin Delano Roosevelt.

CAPÍTULO OITENTA E UM

Sentada à secretária de Yolanda Cole, ligando para as informações, Gabrielle Ashe sentia a esperança renascer.

As alegações que Sexton partilhara com ela, caso viessem a confirmar-se, tinham um tremendo potencial. *Terá a NASA mentido a respeito do PODS*? Gabrielle vira a conferência em questão e lembrava-se de achar o comportamento de Harper estranho e, no entanto, esquecera por completo o assunto; algumas semanas atrás, o PODS não era um assunto crítico. Mas, agora, o PODS tornara-se *o* assunto.

De momento, Sexton precisava de informação interna, e depressa. Contava com a «fonte» de Gabrielle para obter essa informação. Gabrielle garantira ao senador que faria o seu melhor. O problema, claro, era o facto de a sua fonte ser Marjorie Tench, que não iria ser grande ajuda... Assim, Gabrielle teria de conseguir a informação de outra forma.

— Informações — disse a voz do outro lado da linha.

Gabrielle disse aquilo que pretendia. A telefonista regressou com três números de um tal Chris Harper em Washington. Gabrielle tentou todos eles.

O primeiro número era de uma firma de advogados. Do segundo, ninguém respondia. O terceiro estava nesse momento a tocar.

Uma mulher atendeu o telefone ao primeiro toque.

— Residência Harper.

— Sra. Harper? — perguntou Gabrielle, com toda a delicadeza. — Espero não a ter acordado...?

— Céus, não! Penso que esta noite toda a gente está acordada. — A mulher parecia excitada. Gabrielle conseguia ouvir o ruído de fundo da televisão. Cobertura do meteorito. — Queria falar com Chris, presumo?

— Sim, minha senhora — respondeu Gabrielle, o seu pulso acelerado.

— Lamento, mas Chris não se encontra. Saiu a correr para o trabalho, mal o comunicado do presidente terminou. — A mulher riu para consigo. — Claro, duvido que alguém esteja a trabalhar. O mais provável é estarem a fazer uma festa. O comentário apanhou-o de surpresa, sabe. Como a toda a gente. O nosso telefone não tem parado de tocar toda a noite. Aposto que toda a equipa da NASA lá deve estar, por esta altura.

— No complexo de E Street? — inquiriu Gabrielle, assumindo que a mulher se referia à sede da NASA.

— Precisamente. Leve um chapeuzinho de festa.

— Obrigada. Irei até lá procurar Chris.

Gabrielle desligou. Dirigiu-se apressadamente ao piso da sala de produção e encontrou Yolanda, que estava a acabar de preparar um grupo de peritos em engenharia espacial que estavam prestes a apresentar comentários entusiásticos acerca do meteorito.

Ao ver Gabrielle aproximar-se, Yolanda sorriu.

— Estás com melhor aspecto — disse-lhe. — Começaste a ver o lado positivo desta história toda?

— Acabei de falar com o senador. A reunião dele desta noite não foi aquilo que pensei.

— Bem te disse que Tench estava a lançar o barro à parede. Como é que o senador está a reagir a esta notícia do meteorito?

— Melhor do que eu esperava.

— Imaginei que, por esta altura, ele já se tivesse atirado para a frente de um autocarro — admirou-se Yolanda.

— Ele pensa que poderá haver uma falha nos dados da NASA.

Yolanda deixou escapar uma interjeição de dúvida.

— Será que ele viu a mesma conferência que eu acabei de ver? Que outra confirmação ou reconfirmação seria necessária?

— Vou até à NASA para verificar uma coisa.

Yolanda ergueu as sobrancelhas desenhadas, numa expressão que indicava cautela.

— O braço direito do senador Sexton vai à sede da NASA? Hoje? Sabes o que é «apedrejamento público»?

Gabrielle falou a Yolanda da suspeita de Sexton de que o responsável pelo PODS, Chris Harper, mentira a respeito do *software*. Yolanda não acreditava.

— Nós cobrimos essa conferência de imprensa, Gabs, e admito que Harper não estava em si nessa noite, mas a NASA disse que o homem estava doente.

— O senador Sexton está convencido de que ele mentiu. E há outras pessoas que pensam assim. Pessoas poderosas.

— Se o *software* de detecção de anomalias do PODS não foi corrigido, como é que o PODS localizou o meteorito?

É exactamente aí que Sexton quer chegar, pensou Gabrielle.

— Não sei, mas o senador quer que eu lhe encontre algumas respostas.

Yolanda abanou a cabeça.

— Sexton está a enviar-te para um ninho de vespas em busca de uma quimera. Não vás. Não lhe deves nada.

— Lixei-lhe completamente a campanha.

— Um azar dos diabos é que lhe lixou a campanha.

— Mas, se o senador tiver razão e o responsável pelo PODS realmente mentiu...

— Querida, se o responsável pelo PODS mentiu ao mundo, o que é que te faz pensar que te dirá a verdade *a ti?*

Gabrielle pensara nisso e estava já a elaborar o seu plano.

— Se conseguir uma história, telefono-te.

Yolanda deu um riso céptico.

— Se conseguires uma história, como o meu chapéu.

CAPÍTULO OITENTA E DOIS

Apaga tudo o que sabes sobre esta amostra de rocha.

Michael Tolland estava havia algum tempo a lutar com as suas próprias ruminações inquietantes acerca do meteorito, mas agora, com as incisivas perguntas de Rachel, começava a sentir-se cada vez mais desconfortável a respeito do assunto. Olhou o fragmento de rocha na sua mão.

— Finge que alguém to entregou sem explicar o que era ou de onde vinha. Qual seria a tua análise?

A pergunta de Rachel, Tolland sabia-o, era capciosa e, todavia, como exercício analítico, provou ser eficaz. Pondo de lado toda a informação que lhe tinham fornecido ao chegar à habisfera, Tolland tinha de admitir que a sua análise dos fósseis fora profundamente influenciada por uma premissa: a de que a rocha onde se encontravam os fósseis era um meteorito.

E se NÃO me tivessem falado no meteorito?, interrogou-se. Apesar de ser ainda incapaz de encarar qualquer outra explicação, Tolland permitiu-se a liberdade de afastar hipoteticamente «o meteorito» como pressuposto e, ao fazê-lo, o resultado foi algo perturbador. Agora, Tolland e Rachel, aos quais se juntara um debilitado Corky Marlinson, debatiam as suas ideias.

— Então — repetiu Rachel, com uma voz ansiosa —, Mike, estás a dizer que se alguém te pusesse na mão este fragmento de rocha fossilizada *sem* te dar qualquer explicação, terias de concluir que se tratava de uma rocha terrestre.

— Claro — replicou Tolland. — Que outra coisa poderia concluir? É um salto muito maior assumir que se encontrou vida extraterrestre do que assumir que se encontrou um fóssil de uma espécie terrestre até então desconhecida. Os cientistas descobrem dúzias de novas espécies todos os anos.

— Piolhos de sessenta centímetros? — perguntou Corky, duvidando. — Irias assumir que um insecto desse tamanho era da *Terra?*

— Talvez não *agora*, — replicou Tolland—, mas a espécie não tem necessariamente de existir nos dias de hoje. É um fóssil. Tem 190 milhões de anos. Mais ou menos a mesma idade do nosso Jurássico. Muitos dos fósseis pré-históricos são criaturas enormes. Ficamos chocados quando descobrimos os seus restos fossilizados; répteis de enormes asas, dinossauros, aves.

— Não quero armar-me em físico, Mike — disse Corky —, mas há uma falha grave na tua argumentação. As criaturas pré-históricas que acabaste de referir (dinossauros, répteis, aves), todas elas têm *esqueletos* internos, o que lhes confere a capacidade de atingir grandes dimensões apesar da força de gravidade terrestre. Mas este fóssil... — pegou na amostra e ergueu-a no ar. — Estes tipos têm *exo*esqueletos. São artrópodes. Insectos. Tu mesmo disseste que qualquer insecto deste tamanho teria de ter evoluído num ambiente de baixa gravidade. De outro modo, o seu esqueleto externo teria sido destruído sob o seu próprio corpo.

— Correcto — confirmou Tolland. — Esta espécie não teria resistido ao seu próprio peso caso andasse pela Terra.

Aborrecido, Corky franziu as sobrancelhas.

— Bem, Mike, a não ser que algum homem das cavernas tivesse uma quinta de piolhos antigravidade, não vejo como podes concluir que um insecto de sessenta centímetros tem uma origem *terrestre*.

Tolland sorriu para dentro ao pensar que a Corky estava a escapar um pormenor tão simples.

— Na verdade, existe outra possibilidade. — Olhou bem de frente o amigo. — Corky, tu estás habituado a olhar para *cima*. Olha para *baixo*. Existe um abundante meio antigravidade aqui na Terra. E já cá estava nos tempos pré-históricos.

— De que raio estás tu a falar? — Corky olhava-o fixamente.

Rachel parecia igualmente surpreendida.

Tolland apontou através da janela para o mar iluminado pelo luar, brilhando sob o avião.

— O oceano.

Rachel soltou um assobio baixo.

— Claro.

— A água é um ambiente de baixa gravidade — explicou Tolland. — Tudo pesa menos debaixo de água. O oceano é a casa de enormes criaturas frágeis que nunca poderiam existir em terra: alforrecas, lulas gigantes, enguias.

Corky aquiesceu, mas apenas ligeiramente.

— Tudo bem, mas o oceano pré-histórico nunca teve insectos gigantes.

— Claro que teve. E ainda tem, aliás. As pessoas comem-nos todos os dias. São considerados uma iguaria na maioria dos países.

— Mike, por amor de Deus, quem é que come insectos gigantes marinhos?!

— Qualquer pessoa que coma lagostas, caranguejos e camarões.

Corky esbugalhou os olhos.

— Os crustáceos são, essencialmente, insectos marinhos gigantes — esclareceu Tolland. — São uma subordem do filo *Arthropoda.* Piolhos, caranguejos, aranhas, insectos, gafanhotos, escorpiões, lagostas... todos eles são aparentados. Todos são espécies com apêndices articulados e esqueletos externos.

Subitamente, Corky parecia doente.

— Do ponto de vista da classificação, são muito parecidos com os insectos — explicou Tolland. — Os caranguejos-ferraduras assemelham-se aos trilobites gigantes. E as patas de uma lagosta assemelham-se às de um escorpião de tamanho grande.

— O.K. — Corky estava verde. — Não volto a comer lagosta.

Rachel parecia fascinada.

— Então, os artrópodes da terra mantêm-se pequenos porque a gravidade assim o determina. Mas, na água, os seus corpos flutuam e, por isso, podem atingir grandes dimensões.

— Exactamente — disse Tolland. — Um caranguejo-ferradura do Alasca poderia ser erradamente classificado como uma aranha gigante, se tivéssemos limitada informação fóssil.

A excitação de Rachel parecia agora dar lugar à preocupação.

— Mike, mais uma vez, pondo de lado a questão da aparente autenticidade do meteorito, diz-me uma coisa: Achas que os fósseis que vimos em Milne poderiam eventualmente vir do oceano? Do oceano *terrestre?*

Tolland sentiu a frontalidade do olhar dela e compreendeu o verdadeiro peso da pergunta.

— Hipoteticamente, teria de responder que sim. O leito oceânico tem secções com 190 milhões de anos, a mesma idade dos fósseis. E, teoricamente, os oceanos poderiam ter albergado organismos como estes.

— Ora, por favor! — zombou Corky. — Nem posso acreditar no que estou a ouvir. *Pôr de lado* a questão da autenticidade do meteorito? O meteorito é irrefutável. Mesmo que a Terra tenha leito oceânico com a mesma idade do meteorito, é mais que certo que não temos leito oceânico com crosta de fusão, nem com um conteúdo anómalo de níquel ou côndrulos. Vocês estão a agarrar-se à primeira coisa que apanham.

Tolland sabia que Corky tinha razão e, no entanto, o facto de ter imaginado os fósseis como sendo criaturas do mar fizera-o deixar de os olhar com o fascínio que inicialmente sentira. Pareciam-lhe agora, de algum modo, mais familiares.

— Mike — disse Rachel —, porque é que nenhum dos cientistas da NASA considerou que estes fósseis pudessem ser criaturas do oceano? Mesmo que fosse um oceano de outro planeta?

— Há, na realidade, duas razões para isso. As amostras de fósseis pelágicos tendem a exibir uma pletora de espécies misturadas. Qualquer organismo que habite nos milhões de metros cúbicos de água acima do leito oceânico, quando morre, assenta no fundo. Isto significa que o leito do mar se torna num cemitério para espécies de todos os ambientes, de diferentes profundidades, pressão e temperatura. Mas a amostra de Milne tinha apenas uma espécie. Parecia-se mais com algo encontrado no deserto. Uma ninhada de animais similares que ficassem enterrados numa tempestade de areia, por exemplo.

Rachel concordou.

— E a segunda razão para se pensar que seria da terra e não do mar?

— Instinto. — Tolland encolheu os ombros. — Os cientistas sempre acreditaram que o espaço, se fosse habitado, seria habitado por *insectos*. E por aquilo que temos observado do espaço, há muito mais sujidade e rocha do que água.

Rachel ficou em silêncio.

— Se bem que... — acrescentou Tolland. Rachel conseguira fazê-lo pensar. — Existem partes do oceano que são muito profundas, às quais os oceanógrafos chamam de «zonas mortas». Não as conhecemos muito bem, mas são áreas que, por causa das correntes e da ausência de fontes de alimento, são praticamente desabitadas. Encontram-se aí apenas umas poucas espécies de necrófagos de grande profundidade. Assim, por este prisma, suponho que os fósseis de uma só espécie não estejam totalmente fora de questão.

— Está lá? — resmungou Corky. — Alguém se lembra da crosta de fusão? Do conteúdo de nível médio de níquel? Dos côndrulos? Porque é que estamos sequer a ter esta conversa?

Tolland não lhe respondeu.

— Essa questão do nível de níquel — disse Rachel a Corky. — Explica-ma outra vez. O conteúdo de níquel das rochas terrestres é, ou muito baixo, ou muito elevado, mas nos meteoritos situa-se num meio termo... É isso?

— Precisamente — disse Corky, sacudindo a cabeça.

— E os valores de níquel desta amostra encontram-se exactamente nesse intervalo.

— Muito próximos, sim.

— Calma. *Próximos?* — Rachel parecia surpreendida. — E isso, supostamente, quer dizer o quê?

— Como já antes expliquei — respondeu Corky, parecendo exasperado —, todas as composições minerais de meteoritos diferem. À medida que os cientistas vão encontrando novos meteoritos, temos constantemente de actualizar os nossos cálculos, de modo a obtermos um conteúdo de níquel aceitável para todos os meteoritos.

— Então — Rachel olhava a amostra, estupefacta —, este meteorito obrigou-vos a reavaliar aquilo que consideram ser um conteúdo aceitável de níquel num meteorito? Situava-se fora do intervalo definido?

— Apenas ligeiramente — ripostou Corky.

— Por que motivo ninguém mencionou isso?

— Porque não é relevante. A astrofísica é uma ciência dinâmica onde as actualizações são constantes.

— No decurso de uma análise tão importante como esta?

— Escuta — disse Corky, num arquejo —, posso garantir-te que o conteúdo de níquel desta amostra é muito mais próximo do de outros meteoritos do que dos níveis que encontramos em qualquer rocha terrestre.

Rachel voltou-se para Tolland.

— Sabias disto?

Tolland anuiu, relutante. Na altura, não lhe parecera uma questão de importância maior.

— Disseram-me que este meteorito apresentava um conteúdo de níquel ligeiramente mais elevado do que o encontrado noutros meteoritos, mas os especialistas da NASA não pareciam preocupados.

— Como era natural! — interveio Corky. — A prova mineralógica não é, neste caso, o facto de o conteúdo de níquel ser conclusivamente o de um meteorito, mas o facto de conclusivamente não ser o de uma rocha da Terra.

Rachel abanou a cabeça.

— Desculpem, mas, no meu trabalho, esse é o tipo de lógica errada que faz com que morram pessoas. Dizer que uma rocha não tem as características das rochas terrestres não prova que se trate de um meteorito. Prova simplesmente que não se parece com nenhuma rocha que até então se tenha visto na Terra.

— Mas qual é a diferença?!

— Nenhuma — disse Rachel. — Quando se pode dizer que se viu todas as rochas da Terra.

Corky ficou em silêncio por alguns instantes.

— O.K. — disse, finalmente —, ignora o conteúdo de níquel, se isso te deixa nervosa. Continuamos a ter uma crosta de fusão e côndrulos.

— Claro — disse Rachel, nada impressionada. — Dois em três. Já não é mau.

CAPÍTULO OITENTA E TRÊS

A estrutura das instalações centrais da NASA era um gigantesco rectângulo de vidro com o endereço 300 E Street, em Washington, D. C. O edifício estendia-se como uma aranha, com os seus mais de trezentos quilómetros de cabo de dados e milhares de toneladas de processadores de computadores. Aí trabalhavam 1134 funcionários civis que administravam o orçamento anual da NASA de 14 biliões de dólares e as operações diárias das doze bases da NASA espalhadas pelo país.

Apesar do avançado da hora, Gabrielle não ficou surpreendida ao ver o átrio do edifício enchendo-se de gente, uma aparente convergência de excitadas equipas da comunicação social e ainda mais excitados funcionários da NASA. Gabrielle apressou-se a entrar. O átrio assemelhava-se a um museu, dramaticamente dominado por réplicas em tamanho real de famosas cápsulas de missões realizadas e satélites suspensos do tecto. As equipas televisivas reivindicavam zonas do chão de mármore, detendo funcionários da NASA de olhos esbugalhados que iam entrando pela porta.

Gabrielle percorreu a multidão com o olhar, mas não viu ninguém que se parecesse com o director da missão do PODS, Chris Harper. Metade das pessoas que se encontravam no átrio tinha passes da comunicação social e outra metade tinha cartões de identificação da NASA pendurados ao pescoço. Gabrielle não tinha nem uma coisa nem outra. Viu uma mulher jovem com a identificação da NASA e apressou-se a ir ter com ela.

— Olá. Estou à procura de Chris Harper...?

A mulher olhou-a de uma forma estranha, como se a reconhecesse mas não conseguisse lembrar-se de onde.

— Vi o Dr. Harper passar por aqui há pouco. Penso que ia lá para cima. Não nos conhecemos de algum lado?

— Penso que não — disse Gabrielle, afastando-se. — Como chego lá acima?

— Trabalha para a NASA?

— Não, não trabalho.

— Então, não pode ir lá acima.

— Ah. Será que há por aqui algum telefone que eu possa usar para...

— Ei! — exclamou a mulher, subitamente zangada. — Já sei quem você é. Vi-a na televisão com o senador Sexton. Nem posso acreditar que tenha tido o descaramento... Gabrielle já tinha desaparecido no meio da multidão. Atrás dela, ouvia a mulher, furiosa, a dizer a outros que Gabrielle ali estava.

Fantástico. Entrei pela porta há dois segundos e já estou na Lista dos Mais Procurados.

Gabrielle manteve a cabeça baixa enquanto atravessava apressadamente o átrio. Na parede encontrava-se uma planta do edifício. Procurou o nome de Chris Harper. Nada. A planta não apresentava nomes; estava organizada por departamentos.

PODS? Interrogou-se, procurando na listagem algo relacionado com o *scanner*. Não encontrou nada. Receava olhar para trás por cima do ombro, meio à espera de ver um grupo de empregados da NASA furiosos prontos para a apedrejar. Tudo o que viu na lista que lhe parecesse ainda que remotamente prometedor situava-se no quarto piso.

EARTH SCIENCE ENTERPRISE, PHASE II[NT]
Earth Observing System (EOS)[NT]

Sempre desviando a cara da multidão, Gabrielle dirigiu-se a uma zona onde se encontrava uma fila de elevadores e uma fonte de água. Procurou o botão de chamada dos elevadores, mas viu apenas ranhuras. *Raios.* Os elevadores tinham controlo de segurança: acesso com cartão magnético, apenas para funcionários.

Um grupo de homens avançou rapidamente para os elevadores, falando exuberantemente. Usavam os cartões de identificação da NASA com as respectivas fotografias pendurados ao pescoço. Gabrielle de-

---

[NT] Projecto de Ciência da Terra, Fase II.
[NT] Sistema de Observação da Terra.

bruçou-se imediatamente para a fonte, espreitando para trás de si. Um homem borbulhento inseriu a sua identificação na ranhura e a porta do elevador abriu-se. Ele ria, sacudindo a cabeça, maravilhado.

— Os tipos do SETI devem estar a dar em doidos! — dizia, enquanto todos entravam no elevador. — Os seus rádiotelescópios procuraram campos distantes abaixo de duzentos *milliJanskys* durante vinte anos e, durante todo esse tempo, a prova física encontrava-se aqui, na Terra, enterrada no gelo!

As portas do elevador fecharam-se e os homens desapareceram.

Gabrielle levantou-se, enxugando a boca, perguntando-se o que fazer. Olhou em volta, procurando um intercomunicador. Nada. Ocorreu-lhe roubar, de algum modo, um cartão, mas alguma coisa lhe dizia que isso seria provavelmente pouco sensato. O que quer que decidisse fazer, sabia que tinha de o fazer depressa. Podia ver a mulher com quem falara avançando por entre a multidão acompanhada de um segurança.

Um homem careca e bem-parecido aproximava-se dos elevadores. Gabrielle voltou a debruçar-se para o chafariz. O homem pareceu não reparar nela. Observou-o em silêncio, enquanto ele se inclinava para introduzir o seu cartão na ranhura. As portas de outro elevador abriram-se e o homem entrou.

Que se lixe, pensou Gabrielle, decidindo-se. *É agora ou nunca.*

Enquanto as portas do elevador deslizavam para se fechar, Gabrielle deixou o chafariz e correu, estendendo uma mão e alcançando uma porta. As portas voltaram a abrir-se e Gabrielle entrou, o seu rosto reluzindo com a excitação.

— Já alguma vez tinha visto uma coisa assim? — disse para o homem careca em sobressalto. — Meu Deus! Que loucura!

O homem olhou-a de forma estranha.

— Os tipos do SETI devem estar a dar em doidos! — disse Gabrielle. — Os seus radiotelescópios procuraram campos distantes abaixo de duzentos *milliJanskys* durante vinte anos e, durante todo esse tempo, a prova física encontrava-se aqui, na Terra, enterrada no gelo!

O homem parecia surpreendido.

— Bem... sim, é algo... — Olhou para o pescoço dela, aparentemente incomodado por não ver a identificação. — Desculpe, mas você...

— Quarto piso, por favor. Vim com tanta pressa que quase me esquecia de vestir a roupa interior! — Riu-se, enquanto espreitava a identificação dele: *JAMES THEISEN, Direcção Financeira.*

— Trabalha aqui? — O homem parecia incomodado. — Sra...?

Gabrielle fingiu-se decepcionada.

— Jim! Estou magoada! Isso é que é fazer uma mulher sentir-se esquecida!

O homem empalideceu por um momento, parecendo pouco à vontade e passando a mão pela cabeça, num gesto embaraçado.

— Peço desculpa. Toda esta excitação, sabe como é. Confesso que a sua cara não me é estranha. Em que programa trabalha?

Merda. Gabrielle sorriu, confiante.

— No EOS.

O homem apontou para o botão iluminado do quarto andar.

— Ah, claro. Mas, quero dizer, especificamente, em que *projecto*?

Gabrielle sentiu que a sua pulsação acelerava. Só se lembrava de um.

— PODS.

O homem parecia surpreendido.

— A sério? Pensava que conhecia toda a gente da equipa do Dr. Harper.

Gabrielle anuiu, como que envergonhada.

— Chris mantém-me escondida. Eu é que sou a idiota da programadora que lixou o índice do voxel.

— Foi *você?* — Agora era o homem que tinha o queixo caído.

Gabrielle franziu o sobrolho.

— Há semanas que não durmo.

— Mas o *Dr. Harper* assumiu toda a responsabilidade!

— Bem sei. Chris é assim mesmo. Pelo menos, conseguiu-se resolver tudo. Que anúncio, esta noite, não? Este meteorito. Ainda estou em estado de choque!

O elevador parou no quarto piso. Gabrielle saiu apressadamente.

— Gostei de o ver, Jim. Dê cumprimentos meus aos tipos do orçamento!

— Claro — balbuciou o homem, enquanto as portas se fechavam. — Prazer em voltar a vê-la.

CAPÍTULO OITENTA E QUATRO

Zach Herney, como a maioria dos presidentes antes dele, sobrevivia num regime de quatro ou cinco horas de sono por noite. Ao longo das últimas semanas, sobrevivera com bastante menos do que isso. À medida que a excitação devida aos acontecimentos da noite começava a esmorecer, Herney sentiu o cansaço apoderar-se do seu corpo.

Estava com alguns dos seus colaboradores de mais alto nível na Sala Roosevelt, desfrutando de um champanhe festivo e assistindo, alternadamente, às inúmeras repetições da conferência de imprensa, excertos do documentário de Tolland e recapitulações nos diversos canais. Nesse momento, no ecrã, uma exuberante repórter falava em frente da Casa Branca, agarrando com força o seu microfone.

— Para além das estrondosas repercussões para a humanidade enquanto espécie — declarava ela —, esta descoberta da NASA tem algumas sérias repercussões políticas, aqui, em Washington. Estes fósseis de outro planeta não podiam vir em melhor altura para o presidente prestes a travar uma batalha. — A voz dela tornou-se soturna. — Nem numa pior altura para o senador Sexton. — A transmissão foi interrompida para dar lugar a um *replay* do agora infame debate da CNN que acontecera ao princípio da tarde.

«Ao fim de trinta e cinco anos, penso que se tornou bastante óbvio que não vamos encontrar vida extraterrestre», declarava Sexton. «E se estiver enganado?», replicara Marjorie Tench. «Ora, por amor de Deus, Sra. Tench», dizia Sexton, revirando os olhos, «se estiver enganado, como o meu chapéu.»

Na Sala Roosevelt, todos riram. Tench encurralando o senador poderia parecer algo cruel e grosseiro para ser transmitido em retrospectiva, mas ninguém parecia reparar; o tom presunçoso da resposta do senador era tão arrogante, que Sexton dava a ideia de estar a ter exactamente aquilo que merecia.

O presidente olhou em redor da sala, procurando Tench. Não voltara a vê-la desde o início da sua conferência e ela também não se encontrava ali de momento. *Estranho*, pensou Herney. *Esta vitória é tanto dela como minha.*

Na televisão, a repórter prosseguia com os comentários, sublinhando uma vez mais o salto político da Casa Branca e a desastrosa queda do senador Sexton.

A diferença que um único dia pode fazer, pensava o presidente. *Na política, o nosso mundo pode mudar num segundo.*

Na madrugada seguinte, Herney compreenderia até que ponto aquelas palavras eram verdadeiras.

CAPÍTULO OITENTA E CINCO

Pickering pode tornar-se um problema, dissera Tench.

O administrador Ekstrom estava demasiado preocupado com esta nova informação para notar que a tempestade no exterior da habisfera estava agora a tornar-se mais intensa. O assobio dos cabos era agora mais agudo, e o pessoal da NASA continuava a correr nervosamente de um lado para o outro e a conversar, em vez de ir dormir. Os pensamentos de Ekstrom andavam perdidos numa outra tempestade, uma tempestade explosiva que rebentava em Washington. As últimas horas tinham trazido muitos problemas, e Ekstrom estava a tentar lidar com todos eles. Todavia, um desses problemas afigurava-se-lhe agora maior do que todos os outros juntos.

Pickering pode tornar-se um problema.

Ekstrom não conseguia pensar em ninguém na Terra com quem tivesse menos vontade de se confrontar do que com William Pickering. Havia anos que o director do NRO complicava a vida a Ekstrom e à NASA, tentando assumir o controlo político, criando *lobbies* para diferentes prioridades nas missões e chamando a atenção para a escalada de fracassos da agência espacial.

Ekstrom sabia que a irritação de Pickering para com a NASA não se devia apenas à recente perda do seu satélite NRO SIGINT, no valor de um bilião de dólares, numa explosão na rampa de lançamento, nem tão-pouco às fugas de segurança da NASA, ou às batalhas para recrutamento de especialistas decisivos na área aeroespacial. A má vontade de Pickering para com a NASA devia-se a uma história contínua de desilusões e ressentimentos.

O avião espacial X-33 da NASA, que deveria ser o substituto do vaivém, estava previsto para entrega cinco anos antes, o que significava que dezenas de programas de lançamento e manutenção de satélites do NRO estavam ultrapassados ou em linha de espera. Recentemente, a raiva de Pickering por causa do X-33 atingira o seu pico quando ele descobrira que a NASA cancelara por inteiro o projecto, tendo de engolir uma perda estimada no valor de novecentos milhões de dólares.

Ekstrom chegou ao seu escritório, afastou a cortina e entrou. Sentou-se à secretária e pousou a cabeça sobre as mãos. Tinha algumas decisões a tomar. O que começara por ser um dia maravilhoso, tornava-se num pesadelo que se desenrolava em seu redor. Tentou colocar-se na pele de William Pickering. Que iria o homem fazer a seguir? Alguém com a inteligência de Pickering *tinha* de ver a importância desta descoberta da NASA. Ele tinha de perdoar certas escolhas feitas por desespero. Tinha de compreender os danos irreversíveis que seriam provocados se se poluísse aquele momento de triunfo.

Que faria Pickering com a informação que tinha? Deixaria correr, ou faria a NASA pagar pelos seus pontos fracos?

Ekstrom franziu o sobrolho, quase certo de qual seria a atitude de Pickering.

Afinal, William Pickering tinha questões mais profundas em relação à NASA, um antigo ressentimento pessoal que ia muito mais fundo que a política.

CAPÍTULO OITENTA E SEIS

Rachel calara-se e fixava agora, de olhar ausente, a cabina do G4, enquanto o avião rumava para sul ao longo da costa canadiana do Golfo de S. Lourenço. Tolland estava sentado por perto, conversando com Corky. Apesar de os dados disponíveis apontarem, na sua maioria, para a autenticidade do meteorito, o facto de Corky ter admitido que os valores de níquel se encontravam «fora do intervalo definido» contribuíra para que se reacendesse a suspeita inicial de Rachel. A colocação de um meteorito por baixo do gelo, em segredo, apenas fazia sentido como parte de uma fraude brilhantemente concebida. Contudo, as restantes provas científicas sugeriam a validade do meteorito.

Rachel desviou os olhos da janela, concentrando-se novamente na amostra em forma de disco do meteorito que segurava na mão. Os pequenos côndrulos tremeluziam. Havia algum tempo que Tolland e Corky discutiam aqueles pequenos côndrulos metálicos, utilizando termos científicos que Rachel não dominava: níveis equilibrados de olivina, matrizes de vidro metaestável, re-homogeneização metamórfica. Fosse como fosse, o resultado era claro: Corky e Tolland concordavam que os côndrulos eram *decididamente* meteóricos. Não havia como falsificar esse dado.

Rachel rodou a amostra na mão, percorrendo com um dedo o rebordo onde parte da crosta de fusão era visível. O aspecto carbonizado parecia relativamente recente — não teria, certamente, trezentos anos —, mas Corky explicara que o meteorito estivera hermeticamente selado no gelo, o que evitara a erosão atmosférica. Este parecia ser um argumento lógico. Rachel vira em programas de televisão despojos humanos a serem retirados do gelo ao fim de quatro mil anos e a pele da pessoa estava quase intacta.

Ao observar a crosta de fusão, uma ideia estranha ocorreu-lhe; um dado óbvio fora omitido. Rachel perguntou-se se teria sido simplesmente uma omissão em toda a informação com que a tinham bombardeado, ou se alguém simplesmente se esquecera de o mencionar.

Voltou-se repentinamente para Corky.

— Alguém fez a datação da crosta de fusão?

— O quê? — Corky olhou-a, com um ar confuso.

— Pergunto se alguém fez a datação da queimadura. Ou seja, se temos a certeza de que a carbonização da rocha ocorreu exactamente na altura da Chuva de Jungersol?

— Lamento — disse Corky —, mas isso é impossível de datar. A oxidação apaga todos os marcadores isotópicos necessários. Além disso, a velocidade de deterioração do isótopo radioactivo é demasiado lenta para medir alguma coisa com menos de quinhentos anos.

Rachel refelectiu durante alguns instantes, compreendendo por que razão a data da carbonização não fazia parte dos dados.

— Nesse caso, tanto quanto sabemos, esta rocha pode ter ardido na Idade Média ou no fim-de-semana passado, certo?

— Ninguém disse que a ciência tinha todas as respostas — disse Tolland, rindo.

Rachel pôs-se a pensar em voz alta.

— Uma crosta de fusão é essencialmente uma queimadura profunda. Falando tecnicamente, a queimadura desta rocha pode ter acontecido em qualquer altura dos últimos cinquenta anos, de numerosas formas possíveis.

— Errado — disse Corky. — Queimada de numerosas formas diferentes? Não. Queimada de *uma* maneira. Caindo através da atmosfera.

— Não existe outra possibilidade? Não poderia ter sido numa fornalha?

— Uma fornalha? — repetiu Corky. — Estas amostras foram examinadas com um microscópio de electrões. Mesmo a fornalha mais limpa da terra teria deixado resíduos de combustível sobre toda a pedra... combustível nuclear, químico, fóssil. Esquece. E quanto às estrias resultantes da viagem através da atmosfera? Não poderiam ter sido feitas numa fornalha.

Rachel esquecera as estrias de orientação no meteorito. Parecia realmente ter caído através do ar.

— E se fosse um vulcão? — arriscou ela. — Dejectos lançados violentamente numa erupção?

Corky abanou a cabeça.

— A queimadura é demasiado limpa.

Rachel olhou para Tolland.

O oceanógrafo concordava.

— Lamento, mas já tive alguma experiência com vulcões, tanto fora como dentro de água. Corky tem razão. Os dejectos vulcânicos são penetrados por inúmeras toxinas: dióxido de carbono, ácido sulfúrico, sulfureto de hidrogénio, ácido clorídrico... qualquer um destes teria sido detectado nas nossas análises electrónicas. Aquela crosta de fusão, queiramos ou não, é o resultado de uma queimadura atmosférica, limpa, de fricção atmosférica.

Rachel suspirou, voltando a olhar pela janela. *Uma queimadura limpa.* A frase ficou no seu pensamento. Dirigiu-se então a Tolland.

— Que querem dizer com «queimadura limpa»?

Michael encolheu os ombros.

— Simplesmente que, com um microscópio de electrões, não encontramos resíduos de elementos combustíveis, e por isso sabemos que o aquecimento foi causado por energia cinética e por fricção, e não por ingredientes químicos ou nucleares.

— Se não encontraram quaisquer elementos combustíveis estranhos, o que é que encontraram? Concretamente, qual era a composição da crosta de fusão?

— Encontrámos — disse Corky — exactamente aquilo que *esperávamos* encontrar. Elementos atmosféricos puros. Nitrogénio, oxigénio, hidrogénio. Nada de petróleos. Nada de enxofres. Nada de ácidos vulcânicos. Nada peculiar. Tudo o que vemos quando os meteoritos caem através da atmosfera.

Rachel recostou-se no assento, organizando as suas ideias.

Corky inclinou-se para a frente, para olhar para ela.

— Por favor não me digas que a tua nova teoria é a de que a NASA foi buscar uma rocha fossilizada no vaivém espacial e a lançou para a terra, esperando que ninguém reparasse na bola de fogo, na cratera maciça ou na explosão?

Rachel não tinha pensado nisso, se bem que fosse uma premissa interessante. Não exequível, mas, ainda assim interessante. Os pensamentos estavam, na verdade, mais próximos da explicação. *Apenas elementos atmosféricos naturais. Queimadura limpa. Estrias da deslocação através do ar.* Uma luz ténue despertava num distante lugar da sua mente.

— As proporções de elementos atmosféricos que detectaram — começou — eram *exactamente* as mesmas proporções que se encontram em todos os outros meteoritos com uma crosta de fusão?

Corky parecia aproximar-se ligeiramente da questão.

— Porque perguntas?

Rachel percebeu que ele hesitava e sentiu que a sua pulsação se acelerava.

— As proporções não coincidiam, pois não?

— Existe uma explicação científica.

O coração de Rachel batia agora bem depressa.

— Por acaso, encontraram uma incidência invulgarmente elevada de *um* elemento em particular?

Tolland e Corky trocaram olhares sobressaltados.

— Sim — disse Corky—, mas...

— Esse elemento era hidrogénio ionizado?

Os olhos do astrofísico quase lhe saltaram das órbitas.

— Como é possível que saibas isso?

Tolland parecia também profundamente espantado.

Rachel fixava-os a ambos.

— Porque é que ninguém me falou nisto antes?

— Porque existe uma razão científica perfeitamente plausível para isso! — declarou Corky.

— Sou toda ouvidos — disse Rachel.

— Verificou-se um acréscimo de hidrogénio ionizado — disse Corky — porque o meteorito atravessou a atmosfera perto do Pólo Norte, onde o campo magnético da Terra causa uma concentração anormalmente elevada de iões de hidrogénio.

Rachel franziu as sobrancelhas.

— Infelizmente, tenho outra explicação.

CAPÍTULO OITENTA E SETE

O quarto piso das instalações da NASA era menos impressionante que o átrio de entrada: compridos corredores estéreis com portas igualmente distribuídas ao longo das paredes. O corredor estava deserto. Sinais apontavam em todas as direcções.

← LANDSAT 7

TERRA →

← ACRIMSAT

← JASON 1

AQUA →

PODS →

Gabrielle seguiu as setas que indicavam PODS. Serpenteando ao longo de uma série de longos corredores e intersecções, chegou a um conjunto de pesadas portas de aço. Na placa lia-se:

POLAR ORBITING DENSITY SCANNER (PODS)
Director de secção, Chris Harper

As portas estavam trancadas, exigindo tanto cartão magnético como *pin* de acesso. Gabrielle encostou o ouvido à porta de metal frio. Por um instante, pareceu-lhe ouvir vozes. Uma discussão. Talvez não fosse isso. Perguntou-se se deveria limitar-se a bater com toda a força à porta até que alguém a deixasse entrar. Infelizmente, o seu plano para lidar com Chris Harper requeria um pouco mais de subtileza. Olhou em redor, procurando uma outra entrada, mas não viu nenhuma. Havia uma arrecadação adjacente à porta e Gabrielle espreitou, procurando encontrar na fraca luz a chave ou o cartão para uso do encarregado. Nada. Apenas vassouras e esfregonas. Regressando à porta, voltou a encostar o ouvido ao metal. Desta vez, decididamente, ouviu vozes. Cada vez mais alto. E passos. O trinco sendo aberto por dentro.

Gabrielle não teve tempo de se esconder, enquanto a porta de metal se abria repentinamente. Saltou para o lado, colando-se à parede atrás da porta, enquanto um grupo de pessoas passava apressadamente, falando alto. Pareciam zangados.

— Que raio se passará com Harper? Pensei que estivesse nas nuvens!

— Numa noite como a de hoje — disse outra voz, enquanto o grupo passava—, ele diz que quer estar sozinho?! Devia estar a celebrar!

À medida que o grupo se afastava de Gabrielle, a pesada porta de dobradiças pneumáticas começou a fechar, revelando o seu esconderijo. Permaneceu rígida, vendo os homens que prosseguiam o seu caminho, atravessando o vestíbulo. Tendo esperado o máximo possível, até a porta estar a poucos centímetros de se fechar, Gabrielle precipitou-se para a frente e agarrou o puxador. Manteve-se imóvel até os homens virarem ao fundo do vestíbulo, demasiado distraídos com a conversa para olharem para trás.

Com o coração a bater depressa, Gabrielle entrou na área pouco iluminada, fechando a porta silenciosamente.

O espaço consistia numa área de trabalho ampla, que lembrava a Gabrielle um laboratório de física de faculdade: computadores, mesas de trabalho, equipamento electrónico. À medida que os seus olhos se acostumavam ao escuro, Gabrielle conseguia distinguir os projectos e folhas de cálculo espalhadas por todo o lado. Todo o espaço se encontrava mergulhado no escuro, à excepção de um gabinete, no extremo oposto do laboratório, onde uma luz brilhava por debaixo da porta. Foi para aí que Gabrielle se dirigiu silenciosamente. A porta estava fechada, mas, através da janela, viu um homem sentado em frente de um computador. Gabrielle reconheceu o homem da conferência de imprensa da NASA. A placa na porta dizia:

Chris Harper
Director de Secção, PODS

Tendo chegado até ali, Gabrielle sentiu-se subitamente apreensiva, perguntando-se se conseguiria realmente levar o seu plano até ao fim. Lembrou-se de como Sexton estava certo de que Chris Harper mentira. *Aposto a minha campanha em como ele estava a mentir*, dissera Sexton. Ao que parecia, havia outros que pensavam o mesmo, outros que esperavam que ela descobrisse a verdade para poderem fazer o cerco à NASA, tentando ganhar nem que fosse uma pequena vantagem, depois dos devastadores acontecimentos daquela noite. Depois do modo como Tench e a administração Herney a tinham ludibriado nessa mesma tarde, Gabrielle estava ansiosa por ajudar.

Gabrielle levantou uma mão para bater à porta, mas deteve-se, com a voz de Yolanda a ecoar-lhe na mente. *Se Chris Harper mentiu ao mundo a respeito do PODS, o que é que te leva a pensar que te vai contar a verdade A TI?*

Medo, disse Gabrielle para consigo, sabendo que esse mesmo sentimento quase a levara a ceder algumas horas antes. Gabrielle tinha um plano. Envolvia uma táctica que vira o senador pôr em prática numa determinada ocasião para assustar adversários políticos e deles obter informação. Gabrielle absorvera muito sob a tutoria do senador, e nem tudo fora bonito ou ético. Mas, naquela noite, precisava de todas as armas. Se conseguisse persuadir Chris Harper a reconhecer que mentira — fosse qual fosse a razão para tal —, Gabrielle estaria a abrir uma pequena porta de oportunidade para a campanha do senador. A partir daí, Sexton era um homem que, tendo um centímetro de manobra, conseguia arranjar uma saída para quase todos os sarilhos.

O plano de Gabrielle para lidar com Harper era algo a que Sexton chamava de «*overshooting*» — uma técnica de interrogatório inventada pelas autoridades romanas para forçar confissões por parte de criminosos que suspeitavam que estivessem a mentir. O método era enganadoramente simples:

Definir a informação que se quer que a pessoa confesse.

Em seguida, alegar algo bastante mais grave.

O objectivo era dar ao adversário a hipótese de escolher o menor de dois males: neste caso, a verdade.

O truque era exibir confiança, algo que Gabrielle não sentia de momento. Respirando fundo, Gabrielle reviu mentalmente o guião e depois bateu com firmeza à porta do escritório.

— Já disse que estou ocupado! — gritou Harper, no seu familiar sotaque britânico.

Ela bateu de novo. Com mais força.

— Já disse que não estou interessado em ir lá abaixo!

Desta vez, ela bateu na porta com o punho fechado.

Chris Harper aproximou-se e abriu repentinamente a porta.

— Raios partam, será que... — Deteve-se abruptamente, claramente surpreso ao ver Gabrielle.

— Dr. Harper — disse ela, com a sua voz mais intensa.

— Como conseguiu chegar aqui?

Gabrielle pusera um ar austero.

— Sabe quem eu sou?

— Claro que sei. O seu patrão ataca o meu projecto há meses. Como entrou aqui?

— Foi o senador Sexton que me enviou.

Os olhos de Harper percorreram o laboratório atrás de Gabrielle.

— Onde está a sua comitiva de campanha?

— Isso não é da sua conta. O senador tem contactos influentes.

— Neste edifício? — Harper parecia desconfiar.

— Dr. Harper, o senhor foi desonesto. E receio bem que o senador tenha convocado uma comissão de inquérito do senado para averiguar as suas mentiras.

Uma expressão de desânimo atravessou o rosto de Harper.

— De que é que está a falar?

— Pessoas inteligentes como o senhor não se podem dar ao luxo de se fazerem de estúpidas, Dr. Harper. O senhor está metido em sarilhos, e o senador enviou-me aqui para lhe propor um acordo. A campanha do senador foi profundamente atingida, esta noite. Ele já não tem nada a perder e está disposto a fazê-lo afundar-se com ele, caso isso se revele necessário.

— De que raio está a falar?

Gabrielle respirou fundo e fez a sua jogada.

— O senhor mentiu na conferência de imprensa a respeito do *software* de detecção de anomalias do PODS. Nós estamos a par disso. Como muitas outras pessoas. Não é essa a questão. — Antes que Harper conseguisse abrir a boca para argumentar, Gabrielle prosseguiu a todo o vapor. — O senador podia denunciar as suas mentiras agora mesmo, mas não está interessado em fazê-lo. Está interessado na *outra* história. Deve saber a que me refiro.

— Não, eu...

— A proposta do senador é a seguinte. Ele mantém a boca fechada em relação às suas mentiras acerca do *software*, se lhe der o nome do alto responsável da NASA com o qual tem vindo a desviar fundos.

Os olhos de Chris Harper faiscaram por um momento.

— O quê? Eu não estou a desviar fundos!

— Aconselho-o a tomar atenção ao que diz. A comissão senatorial está a recolher documentação desde há meses. Será que vocês os dois pensavam que poderiam passar despercebidos? Falsificando documentos do PODS e transferindo verbas concedidas à NASA para contas privadas? Mentir e desviar fundos são motivos para ir parar à cadeia, Dr. Harper.

— Eu não fiz isso!

— Está a dizer que não mentiu em relação ao PODS?

— Não, estou a dizer que não desviei dinheiro algum!

— Então, está a admitir que *mentiu* a respeito do PODS.

Harper fixava-a, claramente sem saber o que dizer.

— Esqueça a questão das mentiras — disse Gabrielle, com um gesto. — O senador Sexton não está interessado no facto de o senhor ter mentido numa conferência de imprensa. É algo a que estamos acostumados. Vocês encontraram um meteorito, ninguém quer saber como o conseguiram. A questão que interessa ao senador é o desfalque. Ele precisa de atacar uma figura importante da NASA. Diga-lhe apenas quem é o seu parceiro na fraude, e o senador fará com que o senhor fique totalmente à margem da investigação. Pode facilitar a sua vida e dizer-nos quem é esta outra pessoa, ou o senador tornará as coisas feias e começará a falar do *software* e das falsas tentativas para o remediar.

— Está a fazer *bluff*. Não há qualquer desvio de fundos.

— O senhor é um péssimo mentiroso, Dr. Harper. Eu vi a documentação. O seu nome consta de todos os documentos incriminatórios. Vezes sem conta.

— Juro que não sei nada acerca de desvios!

Gabrielle deu um suspiro de desapontamento.

— Ponha-se no meu lugar, Dr. Harper. Nesta matéria, posso apenas chegar a duas conclusões. Ou me está a mentir, do mesmo modo que mentiu naquela conferência de imprensa; ou me está a dizer a verdade, e alguém poderoso na agência o está a tramar, fazendo de si o bode expiatório para os seus esquemas.

A proposta parecia ter deixado Harper pensativo.

Gabrielle olhou para o relógio.

— O acordo do senador está em cima da mesa durante a próxima hora. Pode salvar-se dando o nome do executivo da NASA com quem tem vindo a desviar dinheiro dos contribuintes. O senador não está interessado em si. Quer apanhar o peixe graúdo. Obviamente, o indivíduo em questão tem algum poder aqui na NASA; tem conseguido manter a sua identidade fora de toda a documentação, deixando as culpas para si.

Harper abanou a cabeça.

— Você está a mentir.

— Gostaria de dizer isso em tribunal?

— Claro. Negarei tudo.

— Sob juramento? — Gabrielle soltou um gemido de indignação. — Suponho que também tenciona negar que mentiu relativamente à correcção do *software* do PODS? — O coração de Gabrielle batia acelerado, enquanto ela olhava bem dentro dos olhos do homem. — Pense bem nas suas opções, Dr. Harper. As prisões americanas podem ser bem desagradáveis.

Harper olhava-a, furioso, e Gabrielle desejava com todas as suas forças que ele cedesse. Por um momento ela julgou ver a intenção de se render, mas, quando Harper falou, a sua voz era como aço.

— Sra. Ashe — declarou, com raiva fervendo-lhe nos olhos —, está apenas a lançar o barro à parede. Ambos sabemos que não existe qualquer desvio de dinheiro na NASA. A única pessoa que está a mentir nesta sala é a *senhora.*

Gabrielle sentiu que os seus músculos ficavam tensos. O homem tinha um olhar zangado e acutilante. Ela queria dar meia volta e correr dali para fora. *Tentaste fazer* bluff *com um cientista aeroespacial. De que raio estavas à espera*? Obrigou-se a manter a cabeça erguida.

— Tudo o que sei — disse ela, fingindo uma total confiança e indiferença relativamente à posição dele—, é que vi documentos incriminatórios; provas conclusivas de que o senhor e outra pessoa têm vindo a cometer uma fraude contra a NASA. O senador pediu-me simplesmente que viesse aqui esta noite para lhe oferecer a opção de denunciar o seu parceiro, em vez de enfrentar o inquérito sozinho. Direi ao senador que prefere tentar as suas hipóteses diante de um juiz. Poderá dizer ao tribunal o que me disse a mim: que não está envolvido em fraude nenhuma e que não mentiu a respeito do *software*. — Esboçou um sorriso ameaçador. — Mas, depois daquela péssima conferência de imprensa que deu há duas semanas atrás, tenho sérias dúvidas. — Gabrielle deu meia volta e afastou-se, atravessando o sombrio laboratório do PODS. Perguntou-se se não seria *ela* a ver o interior de uma prisão, em vez de Harper.

Gabrielle avançava de cabeça erguida, esperando que Harper a chamasse. Silêncio. Empurrou as portas de metal e encaminhou-se para o vestíbulo, esperando que os elevadores ali em cima não exigissem cartão, como no átrio de entrada. Perdera. Apesar de todo o seu esforço, Harper não mordera o isco. *Talvez ele estivesse a falar verdade em relação ao PODS*, pensou Gabrielle.

As portas de metal abriram-se ruidosamente atrás de Gabrielle.

— Sra. Ashe — chamou a voz de Harper. — Juro que não sei nada a respeito de desvios de dinheiro. Sou um homem honesto!

Gabrielle sentiu que o seu coração disparava. Obrigou-se a continuar a andar. Encolheu os ombros, indiferente.

— E, contudo, mentiu na conferência de imprensa — disse, por cima do ombro.

Silêncio. Gabrielle prosseguiu o seu caminho, atravessando o vestíbulo.

— Espere! — gritou Harper, aparecendo depois a correr ao lado dela, de rosto pálido. — Essa história da fraude — disse ele, baixando a voz. — Julgo que sei quem me tramou.

Gabrielle imobilizou-se de seguida, sem saber ao certo se ouvira bem. Voltou-se para Harper tão devagar e tão descontraidamente quanto lhe era possível.

— Espera que eu acredite que alguém o anda a tramar?

— Juro que não sei de fraude nenhuma. — Harper suspirou. — Mas, se existem algumas provas contra mim...

— Montes delas.

— Então, é tudo forjado — disse Harper, suspirando. — Para me desacreditar, caso seja necessário. E há apenas uma pessoa que poderia ter feito isso.

— Quem?

Harper olhou-a nos olhos.

— Lawrence Ekstrom odeia-me.

— O *administrador* da NASA? — Gabrielle nem podia acreditar.

Harper aquiesceu, com um olhar sombrio.

— Foi ele que me forçou a mentir naquela conferência de imprensa.

CAPÍTULO OITENTA E OITO

Mesmo com o sistema de propulsão a vapor de metano do avião *Aurora* a meio gás, a Força Delta rasgava o ar da noite a uma velocidade três vezes superior à do som — mais de duas mil milhas por hora. A vibração repetitiva dos *Pulse Detonation Wave Engines* dava à viagem um ritmo hipnótico. Cem metros abaixo deles, o oceano agitava-se, selvagem, chicoteado pelo vácuo do *Aurora*, que imprimia no céu esteiras de quinze metros, longos lençóis paralelos atrás do avião.

Eis a razão de terem posto de parte o SR-71 Blackbird, pensou Delta-Um.

O *Aurora* era um daqueles aparelhos que ninguém deveria saber que existiam, mas de que toda a gente tinha conhecimento. Até o canal Discovery tinha feito uma reportagem sobre o *Aurora* e os testes efectuados em Groom Lake, no Nevada. Se as fugas de informação se deviam aos repetidos «tremores de céu» que se ouviam até Los Angeles, ou ao infeliz incidente de ter sido avistado de uma plataforma petrolífera no Mar do Norte, ou mesmo à *gaffe* administrativa que deixara uma descrição do *Aurora* num documento público do orçamento do Pentágono, nunca se saberia ao certo. Pouco importava. A informação circulava nas ruas: As Forças Armadas Americanas tinham um avião capaz de atingir uma velocidade de Mach 6, e este já não se encontrava no estirador, mas a cruzar os céus.

Construído pela Lockheed, o *Aurora* tinha o aspecto de uma bola de futebol americano achatada. Media 33 metros de comprimento, suavemente contornado por um brilho cristalino de placas térmicas, como um vaivém espacial. A velocidade resultava, principalmente, de um novo e exótico sistema de propulsão conhecido por *Pulse Detonation Wave Engine*, que queimava um hidrogénio líquido limpo, e deixava um revelador rasto pulsante no céu. Por essa razão, voava apenas de noite.

Nessa noite, usufruindo o luxo da alta velocidade, a Força Delta seguia o caminho mais longo para casa, sobrevoando o oceano. Ainda assim, ganhava vantagem sobre as suas presas. Àquele ritmo, a Força Delta chegaria à Costa Leste em menos de uma hora, umas boas duas horas antes das vítimas. Discutira-se a hipótese de abater o avião em questão, mas o controlador receava, acertadamente, a captação do acidente por radar ou a possibilidade de os destroços provocarem uma investigação pormenorizada. Seria preferível deixar o avião aterrar conforme previsto, decidira por fim o controlador. Depois de se apurar onde iriam aterrar os alvos, a Força Delta entraria em acção.

De momento, enquanto o *Aurora* sobrevoava o desolado Mar do Labrador, o CrypTalk de Delta-Um indicava uma nova chamada. Atendeu.

— A situação alterou-se — informou a voz electrónica. — Têm outra missão antes de Rachel Sexton e os cientistas aterrarem.

Outra missão. Delta-Um apercebia-se do que se estava a passar. As coisas estavam a complicar-se. Tinha havido mais uma fuga e o controlador precisava que a bloqueassem o mais depressa possível. *Nada disto estaria a acontecer se tivéssemos cumprido os nossos objectivos na Plataforma de Gelo de Milne.* Delta-Um sabia muito bem que estava a resolver a confusão que ele próprio causara.

— Uma quarta pessoa foi envolvida — disse o controlador.

— Quem?

O controlador fez uma pausa. Depois, deu-lhes um nome.

Os três homens trocaram olhares surpreendidos. Era um nome que conheciam bem.

Não admira que o controlador parecesse relutante!, pensou Delta-Um. Para uma operação que se pretendia de «zero baixas», o número de vítimas e o perfil dos alvos estavam a subir depressa. Sentiu os músculos contraírem-se, enquanto o controlador se preparava para lhes comunicar exactamente onde e de que modo iriam eliminar este novo alvo.

— Os riscos aumentaram consideravelmente — declarou o controlador. — Escute com atenção. Não repetirei estas instruções.

CAPÍTULO OITENTA E NOVE

Voando bem alto, sobre o norte de Maine, um jacto G4 continuava a avançar rapidamente na direcção de Washington. A bordo, Michael Tolland e Corky Marlinson tinham os olhos postos em Rachel Sexton, que começava a expor a sua teoria, explicando por que razão haveria um acréscimo de iões de hidrogénio na crosta de fusão do meteorito.

— A NASA tem umas instalações privadas para testes, com o nome de Plum Brook Station — explicou Rachel, surpreendendo-se ao falar no assunto. Partilhar informação confidencial sem protocolo era algo que nunca antes fizera, mas, tendo em conta as circunstâncias, Tolland e Corky tinham o direito de saber.

— Plum Brook é essencialmente uma câmara de testes destinada aos novos sistemas mecânicos mais radicais. Há dois anos, fiz um relatório acerca de um novo modelo que a NASA estava a testar aí... O *Expander Cycle Engine.*

Corky olhou-a, desconfiado.

— Os ECE encontram-se ainda numa fase teórica. Estão no papel. Ninguém está realmente a testá-los. Faltam décadas para isso.

Rachel abanou a cabeça.

— Desculpa, Corky. A NASA tem protótipos. Estão a ser testados.

— O quê?! — o rosto de Corky reflectia o seu cepticismo. — Os ECE funcionam a hidrogénio líquido, que congela no espaço, o que faz com que estes motores sejam inúteis para a NASA. Eles disseram que nem sequer iam tentar construir um ECE até conseguirem solucionar o problema da congelação do combustível.

— Já solucionaram. Livraram-se do oxigénio e tornaram o combustível uma mistura de hidrogénio com neve semiderretida, o que resulta numa espécie de combustível criogénio, feito de hidrogénio puro em estado de semicongelação. É muito poderoso e a combustão não cria resíduos. É um forte candidato a ser utilizado no sistema de propulsão, caso a NASA avance para missões a Marte.

Corky estava fascinado.

— Não pode ser verdade...

— É *bom* que seja verdade — disse Rachel. — Escrevi um relatório sobre este assunto para o presidente. O meu patrão estava furioso, porque a NASA queria anunciar publicamente este combustível como sendo um grande êxito, e Pickering queria que a Casa Branca forçasse a NASA a manter este progresso confidencial.

— Porquê?

— Não interessa para o caso — cortou Rachel, não querendo partilhar mais segredos do que os realmente necessários. A verdade era que o desejo de Pickering de manter este avanço confidencial tinha a ver com um crescente risco para a segurança nacional de que poucos tinham conhecimento: a alarmante expansão da tecnologia espacial da China. Os Chineses estavam na altura a desenvolver uma fatal plataforma de lançamento «para contratação», que tencionavam alugar a outras potências, na sua maioria inimigos dos Estados Unidos. As implicações que daí poderiam advir para a segurança nacional eram devastadoras. Felizmente, o NRO sabia que a China tencionava utilizar na sua plataforma um combustível de propulsão condenado ao fracasso, e Pickering não via motivo para lhes dar a dica do tão auspicioso propulsor criado pela NASA.

— Então — disse Tolland, pouco à vontade —, estás a dizer-nos que a NASA tem um sistema de propulsão sem resíduos que funciona a hidrogénio puro?

Rachel aquiesceu.

— Não sei de cor os valores, mas as temperaturas de exaustão destes motores são, ao que parece, várias vezes mais elevadas do que qualquer coisa até hoje utilizada. Isto tem obrigado a NASA a desenvolver todos os tipos de novos materiais. — Fez uma pausa. — Uma rocha grande, colocada por detrás de um destes motores, seria escaldada por uma explosão rica em hidrogénio, obtida a uma temperatura sem precedentes. Assim se poderia obter uma bela crosta de fusão.

— Ora, deixa-te disso! — disse Corky. — Estamos de volta ao cenário do meteorito falso?

Tolland parecia subitamente intrigado.

— Na verdade, é uma ideia a considerar. Seria mais ou menos como deixar uma rocha debaixo de um vaivém, na rampa de lançamento, durante a descolagem.

— Deus me ajude — murmurou Corky. — Estou a voar com idiotas.

— Corky — disse Tolland —, hipoteticamente falando, uma rocha sujeita aos escapes de um desses reactores exibiria uma queimadura com o mesmo tipo de características de uma rocha que tivesse caído através da atmosfera, não concordas? Teria as mesmas estrias direccionais e o refluxo do material fundido.

— Suponho que sim — resmungou Corky.

— E o combustível de hidrogénio de que Rachel falou não deixaria resíduos químicos. Apenas hidrogénio. Os níveis acrescidos de iões de hidrogénio encontrados nas marcas de fusão.

— Olhem — disse Corky, revirando os olhos —, se um destes motores ECE existe realmente e se é alimentado por uma mistura de neve semiderretida e hidrogénio, então julgo que aquilo de que estão a falar é possível. Mas a ideia é extremamente rebuscada.

— Porquê? — perguntou Tolland. — O processo parece bastante simples.

Rachel concordou.

— Tudo o que é preciso é uma rocha fossilizada com 190 milhões de anos. Depois, é colocá-la sob o reactor de um motor com este novo combustível e, finalmente, enterrá-la no gelo. Instantaneamente, temos um meteorito.

— Para um turista, talvez — contrapôs Corky —, mas não para um cientista da NASA! Ainda falta explicar a existência de côndrulos!

Rachel tentou recordar a explicação de Corky relativamente à formação dos côndrulos.

— Disseste que os côndrulos resultam do rápido aquecimento e arrefecimento no espaço, certo?

— Os côndrulos — disse Corky, com um suspiro — formam-se quando uma rocha, que está fria no espaço, sofre um repentino sobreaquecimento, derretendo parcialmente (algures perto dos 1550 graus Celsius). Depois, a rocha tem de voltar a arrefecer, muito rapidamente, o que faz com que as bolsas líquidas se transformem em côndrulos.

Tolland observou o amigo.

— E esse processo pode ser posto em prática aqui na Terra?

— Impossível — respondeu Corky. — Este planeta não tem a amplitude térmica necessária para provocar uma variação tão rápida. Trata-se de calor nuclear e de total ausência de espaço. Estes extremos, pura e simplesmente, não existem na Terra.

Rachel reflectiu um pouco.

— Pelo menos, não *naturalmente*.

Corky voltou-se para ela.

— E o que significa isso?

— Porque é que o aquecimento e o arrefecimento não poderiam ocorrer na Terra artificialmente? — Perguntou Rachel. — A rocha poderia ter sido exposta à explosão de um ECE e depois rapidamente arrefecida num congelador criogénico.

Corky olhava-a de olhos muito abertos.

— Côndrulos manufacturados?

— É uma ideia.

— Uma ideia ridícula — replicou Corky, exibindo a sua amostra do meteorito. — Parece que te esqueceste! Estes côndrulos datam irrefutavelmente de há 190 milhões de anos. — O seu tom era agora paternalista. — Tanto quanto sei, Sra. Sexton, há 190 milhões de anos, ninguém tinha construído motores de hidrogénio e congeladores criogénicos.

Com côndrulos ou não, pensava Tolland, *as provas acumulam-se*. Tolland mantivera-se em silêncio durante vários minutos, profundamente abalado pela mais recente revelação de Rachel acerca da crosta de fusão. A hipótese que ela colocara, apesar de extremamente arrojada, abrira todos os tipos de novas possibilidades e levara o pensamento de Tolland a tomar novas direcções. *Se a crosta de fusão é explicável... que outras hipóteses é que isso vem colocar?*

— Estás muito calado — disse Rachel, ao lado dele.

Tolland olhou-a. Por um instante, na luz ténue do avião, viu uma candura nos olhos de Rachel que lhe fez lembrar Celia. Afastando as recordações, suspirou, cansado.

— Oh, estava só a pensar...

— Em meteoritos? — disse Rachel, sorrindo.

— Em que mais poderia ser?

— Estavas a rever toda a informação, tentando perceber o que restava?

— Algo do género.

— Alguma ideia?

— Nem por isso. Preocupa-me ver quantos dados perderam o sentido depois de termos sabido que existe aquele canal de inserção sob o gelo.

— A constituição hierárquica de provas é um castelo de cartas — disse Rachel. — Pondo de parte o pressuposto de base, tudo se torna pouco firme. A *localização* do meteorito encontrado era o pressuposto de base.

Eu que o diga.

— Quando cheguei a Milne, o administrador disse-me que o meteorito fora encontrado no interior de uma matriz pura de gelo com trezentos anos de idade e que era mais denso do que qualquer outra rocha encontrada nesta área. Interpretei isto como uma prova lógica de que a rocha só poderia ter caído do espaço.

— Assim como todos nós.

— O conteúdo médio de níquel, apesar de persuasivo é, ao que parece, inconclusivo.

— O valor é *aproximado* — interveio Corky, sentado ali perto, aparentemente atento à conversa.

— Mas não exacto.

Corky assentiu, relutante.

— E — acrescentou Tolland — esta nunca antes vista espécie de insecto espacial, apesar de nos chocar pela sua estranheza, poderia, afinal, não passar de um crustáceo muito antigo de águas profundas.

Rachel anuiu.

— E agora a crosta de fusão...

— Odeio admiti-lo — disse Tolland, dirigindo-se a Corky —, mas começa a parecer-me que são mais as provas negativas do que as positivas.

— A ciência não é coisa de palpites — disse Corky. — Tem a ver com provas. Os côndrulos nesta rocha são, decididamente, meteóricos. Estou de acordo com vocês, quando dizem que aquilo que vimos é profundamente inquietante, mas não podemos ignorar estes côndrulos. As provas a favor são conclusivas, enquanto as provas contra são circunstanciais.

Rachel franziu o sobrolho.

— E então, onde é que isso nos leva?

— A lado nenhum — disse Corky. — Os côndrulos provam que estamos a lidar com um meteorito. Resta saber que motivo levou alguém a colocá-lo debaixo do gelo.

Tolland queria acreditar na lógica bem fundamentada do seu amigo, mas alguma coisa parecia não bater certo.

— Não pareces muito convicto, Mike — disse-lhe Corky.

Tolland suspirou, atordoado.

— Não sei bem. Dois em três não era mau, Corky. Mas agora passámos a ter um em três. Sinto que nos está a escapar alguma coisa.

CAPÍTULO NOVENTA

Fui apanhado, pensou Chris Harper, sentindo um arrepio ao imaginar uma cela numa prisão americana. *O senador Sexton sabe que eu menti a respeito do* software *do PODS*.

Enquanto conduzia Gabrielle Ashe para o gabinete e fechava a porta, o responsável pelo PODS sentia-se odiar cada vez mais o administrador da NASA. Naquela noite, Harper ficara a saber até onde iam as mentiras do administrador. Para além de ter obrigado Harper a mentir a respeito da correcção do *software*, Ekstrom parecia ter preparado uma aldrabice como segurança, para o caso de Harper se amedrontar e resolver abandonar a equipa.

Provas de fraude, pensava Harper. *Chantagem. Muito astuto.* Afinal, quem levaria a sério um vigarista que viesse desacreditar o momento mais glorioso da história espacial americana? Harper tivera já oportunidade de testemunhar até que ponto o administrador era capaz de ir para salvar a agência espacial. E agora, com o anúncio de um meteorito com fósseis, a parada subira a uma velocidade de foguetão.

Harper caminhou durante alguns segundos em redor da mesa ampla onde repousava um modelo à escala do satélite do PODS: um prisma cilíndrico com múltiplas antenas e lentes por detrás de espelhos de reflexo. Gabrielle sentou-se, com os seus olhos negros observando, aguardando. A náusea que o dominava lembrou a Harper como se sentira durante a infame conferência de imprensa. Dera um triste espectáculo, nessa noite, e toda a gente o questionara acerca disso. Mais uma vez, tivera de mentir e dizer que se sentia doente, que não estava em si. Os colegas e os jornalistas tinham encolhido os ombros perante a falta de brilho da sua apresentação, e rapidamente a tinham esquecido.

Agora, a mentira voltara para o assombrar.

A expressão de Gabrielle Ashe suavizou-se.

— Sr. Harper, tendo o administrador como inimigo, precisará certamente de um aliado. É possível que o senador Sexton seja o seu único amigo numa altura como esta. Comecemos pela mentira relativa ao *software* do PODS. Conte-me o que aconteceu.

Harper suspirou. Ele sabia que chegara o momento de contar a verdade. *Eu bem que devia ter contado a verdade logo de início!*

— O lançamento do PODS decorreu sem problemas — começou. — O satélite posicionou-se numa perfeita órbita polar, tal como previsto.

Gabrielle Ashe parecia aborrecida. Já conhecia essa parte da história.

— Continue.

— Depois, começaram as complicações. Quando nos preparávamos para começar a observar o gelo na busca de anomalias de densidade, o *software* de bordo destinado à detecção das mesmas falhou.

— Uh... huh.

As palavras de Harper ganhavam agora ritmo.

— Pensava-se que o *software* conseguiria examinar milhares de acres e encontrar zonas no gelo à margem da densidade normal. Em primeiro lugar, o *software* destinava-se a detectar zonas de gelo macio, indicando o aquecimento global, mas, se deparasse com outras incongruências em termos de densidade, estava também programado para as assinalar. O objectivo do PODS era examinar o Círculo Polar Árctico ao longo de várias semanas e identificar quaisquer anomalias que pudéssemos usar para medir o aquecimento global.

— Mas, sem o *software* a funcionar — interveio Gabrielle —, o PODS de nada servia. A NASA teria de examinar imagens do Árctico, centímetro a centímetro, à procura de zonas problemáticas.

Harper anuiu, revivendo o pesadelo do seu erro de programação.

— Isso levaria décadas. Era uma situação terrível. Por causa de um erro na minha programação, o PODS era, basicamente, inútil. Com a aproximação das eleições e o senador Sexton sempre tão crítico em relação à NASA... — suspirou.

— O seu erro foi extremamente prejudicial para a NASA e para o presidente.

— Não poderia ter acontecido em pior altura. O administrador ficou lívido. Prometi-lhe que corrigiria o *software* durante a próxima missão de vaivém... Era uma simples questão de trocar o *chip* que suportava o sistema do PODS. Mas era tarde de mais. Ele mandou-me para casa de licença, mas, na realidade, fui despedido. Isto aconteceu há um mês atrás.

— E, no entanto, há duas semanas atrás, estava na televisão a anunciar que tinha encontrado uma solução.

Harper estava cada vez mais deprimido.

— Um erro terrível. Foi no dia em que recebi um telefonema do administrador. Ele disse-me que surgira algo, uma possível forma de me redimir. Vim ao escritório imediatamente e encontrei-me com ele. Pediu-me que desse uma conferência de imprensa e dissesse a toda a gente que encontrara uma resolução para o *software* do PODS e que teríamos dados nos dias seguintes. Disse-me que me explicaria tudo mais tarde.

— E você concordou.

— Não, recusei! Mas, uma hora mais tarde, o administrador estava de volta ao meu gabinete... com a conselheira principal do presidente!

— O quê?! — Gabrielle nem podia acreditar. — Marjorie Tench?

Uma criatura horrível, pensou Harper, aquiescendo.

— Ela e o administrador mandaram-me sentar e disseram que o *meu* erro literalmente colocara o presidente à beira do total colapso. A Sra. Tench falou-me dos planos do senador para privatizar a NASA. Disse-me que eu estava em dívida para com o presidente e a agência espacial, e que devia emendar as coisas. Em seguida, disse-me como.

Gabrielle inclinou-se para a frente.

— Continue.

— Marjorie Tench informou-me de que a Casa Branca, por um feliz acaso, interceptara fortes indícios geológicos de que um enorme meteorito se encontrava enterrado na Plataforma do Gelo de Milne. Um dos maiores de sempre. Um meteorito com esse tamanho seria um achado de grande importância para a NASA.

Gabrielle estava estupefacta.

— Espere um momento, está a dizer que alguém já *sabia* que o meteorito ali se encontrava antes de o PODS o descobrir?

— Sim, o PODS nada teve a ver com a descoberta. O administrador sabia que o meteorito existia. Limitou-se a dar-me as coordenadas a disse-me que reposicionasse o PODS sobre a plataforma de gelo e que *fingisse* que o PODS fizera a descoberta.

— Só pode estar a brincar comigo.

— Essa foi a minha reacção quando me pediram que participasse no esquema. Recusaram-se a dizer-me como tinham descoberto que o meteorito ali se encontrava, mas a Sra. Tench insistia que isso não era importante e que eu estava a ter a oportunidade ideal para me redimir do fiasco do PODS. Se fizesse de conta que fora o satélite do PODS a detectar o meteorito, então a NASA poderia enaltecer o PODS, que seria então considerado um êxito, e o presidente ficaria bem visto antes das eleições.

Gabrielle estava boquiaberta.

— E, claro, você não podia afirmar que o PODS localizara um meteorito sem anunciar que o *software* de detecção de anomalias estava em pleno funcionamento.

Harper confirmou.

— Daí a mentira da conferência de imprensa. Fui forçado a fazê-lo. Tench e o administrador foram implacáveis. Recordaram-me que eu desiludira toda a gente; o presidente financiara o meu projecto do PODS, a NASA investira nele anos de trabalho e depois eu estragara tudo, com um grave erro de programação.

— E então concordou em colaborar.

— Não tive outra hipótese. Se não o fizesse, a minha carreira estava terminada. E a verdade é que, se eu não tivesse falhado com o *software*, o PODS *teria* encontrado o meteorito sozinho. Por isso, na altura, parecia uma mentira pouco importante. Racionalizei a questão convencendo-me de que o *software* seria corrigido dentro de alguns meses, aquando da missão do vaivém, e que o meu comunicado surgia apenas com uma ligeira antecipação.

Gabrielle deixou escapar um assobio.

— Uma pequena mentira para tirar partido de uma oportunidade meteórica.

Harper sentia-se doente só de falar no assunto.

— Por isso... fiz o que me pediam. Seguindo as ordens do administrador, dei uma conferência de imprensa anunciando que encontrara uma solução para a falha do *software*, esperei alguns dias e depois reposicionei o PODS de acordo com as coordenadas do meteorito que me deu o administrador. Depois, de acordo com a cadeia hierárquica, telefonei ao director do EOS reportando que o PODS localizara uma anomalia de elevada densidade na Plataforma do Gelo de Milne. Transmiti-lhe as coordenadas e disse-lhe que a anomalia parecia ser suficientemente densa para que se tratasse de um meteorito. Em grande entusiasmo, a NASA enviou uma pequena equipa ao Glaciar de Milne para retirar algumas amostras. Foi então que a operação se tornou muito secreta.

— Então, não fazia ideia de que o meteorito tinha *fósseis* até hoje à noite?

— Ninguém aqui fazia ideia. Estamos todos em choque. Agora, toda a gente me trata como um herói por ter encontrado provas de organismos vivos extraterrestres, e eu nem sei o que dizer.

Gabrielle ficou em silêncio por um longo instante, estudando Harper com os seus resolutos olhos negros.

— Mas se o PODS não localizou o meteorito no gelo, então como é que o administrador sabia que ele ali se encontrava?

— Alguém o encontrou primeiro.

— Alguém? Mas quem?

Harper suspirou.

— Um geólogo canadiano chamado Charles Brophy. Um investigador a trabalhar em Ellesmere Island. Tanto quanto sei, ele estava a fazer sondagens geológicas no gelo, na Plataforma de Milne, quando descobriu por acaso a presença daquilo que parecia ser um enorme meteorito no gelo. Enviou uma mensagem por rádio e a NASA interceptou, por acaso, a transmissão.

Gabrielle olhava-o fixamente.

— E esse canadiano não está furioso por a NASA ter ficado com os créditos da sua descoberta?

— Não — respondeu Harper. — Como convinha, o Dr. Brophy está morto.

CAPÍTULO NOVENTA E UM

Michael Tolland fechou os olhos, escutando o ruído do motor de jacto do G4. Resolvera não pensar mais no meteorito até regressarem a Washington. Segundo Corky, os côndrulos eram incontornáveis; a rocha da Plataforma de Gelo de Milne só podia ser um meteorito. Rachel esperara ter uma resposta conclusiva para William Pickering na altura em que aterrassem, mas o seu raciocínio chegara a um beco sem saída com a questão dos côndrulos.

Por muito suspeitos que fossem os dados relativos ao meteorito, este parecia ser autêntico.

Pois que assim fosse.

Rachel sentia-se obviamente atormentada pelo trauma sofrido no oceano. Tolland estava, no entanto, impressionado com a sua obstinação. Rachel tentava agora concentrar-se no problema que tinham em mãos, procurando encontrar uma forma de desmistificar ou autenticar o meteorito, e apurar quem tentara matá-los.

Durante a maior parte da viagem, Rachel estivera sentada ao lado de Tolland. Ele apreciara falar com ela, apesar das difíceis circunstâncias. Minutos antes, ela dirigira-se à casa de banho e agora Tolland dava consigo a sentir a falta dela ao seu lado. Perguntava-se quanto tempo tinha passado desde que sentira a falta de uma mulher ao seu lado... uma mulher que não fosse Celia.

— Sr. Tolland?

Tolland ergueu os olhos.

O piloto espreitava para dentro da cabina.

— Pediu-me que o avisasse quando estivéssemos no alcance de rádio do seu navio. Posso conseguir-lhe a ligação agora, se quiser.

— Obrigado. — Tolland atravessou o corredor.

Já no *cockpit*, Tolland ligou à sua tripulação. Queria que soubessem que ele apenas estaria de volta dentro de dois ou três dias. Não tinha, evidentemente, intenção de lhes contar os sarilhos em que se encontrava metido.

O telefone tocou duas vezes e Tolland ficou surpreendido quando o sistema de comunicações SHINCOM 2100 atendeu a chamada. A mensagem que ouviu não era o habitual cumprimento em tom profissional, mas a voz de um dos tripulantes de Tolland, o brincalhão a bordo.

«Olá a todos, olá a todos, daqui *Goya*», anunciava a voz. «Pedimos desculpa por não estar aqui ninguém de momento, mas fomos todos raptados por piolhos muito grandes! Na realidade, desembarcámos para celebrar a grande noite de Mike. Meu Deus, estamos mesmo orgulhosos! Deixe o nome e contacto, e talvez regressemos amanhã, quando estivermos sóbrios. *Ciao*! Vamos, ET!»

Tolland riu, já com saudades da sua tripulação. Evidentemente, tinham visto a conferência de imprensa. Estava satisfeito por saber que tinham ido a terra; abandonara-os bastante abruptamente, quando o presidente o chamara, e ficar a bordo, sem nada para fazer, era de dar em doido. Apesar de a mensagem dizer que todos estavam em terra, Tolland partia do princípio de que alguém teria certamente ficado para olhar pelo navio, sobretudo com as fortes correntes que se faziam sentir no local onde estavam fundeados.

Tolland digitou o código numérico para ouvir eventuais mensagens internas de *voice mail* que lhe pudessem ter deixado. Um bipe. Uma mensagem. A mesma voz ruidosa, do mesmo elemento da tripulação.

«Oi, Mike, um programa dos diabos! Se ouvires isto é porque estás provavelmente a consultar as tuas mensagens de alguma festa pretensiosa da Casa Branca e a tentar imaginar onde raio nos metemos. Desculpa termos abandonado o navio, parceiro, mas esta não era uma noite para comemorar a seco. Não te preocupes, ancorámos o *Goya* num óptimo sítio e deixámos a luz do alpendre acesa. Desejamos secretamente que ele seja pirateado para deixares que a NBC te compre aquele novo navio! Estou a brincar, pá! Não te preocupes, Xavia concordou em ficar a bordo a cuidar do forte. Disse que preferia ficar sozinha a festejar com vendedores de peixe bêbedos. Acreditas?»

Tolland riu, aliviado por saber que alguém ficara a olhar pelo navio. Xavia era responsável, decididamente pouco dada a festas. Uma respeitável geóloga marinha, Xavia era conhecida por dizer o que pensava com uma sinceridade cáustica.

«De qualquer forma, Mike», prosseguia a mensagem, «esta noite foi incrível. Faz-nos sentir orgulhosos de sermos cientistas, não é? Toda a gente comenta como isto fica bem à NASA. Que se lixe a NASA, digo eu! Fica-nos melhor ainda a *nós!* Esta noite, as audiências de *Amazing Seas* devem ter disparado. És uma estrela, pá. Uma estrela a sério. Parabéns. Excelente trabalho.»

Ouviram-se sussurros na linha e depois a voz voltou. «Ah, e por falar em Xavia, só para não ficares demasiado convencido, ela quer chatear-te com alguma coisa. Vou passar-ta.»

A voz cortante surgiu na linha.

«Mike, fala Xavia, és um Deus, *yada yada*. E como te adoro, aceitei fazer de *baby-sitter* e tomar conta desta tua carcaça pré-histórica. Para dizer a verdade, vai saber-me bem ficar longe destes vândalos a quem chamas cientistas. Ouve, para além de me deixarem a tomar conta do barco, a tripulação pediu-me que fizesse tudo ao meu alcance para impedir que te tornasses um filho da mãe presunçoso, coisa que, depois desta noite, acredito que seja difícil, mas tinha de ser eu a primeira a dizer-te que disseste uma asneira no teu documentário. Sim, ouviste-me bem. Um peido mental à Michael Tolland, o que é raro. Não te preocupes. Só há umas três pessoas na Terra capazes de dar por isso e todos eles são geólogos marinhos com retenção anal, gente sem sentido de humor. Parecidos comigo. Já sabes o que dizem de nós, geólogos: Andamos sempre à procura de *falhas!*» Xavia ria. «De qualquer modo, não é nada, apenas um minúsculo pormenor relativo à petrologia dos meteoritos. Só falo no assunto para te estragar a noite. És capaz de receber um ou dois telefonemas por causa disto, por isso achei melhor dar-te o toque, para não pareceres o atrasado que todos sabemos que realmente és.» Ria de novo. «Bem, não tenho grande paciência para festas, por isso fico a bordo. Não te incomodes a telefonar-me; tive de ligar o atendedor de chamadas porque os malditos repórteres não param de ligar. És uma verdadeira estrela esta noite, apesar de teres feito asneira. Logo te informo quando voltares. *Ciao.*»

A chamada caiu.

Michael Tolland franziu o sobrolho. *Um erro no meu documentário?*

Rachel Sexton estava na casa de banho do G4, olhando-se ao espelho. Estava pálida, pensou, e mais debilitada do que imaginara. O susto dessa noite deixara-a profundamente abatida. Perguntava-se quanto tempo demoraria a deixar de tremer, e quanto tempo até voltar a aproximar-se do mar. Tirando o seu boné do U. S. S. *Charlotte*, soltou o cabelo. *Melhor*, pensou, sentindo-se mais ela própria.

Olhando-se nos olhos, Rachel apercebeu-se de um tremendo cansaço, mas dentro de si sentia a determinação. Sabia que era o dom da sua mãe. *Ninguém te diz o que podes e o que não podes fazer*. Rachel perguntou-se se a sua mãe teria visto o que acontecera nessa noite. *Alguém tentou matar-me, mãe. Alguém tentou matar-nos a todos...*

Durante várias horas, Rachel tinha mentalmente percorrido a lista de nomes.

Lawrence Ekstrom... Marjorie Tench... Presidente Zach Herney... Todos eles tinham motivos. E, mais assustador ainda, todos eles tinham os meios necessários. *O presidente não está envolvido,* dizia Rachel para consigo, agarrando-se à esperança de que o presidente que ela respeitava tanto, muito mais do que ao seu próprio pai, fosse um inocente à margem de todo aquele misterioso incidente.

Ainda não sabemos nada.

Não sabemos quem... nem se... nem porquê.

Rachel gostaria de ter respostas para William Pickering, mas, até ao momento, conseguira apenas levantar mais perguntas.

Quando saiu da casa de banho, admirou-se ao ver que Michael Tolland não estava no seu lugar. Corky dormitava. Rachel olhava em volta quando Mike saiu do *cockpit*, ao mesmo tempo que o piloto desligava o radiofone. Tinha os olhos muito abertos, com uma expressão preocupada.

— Que se passa? — perguntou Rachel.

A voz de Tolland soava pesada, enquanto lhe falava da mensagem telefónica.

Um erro no documentário? Rachel achou que Tolland estava a exagerar.

— Provavelmente não é nada de importante. Ela não te disse especificamente qual era o erro?

— Tinha algo a ver com a petrologia do meteorito.

— A estrutura da rocha?

— Sim. Ela disse que as únicas pessoas que poderiam detectar a falha eram uns poucos geólogos. Mas parece que o erro que cometi, seja ele qual for, está relacionado com a composição do meteorito.

Rachel tomou fôlego rapidamente, compreendendo agora.

— Os côndrulos?

— Não sei, mas parece demasiada coincidência.

Rachel concordava. Os côndrulos eram o único indício categórico que restava para suportar a afirmação da NASA de que se tratava efectivamente de um meteorito.

Corky aproximou-se, esfregando os olhos.

— Que se passa?

Tolland colocou-o a par da novidade.

Corky pôs um ar carrancudo, abanando a cabeça.

— Não há problema nenhum com os côndrulos, Mike. De modo nenhum. Todos os dados que apresentaste vieram da parte da NASA. E da *minha* parte. Não havia erros.

— Que outro erro petrológico posso ter cometido?

— Sabe-se lá! Além disso, o que é que os geólogos marinhos sabem de côndrulos?

— Não faço ideia, mas ela parece muito segura do que diz.

— Tendo em conta as circunstâncias — disse Rachel —, penso que devemos falar com esta mulher antes de falarmos com o director Pickering.

Tolland encolheu os ombros.

— Liguei-lhe quatro vezes e a chamada foi sempre atendida pelo gravador. Ela deve estar no hidrolaboratório e não ouve nada. Na melhor das hipóteses, só ouvirá as minhas mensagens amanhã de manhã. — Tolland interrompeu-se. — Se bem que...

— Se bem que o quê?

Tolland olhava intensamente para Rachel.

— Achas realmente que é muito importante falar com Xavia antes de falarmos com o teu patrão?

— Se ela tiver alguma coisa a dizer sobre côndrulos, acho que é essencial. Mike — disse Rachel —, neste momento temos todo o tipo de dados contraditórios. William Pickering é um homem habituado a ter respostas claras. Quando nos encontrarmos com ele, gostaria de ter algo de palpável que lhe permitisse entrar em acção.

— Então, temos de fazer uma paragem.

Rachel percebeu onde ele queria chegar.

— No teu navio?

— Está ao largo da costa de New Jersey. Fica praticamente no nosso caminho para Washington. Podemos falar com Xavia, descobrir o que ela sabe. Corky ainda tem a amostra do meteorito consigo e, se Xavia quiser fazer alguns testes geológicos, o navio tem um laboratório bastante bem equipado. Acredito que não seria necessário mais do que uma hora para termos algumas respostas conclusivas.

Rachel sentiu a sua pulsação acelerar com a ansiedade. A ideia de ter de enfrentar o oceano passado tão pouco tempo deixava-a nervosa. *Respostas conclusivas*, disse para consigo, tentada pela possibilidade. *Decididamente, Pickering quererá respostas.*

CAPÍTULO NOVENTA E DOIS

Delta-Um estava satisfeito por voltar a pisar terra firme.

O avião *Aurora*, apesar de se ter deslocado a meio gás e de ter feito um percurso mais longo sobre o oceano, completara a sua viagem em menos de duas horas, o que dava à Força Delta um bom avanço para começar a posicionar-se e a preparar-se para o assassínio suplementar que o controlador solicitara.

Agora, numa pista militar privada fora de D. C., a Força Delta abandonava o *Aurora* e subia a bordo do seu novo meio de transporte: um helicóptero OH-58D *Kiowa Warrior*, que já os aguardava.

Mais uma vez, o controlador garantiu-nos o melhor, pensou Delta-Um.

O *Kiowa Warrior*, originalmente concebido como um helicóptero leve de observação, fora «expandido e aperfeiçoado» para criar a mais recente geração de helicópteros de ataque. O *Kiowa* tinha a capacidade de tratar imagens com infravermelhos, permitindo ao seu equipamento *laser*, capaz de definir o campo de acção, uma designação autónoma para armas de precisão guiadas a *laser*, como os mísseis Ar-Ar *Stinger* e o AGM-1148 *Hellfire Missile System*. Um processador digital de alta velocidade possibilitava simultaneamente a perseguição de múltiplos alvos, até um número total de seis. Poucos inimigos tinham conseguido ver um *Kiowa* de perto e sobrevivido para contar a história.

Delta-Um foi tomado por uma familiar sensação de poder enquanto se sentava no lugar do piloto e apertava o cinto. Tinha treinado naquele aparelho e tinha-o pilotado em operações secretas três vezes. Claro que nunca antes o seu alvo fora um proeminente oficial *americano*. O *Kiowa*, tinha de o admitir, era o aparelho perfeito para a missão. O seu motor *Rolls-Royce Allison* e hélices gémeas semi-rígidas permitiam um voo silencioso, o que, por outras palavras, queria dizer que os alvos no chão não ouviam o helicóptero antes de este estar directamente sobre eles.

E como o aparelho podia voar sem visibilidade e sem luzes, pintado de preto, sem números reflexivos na cauda, era, em termos práticos, invisível, se o alvo não tivesse radar.

Helicópteros negros silenciosos.

Os teóricos da conspiração andavam loucos por causa destes aparelhos. Alguns defendiam que a invasão dos helicópteros negros silenciosos eram prova das «forças de intervenção da Nova Ordem Mundial», sob a alçada das Nações Unidas. Outros afirmavam que os helicópteros eram silenciosas sondas extraterrestres. Outros ainda que viam os *Kiwoas* de noite numa formação apertada tinham a ilusão de estar a ver as luzes de navegação de um aparelho muito maior, um único disco voador aparentemente capaz de um voo vertical.

Todas as hipóteses erradas. Mas as Forças Armadas adoravam a diversão.

No decorrer de uma missão secreta recente, Delta-Um voara num *Kiwoa* com a mais secreta e nova tecnologia militar: uma engenhosa arma holográfica com a alcunha de S&M. Apesar da apetecível associação com «sadomasoquismo», as iniciais S&M referiam-se a *smoke and mirrors*[NT]: imagens holográficas projectadas no céu sobre território inimigo. O *Kiowa* recorrera a esta tecnologia para projectar hologramas de aparelhos aéreos americanos sobre uma bateria antiaérea. Os inimigos tinham disparado como loucos para o círculo de fantasmas. Uma vez esgotadas as suas munições, os Estados Unidos tinham enviado «a coisa verdadeira».

Enquanto a Força Delta descolava da pista, Delta-Um ouvia ainda as palavras do controlador. *Têm ainda outra missão.* Parecia extremamente simplista, tendo em conta a identidade do novo alvo. Delta-Um recordou-se, contudo, que não lhe competia questionar. Tinham dado uma ordem à sua unidade e iriam cumpri-la exactamente conforme as instruções, por muito chocante que fosse o método indicado.

Espero que o controlador tenha a certeza de que este é o passo certo.

O *Kiowa* descolou da pista e Delta-Um dirigiu-se para sudoeste. Vira o Memorial FDR duas vezes, mas nessa noite teria pela primeira vez uma perspectiva aérea.

[NT] Fumo e espelhos.

CAPÍTULO NOVENTA E TRÊS

— Este meteorito foi originalmente descoberto por um geólogo canadiano? — Gabrielle Ashe fixava, sem poder acreditar, o jovem programador, Chris Harper. — E esse canadiano está agora morto?

Harper anuiu, sombriamente.

— Há quanto tempo sabe disso? — perguntou ela.

— Há umas duas semanas. Depois de o administrador e Marjorie Tench me terem obrigado a perjurar na conferência de imprensa, sabiam que eu não poderia voltar atrás. Então, disseram-me a verdade a respeito do modo como o meteorito foi realmente descoberto.

O PODS não é responsável pela descoberta do meteorito! Gabrielle não fazia ideia de onde toda aquela informação iria levar, mas era, claramente, escandaloso. Más notícias para Tench, boas notícias para o senador.

— Como mencionei — disse Harper, com o semblante carregado —, a verdade é que o meteorito foi descoberto através de uma transmissão de rádio interceptada. Está familiarizada com um programa chamado INSPIRE? *Interactive NASA Space Physics Ionosphere Radio Experiment.*

Gabrielle ouvira falar dele, apenas vagamente.

— Essencialmente — disse Harper —, consiste numa série de receptores de rádio de frequência muito baixa, perto do Pólo Norte, que escutam os sons da Terra: emissões de ondas de plasma da aurora boreal, esse tipo de coisa.

— O.K.

— Há algumas semanas atrás, um dos receptores de rádio do INSPIRE apanhou uma transmissão de Ellesmere Island. Um geólogo canadiano pedia socorro recorrendo a uma frequência excepcionalmente baixa. — Harper fez uma pausa. — Com efeito, a frequência era *tão* baixa que só os receptores VLF da NASA poderiam tê-la ouvido.

Assumimos que o canadiano estava a tentar uma emissão de longo alcance.

— Desculpe?

— Difundir a uma frequência tão baixa quanto possível para atingir uma distância maior na transmissão. Lembre-se, ele estava no meio de lugar nenhum; era provável que uma transmissão numa frequência *standard* não chegasse suficientemente longe para ser ouvida.

— O que dizia a mensagem?

— A transmissão era curta. O canadiano dizia que estivera a fazer sondagens na Plataforma de Gelo de Milne, que detectara uma anomalia ultradensa enterrada no gelo, que suspeitava tratar-se de um meteorito gigante, e que, enquanto fazia as suas medições, fora apanhado por uma tempestade. Dava as suas coordenadas, pedia que o salvassem da tempestade e desligava. O posto de escuta da NASA enviou um avião de Thule para o salvar. Procuraram durante horas, até que o descobriram, a várias milhas do seu percurso, morto, no fundo de uma fenda do glaciar com o seu trenó e os seus cães. Ao que parecia, tentara escapar à tempestade, cegara, saíra do curso e caíra por uma fenda.

Gabrielle considerou a informação, intrigada.

— Então, de repente, a NASA tinha conhecimento da existência de um meteorito de que mais ninguém sabia?

— Exactamente. E, ironicamente, se o meu *software* estivesse a funcionar devidamente, o PODS teria localizado esse mesmo meteorito, uma semana antes de o canadiano o ter feito.

A coincidência levou Gabrielle a reflectir.

— Um meteorito enterrado durante trezentos anos quase foi descoberto *duas vezes* na mesma semana?

— Sim, é um pouco estranho, mas a ciência é por vezes assim. Não há fome que não dê em fartura. A questão é que o administrador sentiu que o meteorito *devia*, de qualquer forma, ter sido uma descoberta nossa... se eu tivesse feito o meu trabalho como deve ser. Ele disse-me que, uma vez que o canadiano estava morto, ninguém ficaria a saber se eu simplesmente redireccionasse o PODS para as coordenadas que o geólogo transmitira no seu SOS. Então, poderia fingir ter descoberto o meteorito em primeiro lugar e poderíamos recuperar algum respeito a partir de um embaraçoso fracasso.

— E foi isso que fez.

— Como disse, não tive escolha. Tinha sido eu a comprometer a missão. — Fez uma pausa. — Esta noite, contudo, quando vi a conferência de imprensa do presidente e fiquei a saber que o meteorito que eu fingi descobrir tinha *fósseis*...

— Ficou estupefacto.

— Nem podia acreditar!

— Acha que o administrador sabia que o meteorito continha fósseis antes de lhe ter pedido que fingisse ter sido o PODS a encontrá-lo?

— Não sei como poderia saber. O meteorito esteve debaixo de gelo e intocado até a primeira equipa da NASA lá chegar. O meu palpite é que a NASA não fazia ideia do que realmente tinha encontrado antes de ter sido enviada a equipa que retirou amostras e fez raios-X. Pediram-me que mentisse acerca do PODS pensando que tinham alcançado uma vitória moderada com um grande meteorito. Depois, quando lá chegaram, aperceberam-se da importância do achado.

Gabrielle mal podia respirar, na excitação em que se encontrava.

— Dr. Harper, está disposto a afirmar que a NASA e a Casa Branca o forçaram a mentir em relação ao *software* do PODS?

— Não sei. — Harper parecia assustado. — Não consigo imaginar que tipo de danos isso iria causar à agência... e a esta descoberta.

— Dr. Harper, ambos sabemos que este meteorito continua a ser uma descoberta *maravilhosa*, independentemente da forma como foi encontrado. A questão que se coloca é o facto de ter mentido ao povo americano. As pessoas têm o direito de saber que o PODS não é exactamente aquilo que a NASA diz ser.

— Não sei. Desprezo o administrador, mas os meus *colaboradores*... são boas pessoas.

— E têm o direito de saber que estão a ser enganados.

— E as provas de desfalque que têm contra mim?

— Pode esquecer esse assunto — disse Gabrielle, que quase esquecera a armadilha que utilizara. — Direi ao senador que não sabe nada de desvios de dinheiro. Que se trata de uma armadilha, uma garantia arranjada pelo administrador para o manter calado a respeito do PODS.

— O senador pode proteger-me?

— Inteiramente. Você não fez nada de errado. Limitou-se a seguir ordens. Além disso, com a informação que me deu acerca desse geólogo canadiano, acredito que o senador nem sequer precisará de levantar esta questão da fraude. Podemos centrar-nos totalmente na desinformação da NASA em relação ao PODS e ao meteorito. Se o senador revelar a informação sobre o canadiano, o administrador não poderá arriscar desacreditá-lo a si com mentiras.

Harper parecia ainda preocupado. Ficou silencioso, sombrio, enquanto ponderava as suas opções. Gabrielle concedeu-lhe alguns instantes. Ela apercebera-se já de que havia em toda aquela história uma outra coincidência perturbante. Não tencionava mencioná-la, mas via que o Dr. Harper precisava de um empurrão final.

— Tem cães, Dr. Harper?

Ele ergueu os olhos.

— Como?

— É que achei estranho... Disse-me que pouco depois de este geólogo canadiano ter enviado as coordenadas do meteorito, os cães que puxavam o trenó caíram por uma fenda do glaciar?

— Havia uma tempestade. Tinham saído do percurso.

Gabrielle encolheu os ombros, deixando que ele percebesse a sua hesitação.

— Está bem...

Harper sentiu claramente a hesitação dela.

— Aonde quer chegar?

— Não sei. Simplesmente, há muitas coincidências em redor desta descoberta. Um geólogo canadiano transmite as coordenadas do meteorito numa frequência que *só* a NASA pode ouvir... E depois os cães do trenó caem por um precipício abaixo? — Interrompeu-se. — Como obviamente compreenderá, a morte deste geólogo abriu caminho para todo este triunfo da NASA.

O rosto de Harper ficou subitamente pálido.

— Acredita que o administrador iria ao ponto de *matar* por causa deste meteorito?

Política a sério. Dinheiro a sério, pensou Gabrielle.

— Deixe-me falar com o senador; estaremos em contacto. Há aqui alguma saída pelas traseiras?

Gabrielle Ashe deixou um pálido Chris Harper e desceu a escada de emergência para uma rua deserta nas traseiras da NASA. Fez sinal a um táxi que acabara de trazer mais colaboradores da NASA prontos para festejar.

— West Brooke Place Luxury Apartments — disse ao condutor. Ela estava prestes a fazer de Sexton um homem muito mais feliz.

CAPÍTULO NOVENTA E QUATRO

Sem saber muito bem o que tinha concordado em fazer, Rachel encontrava-se junto à porta do *cockpit* do G4, puxando o cabo de um rádio transmissor para a cabina, de modo a fazer a sua ligação sem que o piloto ouvisse. Corky e Tolland observavam-na. Apesar de Rachel e o director do NRO terem planeado não comunicar por rádio até à chegada à Base da Força Aérea de Bolling, nos arredores de Washington, Rachel detinha agora informação que sabia que Pickering quereria ouvir imediatamente. Ligara para o seu telemóvel seguro, que ele nunca abandonava.

Quando William Pickering surgiu na linha, o seu tom era directo.

— Fale com cautela, por favor. Não posso garantir a segurança desta ligação.

Rachel compreendia. O telemóvel de Pickering, como a maioria dos telefones operacionais do NRO, tinha um indicador que detectava chamadas provenientes de linhas não seguras. Como Rachel falava através de um radiofone, um dos meios de comunicação menos seguros disponíveis, o telemóvel de Pickering avisara-o. Aquela conversa teria de ser vaga. Sem nomes, sem referências a locais.

— A minha voz é a minha identidade — disse Rachel, utilizando o cumprimento usual naquelas situações. Ela esperara que o director reagisse mal ao facto de ter arriscado contactá-lo, mas a reacção de Pickering parecia positiva.

— Sim, tencionava de qualquer forma entrar em contacto consigo. Precisamos de uma nova orientação. Receio que tenha uma comissão de boas-vindas.

Rachel sentiu-se estremecer. *Alguém está de olho em nós.* Podia detectar o perigo no tom de Pickering. *Uma nova orientação.* Ele ficaria satisfeito por saber que ela ligara para fazer esse mesmo pedido, embora por razões completamente distintas.

— A questão da autenticidade — disse Rachel. — Estivemos a discutir o assunto. Talvez tenhamos uma maneira de a confirmar ou negar categoricamente.

— Excelente. Houve desenvolvimentos e, pelo menos assim, eu teria uma base sólida para prosseguir.

— A confirmação requer que façamos uma pequena paragem. Um de nós tem acesso a um laboratório...

— Nada de localizações precisas, por favor. Para vossa própria segurança.

Rachel não tinha intenção de difundir os seus planos através daquela linha.

— Pode obter-nos autorização para aterrar em GAS-AC?

Pickering manteve-se em silêncio por um momento. Rachel sentiu que ele estava a tentar processar a palavra. GAS-AC era uma enigmática abreviatura para *Group Air Station Atlantic City* da Guarda Costeira. Rachel esperava que o director compreendesse.

— Sim — disse ele finalmente. — Posso conseguir isso. É o vosso destino final?

— Não. Precisamos de transporte de helicóptero à partir daí.

— Estará um aparelho à vossa espera.

— Obrigada.

— Recomendo que sejam extremamente cautelosos até sabermos mais. Não falem com ninguém. As vossas suspeitas despertaram uma grande preocupação entre altos cargos.

Tench, pensou Rachel, lamentando não ter conseguido falar directamente com o presidente.

— Encontro-me neste momento no meu carro, a caminho de um encontro com a mulher em questão. Ela pediu que nos encontrássemos em privado num local neutro. Deverá ser esclarecedor.

Pickering vai encontrar-se com Tench? O que quer que Tench tivesse a dizer-lhe deveria ser importante, uma vez que recusara falar por telefone.

— Não mencione as suas coordenadas finais a ninguém — disse Pickering. — E não volte a estabelecer ligação por rádio. Fui claro?

— Sim, senhor. Estaremos na GAS-AC dentro de uma hora.

— O transporte será providenciado. Quando chegarem ao destino final, poderá entrar em contacto através de canais mais seguros. — Fez uma pausa. — Não exagero se sublinhar a importância do secretismo para a suas segurança. Esta noite, fez inimigos poderosos. Tenha a devida cautela. — Pickering desligou.

Tendo terminado a ligação, Rachel sentiu-se tensa. Voltou-se para Tolland e Corky.

— Mudança de destino? — perguntou Tolland, ansioso por respostas.

Rachel aquiesceu, relutante.

— Vamos até ao *Goya.*

Corky suspirou, olhando a amostra do meteorito na mão.

— Ainda não acredito que a NASA pudesse... — calou-se, parecendo mais preocupado a cada minuto que passava.

Em breve saberemos, pensou Rachel.

Dirigiu-se ao *cockpit* e devolveu o rádio transmissor. Olhando pelo pára-brisas a planície de nuvens iluminadas pelo luar correndo debaixo deles, Rachel teve a sensação de que não iriam gostar daquilo que veriam a bordo do navio de Tolland.

CAPÍTULO NOVENTA E CINCO

Conduzindo o seu *sedan* ao longo de Leesburg Pike, William Pickering sentia uma solidão pouco habitual. Eram quase 2h00 da manhã e a estrada estava deserta. Há uns anos que não circulava tão tarde na rua.

A voz ríspida de Marjorie Tench ainda ecoava na sua mente. *Vá ter comigo ao Memorial FDR.*

Pickering tentou recordar-se da última vez que encontrara Tench pessoalmente, o que nunca era uma experiência agradável. Fora há cerca de dois meses, na Casa Branca. Tench estava sentada em frente de Pickering, numa comprida mesa de carvalho, em torno da qual se encontravam membros do Conselho de Segurança Nacional, as mais altas patentes das Forças Armadas, o director da CIA, o presidente Herney e o administrador da NASA.

— Meus senhores — dissera o director da CIA, olhando directamente para Marjorie Tench. — Mais uma vez, encontro-me diante de vós com o objectivo de apelar a esta administração para que faça frente à continuada crise de segurança da NASA.

A declaração não foi motivo de surpresa para nenhum dos presentes na sala. Os grandes problemas de segurança da NASA tinham-se tornado um assunto batido na comunidade da informação. Dois dias antes, mais de trezentas fotografias de satélite de alta resolução tinham sido roubadas da base de dados da NASA. As fotografias, que inadvertidamente revelavam uma base de treino militar americana confidencial, no Norte de África, tinham ido parar ao mercado negro, onde viriam a ser compradas por agências de informação hostis do Médio Oriente.

— Apesar das melhores intenções — disse o director da CIA com uma voz cansada —, a NASA continua a representar uma ameaça para a segurança nacional. Por outras palavras, a nossa agência espacial não está equipada com os meios de proteger a informação e as tecnologias que desenvolve.

— Tenho consciência — replicou o presidente —, de que houve indiscrições. Fugas de informação prejudiciais. E isso preocupa-me tremendamente. — Apontou, no outro lado da mesa, o rosto austero de Lawrence Ekstrom. — Estamos uma vez mais à procura de formas de apertar a segurança da NASA.

— Com o devido respeito — disse o director da CIA — quaisquer alterações no nível da segurança que a NASA venha a implementar serão ineficazes enquanto as operações da NASA ultrapassarem o âmbito dos Serviços de Informação dos Estados Unidos.

Esta afirmação provocou um murmúrio de desconforto entre os presentes. Todos sabiam o que estava em questão.

— Como sabem — prosseguiu o director da CIA, num tom agora mais acutilante —, todas as entidades governamentais que lidam com informação sensível se guiam por normas estritas de confidencialidade: Forças Armadas, CIA, NSA, NRO, todas elas obedecem a leis rigorosas no que se refere ao sigilo em que deve ser mantida a informação que obtêm e as tecnologias que desenvolvem. Pergunto-vos a todos, uma vez mais, por que razão a NASA, sendo neste momento a agência que produz a maior porção de tecnologia de ponta na área aeroespacial, de tratamento de imagem, voo, *software*, reconhecimento e telecomunicações utilizada pelas Forças Armadas e pelos Serviços de Informação, está fora deste âmbito de confidencialidade.

Herney suspirou pesadamente. A proposta era clara. *Reestruturar a NASA para se tornar parte integrante dos Serviços de Informação Militar dos Estados Unidos.* Apesar de, no passado, terem ocorrido reestruturações semelhantes noutras agências, o presidente recusava-se a aceitar a ideia de colocar a NASA sob a alçada do Pentágono, da CIA, do NRO ou de qualquer outra directiva militar. O Conselho de Segurança Nacional estava a começar a dividir-se relativamente a essa questão, começando muitos dos seus membros a tomar o partido dos Serviços de Informação.

Lawrence Ekstrom nunca tinha um ar satisfeito nestas reuniões, e a que decorria nesse dia não era excepção. Lançou um olhar acrimonioso ao director da CIA.

— Correndo o risco de me repetir, doutor, as tecnologias desenvolvidas pela NASA destinam-se a fins académicos, não militares. Se os seus Serviços de Informação tencionam virar um dos nossos telescópios espaciais para ver a China, essa é uma opção vossa.

O director da CIA estava a ferver.

Pickering encontrou o seu olhar e interveio.

— Larry — disse, tendo o cuidado de manter um tom neutro —, todos os anos, a NASA ajoelha-se aos pés do Congresso e implora dinheiro. Está a dirigir operações com baixo financiamento e paga o preço em missões falhadas. Se incorporarmos a NASA nos Serviços de Informação, a sua agência deixará de se ver obrigada a pedir ajuda ao Congresso. Seria financiada por um orçamento paralelo[NT], a um nível bem mais significativo. Ambos os lados ficariam a ganhar. A NASA teria o dinheiro de que precisa para ser gerida adequadamente e os Serviços de Informação poderiam descansar, sabendo que as tecnologias da NASA estavam protegidas.

Ekstrom abanou a cabeça.

— Por uma questão de princípio, não posso sancionar a incorporação da NASA. A nossa agência lida com ciência espacial; nada temos a ver com a segurança nacional.

O director da CIA pôs-se de pé, algo nunca antes visto estando o presidente sentado. Ninguém o impediu. Encarou o administrador da NASA.

— Está a dizer-me que pensa que a ciência não tem *nada* a ver com a segurança nacional? Larry, são sinónimos, por amor de Deus! É apenas a vanguarda científica e tecnológica deste país que nos mantém seguros e, quer queiramos quer não, a NASA tem vindo a desempenhar um papel cada vez mais importante no desenvolvimento destas tecnologias. Infelizmente, a sua agência tem fugas de informação cada vez mais frequentes e já nos mostrou vezes sem conta até que ponto é problemática em termos de segurança!

O silêncio pairou sobre a sala.

Nesse momento, o administrador da NASA levantou-se da sua cadeira e fixou os olhos no seu atacante.

[NT] No original, *black budget.* Orçamento secreto, definido pelo Departamento de Defesa e aprovado pelo Congresso, destinado a financiar organizações como a CIA, operações secretas e programas de armamento.

— Nesse caso, sugere que fechemos os vinte mil cientistas da NASA em laboratórios militares onde mal se pode respirar e que os obriguemos a ficar por lá, trabalhando para si? Acredita mesmo que os novos telescópios espaciais da NASA teriam sido concebidos se não fosse pelo desejo *pessoal* dos nossos cientistas de ver mais longe no espaço? A NASA consegue avanços surpreendentes por uma única razão: os nossos funcionários querem conhecer o cosmos em maior profundidade. Trata-se de uma comunidade de sonhadores que cresceram a olhar os céus estrelados e a perguntar-se o que haveria lá em cima. A inovação da NASA deve-se à paixão e à curiosidade, e não à promessa de superioridade militar.

Pickering clareou a garganta, falando suavemente, tentando acalmar o ambiente à volta da mesa.

— Larry, estou certo de que o director não pretenderia recrutar cientistas da NASA para construir satélites militares. A missão da NASA não se alteraria. A NASA continuaria a fazer o que sempre fez; as únicas diferenças seriam os fundos acrescidos e um maior nível de segurança.

Pickering voltou-se então para o presidente.

— A segurança é cara. Toda a gente nesta sala tem consciência de que as fugas de informação da NASA se devem ao deficiente financiamento. A NASA tem de se bastar a si própria, fazer cortes ao nível das medidas de segurança, desenvolver projectos em parceria com outras nações, de forma a dividir os custos. Proponho que a NASA continue a ser a entidade científica, não-militar e fascinante que é, mas com um orçamento maior e com alguma discrição.

Vários membros do Conselho de Segurança anuíram.

O presidente Herney pôs-se de pé devagar, olhando directamente para William Pickering. Era claro que estava pouco satisfeito com o modo como este último assumira o controlo.

— Bill, deixe-me colocar-lhe uma pergunta: a NASA espera ir a Marte durante a próxima década. O que é que os Serviços de Informação pensam em relação a gastar uma considerável parte do orçamento paralelo a preparar uma missão a Marte? Missão essa que não traz benefícios imediatos à segurança nacional?

— A NASA poderá fazer como lhe aprouver.

— Tretas — replicou Herney, sem rodeios.

Todos ergueram os olhos. O presidente Herney raramente falava naquele tom.

— Se há uma coisa que aprendi enquanto presidente — declarou Herney — foi que quem controla o dinheiro controla a direcção. Recuso-me a pôr os cordões da bolsa da NASA nas mãos daqueles que não partilham dos objectivos em nome dos quais a agência foi fundada. É difícil imaginar quanto se avançaria em matéria de pura ciência se fossem os militares a decidir quais as missões da NASA que seriam viáveis.

Os olhos de Herney perscrutaram a sala. Lenta e propositadamente, o seu olhar duro recaiu sobre William Pickering.

— Bill — suspirou Herney —, o seu desagrado relativamente ao facto de a NASA desenvolver projectos em parceria com agências espaciais estrangeiras revela uma perspectiva lamentavelmente limitada. Pelo menos *alguém* está a trabalhar com os Chineses e os Russos de uma forma construtiva. Não será possível atingir a paz na Terra através da força militar, mas através daqueles que cooperam entre si *apesar* das divergências dos seus governos. Se quer saber a minha opinião, as missões em parceria da NASA fazem mais para promover a segurança nacional do que um qualquer satélite-espião no valor de milhões de dólares e tornam o futuro muito mais auspicioso.

Pickering sentia a raiva tomar conta de si. *Como se atreve um político a falar-me de cima desta maneira?!* O idealismo de Herney ficava bem numa sala de reuniões, mas, no mundo real, fazia com que morressem pessoas.

— Bill — interrompeu Marjorie Tench, como que pressentindo que Pickering estava prestes a explodir —, sabemos que perdeu uma filha. Sabemos que, para si, este é um assunto pessoal.

Pickering só conseguia ouvir o tom condescendente.

— Mas, por favor, lembre-se — continuou Tench —, de que a Casa Branca está neste momento a combater uma vaga de investidores que pretendem ver o espaço aberto ao sector privado. Para dizer a verdade, penso que a NASA tem sido extremamente útil aos Serviços de Informação. Talvez devessem estar agradecidos.

Uma guia sonora na auto-estrada fez a mente de Pickering regressar ao presente. Ao aproximar-se da sua saída para D. C., passou por um veado ensanguentado, morto, na berma da estrada. Sentiu uma estranha hesitação... mas seguiu em frente.

Tinha um encontro marcado.

CAPÍTULO NOVENTA E SEIS

O Memorial Franklin Delano Roosevelt é um dos maiores do país. Com um parque, quedas de água, estátuas, recantos e lagos, o memorial divide-se em quatro galerias exteriores, cada uma delas relativa a um mandato de Roosevelt.

A cerca de quilómetro e meio do memorial, um solitário *Kiowa Warrior* surgiu, bem alto, sobre a cidade, com as luzes reduzidas. Numa cidade com tantos VIPs e equipas de comunicação social como Washington, helicópteros no céu eram tão comuns como pássaros migratórios. Delta-Um sabia que, desde que se mantivesse bem afastado da chamada «cúpula» — uma bolha de espaço aéreo protegido em redor da Casa Branca —, não deveria atrair as atenções. Não tencionavam demorar-se.

O *Kiowa* encontrava-se a pouco mais de seiscentos metros quando abrandou perto do sombrio Memorial FDR, embora não estivesse a voar exactamente por cima. Delta-Um deixou o helicóptero pairar, verificando a sua posição. Olhou para a sua esquerda, onde Delta-Dois se encarregava do sistema telescópico de visão nocturna. A imagem esverdeada mostrava uma entrada para o memorial destinada a automóveis. A área estava deserta.

Agora, ficariam à espera.

Não iria ser uma morte silenciosa. Havia algumas pessoas que, simplesmente, não podiam ser mortas silenciosamente. Fosse qual fosse o método, haveria repercussões. Investigações. Inquéritos. Nestes casos, o melhor era mesmo fazer bastante ruído. Explosões, incêndios e fumo davam a ideia de que se queria afirmar algo, e o pensamento das pessoas virar-se-ia para o terrorismo estrangeiro. Especialmente quando o alvo era um oficial de alta patente.

Delta-Um observou a transmissão de visão nocturna do memorial envolvido em árvores. O parque de estacionamento e o caminho de entrada estavam livres. *Dentro de pouco tempo*, pensou ele. O lugar escolhido para este encontro privado, embora dentro de uma área urbana, era fortuitamente deserto àquela hora. Delta-Um desviou o olhar do monitor para os controlos das armas.

O sistema *Hellfire* seria, naquela noite, a arma escolhida. Sendo um míssil antitanque guiado a *laser*, este sistema permitia atingir o alvo instantaneamente. A trajectória do projéctil podia ser traçada através de um *laser* projectado do terreno, de outros aparelhos aéreos ou do próprio aparelho de lançamento. Nessa noite, o míssil seria guiado automaticamente através de um multi-sensor *Mast Mounted Sight*. Uma vez tendo o dispositivo do *Kiowa* assinalado o alvo com um raio de *laser*, o míssil *Hellfire* definiria a sua própria trajectória. Como podia ser disparado tanto do ar como do chão, o seu emprego nessa noite não implicaria necessariamente o envolvimento de um aparelho aéreo. Além disso, o *Hellfire* era uma munição bastante popular entre os traficantes de armas do mercado negro, pelo que as culpas recairiam certamente sobre a actividade terrorista.

— *Sedan* — disse Delta-Dois.

Delta-Um olhou para o monitor de transmissão. Um *sedan* de luxo, não identificado, aproximava-se pela estrada de acesso exactamente à hora prevista. Tratava-se do veículo geralmente utilizado pelas mais importantes agências governamentais. O condutor reduziu os faróis ao entrar no memorial. O automóvel circulou várias vezes e depois estacionou perto de um aglomerado de árvores. Delta-Um observou o monitor, enquanto o seu parceiro focou o telescópio de visão nocturna na janela do lado do condutor. Um instante depois, o rosto da pessoa tornou-se visível.

Delta-Um respirou fundo.

— Alvo confirmado — disse o outro.

Delta-Um olhou para o monitor onde se desenhava o mortífero crucifixo e sentiu-se como um *sniper* apontando à realeza. *Alvo confirmado.*

Delta-Dois virou-se para o compartimento dos aviónicos no lado esquerdo e activou o *laser*. Apontou e, seiscentos metros mais abaixo, um pequeno ponto de luz surgiu no tejadilho do *sedan*, invisível para o seu ocupante.

— Alvo assinalado — disse.

Delta-Um respirou fundo. Disparou.

Produziu-se um silvo agudo debaixo da fuselagem, depois um fino carreiro de luz foi traçado na direcção da terra. Um segundo mais tarde, o carro no parque de estacionamento explodiu numa ofuscante erupção de chamas. Fragmentos torcidos de metal voaram em todas as direcções. Pneus em chamas rolaram por entre o arvoredo.

— Missão cumprida — disse Delta-Um, acelerando já para afastar o helicóptero da área. — Ligar ao controlador.

A menos de três quilómetros de distância, o presidente Zach Herney preparava-se para se deitar. As janelas *Lexan* à prova de balas da «residência» tinham dois centímetros e meio de espessura. Herney não ouviu a explosão.

CAPÍTULO NOVENTA E SETE

A Group Air Station de Atlantic City da Guarda Costeira situa-se numa zona segura do William J. Hughes Federal Aviation Technical Center no Aeroporto Internacional de Atlantic City. A área de responsabilidade do grupo inclui o litoral atlântico desde Asbury Park até Cape May.

Rachel Sexton acordou sobressaltada quando os pneus do avião guincharam sobre a pista isolada, situada entre dois enormes armazéns. Surpreendida ao ver quc adormecera, Rachel olhou, estremunhada, para o seu relógio.

2h13 da madrugada. Sentia-se como se tivesse dormido durante dias.

Fora delicadamente aconchegada com um cobertor de bordo, e Michael Tolland estava nesse preciso momento a acordar ao lado dela, sorrindo-lhe com uma expressão cansada.

Corky apareceu a cambalear junto deles e franziu o sobrolho ao vê-los.

— Merda, ainda aqui estão? Acordei a pensar que aquilo tudo ontem à noite tinha sido só um pesadelo.

Rachel sabia exactamente como ele se sentia. *Vou novamente para junto do mar.*

O avião imobilizou-se, e Rachel e os outros saíram para uma pista deserta. A noite estava nublada, mas o ar da zona costeira parecia-lhes pesado e quente. Comparativamente a Ellesmere, New Jersey parecia os trópicos.

— Aqui! — chamou uma voz. — Rachel e os outros voltaram-se e viram um dos helicópteros clássicos da Guarda Costeira, um *Dolphin HH-65* cor de carmesim, esperando ali perto. Sobre o fundo branco brilhante da risca na cauda do helicóptero, um piloto fardado acenava-lhes.

Tolland dirigiu-se a Rachel, impressionado.

— Dá para ver que o teu patrão sabe como conseguir o que quer.

Nem fazes ideia, pensou ela.

— Já? — perguntou Corky. — Nem uma paragem para jantar?

O piloto deu-lhes as boas-vindas e ajudou-os a instalarem-se a bordo. Sem nunca lhes perguntar os nomes, fez alguma conversa de circunstância e falou em medidas de segurança. Ao que parecia, Pickering deixara claro à Guarda Costeira que este voo não era uma missão que devesse tornar-se do conhecimento geral. Contudo, apesar da discrição de Pickering, Rachel compreendeu que as suas identidades apenas permaneceram em segredo durante alguns segundos; o piloto não conseguiu disfarçar a sua surpresa ao ver que se tratava da celebridade televisiva Michael Tolland.

Ao apertar o cinto, junto de Tolland, Rachel começava já a sentir-se tensa. O motor *Aerospatiale* produziu um som estridente ao começar a funcionar e os rotores de doze metros do *Dolphin* esbateram-se numa mancha de prata. O gemido tornou-se num ronco e o helicóptero abandonou a pista, trepando o céu nocturno.

O piloto virou-se para eles.

— Fui informado de que me diriam o vosso destino quando levantássemos voo.

Tolland deu ao piloto as coordenadas de uma localização ao largo da costa, cerca de trinta milhas a sudeste da sua actual posição.

O navio dele está a doze milhas da costa, pensou Rachel, sentindo um arrepio percorrê-la.

O piloto inseriu as coordenadas no seu sistema de navegação. Depois estabilizou e acelerou os motores. O helicóptero apontou o nariz para a frente e virou para sudeste.

Enquanto as sombrias dunas da costa de New Jersey deslizavam sob o aparelho, Rachel desviou o olhar da imensidão negra do oceano, que se estendia lá em baixo. Apesar da inquietação que lhe causava o facto de estar de novo sobre água, tentou reconfortar-se pensando que estava acompanhada de um homem que fizera do oceano um amigo de toda a vida. O corpo de Tolland comprimia-se contra o dela na apertada fuselagem, as ancas e os ombros de ambos tocando-se. Nenhum deles tentou mudar de posição.

— Eu sei que não devia dizer isto — lançou o piloto subitamente, como que prestes a rebentar de entusiasmo —, mas é obviamente

Michael Tolland e, devo dizer, estivemos a vê-lo na televisão toda a noite! O *meteorito!* É absolutamente incrível! Deve estar fascinado!

Tolland anuiu pacientemente.

— Nem tenho palavras.

— O documentário foi fantástico! Sabe, os diferentes canais têm estado a passá-lo vezes sem conta. Nenhum dos pilotos de serviço esta noite queria ficar com esta tarefa, porque toda a gente queria continuar a ver televisão, mas tirámos à sorte e calhou-me a mim! Dá para acreditar! Calhou-me a mim! E aqui estou eu! Se os rapazes fizessem ideia de que eu estava a voar com o próprio...

— Agradecemos a boleia — interrompeu Rachel — e precisamos que guarde a nossa presença aqui só para si. Não é suposto ninguém saber que aqui estamos.

— Com certeza, minha senhora. As minhas ordens foram muito claras. — O piloto hesitou e, depois, a sua expressão alegrou-se. — Escutem, por acaso, não estamos agora a dirigir-nos para o *Goya*, pois não?

— Estamos, sim — confirmou Tolland, relutante.

— Raios me partam! — exclamou o piloto. — Peço desculpa... Mas vi-o no seu programa. O de duplo casco, certo? Um brinquedo de aspecto estranho. Nunca antes estive num modelo SWATH[NT]. Nunca poderia sonhar que o *seu* seria o primeiro!

Rachel deixou de prestar atenção à conversa do homem, sentindo uma crescente ansiedade por estar prestes a regressar ao mar.

Tolland voltou-se para ela.

— Estás bem? Podias ter ficado em terra. Eu disse-te.

Devia ter ficado em terra, pensou Rachel, sabendo bem que o seu orgulho nunca lho teria permitido.

— Obrigada, estou bem.

— Eu tomo conta de ti — disse ele, com um sorriso.

— Obrigada. — Rachel admirou-se ao ver como o calor da voz dele a fazia sentir-se mais segura.

— Já viste o *Goya* na televisão, certo?

Rachel anuiu.

— É um... um navio de aspecto *interessante.*

[NT] Small Waterplane Area Twin Hull.

— Sim — concordou Tolland, rindo —, era um protótipo extremamente progressista no seu tempo, mas o *design* nunca pegou.

— Não consigo imaginar porquê — brincou Rachel, recordando o estranho perfil da embarcação.

— Agora, a NBC está a pressionar-me para usar um novo navio. Algo mais... brilhante, mais *sexy*. Daqui a uma estação ou duas, vão fazer com que eu me separe dele.

A ideia parecia deixar Tolland melancólico.

— Não gostavas de ter um navio novinho em folha?

— Não sei... há muitas recordações a bordo do *Goya*.

Rachel sorriu suavemente.

— Bem, como dizia a minha mãe, mais cedo ou mais tarde, todos temos de deixar para trás o passado.

Os olhos dele prenderam-se aos dela durante um longo momento.

— Sim, eu sei.

CAPÍTULO NOVENTA E OITO

— Merda — disse o condutor do táxi, olhando por cima do ombro para Gabrielle. — Parece que houve um acidente ali à frente. Durante um bom bocado, não vamos a lado nenhum.

Gabrielle espreitou pela janela e viu as luzes giratórias dos veículos de emergência rompendo a noite. Diversos agentes da polícia estavam na estrada à sua frente, condicionando o trânsito em redor do Mall.

— Deve ser um acidente bem sério — disse o condutor, apontando as chamas perto do Memorial FDR.

Gabrielle franziu o sobrolho. *E tinha de ser agora.* Precisava de chegar até junto do senador Sexton com a nova informação acerca do PODS e do geólogo canadiano. Perguntava-se se as mentiras da NASA relativamente à forma como tinha sido encontrado o meteorito constituiriam um escândalo suficiente para reanimar a campanha do senador. *Talvez não para a maioria do políticos*, pensou ela, mas tratava-se neste caso de Sedgewick Sexton, um homem que construíra a sua campanha sabendo chamar a atenção para as falhas dos outros.

Gabrielle nem sempre se orgulhava do talento do senador para conferir um ar eticamente discutível aos azares políticos dos outros, mas era um truque eficaz. Dada a forma como Sexton dominava a arte da intriga e da indignação, provavelmente seria capaz de tornar a mentira inconsequente da NASA uma questão fundamental, de honra, capaz de atingir toda a agência espacial... e, por associação, o presidente.

Do lado de fora da janela, as chamas no Memorial FDR pareciam estar ainda crescer. Algumas das árvores em redor tinham-se incendiado e os veículos dos bombeiros estavam agora a deitá-las abaixo. O condutor ligou o rádio e começou a procurar uma estação.

Suspirando, Rachel fechou os olhos e sentiu que a exaustão se abatia sobre ela, em ondas, umas atrás das outras. Quando viera para

Washington, sonhava trabalhar no meio político para sempre, talvez mesmo, um dia, na Casa Branca. Naquele momento, contudo, sentia que já tinha política que chegasse para o resto da vida: o duelo com Marjorie Tench, as escandalosas fotografias dela e do senador, todas as mentiras da NASA...

Na rádio, um locutor dizia algo a respeito da explosão de uma bomba num automóvel, possivelmente um ataque terrorista.

Tenho de sair desta cidade, pensou Gabrielle, pela primeira vez desde que chegara à capital.

CAPÍTULO NOVENTA E NOVE

O controlador raramente sentia o cansaço, mas aquele dia ultrapassara todas as marcas. Nada acontecera como fora previsto... A trágica descoberta do canal de inserção debaixo do gelo, a dificuldade em manter a informação secreta e, desde então, a crescente lista de vítimas.

Não era suposto morrer ninguém... para além do canadiano.

Parecia-lhe irónico que a parte tecnicamente mais complicada do plano acabara por se revelar a menos problemática. A inserção, completada meses antes, decorrera às mil maravilhas. Assim que a «anomalia» estivesse a postos, restava esperar que o satélite do PODS fosse colocado em órbita. Supostamente, o PODS observaria enormes secções de gelo do Círculo Polar Árctico e, mais cedo ou mais tarde, o *software* de detecção de anomalias a bordo detectaria o meteorito, tornando a NASA responsável por uma descoberta de extrema importância.

Mas o maldito *software* não funcionara.

Quando o controlador soubera que o *software* falhara e não poderia ser corrigido antes das eleições, todo o plano se encontrava em risco. Sem o PODS, o meteorito não seria encontrado. O controlador tivera de alertar sub-repticiamente alguém da NASA para a existência do meteorito. A solução implicara orquestrar uma transmissão por rádio de um geólogo canadiano nas proximidades do local da inserção. Por razões óbvias, o geólogo tinha de ser imediatamente morto e a sua morte tinha de parecer acidental. Lançar um geólogo inocente de um helicóptero fora o primeiro passo. Desde então, tudo se precipitara.

Wailee Ming. Norah Mangor. Ambos mortos.

O ousado assassínio que tivera lugar no Memorial FDR.

E em breve se somariam à lista Rachel Sexton, Michael Tolland e o Dr. Marlinson.

Não existe outra forma, pensou o controlador, combatendo um crescente remorso. *Demasiadas coisas estão em jogo.*

CAPÍTULO CEM

O *Dolphin* da Guarda Costeira estava ainda a duas milhas das coordenadas onde se encontrava o *Goya* e voava a cerca de três mil pés quando Tolland gritou ao piloto:

— Tem visão nocturna nesta coisa?

O piloto aquiesceu.

— Sou uma unidade de salvamento.

Tolland não esperava menos. *NightSight* era o sistema térmico de imagens marítimo da *Raytheon*, capaz de localizar no escuro sobreviventes de um naufrágio. O calor denunciado pela cabeça de um nadador apareceria como um ponto vermelho num oceano de negro.

— Ligue-o — pediu Tolland.

O piloto parecia confuso.

— Porquê? Está à procura de alguém?

— Não. Quero apenas que todos vejam uma coisa.

— Não vamos ver nada no sistema térmico voando a esta altitude, a não ser que haja um derramamento de petróleo a arder.

— Mas ligue-o, por favor — disse Tolland.

O piloto olhou-o de forma estranha e depois ajustou alguns mostradores, comandando as lentes térmicas na parte de baixo do helicóptero para vigiar uma extensão de três milhas de oceano à frente deles. Um monitor de LCD iluminou-se no painel. A imagem focou-se.

— Raios me partam! — O helicóptero foi momentaneamente sacudido, enquanto o piloto recuava e depois se recompunha, de olhos esbugalhados postos no monitor.

Rachel e Corky inclinaram-se para a frente, observando a imagem com igual surpresa. O fundo negro do oceano estava iluminado por uma enorme espiral ondulante de um vermelho pulsante.

Rachel voltou-se para Tolland, tremendo.

— Parece um ciclone.

— E é. Um ciclone de correntes quentes, com cerca de meia milha de extensão.

O piloto da Guarda Costeira fez uma sorriso trocista, maravilhado.

— É dos grandes. Vemo-los de vez em quando, mas ainda não tinha ouvido falar deste.

— Veio à superfície na semana passada — disse Tolland. — Provavelmente durará apenas mais alguns dias.

— O que é que provoca isto? — perguntou Rachel, compreensivelmente perplexa devido ao enorme vórtice de água rodopiando no meio do oceano.

— Magma — explicou o piloto.

Rachel voltou-se para Tolland, com uma expressão receosa.

— Um vulcão?

— Não — disse Tolland. — A Costa Leste, tipicamente, não tem vulcões activos, mas ocasionalmente temos bolsas isoladas de magma que sobem debaixo do leito marinho, dando origem a zonas quentes. Estas zonas causam um gradiente de temperatura inverso: água quente no fundo e água mais fria à superfície. Como resultado, temos estas correntes gigantes em espiral. Chamam-se fluidos hidrotermais. Giram nas águas durante cerca de duas semanas e depois dissipam-se.

O piloto observou a espiral que pulsava no seu monitor LCD.

— Esta parece estar ainda a crescer. — Fez uma pausa, verificando as coordenadas do navio de Tolland e depois olhou por cima do ombro, surpreendido. — Sr. Tolland, parece que está fundeado bem no meio da espiral.

— As correntes são um pouco mais lentas quando vistas de perto — explicou Tolland. — Dezoito nós. É como fundear num rio rápido. O nosso ferro tem tido um bom exercício esta semana.

— Valha-me Deus! — exclamou o piloto. — Uma corrente de dezoito nós? Não caiam à água! — disse, rindo.

Rachel não tinha vontade de rir.

— Mike, não mencionaste esta situação de fluidos hidrotermais, bolhas de magma, correntes quentes...

— É perfeitamente seguro, confia em mim — disse ele, pousando uma mão tranquilizadora sobre o joelho dela.

Rachel tinha as sobrancelhas franzidas.

— Então, este documentário que estavas a filmar aqui tinha a ver com este fenómeno do magma?

— Fluidos hidrotermais e *Sphyrna mokarran.*

— É verdade. Já tinhas falado nisso.

— As *Sphyrna mokarran* adoram água quente e, neste momento, todas elas, numa extensão de cem milhas, se congregaram neste círculo com uma milha de raio de mar quente.

— Bonito — disse Rachel, pouco à vontade. — E, já agora, o que é essa *Sphyrna mokarran*?

— O peixe mais feio do mar.

— A solha?

— O grande tubarão-martelo — respondeu Tolland, rindo.

Junto dele, Rachel ficou petrificada.

— Tens *tubarões* à volta do teu navio?

Tolland piscou-lhe o olho.

— Relaxa, não são perigosos.

— Se dizes isso é porque são mesmo perigosos.

— Acho que tens razão — disse ele, rindo. Depois chamou o piloto, em tom de brincadeira. — Ei, quando foi a última vez que salvaram alguém de um ataque de tubarão-martelo?

O piloto encolheu os ombros.

— Sei lá. Acho que não salvamos ninguém há décadas.

Tolland voltou-se para Rachel.

— Estás a ver? *Décadas*. Não há razão para preocupações.

— Ainda no mês passado — acrescentou o piloto —, tivemos um ataque em que um idiota qualquer de um mergulhador estava a usar isco...

— Calma aí! — exclamou Rachel — Disse que não tinham salvo ninguém em *décadas!*

— Exacto — replicou o piloto. — Não *salvámos* ninguém. Normalmente, chegamos tarde de mais. Aqueles filhos da mãe matam num piscar de olhos.

CAPÍTULO CENTO E UM

Visto do ar, o contorno tremeluzente do *Goya* sobressaía no horizonte. A meia milha de distância, Tolland conseguia distinguir as luzes brilhantes do convés que Xavia, um dos membros da sua tripulação, sensatamente deixara acesas. Ao ver as luzes, Tolland sentiu-se como um viajante cansado ao regressar a casa.

— Não tinhas dito que só estava uma pessoa a bordo? — perguntou Rachel, admirada de ver todas as luzes acesas.

— Quando estás sozinha em casa não deixas uma luz acesa?

— Uma luz acesa. Não a casa inteira.

Tolland sorriu. Apesar das tentativas de Rachel de parecer alegre, o cientista percebia que ela estava extremamente apreensiva por se encontrar ali. Tinha vontade de pôr um braço sobre os ombros dela e de a tranquilizar, mas sabia que não havia nada que pudesse dizer.

— As luzes estão acesas por uma questão de segurança. Faz com que o navio pareça activo.

— Têm medo de piratas, Mike? — perguntou Corky, rindo.

— Não. O maior perigo que encontramos por aqui são os idiotas que não sabem ler radar. A melhor forma de evitarmos ser atingidos é certificarmo-nos de que toda a gente nos consegue ver.

Corky espreitou, lá em baixo, o navio brilhante.

— *Conseguir* ver-vos? Parece um cruzeiro da *Carnival* na noite de fim de ano. Bem se vê que é a NBC que te paga a electricidade.

O helicóptero da Guarda Costeira abrandou, contornou o grande navio iluminado e o piloto começou a manobrá-lo da direcção da plataforma no convés da popa. Mesmo do ar, Tolland conseguia aperceber-se da corrente furiosa pressionando os estabilizadores do navio. Fundeado com a âncora de proa, o *Goya* estava voltado para a corrente, puxando a sua maciça âncora como um animal acorrentado.

— É realmente uma beleza — disse o piloto, rindo.

Tolland sabia que o comentário era sarcástico. O *Goya* era feio. «Feio como um traseiro», de acordo com um comentador televisivo. Um dos apenas dezassete navios SWATH alguma vez construídos, o *Goya* era tudo menos atractivo.

O navio era, essencialmente, uma maciça plataforma horizontal que flutuava nove metros acima da água sobre quatro grandes suportes afixados a flutuadores. À distância, assemelhava-se a uma plataforma petrolífera baixa. Visto de perto, parecia um convés de mercadorias sobre muletas. As camaratas da tripulação, os laboratórios e a ponte de comando encontravam-se dispostas em diferentes níveis no topo, dando a dura impressão de uma enorme mesa de café flutuante, suportando uma amálgama de edifícios desnivelados.

Apesar da sua aparência pouco aerodinâmica, o *design* do *Goya* gozava de bastante menos área de contacto com a água, o que lhe conferia uma maior estabilidade. A plataforma suspensa facilitava as filmagens, o trabalho de laboratório e poupava enjoos aos cientistas. Apesar da pressão da NBC para que Tolland aceitasse que lhe comprassem algo mais recente, Tolland recusara. Era certo que havia agora melhores navios, e até mais estáveis, mas fazia quase uma década que o *Goya* era a sua casa — o navio onde ele lutara para sobreviver depois da morte de Celia. Em algumas noites, podia ainda ouvir a voz dela no vento, sobre o convés. Se ou quando os fantasmas desaparecessem, Tolland consideraria a hipótese de adquirir outro navio.

Mas não para já.

Quando o helicóptero finalmente pousou sobre o convés da popa do *Goya*, Rachel Sexton sentiu-se apenas parcialmente aliviada. A boa notícia era que já não estava a sobrevoar o oceano. A má notícia é que se encontrava agora sobre ele. Enquanto subia ao convés para olhar em volta, tentava impedir as pernas de fraquejarem. O convés era surpreendentemente apertado, sobretudo com o helicóptero na sua plataforma. Movendo os olhos na direcção da proa, Rachel observou a estrutura desengraçada e atafulhada que representava a maior parte do navio.

Tolland manteve-se junto dela.

— Eu sei — disse-lhe, falando alto sobre o ruído da forte corrente. — Parece maior na televisão.

— E mais estável — acrescentou Rachel.

— Este é um dos navios mais seguros que andam no mar. Garanto. — Pôs uma mão sobre o ombro dela e guiou-a até ao outro lado do convés.

O calor da mão dele fez mais para acalmar os nervos de Rachel do que qualquer coisa que ele pudesse ter dito. No entanto, ao olhar para a parte de trás do navio, viu o sulco da inquietante corrente, atrás deles, como se o navio se encontrasse em pleno andamento. *Estamos sobre fluidos hidrotermais*, pensou ela.

No centro da secção mais distante do convés da popa, Rachel viu um submergível *Triton* para uma pessoa, suspenso de um guincho. O *Triton*, com o nome do deus grego do mar, não se parecia em nada com o seu antecessor, revestido de aço *Alvin*. O *Triton* tinha uma cúpula de acrílico semi-esférica na parte da frente, o que o tornava mais parecido com um aquário gigante do que com um submergível. Submergir dezenas de metros no oceano, sem nada entre a sua cara e a água a não ser uma fina superfície de acrílico era das coisas mais aterrorizantes em que Rachel conseguia pensar. Claro que, segundo Tolland, a única coisa desagradável relativamente a navegar no *Triton* era o procedimento inicial: descer lentamente preso no gancho através da porta em alçapão no convés do *Goya*, suspenso como um pêndulo nove metros acima da água.

— Xavia está provavelmente no hidrolaboratório — disse Tolland, atravessando o convés. — Por aqui.

Rachel e Corky seguiram Tolland ao longo do convés da popa. O piloto da Guarda Costeira permanecia no seu helicóptero, com instruções precisas para não usar o rádio.

— Espreita aqui — disse Tolland, detendo-se junto à amurada.

Hesitante, Rachel aproximou-se. Estavam bem alto. A água encontrava-se a uns bons nove metros abaixo deles e, ainda assim, Rachel podia sentir o calor que emanava da água.

— É mais ou menos a temperatura a que tomamos um banho quente — disse Tolland, sobrepondo a sua voz ao som da corrente. Dirigiu-se ao painel de interruptores que se encontrava na amura.

— Olha para isto. — Ligou o interruptor.

Um amplo arco de luz estendeu-se sobre a água atrás do navio, como se fosse uma piscina iluminada. Rachel e Corky soltaram uma exclamação em uníssono.

A água em redor do navio estava povoada com dezenas de sombras fantasmagóricas. Pairando pouco abaixo da superfície iluminada, exércitos de formas esguias e negras nadavam em paralelo, contra a corrente, com os seus inconfundíveis crânios em forma de martelo, sacudindo-se para trás e para a frente, como que batendo ao som de um ritmo pré-histórico.

— Valha-me Deus, Mike — gaguejou Corky —, estamos muito felizes por teres partilhado isto connosco.

Rachel sentia o seu corpo completamente hirto. Queria recuar da amura, mas não conseguia mover-se. Estava petrificada com aquela vista aterrorizante.

— Incríveis, não são? — disse Tolland. A sua mão reconfortante estava novamente sobre o ombro dela. — Perseguem as zonas quentes na água durante semanas. Estes tipos têm os melhores narizes que há no mar: lobos olfactivos muito desenvolvidos. Conseguem cheirar sangue a uma milha de distância.

Corky parecia céptico.

— Lobos olfactivos?

— Não acreditam em mim? — Tolland começou a vasculhar dentro de uma pequena cabina de alumínio, adjacente ao local onde se encontravam. Um instante depois, retirou de lá um pequeno peixe morto. — Perfeito. — Pegou numa faca e fez diversos cortes no peixe mole. O sangue começou a escorrer.

— Mike, por amor de Deus— disse Corky —, isso é nojento.

Tolland lançou o peixe ensanguentado borda fora e este caiu os nove metros. No momento em que atingiu a água, seis ou sete tubarões surgiram, lançando-se numa disputa feroz, os seus dentes prateados rangendo em redor do peixe, que desapareceu instantaneamente.

Aterrada, Rachel voltou-se e fixou Tolland, que estava já a pegar num outro peixe. Da mesma espécie e do mesmo tamanho.

— Desta vez, nada de sangue — declarou Tolland. — Sem cortar o peixe, lançou-o à água. O peixe embateu contra a superfície, mas nada aconteceu. Os tubarões-martelos pareceram não reparar. O isco foi arrastado pela corrente, sem despertar qualquer interesse.

— Eles atacam *apenas* baseados no cheiro — disse Tolland, levando-os a afastarem-se da amura. — Na verdade, podíamos nadar aqui em total segurança, desde que não tivéssemos quaisquer feridas abertas.

Corky apontou os pontos que tinha na cara.

— Exacto. Tu não podes ir nadar — disse-lhe Tolland.

CAPÍTULO CENTO E DOIS

O táxi de Gabrielle Ashe não saía do mesmo sítio.

Sentada numa barreira de trânsito, perto do Memorial FDR, Gabrielle observava os veículos de emergência à distância. Parecia-lhe que um surrealista tecto de nevoeiro se abatera sobre a cidade. Na rádio, as notícias diziam que no automóvel que explodira estaria possivelmente um oficial de alto nível do governo.

Pegou no telemóvel e ligou ao senador. Ele estaria certamente a perguntar-se qual a razão de tanta demora.

A linha estava ocupada.

Gabrielle olhou para o taxímetro e franziu o sobrolho. Alguns dos automóveis ali parados começavam já a dar a volta para procurar caminhos alternativos.

O condutor olhou-a por cima do ombro.

— Quer esperar? A senhora é que paga.

Gabrielle via agora outros veículos governamentais a chegarem.

— Não. Vamos por outra estrada.

O condutor grunhiu afirmativamente e deu início a uma desajeitada manobra de inversão de marcha. Enquanto o táxi trepava um passeio, Gabrielle tentou novamente ligar ao senador.

Ainda impedido.

Vários minutos mais tarde, depois de ter dado uma volta considerável, o táxi subia a C Street. Gabrielle viu o Philip A. Hart Office Building aproximar-se. Tencionara ir directamente para o apartamento do senador, mas estando tão perto do seu escritório...

— Encoste aí — ordenou ao taxista. — Aqui mesmo. Obrigada. — Apontou.

O táxi parou.

Gabrielle pagou o montante indicado no taxímetro e acrescentou dez dólares.

— Importa-se de esperar dez minutos? — pediu.

O homem olhou para o dinheiro e depois para o seu relógio.

— Nem um minuto a mais.

Gabrielle saiu apressadamente. *Estarei cá fora em cinco.*

Os corredores de mármore desertos do gabinete senatorial tinham, àquela hora, um aspecto sepulcral. Gabrielle sentia os músculos tensos, avançando por entre duas filas de austeras estátuas alinhadas na entrada do terceiro piso. Os seus olhos de pedra pareciam segui-la como sentinelas silenciosas.

Ao chegar à porta principal da *suite* de cinco salas que constituía o escritório de Sexton, Gabrielle utilizou o seu cartão magnético para entrar. No *hall* estava acesa uma luz de presença. Atravessando o vestíbulo, Gabrielle dirigiu-se para o seu gabinete. Entrou, acendeu as luzes fluorescentes e avançou imediatamente para os seus arquivos. Tinha um ficheiro completo sobre o financiamento do EOS da NASA, inclusivamente sobre o PODS. Assim que ela lhe falasse de Harper, Sexton quereria certamente todos os dados que estivessem ao seu alcance sobre esse assunto.

A NASA mentiu em relação ao PODS.

Enquanto percorria com os dedos os ficheiros, o telemóvel tocou. Atendeu.

— Senador?

— Não, Gabs. É Yolanda. — A voz da amiga soava algo estranha. — Ainda estás na NASA?

— Não, estou no escritório.

— Conseguiste saber alguma coisa em relação à NASA?

Nem calculas. Gabrielle sabia que não podia contar nada a Yolanda antes de falar com o senador; ele teria certamente ideias muito concretas relativamente à melhor forma de lidar com a informação.

— Conto-te depois de falar com o senador. Vou agora para casa dele.

Yolanda fez uma pausa.

— Gabs, aquilo que me disseste a respeito do financiamento da campanha de Sexton e da SFF...?

— Já te disse que estava enganada e...

— Acabei de saber que dois dos nossos repórteres que cobrem a indústria aeroespacial têm estado a trabalhar nessa mesma história.

— Que queres dizer com isso? — Gabrielle estava surpreendida.

— Não sei ao certo. Mas estes tipos são bons naquilo que fazem e parecem bastante convencidos de que Sexton recebe subornos da SFF. Achei que devia avisar-te. Bem sei que esta tarde te disse que era uma ideia disparatada. Marjorie Tench parecia-me uma fonte duvidosa, mas estes nossos tipos... Não sei, talvez seja melhor falares com eles antes de ires ter com o senador.

— Se eles estão assim tão convencidos, porque é que não publicaram a história? — Gabrielle pareceu mais defensiva do que teria gostado.

— Não têm provas sólidas. Ao que parece, o senador é bastante cuidadoso e não deixa pontas soltas.

Como a maioria dos políticos.

— Não há nada para saber, Yolanda. Já te disse, o senador admitiu que recebe donativos da SFF, mas estas contribuições situam-se todas abaixo do limite permitido.

— Eu sei que foi isso que ele te *disse*, Gabs, e não tenho a pretensão de saber o que é verdade ou mentira em tudo isto. Só me senti na obrigação de te telefonar porque fui eu a dizer-te que não confiasses em Marjorie Tench e agora descubro outras pessoas, *para além de* Marjorie Tench que acreditam que o senador está a receber subornos. É só isso.

— Quem são esses repórteres? — Gabrielle dava-se agora conta de uma inesperada raiva que a fazia ferver.

— Nada de nomes. Posso arranjar um encontro. Eles são espertos. Conhecem as leis de financiamento de campanhas... — Yolanda hesitou. — Sabes, estes tipos acreditam inclusivamente que Sexton tem falta de dinheiro... que talvez até esteja falido.

No silêncio do escritório, Gabrielle podia ouvir as acusações cruas de Marjorie Tench ecoando. *Depois da morte de Katherine, o senador esbanjou a maior parte da sua herança em maus investimentos, artigos pessoais de luxo e na compra daquilo que parece ter sido a sua vitória nas primárias. De tal modo que, há seis meses atrás, o seu candidato estava falido.*

— Os nossos homens adorariam falar contigo — disse Yolanda.

Aposto que sim, pensou Gabrielle.

— Já te ligo de volta.

— Pareces lixada.

— Nunca contigo, Yolanda. Nunca contigo. Obrigada.

Gabrielle desligou.

O segurança, que estava a passar pelas brasas numa cadeira à porta do apartamento de Westbrooke de Sexton, acordou sobressaltado com o som do seu telemóvel. Dando um salto na cadeira, esfregou os olhos e retirou o telefone do bolso do *blazer*.

— Sim?

— Owen, fala Gabrielle.

O guarda-costas de Sexton reconheceu a voz dela.

— Ah, sim. Olá.

— Preciso de falar com o senador. Importa-se de bater à sua porta? Ele tem a linha ocupada.

— Já é um bocado tarde.

— Tenho a certeza de que ele está acordado. — Gabrielle parecia ansiosa. — Trata-se de uma emergência.

— *Outra* emergência?

— A mesma. Por favor, chame-o ao telefone, Owen. Preciso de lhe fazer uma pergunta.

O guarda suspirou, pondo-se de pé.

— Está bem, está bem. Vou bater. — Espreguiçou-se e encaminhou-se para a porta de Sexton. — Mas só o faço porque ele ficou satisfeito de eu hoje a ter deixado entrar. — Relutante, ergueu o punho para bater.

— O que foi que disse? — perguntou Gabrielle.

O punho do guarda deteve-se a meio do seu trajecto.

— Disse que o senador ficou contente por eu a ter deixado entrar, hoje, ao princípio da noite. Tinha razão. Não houve problema nenhum.

— Você e o senador *falaram* acerca disso? — Gabrielle estava surpreendida.

— Sim. Porquê?

— Por nada, só não pensei...

— Para dizer a verdade, foi um pouco estranho. O senador precisou de alguns segundos para se recordar de que a senhora aqui tinha estado. Acho que os rapazes já tinham bebido uns copos.

— Quando é que vocês dois falaram?

— Mesmo depois de sair daqui. Passa-se alguma coisa?

Um silêncio momentâneo.

— Não... não. Não é nada. Ouça, pensando melhor, não vamos incomodar o senador agora. Vou continuar a tentar o telefone dele e, se não conseguir mesmo, volto a ligar para si.

— Como queira, Sra. Ashe — disse o guarda, revirando os olhos.

— Obrigado, Owen. Desculpe tê-lo incomodado.

— Tudo bem. — Desligou, afundou-se novamente na sua cadeira e adormeceu.

Sozinha no escritório, Gabrielle manteve-se imóvel durante alguns segundos, antes de desligar o telefone. *Sexton sabe que estive dentro do seu apartamento e não me falou nisso?*

A estranheza etérea daquela noite tornava-se cada vez mais sinistra. Gabrielle recordou o telefonema que recebera do senador quando estava ainda na ABC. O senador espantara-a com a admissão espontânea de que se encontrava com dirigentes de empresas aeroespaciais e aceitava dinheiro. A sua honestidade levara-a a ficar de novo ao lado dele. Chegara mesmo a envergonhá-la. Mas aquela confissão parecia agora muito menos nobre.

Pouco dinheiro, dissera Sexton. *Perfeitamente legal.*

De repente, todas as vagas suspeitas que Gabrielle tivera em relação ao senador pareciam voltar à superfície de uma só vez.

Lá fora, o táxi buzinava.

CAPÍTULO CENTO E TRÊS

A ponte do *Goya* era um cubo plexiglás situado dois níveis acima do convés principal. Daí, Rachel tinha uma vista de 360 graus do mar negro em redor, uma visão enervante que ela se permitiu ler apenas uma vez, antes de propositadamente a ignorar, concentrando a sua atenção no assunto que ali os levara.

Tolland e Corky tinham ido chamar Xavia, e Rachel preparava-se para contactar Pickering. Prometera ao director telefonar-lhe quando tivessem chegado, e estava ansiosa por saber como correra o encontro dele com Marjorie Tench.

O sistema de comunicações digital SHINCOM 2100 do *Goya* consistia numa plataforma com a qual Rachel estava bastante familiarizada. Ela sabia que, desde que fosse uma conversa breve, a comunicação seria segura.

Marcou o número privado de Pickering e esperou, com o auscultador SHINCOM 2100 encostado ao ouvido. Esperava que Pickering atendesse ao primeiro toque, mas a linha continuava a dar sinal de chamada.

Seis toques. Sete. Oito...

Rachel olhava o oceano nocturno, e o aborrecimento de não conseguir estabelecer contacto com o director nada fazia para aligeirar o desconforto que sentia por estar ali.

Nove toques. Dez toques. *Atenda!*

Caminhava de um lado para o outro, esperando. Que se passaria? Pickering trazia o seu telemóvel sempre consigo e dissera expressamente a Rachel que o contactasse.

Ao fim de quinze toques, ela desligou.

Com uma crescente apreensão, pegou no auscultador SHINCOM e marcou novamente o número.

Quatro toques. Cinco toques.

Onde estará ele?

Finalmente, a ligação estabeleceu-se com um clique. Rachel sentiu uma onda de alívio que, no entanto, foi de pouca dura. Não estava ninguém em linha. Apenas silêncio.

— Está sim? — insistiu. — Director?

Três cliques rápidos.

— Está lá?

Uma erupção de estática electrónica rasgou a linha, explodindo no ouvido de Rachel. Afastou o auscultador da cabeça, aflita. A estática parou abruptamente. Agora, Rachel podia ouvir uma série de tons que oscilavam rapidamente, pulsando a intervalos de meio segundo. A confusão de Rachel deu rapidamente lugar à constatação. E depois, ao medo.

— Merda!

Voltando rapidamente para a ponte, Rachel colocou imediatamente o auscultador na sua base, terminando a ligação. Durante alguns momentos sentiu-se aterrorizada, perguntando-se se teria desligado a tempo.

A meio navio, dois conveses mais abaixo, o hidrolaboratório do *Goya* era um amplo espaço de trabalho segmentado por compridos balcões, com mesas de trabalho cheias de equipamento electrónico, inclusivamente sondas de fundo e odómetros; havia também lavatórios, bancas com exaustores, um frigorífico para espécimes *walk in*, PCs e uma pilha de caixas para documentos relacionados com a investigação e material electrónico extra para manter tudo em funcionamento.

Quando Tolland e Corky entraram, a geóloga de bordo do *Goya*, Xavia, estava reclinada em frente de um ecrã de televisão iluminado, e nem sequer se voltou para trás.

— Então, já deram cabo do dinheiro para a cerveja?

— Xavia — disse Tolland —, sou eu, Mike.

A geóloga virou-se imediatamente, engolindo parte da sanduíche pré-embalada que estava a comer.

— Mike? — gaguejou, claramente espantada de o ver. Levantou-se, baixou o volume da televisão e aproximou-se, ainda a mastigar. — Pensei que alguns dos rapazes estivessem de volta dos bares... Que estás a fazer aqui? — Xavia era de constituição forte e morena, com uma voz acutilante e um ar seguro. Apontou para a televisão, que transmitia repetidamente excertos do documentário de Tolland filmado no terreno. — Está visto que não te demoraste na plataforma de gelo...

Surgiu algo inesperado, pensou Tolland.

— Xavia, certamente reconheces Corky Marlinson.

— É uma honra, Dr. Marlinson.

Corky tinha os olhos postos na sanduíche na mão dela.

— Isso tem mesmo bom aspecto.

Xavia olhou-o com um ar estranho.

— Recebi a tua mensagem — disse Tolland a Xavia. — Disseste que eu tinha cometido um erro na minha apresentação. Quero que me fales disso.

A geóloga olhou-o incrédula e soltou uma gargalhada divertida.

— É *por isso* que voltaste? Oh, Mike, por amor de Deus. Eu disse-te que não era nada. Estava só a meter-me contigo. A NASA, obviamente, forneceu-te dados antigos. Não é nada de importante. A sério, só três ou quatro geólogos marinhos no mundo é que poderão ter reparado no equívoco!

Tolland susteve a respiração.

— Esse equívoco não terá, por acaso, alguma coisa a ver com os côndrulos?

Xavia ficou pálida com o choque.

— Nem posso acreditar! Já algum desses geólogos te telefonou?

Tolland ficou petrificado. *Os côndrulos*. Olhou para Corky e depois, novamente, para a geóloga.

— Xavia, preciso de saber tudo o que me possas dizer acerca destes côndrulos. Onde é que me enganei?

Xavia olhou-o fixamente, apercebendo-se agora de que o assunto era realmente sério.

— Mike, não é nada de importante. Li um pequeno artigo numa revista da especialidade, há algum tempo atrás. Mas não entendo por que estás tão preocupado.

Tolland suspirou.

— Xavia, por estranho que isto possa parecer, quanto menos souberes esta noite, melhor. Peço-te apenas que me contes tudo o que sabes acerca de côndrulos, e depois precisamos que analises uma amostra de rocha.

Xavia parecia curiosa com todo aquele mistério e vagamente incomodada por estarem a deixá-la de fora da história.

— Tudo bem. Deixa-me ir-te buscar o tal artigo. Está no escritório. — Pousou a sanduíche e encaminhou-se para a porta.

Corky chamou-a.

— Posso acabar de comer aquilo?

Xavia hesitou, sem querer acreditar.

— Quer *acabar* a minha sanduíche?

— Bem, estava a pensar que...

— Ora, vá fazer uma sanduíche para si. — Xavia saiu.

Tolland riu, apontando através do laboratório para o frigorífico de espécimes.

— Última prateleira, Corky. Entre a sambuca e os sacos de isco.

Lá fora, no convés, Rachel descia a escada íngreme da ponte e encaminhava-se para a plataforma do helicóptero. O piloto da Guarda Costeira estava a dormitar, mas endireitou-se assim que Rachel bateu ao de leve no *cockpit*.

— Já estão despachados? — perguntou. — Foram bem rápidos.

Rachel abanou a cabeça, enervada.

— Pode passar o radar de superfície e o radar aéreo?

— Claro, num raio de dez milhas.

— Ligue-o, por favor.

Com um ar confuso, o piloto fez algumas ligações e o radar iluminou-se. A linha de varrimento descreveu círculos preguiçosos.

— Vê alguma coisa?

O piloto deixou o ponteiro efectuar várias rotações completas. Ajustou alguns comandos e observou a imagem. Nada.

— Temos algumas embarcações pequenas na periferia, mas todas estão a afastar-se de nós. Estamos livres. Milhas e milhas de mar aberto em todas as direcções.

Rachel suspirou, embora não se sentisse particularmente aliviada.

— Faça-me um favor. Se vir alguma coisa aproximar-se... embarcações, aparelhos aéreos, seja o que for, avise-me imediatamente.

— Claro. Está tudo bem?

— Sim. Só gostava de saber, caso tivéssemos companhia.

O piloto encolheu os ombros.

— Estarei atento ao radar, minha senhora. Alguma coisa que surja, será a primeira a saber.

Rachel dirigiu-se para o hidrolaboratório, com os nervos à flor da pele. Quando entrou, Corky e Tolland estavam diante de um monitor de computador, mastigando sanduíches.

Corky chamou-a, de boca cheia.

— O que é que vai ser? Frango com sabor a peixe, bolonhesa com sabor a peixe, ou salada de ovo com sabor a peixe?

Rachel mal o ouviu.

— Mike, quanto tempo é preciso para conseguirmos a informação e sair do navio?

CAPÍTULO CENTO E QUATRO

Tolland caminhava de um lado para o outro no hidrolaboratório, esperando com Rachel e Corky o regresso de Xavia. As notícias acerca dos côndrulos eram quase tão desconcertantes como as notícias que Rachel trazia a respeito da sua tentativa de estabelecer contacto com Pickering.

O director não atendeu.

E alguém tentou detectar a localização do Goya *por frente de onda.*

— Vamos ter calma — disse Tolland aos outros. — Estamos a salvo. O piloto da Guarda Costeira está atento ao radar. Se alguém se dirigir para aqui, ele terá tempo mais que suficiente para nos avisar.

Rachel concordou, apesar de se mostrar nervosa.

— Mike, que raio de coisa é *esta*? — perguntou Corky, apontando o monitor *Sparc* de um computador que exibia uma imagem horrível e psicadélica, a qual pulsava e se agitava como se estivesse viva.

— *Doppler* acústico para medição de correntes — esclareceu Tolland. — Trata-se de uma imagem transversal das correntes e dos gradientes de temperatura do oceano, abaixo do navio.

Rachel fixou os olhos no monitor.

— Estamos fundeados *em cima* daquilo?

Tolland tinha de reconhecer que a imagem era assustadora.

À superfície, a água surgia como uma faixa ondulante de um azul-esverdeado, mas, à medida que se descia, as cores transformavam-se em tons vermelhos e alaranjados, acompanhando a subida de temperatura. Perto do fundo, a cerca de quilómetro e meio de profundidade, sobre o leito do oceano, o vórtice vermelho-sangue do ciclone enfurecia-se.

— O fluido hidrotermal — disse Tolland.

— Parece um tornado subaquático — resmungou Corky.

— Obedece ao mesmo princípio. Normalmente, os oceanos são mais frios e mais densos junto ao leito, mas aqui a dinâmica é inversa.

A água profunda está aquecida e é mais leve, e por isso vem à superfície. Por sua vez, a água à superfície é mais pesada, pelo que se precipita para o fundo numa gigantesca espiral, para preencher o vazio. Assim, surgem no oceano estas correntes semelhantes a drenos. Enormes remoinhos.

— O que é aquele grande alto no leito marinho? — Corky apontou uma extensão plana, onde um monte em forma de cúpula se erguia como uma bolha. Directamente acima deste rodopiava o vórtice.

— Aquele alto é uma cúpula de magma — explicou Tolland. — É o local onde a lava se comprime contra o leito do oceano.

— Parece uma grande borbulha — disse Corky.

— De certa forma.

— E se rebentar?

Tolland ficou subitamente sério, recordando o famoso episódio de 1986, na Crista de Juan de Fuca, quando milhares de toneladas de magma a mil e duzentos graus Celsius tinham irrompido pelo oceano de uma só vez, aumentando a intensidade do fluido quase instantaneamente. As correntes à superfície amplificaram-se, à medida que o vórtice se expandia rapidamente em sentido ascendente. Aquilo que acontecera em seguida, Tolland não tencionava partilhar com Corky e com Rachel naquela noite.

— O magma atlântico não rebenta — respondeu Tolland. — A água fria que circula em redor do monte endurece e arrefece constantemente a crosta terrestre, mantendo o magma seguro sob uma espessa camada de rocha. A lava que se encontra por debaixo acaba por arrefecer e a espiral desaparece. Em geral, os fluidos hidrotermais não são perigosos.

Corky apontou para uma revista já bastante manuseada que estava perto do computador.

— Então, queres dizer que a *Scientific American* publica ficção?

Tolland olhou para a capa e estremeceu. Aparentemente, alguém a retirara do arquivo do *Goya* de revistas antigas: *Scientific American*, Fevereiro de 1999.

A capa exibia uma interpretação artística, em que um navio-tanque girava descontrolado numa espécie de enorme funil, no oceano. A manchete era: FLUIDOS HIDROTERMAIS — ASSASSINOS GIGANTES DAS PROFUNDEZAS?

Tolland riu, afastando a ideia.

— Totalmente irrelevante. Esse artigo fala de fluidos hidrotermais em zonas de forte actividade *sísmica*. Era, há alguns anos atrás, uma hipótese popular para explicar desaparecimentos de navios no Triângulo das Bermudas. De um ponto de vista técnico, se ocorrer alguma espécie de acontecimento geológico cataclísmico no leito oceânico, e nunca ouvimos falar disso nesta região, a cúpula poderia sofrer uma ruptura e o vórtice poderia tornar-se suficientemente grande para... bem, vocês sabem...

— Não, Mike, *não* sabemos — disse Corky.

— Poderia chegar à superfície — disse Tolland, encolhendo os ombros.

— Esplêndido. Ainda bem que nos trouxeste a bordo.

Xavia entrou, trazendo alguns papéis.

— Estão a admirar os fluidos hidrotermais?

— Oh, sim — respondeu Corky, sarcasticamente. — Mike estava mesmo agora a dizer-nos que, se aquela pequena bolha se romper, vamos andar todos a rodopiar num grande dreno.

— Dreno? — O riso de Xavia era frio. — Seria mais como irmos pela maior sanita do mundo abaixo.

Lá fora, no convés do *Goya*, o piloto do helicóptero da Guarda Costeira observava o monitor do radar EMS. Trabalhando em operações de salvamento, estava habituado a ver o medo nos olhos das pessoas; Rachel Sexton estava decididamente assustada quando viera pedir-lhe que se mantivesse atento a eventuais visitantes inesperados.

De que tipo de visitantes estará ela à espera?, perguntava-se ele.

Tanto quanto podia ver, num raio de dez milhas, em todas as direcções, o mar e o céu não apresentavam nada de invulgar. Um barco de pesca oito milhas ao largo. Ocasionalmente, um avião cruzando uma extremidade do seu campo de radar, para em seguida desaparecer, rumo a um destino desconhecido.

O piloto suspirou, olhando agora o oceano que corria em volta do navio. Era uma impressão irreal: como se avançasse a plena velocidade, apesar de se estar fundeado.

Concentrou-se novamente no radar e observou. Vigilante.

CAPÍTULO CENTO E CINCO

A bordo do *Goya*, Tolland apresentara Xavia e Rachel. A geóloga de bordo estava cada vez mais desconcertada com a distinta companhia que tinha diante de si, no laboratório. Além disso, a urgência manifestada por Rachel em apurar os resultados dos testes e sair do navio tão depressa quanto possível fazia Xavia sentir-se claramente pouco à vontade.

Leva o tempo que for preciso, Xavia, queria Tolland dizer-lhe. *Precisamos de saber tudo.*

Xavia estava agora a falar, com uma voz firme.

— No teu documentário, Mike, disseste que estas pequenas inclusões na rocha *apenas* podiam formar-se no espaço.

Tolland sentia já um tremor de apreensão.

Os côndrulos formam-se apenas no espaço. Foi o que a NASA me disse.

— Mas, de acordo com este estudo — afirmou Xavia, segurando as páginas em causa —, isso não é inteiramente verdade!

Corky olhava-a furioso.

— Claro que é verdade!

Xavia lançou um olhar irritado ao astrofísico e acenou com as notas.

— No ano passado, um jovem geólogo chamado Lee Pollock, formado na Universidade de Drew, estava a utilizar uma nova geração de robôs marinhos para recolher amostras de crosta das águas profundas do Pacífico, no Fosso das Marianas, e veio parar-lhe às mãos uma rocha solta que continha uma característica geológica que ele nunca antes vira. Essa característica tinha uma aparência muito semelhante aos côndrulos. Deu-lhes o nome de «inclusões de pressão de plagioclase»: pequenas bolhas de metal que tinham, ao que parecia, sido re-homogeneizadas sob o efeito da pressurização em águas profundas. O Dr.

Pollock ficou fascinado ao encontrar bolhas metálicas numa rocha do oceano e formulou uma teoria única para explicar a sua presença.

— Suponho que fosse a única coisa que ele podia fazer — resmungou Corky.

Xavia ignorou-o.

— O Dr. Pollock defendeu que aquela rocha se tinha formado num ambiente oceânico ultraprofundo, onde uma pressão extrema metamorfoseara uma rocha pré-existente, fazendo com que alguns dos metais díspares se fundissem.

Tolland reflectiu. O Fosso das Marianas encontrava-se a mais de onze quilómetros de profundidade, sendo uma das últimas regiões do planeta verdadeiramente inexploradas. Só um punhado de sondas robóticas se tinham aventurado até uma tal profundidade e, na sua maioria, tinham sido destruídas bastante antes de chegarem ao fundo. A pressão da água no fosso era tremenda: um impressionante valor de mil duzentos e cinquenta quilos por centímetro quadrado, isto comparado com apenas um quilo, à superfície do oceano.

— Então, este tipo, Pollock, acredita que o Fosso das Marianas pode produzir rochas com características semelhantes aos côndrulos?

— É uma teoria muito obscura — disse Xavia. — Com efeito, até hoje, nem sequer foi formalmente publicada. Foi por acaso que dei com o trabalho de Pollock na *Web*, no mês passado, quando estava a fazer uma pesquisa sobre interacções entre fluidos e rochas, para o nosso próximo programa sobre os fluidos hidrotermais. De outro modo, nunca teria tomado conhecimento disto.

— A teoria nunca foi publicada — disse Corky — porque é absurda. Para formar côndrulos, é preciso *calor*. A pressão da água não poderia de modo algum reorganizar a estrutura cristalina de uma rocha.

— Acontece — ripostou Xavia — que a pressão é a segunda maior causa da alteração geológica no nosso planeta. Há uma coisa insignificante chamada rocha *metamórfica*, sabiam? *Geology 101?*

Corky lançou-lhe um olhar mal-humorado.

Tolland compreendia aonde Xavia queria chegar. Apesar de o calor desempenhar um papel importante na geologia metamórfica, a maior parte das rochas metamórficas formava-se devido a condições extremas de pressão. Por incrível que parecesse, as rochas que se encontravam bem fundo, na crosta terrestre, estavam sujeitas a uma tal pressão que se comportavam mais como molassos espessos do que como rochas sólidas, tornando-se elásticas e sofrendo alterações químicas, como acontecia. Ainda assim, a teoria do Dr. Pollock parecia ir um pouco longe de mais.

— Xavia — disse Tolland —, nunca ouvi dizer que a pressão da água, só por si, pudesse ser responsável pela alteração química de uma rocha. Tu é que és a geóloga; qual é a tua opinião?

— Bem — disse ela, percorrendo as páginas que tinha na mão —, parece que a pressão da água não é o único factor. — Xavia encontrou uma passagem e leu as notas de Pollock textualmente. — «A crosta oceânica no Fosso das Marianas, já sob uma enorme pressurização hidrostática, pode ainda ser comprimida pelas forças tectónicas das zonas de subducção da região.»

Claro, pensou Tolland. Para além de se encontrar esmagado sob mais de onze quilómetros de água, o Fosso das Marianas é uma zona de subducção: a linha de compressão onde as placas do Pacífico e do Índico colidiram. As pressões combinadas no fosso podem ser enormes e, sendo a área tão remota e tão difícil de estudar, se existissem côndrulos lá em baixo, as hipóteses de alguém descobrir isso eram ínfimas.

Xavia continuou a ler.

— «A combinação da hidrostática e das pressões tectónicas poderia eventualmente deixar a crosta num estado elástico ou semilíquido, permitindo que os elementos mais leves se fundissem em estruturas semelhantes a côndrulos, estruturas essas que se pensa existirem apenas no espaço.»

Corky revirou os olhos.

— Impossível.

Tolland dirigiu-se a Corky.

— Haverá alguma explicação alternativa para a existência de côndrulos na rocha que o Dr. Pollock encontrou?

— É fácil — respondeu Corky. — Pollock encontrou um verdadeiro *meteorito.* É frequente os meteoritos caírem no mar. Pollock não tinha razões para suspeitar que fosse um meteorito porque a crosta de fusão deveria já ter desaparecido com a erosão debaixo de água, o que lhe terá dado o aspecto de uma vulgar rocha. — Corky voltou-se para Xavia. — Suponho que os miolos do Dr. Pollock não terão bastado para que ele se lembrasse de medir o conteúdo de *níquel*, não é assim?

— Na verdade, foi isso mesmo que ele fez — ripostou Xavia, mais uma vez procurando nas suas notas. — Pollock escreve: «Fiquei surpreendido ao constatar que o conteúdo de níquel do espécime recaía num valor médio, que geralmente não associamos a rochas terrestres.»

Tolland e Rachel trocaram olhares sobressaltados.

Xavia prosseguiu com a sua leitura.

— «Apesar de a quantidade de níquel não se situar no intervalo médio geralmente aceite para se decidir da origem meteórica, este valor é surpreendentemente *aproximado*.»

Rachel estava perplexa.

— Aproximado, como? Existe alguma possibilidade de esta rocha do oceano ser confundida com um meteorito?

Xavia abanou a cabeça.

— Não sou petrologista química mas, tanto quanto sei, há várias diferenças químicas entre a rocha que Pollock encontrou e os meteoritos.

— Quais são essas diferenças? — insistiu Tolland.

Xavia concentrou-se num gráfico incluído no estudo.

— De acordo com este gráfico, uma diferença reside na própria estrutura química dos côndrulos. Aparentemente, a proporção titânio/zircónio difere. Nos côndrulos da amostra de Pollock, o zircónio surgia num valor muito reduzido. — Ergueu os olhos. — Apenas duas partes por milhão.

— Duas ppm? — soltou Corky. — Os meteoritos têm milhares de vezes esse valor!

— Exactamente — replicou Xavia. — É por esse motivo que o Dr. Pollock acredita que os côndrulos desta amostra não são provenientes do espaço.

Tolland inclinou-se para Corky.

— A NASA por acaso mediu a proporção de titânio/zircónio na rocha de Milne? — perguntou-lhe num murmúrio.

— Claro que não — balbuciou Corky. — Ninguém se lembraria de medir uma coisa dessas. É como olhar para um automóvel e medir o conteúdo de borracha dos pneus para se confirmar que é um automóvel.

Tolland suspirou e fixou novamente Xavia.

— Se te dermos uma amostra de rocha com côndrulos, podes fazer um teste para determinar se essas inclusões são côndrulos meteóricos ou... uma das rochas de águas profundas de Pollock?

Xavia encolheu os ombros.

— Suponho que sim. O nível de precisão da microssonda de electrões deverá ser suficiente. Mas isto tudo é para quê?

Tolland voltou-se para Corky.

— Mostra-lhe.

Relutantemente, Corky retirou a amostra do meteorito do seu bolso e entregou-a a Xavia.

A testa de Xavia enrugou-se, quando ela pegou no disco de pedra. Olhou a crosta de fusão e depois o fóssil incrustado na rocha.

— Meu Deus! — exclamou, levantando repentinamente a cabeça. — Isto por acaso não é uma parte do...

— Sim — disse Tolland. — Infelizmente, é isso mesmo.

CAPÍTULO CENTO E SEIS

Sozinha no seu gabinete, Gabrielle Ashe estava de pé junto à janela, sem saber o que fazer a seguir. Menos de uma hora atrás, saíra das instalações da NASA vibrando de entusiasmo, pronta a partilhar a fraude de Chris Harper com o senador.

Agora, já não estava tão certa de o querer fazer.

Segundo Yolanda, dois repórteres independentes da ABC suspeitavam que Sexton estivesse a aceitar subornos da SFF. Por outro lado, Gabrielle acabara de descobrir que Sexton *sabia* efectivamente que ela se introduzira no seu apartamento durante a reunião com membros da SFF e, apesar disso, ao falar com ela, não fizera qualquer referência ao assunto.

Gabrielle suspirou. Havia muito que o seu táxi partira. Chamaria outro dali a uns minutos, mas sabia que havia algo a fazer antes disso.

Será que vou realmente tentar fazê-lo?

Gabrielle franziu o sobrolho, sabendo que não tinha escolha. Já não sabia em quem confiar.

Saiu do gabinete e dirigiu-se para o amplo vestíbulo no extremo oposto. Ao fundo, podia ver as portas maciças de carvalho do gabinete do senador flanqueadas por duas bandeiras: a bandeira dos EUA à direita e a bandeira do Estado de Delaware à esquerda.

As portas de Sexton, como as da maioria dos escritórios do Senado no edifício, tinham reforços de aço, chaves convencionais, um controlo de entrada electrónico e um sistema de alarme.

Gabrielle sabia que, se conseguisse entrar, mesmo que por apenas alguns minutos, todas as respostas seriam reveladas. Ao avançar para aquelas portas tão bem seguras, Gabrielle não tinha a ilusão de conseguir *transpô-las*. Os seus planos eram outros.

A três metros do gabinete de Sexton, Gabrielle virou repentinamente à direita e entrou na casa de banho das senhoras. As luzes automáticas acenderam-se, reflectindo cruamente os azulejos brancos. Enquanto os seus olhos se readaptavam, Gabrielle permaneceu imóvel, olhando-se ao espelho. Como de costume, os seus traços eram mais suaves do que ela gostaria. Quase delicados. Gabrielle sempre se sentira mais forte do que a sua aparência sugeria.

Tens a certeza de que queres fazer isto?

Gabrielle sabia que Sexton esperava ansiosamente a sua chegada para ter um relatório completo da situação do PODS. Infelizmente, apercebera-se de que o senador a manipulara habilmente naquela noite. Gabrielle Ashe não gostava de ser manipulada. Sexton ocultara-lhe coisas. Restava saber quantas coisas. As respostas, Gabrielle sabia, esperavam-na dentro do escritório dele... Mesmo do outro lado da parede da casa de banho.

— Cinco minutos — disse Gabrielle em voz alta, reunindo toda a sua determinação.

Encaminhando-se para o armário da casa de banho, percorreu com uma mão a ombreira da porta. Uma chave caiu ao chão. As equipas de limpeza de Philip A. Hart eram compostas por funcionários federais que pareciam evaporar-se de cada vez que havia uma greve, deixando a casa de banho sem papel higiénico e tampões durante semanas inteiras. As mulheres dos escritórios de Sexton, fartas de serem apanhadas desprevenidas, tinham tomado o assunto a seu cargo, arranjando uma chave do armário onde se encontravam guardados estes artigos, que utilizavam em situações de «emergência».

Esta é uma situação de emergência, pensou Gabrielle.

Abriu o armário.

O interior estava atafulhado de produtos de limpeza, esfregonas e prateleiras repletas de rolos de papel. Um mês antes, ao procurar toalhetes, Gabrielle fizera uma interessante descoberta. Incapaz de alcançar o rolo de papel que se encontrava na última prateleira, servira-se da ponta do cabo de uma vassoura para o alcançar. No decorrer do processo, fizera cair uma placa do tecto. Tendo trepado para a repor no seu lugar, ouvira, para sua surpresa, a voz do senador Sexton.

Não havia confusão possível.

Pelo eco, percebera que o senador estava a falar sozinho, na casa de banho privada do seu gabinete que, aparentemente, estava separada daquele armário apenas por placas de tecto removíveis.

Agora, de volta ao armário por uma razão bem mais importante que a obtenção de papel higiénico, Gabrielle descalçou-se, trepou pelas prateleiras, afastou a placa de tecto falso e deu um impulso para cima. *Que se lixe a segurança nacional*, pensou, perguntando-se quantas leis estatais e federais estava prestes a infringir. Descendo através do tecto da casa de banho privada de Sexton, Gabrielle pousou os pés envolvidos por *collants* no frio lavatório de porcelana, daí saltando para o chão. Sustendo a respiração, saiu para o gabinete de Sexton.

Os tapetes orientais eram suaves e quentes sob os seus pés.

CAPÍTULO CENTO E SETE

A três milhas de distância, um negro helicóptero de combate *Kiowa* rasgava as altas copas de pinheiros do norte de Delaware. Delta-Um verificou as coordenadas fixadas no sistema de navegação automática.

O dispositivo de transmissão que Rachel utilizara a bordo e o telemóvel de Pickering estavam encriptados para proteger o conteúdo da comunicação entre ambos, mas o objectivo da Força Delta, ao captar a chamada que Rachel fizera do *Goya*, não era interceptar o *conteúdo*. O objectivo era interceptar a *posição* da pessoa que fazia a chamada. Os *Global Positioning Systems* e a triangulação automática faziam da localização das coordenadas de transmissão uma tarefa muito mais simples do que descriptar o conteúdo da chamada.

Delta-Um divertia-se ao pensar que a maioria dos utilizadores de telemóvel não fazia ideia de que, de cada vez que fazia um telefonema, um posto de escuta governamental, caso o desejasse, podia detectar a sua posição em qualquer ponto da Terra, com uma margem de erro de pouco mais de três metros. Um pormenor que as empresas de telecomunicações se esqueciam de publicitar. Naquela noite, tendo conseguido o acesso às frequências de recepção do telemóvel de William Pickering, a Força Delta podia facilmente determinar as coordenadas das chamadas por ele recebidas.

Voando agora directamente rumo ao alvo, Delta-Um aproximou-se até se encontrar a vinte milhas de distância.

— Sistema *Umbrella* a postos? — perguntou, dirigindo-se a Delta-Dois, que assumira o controlo do radar e do sistema de armas.

— Afirmativo. Aguardando raio de cinco milhas.

Cinco milhas, pensou Delta-Um. Tinha de pilotar aquele brinquedo até se encontrar bem dentro do alcance do radar do alvo, de forma a poder usar os sistemas de armas do *Kiowa*. Não tinha dúvidas de que, a bordo do *Goya*, alguém estaria nervosamente a observar os céus e, uma vez que a presente tarefa da Força Delta consistia em eliminar o alvo sem lhe dar a oportunidade de pedir socorro por meio de rádio, Delta-Um tinha de avançar para as suas presas sem as alarmar.

A quinze milhas de distância, ainda fora do alcance de radar, Delta--Um desviou abruptamente o *Kiowa* do seu curso, trinta e cinco graus para oeste. Posicionou-se a três mil pés, altitude própria para um avião de pequeno porte, e ajustou a sua velocidade para 110 nós.

No convés do *Goya*, o radar do helicóptero da Guarda Costeira assinalou com um bipe a entrada de um novo elemento no perímetro. O piloto endireitou-se, estudando o monitor. O contacto parecia ser um pequeno avião de carga, dirigindo-se para oeste, sobrevoando a costa.

Provavelmente com destino a Newark.

Embora a trajectória deste avião o fosse colocar a quatro milhas do *Goya*, o percurso de voo era, obviamente, fruto do acaso. No entanto, sempre vigilante, o piloto da Guarda Costeira observou o pequeno ponto intermitente enquanto este se deslocava numa linha lenta de 110 nós, atravessando o canto direito do seu campo de radar. Ao atingir o ponto mais próximo, o avião encontrava-se cerca de quatro milhas a oeste. Conforme esperava, viu o avião continuar a avançar, afastando-se.

4,1 milhas. 4,2 milhas.

O piloto respirou fundo, descontraindo-se.

E foi então que aconteceu algo de muito estranho.

— *Umbrella* activado — informou Delta-Dois, erguendo o polegar, sentado em frente dos comandos de armas, a bombordo do helicóptero de combate. — Fogo, silenciador e emissor ondulatório de cobertura activados e ajustados.

Ouvindo a sua deixa, Delta-Um efectuou uma viragem pronunciada para a direita, colocando o *Kiowa* em rota directa com o *Goya*. Esta manobra seria invisível para o radar do navio.

— Não há dúvida de que isto bate as balas de papel de estanho! — disse Delta-Dois.

Delta-Um concordou. O *radar jamming*[NT] fora inventado na Segunda Guerra Mundial, quando um ousado aviador, durante um bombardeamento, começou a lançar do seu avião balas de prata embrulhadas em papel de estanho. O radar dos alemães detectara tantos contactos reflectivos que não sabia para onde devia atirar. Desde então, as técnicas tinham sido substancialmente aperfeiçoadas.

O sistema de radar *jamming Umbrella* a bordo do *Kiowa* era uma das mais mortíferas armas de combate electrónico. Difundindo um ruído de fundo na atmosfera acima de um determinado conjunto de coordenadas de superfície, o *Kiowa* podia apagar os olhos, os ouvidos e a voz do seu alvo. Alguns momentos antes, todos os monitores de radar a bordo do *Goya* teriam certamente deixado de funcionar. Na altura em que a tripulação se apercebesse de que era preciso pedir socorro, ser-lhe-ia impossível efectuar qualquer transmissão. Num navio, todos os sistemas de comunicação eram à base de rádio ou de microondas, não havendo linhas telefónicas. Se o *Kiowa* conseguisse aproximar-se o suficiente, todos os sistemas de comunicação do *Goya* deixariam de funcionar, sendo os seus sinais neutralizados pela nuvem invisível de ruído térmico difundida pelo *Kiowa*, à semelhança de um farol ofuscante.

Isolamento perfeito, pensou Delta-Um. *Não têm defesa possível.*

Os seus alvos tinham conseguido uma fuga feliz e astuciosa da Plataforma de Gelo de Milne, mas isso não se repetiria. Tendo decidido deixar a costa, Rachel Sexton e Michael Tolland tinham feito uma opção errada. Seria a última opção errada das suas vidas.

Na Casa Branca, Zach Herney sentou-se na cama e, atordoado, atendeu o telefone.

— Agora? Ekstrom quer falar comigo *agora?* — Herney espreitou mais uma vez o relógio sobre a mesa de cabeceira. *3h17 da manhã.*

— Sim, Sr. Presidente — disse a telefonista. — O Sr. Ekstrom diz que se trata de uma emergência.

[NT] Sistema de neutralização de comunicações, nomeadamente, de radar.

CAPÍTULO CENTO E OITO

Enquanto Corky e Xavia se reuniam em torno da microssonda de electrões, medindo o conteúdo de zircónio dos côndrulos, Rachel seguiu Tolland até um compartimento adjacente. Aí, Tolland debruçou-se sobre um outro computador. O oceanógrafo parecia ter algo mais a verificar.

Enquanto ligava o computador, Tolland voltou-se para Rachel, como que prestes a dizer-lhe algo. Interrompeu-se.

— Que foi? — perguntou Rachel, surpreendendo-se ao ver como se sentia fisicamente atraída por ele, mesmo no meio de todo aquele caos. Gostaria de poder afastar tudo aquilo e de estar com ele... só por um minuto.

— Devo-te um pedido de desculpas — disse Tolland, com remorsos.

— Desculpas?

— No convés... Os tubarões-martelo. Entusiasmei-me. Por vezes, esqueço-me de como o oceano pode ser assustador para muitas pessoas.

Olhando-o nos olhos, Rachel sentia-se como uma adolescente na soleira da porta com um novo namorado.

— Obrigada. Está tudo bem. A sério. — Algo dentro dela lhe dizia que Tolland queria beijá-la.

Passado um instante, ele afastou-se timidamente.

— Eu sei. Queres voltar para terra. É melhor voltarmos ao trabalho.

— Por agora. — Rachel sorria suavemente.

— Por agora — repetiu Tolland, sentando-se em frente do computador.

Rachel respirou fundo, mantendo-se de pé atrás dele, saboreando a intimidade do pequeno laboratório. Observava Tolland, enquanto ele navegava por uma série de ficheiros.

— Que estamos a fazer?

— Procuramos na base de dados piolhos marinhos de grandes dimensões. Quero saber se é possível encontrar fósseis marinhos pré-históricos que se assemelhem àquele que vimos no meteorito da NASA. — Tolland seleccionou uma página com letras a negrito no topo: PROJECTO DIVERSITAS.

— O Projecto Diversitas — explicou Tolland, percorrendo os menus — é, essencialmente, um índice continuamente actualizado de biodados relativos ao oceano. Quando um biólogo marinho descobre uma nova espécie ou fóssil, pode partilhar o seu achado fazendo o *upload* da informação e das fotografias para uma base de dados central. Uma vez que são tantas as descobertas que ocorrem numa só semana, esta é realmente a única forma de manter a investigação actualizada.

Rachel acompanhava a navegação de Tolland pelos diversos menus.

— Então, estás a aceder à *Web*?

— Não. O acesso à *Internet* pode ser perigoso no mar. Armazenamos todos estes dados num enorme *array* de discos ópticos na sala ao lado. Sempre que estamos num porto, ligamo-nos ao Projecto Diversitas e actualizamos a nossa base de dados com as descobertas mais recentes. Assim, podemos aceder aos dados quando estamos no mar, sem nos ligarmos à *Web*, e os ficheiros nunca estão mais do que um mês ou dois desactualizados. — Tolland ria trocista, enquanto começava a teclar palavras-chaves. — Possivelmente, já terás ouvido falar de um controverso programa de partilha de ficheiros de música chamado Napster, não?

Rachel anuiu.

— O Diversitas é considerado a versão dos biólogos marinhos do Naspster. Demos-lhe o nome de LOBSTER[NT]: *Lonely Oceanic Biologists Sharing Totally Eccentric Research.*[NT]

Rachel riu. Mesmo na situação de tensão que estavam a viver, Michael Tolland revelava um humor descontraído que acalmava os nervos de Rachel. Aos poucos, ela começava a aperceber-se de que nos últimos tempos o riso tinha faltado na sua vida.

— A nossa base de dados é enorme — disse Tolland, acabando de introduzir as suas palavras-chaves. — Mais de dez *terabytes* de des-

---

[NT] Lagosta.

[NT] Biólogos Marinhos Solitários que partilham Investigação Totalmente Excêntrica.

crições e fotografias. Existe aqui informação que nunca ninguém viu, e que provavelmente nunca se há-de ver. As espécies do oceano são, pura e simplesmente, demasiado numerosas. — Clicou no botão «search». — Muito bem. Vamos então ver se alguém alguma vez encontrou um fóssil oceânico semelhante ao nosso pequeno insecto do espaço.

Passados alguns segundos, o monitor alterou-se, revelando quatro listagens de animais fossilizados. Tolland clicou sobre cada uma das listagens, isoladamente, examinando as fotografias. Nenhuma delas se parecia, nem sequer remotamente, com os fósseis do meteorito de Milne.

Tolland franziu as sobrancelhas.

— Vamos tentar uma outra coisa. — Removeu a palavra «fóssil» do seu padrão de busca e tentou novamente. — Vamos procurar entre todas as espécies *vivas*. Talvez consigamos encontrar um descendente vivo que apresente algumas das características fisiológicas do fóssil de Milne.

O monitor reconfigurou-se.

Mais uma vez, as sobrancelhas de Tolland franziram-se. O computador oferecera-lhe centenas de entradas. Fez uma pausa, esfregando o seu queixo.

— Bem, isto é demasiado. Vamos delimitar a busca.

Rachel viu que ele acedia agora a um menu *drop-down* com a indicação «habitat». A lista de opções parecia interminável: zona de marés, pântano, lagoa, recife, crista oceânica, fendas vulcânicas. Tolland considerou a lista e seleccionou uma opção onde se lia: MARGENS / FOSSOS OCEÂNICOS DESTRUTIVOS.

Esperto, pensava Rachel. Tolland estava a limitar a sua busca apenas a espécies que vivessem perto do ambiente onde as estruturas semelhantes a côndrulos poderiam hipoteticamente formar-se.

A página reconfigurou-se. Desta vez, Tolland sorriu.

— Óptimo. Apenas três entradas.

Rachel leu o primeiro nome que surgia na lista. *Limulus poly... qualquer coisa.*

Tolland seleccionou a entrada. A fotografia apareceu; a criatura assemelhava-se a um caranguejo-ferradura sem cauda.

— Nada disto — disse Tolland, regressando à página anterior.

Rachel espreitou o segundo item na lista. *Camaronis horribilis do Infernum*[NT]. Rachel estava confusa.

— Este nome é verdadeiro?

— Não — disse Tolland, rindo. — Trata-se de uma nova espécie ainda por classificar. O tipo que a descobriu tem sentido de humor. Está a sugerir *Camaronis horribilis* para a classificação taxonómica. — Tolland clicou para abrir a fotografia, que revelou uma criatura excepcionalmente feia semelhante a um camarão, com bigodes e antenas fluorescentes cor-de-rosa.

— O nome foi bem escolhido — disse Tolland. — Mas não é o nosso insecto do espaço. — Voltou ao índice. — E a última oferta é... — Seleccionou a terceira entrada e a página surgiu.

— *Bathynomous giganteous...* — Tolland leu em voz alta, à medida que o texto aparecia. A fotografia configurou-se. Um grande plano a cores.

Rachel deu um salto.

— Meu Deus! — A criatura que a olhava de frente do monitor deixou-a completamente arrepiada.

Tolland tentou recuperar o fôlego.

— Caramba. Este tipo não me é estranho.

Rachel anuiu, incapaz de pronunciar uma palavra. *Bathynomous giganteous.*

A criatura assemelhava-se a um piolho do mar gigante. Parecia muito similar à espécie fossilizada na rocha da NASA.

— Existem algumas diferenças muito subtis — disse Tolland, observando alguns diagramas anatómicos e esboços. — Mas é um parente muito próximo. Sobretudo se considerarmos que teve 190 milhões de anos para evoluir.

É muito próximo, pensou Rachel. *Demasiado próximo.*

Tolland leu a descrição que se apresentava no monitor:

— «Uma das espécies que se crêem ser das mais antigas no oceano, a rara e recentemente classificada *Bathynomous giganteous* é um necrófago isópode de águas profundas, semelhante a um grande bicho de conta. Podendo medir até cerca de sessenta centímetros de comprimento, esta espécie exibe um exoesqueleto quitinoso segmentado em cabeça,

---

[NT] Tal como acontece no original, com esta expressão pretende-se criar um jogo de palavras, não tendo os termos utilizados qualquer preocupação de rigor.

tórax e abdómen. Possui apêndices em pares, antenas e olhos compostos, como os dos insectos da terra. Este forrageador que habita águas profundas não tem predadores conhecidos e vive em ambientes pelágicos estéreis que antes se julgava serem inabitáveis.» — Tolland ergueu os olhos. — Isto poderia explicar a ausência de outras espécies na amostra!

Rachel olhava fixamente a criatura na imagem, fascinada e, contudo, sem ter a certeza de compreender inteiramente o que significava tudo aquilo.

— Imagina — disse Tolland, em grande excitação — que há 190 milhões de anos atrás, uma ninhada destas criaturas *Bathynomous* ficava enterrada na lama em águas profundas. À medida que a lama se transforma em rocha, os animais ficam fossilizados na pedra. Simultaneamente, o leito do oceano, que se encontra em constante movimento, como um lento tapete rolante na direcção dos fossos oceânicos, arrasta os fósseis para uma zona de alta pressão onde a rocha forma côndrulos! — Tolland falava agora mais depressa. — E, se parte da crosta fossilizada e condrulizada se soltasse e fosse parar à zona de subducção do fosso, o que não seria de todo invulgar, ficaria numa perfeita posição para ser descoberto!

— Mas se a NASA... — balbuciou Rachel. — Quero dizer... Se tudo isto não passa de uma mentira, a NASA saberia certamente que, mais cedo ou mais tarde, alguém haveria de descobrir que este fóssil se assemelha a uma criatura marinha, não é? Como nós acabámos de descobrir!

Tolland começou a imprimir as fotografias do *Bathynomous* numa impressora a *laser*.

— Não sei. Mesmo que alguém viesse apontar as semelhanças entre os fósseis e um piolho marinho vivo, as suas fisiologias não são idênticas. O que acaba por reforçar a alegação da NASA.

Subitamente, Rachel compreendeu.

— Panspermia. *A vida na Terra foi semeada a partir do espaço.*

— Exactamente. As semelhanças entre organismos do espaço e organismos terrestres fazem todo o sentido para a ciência. Com efeito, este piolho do mar fortalece o caso da NASA.

— A não ser que a autenticidade do meteorito seja colocada em causa.

Tolland concordou.

— Se o meteorito for posto em causa, então toda a teoria se desmorona. Nesse caso, o nosso piolho do mar amigo da NASA passa a ter um papel diferente.

Rachel mantinha-se em silêncio enquanto as páginas sobre o *Bathynomous* rolavam da impressora. Tentava convencer-se de que se tratava de um erro inocente da NASA, mas sabia que não era assim. Quem cometia um erro inocente não tentava depois cometer assassínios.

De repente, a voz nasal de Corky ecoou através do laboratório.

— Impossível!

Rachel e Tolland voltaram-se instantaneamente.

— Meça novamente a maldita proporção! Isto não faz sentido!

Xavia surgiu apressadamente segurando uma folha impressa na mão. O seu rosto tinha a cor de cinzas.

— Mike, não sei como dizer isto... — A voz falhou-lhe. — A proporção titânio/zircónio que encontramos nesta amostra... — Clareou a garganta. — É bastante óbvio que a NASA cometeu um erro. O meteorito deles é uma rocha do oceano.

Tolland e Rachel entreolharam-se, mas nenhum dos dois falou. Eles sabiam. Assim, sem mais nem menos, todas as suspeitas e dúvidas tinham crescido como a crista de uma onda, até ao ponto de ruptura.

Tolland aquiesceu, com um olhar triste.

— Sim. Obrigado, Xavia.

— Mas eu não compreendo — disse Xavia. — A crosta de fusão... a localização no gelo...

— Explicamos tudo a caminho de terra. Vamos embora.

Rapidamente, Rachel reuniu todos os papéis e as provas que tinham. As provas eram escandalosamente conclusivas; a impressão de GPR mostrando o canal de inserção na Plataforma de Gelo de Milne; as fotografias de um piolho marinho vivo, semelhante ao fóssil da NASA; o artigo do Dr. Pollock sobre côndrulos oceânicos; dados de microssonda mostrando um défice de zircónio no meteorito.

A conclusão era irrefutável. *Fraude.*

Tolland olhou a pilha de papéis nas mãos de Rachel e suspirou melancolicamente.

— Bem, eu diria que William Pickering tem as provas de que precisa.

Rachel concordou, perguntando-se mais uma vez por que razão não teria o director atendido o seu telemóvel.

Tolland pegou no auscultador de um telefone, estendendo-o a Rachel.

— Queres tentar novamente daqui?

— Não, é melhor irmos andando. Tento contactá-lo do helicóptero. — Rachel decidira que, se não conseguisse entrar em contacto com Pickering, pediria ao piloto da Guarda Costeira que os levasse directamente ao NRO, que ficava a menos de trezentos quilómetros dali.

Com o telefone na mão, Tolland deteve-se. Perplexo, mantinha o auscultador encostado ao ouvido.

— Estranho. Não dá sinal de chamada.

— Que queres dizer com isso? — perguntou Rachel, já preocupada.

— É realmente estranho. As linhas directas COMSAT nunca estão indisponíveis...

— Sr. Tolland? — o piloto da Guarda Costeira entrou a correr no laboratório, lívido.

— Que se passa? — perguntou Rachel. — Aproxima-se alguém?

— Esse é que é o problema — disse o piloto. — Não tenho forma de saber. Todos os sistemas de comunicação e radar a bordo deixaram de funcionar.

Rachel enfiou os papéis debaixo da sua camisola.

— Para o helicóptero. Vamos sair daqui. AGORA!

CAPÍTULO CENTO E NOVE

Gabrielle sentia o seu coração bater acelerado, ao atravessar o sombrio gabinete do senador Sexton. A divisão era tão ampla quanto elegante: paredes revestidas de madeira ornada, quadros a óleo, tapetes persas, cadeiras de pele e uma gigantesca secretária de mogno. O compartimento encontrava-se iluminado apenas pelo fantasmagórico brilho de néon do computador de Sexton.

Gabrielle dirigiu-se à secretária.

O senador Sexton dera ao conceito de «escritório digital» uma dimensão maníaca, trocando o excesso de arquivos pela simplicidade compacta e acessível do seu PC, no qual ele depositava grandes quantidades de informação: notas de reuniões e artigos digitalizados, *brainstorms*. Para Sexton, o seu computador era chão sagrado e ele mantinha o escritório sempre fechado para o proteger. Recusava-se inclusivamente a ligar-se à *Internet*, receando que piratas conseguissem infiltrar-se no seu sagrado cofre digital.

Um ano antes, Gabrielle nunca teria acreditado que um político pudesse ser estúpido ao ponto de guardar cópias de documentos auto-incriminatórios, mas Washington ensinara-lhe muito. *Informação é poder.* Gabrielle admirara-se ao saber que a prática comum entre políticos que aceitavam contribuições questionáveis para a sua campanha era, efectivamente, guardar *provas* desses donativos (cartas, registos bancários, recibos...), guardando todos esses documentos num lugar seguro. Esta medida de segurança contra a chantagem, eufemisticamente conhecida em Washington como «garantia siamesa», protegia os candidatos de doadores que achassem que a sua generosidade de algum modo justificava que exercessem uma pressão política indevida sobre o candidato. Se um doador se tornasse demasiado exigente, o candidato precisava apenas de se socorrer das referidas provas para lhe lembrar que *ambas* as partes tinham infringido a lei. Estas provas permitiam que candidatos e doadores permanecessem para sempre ligados como gémeos siameses.

Gabrielle deslizou para trás da secretária do senador e sentou-se. Respirou fundo, olhando para o computador. *Se o senador tem recebido subornos da SFF, quaisquer provas existentes encontrar-se-ão aqui.*

O *screensaver* do computador de Sexton consistia numa sequência de imagens da Casa Branca e do seu jardim, criado para ele por um dos entusiásticos membros da sua equipa

Por entre as imagens surgia um *banner* animado onde se lia: *Presidente dos Estados Unidos Sedgewick Sexton... Presidente dos Estados Unidos Sedgewick Sexton... Presidente dos ...*

Gabrielle moveu o rato e apareceu uma janela:

INSIRA *PASSWORD*:

Ela já estava à espera daquilo. Não seria um problema. Na semana anterior, Gabrielle entrara no escritório de Sexton na altura em que o senador estava a aceder ao seu computador. Ela viu-o a teclar rapidamente uma sucessão de três letras.

— Essa é a sua *password?* — desafiou-o da porta, ao entrar.

Sexton levantou a cabeça.

— O quê?

— E eu a achar que andava preocupado com a segurança! — repreendeu-o Gabrielle, bem-disposta. — A sua *password* tem apenas três caracteres? Pensava que os tipos da informática nos tinham aconselhado a escolher uma com seis, pelo menos.

— Os tipos da informática são adolescentes. Eles que tentem decorar uma sequência aleatória de seis caracteres depois dos quarenta. Além disso, a porta tem alarme. Ninguém consegue cá entrar.

Gabrielle encaminhou-se para junto dele, sorrindo.

— E se alguém entrar rapidamente enquanto estiver na casa de banho?

— Teria de tentar todas as combinações possíveis. — O senador riu. — Costumo demorar-me na casa de banho, mas não exageremos.

— Um jantar no Davide em como consigo acertar na sua *password* em dez segundos.

Sexton encarou-a, intrigado e divertido.

— O Davide não é para o seu bolso, Gabrielle.

— Está com medo?

Sexton quase que sentia pena dela por ter aceite o desafio.

— Dez segundos? — Fez *log off* e indicou a Gabrielle que se sentasse. — Sabe que, no Davide, eu só como *saltimbocca*. Olhe que não é nada barato.

— O dinheiro é *seu* — retorquiu Gabrielle, sentando-se.

INSIRA *PASSWORD*:

— Dez segundos — lembrou Sexton.

Gabrielle não pôde deixar de se rir. Só precisaria de dois. Mesmo da porta, conseguira ver que Sexton inserira a sua *password* de três caracteres muito rapidamente, utilizando apenas o dedo indicador. *Obviamente, é a mesma tecla. Pouco sensato.* Ela reparara que a mão estava situada no lado esquerdo do teclado, reduzindo as hipóteses do alfabeto para apenas nove letras. A escolha da letra era simples: Sexton sempre adorara a aliteração tripla do seu título. Senador Sedgewick Sexton.

Nunca subestimar o ego de um político.

Ela digitou SSS e o *screensaver* desapareceu.

Sexton ficara boquiaberto.

Tudo isso acontecera na semana anterior. Agora, novamente à frente do computador de Sexton, Gabrielle estava certa de que ele não se dera ao trabalho de obter uma nova *password*. *Por que haveria de o fazer? Tem plena confiança em mim.*

Digitou SSS.

PASSWORD INVÁLIDA — ACESSO NEGADO.

Gabrielle mal podia acreditar.

Aparentemente, tinha sobrestimado o nível de confiança que o senador depositava nela.

CAPÍTULO CENTO E DEZ

O ataque veio sem aviso. Voando baixo, vinda de sudoeste, a silhueta letal de um helicóptero de combate desceu sobre o *Goya*, como uma vespa gigante. Rachel não tinha dúvidas quanto ao que era ou à razão de estar ali.

Rasgando a escuridão, um *staccato* irrompendo do nariz do helicóptero enviou uma torrente de balas que se abateu sobre o convés de fibra de vidro do *Goya*, desenhando uma linha que atravessava a popa. Rachel procurou abrigo tarde de mais e o seu braço foi atingido pela queimadura dilacerante de uma bala. Caiu pesadamente no chão e depois rolou, tentando esconder-se atrás da cúpula transparente do submergível *Triton*.

Quando o helicóptero desceu a pique sobre o navio, o trovejar dos rotores tornou-se ensurdecedor. O ruído evaporou-se em seguida com um silvo arrepiante, enquanto o *Kiowa* se afastava velozmente e efectuava sobre o oceano uma viragem abrupta, regressando depois para uma segunda investida.

Estendida no chão do convés, tremendo, Rachel esticou um braço, olhando para Tolland e Corky. Tinham, ao que parecia, encontrado refúgio atrás de uma estrutura de armazenamento, e tentavam agora pôr-se de pé, olhando o céu aterrorizados. Rachel conseguiu ajoelhar-se. O mundo inteiro parecia, de repente, mover-se em câmara lenta.

Agachada por detrás do bolbo transparente do submergível *Triton*, Rachel olhava, tomada de pânico, a única forma possível de fuga que lhes restava: o helicóptero da Guarda Costeira. Xavia estava já a trepar para a cabina do helicóptero, acenando freneticamente para os outros, esperando que subissem a bordo. Rachel podia ver o piloto correndo furiosamente para o *cockpit*, começando a manipular como louco interruptores e alavancas. As hélices começaram a girar... tão lentamente.

Demasiado lentamente.

Depressa!

Rachel deu então por si em pé, preparando-se para correr, sem saber se conseguiria atravessar o convés antes do ataque seguinte. Ouvia, atrás de si, Corky e Tolland que se lançavam na sua direcção, bem como do helicóptero à espera. *Sim! Depressa!*

Foi então que o viu.

A cerca de cem metros de distância, materializava-se na escuridão árida do céu um fino raio de luz vermelha, como que traçado obliquamente a lápis, procurando o convés do *Goya.*

Então, encontrando o seu alvo, o raio deteve-se num dos lados do helicóptero da Guarda Costeira.

Bastou apenas um segundo para registar a imagem. Naquele momento de terror, Rachel sentiu que toda a acção que se desenrolava no convés do navio se esbatia numa imagem confusa de formas e sons: Tolland e Corky precipitando-se na sua direcção; Xavia gesticulando febrilmente dentro do helicóptero; o risco cortante de laser vermelho atravessando o céu nocturno.

Tarde de mais.

Rachel olhou para trás, procurando Corky e Tolland, que corriam agora a toda a velocidade na direcção do helicóptero. Lançou-se para a frente, colocando-se no seu caminho, estendendo os braços para os deter. A colisão foi como um acidente ferroviário, tendo os três caído sobre o convés numa amálgama de braços e pernas.

Ao longe, surgiu um rasgo de luz branca. Horrorizada, ainda sem acreditar, Rachel viu uma linha de fogo perfeitamente direita que seguia o tracejado do *laser* até ao helicóptero.

Quando o míssil *Hellfire* atingiu a fuselagem, o helicóptero explodiu, sendo destruído como um brinquedo. A onda de concussão de calor e ruído troou sobre o convés, ao mesmo tempo que chovia uma granada de balas em chamas. O esqueleto incendiado do helicóptero deu uma guinada para trás, abateu-se sobre a sua cauda despedaçada, vacilou por um momento e depois caiu pela popa do navio, embatendo na água com uma nuvem sibilante de vapor.

Rachel fechou os olhos, sem poder respirar. Ouvia os destroços em chamas, borbulhando e crepitando enquanto se afundavam, sendo arrastados para longe do *Goya* pelas implacáveis correntes. No meio de todo aquele caos, a voz de Michael Tolland gritava. Rachel sentiu as suas mãos fortes obrigando-a a deitar-se. Mas Rachel não conseguia mexer-se.

O piloto da Guarda Costeira e Xavia estão mortos.

A seguir, seremos nós.

CAPÍTULO CENTO E ONZE

Na Plataforma de Gelo de Milne, o temporal acalmara, e a calma voltara à habisfera. Ainda assim, o administrador da NASA, Lawrence Ekstrom, não tentara sequer dormir. Passara horas sozinho, caminhando de um lado para o outro no recinto, olhando o poço de extracção, percorrendo com as mãos as estrias da gigante rocha carbonizada.

Finalmente, tomara uma decisão.

Estava agora sentado diante do videofone na cabina PSC da habisfera e fixava os olhos cansados do presidente dos Estados Unidos. Zach Herney tinha vestido um roupão e não parecia de todo satisfeito. Ekstrom sabia que o presidente ficaria ainda menos satisfeito quando soubesse aquilo que tinha para lhe dizer.

Depois de Ekstrom ter falado, o rosto de Herney esboçava uma expressão de desconforto; como se julgasse estar ainda demasiado ensonado para ter percebido correctamente.

— Espere um pouco — disse Herney. — Não devemos estar a entender-nos. Disse-me que a NASA interceptou as coordenadas deste meteorito a partir de uma transmissão de rádio de emergência, e que depois *fingiu* que fora o PODS a encontrar o meteorito?

Ekstrom estava silencioso, sozinho na escuridão, querendo acordar o seu corpo daquele pesadelo.

Claramente, o silêncio não agradava ao presidente.

— Por amor de Deus, Larry, diga-me que isso não é verdade!

Ekstrom sentia a boca seca.

— O meteorito foi encontrado, Sr. Presidente. Essa é a única questão relevante.

— Pedi-lhe que me dissesse que nada disto é *verdade!*

O silêncio tornava-se num rugido monótono dentro dos ouvidos de Ekstrom. *Eu tinha de lhe dizer,* pensava Ekstrom. *As coisas ainda têm de piorar antes de ficarem melhor.*

— Sr. Presidente, o fracasso do PODS estava a arruiná-lo nas sondagens. Quando interceptámos uma transmissão de rádio que dava conta da existência de um grande meteorito alojado no gelo, vimos aí a oportunidade de voltar à luta.

Herney estava estupefacto.

— Fingindo uma descoberta do PODS?

— O PODS voltaria a funcionar em breve, mas não a tempo das eleições. As sondagens estavam a escapar-nos das mãos, e Sexton não parava de atacar a NASA, por isso...

— Está louco?! Você mentiu-me, Larry!

— A oportunidade estava mesmo ao nosso alcance. Decidi aproveitá-la. Interceptámos a transmissão de rádio do canadiano que fez a descoberta do meteorito e depois morreu numa tempestade. Mais ninguém sabia que o meteorito ali se encontrava. O PODS estava numa posição propícia. A NASA precisava de uma vitória. Nós tínhamos as coordenadas.

— Por que razão me conta tudo isto agora?

— Achei que devia saber.

— Sabe o que faria Sexton com esta informação, caso a obtivesse?

Ekstrom preferia não pensar nisso.

— Sexton diria ao mundo que a NASA e a Casa Branca tinham mentido ao povo americano! E sabe que mais? Ele teria razão!

— Não foi o senhor que mentiu. Fui eu. E, se for necessário, eu avançarei...

— Larry, não é isso que está em causa. Eu tentei basear esta presidência na verdade e na decência! Raios partam! Esta noite foi limpa. Digna. E agora descubro que menti ao mundo?

— Apenas uma pequena mentira, Sr. Presidente.

— Não existe tal coisa, Larry — disse Herney, fervendo.

Ekstrom sentiu a pequena cabina apertar-se em seu redor. Havia muito mais a contar ao presidente, mas Ekstrom compreendia que devia esperar até de manhã.

— Peço desculpa por tê-lo acordado, Sr. Presidente. Mas achei que devia saber.

No outro lado da cidade, Sedgewick Sexton continuava a beber conhaque e andava de um dado para o outro no seu apartamento, numa crescente irritação.

Onde raio se enfiou Gabrielle?

CAPÍTULO CENTO E DOZE

Na escuridão, Gabrielle Ashe estava sentada à secretária do senador Sexton e lançava ao computador um olhar de desânimo.

PASSWORD INVÁLIDA — ACESSO NEGADO.

Tentara diversas outras *passwords* que lhe pareciam hipóteses plausíveis, mas nenhuma funcionara. Depois de ter procurado no gabinete armários que estivessem abertos ou chaves perdidas, restava a Gabrielle desistir. Estava prestes a sair quando viu algo de estranho, tremeluzindo sobre o calendário de secretária de Sexton. Alguém assinalara a data das eleições com uma caneta fluorescente com as cores vermelha, branca e azul. Certamente, não o senador. Gabrielle puxou o calendário. Brasonada sobre a data, encontrava-se uma exclamação floreada e brilhante: POTUS!

Ao que parecia, a entusiástica secretária de Sexton resolvera abrilhantar o dia das eleições com o seu pensamento positivo. O acrónimo POTUS era o código dos Serviços Secretos para Presidente dos Estados Unidos[NT]. No dia das eleições, se tudo corresse bem, Sexton tornar-se-ia o novo POTUS.

Preparando-se para sair, Gabrielle realinhou o calendário sobre a secretária e pôs-se de pé. Subitamente, deteve-se, pousando novamente os olhos no monitor do computador.

INTRODUZIR *PASSWORD*.

Gabrielle fixou mais uma vez o calendário.

POTUS.

Sentiu-se invadida por uma súbita esperança. Alguma coisa no termo POTUS fazia com que este parecesse a *password* perfeita para Sexton. *Simples, positiva, auto-referencial.*

[NT] President of the United States.

Rapidamente, teclou as letras.

POTUS.

Com a respiração suspensa, premiu a tecla «enter». O computador produziu um bipe.

PASSWORD INVÁLIDA — ACESSO NEGADO.

Gabrielle desistiu. Encaminhou-se para a porta da casa de banho, para sair da mesma forma como tinha entrado. Encontrava-se a meio da sala, quando o seu telemóvel tocou. Já se encontrava tensa de antemão, pelo que o som veio sobressaltá-la. Detendo-se, pegou no telemóvel e ergueu o olhar para ver as horas no relógio de pé *Jourdain*. *Quase 4h00 da manhã*. Àquela hora, Gabrielle sabia que só podia ser o senador. Devia obviamente estar a perguntar-se onde é que ela estaria. *Atendo ou deixo tocar?* Se respondesse, teria de mentir. Mas, se não respondesse, Sexton desconfiaria.

Resolveu atender.

— Sim?

— Gabrielle? — Sexton parecia impaciente. — Porque está a demorar tanto?

— O táxi ficou parado no Memorial FDR, e agora estamos...

— Não parece estar num táxi.

— Não — disse ela, agora com o coração a bater mais depressa. — Decidi passar pelo meu gabinete para levar alguns documentos sobre a NASA que podem ter interesse para esta situação do PODS. Estou a ter alguma dificuldade em encontrá-los.

— Bem, despache-se. Quero convocar uma conferência de imprensa para esta manhã e temos de acertar alguns pormenores.

— Já não demoro — disse ela.

Fez-se uma pausa na linha.

— Está no seu escritório? — Sexton parecia subitamente confuso.

— Sim. Mais dez minutos e estarei a caminho.

Outra pausa.

— O.K., até já.

Gabrielle desligou, demasiado preocupada para reparar no característico e bem audível ruído do relógio de pé *Jourdain*, a pouco mais de um metro de distância.

CAPÍTULO CENTO E TREZE

Michael Tolland apercebeu-se de que Rachel estava ferida apenas quando viu sangue no seu braço, ao puxá-la para a pôr a salvo atrás do *Triton*. Pelo olhar catatónico no seu rosto, Tolland compreendeu que ela não sentia qualquer dor. Amparando-a, olhou em redor à procura de Corky. O astrofísico corria atabalhoadamente, atravessando o convés para se juntar a eles, com um olhar inerte de terror.

Temos de encontrar abrigo, pensou Tolland, sem ter ainda tomado verdadeira consciência do horror que testemunhara. Instintivamente os seus olhos percorreram os conveses acima deles. As escadas que levavam à ponte de comando estavam todas a descoberto, e a própria ponte era uma caixa de vidro, um alvo transparente visto do ar. Ir até lá seria puro suicídio, pelo que restava apenas uma direcção a tomar.

Por um momento fugaz, Tolland pousou o seu olhar esperançoso no submergível *Triton*, perguntando-se se seria possível pôr toda a gente debaixo de água, a salvo das balas.

Absurdo. O *Triton* tinha espaço para uma pessoa apenas e a grua levava uns bons dez minutos a descer o aparelho, através do alçapão de mergulho no convés, até à água nove metros mais abaixo. Além disso, sem as baterias devidamente carregadas e os compressores, o *Triton* não serviria de nada na água.

— Eles vêm aí! — gritou Corky, a sua voz estridente com o medo, enquanto ele apontava o céu.

Tolland nem sequer olhou para cima. Apontou para uma antepara que se encontrava perto, onde uma rampa de alumínio descia para o convés inferior. Aparentemente, Corky não precisava de encorajamento. Mantendo a cabeça baixa, o astrofísico corria precipitadamente na direcção da abertura, desaparecendo em seguida pela inclinação abaixo. Tolland colocou o seu braço com firmeza em redor da cintura de Rachel e seguiram-no. Desapareceram ambos para o convés inferior, no preciso instante em que o helicóptero regressava, disparando balas sobre as suas cabeças.

Tolland ajudou Rachel a descer a rampa gradeada para a plataforma suspensa que se encontrava em baixo. Quando avançavam, Tolland sentiu o corpo de Rachel ficar subitamente rígido. Voltou-se para olhar para trás, receando que ela tivesse sido atingida pelo ricochete de uma bala.

Ao ver a expressão no rosto dela, Tolland compreendeu que se tratava de uma outra coisa. Seguiu o seu olhar petrificado para baixo e compreendeu imediatamente.

Rachel estava imóvel, as pernas recusavam-se a mover-se. Olhava fixamente aquele estranho mundo debaixo dela.

Devido ao seu *design* SWATH, o *Goya*, não tinha casco, mas antes suportes, como um catamarã gigante. Tinham acabado de descer do convés para uma passagem de grelha que ficava suspensa sobre um espaço aberto, cerca de nove metros acima de um mar em fúria. Ali, devido à agitação das águas, o ruído era ensurdecedor. Para o terror de Rachel contribuía também o facto de os projectores submarinos do navio estarem ainda iluminados, lançando um brilho esverdeado sobre o oceano mesmo abaixo dela. Rachel olhava fixamente seis ou sete silhuetas medonhas visíveis na água. Enormes tubarões-martelos, compridas sombras que nadavam contra a corrente sem saírem do mesmo sítio, corpos flexíveis sacudindo-se para a frente e para trás.

A voz de Tolland fazia-se ouvir junto ao ouvido dela.

— Rachel, está tudo bem. Olha em frente. Estou mesmo atrás de ti. — As mãos dele alcançavam as dela, tentando delicadamente desprender os seus punhos que se agarravam com força ao corrimão. Foi então que Rachel se apercebeu do fio carmesim de sangue que escorria do seu braço e através da grelha. Os seus olhos seguiram as gotas que pingavam para o mar. Apesar de não ver realmente o sangue atingir a água, soube instantaneamente quando isso aconteceu, pois os tubarões rodopiaram em uníssono, empurrando-se com as suas poderosas caudas, roçando uns nos outros num frenesim de dentes e barbatanas.

Lobos olfactivos altamente desenvolvidos...

Conseguem cheirar o sangue a mais de um quilómetro de distância.

— Olha em frente — repetia Tolland, numa voz firme e reconfortante. — Estou mesmo atrás de ti.

Rachel sentia agora as mãos dele nas suas ancas, impelindo-a para a frente. Tentando alhear-se do espaço vazio debaixo de si, Rachel começou a atravessar a grelha. De cima, chegava-lhe novamente o ruído do helicóptero. Corky estava já diante deles, precipitando-se através da grelha numa espécie de pânico ébrio.

— Até ao suporte na outra extremidade, Corky! — gritou-lhe Tolland. — Pelas escadas abaixo!

Rachel compreendia agora para onde se dirigiam. Mais à frente, diversas rampas íngremes desciam. Ao nível da água, um convés estreito em forma de prateleira estendia-se no sentido do comprimento do navio. Sobre este convés, havia pequenos pontões, os quais constituíam uma espécie de cais em miniatura sob o navio. Um grande letreiro avisava:

ÁREA DE MERGULHO
Nadadores podem emergir sem aviso prévio
As embarcações devem avançar com precaução

Rachel supunha que nadar não estava nos planos de Michael. O seu corpo começou a tremer ainda mais intensamente quando Tolland se deteve numa fila de cacifos de malha metálica que ladeavam a grelha. Ele abriu as portas, revelando fatos de mergulho, tubos respiratórios, barbatanas, coletes salva-vidas e arpões. Antes que ela pudesse protestar, Tolland agarrou num foguete de emergência.

— Vamos — disse.

Seguiram caminho.

Mais à frente, Corky chegara às rampas e começara a descer, encontrando-se já a meio caminho.

— Estou a vê-lo — gritou, e a sua voz parecia quase alegre sobre a água revolta.

Está a ver o quê?, perguntava-se Rachel, enquanto Corky corria ao longo da estreita passagem. Tudo o que ela conseguia ver era um oceano infestado de tubarões marulhando assustadoramente perto. Tolland apressava-a a seguir em frente e, de súbito, Rachel pôde perceber a razão do entusiasmo de Corky. Na extremidade do convés inferior, estava amarrado um pequeno barco a motor. Corky corria na sua direcção.

Rachel olhava-o, incrédula. *Fugir de um helicóptero num barco a motor?*

— O barco tem um rádio — disse Tolland. — E, se conseguirmos afastar-nos o suficiente do *jamming* do helicóptero...

Rachel não ouviu nem mais uma palavra do que ele disse. Acabara de ver algo que lhe gelara o sangue.

— Tarde de mais — disse, numa voz rouca, apontando com um dedo trémulo. *É o nosso fim...*

Quando Tolland se virou para ver, soube instantaneamente que tudo terminava ali.

Na extremidade do navio, como um dragão perscrutando o interior de uma gruta, o helicóptero negro pairava baixo, encarando-os. Por um momento, Tolland pensou que o aparelho ia voar directamente para eles, atravessando o centro do navio. Mas o *Kiowa* começou a procurar um outro ângulo, tentando colocá-los na sua mira.

Tolland seguiu a direcção dos canos das metralhadoras. *Não!*

De cócoras junto ao barco a motor, tentando soltar as amarras, Corky ergueu os olhos no preciso instante em que as metralhadoras sob o helicóptero começavam a disparar, produzindo um clarão trovejante.

Corky contorceu-se como se tivesse sido atingido. Descontroladamente, correu para a amurada, mergulhando no barco e colando-se ao chão, na tentativa de se proteger. As armas deixaram de se fazer ouvir. Tolland podia ver Corky rastejando mais para o interior do barco. A parte de baixo da sua perna direita estava coberta de sangue. Agachado debaixo do painel de comandos, Corky tentava às apalpadelas encontrar a chave. O motor de 250 cavalos *Mercury* pôs-se em funcionamento.

Logo em seguida, um raio vermelho de *laser* surgiu, projectado do nariz do helicóptero, apontando um míssil na direcção do barco.

Tolland reagiu instintivamente, servindo-se da única arma de que dispunha.

O foguete de emergência na sua mão assobiou quando ele apertou o gatilho, e um risco ofuscante disparou numa trajectória horizontal, direito ao helicóptero. Ainda assim, Tolland sentiu que reagira tarde de mais. Quando o foguete se aproximava do pára-brisas do *Kiowa*, o lança-mísseis na parte de baixo do helicóptero emitiu por sua vez um raio de luz. No preciso momento em que o míssil foi lançado, o helicóptero efectuou uma viragem brusca e elevou-se, a fim de evitar o foguete.

— Atenção! — gritou Tolland, fazendo Rachel deitar-se na grelha.

O míssil saiu da sua rota, falhando por pouco Corky, avançando ao longo do *Goya* e embatendo no suporte que se encontrava nove metros abaixo de Rachel e Tolland.

Ouviu-se um som apocalíptico. Água e chamas irromperam abaixo deles. Pedaços de metal torcido voaram pelo ar, espalhando-se sobre a grelha. Metal caindo sobre metal, enquanto o barco balouçava, encontrando um novo equilíbrio, ligeiramente inclinado.

À medida que o fumo se dissipava, Tolland pôde constatar que um dos quatro principais pontos de apoio do *Goya* sofrera sérios danos. As poderosas correntes contornavam o flutuador, ameaçando quebrá-lo. A escada em espiral que descia para o convés inferior parecia estar presa por um fio.

— Vamos! — gritou Tolland, empurrando Rachel na direcção da escada. — *Temos de descer!*

Mas já não havia tempo. Estalando, numa espécie de rendição, a escada soltou-se da estrutura danificada e afundou-se no mar.

Pairando sobre o navio, Delta-Um estabilizou os comandos do *Kiowa*, mantendo-o sob controlo. Momentaneamente encandeado pelo foguete que se aproximava, subira instintivamente, o que fizera com que o míssil *Hellfire* falhasse o seu alvo. Praguejando, pairava agora sobre a proa do navio e preparava-se para voltar a descer e concluir a sua tarefa.

Eliminar todos os passageiros. As ordens do controlador não podiam ter sido mais claras.

— Merda! Olha! — gritou Delta-Dois, que ocupava o assento traseiro, apontando através da janela. — Um barco a motor!

Delta-Um girou sobre si mesmo e avistou um *Crestliner* com marcas de balas que se afastava do *Goya*, desaparecendo na escuridão.

Havia uma decisão a tomar.

CAPÍTULO CENTO E CATORZE

Com as mãos ensaguentadas, Corky segurava o volante do *Crestliner Phantom 2100*, deslizando sobre a água. Acelerando, tentava atingir a velocidade máxima. Foi só nessa altura que se deu conta de uma dor lancinante. Viu então que a sua perna direita jorrava sangue. Sentiu instantaneamente uma tontura.

Debruçando-se sobre o volante, virou-se e olhou para trás, para o *Goya*, esperando que o helicóptero o seguisse. Estando Tolland e Rachel presos na grelha, Corky não pudera alcançá-los. Vira-se forçado a tomar uma decisão rápida.

Dividir para reinar.

Corky sabia que se atraísse o helicóptero até uma distância suficiente do *Goya*, talvez Tolland e Rachel conseguissem utilizar o rádio para pedir ajuda. Infelizmente, olhando por cima do ombro na direcção do navio iluminado, constatou que o helicóptero continuava a pairar sobre este, como que hesitante.

Vamos, seus filhos da mãe! Sigam-me!

Mas o helicóptero decidiu de outro modo. Tendo descrito uma curva sobre a popa do *Goya*, desceu e aterrou no convés. *Não!* Corky olhava aterrorizado, compreendendo que deixara Tolland e Rachel para trás, destinados a uma morte certa.

Sabendo que lhe competia agora pedir auxílio, Corky tacteou o painel de comandos até encontrar o rádio. Ligou o interruptor. Nada aconteceu. Nenhuma luz. Nenhuma estática. Pôs o volume no máximo. Nada. *Vá lá!* Largando o volante, curvou-se para dar uma espreitadela. Ao baixar-se, a dor na sua perna agudizou-se. Concentrou-se no rádio. Não podia acreditar no que via. O painel fora atingido e o rádio estava danificado, dele pendendo fios soltos. Olhava fixamente o dispositivo, ainda sem acreditar.

Sorte maldita...

Com os joelhos a fraquejar, Corky recostou-se, perguntando-se se seria possível que as coisas piorassem ainda mais. Olhando novamente o *Goya*, teve a sua resposta. Dois soldados armados saltaram do helicóptero para o convés. Em seguida, o helicóptero levantou voo, tomando a direcção de Corky, iniciando a perseguição a toda a velocidade.

Corky deixou-se cair. *Dividir para reinar.* Afinal, naquela noite, não era o único com essa brilhante ideia.

Ao atravessar o convés, aproximando-se da rampa que conduzia ao convés inferior, Delta-Três ouviu uma mulher gritar algures atrás debaixo dele. Fez sinal a Delta-Dois, indicando que iria lá abaixo verificar. O seu parceiro anuiu, ficando para trás, a vigiar o nível superior. Os dois homens manter-se-iam em contacto via *CrypTalk*; o sistema de *jammimg* do *Kiowa*, engenhosamente programado, deixava uma frequência obscura disponível para comunicarem entre si.

Segurando a sua metralhadora, Delta-Três avançou rapidamente na direcção da rampa que levava ao convés inferior. Com a vigilância de um assassino treinado, começou a descer lentamente, com a arma a postos.

A inclinação permitia uma visibilidade reduzida; Delta-Três agachou-se para obter uma melhor perspectiva. Podia agora ouvir os gritos com uma maior nitidez. Continuou a sua descida. A meio da escada, pôde distinguir o emaranhado de passadeiras retorcidas, presas à parte de baixo do *Goya.* Os gritos soavam agora com maior intensidade.

Viu-a, então. A meio caminho da passagem, Rachel Sexton olhava por sobre um gradeamento para a água e gritava desesperadamente por Michael Tolland.

Terá Tolland caído? Quem sabe, na explosão?

Se assim fosse, Delta-Três teria o seu trabalho facilitado. Bastava--lhe descer apenas mais meio metro e teria o campo livre para disparar. Seria como matar peixes num aquário. A sua única, embora vaga, preocupação tinha a ver com o facto de Rachel se encontrar perto de um cacifo de equipamento aberto, o que significava que ela poderia ter acesso a uma arma, um arpão vulgar ou um arpão para tubarões, apesar de nenhuma destas possibilidades rivalizar com a sua metralhadora. Confiante de que tinha a situação controlada, Delta-Três apontou a sua arma e desceu mais um degrau. Rachel Sexton estava agora a um alcance quase perfeito. Ergueu a arma.

Mais um passo.

A azáfama de movimentos surgiu vinda de debaixo da escada onde se encontrava. Ao olhar para baixo, Delta-Três ficou mais confuso do que assustado, vendo Michael Tolland que lançava uma estaca de alumínio na direcção dos seus pés.

Apesar de ter sido surpreendido, Delta-Três quase se riu daquela fraca tentativa para o fazer tropeçar.

Depois sentiu a ponta do pau tocar-lhe no calcanhar.

Uma explosão de dor intensa percorreu todo o seu corpo, quando o seu pé direito estourou debaixo dele com um impacto tremendo. Tendo perdido o equilíbrio, Delta-Três vacilou, caindo em seguida pelas escadas abaixo. A sua metralhadora tombou ruidosamente pela rampa e foi projectada borda fora, enquanto ele se abateu sobre a grelha. Em aflição, enrolou-se para agarrar o seu pé direito, mas este já lá não estava.

Tolland estava de pé, debruçado sobre o seu atacante, segurando ainda o fumegante *Powerhead Shark-Control Device*. Na extremidade de uma estaca de alumínio fora colocado um projéctil de calibre doze sensível à pressão, utilizado para autodefesa, em caso de ataque de um tubarão. Tolland colocara outra carga explosiva e encostava agora a sua ponta denteada e ainda quente à maçã-de-Adão do adversário. O homem estava deitado de costas, como que petrificado, olhando Tolland com uma expressão de raiva e agonia. Rachel surgiu a correr sobre a grelha. De acordo com o plano definido, era suposto ela apoderar-se da arma do homem, mas, infelizmente, esta caíra no oceano.

O dispositivo de comunicação do homem crepitou. A voz que se seguiu era robótica..

— Delta-Três? Responda. Ouvi um tiro.

O homem não fez menção de responder.

O dispositivo voltou a emitir estalidos.

— Delta-Três? Confirme. Precisa de apoio?

Quase imediatamente, uma nova voz surgiu na linha. Era igualmente robótica, mas identificável por meio de um ruído de fundo dos rotores do helicóptero.

— Aqui, Delta-Um — disse o piloto. — Estou neste momento a perseguir a embarcação em fuga. Delta-Três, aguardo confirmação. Estás ferido? Precisas de apoio?

Tolland comprimiu a carga explosiva contra a garganta do homem.

— Diga ao helicóptero que recue e deixe aquele barco em paz. Se matarem o meu amigo, você também morre.

Ao colocar o seu dispositivo de comunicação junto à boca, o soldado contorcia-se com dores. Enfrentou o olhar de Tolland, pressionou o botão e falou.

— Aqui, Delta-Três. Estou bem. Destruam a embarcação em fuga.

CAPÍTULO CENTO E QUINZE

Gabrielle Ashe regressou à casa de banho privada de Sexton, preparando-se para sair da *suite* do senador da mesma forma como entrara. A chamada de Sexton deixara-a ansiosa. Decididamente, o senador soara hesitante, quando lhe dissera que se encontrava no escritório; dir-se-ia que sabia que ela estava a mentir. Fosse como fosse, não conseguira entrar no computador de Sexton e, agora, não sabia ao certo o que fazer em seguida.

Sexton está à minha espera.

Tendo trepado para o lavatório, ao preparar-se para dar um impulso para cima, ouviu qualquer coisa cair sobre o chão de mosaicos. Olhou para baixo, irritada ao ver que derrubara um par de botões de punho do senador, que aparentemente se encontravam na borda do lavatório.

Deixa as coisas exactamente como as encontraste.

Voltando a descer, Gabrielle apanhou os botões de punho e colocou-os novamente em cima do lavatório. Quando se preparava para voltar a subir, fez uma pausa, olhando uma vez mais para os botões de punho. Em qualquer outra noite, Gabrielle tê-los-ia ignorado, mas, naquele momento, o monograma que exibiam despertou a sua atenção. Como na maior parte dos artigos com monograma que o senador usava, apresentavam duas letras entrelaçadas. SS. Gabrielle recordou-se da *password* inicial do computador de Sexton: SSS. Visualizou o calendário... POTUS... e o *screensaver* da Casa Branca, com a sua optimista mensagem rodopiando no monitor *ad infinitum.*

Presidente dos Estados Unidos Sedgewick Sexton... Presidente dos Estados Unidos Sedgewick Sexton... Presidente dos...

Gabrielle não se moveu por alguns instantes, reflectindo. Será que ele pode ser assim tão confiante?

Gabrielle sabia que bastava apenas um instante para descobrir. Regressou apressadamente ao escritório de Sexton, dirigiu-se ao seu computador e escreveu uma *password* com sete letras.

POTUSSS.

O *screensaver* evaporou-se instantaneamente.

Gabrielle olhava, incrédula.

Nunca se deve subestimar o ego de um político.

CAPÍTULO CENTO E DEZASSEIS

O *Crestliner Phantom* rasgava a noite, mas Corky Marlinson já não se encontrava ao seu leme. Sabia que o barco avançaria numa linha direita com ou sem ele ao volante. *O caminho de menor atrito.*

Corky encontrava-se na parte de trás do barco trepidante, tentando avaliar o ferimento que tinha na perna. Uma bala entrara-lhe pela frente da barriga da perna, não acertando na tíbia por pouco. Não havia qualquer ferimento na parte de trás, pelo que a bala devia ainda encontrar-se alojada. Corky procurou, sem êxito, algo com que estancar a hemorragia; havia apenas barbatanas, um tubo respiratório e um par de coletes salva-vidas. Nenhum estojo de primeiros socorros. Desesperadamente, Corky abriu uma pequena arca e retirou algumas ferramentas, pedaços de tecido, fita adesiva, combustível e outros itens de manutenção. Olhou para a perna ensanguentada e perguntou-se que distância teria de percorrer até se encontrar fora do território dos tubarões.

Teria de ir bem mais longe do que isto.

Delta-Um manteve o *Kiowa* num voo baixo sobre o oceano, enquanto perscrutava a escuridão à procura do *Crestliner*. Assumindo que o barco em fuga se dirigiria para terra, tentando afastar-se o mais possível do *Goya*, Delta-Um seguira a trajectória inicial do *Crestliner*.

Por esta altura, já deveria tê-lo alcançado.

Em circunstâncias normais, localizar o barco em fuga seria uma mera questão de utilizar o radar, mas com os sistemas de neutralização do *Kiowa* a transmitir ruído termal num espaço de várias milhas, o radar tornava-se inútil. Desligar o sistema de *jamming* não era uma opção a considerar até ter a confirmação de que toda a gente a bordo do *Goya* estava morta. Não poderia haver pedidos de socorro do *Goya*, naquela noite.

Este segredo do meteorito morre. Aqui. Agora.

Felizmente, Delta-Um tinha outras formas de localização. Mesmo contra aquele bizarro fundo de oceano aquecido, detectar o rasto térmico de um barco a motor era simples. Ligou o *scanner* térmico. O oceano em seu redor registava uma temperatura quente de noventa e cinco graus. Felizmente, as emissões de um motor de fora de bordo de 250 cavalos eram centenas de graus mais quentes.

Corky sentia a perna e o pé dormentes.

Na falta de mais ideias, enxugou o ferimento com um pedaço de pano, envolvendo-o em seguida com camada sobre camada de fita adesiva. Quando o rolo de fita se esgotou, Corky tinha toda a barriga da perna, desde o tornozelo ao joelho, revestida com um apertado invólucro prateado. A hemorragia fora estancada, embora as suas roupas e as suas mãos estivessem ainda cobertas de sangue.

Sentado no chão do *Crestliner*, Corky estranhava o facto de o helicóptero não o ter ainda encontrado. Percorreu o horizonte com o olhar, esperando ver o distante *Goya* e o helicóptero aproximando-se. Curiosamente, não viu nenhum dos dois. As luzes do *Goya* tinham desaparecido. Certamente, não chegara *tão* longe assim...

Subitamente, Corky teve esperança de escapar. Talvez o tivessem perdido na escuridão. Talvez conseguisse chegar a terra!

Foi então que reparou que a esteira do barco não era uma linha recta. Confuso, seguiu com a cabeça o arco da esteira, que descrevia uma curva gigante sobre o oceano. Um instante mais tarde, compreendeu.

O *Goya* encontrava-se mesmo a bombordo. Horrorizado, Corky deu-se conta do seu erro tarde de mais. Sem ninguém ao leme, o percurso do Crestliner alinhara-se continuamente com a direcção da poderosa corrente: o percurso circular do fluido hidrotermal. *Tenho andado num maldito círculo gigante!*

Caiu em si.

Apercebendo-se de que se encontrava ainda na área repleta de tubarões do fluido hidrotermal, Corky recordou as palavras assustadoras de Tolland. *Tendo lobos olfactivos altamente desenvolvidos... os tubarões-martelos conseguem cheirar uma gota de sangue a uma milha de distância.* Corky olhou a perna e as mãos ensanguentadas.

O helicóptero não tardaria a vir atrás dele.

Arrancando do corpo a roupa suja de sangue, Corky cambaleou nu até à popa do barco. Sabendo que nenhum tubarão conseguiria acompanhar o andamento do barco, lavou-se o melhor possível no poderoso jacto da esteira.

Uma única gota de sangue...

De pé, inteiramente exposto à noite, Corky sabia que havia só mais uma coisa a fazer. Ouvira uma vez dizer que os animais marcavam o seu território com urina porque o ácido úrico era o fluido humano que apresentava um cheiro mais intenso.

Mais intenso que o sangue, assim esperava Corky. Lamentando não ter bebido mais umas cervejas naquela noite, Corky colocou a sua perna ferida sobre a amurada e tentou urinar sobre a fita adesiva. *Vamos lá!* Esperou. *Nada como a pressão de uma pessoa ter de se mijar toda com um helicóptero a persegui-la.*

Finalmente, conseguiu. Corky urinou sobre a fita, impregnando-a o melhor possível. Utilizou o que restava na sua bexiga para ensopar um pano, que em seguida passou sobre todo o seu corpo. *Que agradável.*

No céu escuro, surgiu então um raio vermelho, descendo inclinado na sua direcção, como a lâmina reluzente de uma enorme guilhotina. O helicóptero apareceu, vindo de um ângulo oblíquo, o piloto aparentemente intrigado ao ver que Corky regressava na direcção do *Goya.*

Envergando rapidamente um colete salva-vidas altamente flutuante, Corky avançou para a parte de trás do rápido aparelho. No chão manchado de sangue do barco, apenas a metro e meio do sítio onde se encontrava Corky, surgiu um ponto vermelho brilhante.

Estava na hora.

A bordo do *Goya*, Michael Tolland não viu o seu Crestliner Phantom 2100 irromper em chamas, indo pelos ares numa roda de fogo e fumo.

Mas ouviu a explosão.

CAPÍTULO CENTO E DEZASSETE

Era normal que a Ala Oeste estivesse calma àquela hora, mas o inesperado sinal de urgência do presidente, de roupão e chinelos, tinha provocado uma agitação entre os seus assistentes e todo o seu *staff* permanente, obrigando-os a entrar em acção.

— Não consigo encontrá-la, Sr. Presidente — disse uma jovem assistente, seguindo-o apressadamente até à Sala Oval. Herney olhou em redor. — A Sra. Tench não atende o telemóvel, nem o *pager*.

O presidente parecia exasperado.

— Chegou a procurá-la na...?

— Ela saiu do edifício, Sr. Presidente — anunciou outro assistente, que acabara de chegar. — A sua saída ficou registada há cerca de uma hora atrás. Pensamos que a Sra. Tench se poderá ter dirigido ao NRO. Uma das telefonistas disse que ela esteve a falar ao telefone com Pickering, esta noite.

— William Pickering? — O presidente parecia surpreendido. Tench e Pickering não tinham as melhores relações.

— Já lhe ligaram?

— Ele também não atende, Sr. Presidente. Do NRO também não o conseguem apanhar. Dizem que tem o telemóvel desligado. Parece que desapareceu da face da Terra.

Herney fixou os seus assistentes por um momento e depois dirigiu-se ao bar, onde se serviu de um *bourbon*. Quando estava prestes a levar o copo à boca, um funcionário dos Serviços Secretos entrou de repente.

— Sr. Presidente? Não queria incomodá-lo, mas talvez seja melhor ficar ao corrente de que se deu há pouco uma explosão numa viatura, perto do Memorial FDR.

— O quê!? — Herney quase deixou cair o copo. — Quando?

— Há uma hora atrás. — A sua expressão era sombria. — E o FBI acabou de identificar a vítima...

CAPÍTULO CENTO E DEZOITO

Delta-Três gritava de dor. Sentia-se flutuar, numa consciência confusa. *Isto será a morte?* Tentou mover-se, mas estava paralisado, mal conseguindo respirar. Via apenas formas indistintas. A sua mente recuava até à explosão no *Crestliner*, vendo os olhos encolerizados de Michael Tolland quando o oceanógrafo se debruçara sobre ele, segurando a estaca do explosivo sobre a sua garganta.

Certamente, Tolland matou-me...

E, contudo, a dor excruciante no pé direito de Delta-Três dizia-lhe que estava ainda bem vivo. Aos poucos, a memória regressava. Ao ouvir a explosão do *Crestliner*, Tolland deixara escapar um grito de angústia e de raiva pela perda do amigo. Depois, voltando os seus olhos devastados para Delta-Três, Tolland curvara-se, como que preparando-se para empurrar a estaca através da garganta de Delta-Três. No entanto, ao fazê-lo, parecia hesitar, como se os seus princípios o impedissem. Com uma frustração e uma fúria brutais, Tolland afastou a estaca e pisou com a sua bota o pé desfeito de Delta-Três.

A última coisa de que se lembrava era de vomitar em agonia, enquanto o seu mundo avançava à deriva para um delírio negro. Agora recuperava os sentidos, sem poder imaginar quanto tempo estivera inconsciente. Apercebia-se de que tinha os braços amarrados atrás das costas, com um nó tão apertado que apenas poderia ter sido feito por um marinheiro. As pernas estavam igualmente amarradas, flectidas para trás e atadas aos pulsos, o que o mantinha num arco imobilizado. Tentou gritar, mas nenhum som saía. Tinham-lhe colocado algo na boca.

Não fazia ideia do que se estava a passar. Foi então que sentiu a aragem fresca e que viu as luzes. Percebeu que estava no convés principal do *Goya*. Tentou virar-se, procurando ajuda, e deparou com uma imagem arrepiante, o seu próprio reflexo — disforme —, sobre a cúpula reflectora de plexiglás do submergível, o qual se encontrava suspenso mesmo à sua frente. Delta-Três viu que estava sobre o gigante alçapão do convés. Mas, o que mais o perturbava era a pergunta que se impunha.

Se eu estou no convés... onde está Delta-Dois?

Delta-Dois estava cada vez mais ansioso.

Apesar da transmissão de *CrypTalk* do seu parceiro, afirmando que estava bem, o único tiro que se fizera ouvir não era o de uma metralhadora. Obviamente, Tolland ou Rachel Sexton tinham disparado uma arma. Delta-Dois aproximou-se para observar a rampa por onde o seu parceiro descera e viu o sangue.

De arma erguida, descera ao convés inferior, onde seguira o rasto de sangue, ao longo da grelha até à proa do navio. Aí, o trilho de sangue conduzira-o a uma outra rampa que dava para o convés principal. Estava deserto. Cada vez mais inquieto, Delta-Dois seguira a longa mancha carmesim na direcção da popa, onde passava pelo espaço a descoberto até à rampa pela qual descera.

Que raio se está a passar? A mancha parecia descrever um enorme círculo.

Avançando cautelosamente, com a arma pronta a disparar, Delta-Dois passou pela entrada da secção de laboratórios do navio. O rasto de sangue prosseguia até ao convés da popa. Cuidadosamente, contornou a esquina. Os seus olhos seguiram o sangue.

Fora assim que o encontrara.

Meu Deus!

Delta-Três estava estendido no chão, preso e amordaçado, deixado sem cerimónias em frente do pequeno submergível. Mesmo à distância, Delta-Dois conseguia ver que faltava ao seu parceiro uma boa parte do pé direito.

Receando cair numa armadilha, Delta-Dois ergueu a arma e avançou. Delta-Três contorcia-se de dor, tentando falar. Ironicamente, a forma como fora amarrado acabara provavelmente por lhe salvar a vida; a hemorragia no seu pé parecia ter abrandado.

Ao aproximar-se do submergível, Delta-Dois apreciava o raro luxo de poder observar a sua retaguarda; todo o convés do navio estava reflectido na cúpula. Aproximou-se de Delta-Três. Foi tarde de mais que se apercebeu do aviso nos seus olhos.

O brilho metálico surgiu de lado nenhum.

Uma das garras do *Triton* saltou de repente e atingiu a coxa esquerda de Delta-Dois com uma força esmagadora. Tentou libertar-se, mas a garra mecânica não cedeu. Soltou um grito de dor, sentindo um osso a quebrar-se. Os seus olhos dispararam para o *cockpit* do submergível. Tentando ver através dos reflexos, Delta-Dois procurou por entre as sombras do interior do *Triton*.

Michael Tolland encontrava-se aos comandos do submergível.

Má ideia, sussurrou Delta-Dois, tentando abstrair-se da dor e colocando a metralhadora ao ombro. Apontou ao lado esquerdo do peito de Tolland, apenas a um metro de distância, no lado oposto da cúpula. Delta-Dois puxou o gatilho e a arma rugiu. Louco de raiva por ter sido enganado, Delta-Dois fez a arma disparar até se esgotarem as munições e todos os cartuchos vazios caírem no chão do convés. Sem fôlego, largou a metralhadora e olhou furiosamente a cúpula estilhaçada à sua frente.

— Morto! — exclamou o soldado, lutando para libertar a sua perna do gancho. Ao voltar-se, o gancho metálico feriu a sua pele, abrindo uma ferida profunda. — Merda! —Tentou alcançar o *CrypTalk* no seu cinto. Todavia, quando o colocava junto aos lábios, um segundo braço robótico abriu-se com um estalido diante dele, avançando, prendendo o seu braço direito. O *CrypTalk* caiu no chão do convés.

Foi então que Delta-Dois avistou o fantasma na janela diante de si. Um rosto pálido inclinando-se para os lados e espreitando através de um canto de vidro intacto. Estupefacto, Delta-Dois olhou para o centro da cúpula e apercebeu-se de que as balas não tinham conseguido penetrar o espesso vidro. A cúpula estava repleta de marcas de balas.

Pouco depois, a escotilha do submergível abriu-se, e Michael Tolland emergiu. Parecia assustado mas ileso. Descendo a prancha de alumínio, Tolland saiu para o convés observou o vidro destruído da cúpula.

— Setecentos quilos por centímetro quadrado — disse Tolland. — Parece que precisas de uma arma maior.

No hidrolaboratório, Rachel sabia que o tempo estava a esgotar-se. Ouvira os disparos no convés e rezava para que tudo tivesse acontecido exactamente como Tolland planeara. Já não importava a Rachel saber quem estava por detrás da fraude do meteorito; se o administrador da NASA, Marjorie Tench ou o próprio presidente. Já nada disso era importante.

Eles não vão conseguir safar-se. Seja quem for, a verdade virá à superfície.

O ferimento no braço de Rachel tinha parado de sangrar e a adrenalina que corria pelo seu corpo tinha atenuado a dor e aguçado a sua concentração. Encontrando uma caneta e papel, Rachel escreveu uma mensagem de duas linhas. As palavras não eram as melhores, mas a eloquência era um luxo para o qual ela não tinha tempo. Acrescentou a nota à pilha incriminatória de papéis que tinha nas mãos: o registo de GPR, imagens de *Bathynomous Giganteus*, fotografias e artigos relativos aos côndrulos oceânicos, um registo de um *microscan* de electrões. O meteorito era uma fraude e as provas estavam ali.

Rachel inseriu todos os documentos no fax do hidrolaboratório. Sabendo apenas alguns números de fax de cor, as suas opções eram limitadas, mas já decidira quem receberia essas páginas e a sua mensagem. Sustendo a respiração, Rachel teclou o número de fax da pessoa em causa. Carregou na tecla «enviar», esperando ter escolhido bem o destinatário.

A máquina de fax produziu um bipe.

ERRO: SEM SINAL

Rachel já contava com isto. Os sistemas de comunicação do *Goya* encontravam-se ainda neutralizados. Rachel aguardou, observando a máquina, esperando que funcionasse como a que tinha em casa.

Vá lá!

Ao fim de cinco segundos, voltou a ouvir um bipe.

A REMARCAR...

Isso mesmo! Rachel viu que a máquina repetiria o processo automaticamente.

ERRO: SEM SINAL

A REMARCAR...

ERRO: SEM SINAL

A REMARCAR...

Deixando a máquina de fax em busca de sinal de chamada, Rachel saiu a correr do laboratório, mesmo quando as hélices do helicóptero troavam acima da sua cabeça.

CAPÍTULO CENTO E DEZANOVE

A cerca de duzentos e cinquenta quilómetros de distância do *Goya*, Gabrielle Ashe olhava para o monitor do computador de Sexton com um espanto silencioso. As suas suspeitas tinham-se confirmado. Mas Gabrielle nunca pudera imaginar até que ponto estava certa.

Tinha à sua frente dezenas de *scans* referentes a recibos de depósitos bancários efectuados por companhias privadas do ramo aeroespacial em numerosas contas que Sexton tinha nas ilhas Caimão. O cheque em que constava uma soma menos avultada era de quinze mil dólares. Vários ultrapassavam a fasquia de meio milhão de dólares.

Coisa de pouca importância, dissera o senador. *Todos os donativos ficam abaixo do limite de dois mil dólares.*

Obviamente, Sexton mentira o tempo todo. Gabrielle analisava agora o financiamento ilegal, em larga escala, de uma campanha eleitoral. A angústia causada pela traição e pelo desapontamento instalavam--se agora no seu coração. *O senador mentiu.*

Gabrielle sentia-se estúpida. Sentia-se suja. Mas, acima de tudo, sentia-se furiosa.

Sentou-se sozinha no escuro, apercebendo-se de que não tinha qualquer ideia do que fazer a seguir.

CAPÍTULO CENTO E VINTE

Sobre o *Goya*, enquanto o *Kiowa* virava acima do convés da popa, Delta-Um olhou para baixo, fixando os seus olhos em algo completamente inesperado.

Michael Tolland estava no convés, perto de um pequeno submergível. Oscilando suspenso nos braços robotizados do aparelho, como se estivesse a ser agarrado por um insecto gigante, Delta-dois lutava em vão para se libertar daquelas garras.

O que é aquilo, por amor de Deus!?

Uma imagem igualmente chocante era Rachel Sexton, que acabara de chegar ao convés, debruçada sobre um homem preso e ensanguentado, ao pé do submergível. Só podia ser Delta-três. Rachel apontava-lhe uma metralhadora da Força Delta e olhava na direcção do helicóptero, como que a desafiar o atacante.

Por um momento, Delta-Um sentiu-se desorientado, incapaz de perceber o que acontecera. Os erros anteriormente cometidos pela Força Delta na plataforma de gelo não eram comuns, mas tinham uma explicação, tendo em conta as circunstâncias. Aquilo, contudo, era inimaginável.

A humilhação de Delta-Um já seria atroz numa situação normal. Mas, naquela noite, a vergonha era ampliada pelo facto de se encontrar outra pessoa a bordo do helicóptero, alguém cuja presença era extremamente pouco convencional.

O controlador.

Tendo seguido a operação da Força Delta no Memorial FDR, o controlador ordenara a Delta-Um que voasse até um parque público deserto, perto da Casa Branca. Sob as suas ordens, Delta-Um aterrou num outeiro coberto de relva, no meio de algumas árvores, e o controlador, que estacionara perto do local, surgiu da escuridão e subiu para o *Kiowa*. A Força Delta prosseguiria a sua rota dentro de poucos segundos.

Apesar de ser raro o envolvimento directo do controlador nas operações, Delta-Um não se podia queixar. O controlador, preocupado pela forma como a Força Delta lidara com a situação na Plataforma de Gelo de Milne e temendo as crescentes suspeitas e a vigilância por parte de alguns sectores, informara Delta-Um de que tencionava acompanhar pessoalmente a fase final da operação.

Agora, o controlador, sentado ao lado do piloto, estava a testemunhar pessoalmente um fracasso como Delta-Um nunca conhecera.

Isto tem de acabar. Agora.

Do *Kiowa*, o controlador observava o convés do *Goya* e perguntava-se como fora possível chegar a uma tal situação. Nada tinha corrido conforme previsto; as suspeitas em torno do meteorito, os erros da Força Delta na plataforma de gelo, a necessária morte de um oficial de alta patente no Memorial FDR.

— Controlador — gaguejou Delta-Um, estupefacto e envergonhado, observando a situação no convés do *Goya*. — Não podia imaginar...

Nem eu, pensou o controlador. Obviamente, subestimara as suas presas.

O controlador fixou Rachel Sexton, que olhava para o pára-brisas espelhado do helicóptero e segurava numa das mãos um *CrypTalk*. Quando a voz dela, sintetizada, ecoou no interior do *Kiowa*, o controlador esperava que ela exigisse que o helicóptero desligasse o sistema de *jamming*, para que Tolland pudesse pedir ajuda por rádio. Mas o que Rachel Sexton disse foi muito mais preocupante.

— Vieram tarde de mais — disse ela. — Não somos os únicos a saber.

As palavras pairaram por um momento no interior do helicóptero. O mais provável era que ela estivesse a mentir, mas a mínima possibilidade de que fosse verdade fez o controlador hesitar. O êxito do projecto exigira a eliminação de todos os que tinham descoberto a verdade e, apesar de esta opção se ter tornado mais sangrenta do que o desejável, o controlador tinha de ter a certeza de que este seria o fim da história.

Alguém mais sabe...

Tendo em conta a reputação de Rachel Sexton, que aparentemente seguia de forma escrupulosa os protocolos relativamente a dados classificados, o controlador achava improvável que ela tivesse decidido partilhar a informação com alguém.

Rachel fez-se novamente ouvir através do *CrypTalk*.

— Recue, e pouparemos os seus homens. Aproxime-se e eles morrerão. De qualquer modo, a verdade virá à superfície. Limite as suas perdas. Recue.

— Está a fazer *bluff* — disse o controlador, sabendo que a voz que Rachel Sexton ouvia tinha um tom robotizado e andrógino. — Não disse nada a ninguém.

— Está disposto a arriscar? — contra-atacou Rachel. — Não consegui contactar com William Pickering mais cedo, por isso, assustei-me e resolvi assegurar algumas garantias.

O controlador franziu as sobrancelhas. Era plausível.

— Eles não estão a acreditar — disse Rachel, olhando para Tolland.

O soldado preso nas garras esboçou, com dificuldade, um sorriso malicioso.

— Já não têm munições e o helicóptero vai mandar-vos a todos para o inferno. Vocês vão ambos morrer. A única hipótese que vos resta é libertarem-nos.

Nem pensar, pensou Rachel, tentando avaliar o próximo movimento. Olhou para o homem preso e amordaçado que se encontrava deitado a seus pés, em frente do submergível. Entrara em delírio devido à falta de sangue. Rachel agachou-se perto dele, olhando-o nos seus olhos duros.

— Vou retirar a sua mordaça e depois segurarei no *CrypTalk*, para que você convença o helicóptero a partir. Estamos entendidos?

Ele anuiu com sinceridade.

Rachel tirou-lhe a mordaça. O soldado cuspiu saliva ensanguentada directamente na cara de Rachel.

— Cabra — vociferou, tossindo. — Hei-de ver-te morrer. Vão matar-te como a uma porca e gozarei cada minuto.

Rachel limpou a cara suja de saliva quente, ao mesmo tempo que sentia as mãos de Tolland levando-a dali, tirando-lhe a metralhadora das mãos. Pelo toque nervoso de Michael, Rachel podia ver que alguma coisa se quebrara dentro dele. Tolland dirigiu-se a um painel de controlo a alguns metros de distância, colocou a sua mão numa alavanca e fixou o olhar no homem deitado no convés.

— *Strike two*[NT] — disse Tolland. — E, no meu navio, estás desclassificado.

Com uma raiva determinada, Tolland puxou totalmente a alavanca. O enorme alçapão de mergulho situado sobre o *Triton* abriu-se, lembrando uma forca. O soldado amarrado soltou um curto gemido e desapareceu, mergulhando através do buraco. Caiu cerca de nove metros e mergulhou no oceano. A água tingiu-se de carmesim. Os tubarões atacaram instantaneamente.

O controlador estremeceu de raiva, vendo o que restava do corpo de Delta-Três, levado pela forte corrente para longe do navio. A água iluminada tornara-se cor-de-rosa. Alguns peixes lutavam por aquilo que parecia ter sido um braço.

Meu Deus.

Olhou para o convés. Delta-Dois continuava preso nas garras do *Triton*, mas agora o submergível encontrava-se suspenso sobre o alçapão de mergulho. Os seus pés balouçavam no vazio. Bastava a Tolland abrir as garras e Delta-Dois seria o seguinte.

— O.K. — rosnou o controlador para o *CrypTalk*. — Espere. Espere um pouco!

Do convés, Rachel fixou o *Kiowa*. Mesmo da altura a que se encontrava, o controlador podia sentir a determinação do seu olhar. Rachel activou o *CrypTalk*.

— Continua a pensar que estamos a fazer *bluff*? — perguntou ela. — Entre em contacto com o PBX do NRO. Fale com Jim Samiljan. Ele encontra-se na P&A, no turno da noite. Contei-lhe toda a verdade sobre o meteorito. Ele confirmará.

Ela está a dar-me um nome específico? Aquilo não parecia um bom presságio. Rachel Sexton não era tola nenhuma, e aquele era o tipo de *bluff* que o controlador poderia desmascarar numa questão de segundos.

NT Referência ao beisebol americano, em que o lançador é desclassificado se fizer três lançamentos irregulares, relativamente aos quais o árbitro vai anunciando *strike 1, strike 2, strike 3 and out.*

Apesar de não conhecer ninguém no NRO chamado Jim Samiljan, a organização era enorme. Rachel podia estar a dizer a verdade. Antes de ordenar a matança final, o controlador tinha de confirmar a informação.

Delta-Um olhou por cima do ombro.

— Quer que eu desactive o sistema para fazer a chamada e confirmar tudo isto?

O controlador fixou o olhar em Rachel e Tolland, ambos no seu campo de visão. Se algum deles tentasse fazer um movimento na direcção de um telemóvel ou do rádio, Delta-Um poderia então reactivar o sistema, impedindo a ligação. O risco era mínimo.

— Desligue o sistema — disse o controlador, pegando no telemóvel. — Vou confirmar se Rachel está a mentir. Depois encontraremos uma maneira de tirar Delta-Dois dali e de acabar com isto.

Em Fairfax, a telefonista do PBX central do NRO estava a ficar impaciente.

— Como acabei de lhe dizer, não existe nenhum Jim Samiljan na Divisão de Análise e Planeamento.

A pessoa do outro lado da linha mostrava-se insistente.

— Tentou outras grafias? Verificou nos outros departamentos?

A telefonista já tinha verificado, mas voltou a fazê-lo. Ao fim de alguns segundos, respondeu-lhe.

— Não existe ninguém chamado Jim Samiljan. Seja qual for a grafia.

O tom de voz do outro lado da linha tornara-se, estranhamente, mais agradável.

— Então, tem a certeza de que não existe ninguém que trabalhe no NRO chamado Jim Samil...

Uma súbita agitação irrompeu do outro lado da linha. Alguém gritou. Ouviu-se praguejar e a chamada caiu.

No interior do *Kiowa*, Delta-Um gritava de raiva, tentando a todo custo reactivar o sistema de *jamming*. Apercebera-se tarde de mais. Na enorme matriz de controlos luminosos do *cockpit*, um pequeno indicador LED dava conta de um sinal SATCOM a ser transmitido do *Goya. Mas como? Ninguém saiu do convés!* Antes que Delta-Um pudesse activar o sistema, a ligação feita a partir do *Goya* já fora concluída.

No interior do hidrolaboratório, uma luz da máquina de fax piscava alegremente.

LIGAÇÃO ESTABELECIDA... FAX ENVIADO.

CAPÍTULO CENTO E VINTE E UM

Morrer ou ser morta. Rachel descobrira uma parte de si que nunca pensara existir. Instinto de sobrevivência — uma força selvagem alimentada pelo medo.

— O que estava naquele fax que foi enviado? — exigiu saber a voz no CrypTalk.

Rachel ficou aliviada por ouvir a confirmação de que o fax seguira, tal como planeado.

— Abandonem a área — exigiu, falando para o CrypTalk e olhando para o helicóptero acima. — Está terminado. O vosso segredo foi revelado. — Rachel informou os seus atacantes de toda a informação que tinha acabado de enviar. Meia dúzia de folhas com fotografias e texto. A prova incontroversa de que o meterorito era falso. — Fazer-nos mal só irá piorar a vossa situação.

Houve uma pausa prolongada.

— Para quem enviou o fax?

Rachel não tinha qualquer intenção de responder a essa pergunta. Ela e Tolland precisavam de conseguir o máximo de tempo possível. Tinham-se posicionado junto à abertura no convés, em linha directa com o *Triton*, fazendo com que fosse impossível ao helicóptero disparar sem atingir o soldado que pendia das garras do submarino.

— William Pickering — tentou adivinhar a voz, parecendo estranhamente esperançosa. — Enviou o fax a Pickering.

Errado, pensou Rachel. Pickering teria sido a sua primeira escolha, mas ela tinha sido forçada a escolher outra pessoa, por receio de que os seus atacantes já tivessem eliminado Pickering — um gesto cuja audácia seria um testemunho arrepiante da determinação do seu inimigo. Num momento de decisão desesperada, Rachel tinha enviado o fax com os dados para o único número de fax que sabia de cor.

O gabinete do seu pai.

O número de fax do senador Sexton fora dolorosamente gravado na memória de Rachel depois da morte da mãe, quando o pai resolvera tratar dos inúmeros pormenores da herança sem ter de lidar pessoalmente com Rachel. Rachel nunca imaginara que se viraria para o pai numa altura de necessidade, mas nessa noite ele possuía duas qualidades fundamentais — todas as motivações políticas correctas para revelar os dados do meteorito sem hesitação, e a lata suficiente para ligar para a Casa Branca e fazer chantagem para eles mandarem regressar o seu esquadrão de assassinos.

Embora quase de certeza o seu pai não estivesse no gabinete a esta hora, Rachel sabia que ele mantinha o seu gabinete trancado como um cofre. Mesmo que os atacantes soubessem para onde é que ela os enviara, eram poucas as hipóteses de que eles pudessem passar pela apertada segurança federal do Philip A. Hart Senate Office Building, e entrarem no gabinete do senador sem ninguém reparar.

— Para onde quer que tenha enviado esse fax — disse a voz vinda de cima —, colocou essa pessoa em perigo.

Rachel sabia que tinha de falar de uma posição de poder, independentemente do medo que estava a sentir. Fez um gesto na direcção do soldado apanhado nas garras do *Triton*. As pernas deste pendiam sobre o abismo, pingando sangue de uma altura de nove metros para o oceano.

— A única pessoa que está em perigo é o seu agente — disse ela para o *CrypTalk*. — Está terminado. Recuem. Os dados foram-se. Perderam. Deixem a área ou este homem morre.

A voz no *CrypTalk* retorquiu,

— Miss Sexton, não compreende a importância...

— Compreender? — explodiu Rachel. — Compreendo que matou pessoas inocentes! Compreendo que mentiu acerca do meteorito! E compreendo que não se vai safar com isto! Mesmo que nos mate, está tudo terminado!

Houve uma pausa prolongada. Por fim, a voz disse,

— Vou descer.

Rachel sentiu os músculos a endurecer. *Descer?*

— Estou desarmado — disse a voz. — Não faça nada de precipitado. Você e eu precisamos de falar pessoalmente.

Antes de Rachel poder reagir, o helicóptero aterrou sobre o convés do *Goya*. A porta do lado do passageiro na fuselagem abriu-se e saiu uma figura. Era um homem de aparência vulgar com um casaco preto e uma gravata. Por um instante, os pensamentos de Rachel ficaram totalmente em branco.

Ela estava a olhar para William Pickering.

William Pickering encontrava-se no convés do *Goya* e olhava com mágoa para Rachel Sexton. Ele nunca tinha pensado que aquele dia chegasse a isso. Enquanto se movia na sua direcção, ele conseguiu ver a perigosa combinação de emoções nos olhos da sua subordinada.

Choque, traição, confusão, fúria.

Tudo compreensível, pensou. *Há tanta coisa que ela não compreende.*

Durante um momento, Pickering lembrou-se da filha, Diana, perguntando-se que emoções ela teria sentido antes de morrer. Tanto Diana como Rachel eram baixas da mesma guerra, uma guerra que Pickering jurara que iria combater para sempre. Por vezes, as baixas podiam ser tão cruéis.

— Rachel — disse Pickering. — Ainda podemos solucionar isto. Há muita coisa que preciso de explicar.

Rachel Sexton parecia horrizada, quase nauseada. Tolland segurava agora a metralhadora e apontava-a ao peito de Pickering. Também ele parecia desorientado.

— Mantenha-se afastado! — gritou Tolland.

Pickering parou a pouco mais de cinco metros, fixando-se em Rachel.

— O teu pai está a ser subornado, Rachel. Aceita pagamentos de empresas espaciais privadas. Ele está a planear desmantelar a NASA e abrir o espaço ao sector privado. Ele tem de ser travado, como assunto de segurança nacional.

A expressão de Rachel era apática.

Pickering suspirou.

— A NASA, apesar de todas as suas falhas, *deve* continuar a ser uma instituição governamental. — *Certamente que ela é capaz de compreender os perigos.* Com uma privatização, as mentes mais brilhantes e as melhores ideias iriam parar ao sector privado. O património de inteligência dissolver-se-ia. Os militares perderiam o acesso. As empresas espaciais privadas que procurassem aumentar capital começariam a vender as patentes e as ideias da NASA aos licitadores mundiais que oferecessem um valor mais elevado!

A voz de Rachel tremia.

— Você falsificou o meteorito e matou pessoas inocentes... em nome da segurança nacional?

— Não era previsível que fosse assim — disse Pickering. — O plano era salvar uma importante agência governamental, não era matar.

Pickering sabia que a conspiração do meteorito, tal como a maioria das propostas dos serviços secretos, tinha sido um produto do medo. Há três anos, num esforço de ampliar os hidrofones NRO em águas mais profundas, onde não pudessem ser alvo de sabotagem por parte de inimigos, Pickering engendrara um programa que utilizava um material de construção há pouco tempo desenvolvido pela NASA para, secretamente, projectar um submarino extraordinariamente resistente, capaz de transportar seres humanos até às regiões mais profundas do oceano — incluindo o fundo do Fosso das Marianas.

Concebido a partir de um material revolucionário, este submarino para duas pessoas fora projectado a partir de cópias fotográficas pirateadas do computador de um engenheiro da Califórnia chamado Graham Hawkes, um projectista de submarinos genial, cujo sonho de toda uma vida era construir um submersível de ultraprofundidade ao qual chamava *Deep Flight II*. Hawkes estava a ter problemas em encontrar fundos para construir um protótipo. Por seu lado, Pickering tinha um orçamento ilimitado.

Usando o submersível classificado feito com esse material, Pickering enviou uma equipa encoberta submarina para fixar novos hidrofones no Fosso das Marianas, a uma profundidade maior do que qualquer inimigo pudesse encontrar. Contudo, enquanto perfuravam descobriram estruturas geológicas diferentes de tudo aquilo que os cientistas alguma vez tinham visto. As descobertas incluíam côndrulos e fósseis de diversas espécies desconhecidas. Era óbvio que como a capacidade do NRO de mergulhar a esta profunidade era assunto classificado, nenhuma informação poderia ser partilhada.

Só há pouco tempo, e novamente por medo, é que Pickering decidira, com a sua equipa silenciosa de conselheiros científicos do NRO, utilizar os conhecimentos da geologia singular das Marianas para salvar a NASA. Transformar uma rocha das Marianas num meteorito fora, afinal, uma tarefa simples. Usando um motor ECE que funcionava a neve semiderretida e hidrogénio, a equipa do NRO, carbonizando a rocha, provocara uma convincente rocha de fusão. Depois, utilizando um pequeno submarino de transporte para descer abaixo da Plataforma de Gelo de Milne, tinham introduzido, por baixo, a rocha carbonizada no gelo. O veio da inserção voltara a congelar, e a rocha parecia encontrar-se ali há mais de trezentos anos.

Infelizmente, como acontecia com frequência no mundo das operações secretas, o maior dos planos podia ser desfeito pelo mais ínfimo dos obstáculos. No dia anterior, toda a ilusão se desmoronara devido a algum plâncton bioluminescente...

Do *cockpit* do *Kiowa* parado, Delta-Um observava o drama que se desenrolava à sua frente. Rachel e Tolland pareciam estar totalmente controlados, embora Delta-Um quase tivesse vontade de rir da qualidade da ilusão. A metralhadora na mão de Tolland não valia nada; mesmo dali, Delta-Um conseguia ver que a montagem do percutor estava para trás, indicando que a câmara estava vazia.

Enquanto Delta-Um olhava para o seu companheiro que se debatia entre as garras do *Triton*, percebeu que tinha de se apressar. A atenção no convés desviara-se completamente para Pickering, e agora Delta-Um podia entrar em acção. Deixando os rotores inactivos, saiu das traseiras da fuselagem e, usando o helicóptero como cobertura, dirigiu-se sem ser visto para o passadiço de estibordo. Com a sua própria metalhadora na mão, dirigiu-se à proa. Pickering dera-lhe ordens específicas antes de terem aterrado no convés, e Delta-Um não tinha qualquer intenção de falhar esta tarefa simples.

Numa questão de minutos, pensou, *tudo isto terá acabado.*

CAPÍTULO CENTO E VINTE E DOIS

Ainda de roupão vestido, Zach Herney sentou-se à sua secretária na Sala Oval, com a cabeça a latejar. Mais uma peça do *puzzle* acabara de ser revelada.

Marjorie Tench está morta.

Os assistentes de Herney disseram-lhe estar na posse de informações que sugeriam que Tench fora até ao FDR Memorial para um encontro privado com William Pickering. Agora que Pickering desaparecera, o *staff* também achava que Pickering poderia estar morto.

O presidente e Pickering tinham travado ultimamente as suas batalhas. Há meses, Herney soubera que Pickering se tinha envolvido numa actividade ilegal em nome de Herney numa tentativa para salvar a campanha vacilante de Herney.

Utilizando fundos do NRO, Pickering, discretamente, reunira uma quantidade suficiente de assuntos sujos acerca do senador Sexton para lhe afundar a campanha — fotografias sexuais escandalosas do senador com a sua assistente Gabrielle Ashe, registos financeiros incriminatórios que provavam que Sexton estava a receber subornos de empresas espaciais privadas. Pickering enviara anonimamente todas as provas a Marjorie Tench, presumindo que a Casa Branca as usaria com bom senso. Mas Herney, depois de ter visto os dados, tinha proibido Tench de as utilizar. Escândalos sexuais e subornos eram cancros em Washington, e acenar com mais casos desses ao público só aumentaria a desconfiança em relação ao governo.

O cinismo está a matar este país.

Embora Herney soubesse que lhe era possível destruir Sexton com um escândalo, o custo seria conspurcar a dignidade do Senado dos Estados Unidos, algo que Herney se recusava a fazer.

Já chega de aspectos negativos. Herney bateria o senador Sexton nos debates.

Pickering, furioso pela recusa da Casa Branca em utilizar as provas que ele lhes fornecera, tentou fazer rebentar o escândalo fazendo circular o boato de que Sexton dormira com Gabrille Ashe. Infelizmente, Sexton declarara a sua inocência com uma indignação tão convincente que o presidente acabara por ter de se desculpar pessoalmente pela fuga de informação. Em resumo, Pickering fizera mais mal que bem. Herney disse a Pickering que se ele voltasse a interferir na campanha, seria processado. Claro que a grande ironia era que Pickering nem sequer gostava do presidente Herney. As tentativas do director do NRO para auxiliar a campanha de Herney eram simplesmente o receio quanto ao destino da NASA. Zach Herney era o menor de dois males.

Será que alguém matou Pickering?

Herney não o conseguia imaginar.

— Sr. presidente? — perguntou um assistente. — Tal como pedido, telefonei a Lawrence Ekstrom e falei-lhe acerca de Marjorie Tench.

— Obrigado.

— Ele gostaria de falar consigo, senhor.

Herney ainda estava furioso com Ekstrom por este lhe ter mentido acerca de PODS.

— Diga-lhe que lhe falo de manhã.

— O Sr. Ekstrom quer falar imediatamente consigo. — O assistente parecia pouco à-vontade. — Está muito perturbado.

ELE está perturbado? Herney começou a perder a calma. Enquanto se preparava para atender a chamada de Ekstrom, o presidente perguntou-se que mais poderia correr mal nessa noite.

CAPÍTULO CENTO E VINTE E TRÊS

A bordo do *Goya*, Rachel sentia-se a delirar. A mistificação que assentara à sua volta como um nevoeiro pesado começava agora a levantar-se. A realidade nua e crua de que se começava a aperceber fazia-a sentir-se indefesa e repugnada. Olhou para o estranho que se encontrava à sua frente e mal conseguiu ouvir a voz deste.

— Nós precisávamos de reconstruir a imagem da NASA — estava Pickering a dizer. — A sua popularidade e fundos em declínio tornaram-se perigosos a muitos níveis. — Pickering interrompeu-se, os olhos cinzentos fixando-se nos dela. — Rachel, a NASA estava *desesperada* por um triunfo. Alguém tinha de o fazer acontecer.

Algo tinha de ser feito, pensou Pickering.

O meteorito tinha sido um acto final de desespero. Pickering e outros tinham tentado salvar a NASA ao tentarem incorporar a agência espacial na comunidade dos serviços secretos onde gozaria de um aumento de fundos e de melhor segurança, mas a Casa Branca repelia continuamente a ideia como um assalto na ciência pura. *Idealismo míope.* Com o aumento da popularidade da retórica anti-NASA de Sexton, Pickering e o seu bando de corretores do poder militares sabia que o tempo estava a chegar ao fim. Eles decidiram que capturar a imaginação dos contribuintes e do Congresso era o único meio que lhes restava para salvaguardar a imagem da NASA e salvá-la de um leilão. Se a agência espacial ia sobreviver, iria necessitar de uma infusão de grandeza — algo que fizesse os contribuintes lembrarem-se dos dias de glória da NASA com a *Apolo*. E se Zach Herney ia derrotar o senador Sexton, ele ia precisar de ajuda.

Eu tentei ajudá-lo, pensou Pickering, relembrando todas as provas prejudiciais que tinha enviado a Marjorie Tench. Infelizmente, Herney tinha proibido a sua utilização, não deixando qualquer escolha a Pickering para além de medidas drásticas.

— Rachel — disse Pickering —, a informação que acabaste de enviar por fax desta embarcação é perigosa. Tens de compreender isso. Se vier a público, a Casa Branca e a NASA parecerão cúmplices. A reviravolta contra a Casa Branca e a NASA será enorme. O presidente e a NASA não sabem de nada, Rachel. Estão inocentes. Eles acreditam que o meteorito é autêntico.

Pickering nem sequer tentara meter Herney ou Ekstrom no plano porque ambos eram demasiado idealistas para concordarem com qualquer falsificação, independentemente do seu potencial para salvar quer a presidência quer a agência espacial. O único crime do administrador Ekstrom tinha sido o de persuadir o supervisor da missão PODS a mentir acerca do *software* anómalo, um gesto do qual sem dúvida Ekstrom se arrependera assim que percebera como este meteorito iria ser cuidadosamente examinado.

Marjorie Tench, frustrada pela insistência de Herney em travar uma campanha digna, tinha conspirado com Ekstrom na mentira acerca dos PODS, esperando que um pequeno êxito dos PODS pudesse ajudar o presidente a impedir o aumento da vaga de fundo pró-Sexton.

Se Tench tivesse usado as fotografias e as informações acerca dos subornos que lhe dei, nada disto teria acontecido!

O assassinato de Tench, embora muito lamentável, tinha sido decidido assim que Rachel telefonara a Tench e fizera acusações de fraude. Pickering sabia que Tench iria ser incansável a investigar o caso, até chegar ao fundo dos motivos de Rachel para afirmações tão ultrajantes, e esta era obviamente uma investigação que Pickering nunca poderia deixar que acontecesse. Ironicamente, Tench acabaria por servir melhor o seu presidente depois de morta, já que o seu fim violento ajudara a cimentar um voto de simpatia pela Casa Branca bem como lançara suspeitas vagas de crime na campanha desesperada de Sexton, o qual tinha sido tão publicamente humilhado por Marjorie Tench na CNN.

Rachel manteve o seu terreno, olhando para o seu chefe.

— Compreende que — continuou Pickering — se vierem a público notícias acerca da fraude deste meteorito, irás destruir um presidente inocente e uma agência espacial inocente. Também colocarás um homem muito perigoso na Sala Oval. Preciso de saber para onde enviaste o fax com os dados.

Enquanto ele dizia estas palavras, um olhar estranho atravessou o rosto de Rachel. Era a expressão horrorizada de alguém que acabara de se aperceber de que poderia ter cometido um erro terrível.

Tendo dado a volta à proa e regressado pelo lado de bombordo, Delta-Um encontrava-se agora no hidrolaboratório de onde tinha visto Rachel a emergir quando o helicóptero chegara. Um computador dentro do laboratório mostrava uma imagem perturbadora — uma apresentação policromática do vórtice pulsante e profundo que estava aparentemente a pairar sobre o fundo do oceano, algures debaixo do *Goya*.

Mais um motivo para nos pirarmos daqui, pensou ele, movendo-se agora em direcção ao seu objectivo.

A máquina de fax encontrava-se numa bancada na extremidade mais afastada da parede. O tabuleiro estava cheio com um monte de papéis, exactamente como Pickering calculara que estaria. Delta-Um pegou no molho de papéis. Uma nota de Rachel encontrava-se no cimo. Apenas duas linhas. Ele leu-a.

Em cheio, pensou.

Enquanto folheava os papéis, estava simultaneamente espantado e desanimado com a extensão do que Tolland e Rachel tinham descoberto acerca da conspiração do meteorito. Quem quer que visse aquelas cópias não teria quaisquer dúvidas acerca do seu significado. Afortunadamente, Delta-Um nem sequer precisava de premir a tecla da rechamada para descobrir para onde tinham sido enviadas as cópias. O último número de fax ainda se podia ver no visor LCD.

Um prefixo de Washington, D. C.

Ele copiou cuidadosamente o número de fax, agarrou em todos os papéis, e saiu do laboratório.

Tolland sentia as mãos transpiradas sobre a metralhadora enquanto a segurava, apontando o cano para o peito de William Pickering. O director do NRO ainda estava a pressionar Rachel para que ela lhe dissesse para onde os dados tinham sido enviados, e Tolland estava a começar a sentir a desconfortável sensação de que Pickering estava apenas a tentar ganhar tempo. *Para quê?*

— A Casa Branca e a NASA são inocentes — repetia Pickering. — Ajuda-me. Não deixes que os meus erros destruam a pouca credibilidade que ainda resta à NASA. A NASA parecerá culpada se isto se vier a saber. Nós podemos chegar a um acordo. O país precisa deste meteorito. Diz-me para onde enviaste os dados antes que seja demasiado tarde.

— Para que possa matar mais alguém? — perguntou Rachel. — Falar consigo dá-me vontade de vomitar.

Tolland estava espantado com a dureza de Rachel. Desprezava o pai, mas era óbvio que não tencionava, de forma alguma, colocar o senador em perigo. Infelizmente, o plano de enviar o fax para o pai virara-se contra ela. Mesmo que o senador entrasse no gabinete, visse o fax, e telefonasse ao presidente com notícias da fraude do meteorito e lhe dissesse para mandar cancelar o ataque, ninguém na Casa Branca saberia a que se referia Sexton, e muito menos onde é que eles estavam.

— Só digo mais uma vez — disse Pickering, fixando Rachel com um olhar ameaçador. — Esta situação é demasiado complexa para que tu a possas compreender na totalidade. Cometeste um erro enorme quando fizeste com que aqueles dados saíssem daqui. Puseste o teu país em risco.

Tolland percebia agora que William Pickering estava claramente a ganhar tempo. E o motivo disso avançava, calmamente, para eles, do lado a estibordo do navio. Tolland sentiu uma pontada de medo ao ver o soldado a caminhar, rigidamente, para eles, trazendo consigo um molho de papéis e uma metralhadora.

Tolland reagiu com uma tal determinação que até ele próprio se sentiu surpreendido. Apertando a metralhadora, rodou, apontou-a ao soldado, e premiu o gatilho.

A arma fez um *clique* inócuo.

— Encontrei o número de fax — disse o soldado, entregando a Pickering um pedaço de papel. — E o Sr. Tolland está sem munições.

CAPÍTULO CENTO E VINTE E QUATRO

Sedgewick Sexton irrompeu pelo corredor do Philip A. Hart Senate Office Building. Não fazia qualquer ideia de como Gabrielle o poderia ter feito, mas era óbvio que ela tinha entrado no seu gabinete. Enquanto estavam a falar ao telefone, Sexton tinha ouvido claramente o bater inconfundível, o tiquetaque peculiar do seu relógio *Jourdain* como ruído de fundo. Só conseguia pensar que Gabrielle, ao ouvir a reunião SFF, perdera a confiança nele e fora procurar provas.

Como raio é que ela entrou no meu gabinete?!

Sexton estava satisfeito por ter alterado a *password* do seu computador.

Quando chegou ao gabinete privado, Sexton marcou o código para desactivar o alarme. Depois procurou as chaves, destrancou as portas pesadas, escancarou-as e irrompeu pelo gabinete, tencionando apanhar Gabrielle em flagrante.

Mas o gabinete estava escuro e vazio, apenas iluminado pelo brilho do *screensaver* do computador. Acendeu as luzes, e perscrutou a sala com o olhar. Tudo parecia estar no sítio. Um silêncio total, exceptuando o tiquetaque do relógio.

Onde raio é que ela se meteu?

Pareceu-lhe ouvir barulho na sua casa de banho privada e para lá se dirigiu rapidamente, acendendo a luz. Vazia. Viu atrás da porta. Ninguém.

Confuso, Sexton viu-se ao espelho, perguntando-se se teria bebido muito naquela noite. *Eu ouvi qualquer coisa.* Sentindo-se desorientado e confuso, regressou ao gabinete.

— Gabrielle? — chamou. Seguiu pelo corredor até ao gabinete dela. Ela não estava lá. O gabinete estava às escuras.

Um autoclismo fez-se ouvir na casa de banho das mulheres e Sexton virou-se, avançando de novo em direcção às casas de banho. Chegou exactamente quando Gabrielle estava a sair, secando as mãos. Ela sobressaltou-se quando o viu.

— Santo Deus! Assustaste-me! — exclamou, parecendo genuinamente assustada. — Que estás a fazer aqui?

— Tu disseste que ias buscar os documentos da NASA ao teu gabinete — declarou ele, olhando para as mãos vazias de Gabrielle. — Onde estão?

— Não os consegui encontrar. Foi por isso que demorei tanto tempo.

Ele olhou-a directamente nos olhos.

— Estiveste no meu gabinete?

A máquina de fax dele salvou-me a vida, pensou Gabrielle.

Há poucos minutos tinha estado sentada à secretária de Sexton, olhando o computador, tentando imprimir cópias dos cheques ilegais que ele guardava no computador. Os ficheiros estavam protegidos, e ela iria precisar de mais algum tempo para descobrir como os imprimir. Provavelmente ainda estaria a tentar naquele momento, se o fax de Sexton não tivesse tocado, assustando-a e fazendo com que ela voltasse à realidade. Gabrielle considerou que se tratava da sua deixa para sair. Sem se demorar a ver de que tratava o fax que estava a chegar, ela fez o *log off* do computador de Sexton, arrumou a secretária, e regressou para o local de onde viera. Estava a sair da casa de banho de Sexton quando o ouviu entrar.

Agora com Sexton perante ela, olhando para baixo, ela sentiu que os olhos dele a perscrutavam procurando uma mentira. Sedgewick Sexton conseguia sentir mentiras como mais ninguém. Se ela lhe mentisse, Sexton sabê-lo-ia.

— Estiveste a beber — disse Gabrielle, afastando-se. *Como é que ele sabe que estive no gabinete dele?*

Sexton colocou as mãos nos ombros dela e fez com que ela se virasse para ele.

— Estiveste no meu gabinete?

Gabrielle sentiu o medo a aumentar. Sexton tinha estado mesmo a beber. As maneiras eram rudes.

— No teu gabinete? — perguntou, com firmeza, forçando um riso de perplexidade. — Como? *Porquê?*

— Ouvi o meu *Jourdain* em fundo quando telefonaste.

Gabrielle encolheu-se por dentro. O relógio? Nem sequer lhe ocorrera.

— Sabes como o que disseste parece ridículo?

— Passo o dia todo naquele gabinete. Reconheço o som do relógio.

Gabrielle sentiu que tinha de acabar imediatamente com aquilo. *A melhor defesa é o ataque.* Pelo menos, era o que Yolanda Cole costumava dizer. De mãos nas ancas, Gabrielle avançou para ele com tudo o que tinha para lhe atirar. Aproximou-se, fixando-o atentamente no rosto.

— Vamos lá a ver se nos entendemos, senador. São quatro da manhã, estiveste a beber, ouviste um tiquetaque ao telefone, e é por isso que estás aqui? — Indignada, apontou para a porta do seu próprio gabinete. — Só para que conste, estás a acusar-me de ter desactivado um sistema de alarme federal, ter arrombado duas fechaduras, ter entrado no teu gabinete, sendo suficientemente estúpida para atender o telemóvel enquanto cometia um crime, e de ter reactivado o sistema de alarme quando saí, dirigindo-me calmamente à casa de banho das mulheres, antes de fugir, de mãos a abanar? É essa a história?

Sexton pestanejou.

— É de bom senso uma pessoa não beber sozinha — disse Gabrielle. — Agora queres falar acerca da NASA, ou não?

Regressando ao gabinete, Sexton sentiu-se confuso. Dirigiu-se ao minibar e serviu-se de uma *Pepsi.* Não se *sentia* bêbado. Poderia de facto não ter razão? Do outro lado da sala, o *Jourdain* tiquetava, trocista. Sexton bebeu a *Pepsi* de uma só golada e serviu-se de outra, dando também uma a Gabrielle.

— Bebes, Gabrielle? — perguntou, voltando à sala. Gabrielle não o tinha seguido. Ainda se mantinha parada na soleira da porta, fazendo com que ele tivesse de se esforçar para ser simpático. — Oh, por amor de Deus! Entra. Diz-me o que descobriste na NASA.

— Acho que por esta noite já me chega — replicou, parecendo distante. — Falaremos disso amanhã.

Sexton não estava com disposição para brincadeiras. Precisava da informação naquele momento, e não ia suplicar. Suspirou pesadamente. *Dá o voto de confiança. É tudo uma questão de confiança.*

— Dei cabo de tudo — disse Sexton. — Desculpa. Foi um dia terrível. Não sei em que estava a pensar.

Gabrielle permaneceu na soleira da porta.

Sexton dirigiu-se à sua secretária e colocou a *Pepsi* de Gabrielle sobre o tampo de mata-borrão. Apontou para o cadeirão de couro — o lugar de poder.

— Senta-te. Toma uma bebida. Eu vou meter a cabeça no lavatório. — Dirigiu-se à casa de banho.

Gabrielle ainda não se movera.

— Acho que vi um fax na máquina — gritou Sexton sobre o ombro, ao entrar na casa de banho. *Mostra-lhe que confias nela.* — Dá-lhe uma olhadela por mim, está bem?

Sexton fechou a porta e encheu o lavatório com água fria. Molhou o rosto, mas não se sentiu menos confundido. Isto nunca lhe acontecera antes — estar tão certo, e tão errado. Sexton era um homem que confiava no instinto, e o instinto dizia-lhe que Gabrielle Ashe tinha estado no seu gabinete.

Mas como? Era impossível.

Sexton forçou-se a não pensar mais no assunto e concentrou-se no que tinha entre mãos. *NASA.* Ele precisava de Gabrielle naquele momento, não era a melhor altura para a hostilizar. Ele precisava de saber o que ela sabia. *Esquece o instinto. Estavas enganado.*

Ao secar o rosto, Sexton lançou a cabeça para trás e respirou fundo. *Relaxa*, disse a si mesmo. *Não fiques paranóico.* Fechou os olhos e voltou a inspirar profundamente, sentindo-se melhor.

Quando Sexton saiu da casa de banho, sentiu-se aliviado por ver que Gabrielle tinha concordado e que tinha voltado a entrar no gabinete. *Excelente*, pensou. *Agora podemos ir direitos ao assunto.* Gabriella estava junto do fax, folheando as páginas que acabavam de chegar. No entanto, Sexton ficou confundido ao olhar para o rosto dela. Era uma máscara de desorientação e medo.

— Que se passa? — perguntou Sexton, dirigindo-se a ela.

Gabrielle vacilou, como se estivesse prestes a desmaiar.

— O que é?

— O meteorito... — Ela engasgou-se, a sua voz frágil enquanto com uma mão tremente lhe estendia as folhas de fax. — E a tua filha... ela está em perigo.

Aturdido, Sexton aproximou-se e tirou as folhas de fax das mãos de Gabrielle. A primeira folha era uma nota escrita à mão. Sexton reconheceu de imediato a letra. O que esta dizia era estranho e chocante na sua simplicidade.

O meteorito é falso. Junto a prova. NASA/Casa Branca estão a tentar matar-me. Socorro! — RS

Era raro o senador sentir-se totalmente confuso, mas ao reler as palavras de Rachel, não fazia qualquer ideia do que elas queriam dizer.

O meteorito é falso? NASA/Casa Branca estão a tentar matar-me?

Numa névoa profunda, Sexton começou a passar a meia dúzia de folhas. A primeira era uma imagem computorizada cujo cabeçalho dizia «Radar de Penetração do Solo (RPS)». A fotografia parecia ser uma espécie de sondagem de gelo. Sexton viu o fosso de extracção acerca do qual tinham falado na televisão. O seu olhar foi atraído para aquilo que parecia o contorno vago de um corpo a flutuar no veio. Depois viu algo ainda mais chocante — o contorno óbvio de um segundo veio directamente abaixo do local onde o meteorito tinha estado —, como se a pedra tivesse sido introduzida sob o gelo.

Mas que raio?

Passando para a folha seguinte, Sexton deparou-se com a fotografia de uma espécie de animal submarino, chamado *Bathynomous giganteus.* Olhou-o com a mais profunda estupefacção. *É o animal dos fósseis do meteorito!*

Folheando agora com maior rapidez, viu um gráfico mostrando o conteúdo do hidrogénio ionizado na crosta do meteorito. Essa folha tinha uma nota rabiscada à mão: *Queimadura de hidrogénio? Motor de Ciclo de Expansão da NASA?*

Sexton não conseguia acreditar nos seus olhos. Com a sala a começar a rodopiar à sua volta, foi directamente até à última folha — a fotografia de uma rocha contendo bolhas metálicas que se assemelhavam exactamente àquelas do meteorito. A descrição que a acompanhava dizia que a rocha era produto de um vulcão submarino. *Uma rocha oceânica?*, perguntou-se Sexton, chocado. *Mas a NASA disse que os côndrulos só se formam no espaço!*

Sexton pousou as folhas sobre a secretária e caiu na cadeira. Demorara apenas quinze segundos a juntar todas as peças do que acabara de ver. As implicações das fotografias nos papéis eram claras como água. Qualquer pessoa com meio cérebro conseguiria perceber o que aquelas fotografias provavam.

O meteorito da NASA é uma falsificação!

Nenhum dia em toda a carreira de Sexton tinha sido preenchido com tantos altos e baixos. Aquele dia tinha sido uma montanha-russa de esperança e desespero. O espanto de Sexton sobre a maneira como aquela enorme fraude poderia ter conseguido êxito evaporou-se num instante quando se apercebeu do que o esquema significava politicamente para ele.

Quando eu tornar pública esta informação, a presidência é minha!

Na sua crescente euforia comemorativa, o senador Sedgewick Sexton esquecera-se, por momentos, de que a filha afirmara que estava em perigo.

— Rachel está em perigo — disse Gabrielle. — A sua nota diz que a NASA e a Casa Branca estão a tentar...

Subitamente, o fax de Sexton recomeçou a tocar. Gabrielle rodou e olhou para a máquina. Sexton também olhou para esta. Não podia imaginar que mais é que Rachel lhe poderia estar a enviar. Mais provas? Quantas mais poderiam existir? *Isto é o suficiente!*

— Olá! — A mensagem do atendedor de chamadas de Sexton disparou. — Fala do gabinete do senador Sedgewick Sexton. Se quer enviar um fax, pode enviar. Se não, por favor deixe uma mensagem depois de ouvir o sinal.

Antes de Sexton conseguir pegar no auscultador, a máquina soltou um *bip*.

— Senador Sexton? — A voz do homem soava com uma crueza lúcida. — Fala William Pickering, director do NRO. Provavelmente não está no seu gabinete a esta hora, mas preciso de falar urgentemente consigo. — Interrompeu-se como se esperasse que alguém o atendesse.

Gabrielle estendeu a mão para atender.

Sextou agarrou-lhe na mão e afastou-a violentamente.

Gabrielle pareceu espantada.

— Mas é o director do...

— Senador — prosseguiu Pickering parecendo quase aliviado por ninguém ter atendido. — Receio estar a telefonar com notícias muito perturbadoras. Acabei de saber que a sua filha Rachel corre perigo. Tenho uma equipa a tentar ajudá-la enquanto falamos. Não posso contar em pormenor a situação ao telefone, mas acabei de ser informado de que ela lhe poderia ter enviado por fax alguns dados relacionados com o meteorito da NASA. Não vi esses dados, nem sei de que se trata, mas as pessoas que estão a ameaçar a sua filha acabaram de me avisar que se o senhor ou qualquer outra pessoa tornarem estas informações públicas, a sua filha morrerá. Lamento ser tão directo, senador; faço-o para que se aperceba da gravidade da situação. A vida da sua filha está a ser ameaçada. Se na verdade ela lhe enviou algo por fax, não o mostre a ninguém. Por enquanto, não. A vida da sua filha depende disso. Fique onde está. Estarei aí em breve. — Interrompeu-se. — Com sorte, senador, tudo isto estará resolvido quando acordar. Se, por acaso, ouvir esta mensagem antes de chegar ao seu gabinete, fique onde está e não telefone a ninguém. Estou a fazer tudo o que está ao meu alcance para que a sua filha regresse em segurança.

Pickering desligou.

Gabrielle estava a tremer.

— Rachel é refém?

Sexton sentiu que apesar da decepção que Gabrielle sentia por ele, ainda sentia uma certa empatia dolorosa ao pensar numa jovem brilhante em perigo. Estranhamente, Sexton estava a ter problemas ao lidar com as mesmas emoções. Sentia-se em grande parte como uma criança a quem tinham acabado de oferecer o mais desejado presente de Natal, e recusava-se a deixar que alguém lho arrancasse das mãos.

Pickering quer que me mantenha em silêncio a respeito disto?

Levantou-se por um momento, tentando decidir o que tudo isto significava. Num lado frio e calculista da sua mente, Sexton sentiu a maquinaria a começar a mover-se — um computador político, apresentando todos os cenários políticos possíveis e avaliando cada um dos resultados. Olhou para o molho de folhas que tinha nas mãos e começou a sentir o poder cru das imagens. Aquele meteorito da NASA tinha-lhe destruído os sonhos de vir a ser presidente. Mas era tudo mentira. Uma construção. Agora, aqueles que tinham feito aquilo iriam pagar. O meteorito que os seus inimigos tinham fabricado para o destruir torná-lo-ia agora mais poderoso do que a mais fértil imaginação poderia prever. A sua filha fizera com que isso acontecesse.

Só um resultado é aceitável, ele sabia-o. *Só há uma forma de acção possível para um verdadeiro líder.*

Sentindo-se hipnotizado pelas imagens brilhantes da sua própria ressurreição, Sexton parecia andar por entre uma neblina enquanto atravessava a sala. Dirigiu-se à máquina de fax e ligou-a, preparando-se para copiar os papéis que Rachel lhe tinha enviado.

— Que estás a fazer? — exigiu Gabrielle saber, parecendo espantada.

— Eles não matarão Rachel — declarou Sexton. Mesmo que alguma coisa corresse mal, Sexton sabia que perder a sua filha para o inimigo ainda o tornaria mais poderoso. De ambas as formas, venceria. Era um risco aceitável.

— Para quem são essas cópias? — quis Gabrielle saber. — William Pickering disse para não informares ninguém!

Sexton virou-se de costas para a máquina e olhou para Gabrielle, espantado por a achar tão pouco atraente naquele momento. Naquele instante, o senador Sexton era uma ilha. Intocável. Tudo de que precisava para realizar os seus sonhos encontrava-se agora entre as suas mãos. Agora nada o poderia deter. Nem acusações de corrupção. Nem boatos acerca de sexo. Nada.

— Vai para casa, Gabrielle. Não preciso mais de ti.

CAPÍTULO CENTO E VINTE E CINCO

Acabou, pensou Rachel.

Ela e Tolland sentavam-se lado a lado no convés, olhando para o cano da metralhadora do soldado Delta. Infelizmente, Pickering sabia agora para onde é que Rachel enviara o fax. Para o gabinete do senador Sedgewick Sexton.

Rachel duvidava que o seu pai alguma vez chegasse a receber a mensagem telefónica que Pickering tinha acabado de lhe deixar. Pickering poderia provavelmente entrar no gabinete de Sexton muito antes de qualquer outra pessoa naquela manhã. Se Pickering conseguisse entrar, tirar silenciosamente o fax e apagar a mensagem telefónica antes de Sexton chegar, não haveria necessidade de prejudicar o senador. William Pickering provavelmente era uma das poucas pessoas em Washington que poderia conseguir entrar no gabinete de um senador dos Estados Unidos sem alarde. Rachel ficava sempre espantada com aquilo que se podia conseguir «em nome da segurança nacional».

Claro que se isso falhar, pensou Rachel, *Pickering poderá limitar-se a enviar um míssil* Hellfire *através da janela e fazer explodir o fax.* Algo lhe dizia que isso não iria ser necessário.

Sentando-se agora muito próximo de Tolland, Rachel ficou surpreendida ao sentir a mão dele a deslizar gentilmente para a dela. O toque dele tinha uma força terna, e os dedos de ambos entrelaçaram-se tão naturalmente que Rachel sentiu que faziam isto durante toda a vida. Tudo o que ela queria nesse momento era encontrar-se entre os braços dele, abrigada do opressivo rugido do mar nocturno que revolteava à volta deles.

Nunca, apercebeu-se ela. *Não estava destinado a acontecer.*

Michael Tolland sentia-se como um homem que encontrara esperança a caminho da forca.

A vida está a troçar de mim.

Durante anos desde a morte de Celia que Tolland tinha aguentado noites em que quisera morrer, horas de dor e solidão das quais parecia só conseguir fugir se acabasse com tudo. E, no entanto, ele escolhera a vida, convencendo-se a si mesmo de que estava bem sozinho. Naquele dia, pela primeira vez, Tolland tinha começado a compreender aquilo que os amigos sempre lhe tinham dito.

Mike, não tens de continuar sozinho. Encontrarás outro amor.

A mão de Rachel na sua fazia com que esta ironia do destino se tornasse difícil de engolir. O destino tinha um sentido de oportunidade cruel. Ele sentia-se como se placas de uma armadura lhe estivessem a cair do coração. Por um instante, no convés do *Goya*, Tolland sentiu o fantasma de Célia velando por ele, tal como fazia com frequência. A voz dela encontrava-se na água que corria... dizendo as últimas palavras que ela lhe tinha dito em vida.

— És um sobrevivente — sussurrou a voz dela. — Promete-me que encontrarás outro amor.

— Nunca quererei outro — disse-lhe Tolland.

O sorriso de Célia estava cheio de sabedoria.

— Terás de aprender.

Agora, no convés do *Goya*, Tolland apercebeu-se de que estava a aprender. Uma emoção profunda preencheu-lhe subitamente a alma. Apercebeu-se de que era felicidade.

E com ela, surgiu uma esmagadora vontade de viver.

Pickering sentia-se estranhamente afastado do que o rodeava, enquanto se encaminhava para junto dos dois prisioneiros. Parou em frente de Rachel, vagamente surpreendido por isso não lhe estar a ser mais duro.

— Por vezes — disse ele —, as circunstâncias erguem decisões impossíveis.

Os olhos de Rachel eram impiedosos.

— Você criou essas circunstâncias.

— A guerra causa baixas — replicou Pickering, a sua voz agora mais firme. *Pergunta a Diana Pickering, ou a qualquer outro dos que morrem todos os anos a defender este país.* — Tu entre todas as pessoas devias compreender isso, Rachel. — Os olhos dele focaram-se nela. — *Iactura paucourum serva multos.*

Ele percebeu que ela reconheceu as palavras — quase um lugar-comum nos círculos de segurança nacional. *Sacrificar os poucos para salvar os muitos.*

Rachel olhou-o com uma repugnância óbvia.

— E agora Michael e eu fazemos parte dos *poucos*?

Pickering considerou a questão. Não havia outra forma. Virou-se para o Delta-Um.

— Solta o teu companheiro e acaba com isto.

Delta-Um anuiu.

Pickering lançou um longo olhar a Rachel, e de seguida encaminhou-se para o corrimão a bombordo do navio, olhando para o mar que passava por baixo deles. Isto era algo a que ele preferia não assistir.

Delta-Um sentiu-se poderoso ao agarrar a sua arma e olhou sobre o seu companheiro, que pendia das garras. Tudo que restava era fechar os alçapões sob os pés de Delta-Dois, soltá-lo das garras, e eliminar Rachel Sexton e Michael Tolland.

Infelizmente, Delta-Um tinha visto a complexidade do painel de controlo perto dos alçapões — uma série de alavancas sem marcas, o motor do guincho e numerosos outros comandos. Ele não tinha qualquer intenção de carregar na alavanca errada e arriscar a vida do seu companheiro ao deixar cair por engano o submarino no mar.

Eliminar todos os riscos. Nunca ter pressa.

Forçaria Tolland a efectuar a libertação. E para se assegurar de que este não tentaria nada de ardiloso, Delta-Um tomaria precauções conhecidas no seu ramo como «colaterais biológicos».

Usar os adversários uns contra os outros.

Delta-Um girou o cano da arma directamente para o rosto de Rachel, parando apenas a centímetros da testa dela. Rachel fechou os olhos, e Delta-Um conseguiu ver os punhos de Tolland a cerrarem-se numa fúria protectora.

— Miss Sexton, levante-se — disse Delta-Um.

Ela levantou-se.

Com a arma firmemente encostada às costas dela, Delta-Um fê-la avançar até um conjunto de escadas portáteis de alumínio, que conduziam ao cimo do submarino *Triton* na parte traseira.

— Suba as escadas e mantenha-se no cimo do submarino.

Rachel parecia assustada e confundida.

— Faça-o — disse Delta-Um.

Rachel sentiu-se como se se movesse através de um pesadelo enquanto subia pelo passadiço de alumínio por trás do *Triton*. Parou no cimo, não desejando dar nem mais um passo sobre o abismo para o *Triton* suspenso.

— Vá até ao cimo do submarino — disse o soldado, regressando para junto de Tolland e empurrando a arma contra a cabeça dele.

Em frente de Rachel, o soldado que estava preso às garras observava-a, retorcendo-se com dores, obviamente ansioso por se libertar. Rachel olhou para Tolland, que tinha agora o cano da metralhadora encostado à cabeça. *Vá até ao cimo do submarino.* Ela não tinha qualquer escolha.

Sentindo-se como se se estivesse a aproximar da beira do precipício sobre um desfiladeiro, Rachel avançou para a caixa-motor do *Triton*, uma pequena secção plana por trás da arredondada janela da abóbada. Todo o submarino pendia como um desentupidor maciço sobre o alçapão aberto. Mesmo suspenso sobre o cabo do guincho, o submarino de nove toneladas mal registou a sua chegada, oscilando apenas alguns milímetros enquanto ela se tentava equilibrar.

— O.K., vamos — disse o soldado a Tolland. — Vá ao painel de controlo e feche o alçapão.

Com a arma apontada, Tolland começou a dirigir-se ao painel de controlo com o soldado atrás dele. Enquanto Tolland se dirigia ao local onde ela estava, movia-se lentamente, e Rachel conseguia sentir os olhos dele fixando-se com atenção sobre ela como se tentando enviar-lhe uma mensagem. Olhou directamente para ela e depois para a escotilha aberta no cimo do *Triton*.

Rachel olhou para baixo. A escotilha a seus pés estava aberta, a pesada cobertura circular empurrada para trás. Ela conseguia olhar para baixo, para o *cockpit* com um lugar. *Ele quer que eu entre?* Sentindo que devia estar enganada, Rachel voltou a olhar para Tolland. Ele estava quase junto ao painel de controlo. Os olhos de Tolland prenderam-se nos dela. Desta vez, foi menos subtil.

Os seus lábios pronunciaram:
— Salta! Agora!

Delta-Um viu o movimento de Rachel pelo canto do olho e rodou por instinto, disparando enquanto Rachel caía através da escotilha do submarino mesmo debaixo da barreira de balas. A cobertura da escotilha aberta rangeu enquanto as balas faziam ricochete no portal circular, impelindo para o ar um chuveiro de fagulhas, e fazendo com que a cobertura se fechasse por cima dela.

Tolland, no momento em que sentiu a arma a afastar-se das suas costas, agiu. Atirou-se para a esquerda, para longe da porta do alçapão, caindo sobre o convés e rolando no exacto momento em que Delta-Um se virava de novo para ele, com a arma a disparar. Balas explodiam atrás de Tolland enquanto ele procurava abrigar-se atrás do carretel da corrente da âncora, na popa do navio — um enorme cilindro motorizado em volta do qual estavam enroladas diversas centenas de metros de cabo de aço ligados à âncora do navio.

Tolland tinha um plano e teria de agir depressa. Enquanto o soldado se lançava na sua direcção, Tolland levantou-se e agarrou a tranca da âncora com as duas mãos, sacudindo-a para baixo. De imediato o carretel da âncora começou a soltar o cabo, e o *Goya* saltou sobre a corrente forte. O movimento súbito fez com que tudo e todos que se encontravam no convés caíssem cambaleando de lado. Enquanto o navio acelerava em marcha à ré na corrente, o carretel da âncora lançava o cabo com maior rapidez.

Vá lá, apressava-o Tolland.

O soldado recuperou o equilíbrio e aproximou-se de Tolland. Esperando até ao último momento, Tolland preparou-se e empurrou a alavanca para cima, trancando o carretel. A corrente parou abruptamente, fazendo com que o navio parasse de repente e com que um estremeção tremendo percorresse o *Goya.* Tudo que se encontrava no convés voou. O soldado caiu de joelhos perto de Tolland. Pickering caiu para trás do corrimão para o convés. O *Triton* baloiçava selvaticamente no seu cabo.

Como uma espécie de uivo, o ranger do metal a rachar ouviu-se, vindo de debaixo do navio como um tremor de terra, quando a estrutura danificada deu de si. O canto direito da popa do *Goya* começou a cair sob o seu próprio peso. O navio vacilou, caindo em diagonal como uma mesa maciça que tivesse perdido uma perna. O ruído que se ouvia vindo debaixo era ensurdecedor — um lamento de metal a torcer-se e a ranger, e a rebentação a embater no casco.

Com os nós dos dedos embranquecidos dentro do *cockpit* do *Triton*, Rachel aguentou-se enquanto a máquina de nove toneladas baloiçava acima do alçapão, sobre um convés agora extremamente inclinado. Através da abóbada de vidro, conseguia ver o oceano enfurecido abaixo dela. Ao olhar para cima, esquadrinhando o convés com o olhar, em busca de Tolland, viu um drama bizarro que ali se desenrolava, em segundos.

A pouco mais de um metro de distância, nas garras do *Triton*, o soldado Delta preso uivava com dores enquanto era sacudido como um fantoche. William Pickering, trepando, surgiu no campo de visão de Rachel e agarrou-se a um gancho no convés. Perto da alavanca da âncora, Tolland também estava agarrado, tentando não deslizar sobre a extremidade e cair na água. Quando Rachel viu o soldado com a metralhadora a equilibrar-se perto de Tolland, gritou dentro do submarino.

— Mike, cuidado!

Mas Delta-Um ignorou completamente Tolland. O soldado estava a olhar na direcção do helicóptero parado com a boca aberta em horror. Rachel virou-se, seguindo o seu olhar. O helicóptero de combate *Kiowa*, com os seus enormes rotores ainda a girar, começara a deslizar lentamente para a frente pelo convés inclinado. Os seus longos patins agiam como esquis numa encosta. Foi então que Rachel se apercebeu que a enorme máquina estava a deslizar directamente na direcção do *Triton*.

Trepando pelo convés inclinado na direcção do helicópetro que escorregava, Delta-Um conseguiu entrar no *cockpit*. Não tinha qualquer intenção de deixar que o único meio de fuga que possuíam deslizasse para fora do navio. Delta-Um agarrou os controlos do *Kiowa* e puxou a alavanca de comando para trás. *Levanta-te!* Com um rugido ensurdecedor, as pás aceleraram acima da sua cabeça, preparando-se para erguer o pesado helicóptero de combate do convés. *Ergue-te, desgraçado!* O helicóptero estava a escorregar directamente na direcção do *Triton* e de Delta-Dois suspenso das suas garras.

Com o nariz inclinado para a frente, as pás do *Kiowa* também estavam inclinadas, e quando o helicóptero se elevou acima do convés, avançou mais para a frente do que para cima, acelerando em direcção ao *Triton* como uma gigantesca serra circular. *Para cima!* Delta-Um puxou a alavanca, desejando poder soltar a meia tonelada de torpedos *Hellfire* que o puxavam para baixo. As pás falharam por centímetros o cimo da cabeça de Delta-Dois e o topo do submarino *Triton*, mas o helicóptero estava a mover-se demasiado depressa. Nunca se conseguiria livrar do cabo do guincho do *Triton*.

Enquanto as pás de aço a 300 rpm do *Kiowa* colidiam com o cabo do guincho de aço entrançado, com uma capacidade de quinze toneladas, do submarino, a noite irrompeu com o chiar de metal sobre metal. Os sons faziam lembrar imagens de uma batalha épica. No *cockpit* couraçado do helicóptero, Delta-Um observava os seus rotores a rasgarem a corrente de aço. Um clarão ofuscante de fagulhas irrompeu acima da sua cabeça, e as pás do *Kiowa* explodiram. Delta-Um sentiu o helicóptero a cair, a sua estrutura atingindo o convés com força. O helicóptero saltou duas vezes no convés inclinado, depois deslizou, esmagando-se contra o corrimão do navio.

Durante um momento, ele pensou que o corrimão se iria aguentar.

Depois, Delta-Um ouviu o estalido. O helicóptero pesadamente carregado passou sobre a extremidade, lançando-se ao mar.

Dentro do *Triton*, Rachel Sexton sentava-se paralisada, o seu corpo pressionado contra o assento do submarino. O mini-submarino tinha sido violentamente sacudido enquanto os rotores do helicóptero se enrolavam à volta do cabo, mas ela conseguira aguentar-se. De algum modo, as pás tinham falhado a parte central do submarino, mas ela sabia que o cabo deveria ter sofrido grandes danos. Tudo em que Rachel podia pensar naquele momento era fugir do submarino tão depressa quanto conseguisse. O soldado preso nas garras olhou para ela, delirante e sangrando, e queimado pelos estilhaços. Atrás dele, Rachel viu William Pickering ainda agarrado ao gancho do convés inclinado.

Onde está Michael? Ela não o via, mas o pânico que sentiu foi momentâneo, porque deu lugar a um novo medo. Acima dela, o cabo do guincho despedaçado do *Triton* soltou um ruído de chicote, aterrorizador, enquanto o entrançado do cabo se desenrolava. De seguida, ouviu-se um estalido alto, e Rachel sentiu o cabo a ceder.

Momentaneamente sem peso, Rachel pairou acima do assento no interior do *cockpit* enquanto o submarino se projectava para baixo. O convés desapareceu acima da sua cabeça, e os passadiços sob o *Goya* passaram rapidamente por ela. O soldado preso nas garras ficou transido de medo, olhando para Rachel enquanto o submarino seguia veloz para baixo.

A queda parecia interminável.

Quando o submarino se esmagou no mar sob o *Goya*, embateu com força debaixo da rebentação, atirando Rachel, com força, contra o assento. A espinha dela comprimiu-se enquanto o oceano iluminado passava por cima da abóbada, e Rachel sentiu um puxão sufocante enquanto o submarino abrandava até parar debaixo de água e depois voltava a ser impelido para a superfície, saltando como uma rolha.

Os tubarões surgiram de imediato. Do seu assento na dianteira, Rachel sentava-se, petrificada, enquanto o espectáculo se desenrolava a poucos metros de distância.

Delta-Dois sentiu a cabeça oblonga do tubarão a esmagar-se contra ele com uma força inimaginável. Um dente aguçado de tubarão apertou-se à volta do seu braço, cortando-o até ao osso e parando aí. Um clarão de dor quente explodiu enquanto o tubarão torcia o seu corpo poderoso e sacudia violentamente a cabeça, arrancando o braço de Delta-Dois do corpo. Aproximaram-se outros tubarões. Facas espetando-se-lhe nas pernas. Peito. Pescoço. Delta-Dois não tinha fôlego suficiente para gritar em agonia enquanto os tubarões lhe arrancavam bocados enormes do seu corpo. A última coisa que viu foi uma boca com uma forma de crescente, inclinado para um lado, um vale escarpado de dentes abatendo-se sobre o seu rosto.

O mundo ficou negro.

No interior do *Triton*, o embater de cabeças de cartilagens pesadas a baterem contra a abóbada pararam por fim. Rachel abriu os olhos. O homem tinha desaparecido. A água, na janela, era escarlate.

Sentindo-se mal, Rachel agachava-se no assento, de joelhos contra o peito. Conseguia sentir o submarino a mover-se. Estava a navegar com a corrente, raspando contra toda a extensão do convés inferior de mergulho do *Goya*. Ela conseguia-o sentir a mover-se também na outra direcção. Para baixo.

No exterior, um gorgolejar inconfundível de água a entrar nos tanques de lastro aumentou. O oceano pareceu crescer no vidro à frente dela.

Estou a afundar-me!

Uma erupção de terror percorreu Rachel, e subitamente ela tentava levantar-se. Estendendo as mãos acima da cabeça, agarrou o mecanismo da escotilha. Se conseguisse subir para o cimo do submarino, ainda teria tempo de saltar para o convés de mergulho do *Goya*. Ficava apenas a poucos metros de distância.

Tenho de sair daqui!

No mecanismo da escotilha estava claramente marcado para que lado deveria ser aberto. Ela empurrou-o. A escotilha não se moveu. Ela voltou a tentar. Nada. O portal estava firmemente fechado. Dobrado. Enquanto o medo se erguia no seu sangue como o mar à sua volta, Rachel empurrou-o uma última vez.

A escotilha não se moveu.

O *Triton* afundou-se mais alguns centímetros, embatendo contra o *Goya* uma última vez antes de se soltar de debaixo do casco emaranhado e partir... para mar alto.

CAPÍTULO CENTO E VINTE E SEIS

— Não faças isso — suplicou Gabrielle ao senador enquanto ele acabava de tirar as cópias. — Estás a arriscar a vida da tua filha!

Sexton bloqueou a voz dela, regressando para junto da sua secretária, agora com dez molhos idênticos de fotocópias. Cada molho continha cópias das folhas que Rachel lhe tinha enviado por fax, incluindo a sua nota escrita à mão na qual afirmava que o meteorito era uma falsificação, e acusando a NASA e a Casa Branca de a tentarem matar.

Os mais chocantes kits que os órgãos de comunicação social alguma vez juntaram, pensou Sexton, enquanto começava a introduzir cuidadosamente cada molho no seu próprio envelope grande e branco. Cada envelope tinha o seu nome, endereço do seu gabinete, e o selo senatorial. Não existiriam dúvidas de onde tinham partido estas incríveis informações. *O escândalo político do século*, pensou Sexton, *e eu estarei lá para o revelar!*

Gabrielle ainda estava a suplicar pela segurança de Rachel, mas Sexton só ouvia silêncio. Enquanto juntava os envelopes, encontrava-se no seu mundo privado. *Todas as carreiras políticas têm o seu momento decisivo. Este é o meu.*

A mensagem de William Pickering tinha avisado que se Sexton tornasse a informação pública, a vida de Rachel estaria em perigo. Infelizmente para Rachel, Sexton também sabia que se tornasse públicas as provas da fraude da NASA, esse acto único de audácia fá-lo-ia aterrar na Casa Branca com mais determinação e drama político do que aquele que fora alguma vez testemunhado em políticos norte-americanos.

A vida está cheia de decisões difíceis, pensou. *E os vencedores são aqueles que as tomam.*

Gabrielle Ashe já tinha visto antes aquele olhar nos olhos de Sexton. *Ambição cega.* Ela temia-a. E com bons motivos, apercebia-se agora.

Sexton estava obviamente preparado para arriscar a filha de modo a ser o primeiro a anunciar a fraude da NASA.

— Não vês que já ganhaste? — insistiu Gabrielle. — É impossível que Zach Herney e a NASA sobrevivam após este escândalo. Não interessa *quem* o torna público! Não interessa quando é que é divulgado! Espera até saberes que Rachel está a salvo. Espera até falares com Pickering!

Era óbvio que Sexton já não a estava a ouvir. Abrindo a gaveta da secretária, ele tirou uma folha de alumínio na qual estavam afixados dúzias de selos de lacre autocolantes do tamanho de uma pequena moeda com as suas iniciais. Gabrielle sabia que normalmente ele usava estes selos para convites formais, mas ele aparentemente pensava que um selo de lacre escarlate daria a cada um dos envelopes um toque adicional de dramatismo. Retirando os selos circulares da folha, Sexton premiu um em cada dobra dos envelopes, selando-o como uma epístola monogramada.

O coração de Gabrielle pulsava agora com uma nova fúria. Pensou nas imagens digitalizadas dos cheques ilegais no computador dele. Se ela dissesse alguma coisa, ela sabia que ele se limitaria a apagar as provas.

— Não faças isso — disse ela —, ou tornarei público o nosso caso.

Sexton riu-se bem alto enquanto colava os selos de lacre.

— A sério? E tu achas que irão acreditar em ti... uma assistente sedenta pelo poder a quem foi negada uma posição na minha administração e procurando vingança a qualquer custo? Já neguei uma vez o nosso envolvimento, e o mundo acreditou em mim. Voltarei simplesmente a negá-lo.

— A Casa Branca tem fotografias — declarou Gabrielle.

Sexton nem sequer ergueu o olhar.

— Eles não têm fotografias. E mesmo que as tivessem, não têm qualquer significado. — Colou o último selo. — Tenho imunidade. Estes envelopes valem mais do que qualquer coisa que qualquer pessoa tenha contra mim.

Gabrielle sabia que ele tinha razão. Sentia-se totalmente desprotegida enquanto Sexton admirava a sua obra. Sobre a secretária, encontravam-se dez envelopes brancos e elegantes, cada um deles apresentando o seu nome e endereço, e presos com um selo de lacre escarlate com as suas iniciais. Pareciam-se com cartas reais. Certamente que certos reis tinham sido coroados devido a informações menos poderosas.

Sexton pegou nos envelopes e preparou-se para sair. Gabrielle avançou para ele e bloqueou-lhe a passagem.

— Estás a cometer um erro. Isso pode esperar.

Os olhos de Sexton fixaram-se nela.

— Fui eu que te fiz, Gabrielle, e agora vou-te desfazer.

— Aquele fax de Rachel dar-te-á a presidência. Deves-lhe isso.

— Já lhe dei muito.

— E se alguma coisa lhe acontece?!

— Então ela terá o meu voto de simpatia.

Gabrielle não conseguia acreditar que aquele pensamento lhe tinha atravessado a mente quanto mais os lábios. Repugnada, estendeu a mão para o telefone.

— Vou telefonar para a Casa...

Sexton virou-se e esbofeteeou-a violentamente no rosto.

Gabrielle cambaleou para trás, sentindo o seu lábio rasgar-se. Recompôs-se, segurando-se à secretária, olhando espantada para o homem que outrora adorara.

Sexton lançou-lhe um olhar longo e duro.

— Se te passar pela cabeça traíres-me em relação a isto, farei com que te arrependas para o resto da tua vida. — Manteve-se imóvel a olhá-la, segurando o monte de envelopes selados debaixo do braço. Uma ameaça iminente queimava-lhe nos olhos.

Quando Gabrielle saiu do edifício de escritórios para o frio ar nocturno, o seu lábio ainda sangrava. Chamou um táxi e entrou. Depois, pela primeira vez desde que chegara a Washington, Gabrielle Ashe foi-se abaixo e chorou.

CAPÍTULO CENTO E VINTE E SETE

O Triton *caiu...*

Michael Tolland cambaleou até se conseguir levantar no convés inclinado e espreitou sobre o carretel da âncora para o cabo do guincho onde o *Triton* costumava estar suspenso. Girando em direcção à popa, perscrutou a água. O *Triton* acabava de emergir de debaixo do *Goya*, na corrente. Aliviado por ver pelo menos o submarino intacto, Tolland olhou para a escotilha, desejando vê-la abrir-se e Rachel a sair dele incólume. Mas a escotilha manteve-se fechada. Tolland perguntou-se se ela teria desmaiado devido à queda violenta.

Mesmo do convés, Tolland conseguia ver que o *Triton* estava excepcionalmente baixo na água — muito abaixo da sua normal linha de água de mergulho. *Está-se a afundar.* Tolland não conseguia perceber porquê, mas o motivo naquele momento era irrelevante.

Tenho de tirar Rachel dali. Agora.

Enquanto Tolland se preparava para se lançar da extremidade do convés, um chuveiro de tiros de metralhadora explodiu acima dele, embatendo no pesado carretel da âncora acima da sua cabeça. Ele deixou-se cair de joelhos. *Merda!* Dando a volta ao carretel, espreitou durante o tempo suficiente para ver Pickering no convés superior, alvejando-o como um atirador furtivo. O soldado Delta tinha deixado cair a sua metralhadora enquanto subia para o helicóptero condenado e parecia que Pickering a tinha recuperado. Agora, o director conseguira chegar a um lugar mais elevado.

Apanhado atrás do carretel, Tolland olhou para trás, na direcção do *Triton* que se afundava. *Vá lá, Rachel! Sai!* Esperou que a escotilha se abrisse. Nada.

Voltando a olhar para o convés do *Goya*, o olhar de Tolland mediu a área aberta entre a sua posição e o corrimão da popa. Vinte metros. Um longo percurso sem qualquer cobertura.

Tolland respirou fundo e decidiu-se. Rasgando a camisa, lançou-se para a direita em direcção ao convés aberto. Enquanto Pickering enchia a camisa de buracos, Tolland lançou-se para a esquerda, descendo pelo convés inclinado, avançando em direcção à popa. Com um salto às cegas, lançou-se sobre o corrimão, da parte traseira do navio. Fazendo um arco elevado no ar, Tolland ouviu as balas a assobiarem à sua volta e percebeu que um simples arranhão o transformaria num festim para os tubarões no momento em que atingisse a água.

Rachel Sexton sentia-se como um animal selvagem apanhado numa jaula. Ela tentara voltar a abrir a escotilha sem obter qualquer resultado. Conseguia ouvir um tanque algures debaixo dela enchendo-se de água, e ela sentiu o submarino a ganhar peso. A escuridão do oceano estava a aumentar na abóbada transparente, uma cortina negra em sentido inverso.

Através da metade inferior do vidro, Rachel conseguia ver o vazio do oceano aberto como um túmulo. A imensidão vazia abaixo dela ameaçava engolir tudo. Ela agarrou o mecanismo da escotilha e tentou torcê-lo para o abrir mais uma vez, mas este não se moveu. Os seus pulmões esforçavam-se, o cheiro molhado e desagradável do excesso de dióxido de carbono acre nas suas narinas. No meio de tudo aquilo, um pensamento recorrente assustava-a.

Vou morrer sozinha debaixo de água.

Ela examinou os painéis de controlo e as alavancas do *Triton* procurando algo que a pudesse ajudar, mas todos os indicadores estavam escuros. Não havia energia. Ela estava trancada numa cripta mortuária, de aço, que se afundava em direcção ao fundo do mar.

O gorgolejar nos tanques parecia estar agora a acelerar, e o oceano ergueu-se mais alguns metros sobre o cimo do vidro. À distância, do outro lado da interminável vastidão plana, uma faixa vermelha surgia no horizonte. A manhã estava a nascer. Rachel receou ser a última luz que veria. Fechando os olhos para bloquear o seu destino previsível, Rachel sentiu imagens da sua aterrorizante infância a encherem-lhe a mente.

A cair através do gelo. A patinar debaixo de água.

Sem fôlego. Incapaz de se levantar. A afundar-se.

A sua mãe chamando-a. «Rachel! Rachel!»

Uma pancada no exterior do submarino fez com que Rachel saísse do seu delírio. Os seus olhos escancararam-se.

— Rachel! — A voz soava abafada. Um rosto fantasmagórico apareceu pressionado contra o vidro, de cabeça para baixo, cabelo escuro baloiçando. Ela mal o conseguia distinguir na escuridão.

— Michael!

Tolland veio à superfície, respirando aliviado por ver Rachel a mover-se no interior do submarino. *Ela está viva.* Tolland nadou com braçadas poderosas até à traseira do *Triton* e trepou para a plataforma submersa do motor. As correntes do oceano estavam quentes e pesadas à sua volta enquanto se posicionava para agarrar o mecanismo circular da porta, mantendo-se baixo e esperando estar fora do alcance da arma de Pickering.

O casco do *Triton* estava agora quase totalmente submerso, e Tolland soube que se fosse abrir a escotilha e tirar Rachel do seu interior, teria de se apressar. Tinha um espaço de cerca de quinze centímetros que estava rapidamente a diminuir. Assim que a escotilha estivesse submersa, ao abri-la iria enviar uma torrente de água do mar para o interior do *Triton*, prendendo Rachel no interior e enviando o submarino numa queda livre até ao fundo do oceano.

— É agora ou nunca — arquejou ele enquanto agarrava a roda da escotilha e a rodava num sentido contrário aos ponteiros do relógio. Não aconteceu nada. Tentou de novo, fazendo-o com toda a sua força. De novo, a escotilha recusou-se a mover.

Ele conseguia ouvir Rachel no interior, do outro lado do portal. A voz dela estava abafada, mas ele sentia o seu terror.

— Eu tentei! — gritou ela. — Não a consegui virar!

Nesse momento, a água começou a embater na tampa do portal.

— Vamos virá-la juntos! — gritou-lhe ele. — Tu aí dentro estás *no sentido dos ponteiros do relógio*! — Ele sabia que o mostrador estava claramente marcado. — O.K., agora!

Tolland apoiou-se no lastro dos tanques de ar e puxou com toda a sua energia. Conseguia ouvir Rachel debaixo dele a fazer o mesmo. O mostrador moveu-se meio centímetro e parou.

Nesse momento, Tolland viu-o. A tampa do portal não estava correctamente colocada sobre a abertura. Tal como a tampa de um frasco que é colocada de esguelha e apertada com força, fica presa. Embora o selo de borracha estivesse adequadamente colocado, os ganchos da escotilha estavam dobrados, significando que a única maneira que tinham para abrir a porta era com um maçarico.

Enquanto o cimo do submarino se afundava abaixo da superfície, Tolland sentia-se cheio de um terror súbito e esmagador. Rachel Sexton não iria conseguir sair do *Triton*.

Dois mil pés abaixo, a fuselagem amolgada do helicóptero *Kiowa* carregado de bombas afundava-se rapidamente, prisioneiro da gravidade e da poderosa atracção do vórtice da profundidade. Dentro do *cockpit*, o corpo sem vida de Delta-Um já não era reconhecível, desfigurado pela pressão esmagadora das profundidades.

Enquanto o helicóptero rodopiava em sentido descendente, os seus mísseis *Hellfire* ainda presos, a abóbada de magma brilhante esperava no solo do oceano como uma pista de aterragem de um vermelho quente. Sob a sua crosta com três metros de grossura, a cabeça de lava incandescente brilhou a um milhar de graus Celsius, um vulcão à espera de explodir.

CAPÍTULO CENTO E VINTE E OITO

Tolland estava dentro de água até aos joelhos sob a caixa do motor do *Triton* que se afundava e vasculhava o cérebro à procura de uma maneira de salvar Rachel.

Não deixes que o submarino se afunde!

Olhou para trás na direcção do *Goya*, perguntando-se se haveria alguma maneira de conseguir prender um guincho ao *Triton* para o manter perto da superfície. Impossível. Este encontrava-se agora a setenta metros de distância, e Pickering estava colocado no alto da ponte como um imperador romano com um assento real num espectáculo sangrento do Coliseu.

Pensa!, disse Tolland para si mesmo. *Porque é que o submarino se está a afundar?*

Os mecanismos de flutuação do submarino eram dolorosamente simples: tanques de lastro cheios ou de ar ou de água ajustavam a flutuação do submarino para o mover para baixo ou para cima na água.

Era óbvio que os tanques de lastro se estavam a encher.

Mas não deviam estar!

Todos os tanques de lastro do submarino estavam equipados com orifícios, tanto no cimo como em baixo. As aberturas inferiores, chamadas «orifícios de inundação», ficavam sempre abertas, enquanto os orifícios no cimo, as «válvulas de ventilação», podiam ser abertas e fechadas para deixar o ar sair de modo a que a água pudesse entrar.

Talvez as válvulas de ventilação do *Triton* estivessem abertas por algum motivo? Tolland não conseguia imaginar porquê. Moveu-se, desajeitado, através da plataforma submersa do motor, as mãos agarrando-a extremidade de um dos tanques de lastro do *Triton*. As válvulas de ventilação estavam fechadas. Mas enquanto apalpava as válvulas, os seus dedos encontraram outra coisa.

Buracos de balas.

Merda! O *Triton* estava crivado de balas quando Rachel saltou para o seu interior. Tolland mergulhou novamente e nadou debaixo do submarino, passando cuidadosamente a mão pelo tanque de lastro mais importante do *Triton* — o tanque negativo. Os ingleses chamavam a este tanque «o expresso descendente». Os alemães chamavam-lhe «calçar sapatos de chumbo». De ambas as formas, o significado era claro. O tanque negativo, quando cheio, levava o submarino *para baixo.*

Com a mão, Tolland sentiu que os lados do tanque estavam perfurados por dezenas de buracos de balas. Conseguia sentir a água a entrar. O *Triton* estava a preparar-se para mergulhar, quer Tolland quisesse ou não.

O submarino encontrava-se agora a três pés abaixo da superfície. Movendo-se para a proa, Tolland comprimiu o rosto contra o vidro e espreitou através da abóbada. Rachel estava a bater no vidro e a gritar. O medo na voz dela fazia-o sentir-se desesperado. Por um instante, voltou ao hospital frio, vendo a mulher que amava a morrer e sabendo que não havia nada que pudesse fazer. Pairando debaixo de água em frente do submarino que se afundava, Tolland disse para si mesmo que não poderia voltar a passar por aquilo. *És um sobrevivente*, tinha-lhe dito Célia, mas Tolland não queria sobreviver sozinho... não de novo.

Os pulmões de Tolland precisavam de ar e, no entanto, ficou ali com ela. De cada vez que Rachel batia no vidro, Tolland ouvia bolhas de ar a gorgolejar e o submarino afundava-se mais. Rachel estava a gritar algo acerca da água estar a entrar pelo rebordo da janela.

A janela panorâmica estava a pingar.

Um buraco de bala na janela? Parecia duvidoso. Os pulmões dele pareciam prestes a rebentar, e Tolland preparou-se para vir à superfície. Enquanto nadava para cima passando pela enorme janela de acrílico, os seus dedos embateram no pedaço solto do revestimento de borracha. Um selo lateral tinha-se aparentemente deslocado devido à queda. Era por isso que o *cockpit* estava a pingar. *Mais más notícias.*

Chegando à superfície, Tolland inspirou três vezes profundamente, tentando clarificar a mente. A água que entrava no *cockpit* iria apenas acelerar a descida do *Triton.* O submarino já se encontrava cinco pés debaixo de água, e Tolland mal lhe conseguia tocar com os pés. Conseguia sentir Rachel a bater desesperadamente no casco.

Tolland conseguiu pensar numa coisa a fazer. Se ele mergulhasse até à caixa do motor do *Triton* e localizasse o cilindro de ar de alta pressão, ele conseguiria usá-lo para soprar o tanque de lastro negativo. Embora soprar para o tanque danificado fosse uma actividade inútil, talvez mantivesse o *Triton* perto da superfície durante mais um minuto ou perto disso, antes que os tanques perfurados se voltassem a encher.

E depois?

Sem qualquer opção imediata, Tolland preparou-se para mergulhar. Inspirando profundamente, encheu os pulmões muito para lá do seu estado normal, quase até ao ponto da dor. *Uma maior capacidade pulmonar. Mais oxigénio. Um mergulho mais profundo.* Mas, enquanto sentia os pulmões a encher, pressionando-lhe as costelas, um pensamento estranho atingiu-o.

E se ele aumentasse a pressão no *interior* do submarino? A abóbada panorâmica tinha um selo danificado. Talvez se Tolland conseguisse aumentar a pressão *dentro* do *cockpit*, ele conseguisse soprar toda a abóbada panorâmica do submarino e conseguisse que Rachel saísse.

Expirou, chapinhando um momento à superfície, tentando imaginar essa possibilidade. Era perfeitamente lógico, não era? Afinal, um submarino era construído para ser forte apenas *numa* direcção. Tinham de aguentar uma enorme pressão do exterior, mas quase nenhuma do interior.

Além disso, o *Triton* utilizava válvulas reguladoras uniformizadas para fazer diminuir o número de peças sobressalentes que o *Goya* tinha de transportar. Tolland podia simplesmente retirar a mangueira de carga do cilindro de alta pressão e dirigi-la para um regulador de fornecimento de ventilação de emergência do lado estibordo do submarino! Pressurizando a cabina causaria uma enorme dor física a Rachel, mas talvez fosse possível conseguir fazê-la sair.

Tolland inalou e mergulhou.

O submarino estava agora a uns oito pés, e as correntes e a escuridão fizeram com que fosse difícil orientar-se. Assim que encontrou o tanque pressurizado, Tolland mudou a mangueira de direcção e preparou-se para bombear ar para o *cockpit*. Enquanto agarrava o manípulo de paragem, a tinta reflectora amarela num dos lados do tanque recordou-o de como esta manobra era perigosa: ATENÇÃO: AR COMPRIMIDO — 3000 PSI.

Mil e quinhentos quilos por centímetro quadrado, pensou Tolland. A esperança era que a janela panorâmica do *Triton* saltasse do submarino antes que a pressão na cabina fizesse explodir os pulmões de Rachel. Tolland estava na verdade a colocar uma mangueira de incêndio de alta pressão num balão de água, e rezando para que o balão rebentasse rapidamente.

Ele agarrou no manípulo e decidiu-se. Suspenso nas traseiras do *Triton* que se afundava, Tolland virou o manípulo, abrindo a válvula. A mangueira ficou imediatamente rígida, e Tolland conseguiu ouvir o ar a inundar o *cockpit* com uma força enorme.

No interior do *Triton*, Rachel sentiu uma súbita dor penetrante a atravessar-lhe a cabeça. Ela abriu a boca para gritar, mas o ar entrou para pulmões dela à força, com uma tal pressão dolorosa que pensou que o seu peito iria explodir. Sentia os olhos como se tivessem sido lançados para trás do crânio. Um rugido ensurdecedor rasgou-lhe os tímpanos, deixando-a inconsciente. Instintivamente, fechou os olhos com força e comprimiu as mãos em cima dos ouvidos. A dor estava agora a aumentar.

Rachel ouviu bater directamente à sua frente. Forçou-se a abrir os olhos apenas durante o tempo suficiente para ver a silhueta de Michael Tolland na escuridão. Ele tinha o rosto contra o vidro. Estava a indicar-lhe que fizesse qualquer coisa.

Mas o quê?

Ela mal conseguia ver na escuridão. Tinha a visão desfocada, os globos oculares distorcidos devido à pressão.

Apesar disso, ela conseguia perceber que o submarino se afundara para lá dos últimos reflectores que brilhavam das luzes submarinas do *Goya.* À sua volta, encontrava-se apenas um interminável abismo negro.

Tolland colou-se ao vidro do *Triton* e continuou a bater. O seu peito ardia-lhe devido à falta de ar, e ele sabia que teria de voltar à superfície numa questão de minutos.

Empurra o vidro!, gritou-lhe interiormente. Conseguia ouvir o ar pressurizado a escapar-se à volta do vidro, borbulhando. Em algum lado, o selo estava solto. As mãos de Tolland procuraram algo a que se agarrar, algo sob o qual pudesse colocar os dedos. Não encontrou nada.

Enquanto ficava sem oxigénio, a sua visão periférica fechou-se, e ele bateu no vidro uma última vez. Já nem a conseguia ver. Estava demasiado escuro. Com o último resquício de ar nos pulmões, ele gritou debaixo de água.

— *Rachel... empurra... o... vidro!*

As palavras saíam como um gorgolejar abafado.

CAPÍTULO CENTO E VINTE E NOVE

No interior do *Triton*, Rachel sentia-se como se a sua cabeça estivesse a ser comprimida em algum tipo de dispositivo de tortura medieval. Meio erguida, agachada ao lado da cadeira do *cockpit*, ela conseguia sentir a morte a rodeá-la. Directamente à sua frente, a abóbada de visão hemisférica estava vazia. Escuridão. O som de pancadas tinha parado.

Tolland desaparecera. Ele deixara-a.

O silvo do ar pressurizado a entrar acima da cabeça dela fê-la recordar-se do ensurdecedor vento catabático no Milne. O fundo do submarino tinha agora um metro de água. *Deixa-me sair!* Milhares de pensamentos e recordações começaram a atravessar-lhe a mente, como clarões de luz violeta.

Na escuridão, o submarino começou a inclinar-se, e Rachel cambaleou, perdendo o equilíbrio. Tropeçando sobre o assento, caiu para a frente, batendo com força contra o interior da abóbada hemisférica. Uma dor penetrante irrompeu no seu ombro. Ela aterrou torcida contra a janela, e ao fazê-lo, sentiu uma sensação inesperada — uma diminuição súbita da pressão no interior do submarino. Os tímpanos apertados dos ouvidos de Rachel soltaram-se perceptivelmente, e ela ouviu um gorgolejo de ar a escapar-se do submarino.

Demorou um instante a aperceber-se do que acabara de acontecer. Quando caíra contra a abóbada, o seu peso tinha de algum modo forçado suficientemente o painel bolboso para fora, de modo que alguma da pressão interna libertou-se à volta do selo. Era óbvio que o vidro da abóbada estava solto! Subitamente, Rachel apercebeu-se do que Tolland estava a tentar fazer ao aumentar a pressão no interior.

Ele está a tentar fazer com que a janela salte!

Acima da sua cabeça, o cilindro de pressão do *Triton* continuava a bombear. Mesmo enquanto ela estava ali deitada, sentiu a pressão a voltar a aumentar. Desta vez quase a acolheu com agrado, embora sentisse o amplexo sufocante conduzindo-a perigosamente até à inconsciência. Tentando levantar-se, Rachel empurrou o vidro com toda a sua força.

Dessa vez, não se ouviu nenhum gorgolejar. O vidro mal se moveu.

Voltou a atirar todo o seu peso contra a janela. Nada. O ferimento do ombro doía-lhe, e ela olhou para baixo. O sangue estava seco. Preparou-se para voltar a tentar, mas não tinha tempo. Sem aviso, o submarino amachucado começou a descair — para trás. Enquanto a sua pesada caixa do motor excedia os tanques inundados, o *Triton* rolou de costas, afundando-se agora pela retaguarda.

Rachel caiu de costas contra a parede traseira do *cockpit*. Meio submersa na água em movimento, ela olhou directamente para a abóbada que pingava, erguendo-se acima dela como uma gigantesca clarabóia.

No exterior havia apenas noite... e milhares de toneladas de oceano pressionando para baixo.

Rachel forçou-se a levantar, mas sentia o corpo morto e pesado. De novo, a sua mente regrediu no tempo até ao amplexo gelado do rio congelado.

— Luta, Rachel! — gritava-lhe a mãe, esticando-se para a retirar de dentro de água. — Agarra-te!

Rachel fechou os olhos. *Estou a afundar-me.* Os seus patins pareciam chumbos, arrastando-a para baixo. Ela conseguia ver a sua mãe deitada de braços abertos no gelo para dispersar o seu próprio peso, esticando-se.

— *Dá pontapés*, Rachel! Dá pontapés.

Rachel deu pontapés o melhor que podia. O seu corpo ergueu-se ligeiramente no buraco no gelo. Uma fagulha de esperança. A mãe agarrou-a.

— Sim! — gritou a mãe. — Ajudem-me a levantá-la! Dá pontapés!

Com a mãe puxando-a para cima, Rachel usou a sua última energia para descalçar os patins. Era o suficiente, e a mãe de Rachel arrastou-a e pô-la a salvo. Puxou uma Rachel ensopada para a margem coberta de neve antes de desatar a chorar.

Nesse momento, no interior da humidade crescente e calor do submarino, Rachel abriu os olhos para a escuridão que a rodeava. Ouviu a mãe a sussurrar-lhe do túmulo, a sua voz clara mesmo ali, no *Triton* que se afundava.

Dá pontapés.

Rachel olhou para a abóbada acima da sua cabeça. Reunindo um resto de coragem, trepou para a cadeira do *cockpit*, que estava agora quase horizontalmente deitada, como uma cadeira de dentista. Jazendo de costas, Rachel dobrou os joelhos, puxou as pernas para trás tanto quanto conseguiu, apontou os pés para cima, e empurrou-os com toda a força para a frente. Com um grito selvático de desespero e força, ela enfiou os pés no centro da abóbada acrílica. Espigões de dor dispararam-lhe nas canelas, fazendo com que o cérebro parecesse rebentar. Os seus ouvidos começaram subitamente a ressoar, e ela sentiu a pressão a estabilizar numa pressa violenta. O selo do lado esquerdo da abóbada deu de si, e a enorme lente deslocou-se parcialmente, balançando como a porta de um celeiro.

Uma torrente de água esmagou-se no submarino e empurrou Rachel contra a cadeira. O oceano ribombava à sua volta, rodopiando ao redor das suas costas, erguendo-a agora da cadeira, lançando-a de pernas para o ar como uma meia numa máquina de lavar. Rachel tentou cegamente agarrar-se a algo, mas estava a rodar selvaticamente. Enquanto o *cockpit* se enchia, ela conseguia sentir o submarino a iniciar uma rápida queda livre até ao fundo. O seu corpo irrompeu num sentido ascendente pelo *cockpit*, e ela sentiu-se presa. Uma milhar de bolas surgiram à sua volta, torcendo-a, arrastando-a para a esquerda e para cima. Uma aba de acrílico duro esmagou-se contra a sua anca.

De repente, estava livre.

Torcendo-se e caindo na escuridão interminável morna e aquosa, Rachel sentiu os seus pulmões a gritarem por ar. *Vai até à superfície!* Procurou ver luz, mas não conseguiu ver nada. O mundo parecia igual em todas as direcções. Escuridão. Sem gravidade. Nenhum sentido de para cima ou para baixo.

Naquele instante aterrorizador, Rachel apercebeu-se que não fazia qualquer ideia para que lado tinha de nadar.

Milhares de pés abaixo dela, o helicóptero *Kiowa* que se afundava amachucou-se sob o incansável aumento de pressão. Os quinze mísseis de explosivos poderosos e antitanques *AGM 114 Hellfire* que ainda se encontravam a bordo deformaram-se devido à pressão, as suas pontas de cobre e cabeças com molas de detonação avançando perigosamente para dentro.

Cem pés acima do chão do oceano, o poderoso jacto da mega coluna agarrou os restos do helicóptero e sugou-o para baixo, lançando-o contra a crosta vermelha e quente da abóbada de magma. Como uma caixa de fósforos incendiando-se em série, os mísseis *Hellfire* explodiram, criando um buraco através do cimo da abóbada de magma.

Tendo emergido até à superfície, e depois voltando a mergulhar desesperado, Michael Tolland ficou suspenso quinze pés debaixo de água perscrutando a escuridão quando os mísseis *Hellfire* explodiram. O clarão branco afunilou para cima, iluminando uma imagem espantosa — uma imagem parada de que ele se recordaria para sempre.

Rachel Sexton pendia a dez pés abaixo dele na água, como uma marioneta embaraçada. Debaixo dela, o submarino *Triton* afastava-se cada vez mais depressa, a sua abóbada pendendo solta. Os tubarões da área tinham-se espalhado pelo mar alto, pressentindo claramente o perigo que em breve atingiria aquela zona.

A alegria de Tolland por ver Rachel fora do submarino desvaneceu-se de imediato ao aperceber-se do que se iria seguir. Memorizando a sua posição à medida que a luz desaparecia, Tolland mergulhou, tentando encontrar um caminho até junto dela.

Milhares de pés mais abaixo, a crosta estilhaçada da abóbada do magma explodiu em pedaços, e o vulcão submarino irrompeu, lançando magma com uma temperatura de doze mil graus Celsius para o mar. A lava incandescente vaporizou toda a água em que tocava, enviando uma coluna maciça de vapor na direcção da superfície pelo eixo central da megacoluna. Conduzido pelas suas qualidades cinemáticas de dinâmica de fluidos que alimentavam os tornados, a transferência de energia de vapor vertical foi contrabalançada por uma espiral em vórtice anticiclónica que deu a volta ao veio, transportando energia na direcção contrária.

Espiralando à volta desta coluna de gás ascendente, as correntes oceânicas começaram a intensificar-se, contorcendo-se para baixo. O gás em movimento criou um vácuo enorme que sugou milhões de litros de água do mar para baixo, caindo em contacto com o magma. Enquanto mais água batia no fundo, também esta se transformava em vapor e precisava de uma forma de se soltar, juntando-se à crescente coluna de vapor e disparando para cima, puxando mais água por baixo de si. À medida que mais água se lançava para o local anterior, o vórtice intensificava-se. A coluna hidrotérmica alongou-se, e o redemoinho elevado tornou-se mais forte a cada segundo que passava, a sua borda superior movendo-se firmemente para a superfície.

Tinha nascido um buraco negro oceânico.

Rachel sentia-se como uma criança no ventre materno. Uma escuridão quente e molhada rodeava-a. Os seus pensamentos estavam abafados na escuridão quente. *Respirar.* Ela lutou contra o impulso. O clarão de luz que ela tinha visto só poderia ter vindo da superfície, e no entanto parecia tão distante. *Uma ilusão. Vai até à superfície.* Enfraquecida, Rachel começou a nadar na direcção de onde vira surgir a luz. Via agora mais luz... um brilho vermelho e fantasmagórico à distância. *Luz do dia?* Começou a nadar com maior vigor.

Uma mão agarrou-a pelo tornozelo.

Rachel quase gritou debaixo de água, quase expirando o que lhe restava de ar.

A mão puxou-a para trás, torcendo-a, colocando-a na direcção oposta. Rachel sentiu uma mão familiar a agarrar a sua. Michael Tolland estava ali, puxando-a com ele na direcção contrária.

A mente de Rachel disse-lhe que ele a estava a levar para baixo. O seu coração disse-lhe que ele sabia o que estava a fazer.

Dá pontapés, sussurrou a voz da mãe.

Rachel deu pontapés com tanta força quanto a que conseguiu.

CAPÍTULO CENTO E TRINTA

Enquanto emergia à superfície com Rachel, Tolland soube que estava tudo terminado. *A cúpula de magma entrou em erupção.* Assim que o cimo do vórtice chegasse à superfície, o gigantesco tornado submarino começaria a puxar tudo para baixo. Estranhamente, o mundo acima da superfície não estava a madrugada calma que ele deixara momentos atrás. O barulho era ensurdecedor. Vento batia contra ele como se algum tipo de tempestade se tivesse desencadeado enquanto ele se encontrava debaixo de água.

Tolland sentia-se a delirar devido à falta de oxigénio. Tentou aguentar Rachel à tona da água, mas ela estava a ser-lhe puxada dos braços. *A corrente!* Tolland tentou aguentar-se, mas a força invisível puxou com mais força, ameaçando arrancá-la de junto dele. Subitamente, soltou-a e o corpo de Rachel deslizou-lhe através dos braços — mas *para cima.*

Espantado, Tolland viu o corpo de Rachel a erguer-se para fora da água.

Acima deles, os rotores do aeroplano *Osprey* da Guarda Costeira pareceram parar e Rachel foi içada para o interior do avião. Há vinte minutos, a Guarda Costeira tinha obtido o relatório de uma explosão no mar. Tendo perdido o rasto do helicóptero *Dolphin* que era suposto estar nesta área, eles temiam um acidente. Introduziram no sistema navegacional as últimas coordenadas conhecidas do helicóptero e esperaram pelo melhor.

A cerca de meia milha do *Goya* iluminado, viram um campo de destroços em chamas a boiar na corrente. Parecia-se com um barco de corridas. Junto a estes, encontrava-se um homem dentro de água, acenando selvaticamente com os braços. Içaram-no. Estava completamente nu — exceptuando uma perna, que estava coberta com fita adesiva.

Exausto, Tolland olhou para cima para a parte inferior do aeroplano. Rajadas ensurdecedoras eram batidas para baixo pelos seus propulsores horizontais. Enquanto Rachel era erguida pelo cabo, vários pares de mãos puxaram-na para dentro. Enquanto Tolland a via a ser colocada em segurança, os seus olhos descortinaram um homem de aparência familiar agachado, meio nu, na porta.

Corky? O coração de Tolland pareceu cair. *Estás vivo!*

De imediato, o arnês voltou a cair do céu. Aterrou a pouco mais de dez metros. Tolland quis nadar até ele, mas conseguia sentir-se a ser sugado pela coluna. O amplexo incansável do mar envolveu-o, recusando-se a soltá-lo.

A corrente puxou-o para baixo. Ele esforçou-se para chegar à superfície, mas a exaustão era esmagadora. *És um sobrevivente*, estava alguém a dizer. Bateu as pernas, tentando chegar à superfície. Quando saiu por entre o vento batido, o arnês ainda se encontrava longe do seu alcance. A corrente tentava puxá-lo para debaixo de água. Erguendo o olhar para a torrente de vento rodopiante e ruidoso, Tolland viu Rachel. Ela estava a olhar para baixo, os seus olhos forçando-o a subir para junto dela.

Foram necessárias quatro braçadas poderosas para que Tolland conseguisse chegar junto ao arnês. Com as suas últimas forças, fez deslizar o braço e a cabeça para o interior do laço e deixou-se cair.

No mesmo instante, o oceano pareceu cair debaixo dele.

Tolland olhou para baixo enquanto o vórtice se abria. A mega coluna tinha por fim atingido a superfície.

William Pickering estava de pé na ponte do *Goya* e observava com um espanto mudo enquanto o espectáculo se desenrolava à sua frente. Do lado de estibordo da popa do *Goya*, uma enorme depressão semelhante a uma bacia estava a formar-se na superfície do mar. O redemoinho tinha centenas de milhas de largura e aumentava rapidamente. O oceano formava uma espiral para o interior, precipitando-se com uma suavidade fantasmagórica sobre a borda. Nesse momento, à sua volta, ouviu-se um rugido gutural vindo das profundezas. A mente de

Pickering ficou apática enquanto ele via o buraco a expandir-se na sua direcção como a boca aberta de um deus épico faminto por sacrifícios.

Estou a sonhar, pensou Pickering.

Subitamente, com um silvo explosivo que estilhaçou as janelas da ponte do *Goya,* uma coluna de vapor irrompeu em direcção ao céu, saindo do vórtice. Um géiser colossal subiu acima da sua cabeça, ribombando, o seu cume desaparecendo no céu escurecido.

De imediato, as paredes do funil tornaram-se mais íngremes, o perímetro expandindo-se cada vez com maior rapidez, mastigando o oceano em direcção a ele. A popa do *Goya* afundou-se com força na direcção da cavidade em expansão. Pickering perdeu o equilíbrio e caiu de joelhos. Como uma criança perante Deus, olhou para baixo para o abismo que aumentava.

Os seus últimos pensamentos foram para a sua filha, Diana. Rezou para que ela não tivesse sentido um medo igual ao dele quando morreu.

A onda de concussão do vapor que se escapava lançou o *Osprey* de lado. Tolland e Rachel agarraram-se um ao outro enquanto os pilotos recuperavam, elevando-se a baixa altitude sobre o condenado *Goya.* Olhando para fora, conseguiam ver William Pickering — o *Quaker* — ajoelhando com o seu casaco preto e gravata no corrimão superior do navio condenado.

Enquanto a popa se saracoteava sobre a beira do tornado maciço, o cabo de âncora quebrou-se por fim. Com a sua proa orgulhosamente erguida no ar, o *Goya* deslizou para trás sobre o parapeito aquoso, sugado pelo muro em espiral de água. De luzes ainda acesas enquanto desaparecia debaixo de água.

CAPÍTULO CENTO E TRINTA E UM

A manhã de Washington estava clara e fria.

Uma brisa fazia rodopiar punhados de folhas à volta da base do monumento a Washington. O maior obelisco do mundo normalmente acordava para a sua própria imagem pacífica no Reflecting Pool, mas nesse dia a manhã trouxe com ele um caos de jornalistas curiosos, que se amontoavam todos à volta da base do monumento em antecipação.

O senador Sedgewick Sexton sentiu-se maior que o próprio Washington ao sair da limusina e avançar como um leão em direcção à área de imprensa, que o esperava na base do monumento. Ele tinha convidado as dez maiores cadeias de comunicação social do país e prometera-lhes o escândalo da década.

Nada faz sair tão bem os abutres como o cheiro da morte, pensou Sexton.

Na mão, Sexton segurava um monte de envelopes brancos, cada um deles elegantemente selado com o seu selo monografado. Se a informação era poder, então Sexton estava a transportar uma ogiva nuclear.

Sentiu-se intoxicado enquanto se aproximava do estrado, satisfeito por ver que o seu palco improvisado incluía duas «molduras de fama» — divisórias grandes que flanqueavam o seu estrado como cortinas azul-marinho —, um antigo truque à Ronald Reagan para assegurar que ele sobressaía contra qualquer pano de fundo.

Sexton entrou pelo lado direito, saindo por trás de uma das divisórias como um actor a sair dos bastidores. Os jornalistas sentaram-se rapidamente nos seus lugares nas diversas filas de cadeiras desmontáveis colocadas de frente para o estrado. Para este, o Sol acabava de surgir acima da abóbada do Capitólio, lançando raios rosa e dourados sobre Sexton como raios vindos do céu.

Um dia perfeito para me tornar o homem mais poderoso do mundo.

— Bom-dia, damas e cavalheiros — disse Sexton, pousando os envelopes sobre o púlpito à sua frente. — Tornarei isto o mais resumido e indolor possível. A informação que estou prestes a partilhar convosco é, honestamente, bastante perturbadora. Estes envelopes contém provas de uma conspiração governamental ao mais alto nível. Sinto-me envergonhado para dizer que o presidente me chamou à meia hora e me suplicou, sim, *suplicou-me*, para não tornar públicas estas provas. — Sacudiu a cabeça com desânimo. — E, no entanto, sou um homem que acredita na verdade. Por mais dolorosa que esta seja.

Sexton interrompeu-se, segurando os envelopes, tentando a multidão sentada. Os olhos dos jornalistas seguiam os envelopes para trás e para a frente, uma matilha de cães salivando sobre um acepipe desconhecido.

O presidente tinha chamado Sexton meia hora antes e tinha-lhe explicado tudo. Herney tinha falado com Rachel, que estava algures em segurança a bordo de um avião. Incrivelmente, parecia que a Casa Branca e a NASA eram espectadores inocentes do fiasco, uma intriga engendrada por William Pickering.

Não que interesse, pensou Sexton. *Zach Herney ainda está a decair.*

Naquele momento, Sexton desejou poder ser uma mosca na parede da Casa Branca para ver o rosto do presidente quando este se apercebesse que Sexton tornara a informação pública. Sexton tinha concordado em encontrar-se de imediato com Herney na Casa Branca para discutir a melhor maneira de contar ao país a verdade acerca do meteorito. Herney estava provavelmente de pé em frente de uma televisão naquele exacto momento num choque aturdido, percebendo que não havia nada que a Casa Branca pudesse fazer para travar a mão do destino.

— Meus amigos — disse Sexton, deixando que os seus olhos contactassem com a multidão. — Pesei muito esta decisão. Considerei honrar o desejo do presidente e manter estas informações secretas, mas tenho de seguir o meu coração. — Sexton suspirou, deixando descair a cabeça como um homem apanhado pela História. — A verdade é a verdade. Não tenho intenções de adulterar a vossa interpretação dos factos de modo algum. Dar-vos-ei simplesmente as informações pelo seu valor factual.

À distância, Sexton ouviu o bater de enormes rotores de helicóptero. Durante um momento, perguntou-se se o presidente estaria a fugir da Casa Branca em pânico, esperando travar a conferência de imprensa. *Isso seria o melhor da festa*, pensou Sexton alegremente. *Não é que* ENTÃO *Herney pareceria mesmo culpado?*

— Não sinto qualquer prazer em fazer isto — continuou Sexton, pressentindo que o seu *timing* era perfeito. — Mas acho que é meu dever que o povo americano saiba que lhe mentiram.

O helicóptero surgiu rugindo, aterrando no relvado à sua direita. Quando Sexton olhou para ele, ficou surpreendido por ver que afinal não era o helicóptero presidencial, mas sim um enorme aeroplano de rotores *Osprey*.

Na fuselagem podia ler-se: GUARDA COSTEIRA DOS ESTADOS UNIDOS.

Espantado, Sexton viu a porta da cabina a abrir-se e desta sair uma mulher. Esta vestia uma *parka* laranja da Guarda Costeira e estava desgrenhada, como se tivesse vindo de uma guerra. Avançou pesadamente para a área de imprensa. Por um momento, Sexton não a reconheceu. Depois percebeu quem era.

Rachel? Arquejou chocado. *Mas que raio é que* ELA *está aqui a fazer?*

Um murmúrio de confusão atravessou a multidão.

Colando um sorriso amplo no rosto, Sexton virou-se para a imprensa e ergueu um dedo firme.

— Se me puderem dar só um minuto? Peço imensa desculpa. — Soltou um suspiro cansado, mas bondoso. — Primeiro a família.

Alguns jornalistas riram-se.

Com a filha aproximando-se rapidamente do seu lado direito, Sexton não teve dúvidas de que esta reunião pai-filha correria melhor em privado. Infelizmente, a privacidade era pouca naquele momento. Os olhos de Sexton dardejaram para uma grande divisória à sua direita.

Ainda sorrindo calmamente, Sexton acenou à filha e afastou-se do microfone. Movendo-se diagonalmente em relação a ela, conseguiu que Rachel tivesse de passar por trás da divisória para chegar até junto dele. Sexton encontrou-se com ela a meio caminho, escondido dos olhos e dos ouvidos da imprensa.

— Querida? — disse ele, sorrindo e abrindo os braços enquanto Rachel se dirigia a ele. — Que surpresa!

Rachel avançou até junto dele e esbofeteou-o.

Nesse momento, sozinha com o pai e escondida atrás da divisória, Rachel olhou-o com desprezo. Tinha-o esbofeteado com força, mas ele mal se movera. Com um controlo arrepiante, o seu sorriso artificial derreteu-se e transformou-se num olhar de admoestação.

A voz dele soou como um sussurro demoníaco.

— Não devias estar aqui.

Rachel viu a ira nos olhos dele e pela primeira vez na sua vida não sentiu medo.

— Virei-me para ti em busca de ajuda e tu vendeste-me! Quase me mataram!

— É óbvio que estás bem. — A voz dele parecia decepcionada.

— A NASA *está inocente!* — disse ela. — O presidente disse-te isso! O que estás aqui a fazer? — O curto voo de Rachel até Washington a bordo do *Osprey* da Guarda Costeira tinha sido pontuado por uma azáfama de chamadas telefónicas entre ela, a Casa Branca, o pai, e até uma enlouquecida Gabrielle Ashe. — Prometeste a Zack Herney que ias para a Casa Branca!

— E vou. — Sorriu trocista. — No dia da eleição.

Rachel sentiu-se enjoada ao pensar que este homem era seu pai.

— O que estás prestes a fazer é uma loucura.

— Oh? — riu-se Sexton. Virou-se e fez um gesto para trás indicando o estrado, que se via no extremo da divisória. No púlpito, um molho de envelopes brancos aguardava-o. — Aqueles envelopes contêm informações que *tu* me enviaste, Rachel. *Tu.* Tens o sangue do presidente nas mãos.

— Enviei-te essa informação quando precisei da tua ajuda! Quando pensei que o presidente e a NASA eram culpados!

— Considerando as provas, a NASA parece certamente culpada.

— Mas não é! Eles merecem uma oportunidade para admitir os seus próprios erros. Já ganhaste estas eleições. Zach Herney está acabado! Tu *sabes* disso. Deixa que o homem mantenha alguma dignidade.

Sexton resmungou.

— Que inocente. Não se trata de vencer as eleições, Rachel, é acerca de *poder.* É acerca de uma vitória decisiva, actos de grandeza, uma oposição esmagadora, e o controlo das forças em Washington de modo a poder fazer alguma coisa.

— A que custo?

— Não sejas tão hipócrita. Estou apenas a apresentar as provas. As pessoas podem tirar as suas próprias conclusões quanto a quem é culpado.

— Tu sabes como isto irá parecer.

Ele encolheu os ombros.

— Talvez tenha chegado a altura da NASA.

O senador Sexton sentiu que a imprensa estava a começar a ficar irrequieta atrás da divisória, e não tinha qualquer intenção de ficar ali toda a manhã a ouvir um sermão da filha. O seu momento de glória aguardava-o.

— Por aqui estamos terminados — disse ele. — Tenho uma conferência de imprensa para dar.

— Estou a pedir-te como filha — suplicou Rachel. — Não faças isso. Pensa no que estás prestes a fazer. Há uma maneira melhor.

— Não para mim.

Um guincho de *feedback* ecoou pelo sistema de amplificação atrás dele, e Sexton girou para ver uma jornalista atrasada que tinha acabado de chegar, caída sobre o estrada, e que tentava fixar um microfone de uma cadeia televisiva a um dos *clips*.

Porque é que estes idiotas não conseguem chegar a tempo?, fumegou Sexton.

Na sua pressa, a jornalista atirou ao chão o monte de envelopes de Sexton.

Raios! Sexton aproximou-se dela, praguejando contra a filha por o ter distraído. Quando ele chegou, a mulher estava de gatas, recolhendo os envelopes do chão. Sexton não lhe conseguia ver o rosto, mas ela era obviamente de uma «cadeia televisiva» — usava um casaco comprido de caxemira, uma *écharpe* a condizer, e um boné de angorá puxado para baixo, no qual estava pregado um passe de imprensa da estação ABC.

Cabra estúpida, pensou Sexton.

— Eu fico com isso — disparou ele, estendendo as mãos para os envelopes.

A mulher reuniu os últimos envelopes e entregou-os a Sexton sem levantar o rosto.

— Desculpe... — murmurou, obviamente embaraçada. Baixando-se envergonhada, afastou-se apressadamente para o meio da multidão.

Sexton contou rapidamente os envelopes. *Dez. Óptimo.* Ninguém ia roubar o seu momento nessa noite. Recompondo-se, ele ajustou os microfones e lançou um sorriso brincalhão à multidão.

— É melhor que eu vos entregue isto antes que alguém se magoe!

A multidão riu-se, parecendo ansiosa.

Sexton sentiu a filha perto de si, de pé atrás da divisória.

— Não faças isso — disse-lhe Rachel. — Vais-te arrepender.

Sexton ignorou-a.

— Estou a pedir-te para confiares em mim — continuou Rachel, a sua voz elevando-se. — É um erro.

Sexton pegou nos envelopes, endireitando-lhes os cantos.

— Pai — disse Rachel, agora suplicando-lhe intensamente. — Esta é a tua última oportunidade para fazer o que é correcto.

Fazer o que é correcto? Sexton cobriu o microfone e virou-se como se fosse pigarrear. Olhou discretamente para a filha.

— És mesmo igual à tua mãe... idealista e de ideias pequenas. As mulheres simplesmente não compreendem a verdadeira natureza do poder.

Sedgewick Sexton já se tinha esquecido da filha na altura em que se virou para a imprensa que se acotovelava. De cabeça erguida, deu a volta ao estrado e entregou o monte de envelopes nas mãos da imprensa que o aguardava. Observou os envelopes a espalharem-se rapidamente entre a multidão. Conseguiu ouvir os selos a quebrarem-se, os envelopes a serem abertos como se fossem presentes de Natal.

Um murmúrio súbito desceu sobre a multidão.

No silêncio, Sexton conseguia ouvir o momento decisivo da sua carreira.

O meteorito é uma fraude. E eu sou o homem que o revelou.

Sexton sabia que a imprensa levaria um momento a compreender as verdadeiras implicações daquilo para que estava a olhar: imagens GPR da inserção de um veio no gelo; uma espécie oceânica viva quase idêntica aos fósseis da NASA; provas de côndrulos que se formavam em terra. Tudo isso conduzia a uma conclusão chocante.

— Senhor? — gaguejou um jornalista, parecendo espantado ao olhar para dentro do seu envelope. — Isto é verdadeiro?

Sexton soltou um suspiro sombrio.

— Sim, receio que seja mesmo verdadeiro.

Sussurros de confusão espalharam-se então por entre a multidão.

— Darei um momento a todos para que vejam essas folhas — disse Sexton —, e depois responderei às perguntas e tentarei lançar alguma luz sobre aquilo que estão a ver.

— Senador? — perguntou outro jornalista, parecendo completamente atordoado. — Estas imagens são autênticas?... Não é uma montagem?

— Cem por cento autênticas — disse Sexton, falando agora com maior firmeza. — Não vos apresentaria essas provas se não o fossem.

A confusão entre a multidão pareceu adensar-se, e Sexton pensou ouvir algumas gargalhadas — não era de modo algum a reacção que tinha esperado. Estava a começar a perguntar-se se não teria sobrestimado a capacidade da comunicação social para fazer a ligação correcta.

— Uh, senador? — disse alguém, parecendo estranhamente divertido. — Só para que conste, atesta pela autenticidade destas imagens?

Sexton estava a começar a ficar frustrado.

— Meus amigos, vou dizer-vos isto pela última vez, as provas que têm entre mãos são cem por cento autênticas. E se outra pessoa puder provar o contrário, comerei o meu chapéu!

Sexton esperou pela gargalhada, mas esta não se fez ouvir.

Um silêncio pesado. Olhares apáticos.

O jornalista que tinha acabado de falar avançou na direcção de Sexton, procurando entre as fotocópias enquanto avançava.

— Tem razão, senador. Estas são informações escandalosas. — O jornalista interrompeu-se, coçando a cabeça. — Por isso estou confuso por que motivo as decidiu partilhar connosco deste modo, em especial depois de as ter negado anteriormente com tanta veemência.

Sexton não fazia a mínima ideia acerca do que eles estavam a falar. O jornalista entregou-lhe as fotocópias. Sexton olhou para as folhas — e por um momento, a sua mente ficou totalmente em branco.

Não lhe saíram quaisquer palavras.

Ele estava a olhar para fotografias que nunca vira antes. Imagens a preto e branco. Duas pessoas. Nuas. Braços e pernas entrelaçados. Por um instante, Sextou não percebeu para que é que estava a olhar. Depois percebeu. Uma pancada no estômago.

Horrorizado, a cabeça de Sexton virou-se para a multidão. Esta estava agora a rir-se. Metade deles já estavam a telefonar com toda a história para as redacções.

Sexton sentiu baterem-lhe no ombro.

Por entre uma névoa, girou.

Rachel estava ali.

— Nós tentámos deter-te — disse ela. — Demos-te todas as oportunidades. — Uma mulher encontrava-se ao lado dela.

Sexton tremia enquanto os seus olhos se moviam para a mulher ao lado de Rachel. Era a jornalista do casaco de caxemira e do boné de angorá — a mulher que tinha deitado ao chão os envelopes. Sexton viu-lhe o rosto, e o seu sangue gelou.

Os olhos escuros de Gabrielle pareceram perfurá-lo enquanto ela movia as mãos para baixo e abria o casaco para revelar um molho de envelopes brancos impecavelmente enfiados debaixo do braço.

CAPÍTULO CENTO E TRINTA E DOIS

A Sala Oval estava escura, apenas iluminada pelo brilho suave do candeeiro de latão sobre a secretária do presidente Herney. Sentada em frente do presidente, Gabrielle Ashe ergueu o queixo. No exterior que se via pela janela atrás dele, o relvado oeste começava a escurecer.

— Ouvi dizer que nos vai deixar — disse Herney, parecendo desiludido.

Gabrielle anuiu. Embora o presidente lhe tivesse oferecido amavelmente um santuário indefinido no interior da Casa Branca longe da imprensa, Gabrielle preferia não continuar enfiada na toca-do-lobo. Ela queria estar tão longe quanto possível. Pelo menos, durante algum tempo.

Herney olhou para ela sobre a secretária, parecendo impressionado.

— A escolha que fez esta manhã, Gabrielle... — interrompeu-se, como se não tivesse palavras para continuar. Os seus olhos eram simples e claros, nada que se pudesse comparar com os lagos profundos e enigmáticos que tinham anteriormente atraído Gabrielle para Sedgewick Sexton. E, no entanto, mesmo no pano de fundo deste lugar poderoso, Gabrielle viu uma verdadeira bondade no seu olhar, uma honra e dignidade de que ela não se esqueceria.

— Também o fiz por mim — disse Gabrielle por fim.

Herney anuiu.

— Devo-lhe na mesma os meus agradecimentos. — Ele levantou-se, indicando-lhe que o seguisse até ao corredor. — Na verdade, estava com esperança que ficasse por aqui durante o tempo suficiente para que eu lhe pudesse oferecer um lugar entre o meu pessoal do orçamento.

Gabrielle lançou-lhe um olhar desconfiado.

— Parar de gastar e começar a remediar?

Ele riu-se.

— Qualquer coisa parecida.

— Penso que ambos sabemos, senhor, que de momento sou mais um risco do que qualquer outra coisa.

Herney encolheu os ombros.

— Deixe passar alguns meses. Em breve, ninguém se lembrará. Muitos grandes homens e mulheres tiveram de passar por situações semelhantes e atingiram a grandeza. — Piscou o olho. — Alguns deles até chegaram a ser presidentes dos Estados Unidos.

Gabrielle sabia que ele tinha razão. Desempregada apenas há algumas horas, Gabrielle já tinha recusado dois empregos — um de Yolanda Cole da ABC, e o outro da St. Martin's Press, que lhe tinha oferecido um avanço obsceno para que ela publicasse uma biografia em que contasse tudo. *Não obrigado.*

Enquanto Gabrielle e o presidente se moviam ao longo do corredor, Gabrielle pensou nas imagens de si mesma que estavam agora espalhadas pelas televisões.

Os danos causados ao país podiam ser piores, disse a si mesma. *Muitos piores.*

Gabrielle, depois de ter ido à estação ABC para recuperar as fotografias e pedir emprestado o cartão de imprensa a Yolanda Cole, esgueirara-se até ao gabinete de Sexton para reunir envelopes em duplicado. Enquanto se encontrava no seu interior, também imprimiu cópias dos cheques de donativos no computador de Sexton. Após o confronto no monumento a Washington, Gabrielle tinha entregue as cópias dos cheques ao aturdido senador Sexton e fez as suas exigências. *Dá ao presidente uma oportunidade para anunciar o erro do meteorito, ou isto também será tornado público.* O senador Sexton lançou um olhar ao monte de provas financeiras, trancou-se na sua limusina, e partiu. Desde então que nada se sabia dele.

Nesse momento, enquanto o presidente e Gabrielle chegavam à porta dos bastidores da Sala de Imprensa, Gabrielle conseguia ouvir o ajuntamento expectante para lá destas. Pela segunda vez em vinte e quatro horas, o mundo reuniu-se para ouvir uma transmissão especial do presidente.

— O que lhes vai dizer? — perguntou Gabrielle.

Herney suspirou, a sua expressão estranhamente calma.

— Com o passar dos anos, aprendi uma coisa... — Pousou a mão sobre o ombro dela e sorriu. — Não existe substituto para a verdade.

Gabrielle sentiu-se encher com um orgulho inesperado enquanto o via avançar com passadas rápidas para o estrado. Zach Herney estava a caminho de admitir o maior erro da sua vida, e estranhamente, nunca tivera um ar tão presidencial.

CAPÍTULO CENTO E TRINTA E TRÊS

Quando Rachel acordou, o quarto estava escuro.

Um relógio brilhava mostrando que eram 10h14 da noite. A cama não era a dela. Durante vários minutos, deixou-se estar deitada sem se mover, perguntando-se onde estava. Lentamente, como a recordar-se de tudo... a mega coluna... essa manhã no monumento a Washington... o convite do presidente para ficar na Casa Branca.

Estou na Casa Branca, apercebeu-se Rachel. *Dormi aqui durante todo o dia.*

O helicóptero da Guarda Costeira, ao comando do presidente, tinha transportado um Michael Tolland, Corky Marlinson e Rachel Sexton exaustos do monumento a Washington até à Casa Branca, onde lhes tinham servido um pequeno-almoço sumptuoso, tinham sido examinados por médicos, e lhes tinha sido oferecido qualquer um dos catorze quartos nos quais poderiam recuperar.

Todos eles tinham aceite.

Rachel não conseguia acreditar que dormira durante tanto tempo. Ligando a televisão, ficou espantada por ver que o presidente Herney já tinha terminado a sua conferência de imprensa. Rachel e os outros tinham-se oferecido para ficarem a lado dele, quando ele anunciasse a fraude do meteorito ao mundo. *Todos cometemos o erro em conjunto*. Mas Herney tinha insistido em carregar o fardo sozinho.

— Tristemente — dizia um analista político na televisão —, parece que afinal a NASA não descobriu quaisquer sinais de vida no espaço. Isto assinala a segunda vez nesta década que a NASA classificou incorrectamente um meteorito como apresentando sinais de vida extraterrestre. Contudo, desta vez um certo número de civis altamente respeitáveis também se encontram entre aqueles que foram enganados.

— Normalmente — disse um segundo analista —, eu teria de dizer que uma conspiração da magnitude daquela que o presidente nos descreveu esta noite seria devastadora para a sua carreira... mas, no entanto, considerando os acontecimentos desta manhã no monumento a Washington, eu teria de dizer que as hipóteses de Zach Herney de ficar com a presidência parecem melhores que nunca.

O primeiro analista concordou.

— Assim não há vida no espaço, mas também não a há na campanha do senador Sexton. E agora, enquanto surgem novas informações sugerindo grandes problemas financeiros que perseguem o senador...

Uma pancada na porta desviou a atenção de Rachel.

Michael, desejou ela, desligando rapidamente a televisão. Ela não o via desde o pequeno-almoço. À sua chegada à Casa Branca, Rachel não quisera nada mais do que adormecer nos seus braços. Embora conseguisse perceber que Tolland sentia o mesmo, Corky tinha intervindo, atirando-se para a cama de Tolland, e contando e recontando exuberantemente a sua história acerca de se ter urinado e salvo o dia. Por fim, completamente exausta, Rachel e Tolland tinham desistido, encaminhando-se para quartos separados para dormir.

Nesse momento ao encaminhar-se para a porta, Rachel viu-se ao espelho, espantada por ver o quanto estava ridiculamente vestida. Tudo que encontrara para se deitar era uma velha camisola de futebol americano da Penn State. Esta caía-lhe até aos joelhos como uma camisa de dormir.

As pancadas continuaram.

Rachel abriu a porta, desiludida por ver uma agente dos Serviços Secretos norte-americanos. Estava em boa forma física e bem vestida, envergando um *blazer* azul.

— Miss Sexton, o cavalheiro no Quarto Lincoln ouviu a sua televisão. Pediu-me para lhe dizer que já que está acordada... — Interrompeu-se, arqueando as sobrancelhas, claramente não uma estranha aos jogos nocturnos dos pisos superiores da Casa Branca.

Rachel corou, sentindo um formigueiro na pele.

— *Obrigado.*

A agente conduziu Rachel pelo corredor impecavelmente arranjado até uma porta de aparência normal.

— O Quarto Lincoln — disse a agente. — E como é suposto eu ficar sempre no exterior da porta: «Durma bem, e cuidado com os fantasmas.»

Rachel assentiu. As lendas de fantasmas no Quarto Lincoln eram tão antigas quanto a Casa Branca. Dizia-se que Winston Churchill tinha visto aí o fantasma de Lincoln, tal como incontáveis outros, incluindo Eleanor Roosevelt, Amy Carter, o actor Richard Dreyfuss, e décadas de criadas e mordomos. Também se dizia que o cão do presidente Reagan costumava ladrar à porta durante horas a fio.

Pensar em espíritos históricos fez subitamente com que Rachel se apercebesse de que lugar sagrado é que este quarto era. Sentiu-se subitamente embaraçada, ali de pé, com a sua longa camisola de futebol, de pernas nuas, como uma aluna universitária a esgueirar-se para o quarto de um rapaz.

— Será que isto é de bom tom? — sussurrou ela à agente. — Quero dizer, este *é* o Quarto Lincoln.

A agente pestanejou.

— A nossa política neste piso é: «Não se pergunta, não se conta.»

Rachel sorriu.

— Obrigado. — Estendeu a mão para a maçaneta, sentindo já em antecipação o que estava para lá dela.

— Rachel! — A voz nasalada ouviu-se no corredor como se fosse uma serra.

Rachel e a agente viraram-se. Corky Marlinson encaminhava-se para elas, bamboleando-se com as muletas, a perna agora profissionalmente ligada.

— Também não conseguia dormir!

Rachel esmoreceu, sentindo a sua noite romântica prestes a desmoronar-se.

Os olhos de Corky inspeccionaram a bonita agente dos Serviços Secretos. Ele lançou-lhe um enorme sorriso.

— Adoro mulheres de uniforme.

A agente puxou o *blazer* para o lado para lhe mostrar uma arma de aparência letal.

Corky recuou.

— Percebido. — Virou-se para Rachel. — O Mike também está acordado? Vais entrar? — Corky parecia ansioso por se unir à festa.

Rachel resmungou.

— Na verdade, Corky...

— Dr. Marlinson — interveio a agente dos Serviços Secretos, tirando um papel do *blazer*. — Segundo as instruções nesta mensagem, que me foi entregue pelo Sr. Tolland, tenho ordens explícitas para o escoltar até à cozinha, pedir ao nosso *chef* para fazer qualquer coisa que deseje, e pedir-lhe que me explique em pormenor como se salvou de uma morte certa... — a agente hesitou, sorrindo ao voltar a ler a nota — ... ao urinar para cima de si mesmo?

Aparentemente, a agente tinha dito as palavras mágicas. Corky deixou cair as muletas no lugar e colocou um braço à volta dos ombros da agente para se apoiar e disse:

— Para a cozinha, meu amor!

Enquanto a agente enfadada ajudava Corky a cambalear pelo corredor, Rachel não teve qualquer dúvida que Corky Marlinson estava no céu.

— A urina é o segredo — ouviu-o dizer —, porque os malditos lobos olfactivos daqueles *telencephalon* conseguem cheirar tudo!

O Quarto Lincoln estava escuro quando Rachel entrou. Ela ficou surpreendida por ver que a cama estava vazia e intacta. Michael Tolland não se via em lado algum.

Um antigo candeeiro a óleo estava aceso junto à cama, e na sua radiância suave, ela mal podia ver o tapete de Bruxelas... a famosa cama de pau-rosa esculpida... o retrato da mulher de Lincoln, Mary Todd... até a secretária onde Lincoln tinha assinado a Proclamação da Emancipação.

Enquanto Rachel fechava a porta atrás dela, sentiu uma corrente de ar fria contra as pernas nuas. *Onde é que ele está?* Do outro lado do quarto, uma janela estava aberta, as cortinas de *organza* brancas sopradas pelo vento. Avançou até à janela para a fechar, e um sussurro fantasmagórico murmurou por trás do guarda-fato.

— Caaaaaasssssssaaaaaaa...

Rachel virou-se.

— Caaaaaasssssssaaaaaaa? — voltou a sussurrar a voz. — És tu?... Mary Todd Liiiincoln?

Rachel fechou rapidamente a janela e virou-se na direcção do guarda-fato. O coração batia-lhe acelerado, embora ela soubesse que era uma tolice.

— Mike, eu sei que és tu.

— Nãoooo... — continuou a voz. — Eu não me chamo Mike.... Chamo-me... Abe.

Rachel colocou as mãos nas ancas.

— Ah, a sério? O Abe *Honesto*?

Uma gargalhada abafada.

— O Abe moderadamente honesto... sim.

Agora, Rachel também se estava a rir.

— Tenha meeeeddddddooooo — gemeu a voz do guarda-fato. — Tenha muuuuuito medo.

— Não tenho medo.

— Por favor tenha medo... — gemeu a voz. — Na espécie humana, as emoções de medo e de excitação sexual estão associadas.

Rachel desatou à gargalhada.

— Isto é a tua ideia de algo excitante?

— Perdoooaa-me... — gemeu a voz. — Já se passaram aaaaannos desde que estive com uma mulher.

— Isso é evidente — disse Rachel, escancarando a porta.

Michael Tolland encontrava-se à frente dela com o seu sorriso trocista e rufião. Estava irresistível vestindo um pijama de cetim azul marinho. Rachel arquejou quando viu o selo presidencial bordado no casaco do pijama.

— Pijama presidencial?

Ele encolheu os ombros.

— Estava na gaveta.

— E eu só fiquei com esta camisola de futebol?

— Devias ter escolhido o Quarto Lincoln.

— Tu devias tê-lo oferecido!

— Ouvi dizer que o colchão não presta. É antigo, de crina de cavalo. — Tolland pestanejou, fazendo um gesto para um embrulho colocado sobre a mesa de tampo de mármore. — Isto vai-te recompensar.

Rachel sentiu-se comovida.

— Para mim?

— Pedi a um dos assistentes do presidente que saísse e fosse encontrá-los para ti. Acabou de chegar. Não abanes.

Ela abriu cuidadosamente o embrulho, tirando deste o seu conteúdo pesado. No interior, encontrava-se um grande aquário de cristal onde nadavam dois feios peixes laranja. Rachel olhou-os com uma decepção confundida.

— Estás a gozar, certo?

— *Helostoma temmincki* — disse orgulhosamente Tolland.

— Compraste-me *peixes*?

— Peixes chineses beijadores. Muito raros. Muito romântico.

— Os peixes não são românticos, Mike.

— Diz isso a *estes* tipos, eles beijam-se durante horas.

— É suposto isto também ser excitante?

— Estou um pouco enferrujado no que toca a romantismo. Podes dar-me pontos pelo esforço?

— Como referência futura, Mike, os peixes *não* são, definitivamente, excitantes. Tenta flores.

Tolland retirou um *bouquet* de lírios brancos detrás das costas.

— Tentei arranjar-te rosas vermelhas — disse —, mas quase me abateram a tiro por me ter esgueirado para o Jardim das Rosas.

Enquanto Tolland puxava o corpo de Rachel contra o seu e inalava a suave fragrância do seu cabelo, ele sentiu anos de um isolamento silencioso a dissolver-se no seu interior. Beijou-a prolongadamente, sentindo o seu corpo erguer-se contra ele. Os lírios brancos caíram-lhes aos pés, e barreiras que Tolland não sabia que tinha construído estavam subitamente a derreter-se.

Os fantasmas partiram.

Sentiu que agora Rachel o impelia na direcção da cama, sussurrando-lhe suavemente ao ouvido.

— Tu não achas *realmente* que os peixes são românticos, pois não?

— Acho — disse ele, beijando-a de novo. — Devias ver o ritual de acasalamento das alforrecas. Incrivelmente erótico.

Rachel fez com que ele se deitasse sobre o colchão de crina de cavalo, deitando o seu corpo esguio em cima dele.

— E cavalos-marinhos — disse Tolland, sem fôlego enquanto saboreava o toque dela contra o cetim fino do pijama. — Os cavalos-marinhos executam... uma dança amorosa incrivelmente sensual.

— Já chega de falar de peixes — sussurrou ela, desabotoando-lhe o pijama. — O que me sabes dizer a respeito do ritual de acasalamento dos primatas avançados?

Tolland suspirou.

— Receio que a minha área não sejam os primatas.

Rachel tirou a sua camisola de futebol americano.

— Bom, amante da natureza, é melhor que aprendas depressa.

EPÍLOGO

O jacto de transporte da NASA elevou-se acima do Atlântico.

A bordo, o administrador Lawrence Ekstrom lançou um último olhar à enorme rocha carbonizada que se encontrava no porão de carga. *De volta ao mar*, pensou. *Onde te encontraram.*

Seguindo a ordem de Ekstrom, o piloto abriu as portas do porão e soltou a rocha. Ficaram a vê-la enquanto a pedra gigantesca caía por trás do avião, fazendo um arco através do céu iluminado em direcção ao oceano e desaparecendo sob as ondas numa coluna de salpicos prateados.

A pedra gigantesca afundou-se rapidamente.

Debaixo de água, a trezentos pés, mal restava luz para revelar a sua silhueta que caía. Passando os quinhentos pés, a rocha lançou-se numa total escuridão.

Apressando-se para baixo.

Mais profundamente.

Caiu durante quase doze minutos.

Então, como um meteorito atingindo o lado oculto da lua, a rocha esmagou-se num vasta planície de lama no solo oceânico, levantando uma nuvem de pó. Enquanto a poeira assentava, uma das milhares de espécies marinhas desconhecidas aproximou-se nadando para inspeccionar o estranho recém-chegado.

Sem se impressionar, a criatura continuou o seu caminho.

1-V-116-44-11-89-44-46-L-51-130-19-118-L-32-118-116-130-28-116-32-44-133-U-130

ÍNDICE